中国古典文学
读本丛书典藏

元人杂剧选

顾学颉 选注

人民文学出版社

图书在版编目(CIP)数据

元人杂剧选/顾学颉选注.—北京：人民文学出版社，2016（2023.5重印）
（中国古典文学读本丛书典藏）
ISBN 978-7-02-011719-2

Ⅰ.①元… Ⅱ.①顾… Ⅲ.①杂剧—剧本—作品集—中国—元代 Ⅳ.①I237.1

中国版本图书馆 CIP 数据核字（2016）第 121746 号

责任编辑	徐文凯
装帧设计	陶　雷
责任印制	王重艺

出版发行　人民文学出版社
社　　址　北京市朝内大街166号
邮政编码　100705

| 印　　刷 | 三河市鑫金马印装有限公司 |
| 经　　销 | 全国新华书店等 |

字　　数	390 千字
开　　本	880 毫米×1230 毫米　1/32
印　　张	16.25　插页 3
印　　数	8001—10000
版　　次	1956 年 5 月北京第 1 版
印　　次	2023 年 5 月第 3 次印刷

| 书　　号 | 978-7-02-011719-2 |
| 定　　价 | 52.00 元 |

如有印装质量问题，请与本社图书销售中心调换。电话：010-65233595

目　录

前言　顾学颉　1

感天动地窦娥冤　关汉卿　1
赵盼儿风月救风尘　关汉卿　44
唐明皇秋夜梧桐雨　白仁甫　75
破幽梦孤雁汉宫秋　马致远　109
梁山泊李逵负荆　康进之　139
沙门岛张生煮海　李好古　165
鲁大夫秋胡戏妻　石君宝　185
赵氏孤儿大报仇　纪君祥　210
张孔目智勘魔合罗　孟汉卿　244
便宜行事虎头牌　李直夫　279
相国寺公孙合汗衫　张国宾　306
迷青琐倩女离魂　郑德辉　343
东堂老劝破家子弟　秦简夫　368
包待制智赚生金阁　武汉臣　406
风雨像生货郎旦　无名氏　438
包待制陈州粜米　无名氏　464

前　言

元杂剧，习惯上称为元曲。它是与唐诗、宋词并称，代表元代文学特色的一种戏剧文学体制，在中国文学史上占有很重要的地位。它的确切名称应该叫做"元杂剧"，因为元人著作里就是这样称呼它的，甚至到明代中叶以后还是如此。明末人徐渭《南词叙录》里把元人作的小令、散套（"词"体的一种发展、延伸，是案头文学而非舞台艺术的戏剧）称为"曲"，而与"杂剧"（戏剧）、"院本"并列。可见在他的心目中，"曲"并不代表"杂剧"。只有略晚于徐渭的臧懋循，编选了一部元人所作的百种"杂剧"，取名《元曲选》（但在序里，仍称为"北杂剧"），因为它流传较广，时间较长，于是一般人也跟着称元杂剧为"元曲"了。其实，"曲"仅指音乐歌唱方面的宫调唱腔等，而不能包括戏剧的全部内容。而且，元杂剧到明代中叶，已不能搬奏演唱，早已失掉音乐方面的功能，仅凭戏剧文字才得以流传至今。用"曲"来作元人戏剧的名称，既不合元代人的习惯，又不符合后来的实际，显然是不很妥当的。为了正名，应该以"名从主人"的原则，仍叫它元杂剧。因误传已久，不得不先在这里作一点说明。

下面谈谈元杂剧是怎样在纵的方面继承和发展起来的，又是在什么样的土壤上形成的，它的形态和精神面貌又如何，以及本书所选内容的简明介绍，供读者参考。

一

唐代已有包括乐、歌、舞、白几种形式的歌舞类及滑稽类的雏形戏剧，并已有了"杂剧"名称。内容多为具有讽刺性的笑剧和配合音乐演奏的舞剧。以娱乐统治阶层为主，多在宫廷内进行，民间也偶有流传。到宋代，歌舞剧已进一步形成，于是有了宋代杂剧，但不是那么纯粹、严格。宋杂剧以末泥（脚色名）为长，每四人或五人为一场。分段演出：先做寻常事一段，名曰"艳段"。次做正杂剧（即正戏，杂剧的中心），通名"两段"。大抵以故事世务为滑稽、讽谏。最后是"散段"，叫做"杂扮"或"杂旺"，多借装某些地方的"乡下人，以资笑谑"。在中国北部，金代也有杂剧，基本上与宋杂剧相似，仍继承了宋杂剧的滑稽、歌舞传统形式，以耍闹为主，注重发科调笑，也偶有加唱一两支曲子的。实际上已成为一种独立的短剧。它又名"院本"，仍以调笑谐谑为其特点。在表演形式上，元杂剧大体上继承并发展了金院本的格局。

其次，讲唱文艺的诸宫调和散曲，也是促进元杂剧成长的重要因素。

诸宫调：是宋、金时代民间非常流行的一种讲唱文艺（现存著名的《董西厢》，就是这种体制）。它以唱辞和说白相间杂，配着简单音乐，来唱说一个较长的完整故事。唱辞方面，在音乐曲调的选择和组配上，汲取了唐宋大曲、法曲、词、宋唱赚和当时流行的俗曲小调等，把它们按"宫调"（如"正宫"、"黄钟宫"……"大石调"、"双调"……）声律的类别，将属于同一宫或调的两个以上的曲子编排起来，加上尾声（或不加），组成"一套"，然后一套接连一套，遂成为规模宏伟的长篇叙事诗，这就是诸宫调。唱奏时，一人主唱（偶有两人对话或和声，但非主要形式），主要以琵琶伴奏，以锣、鼓、板为辅助乐器。

这种体制，有故事情节，有人物，有说有唱，还有乐器伴奏，和戏剧已经非常接近。不同的是：诸宫调由一个人以第三者身份来叙述故事，没有化装和表演、舞蹈等动作。而戏剧（如元杂剧）则由几个或更多的人分别扮演故事中的人物，他（她）们各以自己（我）的身份发言，加上表演动作或舞蹈，以及音乐、舞台、道具的安排布置等等条件，就成了戏剧。在诸宫调的基础上,向前迈进一步而成为元杂剧,是顺理成章颇为自然的事。元杂剧由一种脚色(末或旦)主唱,有不少地方还带有叙述体残留痕迹,这些都是元杂剧继承诸宫调的很好说明。元杂剧在表演形式上,继承和发展了金院本的格局;而在充实内容走向正式戏剧的发展过程中,则继承并改造了诸宫调的格式和规模。可以说:它与宋杂剧、金院本和诸宫调都有着远、近亲属关系。而在音乐曲调方面,则又是散曲(小令和散套)的继承和改造者,尤其是对北方流行的北曲。元杂剧形成之后,便与当时在南方地区(南宋)流行的南戏相对,分别代表北、南两地区的两个不同的剧种而并驾齐驱。元蒙统一整个中国后,元杂剧便随着政治势力南下,几乎占领了南方的戏剧阵地,代替了原来南戏的地位。

二

下面让我们再来看看元杂剧是在什么样的土壤上成长起来的。

元代蒙古族统治阶级从北中国到整个中国的统治中,始终贯串着种族压迫、歧视的政策。例如:灭南宋后,按照被统治的先后次序,把当时的中国人分为四个等级,以便在多层对立的复杂矛盾中,加强控制,巩固其统治地位。这四个等级是:蒙古人,色目人(较早被征服的西域各部族,亦称诸国人),汉人(较早被统治的黄河流域的女真人、契丹人和汉人),南人(最后被统治的长江流域及以南的中国人)。这四种人在政治、法律、军事以及更主要的经济等方面的地位,都有高低贵贱之分,待遇有很大的差别。为了防止反抗和民族意识的传播,在地方上建立了基层组织,十家为一甲,以蒙古人为甲主,对所属住户,有监督、支配的权力,并不许收藏任何铁器,不许聚众结社和"乱制词曲以为讥议"等等,犯者处以极刑。甚至连夜晚走路、点灯也在禁止之列。当时被统治的各族人民,尤其是汉人、南人,真是动辄得咎,行动没有一点自由,生命财产没有丝毫保障。

阶级压迫随着种族压迫而愈加深化:政治黑暗,官吏贪污腐化,受害当然是老百姓。例如元初任用著名的搜刮能手阿哈玛特、卢世荣等相继管理全国财赋,压榨得人民几乎一无所有。一般官吏,没有薪俸,由他们自己想办法刮钱。他们自然为所欲为,贪赃枉法,视为当然。仅大德七年,就查出赃污官吏一万八千馀人,赃款四万五千馀锭(每锭合白银五十两),审冤狱五千馀件。至正五年,仅被苏天爵弹劾的贪奸官吏就有九百馀人,可见一斑。这些,都说明了当时贪污的普遍性和严重性。

在经济上,则是极酷虐的超剥削和掠夺,用屯田、官田、赐田等名目,大量没收农民的土地,或变作牧场,或分赐给王公贵族、大官僚及和尚、道士。失掉土地的农民,无法生活,只好被迫作他们的农奴或外逃。还有极繁重的租税和科差劳役。大量发行天天贬值的钞币,以吸取人民的血汗。又以官办的方式,经营斡脱所(典当铺),用高利贷的方式进行剥削。元杂剧中,有许多写豪强霸占良民为奴、买卖人口和高利贷、官吏贪污、黑暗等情节,就是上述当时现实生活中的具体反映。

由于统治者对社会生产力的大力破坏,对人民无限制的压榨,使得人民无力医治大乱后的创伤,恢复生产,因而在全国各地每年水、旱、虫、饥、疫等"天灾"侵袭下,更是救死不暇。据史籍记载,元代统治约百年间,全国所遭的大水灾九十四次,大旱灾六十二次,大蝗灾四十九次,大饥馑七十二次,平均每年都有两三次大灾,最严重的时候,"人相食"的记录达十馀次之多!元剧如《陈州粜米》、《赵礼让肥》中所写的灾荒情状,不过是元代现实生活中的千百分之一而已。

当时辗转呻吟的广大人民群众在上述种种压迫之下,实在生活不下去了,就纷纷起来反抗、起义,从千百人到几十万人,到处都点着反抗的火焰,此起彼伏,与元政权相始终。既有反抗的实际行动和意识,当然也会有把这种行动和意识以及身受的痛苦反映出来的要求,这就赋予了元杂剧以积极的反抗的重要思想内容。通过杂剧的文艺形式,反映这种要求的重大责任,就落到了许多优秀的元杂剧作家们身上了。

这些优秀的剧作家们,本身就是双重压迫的受害者,作品中所写的人民群众的灾难,其中也包含着剧作家们的灾难。

剧作家们,多半就是元代所谓"九儒十丐",社会最低层的成员。元王朝为了适应它们原来落后的经济和文化,实行双重压迫的歧视政策,对于读书人,尤其汉人、南人中的读书人,抱着猜忌、不信任的态度,不任用他们,不给他们以参加新政权的途径,而采取了与中国传统的任用官吏的不同制度、办法。

中国历代都是通过地方推荐和后来行之已久的科举考试制度,选拔一部分读书人到政权机关中去。读书人也习惯地认为这是唯一的正当出路。但元王朝却废除了科举制度(仅在后来,才恢复了考试,但蒙、汉仍有各种差异),采用了另外的办法,任用蒙古、色目人中的贵族、军人,并以他们的子孙继续担任军、政等重要职位。中下层的官职,则由税吏、库吏、令史、典史等吏员分别担任和升充。工匠、医、算等行业,也都各设官职分管其事。这些吏员和各行业的官儿,并不需要很高的文化知识。而中国传统式的读书人既瞧不起这类官吏,也干不了他们的行道。有一些人不甘心于才能的埋没,又不能不另谋生活出路,于是就和两宋以来社会上编写讲唱文艺的团体——书会结合起来,替他们编写人民群众所喜爱的各种讲唱文艺的脚本。大戏剧家关汉卿、王实甫等人,便是这支队伍中的杰出成员。另外,还有许多知名或不知名的作家,据文献记载,大约有二百来人,共撰写了五百多本剧本,也可说洋洋大观了。这批人饱经苦难,目睹各种黑暗现象,深刻体验到人民的痛苦和人民内心蕴藏的哀怨和忿怒,因而如鲠在喉、一吐为快,挥动起他们饱蘸血泪的富有天才的大笔,倾泻了时代的黑暗和辛酸,发出了人民的忿怒和呼声,从而成为中国文学遗产中的瑰宝,世界文学巍峨宝山群中的一座巨峰。

仅仅上述那些条件是不够的,而畸形发展起来的大都市,则为元杂剧提供了发育成长的最后场地。前面所述元统治者对农田、对人民采取的各项政策,无疑对社会生产力起了倒退、破坏作用。但另一方面,他们对各种有技艺的工匠,却相当重视优待。建立各类作坊,集中人数众多的工匠于几个大都市里,让他们制造各种手工业产品、军需用品等,以满足统治者生活享受和军事上的、对外贸易的需要。当时,欧洲的十字军东征不久,西欧、近东各国与中国的商业往来密切频繁。元帝国横跨欧亚两洲,统治整个中国后,曾开辟官道,设驿站,置守兵,使道路畅通、商旅往来无阻。陆路、海路的中外交通都相当发达,中西贸易相当繁荣。东南沿海一带设立了许多市舶司专管其事。西人马可·波罗《行纪》中所述的汗八里城(即元大都,今北京市)和杭州等城市的情况,其繁盛程度,十分惊人。可能有夸大之处,但可看出,当时统治者把主要靠武力从东西各地掠夺来的丰富物资,把工匠们大规模制造出的产品,怎样来享受、消费,怎样来分赐各个贵族、臣下,怎样来和外国贸易、交换,取得所需的物品。在种种流通过程中,集中,分散,都是在几个大都市里进行的。因而促进了这些大都市暂时的、畸形的繁荣,也就为元杂剧的产生和发展,提供了必要的基地。

这些大都市里的新兴市民阶层对文化娱乐生活的要求,正是当时都市经济发达下的必然产物。环绕统治者消费享乐,和军事、商业目的,在少数几个大都市里的城市居民中,有吃饱喝足闲得无聊的贵族、官僚、地主、军官,和中外富商豪贾等等,都需要娱乐,满足他们的生活享受。而广大被统治的各阶层，同样需要文化娱乐，以求得一个抒愁解闷、倾泻自己痛苦，表露自己愿望的场所。所以，大都市和娱乐行业有着不可分割的联系：前者往往刺激后者，为后者提供物质基础，是后者兴盛起来的重要客观条件。试看现存元代刊行的元杂剧脚本，不是印着"大都新编"，就是标明"古杭新刊"（杭州是南宋首都，后又成为元代在南方的军事和商业的重镇）。再看元代许多大戏剧家，前期聚集在大都，后期集中在杭州，都足以说明两者不可分离的密切关系了。

各种客观条件既已具备；源远流长的讲唱文艺本身也发展到了足以向前迈进一步，成为纯粹、独立的正式戏剧的主观条件也完全成熟了；又经过像关汉卿、王实甫等一批天才的戏剧家们的意匠经营，孕育创造，便开放了这一枝我国文学史上的奇葩——元杂剧。

在元杂剧里，究竟反映了元代社会一些什么情况呢？现存的元剧作品仅占原来作品总数的四分之一强，当然不可能知道全部情况。但就这些现存作品来看，已把元代社会的政治黑暗，官吏贪污，恶霸横行，冤狱，高利贷，婚姻无自由，读书人无出路，以及种族歧视，阶级压迫等等，暴露无遗。例如反映大官僚、聚敛阶层、公人等罪行的有《范张鸡黍》、《风雪贬黄州》、《黄粱梦》、《陈州粜米》、《玉壶春》、《东窗事犯》等剧。反映高利贷、买卖人口的剧相当普遍，如《窦娥冤》、《罗李郎》、《鸳鸯被》、《绯衣梦》、《看财奴》、《东堂老》、《货郎旦》、《忍字记》、《刘行首》、《合同文字》、《勘头巾》、《来生债》等，都不同程度地透露出一些高利贷剥削的消息。反映饥荒、逃荒的剧也不少。如《合同文字》、《陈州粜米》及《赵礼让肥》、《霍光鬼谏》、《硃砂担》、《盆儿鬼》、《合汗衫》、《救孝子》等剧中所写的饥荒及强徒们的杀人越货，正是当时农村破产、生活无着、社会动荡的典型写照。反映妇女受压迫和婚姻不自由的剧也很多，如：《救风尘》、《临江驿》、《窦娥冤》、《柳毅传书》、《西厢记》、《拜月亭》、《倩女离魂》、《金钱记》、《墙头马上》、《张生煮海》等等。此外,还有许多以历史故事为题材的杂剧。剧作者想暴露现实生活的黑暗,发泄胸中的痛苦,又要避开"禁网"和不必要的麻烦,只好在历史故事中寻求可以借题发挥、隐射借喻的题材,由古装人物出现在舞台上替自己说话,而达到"讽今"的目的。所讽的范围非常广泛,上自帝王将相,下至一般官吏,应有尽有。当然,也有作正面歌颂的,用古人来对比今人,也是一种较曲折的讽刺手法。还有一些反映其他问题的剧,这里不一一详谈了。总之,元杂剧算得上是反映元代社会现象的一面镜子的。

三

为了让阅读本书的读者,对元杂剧的形态轮廓,先有所了解,这里扼要地介绍一下元杂剧的基本面貌。

元杂剧可能是受到宋杂剧、金院本分四段演出的传统影响,全剧分为四折(偶有五折、六折的),加楔子(或不加)而成。一折略相当于现代戏剧的一幕,是杂剧组成的一个单位。一折里又分为几场(或不分场)。在乐曲方面,一折相当于散曲的一套,所用曲子多寡不等,视剧情繁简而定。一般用十来支曲子组成,最短的仅用三支曲子,最长的多至二十六支曲子。每折最末用"煞"或"尾"作为一套乐曲的结尾(也有不用尾声的)。每折次序和它所用宫调二者之间有一定的习惯关系。如:一折多用仙吕宫,二折南吕宫,三折中吕宫,四折双调。也偶有不依常例,四折的次序略有变通的。这可能是为了使乐曲的旋律与戏剧内容密切结合,而不得不略为变通之故。如仙吕的音律表现为"清新绵邈",南吕为"感叹伤悲",黄钟为"富贵缠绵",正宫为"惆怅雄壮",双调为"健捷激袅"……使用各种不同的旋律,表达与之相应的剧情,音乐与剧情紧密配合,也是剧作者很有可能运用的一种表现手法。在一套(即一折)曲子里,每支曲子的先后,也多按照一定的习惯次序排列。

剧本的最末是"题目、正名"。这不是杂剧的本身部分,而是放在全剧最后作为剧名,在散场时念出来的。它多用两句或四句对子,总括全剧内容,并以末句中有代表性的几个字作为简名。"题目"、"正名"或连用,或分开,实际指的是一样,性质并无区别。

楔子:多放在第一折之前或折与折之间。作用是简单交代人物、情节,埋伏线索,或加紧前后折联系,有用一个或两个楔子,也有不用的。它是全部戏剧的有机组成部分,但并非主场,仅起着开场或过场的作用,故多由冲末出场。

宾白:剧中人物的说白部分。中国传统戏剧以歌唱为主体,以说白为辅助,所以说白叫做宾白,就是"宾主"之宾的意思。元剧宾白,基本上用的是元代口语(白话)——当然是经过戏剧家提炼过的口语。宾白也包括诗、词或长短不齐的顺口溜。宾白中有对白、独白、旁白、带白。对白,两人以上的对话。独白,一个人的自叙或叙事。旁白,剧本写作"背云"。舞台上虽有其他角色在场,但背过身子好像在另一个地方讲话,或虽在一处而别人听不见,于是叙述自己心里的话。这是剧作者对剧中人物内心刻划的一种特殊方式。带白,剧本上写作"带云"。唱辞中偶尔插入几句说白,叫做带白;只有主唱的那个角色(末或旦)才有可能有这种情况,别的角色有白无唱,所以不会发生唱中带白的情形。

在音韵方面,元杂剧产生于中国北部,故所用的音韵以当时北方音为准。唱曲中,平、上、去三声通押,无入声。凡入声字,分别列在平、上、去三声内。所用音韵共十九韵。这与六朝、唐、宋以来《切韵》《唐韵》、《广韵》系统的分法显然不同。这在中国文学史上、尤其在韵文史上,应作为这一时期北方文学的特点之一提出来的。

9

四

　　本选集是从现存的可信为元人之作的一百三十多种杂剧中挑选出来的，希望能把一些优秀作品介绍给读者。共选了十六个剧本。五十年代拟订选目时，曾征得郑振铎、何其芳、赵景深、王焕镳、董每戡等十几位专家的意见，反复研究，最后才决定了一个选目。初版中，没有《赵氏孤儿》剧，有人说它有复仇主义倾向，故暂未选入。其实，它是一本历来受读者（观众）欢迎、在国外也很出名的剧本，情节起伏跌宕，文字扣人心弦，人物活跃纸上，是不可多得的佳作。这次增订，将它补入。至于家喻户晓的《西厢记》，本应入选，但因其分量过大，单行已久，只好割爱。

　　入选各剧，均以明人臧懋循所编《元曲选》为底本，因为臧氏对以前的本子作过一些文字加工和订补，比较完善。但也偶有改动失误之处，如《汉宫秋》中对元帝与昭君对话的误解、误改；《倩女离魂》中对倩女与王生爱情沟通方面的删改，均失原作之意，以致前后情节不衔接，扞格难通，都是臧氏千虑之一失。这次乘全书重新校订增补之际，对底本的某些脱漏、误删误改之处，均据其他明刊本作了补正，并——加了说明。

　　这部选集的十六本杂剧，约可分为五个种类，即：一、反映阶级压迫和种族压迫的悲剧，如《窦娥冤》、《陈州粜米》、《生金阁》、《魔合罗》等。二、正面描写反抗封建统治的农民英雄人物的喜剧，如《李逵负荆》。三、反映人情世态和社会现实生活的喜剧，如《秋胡戏妻》、《救风尘》、《东堂老》、《虎头牌》、《货郎旦》、《合汗衫》等。四、神话和民间传说的爱情喜剧，如《张生煮海》、《倩女离魂》等。五、历史悲剧，如《赵氏孤儿》、《汉宫秋》、《梧桐雨》等。这几个种类,大体上概括地代表了元杂剧的各个方面,我们试就每一类别中,各提出一篇,简略地谈谈主题思想和意义,藉供读者阅读时的参考。

一、关汉卿的《窦娥冤》:关汉卿写了许多以妇女为题材的剧本,以《窦娥冤》、《救风尘》、《拜月亭》等剧最著名。关汉卿是利用古代东海孝妇的传说故事,与元代现实生活中发生的事实相结合,创作了这篇惊天动地的不朽名著。在这个著名的悲剧中,以高利贷剥削为导线,恶霸横行、官吏贪污、狱刑黑暗为爆发剂,构成了这桩千古奇冤。

女主人公窦娥,从小在蔡婆家做童养媳,后来丈夫又早死,跟着婆婆过活。婆婆遇见无赖张驴儿父子,威逼着她们婆媳两个和他们父子成亲。窦娥坚决不从。张驴儿本想药死蔡婆,不料误害了自己的父亲。便以此要挟窦娥顺从,窦娥和他闹到官里,糊涂的官吏反把窦娥问成凶犯,酷刑相加,处以死刑。窦娥临死时发下三桩誓愿:被杀后血飞上白练,下大雪遮蔽尸体,当地大旱三年。三项愿望都实现了,最后,窦娥的父亲做了大官,窦娥的鬼魂去告状,才昭雪这件冤案。

这篇杂剧,充分反映了当时的社会情况。窦娥不幸的根源,正是那时广大人民的共同厄运。高利贷的罪恶,异民族的欺凌,官吏们的昏庸贪污,交织成了这个悲剧的真实历史背景。

高利贷是封建剥削的特征之一,而元代则达到了最高峰。政府设立"斡脱所",作为官营的高利贷法定机关。帝王、后妃、贵臣、军官及寺观僧道、豪强地主都进行高利贷剥削。窦娥悲剧之所以形成,应该说是这种社会经济现象在当时人民生活中的写照。窦天章还不起蔡婆的银子,才不得不把女儿送给蔡婆作童养媳,第一步就注定她失掉自由而堕入只能听从命运摆布的境地。赛卢医也因债务的追逼才使他起了坏心,企图勒死蔡婆来摆脱高利贷的束缚,因而发生了犯罪行为。刚巧被泼皮无赖张驴儿父子碰见,救了蔡婆。这样一个偶然机会,为他们向蔡婆索取报酬——勒逼成亲开了大门。同时,也是后来张驴儿威逼要买毒药而赛卢医不敢不卖,及误毒死自己的父亲的张本。剧情一步紧逼一步,趋向高潮,都是以高利贷为其有形的、无形的线索,并由此而很自然地引渡到张驴儿父子身上。

张驴儿这类泼皮无赖,在当时社会上普遍存在,也是种族压迫的变相象征之一。他们大多数是蒙古人或色目人,以属于统治种族的游民身份,依仗着统治者的某些关系,到处游荡,惹是生非,向北人、南人进行勒索讹诈和侮辱。由于他们过分扰民,不利于元王朝的统治,元统治者曾为此召集大臣商议对付的办法,官书中也屡有禁令,但无多大效果。这是当时社会上存在的不易解决的一个问题。张驴儿父子对于窦娥婆媳的威逼,家室财产的侵占,和淫侮人身的企图,正是上述那种泼皮无赖具体形象的刻划,那种社会黑暗现象的典型描绘。

等到张驴儿下毒阴谋未逞反而误毒死父亲后,又乘机威逼窦娥,仍未达到目的。闹到衙门,作品就转入另一条线索,以衙门的暗无天日,官吏的贪污昏聩,和毒刑冤狱——阶级压迫、黑暗统治为主要的暴露对象。而这一切,正是元王朝统治下的主要特征。

本剧并未正面写官吏受贿,但从侧面透露出一点消息。如负责审案的楚州太守桃杌说:"我做官人胜别人,告状来的要金银。"告状人向他跪下,他也赶忙跪下,并说:"但来告状的,就是我衣食父母。"这些虽是元杂剧常用的滑稽打诨的套语,但我们不应看作普通的插科打诨;而应理解为:作者鉴于环境和禁令,有不能明白直写的苦衷,故意用些与剧情似有关似无关的闲笔,逗乐取笑的陈套,使人看了不露痕迹,以旁敲侧击的巧妙手法来揭露、讽刺官吏的贪污腐化。最后,窦娥鬼魂明确说出"将滥官污吏都杀坏,与天子分忧,万民除害"的话,与桃杌的话前后呼应,以点明其用意。可见那些看似闲笔的打诨的话,实寓有深意,是正面的话,不可等闲看过。

全剧布局重点,是放在衙门黑暗和受害者的坚决反抗上的,这就不难窥见作者创作意图之所在了。这样一桩人命公案,审案官吏并未详细审问,研究案情,弄清真相;而只是一顿毒打,屈打成招,草草了事,视人命如儿戏。窦娥被打得——"恰消停,才苏醒,又昏迷。捱千般打拷,万种凌逼,一杖下,一道血,一层皮。"这类毒刑拷打,在元剧里有极普遍的反映。后来,又要用来对付蔡婆,善良的窦娥,才不得不以自己的死来代替蔡婆受刑了。看来,贪污、酷刑、冤狱三者结下不解之缘。可以说:贪污是造成冤狱的必然原因,冤狱是贪污的必然结果,而酷刑则是联系着两者的锁链。多少万个善良的窦娥屈死在这条锁链之下啊!"衙门自古向南开,就中无个不冤哉",是对统治者血腥镇压的控告,是被压迫人民的强烈呼声!

窦娥,这个至死不屈服的反抗形象,具有既十分柔顺善良,自我牺牲;又有十分倔强坚定,生死不渝其志的性格。从她的身上,可以看出我国古代劳动人民性格的优良传统。窦娥的苦难和牺牲,不仅是反映了封建礼教所加于妇女身上的桎梏,还是更深入地从社会经济、种族压迫、政治黑暗等方面,通过高利贷、泼皮和官吏昏贪等具体罪恶来抒写的。第四折通过鬼魂告状得到昭雪,也反映了人民的愿望,当然受了历史的局限性;但仍然保持悲剧的结构,是现实主义精神的表现。

二、康进之的《李逵负荆》:元杂剧里以水浒英雄人物作题材的作品,是颇值得注意的一个项目。这本李逵负荆,写得比较出色、成功,是杂剧中唯一的和小说情节相符合的一个例子。杂剧所述的故事,就是《水浒传》中第七十三回的后半段,不同的颇少。李逵下山,遇见了被人假冒宋江名义抢去女儿的王林,误以为真,他遏止不住愤怒,回到山上,大闹忠义堂,要砍倒杏黄旗,并要宋江去和王林质对。弄清事实真相后,他对宋江负荆请罪,并把那个女儿从强盗手中搭救出来。戏剧和小说的故事情节虽然大致相同,但戏剧比起小说则进行了更细致的描写与刻划,更形象地凸现了人物的性格和精神境界。

本剧从正面歌颂了农民起义集团中的英雄人物的正义感,以及他们和人民之间的血肉关系。表现在《水浒传》中梁山泊聚义思想,是人民夺取政权思想的反映。梁山上的杏黄旗,是人民政权的正义性的标帜。作者通过对李逵典型性格的刻划,表现出这个起义集团是怎样地抱着热爱人民的态度和精神,敢与迫害人民、压迫人民的一切不义行动作斗争。从这个故事里,我们还可体会到他们所严格遵守的纪律性,对于人民利益的不可侵犯性,和每一成员所洋溢表现的正义性。李逵只因误信奸人的假冒行为,就要砍倒杏黄旗,这不能仅看作是李逵鲁莽性格的描写,而更本质的,在于表现他是怎样爱护这个人民政权的正义性,不可侵犯性,和他对于保护人民、尊重人民的任务的忠诚。这个故事,有力地粉碎了统治阶层把绿林好汉说成是杀人放火的凶徒的诬蔑,而显示出他们忠厚、仁爱和朴质的心情,对待自己阵营里的人的认真、要求严肃的态度。这和当时统治阶层对于人民掠夺淫虐的行动对比,权豪势要的任意侮辱作践妇女对比,真是相去悬远的鲜明对照。对农民起义集团的歌颂赞扬,实际也正是暴露了当时黑暗现实的讽喻的另一面。无疑,这是表现人民寄与绿林豪杰以无限憧憬与希冀、同情的愿望的,也是水浒故事杂剧在元代颇为流行的真实原因。这些英雄人物,在剧作者的笔下,都是作为正面的有高尚品质的典型人物来描写的、歌颂的。

从李逵的性格看,他完全是农民阶级的忠实儿子,耿直,莽撞,遇事不考虑,具有强烈的反抗性。他十分忠诚于梁山的起义事业,忠于宋江;但误听人言,发生误会之后,为了梁山的正义事业,又翻脸不认人,要和宋江拼命,砍倒杏黄旗。这是质直的正义感的极度强调。而作为起义的领袖宋江,也被描写为正义的、宽厚的人物,绝不像金圣叹等的有意歪曲。站在人民立场的剧作者的态度,恰恰和反动派说梁山泊

"水不甜,人不义"的诬蔑完全相反。

李逵负荆比起小说来,是以更集中的形式来处理梁山起义的本质意义和精神的。在许多水浒传说故事中,这一故事,更是有典型意义、能突出显示水浒起义的精神的。

三、石君宝的《秋胡戏妻》:秋胡故事,是古代著名的一个传说,有书本著录。这是元杂剧中运用历史故事结合现实来编写的一个例子。剧情和传说没有大变更,只多出秋胡从军后,秋胡妻力拒一个大户的诱惑一段插曲,其馀情节很少出入。但在这本杂剧里可以发现秋胡夫妇好像并不是古代人物,历史环境也表现不同,他们只是生活在元代社会里的一对男女:男子是军户(元代户籍制度中的一种),新婚的第二天,便被勾去当军了。女的只好用她自己的劳动所得,养活一家人。这时,一个大地主千方百计来利诱威逼她,想达到侮辱妇女的目的。这不正是当时一般人民所常遇到的遭遇吗?十年后,秋胡做官回来。他做官得意了,但已失掉劳动人民原来善良的品质。他爬上了另一个阶层,学会了卑劣自私和淫荡的行为,随意引诱玩弄女人。而一直忙碌劳动生产的妻子,在金钱利诱之下,则完全不曾动摇她尊严高贵的人格,拒绝了秋胡的诱迫。在这之前,她已经抗拒了一个地主对她的威胁。两相对比,意义是非常深刻的。这说明一个人物的性格、行为,由于社会地位、环境有了变化,也跟着起了变化。剧中女主人公梅英的形象,刻划得相当好。她是一个有血肉有意志光辉的劳动妇女,她不是甘于受男性欺凌侮辱的被传统道德束缚的弱者。当她回家知道适才在桑园挑诱她的男子,竟是自己久别的丈夫之后,便主动地用挑战的姿态来和秋胡谈判,向他提出责问,指斥他不忠于夫妇关系的放荡行为。她觉得不能和这样的人生活下去,要求离异,她说宁可耽饥忍饿到长街上讨饭,也不正眼儿看那冠帔官诰。末了,虽然限于原来喜剧结构形式,她不得不在婆婆以死要挟的形势下,被迫勉强认了秋胡,但还说:"也则要整顿我妻纲;不比那秦氏罗敷,单说得他一会儿无婿的谎。"拿罗敷作比,是很有意义的。乐府诗歌《陌上桑》中的罗敷,在桑园里遇到大官的胁迫,她胡诌了一篇自己丈夫也是大官的故事,挣脱了纠缠,暴露了统治阶级的无耻行为。在形象塑造上,梅英比罗敷更为有力和强毅。她不仅和罗敷一样一再拒绝男性卑劣的引诱,还体现了一个能独立生活、不受男性支配束缚的比较更坚强的女性性格。两者都出色地描写出古代农村劳动妇女的形象,但《陌上桑》多少还是以较轻松的笔触来表现的;《秋胡戏妻》则更深入到人物内心活动和社会问题的深度了。应该承认,像梅英这样妇女的造形,是比罗敷更为完整的,在古典文学中是值得注意的。

四、李好古的《张生煮海》:这是一个神话传说喜剧。秀才张羽和龙王的三女儿琼莲相爱,遇到阻碍,张羽从仙人那里得到煮海的宝贝,煮沸了大海,胁迫着龙王把女儿送出,成就他们的姻缘。

这个神话故事,从男女间真挚的爱情出发,向争取婚姻自由,与封建礼教斗争等方面展开,并作了乐观的、成功的、光明胜利的结局。这些,原都是民间同类故事传说中共同的主题和结构。煮海的描写,充分显示了神话里对自然现象和自然威力作斗争的丰富想象的特点,它很质朴而又很活跃地保存了原始的表现力量。它的社会意义主要是通过人战胜神、神对人的屈服,也就是象征着统治阶级对人民的屈服,来突出这个神话故事的主题。这种浓厚的对神(对统治者)的反抗思想意识,结合上述的那几个方面的展开,就使这个神话传说故事具有内容上的深刻性。

封建社会里,天和代表统治阶级最高权力的皇帝,是二而一的混合体。现实世界的统治者,就是天的化身,他受命于天,谁要想推翻和动摇当前的统治,就是对天的不顺从,就是大逆不道。因而,即使是农民起义来反抗统治者,也常常要打着"天"的旗号,以"替天行道"作为号召进行宣传。除了天之外，龙，在我国历史上，则是封建统治另一种最重要的象征。龙是皇帝的专用物和代表性的称谓，是皇帝的一切标志和比拟，简直是二而一的。天，到底是比较抽象的观念；而龙虽然实际并不曾出现过，但却是比较具体而形象化的。一提到龙，便不由得联想到皇帝，尤其在民间的思想意识里，格外来得显著。像张生煮海的故事中，龙王居然受到一个民间凡人的威迫，连身家性命都不能自保，面临着倾覆毁灭的命运，只好完全屈服地答应了凡人的要求，这确实不是一件平常的、简单的事情。它非常明显地反映了最朴素的民间反抗封建统治的最强烈、最普遍的思想感情。这种思想感情和神话结合起来，和初民的与自然现象、自然威力作斗争的想象结合起来，通过这个美丽瑰奇的故事传说和戏剧，在人民群众中间普遍传播，起了推动宣传作用，影响是不小的。统治阶级很懂得这一点，宋代，就曾经禁止人民用"天"、"龙"等字作人名、称号及寺院的题额。这表示他们深惧人民因此对天和龙养成不尊敬的习惯，养成反抗与轻视统治阶级的思想意识，并进而付诸行动。因此，我们不能不注意到，任何民间传说故事里，对天或龙的嘲笑、讽刺、形容、唾骂，以至它们的无能和屈服，实际上都具有很强的人民性。《张生煮海》这篇神话剧的主要意义即在于此。

《张生煮海》的故事传说，除本剧外，过去不见于记载。可能因为它对于封建统治反抗性的激烈，使得过去的读书人不敢接受与著录。

五、马致远的《汉宫秋》：这是一个著名的历史悲剧，写汉元帝被迫送王昭君和番，王昭君不屈，在半路上跳江而死的故事。

本剧是以汉元帝时代王嫱（昭君）嫁给南匈奴呼韩邪单于的历史事件为题材，而在一定程度上超出历史事实的局限，作了某些较重要情节的改动的一个历史剧本。我们认为这是剧作者借酒浇愁的一种表现。这个剧的产生，应该和产生它的时代联系起来看。如果把这个剧里所写的统治阶级人物，和十三世纪中叶，金、宋两个王朝被灭亡时期，统治者在敌人面前的那副奴颜婢膝的无耻嘴脸对照一看,倒是很有意义、很有趣味的。如果把王昭君这个爱国者的形象及她的悲惨命运,和金、宋灭亡时王朝的宫妃、宫女及数量众多的民间妇女大批地被掳去当奴作婢,其中有很多人不甘受辱,宁可自杀等事实对照一看,就可以比较清楚地理解"昭君和番"这个故事,为什么会越来越离开历史真实了。但是,它虽非汉代的历史真实,却真正反映了金元、宋元之际更具有丰富内容的历史真实。我们知道,元剧作家迫于现实环境,有时只能借用历史题材,在情节上略作改动,来暗寓民族压迫和亡国之痛的。

作者是把这个故事当作历史悲剧、时代悲剧来写的。故事一开始,把"番"和"汉"对立起来安排,就可以看出作者暗射当时政治形势的明显用意。剧中写番邦方面势力强大,蛮不讲理,予取予求。呼韩邪单于向汉索取王昭君,"若不肯与,不日南侵,江山难保!"多么威风!他的使臣也竟敢当面威胁汉朝皇帝:"陛下若不从,俺有百万雄兵,克日南侵,以决胜负。"——这,在汉强匈奴弱的历史情况下是不会出现的。但,距离产生这本作品最近的时代里,居然有过接二连三类似的事情发生。如:成吉思汗包围金首都(北京),索取公主。元丞相伯颜包围宋首都(临安),勒索大批宫女;不久,又大批俘掳南宋后妃宫女北上,她们之中有不少人不屈而死,等等,《汉宫秋》中所写的离愁别恨,不正是她们最逼真的写照吗?

而汉朝统治集团方面,文武将相,为了保全自己的高官厚禄、身家性命,当国家最危急的关头,他们以种种借口,不惜卑躬屈节,媚敌投降。像毛延寿那种出卖祖国,五鹿充宗那种劝诱投降的汉奸们,历史上是屡见不鲜的。在紧要关头,连帝王最心爱的妃子也不得不忍痛送给"番邦",换取暂时的苟安,说明这个国家已经处在一种什么样的地位;说明平时只知道"食列鼎、卧重茵",只会压迫人民的大官僚们,这时又是一副什么样厚颜无耻的嘴脸;说明平时深居九重、高高在上的皇帝,这时又是怎样的昏庸腐朽、软弱无能。而这一切,正是金、宋末期朝廷里那些卖国求荣、畏缩投降的统治者们的真实画像。不妨设想一下:当南宋灭亡前后,人们坐在大都的戏园里观赏《汉宫秋》的演出,毛延寿、五鹿充宗、石显等丑恶形象出现在舞台上时,观众不是很自然会想到南宋投降北来的将相如吕文焕、留梦炎之流吗?

与这类卖国者相反,剧本成功地塑造了一个宁愿牺牲自己,以换取国家安全,具有高度爱国主义的坚贞形象——王昭君。当满朝文武不敢抵抗,汉元帝束手无策之际,她竟能抛开一切个人的利害得失,置生死于不顾,前去"和番",以息刀兵。但作者并没有简单化。开始时,她对现实有留恋,对前途不无顾虑,但"怕江山有失"的思想占了上风,终于走上为国牺牲的道路。临出发前,作者安排了"留下汉家衣服"的细节,暗示不愿以汉家衣装去以色事敌,为下文不屈而死作一伏笔。果然,到了番汉交界的黑江,作者大胆地越出历史事实的局限,作了跳江而死的处理,借以表明她至死不投降的民族气节。无疑的,剧作者是要通过这一壮烈行动的描写,来反映当时广大人民不屈服于外族统治的战斗精神和反抗意志。而王昭君这一不朽的艺术形象,正是从上述实际生活中汲取了力量而丰富、成长起来的。

全剧结构紧凑,缜密细致,层次井然,逐步深入,把悲剧推向高潮,真是紧针密线,无懈可击。文辞也历来为人所称道,脍炙人口,诚如王国维所谓:"写情则沁人心脾,写景则在人耳目,述事则如其口出者。"如第三折送别昭君,汉元帝回宫时无可奈何、触目伤心的一段,重言叠语,急节促拍,模写得入神,最为古今人所激赏。其他如细节的描写细腻,也是不可多得的文字。

最后,简单说明一下本书的情况。

这个选集自一九五六年五月出版以后,曾受到社会上的重视;国内外及台、港等地的一些高校中文系多采用为教学课本或重要参考书,并于一九五八年、一九七八年重印过几次。此次增补修订,除了增入《赵氏孤儿》外,对全书各剧又重新作了校勘、订补。注释方面,旧本比较简单,这次增加了一倍有馀,目的是为了尽量减少读者阅读时的阻碍。但限于水平,加之年衰多病,这项工作中的缺点错误,定所难免,衷心地希望得到读者和专家的批评指正。

　　　　　一九九三年四月,顾学颉(肇仓)于北京,
　　　　　　时年八十晋一。

感天动地窦娥冤[1]

（元）关汉卿[2] 撰

楔　子[3]

（卜儿[4]蔡婆上，诗云[5]）花有重开日，人无再少年。不须长富贵，安乐是神仙。老身[6]蔡婆婆是也，楚州人氏，嫡亲三口儿家属。不幸夫主亡逝已过，止有一个孩儿，年长八岁，俺娘儿两个，过其日月[7]。家中颇有些钱财，这里一个窦秀才，从去年间我借了二十两[8]银子，如今本利该银四十两。我数次索取，那窦秀才只说贫难，没得还我。他有一个女儿，今年七岁，生得可喜，长得可爱，我有心看上他，与我家做个媳妇，就准[9]了这四十两银子，岂不两得其便。他说今日好日辰，亲送女儿到我家来。老身且不索钱去，专在家中等候，这早晚[10]窦秀才敢待[11]来也。（冲末[12]扮窦天章引正旦[13]扮端云上，诗云）读尽缥缃[14]万卷书，可怜贫杀[15]马相如[16]；汉庭一日承恩召，不说当垆说子虚。小生[17]姓窦，名天章，祖贯长安京兆人也。幼习儒业，饱有文章；争[18]奈时运不通，功名未遂。不幸浑家[19]亡化已过，撇下这个女孩儿，小字端云，从三岁上亡了他母亲，如今孩儿七岁了也。小生一贫如洗，流落在这楚州居住。此间一个蔡婆婆，他家广有钱物；小生因无盘缠[20]，曾借了他二十两银子，到今本利该对还他四十两。他数次问小生索

1

取,教我把甚么还他;谁想蔡婆婆常常着人来说,要小生女孩儿做他儿媳妇。况如今春榜动,选场开[21],正待上朝取应[22],又苦盘缠缺少。小生出于无奈,只得将女孩儿端云送与蔡婆婆做儿媳妇去。(做叹科[23],云)嗨!这个那里是做媳妇?分明是卖与他一般。就准了他那先借的四十两银子,分外但得些少东西,勾小生应举之费,便也过望了。说话之间,早来到他家门首。婆婆在家么?(卜儿上,云)秀才,请家里坐,老身等候多时也。(做相见科,窦天章云)小生今日一径的将女孩儿送来与婆婆,怎敢说做媳妇,只与婆婆早晚使用。小生目下就要上朝进取功名去,留下女孩儿在此,只望婆婆看觑[24]则个[25]。(卜儿云)这等[26],你是我亲家[27]了。你本利少我四十两银子,兀的[28]是借钱的文书,还了你;再送与你十两银子做盘缠,亲家,你休嫌轻少。(窦天章做谢科,云)多谢了婆婆。先少你许多银子,都不要我还了;今又送我盘缠,此恩异日必当重报。婆婆,女孩儿早晚呆痴,看小生薄面,看觑女孩儿咱[29]。(卜儿云)亲家,这不消你嘱付,令爱到我家就做亲女儿一般看承[30]他,你只管放心的去。(窦天章云)婆婆,端云孩儿该打呵,看小生面则[31]骂几句;当骂呵,则处分[32]几句。孩儿,你也不比在我跟前,我是你亲爷,将就的你;你如今在这里,早晚若顽劣呵,你只讨那打骂吃。儿唻[33]!我也是出于无奈。(做悲科)(唱)

【仙吕赏花时】[34]我也只为无计营生四壁贫,因此上割舍得[35]亲儿在两处分。从今日远践洛阳尘,又不知归期定准,则落的无语暗消魂[36]。(下)

(卜儿云)窦秀才留下他这女孩儿与我做媳妇儿,他一径上朝应举去了。(正旦做悲科,云)爹爹,你直下的[37]撇了我孩儿去也。(卜儿云)媳妇儿,你在我家,我是亲婆,你是亲媳妇,只当自家骨肉一般。你不要啼哭,跟着老身前后执料[38]去来[39]。(同下)

[1] 窦娥冤杂剧——此剧渊源于《汉书·于定国传》所记载的东海孝妇孝养婆婆而冤死,及晋·干宝《搜神记》(十一)记孝妇临刑前发誓、死后誓言竟实现的传说故事,结合并反映了元代社会里出现的类似的现实生活,以极高度的同情、愤怒和反抗的心情,对元代社会上普遍存在的官府黑暗,酷刑冤滥,流氓地痞横行,高利贷盘剥,以及封建礼教对妇女思想上的束缚等等罪恶,予以无情地揭露和控告。不仅抨击了"衙门自古向南开,就中无个不冤哉";连代表至高无上权力的"天"和"地",在作者的笔下,也遭到了彻底的否定:"地也,你不分好歹何为地?天也,你错勘贤愚枉做天!"这个血与泪的"冤",的确"感天动地",是一本"即列之于世界大悲剧中亦无愧色"的大悲剧。

此剧有法文译本和日文译本,分别刊行于1835年和1925年。

[2] 关汉卿——他的籍贯,有几种说法。元·钟嗣成《录鬼簿》:"关汉卿,大都人,太医院尹,号已斋叟。"元·熊自得《析津志·名宦》(据《永乐大典》引):"关一斋,字汉卿,燕人。"清·乾隆时据明本重修《祁州志·关汉卿故里》:"汉卿,元时祁之伍仁村人也。"清·邵远平《元史类编·文翰》:"关汉卿,解州人。"按:四说不同,但各有因。《析津志》列关于"名宦"类,而笼统名曰"燕人",颇为得体。方志诸书分类体例,"名宦"与"人物"例分两类,曾在某地(州或县)任官而有名,但并非某地之人,则入"名宦"类。至于某地出生(籍贯)之名人,则入"人物"类。熊氏认为关汉卿并非大都(即析津)人,故列入"名宦",而不入"人物"。"燕",泛指河北北部,非专称。《祁州志》谓为"祁之伍仁村人",就把"燕"地具体指实了,可与《析津志》互为补充。祁州,元代属保定路,今

3

为河北省固安,与北京市大兴南相邻,自可泛指"燕"。《录鬼簿》的"大都"说,只能认为是"侨寓"、"寄籍",关汉卿曾在大都为"名宦",后又长期住在大都编写戏曲,说他是大都人,也不大错。近经河北师范学院等单位到固安伍仁村实地调查,《祁州志》之说,比较可信。至于资料最晚的"解州"说,可能指关汉卿的祖籍。古人重视郡望、祖籍,即使已有好多代不在某地生长、居住,但传记仍说是某地人。例如说杜甫是襄阳人,白居易是太原人等,"解州"说当属此类。综合以上几点,关汉卿的籍贯,大致可以得出如下结论:关汉卿,元祁州(今河北固安)伍仁村人;久寓大都(今北京),故又称大都人;祖籍相传为解州(今山西解县)人。

关汉卿在金代末年,可能作过太医院的医官,入元不仕,《析津志》说他"生而倜傥,博学能文,滑稽多智,蕴藉风流,为一时之冠。是时,文翰晦盲,不能独振,淹于辞章者久矣。"到大德年间还活着,约生活在13世纪初到13世纪末,是一位享高龄负盛名的戏剧家。创作的杂剧有六十几种,现存《诈妮子》、《哭存孝》、《蝴蝶梦》、《单刀会》、《救风尘》、《拜月亭》、《金线池》、《西蜀梦》、《切鲙旦》、《玉镜台》、《绯衣梦》、《窦娥冤》、《谢天香》、《鲁斋郎》、《陈母教子》等十馀剧及佚曲数种,散曲七十馀首。明·贾仲明挽词云:"珠玑语唾自然流,金玉词源即便有。玲珑肺腑天生就。风月情,忒惯熟。姓名香,四大神物,驱梨园领袖,总编修师首,捻杂剧班头。"他是我国的一位伟大的戏剧家。1958年在北京举行的世界文化名人纪念大会,他被推选为纪念人之一。

〔3〕楔子——本是木匠用来塞紧、加固器具、木作的榫头的契形木片。后来戏剧、小说借用了这个名称。元杂剧里,一般分为四折;或在四折之外,加上一个或两个楔子,放在剧首或折与折之间,用来介绍人物、情节和加强前后剧情的联系。所唱曲子,只用一二支小令,不用长套。《古今杂剧》本此剧无楔子,并入第一折内。

〔4〕卜儿——剧中扮演老妇人的人。宋元把"娘"字省写为"外",

又省为"卜"。卜儿就是老娘、老妇的意思。徐渭《南词叙录》:"老旦曰卜儿。"自注:"外儿也,省文作卜。"王国维《古剧脚色考》:"扮老妇者谓之卜儿。"

〔5〕诗云——元杂剧体制,脚色出场后,一般先念四句上场诗,或叫定场诗。诗的内容按照出场人的身份、行业、年龄及剧情而有所不同。老旦出场多用此诗。《古今杂剧》本无后二句。

〔6〕老身——老年人的自称(包括男、女),元剧中多用为老妇人的自称。《北史·穆崇传》:"老身二十年侍中。"《新五代史·汉家人传》:"(太后诰曰)老身未终残年。"

〔7〕日月——元剧中多指生活、光阴。

〔8〕二十两——《古今杂剧》本作"五两";下文"四十两"作"十两"。《元曲选》的编者可能认为"五两"、"十两"太少,故倍增之。无论是"五两"或"二十两",都反映了元代社会盛行的高利贷(羊羔儿利)剥削制的残酷情况。

〔9〕准——这里是折偿、抵充的意思。

〔10〕早晚——表时间不定之词。这里约相当于"时候"的意思。下文"早晚若顽劣呵",则是"有时"、"时或"的意思。

〔11〕敢待——大概就要(表示即将发生),含有一定程度的肯定语气。本书《梧桐雨·二》:"敢待做假忠孝龙逢比干",则含有疑问语气,莫非要之意。

〔12〕冲末——末,角色名;剧中的男角,犹如近代的京剧中的"生"。正末,男主角;此外,又有副末、冲末、外末、小末等名目。冲末,多扮男角,也偶有扮女角的。《古今杂剧》本冲末即扮卜儿。《元曲选》本改扮窦天章。

〔13〕正旦——旦,角色名;正旦,剧中的女主角。此外,又有副旦、贴旦、外旦、小旦、大旦、老旦、花旦、色旦、搽旦等名目。元杂剧体制,有

5

末本、旦本之分。末本,在剧中由正末一人独唱;旦本,由正旦一人独唱。

〔14〕缥缃(piǎo xiāng 瞟香)——缥,青白色的绸子;缃,浅黄色的绸子。古人用它包书,或作书囊,因此,后来就成为珍贵书籍的代称。

〔15〕贫杀——穷死;极力夸大之词。

〔16〕马相如——即司马相如;字长卿,成都人,汉代的大文学家。曾在临邛作客;他很会弹琴,蜀中豪富卓王孙的女儿卓文君爱他,背着父母,跟他一起到了成都。他家里很穷,一无所有,只剩四堵墙壁。夫妇两人开着小酒店过活,卓文君当垆沽酒,他自己打杂。后来汉武帝读到他所著的《子虚赋》,大为赞赏,召他到朝中做官。

〔17〕小生——古时书生自谦之称。

〔18〕争奈——同怎奈;无可奈何之意。

〔19〕浑家——本指全家,后来专以指妻。清·钱大昕《恒言录》三谓:"称妻曰浑家,见郑文宝《南唐近事》。"

〔20〕盘缠——旅费,俗语叫做盘费或盘程;也指日常生活费用。

〔21〕春榜动,选场开——在京城举行的进士考试和发榜,多在春季。这两句是说,春季将要举行考试了。

〔22〕上朝取应——到京城应考。

〔23〕科——或作科范、科泛。戏剧术语,表示剧中人物的动作或情态,一般叫做"科"或"介"。

〔24〕看觑——照顾,关照。

〔25〕则个——加重语气,表示希望的语助词,略近"着"或"者"。

〔26〕这等——这样。

〔27〕亲(qìng 庆)家——男女结婚,双方的父母互称为亲家;亲念去声。《旧唐书·萧嵩传》:"嵩子尚新昌公主。嵩妻入谒,帝呼为亲家。"本书《东堂老·楔子》:"所以亲家往来,胜如骨肉。"则系泛指亲戚之家;亲念阴平声。

〔28〕兀的——或作兀底、兀得、阿的,指示词,犹如说"这个";有时也兼表惊异或郑重的口气。

〔29〕咱——或作者。用在一句话的末尾,表示应当、命令或希望的意思。

〔30〕看承——看待,对待。

〔31〕则——或作子,元剧中用法同"只"。

〔32〕处分——本是处理、分付的意思,与现在作处罚解略有不同。明·胡震亨《唐音癸籤》卷二十四:"唐人用处分二字,分,去声,今人读平声者误。刘禹锡《和令狐楚〈闻思帝乡曲〉》:'沧海西头旧丞相,停杯处分不须吹。'及白居易'处分贫家旧活计',可证。"这里就是分付、嘱咐的意思。

〔33〕哟(yo哟)——此处用法同"哟",表示惊叹之词。

〔34〕〔仙吕赏花时〕——《古今杂剧》本无此曲,只念了四句诗:"弹剑自伤悲,文章习仲尼。不幸妻先死,父子两分离。"

〔35〕割舍得——亦作割舍的、割舍了,或倒作舍割,谓舍弃。赵令畤《侯鲭录》三:"两耳堪作底用?割舍不得。"本书《救风尘》:"割舍的一不作二不休。"意谓拼着,豁出去。

〔36〕暗(àn案)消魂——"黯然消魂"的省语。暗,通黯;消,通销。江淹《别赋》:"黯然销魂者,惟别而已矣。"黯然消魂,形容人们分别的时候,心里难过,心神沮丧的情状。

〔37〕下的——或作下得。就是"舍得"的音转。

〔38〕执料——照料。

〔39〕去来——就是去;来,语尾助词,无义。陶潜《归去来辞》:"归去来兮,田园将芜,胡不归?"归去来,即归去。

第 一 折

（净[1]扮赛卢医[2]上，诗云）行医有斟酌，下药依本草[3]；死的医不活，活的医死了。自家姓卢，人道我一手好医，都叫做赛卢医，在这山阳县南门开着生药局。在城[4]有个蔡婆婆，我问他借了十两银子，本利该还他二十两；数次来讨这银子，我又无的还他。若不来便罢，若来呵，我自有个主意。我且在这药铺中坐下，看有甚么人来？（卜儿上，云）老身蔡婆婆。我一向搬在山阳县居住，尽也静办[5]。自十三年前窦天章秀才留下端云孩儿与我做儿媳妇，改了他小名，唤做窦娥。自成亲之后，不上二年，不想我这孩儿害弱症死了。媳妇儿守寡，又早三个年头，服孝将除了也。我和媳妇儿说知，我往城外赛卢医家索钱去也。（做行科，云）蓦[6]过隅头，转过屋角，早来到他家门首。赛卢医在家么？（卢医云）婆婆，家里来。（卜儿云）我这两个银子长远了，你还了我罢。（卢医云）婆婆，我家里无银子，你跟我庄上去取银子还你。（卜儿云）我跟你去。（做行科）（卢医云）来到此处，东也无人，西也无人，这里不下手等甚么？我随身带的有绳子。兀那[7]婆婆，谁唤你哩？（卜儿云）在那里？（做勒卜儿科。孛老[8]同副净张驴儿冲上，赛卢医慌走下，孛老救卜儿科。张驴儿云）爹，是个婆婆，争些[9]勒杀了。（孛老云）兀那婆婆，你是那里人氏？姓甚名谁？因甚着这个人将你勒死？（卜儿云）老身姓蔡，在城人氏，止有个寡媳妇儿，相守过日。因为赛卢医少我二十两银子，今日与他取讨。谁想他赚我到无人去处，要勒死我，赖这银子。若不是遇着老的和哥哥呵，那得老身性命来？

(张驴儿云)爹,你听的他说么?他家还有个媳妇哩。救了他性命,他少不得要谢我;不若你要这婆子,我要他媳妇儿,何等两便,你和他说去。(孛老云)兀那婆婆,你无丈夫,我无浑家,你肯与我做个老婆,意下如何?(卜儿云)是何言语!待我回家,多备些钱钞相谢。(张驴儿云)你敢[10]是不肯,故意将钱钞哄我?赛卢医的绳子还在,我仍旧勒死了你罢。(做拿绳科)(卜儿云)哥哥,待我慢慢地寻思咱。(张驴儿云)你寻思些甚么?你随我老子,我便要你媳妇儿。(卜儿背云[11])我不依他,他又勒杀我。罢罢罢,你爷儿两个随我到家中去来。(同下)(正旦上,云)妾身姓窦,小字端云,祖居楚州人氏。我三岁上亡了母亲,七岁上离了父亲;俺父亲将我嫁与蔡婆婆为儿媳妇,改名窦娥。至十七岁与夫成亲,不幸丈夫亡化,可早三年光景,我今二十岁也。这南门外有个赛卢医,他少俺婆婆银子,本利该二十两,数次索取不还,今日俺婆婆亲自索取去了。窦娥也,你这命好苦也呵!
(唱)

【仙吕点绛唇】满腹闲愁,数年禁受[12],天知否?天若是知我情由,怕不待[13]和天瘦。

【混江龙】则问那黄昏白昼,两般儿忘餐废寝几时休?大都来[14]昨宵梦里,和着这今日心头。催人泪的是锦烂熳花枝横绣闼,断人肠的是剔团圞[15]月色挂妆楼。长则是急煎煎[16]按不住意中焦,闷沉沉展不彻眉尖皱,越觉的情怀冗冗[17],心绪悠悠。

(云)似这等忧愁,不知几时是了也呵!(唱)

【油葫芦】莫不是八字儿该载着一世忧,谁似我无尽头!须知道人心不似水长流。我从三岁母亲身亡后,到七岁与父分离久,嫁的个同住人,他可又拔着短筹[18];撇的俺婆妇每[19]都把空房守,端的[20]个有谁问,有谁僽[21]?

【天下乐】莫不是前世里烧香不到头[22],今也波[23]生招祸尤,劝今人早将来世修。我将这婆侍养,我将这服孝守,我言词须应口。

(云)婆婆索钱去了,怎生这早晚不见回来?(卜儿同孛老、张驴儿上)(卜儿云)你爷儿两个且在门首等,我先进去。(张驴儿云)奶奶,你先进去,就说女婿在门首哩。(卜儿见正旦科)(正旦云)奶奶回来了,你吃饭么?(卜儿做哭科,云)孩儿也,你教我怎生说波!(正旦唱)

【一半儿】为甚么泪漫漫不住点儿流?莫不是为索债与人家惹争斗?我这里连忙迎接慌问候,他那里要说缘由。(卜儿云)羞人答答的[24],教我怎生说波!(正旦唱)则见他一半儿徘徊一半儿丑。

(云)婆婆,你为甚么烦恼啼哭那?(卜儿云)我问赛卢医讨银子去,他赚我到无人去处,行起凶来,要勒死我。亏了一个张老并他儿子张驴儿,救得我性命。那张老就要我招他做丈夫,因这等烦恼。(正旦云)婆婆,这个怕不中[25]么?你再寻思咱:俺家里又不是没有饭吃,没有衣穿,又不是少欠钱债,被人催逼不过;况你年纪高大,六十以外的人,怎生又招丈夫那?(卜儿云)孩儿也,你说的岂不是?但是我的性命全亏他这爷儿两个救的,我也曾说道,待我到家,多将些钱物,酬谢你救命之恩。不知他怎生知道我家里有个媳妇儿,道我婆媳妇又没老公,他爷儿两个又没老婆,正是天缘天对。若不随顺,他依旧要勒死我。那时节我就慌张了,莫说自己许[26]了他,连你也许了他。儿

也,这也是出于无奈。(正旦云)婆婆,你听我说波。(唱)

【后庭花】避凶神要择好日头,拜家堂[27]要将香火修;梳着个霜雪般白鬏髻[28],怎将这云霞般锦帕兜。怪不的女大不中留[29],你如今六旬左右,可不道到中年万事休,旧恩爱一笔勾,新夫妻两意投,枉教人笑破口。

(卜儿云)我的性命都是他爷儿两个救的,事到如今,也顾不得别人笑话了。(正旦唱)

【青哥儿】你虽然是得他得他营救,须不是笋条[30]笋条年幼,划的[31]便巧画蛾眉[32]成配偶。想当初你夫主遗留,替你图谋,置下田畴,蚤晚羹粥,寒暑衣裘;满望你鳏寡孤独,无捱无靠,母子每到白头。公公也,则落得干生受[33]。

(卜儿云)孩儿也,他如今只待过门,喜事匆匆的,教我怎生回得他去?(正旦唱)

【寄生草】你道他匆匆喜,我替你倒细细愁;愁则愁兴阑删[34]咽不下交欢酒,愁则愁眼昏腾扭不上同心扣,愁则愁意朦胧睡不稳芙蓉褥。你待要笙歌引至画堂前,我道这姻缘敢落在他人后。

(卜儿云)孩儿也,再不要说我了,他爷儿两个都在门首等候,事已至此,不若连你也招了女婿罢。(正旦云)婆婆,你要招你自招,我并然不要女婿。(卜儿云)那个是要女婿的。争奈他爷儿两个自家捱过门来,教我如何是好?(张驴儿云)我们今日招过门去也。帽儿光光[35],今日做个新郎;袖儿窄窄,今日做个娇客[36]。好女婿,好女婿,不枉了,不枉了。(同孛老入拜科)
(正旦做不礼[37]科,云)兀那厮[38],靠后!(唱)

11

【赚煞】我想这妇人每休信那男儿口,婆婆也,怕没的贞心儿自守,到今日招着个村老子[39],领着个半死囚。(张驴儿做嘴脸科,云)你看我爷儿两个这等身段,尽也选得女婿过,你不要错过了好时辰,我和你早些儿拜堂罢。(正旦不礼科,唱)则被你坑杀人[40]燕侣莺俦。婆婆也,你岂不知羞!俺公公撞俯冲州,阃阈[41]的铜斗儿家缘[42]百事有,想着俺公公置就,怎忍教张驴儿情受[43]?(张驴儿做扯正旦拜科,正旦推跌科,唱)兀的不是俺没丈夫的妇女下场头[44]。(下)

(卜儿云)你老人家不要恼懆[45],难道你有活命之恩,我岂不思量报你;只是我那媳妇儿气性最不好惹的,既是他不肯招你儿子,教我怎好招你老人家?我如今拼的好酒好饭养你爷儿两个在家,待我慢慢的劝化俺媳妇儿;待他有个回心转意,再作区处[46]。(张驴儿云)这歪剌骨[47],便是黄花女儿[48],刚刚扯的一把,也不消这等使性,平空的推了我一交,我肯干罢!就当面赌个誓与你:我今生今世不要他做老婆,我也不算好男子。(词云)美妇人我见过万千向外,不似这小妮子[49]生得十分毒赖[50];我救了你老性命死里重生,怎割舍得不肯把肉身陪待?(同下)

〔1〕净——角色名,以扮演刚强狞猛的人为主,也有扮演反面人物的,近代京剧中叫做花脸。元剧中,一般扮演男角,有时也扮演女角。又有副净、二净、丑等名目。明·徐渭《南词叙录》云:"或曰其面不净,故反言之。予意:即古'参军'二字合而讹之耳。"

〔2〕赛卢医——赛,是赶得上、比得过的意思。卢医,指古代良医扁鹊;卢是他住的地方,因称为卢医。元剧中常称庸医为赛卢医,是用反语

打诨,讥笑这个医生不高明的意思。《董解元西厢记》卷五:"……都来四十字,治病赛卢医。"

〔3〕 本草——即《神农本草》,汉代人著,历代多有修订增补,是我国最古的一部药物学书籍。

〔4〕 在城——本城,这里指山阳县城。

〔5〕 静办——清静,安静。办,语助词。现在北京及一些地方口语中,还有此说法。

〔6〕 蓦——这里同迈,跨过。

〔7〕 兀那——即那,指示词。兀,发声词,无义。

〔8〕 孛老——剧中扮演老头儿的人。王国维《古剧脚色考》:"金元之际,'鲍老'之名分化而三,其扮演盗贼者谓之邦老;扮老人者谓之孛老;扮老妇者谓之卜儿:皆'鲍老'一声之转,故为异名以相别耳。"

〔9〕 争些——差一点,几乎。

〔10〕 敢——莫非,大约,难道。

〔11〕 背云——戏剧术语。在舞台上背着别的角色,假定人家听不见,自己讲自己心里的话。现在叫做"打背躬"、"旁白"。

〔12〕 禁受——禁当,承当,忍受。

〔13〕 待——用作语助词,放在句中或句末,略近于现代口语中的"呵"、"啊"。

〔14〕 大都来——亦作大古来、大刚来,意为大抵,大半,总之,算来;表示概括之意。

〔15〕 剔团圞(luán 栾)——剔,形容极圆的副词,犹如说"滴溜儿"。团圞,或作秃圞、突栾。剔团圞,就是非常圆的意思。

〔16〕 急煎煎——焦急的样子。

〔17〕 冗(rǒng 氄)冗——杂乱,烦多。

〔18〕 拔短筹——筹,古代用竹片(或木片)制成的计算数目的工

具,每根筹上都刻明数目。赌博或饮酒的时候,也都用筹来分输赢。拔短筹,这里比喻短命的意思。现在有些地方还有"拔短"的说法:赌博赢了钱,不等终局就走,这种人被称为"拔短鬼"。引申起来,凡事半途而废,都可叫做"拔短"或"拔短筹"。

〔19〕每——元代语言中,人称代词下的"每"字,用法同"们",表示多数。但也有仅作语尾用的,如本书《虎头牌》三折:"小的每"之"每",仅表单数,作语尾助词。

〔20〕端的——真的。本书《魔合罗》四折:"问端的",则为究竟、原委、底细之意。

〔21〕偢(chǒu 丑)——瞅睬、理会、过问的意思。《西厢记》二本〔赚煞〕:"众家眷谁偢问",与此同意。

〔22〕前世里烧香不到头——迷信说法,前世烧了断头香,今生就得折断、分离、无子的果报,夫妻亦不能一齐到老。《西厢记》第一本二折:"是前世烧了断头香",王仲文《救孝子》:"莫不是前生烧着什么断头香",均与此义同。

〔23〕也波——语句中间的助词,无义;是元剧〔仙吕·点绛唇〕套中〔天下乐〕曲第二句必用的定格。

〔24〕羞人答答的——或作羞答答的。害羞,难为情的样子。答答,语助词。

〔25〕不中——不行,使不得。现在豫、鄂一带口语中,还是这样说。《左传》成公二年:"克于先大夫无能为役。"杜注:"不中为之役使。"

〔26〕许——许婚的省语;即答应了张驴儿父子的要求。《孔雀东南飞》:"幸可广问讯,不得便相许。"

〔27〕拜家堂——俗称拜堂,旧时结婚时的一种礼仪,由新妇在堂中向公婆、亲长拜见。

〔28〕髢髻(dí jì 狄记)——或作鬏髻、髰髻。古时妇女头上套网的

假发,带有装饰性的一种假髻。

〔29〕女大不中留——是一句古谚语;谓女子长大成人,即应出嫁,不宜长留在家中,是勉强留不住的。《西厢记》四本:"常言道:女大不中留。"

〔30〕笋条——竹根所生的幼芽,比喻人的年轻。

〔31〕划(chǎn 产)的——或作划地。无缘无故地,平白地;倒,还,反而。这里用的前义。

〔32〕巧画蛾眉——汉代张敞(曾作过京兆尹,曲中也称他为张京兆)和他的妻子爱情很浓厚,曾替他的妻子画眉毛;后来常用这个故事表示夫妇感情好。

〔33〕干生受——生受,用于自己方面,是受苦、受罪的意思。对人家而言,是难为、辛苦、有劳的意思。干生受,就是白辛苦。

〔34〕阑删——或作阑珊。懒散,打不起劲儿。在咏景物时,有衰歇、零落之意。

〔35〕帽儿光光四句——元剧中常用以赞贺新郎的话。形容结婚时,新郎衣帽光鲜整洁。

〔36〕娇客——对女婿的爱称。黄庭坚《山谷内集·次韵子瞻和王子立》诗:"妇翁不可挝,王郎非娇客。"注:"王适,字子立,子由之婿。"陆游《老学庵笔记》三:"秦会之有十客,……吴益以爱婿为娇客。"

〔37〕不礼——这里是不理的意思。

〔38〕厮——元剧中有两种用法:一、对男子的贱称,如这厮,那厮;就是这(那)个家伙的意思。二、作相互的相解,如厮似,厮见;就是相似,相见。

〔39〕村老子——粗鄙的老头子,轻视、鄙贱之词。村,粗野、质朴、鄙俗。老子,老头子。

〔40〕坑杀人——坑,这里同倾,就是陷害的意思。坑杀人,犹如说:

害死人。

〔41〕 挣闯(zhèng chuài 证踹)——或作挣闯、挣揣、挣侧。有两义：一、同挣，用力谋取、取得。二、同挣扎，勉强支持。这里用的是第一义。

〔42〕 铜斗儿家缘——用铜斗比喻家产殷实、牢固。铜斗，唐·苏颋《垅上记》："有人开玄武湖，于古冢得一铜斗，有柄。文帝以访朝士。何承天谓：此亡新威斗，莽三公亡者赐之，一在冢内，一在冢外。"

〔43〕 情受——同请受，承受之意。

〔44〕 下场头——即下场，结果，结局。

〔45〕 恼懆(cǎo 草)——烦恼不安。

〔46〕 区处——分别处置、处理的意思。

〔47〕 歪剌骨——或省作歪剌、歪腊。旧时侮辱妇女的话；含有泼辣，臭肉，不正派等义。

〔48〕 黄花女儿——闺女，处女。

〔49〕 小妮子——小丫头，小妞儿。

〔50〕 惫(bèi 备)赖——一作破赖、派赖。泼赖、调皮的意思。《馀冬序录》："苏州谓丑恶曰泼赖。泼音如派。"

第 二 折

(赛卢医上，诗云)小子太医出身，也不知道医死多人，何尝怕人告发，关了一日店门？在城有个蔡家婆子，刚少的他廿两花银，屡屡亲来索取，争些捻断脊筋。也是我一时智短，将他赚到荒村，撞见两个不识姓名男子，一声嚷道："浪荡乾坤，怎敢行凶撒泼〔1〕，擅自勒死平民！"吓得我丢了绳索，放开脚步飞奔。虽然一夜无事，终觉失精落魂；方知人命关天关地，如何看做壁上灰尘。从今改过行业，要得灭罪修因〔2〕，将以前医死的性命，一个个都与他一卷超度的经文。小子赛卢医的便是。只为要赖蔡婆婆二十两银子,赚他到荒僻去处,正待勒死他,谁想遇见两个汉子,救了他去。若是再来讨债时节,教我怎生见他?常言道的好:三十六计,走为上计[3]。喜得我是孤身,又无家小连累;不若收拾了细软[4]行李,打个包儿,悄悄的躲到别处,另做营生,岂不干净[5]?(张驴儿上,云)自家张驴儿,可奈那窦娥百般的不肯随顺我;如今那老婆子害病,我讨服毒药[6],与他吃了,药死那老婆子,这小妮子好歹做我的老婆。(做行科,云)且住,城里人耳目广,口舌多,倘见我讨毒药,可不嚷出事来?我前日看见南门外有个药铺,此处冷静,正好讨药。(做到科,叫云)太医哥哥,我来讨药的。(赛卢医云)你讨甚么药?(张驴儿云)我讨服毒药。(赛卢医云)谁敢合毒药与你?这厮好大胆也。(张驴儿云)你真个不肯与我药么?(赛卢医云)我不与你,你就怎地我?(张驴儿做拖卢云)好呀,前日谋死蔡婆婆的,不是你来?你说我不认的你哩?我拖你见官去。(赛卢医做慌科,云)大哥,你放我,有药有药。(做与药科,张驴儿云)既然有了药,且饶你罢。正是:得放手时须放手,得饶人处且饶人。(下)(赛卢医云)可不悔气[7]!刚刚讨药的这人,就是救那婆子的。我今日与了他这服毒药去了,以后事发,越越[8]要连累我;趁早儿关上药铺,到涿州卖老鼠药去也。(下)(卜儿上,做病伏几科)(孛老同张驴儿上,云)老汉自到蔡婆婆家来,本望做个接脚[9],却被他媳妇坚执不从。那婆婆一向收留俺爷儿两个在家同住,只说好事不在忙,等慢慢里劝转他媳妇,谁想那婆婆又害起病来。孩儿,你可曾算我两个的八字,红鸾[10]天喜[11]几时到命哩?(张驴儿云)要看什么天喜到命,只赌本事做得去自去做。(孛老云)

孩儿也,蔡婆婆害病好几日了,我与你去问病波。(做见卜儿问科,云)婆婆,你今日病体如何?(卜儿云)我身子十分不快[12]哩。(孛老云)你可想些甚么吃?(卜儿云)我思量些羊肚[13]儿汤吃。(孛老云)孩儿,你对窦娥说,做些羊肚儿汤与婆婆吃。(张驴儿向古门[14]云)窦娥,婆婆想羊肚儿汤吃,快安排将[15]来。(正旦持汤上,云)妾身窦娥是也。有俺婆婆不快,想羊肚汤吃,我亲自安排了与婆婆吃去。婆婆也,我这寡妇人家,凡事也要避些嫌疑,怎好收留那张驴儿父子两个?非亲非眷的,一家儿同住,岂不惹外人谈议?婆婆也,你莫要背地里许了他亲事,连我也累做不清不洁的。我想这妇人心好难保也呵。(唱)

【南吕一枝花】他则待一生鸳帐眠,那里肯半夜空房睡;他本是张郎妇,又做了李郎妻。有一等[16]妇女每相随,并不说家克计,则打听些闲是非;说一会不明白打凤[17]的机关,使了些调虚嚣[18]捞龙的见识。

【梁州第七】这一个似卓氏般当垆涤器,这一个似孟光般举案齐眉[19];说的来藏头盖脚多怜悧[20],道着难晓,做出才知。旧恩忘却,新爱偏宜;坟头上土脉犹湿[21],架儿上又换新衣。那里有奔丧处哭倒长城[22],那里有浣纱时甘投大水[23],那里有上山来便化顽石[24]。可悲,可耻,妇人家直恁的无仁义;多淫奔,少志气,亏杀前人在那里,更休说本性难移。

(云)婆婆,肚儿汤做成了,你吃些儿波。(张驴儿云)等我拿去。(做接尝科,云)这里面少些盐醋,你去取来。(正旦下)(张驴儿放药科)(正旦上,云)这不是盐醋?(张驴儿云)你倾

下些。(正旦唱)

【隔尾】你说道少盐欠醋无滋味,加料添椒才脆美。但愿娘亲蚤痊济,饮羹汤一杯,胜甘露[25]灌体,得一个身子平安倒大来喜。

(孛老云)孩儿,羊肚汤有了不曾?(张驴儿云)汤有了,你拿过去。(孛老将汤云)婆婆,你吃些汤儿。(卜儿云)有累你。(做呕科,云)我如今打呕,不要这汤吃了,你老人家吃罢。(孛老云)这汤特做来与你吃的,便不要吃,也吃一口儿。(卜儿云)我不吃了,你老人家请吃。(孛老吃科)(正旦唱)

【贺新郎】一个道你请吃,一个道婆先吃,这言语听也难听,我可是气也不气!想他家与咱家有甚的亲和戚?怎不记旧日夫妻情意,也曾有百纵千随。婆婆也,你莫不为黄金浮世宝,白发故人稀;因此上把旧恩情,全不比新知契。则待要百年同墓穴,那里肯千里送寒衣。

(孛老云)我吃下这汤去,怎觉昏昏沉沉的起来?(做倒科)(卜儿慌科,云)你老人家放精神着,你扎挣着些儿。(做哭科,云)兀的不是死了也!(正旦唱)

【斗虾蟆】空悲戚,没理会,人生死,是轮回。感着这般病疾,值着这般时势,可是风寒暑湿,或是饥饱劳役,各人证候[26]自知。人命关天关地,别人怎生替得?寿数非干今世,相守三朝五夕,说甚一家一计[27]。又无羊酒段匹,又无花红财礼[28];把手为活过日,撒手如同休弃;不是窦娥忤逆,生怕傍人论议。不如听咱劝你,认个自家悔气,割舍的一具棺材停置,几件布帛收拾,出了咱家门里,送入他家坟地。这不是你那从小儿年纪指脚的夫妻;我其实不关亲,无半点凄惶泪。休得要心如醉,意似痴,便这等嗟嗟怨怨,哭哭啼啼。

(张驴儿云)好也啰!你把我老子药死了,更待干罢!(卜儿云)孩儿,这事怎了也?(正旦云)我有什么药在那里,都是他要盐醋时,自家倾在汤儿里的。(唱)

【隔尾】这厮搬调[29]咱老母收留你,自药死亲爷待要唬吓谁?(张驴儿云)我家的老子,倒说是我做儿子的药死了,人也不信。(做叫科,云)四邻八舍听着:窦娥药杀我家老子哩。(卜儿云)罢么,你不要大惊小怪的,吓杀我也。(张驴儿云)你可怕么?(卜儿云)可知[30]怕哩。(张驴儿云)你要饶么?(卜儿云)可知要饶哩。(张驴儿云)你教窦娥随顺了我,叫我三声的亲亲的丈夫,我便饶了他。(卜儿云)孩儿也,你随顺了他罢。(正旦云)婆婆,你怎说这般言语?(唱)我一马难将两鞍鞴。想男儿在日曾两年匹配,却教我改嫁别人,其实做不得。

(张驴儿云)窦娥,你药杀了俺老子,你要官休?要私休?(正旦云)怎生是官休?怎生是私休?(张驴儿云)你要官休呵,拖你到官司,把你三推六问[31],你这等瘦弱身子,当不过拷打,怕你不招认药死我老子的罪犯!你要私休呵,你早些与我做了老婆,倒也便宜了你。(正旦云)我又不曾药死你老子,情愿和你见官去来。(张驴儿拖正旦卜儿下)(净扮孤[32]引祗候[33]上,诗云)我做官人胜别人,告状来的要金银;若是上司当刷卷[34],在家推病不出门。下官[35]楚州太守桃杌是也。今早升厅坐衙,左右,喝撺厢[36]。(祗候吆喝科)(张驴儿拖正旦卜儿上,云)告状告状。(祗候云)拿过来。(做跪见,孤亦跪科,云)请起。(祗候云)相公,他是告状的,怎生跪着他?(孤云)你不知道,但来告状的,就是我衣食父母[37]。(祗候吆喝科,孤云)那个是原告?那个是被告?从实说来。(张驴儿云)小人是原告张驴儿,告这媳妇儿,唤做窦娥,合毒药下在羊肚汤儿里,药死了俺的老子。这个唤做蔡婆婆,就是俺的后母。望大人与小人做主咱。(孤云)是那一个下的毒药?(正旦云)不干小妇人事。(卜儿云)也不干老妇人事。(张驴儿云)也不干我事。(孤云)都不是,敢是我下的毒药来?(正旦云)我婆婆也不是他后母,他自姓张,我家姓蔡。我婆婆因为与赛卢医索钱,被他赚到郊外勒死;我婆婆却得他爷儿两个救了性命,因此我婆婆收留他爷儿两个在家,养膳终身,报他的恩德。谁知他两个倒起不良之心,冒认婆婆做了接脚,要逼勒小妇人做他媳妇。小妇人元是有丈夫的,服孝未满,坚执不从。适值我婆婆患病,着小妇人安排羊肚汤儿吃。不知张驴儿那里讨得毒药在身,接过汤来,只说少些盐醋,支转[38]小妇人,暗地倾下毒药。也是天幸,我婆婆忽然呕吐,不要汤吃,让与他老子吃,才吃的几口,便死了。与小妇人并无干涉,只望大人高抬明镜[39],替小妇人做主咱。(唱)

【牧羊关】大人你明如镜,清似水,照妾身肝胆虚实。那羹本五味俱全,除了外百事不知。他推道尝滋味,吃下去便昏迷。不是妾讼庭上胡支对[40],大人也,却教我平白地说甚的。

(张驴儿云)大人详情:他自姓蔡,我自姓张,他婆婆不招俺父亲接脚,他养我父子两个在家做甚么?这媳妇年纪儿虽小,极是个赖骨顽皮,不怕打的。(孤云)人是贱虫,不打不招。左右,与我选大棍子打着。(祗候打正旦,三次喷水科)(正旦唱)

【骂玉郎】这无情棍棒教我捱不的。婆婆也,须是你自做下,怨他[41]谁!劝普天下前婚后嫁婆娘每,都看取我这般傍州例[42]。

【感皇恩】呀!是谁人唱叫扬疾[43],不由我不魄散魂飞。恰消停[44],才苏醒,又昏迷。捱千般打拷,万种凌逼,一杖下,一道血,一层皮。

【采茶歌】打的我肉都飞,血淋漓,腹中冤枉有谁知!则我这小妇人毒药来从何处也,天那!怎么的覆盆不照太阳晖[45]!

(孤云)你招也不招?(正旦云)委的[46]不是小妇人下毒药来。(孤云)既然不是,你与我打那婆子。(正旦忙云)住住住,休打我婆婆,情愿我招了罢。是我药死公公来。(孤云)既然招了,着他画了伏状[47],将枷来枷上,下在死囚牢里去。到来日判个斩字,押付市曹[48]典刑。(卜儿哭科,云)窦娥孩儿,这都是我送了你性命,兀的不痛杀我也!(正旦唱)

【黄钟尾】我做了个衔冤负屈没头鬼,怎肯便放了你好色荒淫漏面贼[49]?想人心不可欺,冤枉事天地知,争到头,竞到底,到如今待怎的;情愿认药杀公公,与了招罪。婆婆也,我若是不死呵,如何救得你?(随祗候押下)

(张驴儿做叩头科,云)谢青天老爷做主!明日杀了窦娥,才与小人的老子报的冤。(卜儿哭科,云)明日市曹中杀窦娥孩儿也,兀的[50]不痛杀我也!(孤云)张驴儿,蔡婆婆,都取保状,着随衙听候。左右,打散堂鼓,将马来回私宅去也。(同下)

〔1〕撒泼——举动粗野,蛮横无理,犹云、撒野、耍赖。

〔2〕修因——佛教的说法,前生修了善或恶之因,来生就得到善或恶之果(报)。《嘉祥大经疏》:"法藏修因感净土果。"

〔3〕三十六计,走为上计——古时的成语,意谓别无他策,只有一走了事;"三十六",极言其多,系虚拟。《南齐书·王敬则传》:"檀公三十六策,走是上计。"

〔4〕细软——指金银珠宝绸缎等贵重而又轻便易携带的财物。

〔5〕干净——意谓无牵累、省心。

〔6〕毒药——元代有禁令,不准非医人买卖毒药。《元史·刑法志》:"诸有毒之药,非医人辄卖买,致伤人命者,买者卖者皆处死。不曾伤人者,各杖六十七。仍追至元钞一百两,与告人充赏。"

〔7〕悔气——即晦气;遇事不顺利,倒霉。

〔8〕越越——越发,更加;两相比较之词。

〔9〕接脚——凡接替死者之职务或地位的人,都被称为"接脚",如接脚官、接脚夫人、接脚婿等。《旧唐书·韦陟传》:"后为吏部侍郎,常病选人冒名接脚。"《唐会要》七十四"选部":"贞元四年八月吏部奏……因此人多罔冒,吏或诈欺:分现官者,谓之擘名;承已死者,谓之接脚。"《唐语林》七"补遗":"白敏中……始婚也,已朱衣矣。尝戏其妻为接脚夫人,安用此?"

〔10〕红鸾——星相家迷信的说法,命里有红鸾星照限,主婚姻成就,有喜事。

〔11〕天喜——星相家迷信的说法,日支与月建相合,如寅月逢戌日,卯月逢亥日,都叫做天喜,这一天就是吉日。

〔12〕不快——身体不舒服,有病。《辍耕录》十:"世谓有疾曰不快,陈寿作〈华陀传〉已然。"《三国志·华陀传》:"又有一士大夫不快。陀云:君病深,当破腹取。……"

〔13〕膪——同肚。

〔14〕古门——即古门道,亦作鬼门道,就是戏台上演员上场、下场的左右门。

〔15〕将——拿、带。

〔16〕一等——犹云一种、一类;与平常所说一等(级)、二等之义有别。

〔17〕打凤、捞龙——元剧习用语;就是安排圈套,使人中计,堕入其中的意思。

〔18〕虚嚣(xiāo消)——虚浮,伪诈。嚣是枵的借用字。

〔19〕孟光般举案齐眉——孟光,东汉人,梁鸿的妻子。他俩平常相敬如宾;饭菜熟后,孟光把案(托盘一类的用具)高举齐眉送去,表示对丈夫的敬爱。事见《后汉书·梁鸿传》。

〔20〕怜悧——干净,没有牵累的意思。

〔21〕坟头上土脉犹湿——古代传说故事:一个妇女用扇子扇死去不久的丈夫的坟土,庄周问她为什么扇?她说:丈夫曾对她说,坟上的土干了,她就可以改嫁别人,因此,她想赶快扇干坟土。这里是说,没等坟土干就想改嫁。

〔22〕奔丧处哭倒长城——民间传说故事:秦始皇时,范杞梁被差去筑长城,死在那里。他的妻子孟姜女去寻找他,在城下恸哭,城墙倒了一大片,杞梁的尸骨也发现出来了。

〔23〕浣纱时甘投大水——春秋时,伍子胥从楚国逃难到吴国去,走到江边,一个浣纱的女子看见他是逃难的人,就给他饭吃。临走,伍子胥嘱咐她不要告诉后面的追兵,她就投江而死,以表明自己是诚心救他的心志。

〔24〕上山来便化顽石——古代神话传说:一个人出外未归,他的妻子天天登山远望,盼他归来;日子久了,她就变成了山上的一块石头。后来称这块石头为"望夫石"。

〔25〕甘露——古人认为,天下太平,天就降一种甘甜的膏露,人喝了可以长生。佛教的说法,甘露,是诸天不死之药,人吃了就可以命长身

安,力大体光。"

〔26〕证候——病状。陶宏景《肘后方序》:"其论诸病证候,因药变通,而病是大治。"

〔27〕一家一计——一家人一条心的意思。

〔28〕羊酒段匹、花红财礼——都是旧时结婚,男方送给女方的礼物钱财,作为订婚、结婚的象征。

〔29〕搬调——搬弄、调唆。

〔30〕可知——当然。有时作难怪解。

〔31〕三推六问——推,推求,勘察;问,审讯。三推六问,在法庭里多次审讯的意思。

〔32〕孤——戏剧名词。剧中扮演官员的人。朱权《太和正音谱》:"孤,当场装官者。"王国维《古剧脚色考》:"孤之名,或官之讹传。"按,孤、官双声字通用。今浙东尚有念"官"为"孤"的。

〔33〕祗(zhǐ止)候——本宋代武官名。元代,各路、县都设有祗候若干名,就是较高级的衙役。后来,富贵人家的仆役头,也称为祗候或祗候人。

〔34〕刷卷——元代,由肃政廉访使(见本剧第四折注)稽查所属各衙门处理狱讼案件的情形,不使拖延、枉屈,叫做照刷、磨刷或刷卷。明·张自烈《正字通》:"刷,今官司稽查簿书,谓之刷卷。"

〔35〕下官——古时官员自称之词。《晋书·庾敳传》:"下官家有二千万,随公所取矣。"

〔36〕喝撺(cuān氽)厢——厢,或作箱。封建时代,官员开庭审案的时候,衙役分列两厢,大声吆喝壮威,叫做"喝撺厢"。一说:一面吆喝,一面把投在箱中的状词取出,叫做"喝撺箱"。元·杨瑀《山居新语》:"桑哥丞相当国擅权时,……都省告状撺箱,乃暗令人作一状投之箱中……。"

〔37〕衣食父母——旧社会里,仰靠某人生活,就称那个人是自己的衣食父母。这里,是借官员打诨的话,以讽刺官吏们趁老百姓打官司的时候,进行敲诈贪污的行为;所以称打官司的人为"衣食父母"。

〔38〕支转——借故把人打发走,叫做支转。

〔39〕高抬明镜——比喻人能分辨是非,无所掩蔽,像一面高悬的明镜一样。古代,官吏断案,断得明白公正,没有冤屈,被称为"明镜高悬"或"高抬明镜"。

〔40〕支对——支吾对答(不说出实情)。

〔41〕他谁——犹如说"谁人","他"字无意义。元稹《偶成自叹》:"天遣两家无稚子,欲将文字与他谁?"辛弃疾〔满江红〕:"把古今遗恨,向他谁说?"均其例。

〔42〕傍州例——别的州县所判的案例;引申为例子、榜样的意思。《元史·刑法志一》:"三曰断例":"断例为条七百又七,大概纂集世祖以来法制事例而已。"《新元史·刑律志》:"刑律之条格,画一之法也。断例,则因事立法,断一事为一例也。"

〔43〕唱叫扬疾——或作畅叫扬疾、炒闹扬疾、怏怏疾疾,义并同。就是吵闹嚷唧的意思。

〔44〕消停——安静的意思。本书《倩女离魂》二折〔么篇〕之消停,意谓停留、停止。

〔45〕覆盆不照太阳晖——翻盖着的盆,太阳光照射不进去;就是黑暗、见不着光明的意思,用以比喻官吏和衙门的暗无天日。《抱朴子·辩问》:"是责三光不照覆盆之内也。"

〔46〕委的——亦作委实的。真的,确实的。

〔47〕伏状——供词,承认罪状的供词。

〔48〕市曹——市场,商业集中之地,古时常在热闹处所处决罪犯,因成为刑场的代词。《宣和遗事·亨集》:"馀者皆令推入市曹,斩首

报来。"

〔49〕漏面贼——曾经犯罪,脸上刺过字的叫"漏面"。"漏面贼",詈辞。

〔50〕兀的——与否定词"不"字连用,有怎不、岂不、好不等义,为反问语气。

第 三 折

(外[1]扮监斩官上,云)下官监斩官是也。今日处决犯人,着做公的把住巷口,休放往来人闲走。(净扮公人,鼓三通,锣三下科。刽子磨旗、提刀、押正旦带枷上,刽子云)行动[2]些,行动些,监斩官去法场上多时了。(正旦唱)

【正宫端正好】没来由犯王法,不堤防遭刑宪,叫声屈动地惊天。顷刻间游魂先赴森罗殿,怎不将天地也生埋怨。

【滚绣球】有日月朝暮悬,有鬼神掌着生死权,天地也,只合把清浊分辨,可怎生糊突了盗跖颜渊[3]:为善的受贫穷更命短,造恶的享富贵又寿延。天地也,做得个怕硬欺软,却元来也这般顺水推船。地也,你不分好歹何为地?天也,你错勘贤愚枉做天!哎,只落得两泪涟涟。

(刽子云)快行动些,误了时辰也。(正旦唱)

【倘秀才】则被这枷纽的我左侧右偏,人拥的我前合后偃,我窦娥向哥哥行[4]有句言。(刽子云)你有甚么话说?(正旦唱)前街里去心怀恨,后街里去死无冤,休推辞路远。

(刽子云)你如今到法场上面,有甚么亲眷要见的,可教他过来,见你一面也好。(正旦唱)

【叨叨令】可怜我孤身只影无亲眷,则落的吞声忍气空嗟怨。(刽子云)难道你爷娘家也没的?(正旦云)止有个爹爹,十三年前上朝取应去了,至今杳无音信。(唱)蚤已是十年多不睹爹爹面。(刽子云)你适才要我往后街里去,是什么主意?(正旦唱)怕则怕前街里被我婆婆见。(刽子云)你的性命也顾不得,怕他见怎的?(正旦云)俺婆婆若见我披枷带锁赴法场餐刀去呵,(唱)枉将他气杀也么哥[5],枉将他气杀也么哥。告哥哥,临危好与人行方便。

(卜儿哭上科,云)天那,兀的不是我媳妇儿!(刽子云)婆子靠后。(正旦云)既是俺婆婆来了,叫他来,待我嘱付他几句话咱。(刽子云)那婆子,近前来,你媳妇要嘱付你话哩。(卜儿云)孩儿,痛杀我也!(正旦云)婆婆,那张驴儿把毒药放在羊肚儿汤里,实指望药死了你,要霸占我为妻。不想婆婆让与他老子吃,倒把他老子药死了。我怕连累婆婆,屈招了药死公公,今日赴法场典刑。婆婆,此后遇着冬时年节,月一十五,有瀽[6]不了的浆水饭,瀽半碗儿与我吃,烧不了的纸钱,与窦娥烧一陌儿[7],则是看你死的孩儿面上。(唱)

【快活三】念窦娥葫芦提[8]当罪愆,念窦娥身首不完全,念窦娥从前已往干家缘,婆婆也,你只看窦娥少爷无娘面。

【鲍老儿】念窦娥伏侍婆婆这几年,遇时节将碗凉浆奠;你去那受刑法尸骸上烈些纸钱,只当把你亡化的孩儿荐。(卜儿哭科,云)孩儿放心,这个老身都记得。天那,兀的不痛杀我也!(正旦唱)婆婆也,再也不要啼啼哭哭,烦烦恼恼,怨气冲天。这都是我做窦娥的没时没运,不明不暗,负屈衔冤。

（刽子做喝科，云）兀那婆子靠后，时辰到了也。（正旦跪科）（刽子开枷科）（正旦云）窦娥告监斩大人，有一事肯依窦娥，便死而无怨。（监斩官云）你有什么事？你说。（正旦云）要一领净席，等我窦娥站立；又要丈二白练，挂在旗枪上，若是我窦娥委实冤枉，刀过处头落，一腔热血休半点儿沾在地下，都飞在白练上者[9]。（监斩官云）这个就依你，打甚么不紧[10]。（刽子做取席站科，又取白练挂旗上科）（正旦唱）

【耍孩儿】[11]不是我窦娥罚下这等无头愿，委实的冤情不浅；若没些儿灵圣与世人传，也不见得湛湛青天。我不要半星热血红尘洒，都只在八尺旗枪素练悬。等他四下里皆瞧见，这就是咱苌弘化碧[12]，望帝啼鹃[13]。

（刽子云）你还有甚的说话，此时不对监斩大人说，几时说那？（正旦再跪科，云）大人，如今是三伏天道，若窦娥委实冤枉，身死之后，天降三尺瑞雪，遮掩了窦娥尸首。（监斩官云）这等三伏天道，你便有冲天的怨气，也召不得一片雪来，可不胡说！（正旦唱）

【二煞】你道是暑气暄，不是那下雪天，岂不闻飞霜六月因邹衍[14]。若果有一腔怨气喷如火，定要感的六出冰花[15]滚似锦，免着我尸骸现；要什么素车白马[16]，断送[17]出古陌荒阡？

（正旦再跪科，云）大人，我窦娥死的委实冤枉，从今以后，着这楚州亢旱三年。（监斩官云）打嘴！那有这等说话！（正旦唱）

【一煞】你道是天公不可期，人心不可怜，不知皇天也肯从人愿。做甚么三年不见甘霖降，也只为东海曾经孝妇冤[18]。

如今轮到你山阳县,这都是官吏每无心正法,使百姓有口难言。

(刽子做磨旗科,云)怎么这一会儿天色阴了也?(内做风科,刽子云)好冷风也!(正旦唱)

【煞尾】浮云为我阴,悲风为我旋,三桩儿誓愿明题遍。(做哭科,云)婆婆也,直等待雪飞六月,亢旱三年呵,(唱)那其间才把你个屈死的冤魂这窦娥显。

(刽子做开刀,正旦倒科)(监斩官惊云)呀,真个下雪了,有这等异事!(刽子云)我也道平日杀人,满地都是鲜血,这个窦娥的血都飞在那丈二白练上,并无半点落地,委实奇怪。(监斩官云)这死罪必有冤枉。早两桩儿应验了,不知亢旱三年的说话,准也不准?且看后来如何。左右,也不必等待雪晴,便与我抬他尸首,还了那蔡婆婆去罢。(众应科,抬尸下)

〔1〕外——元剧中"外末"、"外旦"或"外净"的省称,意谓正角之外的副角。

〔2〕行动——元剧中多用为催促别人快行走之语。

〔3〕盗跖(zhí 直)、颜渊——都是春秋时人。盗跖是一个当时所谓的"大盗"。颜渊是一个当时所谓的"贤人",家里很穷,年岁不大就死了。后来常用他们两人作为坏人和好人的典型、代表。

〔4〕行(háng 杭)——宋元语言里,在人称、自称之后用"行"字,如"哥哥行"、"他行"、"我行"等,都用以指示方位的;就是哥哥那边,他那边,我这里的意思。

〔5〕也么哥——语尾助词,有声无义。〔叨叨令〕叠句中,照例用这几个字。

〔6〕溅(jiǎn简)——泼,倒。

〔7〕一陌儿——陌,通百;一陌儿,就是一百张,或一串。

〔8〕葫芦提——或作胡卢题、胡卢提。含糊笼统,糊里糊涂,马马虎虎。吴曾《能改斋漫录》五:"张右史《明道杂志》云:'钱内翰穆公知开封府,断一大事。或语之曰:可谓霹雳手。钱答曰:仅免葫芦提。'盖俗语也。"

〔9〕要一领净席……都飞在白练上者——干宝《搜神记》十一:"……长老传云:孝妇名周青,青将死,车载十丈竹竿,以悬五幡。立誓于众曰:青若有罪,愿杀,血当顺下;青若枉死,血当逆流。既行刑已,其血青黄,缘幡竹而上极标,又缘幡而下云。"本剧发三誓情节,即据此敷衍而来。

〔10〕打甚么不紧——或作打甚不紧、打甚么紧、不打紧,义均同。就是有什么要紧,即不要紧的意思。元时口语,谓要紧为打紧,见《元典章·工部》。

〔11〕〔耍孩儿〕——此曲及下二曲,《古今杂剧》本无。

〔12〕苌弘化碧——苌弘,周朝的大夫。碧,青绿色的美石。古代神话:苌弘被杀以后,蜀人把他的血藏起来,三年,血变成碧。

〔13〕望帝啼鹃——古代神话:蜀王杜宇,号望帝,死后,魂化为杜鹃鸟,日夜悲鸣,声音非常凄厉。

〔14〕飞霜六月因邹衍——邹衍,战国时齐人(《史记》附孟子传)。相传:他对燕惠王很忠心,被人诬害下狱;他仰天大哭,夏天五月里,天竟下霜。后来常用这个故事代表冤狱。

〔15〕六出冰花——即雪花。它的结晶体多为六瓣,所以又叫"六出花"。《韩诗外传》:"草木花多五出,雪花独六出。"

〔16〕素车白马——东汉时,范式和张劭好友。张劭死了,范式从很远的地方乘着白车白马去吊丧(见《后汉书》)。后来常用这四个字代表

31

吊丧送葬的意思。

〔17〕断送——根据各种情况,分别有送、葬送、度过、妆奁等义。这里是发送的意思。

〔18〕东海曾经孝妇冤——东海孝妇事,始见于《汉书·于定国传》:"东海有孝妇,少寡,亡子,养姑(婆婆)甚谨。姑欲嫁之,终不肯。姑谓邻人曰:'孝妇事我勤苦,哀其亡子守寡,我老,久累丁壮,奈何?'其后,姑自经死。姑女告吏:'妇杀我母。'吏捕孝妇,孝妇辞不杀姑。吏验治,孝妇自诬服。具狱上府。于公(狱吏)以为此妇养姑十馀年,以孝闻,必不杀也。太守不听。于公争之,弗能得,乃抱其具狱,哭于府上,因辞疾去。太守竟论杀孝妇。郡中枯旱三年。后太守至,卜筮其故。于公曰:'孝妇不当死,前太守强断之,咎党(倘)在是乎?'于是太守杀牛自祭孝妇冢,因表其墓。天立大雨,岁熟。"《搜神记》又把传说的故事,附加于后。

第 四 折

(窦天章冠带引丑〔1〕张千祗从上,诗云)独立空堂思黯然,高峰月出满林烟;非关有事人难睡,自是惊魂夜不眠。老夫窦天章是也。自离了我那端云孩儿,可蚤十六年光景。老夫自到京师,一举及第,官拜参知政事。只因老夫廉能清正,节操坚刚,谢圣恩可怜,加老夫两淮提刑肃政廉访使〔2〕之职,随处审囚刷卷,体察滥官污吏,容老夫先斩后奏。老夫一喜一悲:喜呵,老夫身居台省,职掌刑名,势剑金牌〔3〕,威权万里;悲呵,有端云孩儿,七岁上与了蔡婆婆为儿媳妇,老夫自得官之后,使人往楚州问蔡婆婆家,他邻里街坊道,自当年蔡婆婆不知搬在那里去了,至今音信皆无。老夫为端云孩儿,啼哭的眼目昏花,忧愁的须发斑白。今日来到这淮南地面,不知这楚州为何三年不雨?老夫今在这州厅安歇。张千,说与那州中大小属官,今日免参,明日蚤见。(张千向古门云)一应大小属官,今日免参,明日蚤见。(窦天章云)张千,说与那六房吏典,但有合刷照文卷,都将来,待老夫灯下看几宗波。(张千送文卷科,窦天章云)张千,你与我掌上灯,你每都辛苦了,自去歇息罢。我唤你便来,不唤你休来。(张千点灯同祗从下,窦天章云)我将这文卷看几宗咱。一起犯人窦娥,将毒药致死公公。我才看头一宗文卷,就与老夫同姓;这药死公公的罪名,犯在十恶不赦[4],俺同姓之人也有不畏法度的。这是问结了的文书,不看他罢;我将这文卷压在底下,别看一宗咱。(做打呵欠科,云)不觉的一阵昏沉上来,皆因老夫年纪高大,鞍马劳困之故。待我搭伏定[5]书案,歇息些儿咱。(做睡科,魂旦上,唱)

【双调新水令】我每日哭啼啼守住望乡台[6],急煎煎把仇人等待,慢腾腾昏地里走,足律律[7]旋风中来,则被这雾锁云埋,撺掇[8]的鬼魂快。

(魂旦望科,云)门神户尉[9]不放我进去。我是廉访使窦天章女孩儿,因我屈死,父亲不知,特来托一梦与他咱。(唱)

【沉醉东风】我是那提刑的女孩,须不比现世的妖怪,怎不容我到灯影前,却拦截在门楻[10]外?(做叫科,云)我那爷爷呵,(唱)枉自有势剑金牌,把俺这屈死三年的腐骨骸,怎脱离无边苦海!

(做入见哭科,窦天章亦哭科,云)端云孩儿,你在那里来?(魂旦虚下[11])(窦天章做醒科,云)好是奇怪也!老夫才合眼去,梦见端云孩儿,恰便似来我跟前一般,如今在那里?我且再看这

33

文卷咱。(魂旦上做弄灯科)(窦天章云)奇怪,我正要看文卷,怎生这灯忽明忽灭!张千也睡着了,我自己剔灯咱。(做剔灯,魂旦翻文卷科,窦天章云)我剔的这灯明了也,再看几宗文卷。一起犯人窦娥药死公公。(做疑怪科,云)这一宗文卷,我为头看过,压在文卷底下,怎生又在这上头?这几时问结了的,还压在底下,我别看一宗文卷波。(魂旦再弄灯科,窦天章云)怎么这灯又是半明半暗的,我再剔这灯咱。(做剔灯,魂旦再翻文卷科,窦天章云)我剔的这灯明了,我另拿一宗文卷看咱。一起犯人窦娥药死公公。呸!好是奇怪!我才将这文书分明压在底下,刚剔了这灯,怎生又翻在面上?莫不是楚州后厅里有鬼么?便无鬼呵,这桩事必有冤枉。将这文卷再压在底下,待我另看一宗,如何?(魂旦又弄灯科,窦天章云)怎生这灯又不明了?敢有鬼弄这灯?我再剔一剔去。(做剔灯科,魂旦上,做撞见科,窦天章举剑击桌科,云)呸!我说有鬼!兀那鬼魂,老夫是朝廷钦差带牌走马肃政廉访使,你向前来,一剑挥之两段。张千,亏你也睡的着,快起来,有鬼有鬼。兀的不吓杀老夫也。(魂旦唱)

【乔牌儿】[12] 则见他疑心儿胡乱猜,听了我这哭声儿转惊骇。哎,你个窦天章直恁的[13]威风大,且受我窦娥这一拜。

(窦天章云)兀那鬼魂,你道窦天章是你父亲,受你孩儿窦娥拜,你敢错认了也?我的女儿叫做端云,七岁上与了蔡婆婆为儿媳妇。你是窦娥,名字差了,怎生是我女孩儿?(魂旦云)父亲,你将我与了蔡婆婆家,改名做窦娥了也。(窦天章云)你便是端云孩儿?我不问你别的,这药死公公是你不是?(魂旦云)是你孩儿来。(窦天章云)嚛声[14]!你这小妮子,老夫为你啼哭的眼也花了,忧愁的头也白了,你划地[15]犯下十恶大罪,受了典刑。

我今日官居台省,职掌刑名,来此两淮审囚刷卷,体察滥官污吏;你是我亲生之女,老夫将你治不的,怎治他人?我当初将你嫁与他家呵,要你三从四德:三从者,在家从父,出嫁从夫,夫死从子;四德者,事公姑,敬夫主,和妯娌,睦街坊。今三从四德全无,划地犯了十恶大罪。我窦家三辈无犯法之男,五世无再婚之女;到今日被你辱没祖宗世德,又连累我的清名。你快与我细吐真情,不要虚言支对;若说的有半厘差错,牒发你城隍祠内,着你永世不得人身,罚在阴山永为饿鬼。(魂旦云)父亲停嗔息怒,暂罢狼虎之威,听你孩儿慢慢的说一遍咱。我三岁上亡了母亲,七岁上离了父亲,你将我送与蔡婆婆做儿媳妇。至十七岁与夫配合,才得两年,不幸儿夫亡化,和俺婆婆守寡。这山阳县南门外有个赛卢医,他少俺婆婆二十两银子。俺婆婆去取讨,被他赚到郊外,要将婆婆勒死;不想撞见张驴儿父子两个,救了俺婆婆性命。那张驴儿知道我家有个守寡的寡妇,便道:"你婆儿媳妇既无丈夫,不若招我父子两个。"俺婆婆初也不肯,那张驴儿道:"你若不肯,我依旧勒死你。"俺婆婆惧怕,不得已含糊许了。只得将他父子两个领到家中,养他过世。有张驴儿数次调戏你女孩儿,我坚执不从。那一日俺婆婆身子不快,想羊肚儿汤吃,你孩儿安排了汤。适值张驴儿父子两个问病,道:"将汤来我尝一尝。"说:"汤便好,只少些盐醋。"赚的我去取盐醋,他就暗地里下了毒药,实指望药杀俺婆婆,要强逼我成亲。不想俺婆婆偶然发呕,不要汤吃,却让与老张吃,随即七窍流血药死了。张驴儿便道:"窦娥药死了俺老子,你要官休要私休?"我便道:"怎生是官休?怎生是私休?"他道:"要官休,告到官司,你与俺老子偿命;若私休,你便与我做老婆。"你孩儿便道:"好马不鞴双鞍,烈女不更二夫;我至

35

死不与你做媳妇,我情愿和你见官去。"他将你孩儿拖到官中,受尽三推六问,吊拷绷扒[16],便打死孩儿,也不肯认。怎当州官见你孩儿不认,便要拷打俺婆婆;我怕婆婆年老,受刑不起,只得屈认了。因此押赴法场,将我典刑。你孩儿对天发下三桩誓愿:第一桩,要丈二白练挂在旗枪上,若系冤枉,刀过头落,一腔热血休滴在地下,都飞在白练上;第二桩,现今三伏天道,下三尺瑞雪,遮掩你孩儿尸首;第三桩,着他楚州大旱三年。果然血飞上白练,六月下雪,三年不雨,都是为你孩儿来。(诗云)不告官司只告天,心中怨气口难言;防他老母遭刑宪,情愿无辞认罪愆。三尺琼花骸骨掩,一腔鲜血练旗悬;岂独霜飞邹衍屈,今朝方表窦娥冤。(唱)

【雁儿落】你看这文卷曾道来不道来,则我这冤枉要忍耐如何耐?我不肯顺他人,倒着我赴法场;我不肯辱祖上,倒把我残生坏。

【得胜令】呀,今日个搭伏定摄魂台,一灵儿[17]怨哀哀。父亲也,你现掌着刑名事,亲蒙圣主差,端详这文册,那厮乱纲常当合败,便万剐了乔才[18],还道[19]报冤仇不畅怀。

(窦天章做泣科,云)哎!我那屈死的儿,则被你痛杀我也!我且问你:这楚州三年不雨,可真个是为你来?(魂旦云)是为你孩儿来。(窦天章云)有这等事!到来朝我与你做主。(诗云)白头亲苦痛哀哉,屈杀了你个青春女孩;只恐怕天明了,你且回去,到来日我将文卷改正明白。(魂旦暂下)(窦天章云)呀,天色明了也。张千,我昨日看几宗文卷,中间有一鬼魂来诉冤枉。我唤你好几次,你再也不应,直恁的好睡那。(张千云)我小人两个鼻子孔一夜不曾闭,并不听见女鬼诉什么冤状,也不曾听见相公呼唤。(窦天章做叱科,云)嗯!今蚤升厅坐衙,张千,喝攒厢者。(张千做么喝科,云)在衙人马平安,抬书案。(禀云)州官见。(外扮州官入参科)(张千云)该房吏典见。(丑扮吏入参见科)(窦天章问云)你这楚州一郡,三年不雨,是为着何来?(州官云)这个是天道[20]亢旱,楚州百姓之灾,小官等不知其罪。(窦天章做怒云)你等不知么!那山阳县有用毒药谋死公公犯妇窦娥,他问斩之时,曾发愿道:"若是果有冤枉,着你楚州三年不雨,寸草不生。"可有这件事来?(州官云)这罪是前升任桃州守问成的,现有文卷。(窦天章云)这等糊突的官,也着他升去!你是继他任的,三年之中,可曾祭这冤么?(州官云)此犯系十恶大罪,元不曾有祠,所以不曾祭得。(窦天章云)昔日汉朝有一孝妇守寡,其姑自缢身死,其姑女告孝妇杀姑。东海太守将孝妇斩了,只为一妇含冤,致令三年不雨。后于公治狱,仿佛见孝妇抱卷哭于厅前,于公将文卷改正,亲祭孝妇之墓,天乃大雨。今日你楚州大旱,岂不正与此事相类。张千,分付该房金牌下山阳县,着拘张驴儿、赛卢医、蔡婆婆一起人犯,火速解审,毋得违误片刻者。(张千云)理会得。(下)(丑扮解子押张驴儿、蔡婆婆,同张千上,禀云)山阳县解到审犯听点。(窦天章云)张驴儿。(张驴儿云)有。(窦天章云)蔡婆婆。(蔡婆婆云)有。(窦天章云)怎么赛卢医是紧要人犯不到?(解子云)赛卢医三年前在逃,一面着广捕批缉拿去了,待获日解审。(窦天章云)张驴儿,那蔡婆婆是你的后母么?(张驴儿云)母亲好冒认的?委实是。(窦天章云)这药死你父亲的毒药,卷上不见有合药的人,是那个的毒药?(张驴儿云)是窦娥自合就的毒药。(窦天章云)这毒药必有一个卖药的医铺,想窦娥是个少年寡妇,那里讨这药来;

张驴儿,敢是你合的毒药么?(张驴儿云)若是小人合的毒药,不药别人,倒药死自家老子?(窦天章云)我那屈死的儿呀,这一节是紧要公案,你不自来折辩,怎得一个明白,你如今冤魂却在那里?(魂旦上,云)张驴儿,这药不是你合的,是那个合的?(张驴儿做怕科,云)有鬼有鬼,撮盐入水,太上老君,急急如律令[21],敕。(魂旦云)张驴儿,你当日下毒药在羊肚儿汤里,本意药死俺婆婆,要逼勒我做浑家。不想俺婆婆不吃,让与你父亲吃,被药死了,你今日还敢赖哩!(唱)

【川拨棹】[22]猛见了你这吃敲材[23],我只问你这毒药从何处来?你本意待暗里栽排,要逼勒我和谐,倒把你亲爷毒害,怎教咱替你耽罪责!

(魂旦做打张驴儿科)(张驴儿做避科,云)太上老君,急急如律令,敕。大人说这毒药必有个卖药的医铺,若寻得这卖药的人,来和小人折对[24],死也无词。(丑扮解子解赛卢医上,云)山阳县续解到犯人一名赛卢医。(张千喝云)当面。(窦天章云)你三年前要勒死蔡婆婆,赖他银子,这事怎么说?(赛卢医叩头科,云)小的[25]要赖蔡婆婆银子的情是有的,当被两个汉子救了,那婆婆并不曾死。(窦天章云)这两个汉子,你认的他叫做什么名姓?(赛卢医云)小的认便认得,慌忙之际,可不曾问的他名姓。(窦天章云)现有一个在阶下,你去认来。(赛卢医做下认科,云)这个是蔡婆婆。(指张驴儿云)想必这毒药事发了。(上云)是这一个,容小的诉禀:当日要勒死蔡婆婆时,正遇见他爷儿两个,救了那婆婆去。过得几日,他到小的铺中,讨服毒药。小的是念佛吃斋人,不敢做昧心的事,说道:"铺中只有官料药,并无什么毒药。"他就睁着眼道:"你昨日在郊外要勒死蔡婆婆,我拖你见官去。"小的一生最怕的是见官,只得将一服毒药与了他去。小的见他生相[26]是个恶的,一定拿这药去药死了人,久后败露,必然连累,小的一向逃在涿州地方,卖些老鼠药。刚刚是老鼠被药杀了好几个,药死人的药,其实再也不曾合。(魂旦唱)

【七弟兄】[27]你只为赖财,放乖,要当灾,(带云)这毒药呵,(唱)原来是你赛卢医出卖,张驴儿买,没来由填做我犯由牌,到今日官去衙门在。

(窦天章云)带那蔡婆婆上来。我看你也六十外人了,家中又是有钱钞的,如何又嫁了老张,做出这等事来?(蔡婆婆云)老妇人因为他爷儿两个救了我的性命,收留他在家养膳过世。那张驴儿常说要将他老子接脚进来,老妇人并不曾许他。(窦天章云)这等说,你那媳妇就不该认做药死公公了。(魂旦云)当日问官要打俺婆婆,我怕他年老受刑不起,因此咱认做药死公公,委实是屈招个。(唱)

【梅花酒】你道是咱不该,这招状供写的明白,本一点孝顺的心怀,倒做了惹祸的胚胎。我只道官吏每还覆勘,怎将咱屈斩首在长街。第一要素旗枪鲜血洒,第二要三尺雪将死尸埋,第三要三年旱示天灾,咱誓愿委实大。

【收江南】呀,这的是衙门从古向南开,就中无个不冤哉。痛杀我娇姿弱体闭泉台,蚤三年以外,则落的悠悠流恨似长淮。

(窦天章云)端云儿也,你这冤枉,我已尽知,你且回去。待我将这一起人犯并原问官吏,另行定罪,改日做个水陆道场[28],超度你生天便了。(魂旦拜科,唱)

【鸳鸯煞尾】从今后把金牌势剑从头摆,将滥官污吏都杀坏,与天子分忧,万民除害。(云)我可忘了一件,爹爹,俺婆婆年纪高大,无人侍养,你可收恤家中,替你孩儿尽养生送死之礼,我便九泉之下,可也瞑目。(窦天章云)好孝顺的儿也。(魂旦唱)嘱付你爹爹,收养我奶奶,可怜他无妇无儿,谁管顾年衰迈。再将那文卷舒开,(带云)爹爹,也把我窦娥名下,(唱)屈死的于伏罪名儿改。(下)

(窦天章云)唤那蔡婆婆上来。你可认的我么?(蔡婆婆云)老妇人眼花了,不认的。(窦天章云)我便是窦天章。适才的鬼魂,便是我屈死的女孩儿端云。你这一行人,听我下断:张驴儿毒杀亲爷,奸占寡妇,合拟凌迟[29],押付市曹中,钉上木驴[30],剐一百二十刀处死。升任州守桃杌,并该房吏典,刑名违错,各杖一百,永不叙用。赛卢医不合赖钱,勒死平民;又不合修合毒药,致伤人命,发烟障地面[31],永远充军。蔡婆婆我家收养,窦娥罪改正明白。(词云)莫道我念亡女与他灭罪消愆,也只可怜见楚州郡大旱三年。昔于公曾表白东海孝妇,果然是感召得灵雨如泉。岂可便推诿道天灾代有,竟不想人之意感应通天。今日个将文卷重行改正,方显的王家法不使民冤。

  题目 秉鉴持衡廉访法
  正名[32] 感天动地窦娥冤

[1] 丑——角色名。《南词叙录》:"以墨粉涂面,其形甚丑。今省文作'丑'。"或谓系由宋杂剧、金院本的副净分化而来。

[2] 提刑肃政廉访使——官名。元代于全国各道设提刑按察使。至元二十八年(公元一二九一年),改按察使为肃政廉访使(见《元史·百官志》)。掌管纠察该道的官吏善恶,政治得失和狱刑等事。据此,知

本剧作于二十八年之后。

〔3〕势剑金牌——势剑,犹如尚方剑,皇帝所赐的剑,为最高权力的象征,可以先斩后奏。金牌,见本书《虎头牌》剧第一折注。

〔4〕十恶不赦——十恶,封建时代刑律所规定的十桩大罪;如若犯了其中一条,按律治罪,得不到赦免。元代刑律规定的十恶为:不孝,不睦,谋反,谋叛,谋大逆,恶逆,不义,内乱,不道,大不敬。见《元典章》及《元史》。

〔5〕搭伏定——以手支头,靠伏在桌案上休息。

〔6〕望乡台——佛教的说法:望乡台高四十九丈,犯鬼登此台照镜见闻之后,押入叫唤大地狱内。民间也有一种迷信说法:阴司里有望乡台,人死之后,魂登在台上,就可望见阳世间家里的情形。

〔7〕足(qū屈)律律——或作足吕吕、促律律、卒律律;形容无声息而疾速的动作。

〔8〕撺掇(cuān duò 汆剁)——一般用法,是怂恿,促成,劝诱的意思。在讲到戏剧、音乐时,是演奏的意思(如本书《梧桐雨》二折"众乐撺掇科")。

〔9〕门神户尉——古时迷信的习俗,过年时,大门上贴着神像,左边的名门丞(或神荼),右边的名户尉(或郁垒),统名曰门神(见《荆楚岁时记》)。据说,他们可以挡住鬼神,不让进门。

〔10〕门桯(tīng厅)——门槛(kǎn坎),门限。

〔11〕虚下——元剧术语:演员暂时闪在一旁,假定别人没有看见,并不下场。这种动作,叫做虚下。

〔12〕〔乔牌儿〕——《古今杂剧》本无此曲。

〔13〕恁的——如此,这般。《南词叙录》:"犹言如此也。吴人曰'更个'。"

〔14〕噤声——命令对方停止声音、不让讲话的意思。

〔15〕刬(chǎn产)地——平白无故地、突然地。

〔16〕吊拷绷扒——吊拷,把人吊起来拷打。绷扒,或作绷扒;剥去衣服,用绳子绷缚起来。都是对待囚犯的一种酷刑。

〔17〕一灵儿——旧时迷信,意指游魂。

〔18〕乔才——坏家伙,坏蛋。《南词叙录》:"狙诈也,狡狯也。"田艺蘅《留青日札》:"凡轻薄佻达少年曰赵才。"晋·左思《吴都赋》:"赵材悍壮,此为比庐。"则字亦作赵才、赵材。

〔19〕道——犹"是";还道,还是的意思。

〔20〕天道——气候,天气。

〔21〕急急如律令——急急,速急,赶快。"如律令",是汉代公文末尾的照例用语,要对方按照律令的要求照办的意思(见《风俗通》)。后来道教模仿,画符念咒的时候,用"太上老君,急急如律令,敕"作为结尾,表示请求"太上老君"速急按照符咒所要求的去办的意思。白居易《祭龙文》:"若三日之内,一雨滂沱,是龙之灵,亦人之幸。礼无不报,神其听之!急急如律令。"是则唐代公文中,犹习用此语。

〔22〕〔川拨棹〕——《古今杂剧》本无此曲。

〔23〕吃敲材——意为该打死的家伙。《元典章·刑部·延祐新定例》:"凡处死罪仗(杖)杀者皆曰敲。"材,亦作才、贼,义同。

〔24〕折对——折辩,对证。

〔25〕小的——旧时主人呼奴仆或奴仆对主人的自称。《恒言录》三:"今奴婢下人自称小的,即宋时所谓小底也。"本书《陈州粜米》二折之"小的",则指儿子、孩子。

〔26〕生相——长相,相貌。

〔27〕〔七弟兄〕——此曲及以下二曲,《古今杂剧》本无。

〔28〕水陆道场——佛教设斋供奉仙鬼水陆众生的法会,叫做"水陆道场"或"水陆斋"。高承《事物纪原》八:"今释氏教中有水陆斋仪,按

其事始出于梁武帝萧衍。"

〔29〕凌迟——即剐刑,古代的一种酷刑:先砍断罪犯的肢体,然后再割断咽喉,让他多受痛苦,慢慢死掉。

〔30〕木驴——古代执行剐刑的时候,先让受刑的人骑在有铁刺的木桩上,游街示众,叫做"上木驴"。元代有所谓"刺马",就是木驴一类的刑具。陆游《南唐书·胡则传》:"即舁置木驴上,将磔之。俄死,腰斩其尸以徇。"

〔31〕烟障地面——烟障,即烟瘴。烟障地面,就是瘴雾很多的荒僻地方,古代当作罪犯充军的处所。元剧中常提到的沙门岛,就是这种地方。

〔32〕题目正名——元杂剧每本末尾用两句或四句对子,把全剧内容总结起来,并以末句作为题名。这种一定的格式叫做"题目正名"。此剧《古今杂剧》本题目正名系四句:"后嫁婆婆忒心偏,守志烈女意自坚。汤风冒雪没头鬼,感天动地窦娥冤。"简称《窦娥冤》。

赵盼儿风月救风尘

(元) 关汉卿撰

第 一 折

(冲末扮周舍上)(诗云)酒肉场中三十载,花星整照二十年;一生不识柴米价,只少花钱共酒钱。自家郑州人氏,周同知的孩儿周舍是也。自小上花台做子弟[1]。这汴梁城中,有一歌者[2],乃是宋引章。他一心待嫁我,我一心待娶[3]他,争奈他妈儿不肯。我今做买卖回来,今日特到他家去,一来去望妈儿,二来就题这门亲事,多少[4]是好。(下)(卜儿同外旦上,云)老身汴梁人氏,自身姓李,夫主姓宋,早年亡化已过。止有这个女孩儿,叫做宋引章。俺孩儿拆白道字[5],顶真续麻[6],无般不晓,无般不会。有郑州周舍,与孩儿作伴[7]多年,一个要娶,一个要嫁,只是老身谎彻梢虚[8],怎么便肯。引章,那周舍亲事,不是我百般板障[9],只怕你久后自家受苦。(外旦云)奶奶,不妨事,我一心则待要嫁他。(卜儿云)随你随你。(周舍上,云)自[10]家[11]周舍,来此正是他门首,只索进去。(做见科)(外旦云)周舍,你来了也。(周舍云)我一径的来问亲事,母亲如何?(外旦云)母亲许了亲事也。(周舍云)我见母亲去。(卜儿做见科)(周舍云)母亲,我一径的来问这亲事哩。(卜儿云)今日好日辰,我许了你,则休欺负俺孩儿。(周舍云)我并不敢欺负大姐。

母亲,把你那姊妹弟兄,都请下者,我便收拾来也。(卜儿云)大姐,你在家执料,我去请那一辈儿老姊妹去来。(周舍诗云)数载间费尽精神,到今朝才许成亲。(外旦云)这都是天缘注定,(卜儿云)也还有不测风云。(同下)(外扮安秀实上,诗云)刘蕡下第[12]千年恨,范丹[13]守志一生贫;料得苍天如有意,断然不负读书人。小生姓安,名秀实,洛阳人氏。自幼颇习儒业,学成满腹文章,只是一生不能忘情花酒。到此汴梁,有一歌者宋引章,和小生作伴。当初他要嫁我来,如今却嫁了周舍。他有个八拜交的姐姐,是赵盼儿,我去央[14]他劝一劝,有何不可?赵大姐在家么?(正旦扮赵盼儿上,云)妾身赵盼儿是也。听的有人叫门,我开门看咱。(见科,云)我道是谁,原来是妹夫。你那里来?(安秀实云)我一径的来相烦你。当初姨姨[15]引章要嫁我来,如今却要嫁周舍,我央及你劝他一劝。(正旦云)当初这亲事不许你来?如今又要嫁别人,端的姻缘事非同容易也呵。(唱)

【仙吕点绛唇】妓女追陪[16],觅钱一世,临收计,怎做的百纵千随,知重咱风流婿[17]。

【混江龙】我想这姻缘匹配,少一时一刻强难为。如何可意?怎的相知?怕不便脚搭着脑杓[18]成事早,怎知他手拍着胸脯悔后迟!寻前程,觅下稍[19],恰便是黑海也似难寻觅。料的来,人心不问,天理难欺。

【油葫芦】姻缘簿全凭我共你,谁不待拣个称意的?他每都拣来拣去百千回,待嫁一个老实的,又怕尽世儿难成对;待嫁一个聪俊的,又怕半路里轻抛弃。遮莫[20]向狗溺处藏,遮莫向牛屎里堆,忽地便吃了一个合扑地[21],那时节睁着眼

45

怨他谁!

【天下乐】我想这先嫁的还不曾过几日,早折的[22]容也波仪瘦似鬼。只教你难分说,难告诉,空泪垂。我看了些觅前程俏女娘,见了些铁心肠男子辈,便一生里孤眠,我也直甚颓[23]。

（云）妹夫,我可也待嫁个客人,有个比喻。（安秀实云）喻将何比?（正旦唱）

【那吒令】待妆个老实学三从四德,争奈是匪妓[24]都三心二意,端的是那里是三梢末尾[25]?俺虽居在柳陌中花街内,可是那件儿便宜?

【鹊踏枝】俺不是卖查梨[26],他可也逗刀锥[27];一个个败坏人伦,乔做胡为。（云）但来两三遭,不问那厮要钱,他便道:"这弟子[28]敲镘儿[29]哩。"（唱）但见俺有些儿不伶俐[30],便说是女娘家要哄骗东西。

【寄生草】他每有人爱为娼妓,有人爱作次妻[31]。干家的[32]干落得淘闲气,买虚的[33]看取些羊羔利,嫁人的早中了拖刀计[34]。他正是:南头做了北头开,东行不见西行例[35]。

（云）妹夫,你且坐一坐,我去劝他。劝的省时,你休欢喜,劝不省时,休烦恼。（安秀实云）我不坐了,且回家去等信罢。大姐留心者。（下）（正旦做行科,见外旦云）妹子,你那里人情[36]去?（外旦云）我不人情去,我待嫁人哩。（正旦云）我正来与你保亲。（外旦云）你保谁?（正旦云）我保安秀才。（外旦云）我嫁了安秀才呵,一对儿好打〔莲花落〕[37]。（正旦云）你待嫁谁?

（外旦云）我嫁周舍。（正旦云）你如今嫁人，莫不还早哩？（外旦云）有甚么早不早？今日也大姐，明日也大姐，出了一包儿脓[38]；我嫁了，做一个张郎家妇，李郎家妻，立个妇名，我做鬼也风流的。（正旦唱）

【村里迓鼓】你也合三思而行，再思可矣。你如今年纪小哩，我与你慢慢的别寻个姻配。你可便宜，只守着铜斗儿家缘家计，也是你羽姐姐把衷肠话劝妹妹，我怕你受不过男儿气息。

（云）妹子，那做丈夫的做不[39]的子弟，做子弟的做不的丈夫。

（外旦云）你说我听咱。（正旦唱）

【元和令】做丈夫的便做不的子弟，他终不解其意[40]；那做子弟的他影儿里会虚脾[41]，那做丈夫的忒[42]老实。（外旦云）那周舍，穿着一架子[43]衣服，可也堪爱哩。（正旦唱）那厮虽穿着几件蛇蜕皮[44]，人伦事晓得甚的？

（云）妹子，你为甚么就要嫁他？（外旦云）则为他知重[45]您妹子，因此要嫁他。（正旦云）他怎么知重你？（外旦云）一年四季，夏天我好的一觉响睡[46]，他替你妹子打着扇；冬天替你妹子温的铺盖儿煖了，着你妹子歇息；但你妹子那里人情去，穿的那一套衣服，戴的那一副头面[47]，替你妹子提领系[48]，整钗镮。只为他这等知重你妹子，因此上一心要嫁他。（正旦云）你原来为这般呵。（唱）

【上马娇】我听的说就里，你原来为这的，倒引的我忍不住笑微微。你道是暑月间扇子扇着你睡，冬月间着炭火煨，那愁他寒色透重衣。

【游四门】吃饭处，把匙头挑了筋共皮；出门去，提领系，整衣袂，戴插头面整梳篦。衙[49]一味是虚脾，女娘每不省越

47

着迷。

【胜葫芦】你道这子弟情肠甜似蜜,但娶到他家里,多无半载周年相弃掷。早努牙突嘴,拳椎脚踢,打的你哭啼啼。

【幺篇】恁[50]时节船到江心补漏迟,烦恼怨他谁,事要前思免后悔。我也劝你不得,有朝一日,准备着搭救你块望夫石。

（云）妹子,久以后你受苦呵,休来告我。（外旦云）我便有那该死的罪,我也不来央告你。（周舍上,云）小的每,把这礼物摆的好看些。（正旦云）来的敢是周舍?那厮不言语便罢,他若但言,着他吃我几嘴好的。（周舍云）那壁姨姨,敢是赵盼儿么?（正旦云）然也。（周舍云）请姨姨吃些茶饭波。（正旦云）你请我,家里饿皮脸也揭了锅儿底,窨子里秋月,不曾见这等食[51]。（周舍云）央及姨姨,保门亲事[52]。（正旦云）你着我保谁?（周舍云）保宋引章。（正旦云）你着我保宋引章那些儿?保他那针指油面[53],刺绣铺房,大裁小剪,生儿长女?（周舍云）这歪刺骨好歹嘴也。我已成了事,不索央你。（正旦云）我去罢。（做出门科）（安秀实上,云）姨姨,劝的引章如何?（正旦云）不济事了也。（安秀实云）这等呵,我上朝求官应举去罢。（正旦云）你且休去,我有用你处哩。（安秀实云）依着姨姨说,我且在客店中安下,看你怎么发付我。（下）（正旦唱）

【赚煞】这妮子是狐魅人女妖精,缠郎君天魔[54]祟。则他那裤儿里休猜做有腿[55],吐下鲜红血则当做苏木水[56]。耳边休采那等闲食,那的是最容易剜眼睛嫌的,则除是亲近着他便欢喜[57]。（带云）着他疾省呵,（唱）哎,你个双郎[58]子弟安排下金冠霞帔[59]。（带云）一个夫人来到手儿里了,（唱）却则

为三千张茶引[60],嫁了冯魁[61]。(下)

(周舍云)辞了母亲,着大姐上轿,回咱郑州去来。(诗云)才出娼家门,便作良家妇;(外旦诗云)只怕吃了良家亏,还想娼家做。(同下)

〔1〕子弟——元剧里这两字指嫖客。《白氏长庆集·论重试进士事宜状》:"伏以陛下今年及第进士之中,子弟得者侥幸,平人落者受屈。"子弟与平人对文,盖指仕宦人家的子弟。这类人多吃喝玩乐,游荡无度,故戏剧中引申为嫖客之义。

〔2〕歌者——歌妓、妓女。

〔3〕娶——原本(《元曲选》本)作"妻",据《古今杂剧》本改。

〔4〕多少——多么;用作副词,表示程度很高。

〔5〕拆白道字——宋元时代一种带游戏性的文字体制:把一个字拆开,变成一句话。例如黄山谷《两同心词》:"你共人'女'边着'子',争知我'门'里挑'心'。""女边着子",是拆"好"字;"门里挑心",是拆"闷"字。

〔6〕顶真续麻——宋元时代一种带游戏性的文字体制:上句的末一字,就是下句的头一字。例如:"断肠人寄断肠词,词写心间事,事到头来不自由……"

〔7〕作伴——与一般作伴侣的意义稍别,似犹今言"同居"。

〔8〕谎彻梢虚——扯谎,说假,虚与委蛇,表面敷衍。

〔9〕板障——就是屏风,这里作动词用,引申为障碍,从中阻碍、作梗。《唐语林》二"文学":"刘禹锡云……罘罳者,复思也,今之板障屏墙也。"

〔10〕自——原本作"咱";据下文及《古名家杂剧》本改。

〔11〕家——用于人称(自家、他家、卿家、女儿家等)之后,作为语

49

尾助词,无义。

〔12〕刘蕡下第——刘蕡,唐代进士。他举贤良对策时,在答卷里劝皇帝诛杀权奸;考官怕得罪宦官,不敢录取,他因而落第。后来把这四个字作为考试落第的代词。

〔13〕范丹——东汉时人。他辞官不就,在梁沛等地卖卜为生,穷居终老。

〔14〕央——原本作"与",据下文及《古名家杂剧》本改。

〔15〕姨姨——嫖客对妓女的客气称呼。

〔16〕追陪——李商隐《杂纂·枉屈》:"家富不追陪",及"好厅馆不洒扫"、"家藏书不借读"。同上"须贫"条:"作债追陪"。据此,知"追陪"一辞,为征歌狎妓之意。又,王君玉《续纂》:"不可记人"条:"往别州追妓"。亦用"追"字。这里是指妓女陪着狎客游狎歌唱等事。

〔17〕婿——原本作"媚",据《古名家杂剧》本改。

〔18〕脚搭着脑杓——人疾行时,脚跟向后颠仰,就像脚跟搭着后脑杓一样;戏剧中用来形容迅速、快。

〔19〕下稍——"稍"应作"梢"。下稍,比喻事情的终局、收场、结果。

〔20〕遮莫——或作折麽、者莫、者麽,义均同。就是尽管,不论,不问的意思。

〔21〕合扑地——或作阿扑(见本书《东堂老》三折),就是俯面仆地。

〔22〕折的——折磨的。

〔23〕直甚頯——值什么鸟(diǎo 碉上声)。頯,屌的借用字,指男子生殖器。

〔24〕匪妓——对妓女的贱称。宋元时代称妓女为"匪人"或"匪妓",意指她们是操不正当职业的人。《宣和遗事·亨集》:"何为因一匪

人(指李师师)将功名富贵废了？"

〔25〕三梢末尾——喻结局,收场,着落。

〔26〕卖查梨——查梨,或作楂梨、樝梨;形似梨而味道酸涩的一种果子。《尔雅·释木》注:"樝,似梨而酢涩。"卖查梨,就是将坏作好,冒充,欺骗的意思。

〔27〕逞刀锥——锥刀利,古时常用语。逞刀锥,比喻商人追逐微末之利的意思,元剧中习见。语本《左传》昭六年:"锥刀之末,将尽争之。"白居易《大水》诗:"不知万人灾,自觅锥刀利。"这里是斤斤计较之意;"他可也逞刀锥"的"他",指嫖客,也就是"他便道"的"他"。

〔28〕弟子——元剧里这两字指妓女。程大昌《演繁露》:"玄宗乐工数百人,自教法曲于梨园,谓之皇帝梨园弟子。至今犹谓优女为弟子,此其始也。"

〔29〕敲镘儿——敲,敲诈。镘儿,钱的背面,因以指钱。敲镘儿,就是敲诈勒索钱财,犹如现在说"敲竹杠"。

〔30〕不伶俐——不利索;意指身体不舒服或行动不灵便。

〔31〕次妻——姨太太,小老婆。

〔32〕"干家的"句——意谓正经干家立业、主持家务的,反而白白落得因闲事而呕气、生气。

〔33〕"买虚的"句——与上句意相反,谓虚情假意进行欺骗的,反而眼看着得到加倍的好处(利息)。"看取",看着。"羊羔利",元代的一种高利贷剥削,放债到一年,要加倍收还本息,叫做"羊羔儿利"。

〔34〕拖刀计——古代战术术语,两人相斗时,一方诈败拖着刀逃走,趁对方追赶时没有防备,猛砍过去,叫做"拖刀计"。这里比喻圈套、阴谋。

〔35〕"南头做了北头开"二句——当时习用语,意谓不接受前人教训而重蹈覆辙。《老生儿·楔子》:"南头里贩贵,北头里贩贱。"及《玉壶

春》四折:"东行不见西行利。"语意与此略同,可参看。

〔36〕人情——应酬交往,或馈赠礼物,称为人情或送人情。

〔37〕莲花落——一种曲调名;乞丐向人乞讨时所唱的小调。打莲花落,作乞丐之意。"落"念 lào。《五灯会元》:"一日间,丐者唱〔莲花乐〕,大悟。"

〔38〕今日也大姐三句——当时称妓女为"大姐",谐音为"大疖"。疖子最后要出脓,所以说"出了一包儿脓"——即与嫖客性交的隐语。

〔39〕"不"——原本缺漏,据文意及下文〔元和令〕曲文补。

〔40〕"他终不解其意"——原本缺漏,据《古名家杂剧》本补。

〔41〕虚脾——虚情假意。《南词叙录》:"虚脾,虚情也。五脏惟脾最虚,因以为喻。"

〔42〕忒(tuī 推)——太,过于。现在北京口语还这样说。

〔43〕一架子——犹云一身。

〔44〕屹螂(gè láng 个郎)皮——屹螂,即蜣螂,俗名屎蚵螂;鞘翅类昆虫。鞘翅乌黑有光,喜吃动物的尸体及粪便。屹螂皮,比喻坏人穿的漂亮外衣。

〔45〕知重——尊重,敬重。

〔46〕晌睡——午睡;北语谓午为晌。

〔47〕头面——妇女头上戴的装饰品,首饰。

〔48〕领系——衣服上系领子的带子。

〔49〕谆(zhūn 谆)——有真,尽,全等义。

〔50〕恁(nèn 嫩)——那,指示词。恁、那双声字通用。

〔51〕家里饿皮脸也揭了锅底,窖子里秋月,不曾见这等食。——"也",原本无,据《古名家杂剧》本补。这几句意在讽刺周舍,不会请她的。饿皮脸、揭了锅底,是说饿瘦了,连锅底都揭了,没有饭吃。窖子,地窖,贮藏粮食的地方,不会见到月食(蚀)。比喻不会得到周舍的茶饭吃。

〔52〕保亲——保证所介绍的女子具备各方面的条件。即下句所说保针指油面等条件。保,保证,担保。

〔53〕油面——指作饭等厨房的事。油,煎炒烹炸等烹调技术。面,指各种主食如米饭,面食等。

〔54〕天魔——佛经所说的四大魔王之一,性恶嗜杀,专门破坏人修道;元剧用以比喻缠害人的妖怪或坏女人。

〔55〕则他那裤儿里休猜做有腿——上文说"这妮子是狐魅人女妖精,缠郎君天魔祟",因此说,不要猜想她裤子里还会有人的腿存在。

〔56〕吐下鲜红血则当做苏木水——是说妓女最会装假,她吐下鲜血,也只能当苏木红水看待。苏木,木名,茎和皮可以煎熬成为红色的颜料。

〔57〕那的是最容易剜眼睛嫌的二句——意谓宋引章最容易变心,把安秀实当作眼中钉(剜眼睛嫌),除是像周舍那样亲近,她才欢喜。所以下文用双郎和冯魁作比。

〔58〕双郎——即双渐;元剧中的双郎、双生、双同叔、双县令都指他。北宋时人,曾官临川县令。苏小卿是庐州的妓女,和双渐相爱。双渐到汴京应举,茶商凭着有钱,把小卿买走,她不愿意,题诗于金山寺,表示对双渐的怀念。双渐考取进士,到临川作县令,看见这首诗,把她赎回,结成夫妇。这里借指安秀实。

〔59〕金冠霞帔——封建时代,受朝廷封诰有高等品级的贵夫人的服装,叫作"命服"。

〔60〕茶引——引,古代缴纳茶、盐等税时的重量单位。茶引,按重量缴纳茶税后,官厅发给凭照,就可运销茶叶;这种凭照叫做"茶引"。

〔61〕冯魁——一个茶商,凭金钱买走了苏小卿。元剧中常用来代表有钱的商人。这里是讥讽宋引章,为了金钱而改变主意,要嫁周舍。

第 二 折

(周舍同外旦上,云)自家周舍是也。我骑马一世,驴背上失了一脚[1]。我为娶这妇人呵,整整磨了半截舌头,才成得事。如今着这妇人上了轿,我骑了马,离了汴京,来到郑州。让他轿子在头里走,怕那一般的舍人[2]说:"周舍娶了宋引章。"被人笑话。则见那轿子一晃一晃的,我向前打那抬轿的小厮,道:"你这等欺我!"举起鞭子就打。问他道:"你走便走,晃怎么?"那小厮道:"不干我事,奶奶在里边,不知做甚么?"我揭起轿帘一看,则见他精赤条条的,在里面打筋斗。来到家中,我说:"你套一床被我盖。"我到房里,只见被子倒高似床。我便叫:"那妇人在那里?"则听的被子里答应道:"周舍,我在被子里面哩。"我道:"在被子里面做甚么?"他道:"我套绵子,把我翻在里头了。"我拿起棍来,恰待要打,他道:"周舍,打我不打紧,休打了隔壁王婆婆。"我道:"好也,把邻舍都翻在被里面[3]。"(外旦云)我那里有这等事?(周舍云)我也说不得这许多。兀那贱人,我手里有打杀的,无有买休卖休[4]的。且等我吃酒去回来,慢慢的打你。(下)(外旦云)不信好人言,必有悽惶事。当初赵家姐姐劝我不听,果然进的门来,打了我五十杀威棒[5],朝打暮骂,怕不死在他手里。我这隔壁有个王货郎,他如今去汴梁做买卖,我写一封书稍[6]将去,着俺母亲和赵家姐姐来救我。若来迟了,我无那活的人也。天那,只被你打杀我也。(下)(卜儿哭上,云)自家宋引章的母亲便是。有我女孩儿从嫁了周舍,昨日王货郎寄信来,上写着道:"从到他家,进门打了五十杀威棒。如今朝打暮骂,看看至死,可急急央赵家姐姐来救我。"我拿着书去与赵家姐姐说知,怎生救他去?引章孩儿,则被你痛杀我也。(下)(正旦上,云)自家赵盼儿。我想这门衣饭,几时是了也呵。(唱)

【商调集贤宾】咱这几年来待嫁人心事有,听的道谁揭债,谁买休。他每待强巴劫[7]深宅大院,怎知道摧折了舞榭歌楼?一个个眼张狂似漏了网的游鱼,一个个嘴卢都似跌了弹的斑鸠[8]。御园中可不道[9]是栽路柳,好人家怎容这等娼优。他每初时间有些实意,临老也没回头。

【逍遥乐】那一个不因循成就,那一个不顷刻前程,那一个不等闲间罢手[10]。他每一做一个水上浮沤[11]。和爷娘结下不断见的冤仇,恰便似日月参辰和卯酉[12],正中那男儿机彀[13]。他使那千般贞烈,万种恩情,到如今一笔都勾。

(卜儿上,云)这是他门首,我索过去。(做见科,云)大姐,烦恼杀我也。(正旦云)奶奶,你为甚么这般啼哭?(卜儿云)好教大姐知道,引章不听你劝,嫁了周舍。进门去打了五十杀威棒,如今打的看看至死,不久身亡。姐姐,怎生是好?(正旦云)呀,引章吃打了也。(唱)

【金菊香】想当日他暗成公事[14],只怕不相投。我当初作念[15]你的言词,今日都应口。则你那去时,恰便似去秋。他本是薄幸[16]的班头[17],还说道有恩爱结绸缪。

【醋葫芦】你铺排着鸳衾和凤帱,指望效天长共地久;蓦入门知滋味便合休。几番家眼睁睁,打干净[18]待离了我这手;(带云)赵盼儿,(唱)你做的个见死不救,可不羞杀这桃园中杀白马,宰乌牛[19]?

（云）既然是这般呵,谁着你嫁他来?（卜儿云）大姐,周舍说誓来。（正旦唱）

【幺篇】那一个不噷可可[20]道横死亡,那一个不实丕丕[21]拔了短筹,则你这亚仙[22]子母老实头[23],普天下爱女娘的子弟口,（带云）奶奶,不则周舍说谎也。（唱）那一个不指皇天各般说咒?恰似秋风过耳早休休!

（卜儿云）姐姐,怎生搭救引章孩儿?（正旦云）奶奶,我有两个压被的银子[24],咱两个拿着买休去来。（卜儿云）他说来:"则有打死的,无有买休卖休的。"（正旦寻思科,做与卜耳语科,云）则除是这般。（卜儿云）可是中也不中?（正旦云）不妨事,将书来我看。（卜递书科,正旦念云）"引章拜上姐姐并奶奶:当初不信好人之言,果有恓惶之事。进得他门,便打我五十杀威棒。如今朝打暮骂,禁持[25]不过。你来的早,还得见我;来得迟呵,不能勾见我面了。只此拜上。"妹子也,当初谁教你做这事来!（唱）

【幺篇】想当初有忧呵同共忧,有愁呵一处愁。他道是残生早晚丧荒丘,做了个游街野巷村务酒[26];你道是百年之后,（云）妹子也,你不道来:"这个也大姐,那个也大姐,出了一包脓;不如嫁个张郎妇、李郎妻,（唱）立一个妇名儿,做鬼也风流?"

（云）奶奶,那寄书的人去了不曾?（卜儿云）还不曾去哩。（正旦云）我写一封书寄与引章去。（做写科）（唱）

【后庭花】我将这知心书[27]亲自修,教他把天机休泄漏。传示与休莽戆[28]收心的女,拜上你浑身疼的歹事头。（带云）引章,我怎的劝你来?（唱）你好没来由,遭他毒手,无情的棍棒抽,赤津津鲜血流,逐朝家[29]如暴囚,怕不将性命丢!况家乡隔郑州,有谁人相睬瞅,空这般出尽丑。

(卜儿哭科,云)我那女孩儿那里打熬[30]得过!大姐,你可怎生的救他一救?(正旦云)奶奶,放心。(唱)

【柳叶儿】则教你怎生消受,我索合再做个机谋[31]。把这云鬟蝉鬓妆梳就,(带云)还再穿上些锦绣衣服,(唱)珊瑚钩,芙蓉扣,扭捏的身子儿别样娇柔。

【双雁儿】我着这粉脸儿搭救你女骷髅,割舍的一不做二不休,拼了个由他咒也波咒。不是我说大口,怎出得我这烟月手[32]!

(卜儿云)姐姐,到那里子细着。(哭科,云)孩儿,则被你烦恼杀了我也!(正旦唱)

【浪里来煞】你收拾了心上忧,你展放了眉间皱,我直着花叶不损觅归秋[33]。那厮爱女娘的心,见的便以驴共狗,卖弄[34]他玲珑剔透[35](云)我到那里,三言两句,肯写休书,万事俱休。若是不肯写休书,我将他掐一掐,拈一拈,搂一搂,抱一抱,着那厮通身酥,遍体麻。将他鼻凹儿抹上一块砂糖,着那厮舔又舔不着,吃又吃不着。赚得那厮写了休书,引章将的休书来淹的[36]撇了。我这里出了门儿。(唱)可不是一场风月,我着那汉一时休?(下)

〔1〕骑马一世,驴背上失了一脚——当时成语,意谓内行人也会上当;与现在说的"阴沟里翻船",意思略同。

〔2〕舍人——本是官名;宋元戏剧小说里称官员(财主)的子弟为

舍人,犹如称"少爷";或称某舍(如张舍、李舍),即张少爷、李少爷。本剧之周舍,即此类称呼,非姓周名舍也。

〔3〕把邻舍都翻在被里面——以上所说的这些事,都是上演时插科打诨取笑的话。元剧里常有这一类的话。

〔4〕买休卖休——元代法律术语。在买卖妇女的非法交易中,卖方以"休妻"为名,实际是卖妻;买方以娶被休之妇女为名,实际是用钱买妻:这种欺骗手段、方式,叫做卖休买休,在元代是被禁止的。《元史·刑法志二》:"诸夫妇不相睦,卖休买休者,禁之。"

〔5〕五十杀威棒——旧时,对新到的犯人先打几十棒,以"杀灭"他的威风,叫做"杀威棒"。元剧及《水浒》中常有此说法。

〔6〕稍——一般写作"捎";顺便捎带。

〔7〕巴劫——即巴结。趋附、奉承,攀高接贵。

〔8〕他每待强巴劫深宅大院四句——深宅大院,富贵人家的子弟,此处指周舍;舞榭歌楼,指妓院的妓女,此处指宋引章。下二句分承上二句,意谓巴结富贵子弟得到脱籍从良时,就高兴得像漏了网的鱼一样。从良之后受到种种摧残,又鼓着咀卢都像跌了蛋(弹)的斑鸠一样,直咕噜叫唤。

〔9〕可不道——怎能、岂能;在否定句中用为疑问语气的副词。此句是说:御花园里岂能栽路旁柳树?

〔10〕那一个不因循成就三句——意谓:哪一个不是随便成婚,很快散伙;"哪一个又不是轻易罢手的? 因循,随便。前程,指婚姻。

〔11〕水上浮沤(ōu):水面上的泡,很快就破灭。

〔12〕日月参辰和卯酉——比喻对立的事;此指与爷娘对立成仇。日、月不会在一起。参辰,二星名,辰星亦作商星。参星和商星不同时出现。卯和酉是十二地支中的两个;星相家迷信的说法,卯、酉对立,互相冲克。

〔13〕机彀(gòu够)——圈套、阴谋。

〔14〕公事——这里指成婚;与第四折之"断理些公事",指公文案件者不同。

〔15〕我当初作念你的言词今日都应口——"当初",据《古今杂剧》本补。"作念",本为念叨、念记之意;这里是估计、逆料、劝告之意。这句是说:当初我劝告你的话,现在都应验了。

〔16〕薄幸——薄情、无情寡义。

〔17〕班头——或作班首;头头,为首的。

〔18〕打干净——打干净球儿的省语;意谓置身事外、不管。

〔19〕桃园中杀白马,宰乌牛——刘备、关羽、张飞三人,在桃园里杀白马乌牛祭天地结义的传说故事,元代戏剧、平话里,都有记载,流传甚广。(如《三战吕布》、《博望烧屯》等剧,及《三国志平话》等。)这里用以比拟赵盼儿与宋引章,曾有"八拜之交",是结义的姐妹。

〔20〕唙(shěn审)可可——或作碜可可、碜磕磕;凄惨,令人可怕的恐怖样子。这句,是说嫖客当初发誓,如说"不得好死"之类的誓言。

〔21〕实丕丕——丕丕,形容"实"字,是很、大的意思。实丕丕,就是实在得很,十分真实的意思。还有作死丕丕(如本书《东堂老》一折)、气丕丕(如本书《虎头牌》二折)的,就是死呆得很,气大得很的意思。这句是说,妓女被娶来以后,男方就实实在在地半途抛弃。

〔22〕亚仙——指妓女李亚仙;一个爱情故事中的女主角。唐人传奇故事:贵公子郑生与妓女李娃相恋,床头金尽,被鸨母逐出,不敢回家见父母,沦落作了乞丐,替人家唱挽歌送葬。后来李娃暗中接济他,考中进士作了官,两人复得团圆。见唐·白行简《李娃传》(《太平广记》卷四八四注云:出自《异闻集》)。李娃,元明戏剧中改名李亚仙;郑生,命名郑元和。

〔23〕老实头——不虚情假意、言行一致的诚实人。这里指宋引章。

〔24〕压被的银子——私房钱,也叫体己钱。

〔25〕禁持不过——受不过迫害、虐待。禁持,有摆布、牵缠、虐害等义。

〔26〕做了个游街野巷村务酒——可能是当时的俗语,其准确的含义,现在已弄不太清楚。有人认为:元代有一种酷刑,叫做游街拷掠,即把犯人绑在马背上,一路游街拷打,把人活活打死。"游街野巷",疑即指此,是承上文"残生早晚丧荒丘"说的。"村务酒",疑指犯人被处死前饮的永别酒。村务,是乡村里的酒店。真正的意义如何,尚待考。

〔27〕知心书——原本作"情书",与剧情不符,据《古今杂剧》本改。

〔28〕莽戆——一作莽壮,即莽撞,语言行动粗率,做事不审慎。这句是说:寄信给宋引章,叫她收起天真的心,再不要莽撞行事。"女"和下句的"歹事头"(受苦难的人),都指宋引章。

〔29〕逐朝家——每日个;家念 ge,语助词,无义。

〔30〕打熬——支持、挣扎。

〔31〕机谋——计策、谋划。"把这云鬟蝉鬓妆梳就"以下各句,以及写假休书等,都是"机谋"的具体内容。

〔32〕烟月手——指当时妓女与嫖客之间钩心斗角的手段。

〔33〕花叶不损觅归秋——当时俗语,意谓保护花叶完好无损,好好地过到秋天(归宿)。

〔34〕卖弄——夸耀;现代口语中还有此语。

〔35〕玲珑剔透——聪明绝顶。

〔36〕淹的——忽地,突然地。

第 三 折

(周舍同店小二〔1〕上,诗云)万事分已定,浮生空自忙;无非花共酒,恼乱我心肠。店小二,我着你开着这个客店,我那里希罕你那房钱养家;不问官妓私科子[2],只等有好的来你客店里,你便来叫我。(小二云)我知道,只是你脚头乱,一时间那里寻你去?(周舍云)你来粉房[3]里寻我。(小二云)粉房里没有呵?(周舍云)赌房里来寻。(小二云)赌房里没有呵?(周舍云)牢房里来寻。(下)(丑扮小闲挑笼上)(诗云)钉靴雨伞为活计[4],偷寒送暖作营生;不是闲人闲不得,及至得闲时又闲不成。自家张小闲的便是。平生做不的买卖,止是与歌者姐姐每叫些人,两头往来,传消寄信都是我。这里有个大姐赵盼儿,着我收拾两箱子衣服行李,往郑州去。都收拾停当了,请姐姐上马。(正旦上,云)小闲,我这等打扮,可冲动得那厮么?(小闲做倒科)(正旦云)你做甚么哩?(小闲云)休道冲动那厮,这一会儿连小闲也酥倒了。(正旦唱)

【正宫端正好】 则为他满怀愁、心间闷,做的个进退无门。那婆娘家一涌性[5]无思忖,我可也强打入迷魂阵。

【滚绣球】 我这里微微的把气喷,输个姓因[6],怎不教那厮背槽抛粪[7]。更做道普天下无他这等郎君,想着容易情忒献勤,几番家待要不问,第一来我则是可怜见[8]无主娘亲[9],第二来是我惯曾为旅偏怜客,第三来也是我自己贪杯惜醉人[10]。到那里呵也索费些精神。

(云)说话之间,早来到郑州地方了。小闲,接了马者。且在柳阴下歇一歇咱。(小闲云)我知道。(正旦云)小闲,咱闲口论闲话[11]:这好人家好举止,恶人家恶家法。(小闲云)姐姐,你说我听。(正旦唱)

【倘秀才】 县君[12]的则是县君,妓人的则是妓人。怕不扭捏着身子蓦入他门;怎禁他使数[13]的到支分,背地里暗忍。
【滚绣球】那好人家将粉扑儿浅淡匀,那里像咱干茨腊[14]手抢[15]着粉;好人家将那篦梳儿慢慢地铺髻,那里像咱解了那襻胸带[16]下颔上勒一道深痕。好人家知个远近,觑个向顺[17],衡一味良人家风韵;那里像咱们恰便似空房中锁定个狲猢[18]:有那千般不实乔躯老[19],有万种虚嚣[20]歹议论,断不了风尘[21]。

（小闲云）这里一个客店,姐姐好住下罢。（正旦云）叫店家来。（店小二见科）（正旦云）小二哥,你打扫一间干净房儿,放下行李。你与我请将周舍来,说我在这里久等多时也。（小二云）我知道。（做行叫科,云）小哥在那里？（周舍上,云）店小二,有甚么事？（小二云）店里有个好女子请你哩。（周舍云）咱和你就去来。（做见科,云）是好一个科子也。（正旦云）周舍,你来了也。（唱）

【幺篇】俺那妹子儿有见闻[22],可有福分,抬举[23]的个丈夫俊上添俊,年纪儿恰正青春。（周舍云）我那里曾见你来？我在客火里,你弹着一架筝,我不与了你个褐色䌷段儿？（正旦云）小的,你可见来？（小闲云）不曾见他有甚么褐色䌷段儿。（周舍云）哦,早起〔客火〕[24]杭州散了,赶到陕西客火里吃酒,我不与了大姐一分饭来？（正旦云）小的每,你可见来？（小闲云）我不曾见。（正旦唱）你则是忒现新,忒忘昏[25],更做道你眼钝。那唱词话[26]的有两句留文:"咱也曾武陵溪[27]畔曾相识,今日佯推不认人。"我为你断梦劳魂。

（周舍云）我想起来了,你敢是赵盼儿么？（正旦云）然也。（周舍云)你是赵盼儿,好好,当初破亲也是你来。小二,关了店门,则打这小闲。(小闲云)你休要打我,俺姐姐将着锦绣衣服,一房一卧[28]来嫁你,你倒打我?(正旦云)周舍,你坐下,你听我说。你在南京[29]时,人说你周舍名字,说的我耳满鼻满的,则是不曾见你。后得见你呵,害的我不茶不饭,只是思想着你。听的你娶了宋引章,教我如何不恼?周舍,我待嫁你,你却着我保亲!(唱)

【倘秀才】我当初倚大呵妆㑒[30]主婚,怎知我嫉妒呵特故里[31]破亲?你这厮外相儿通疏就里村[32]。你今日结婚姻,咱就肯罢论。

(云)我好意将着车辆鞍马㑱房来寻你,你划地将我打骂。小闲,拦回车儿,咱家去来。(周舍云)早知姐姐来嫁我,我怎肯打舅舅?(正旦云)你真个不知道?你既不知,你休出店门,只守着我坐下。(周舍云)休说一两日,就是一两年,您儿也坐的将去。(外旦上,云)周舍两三日不家去,我寻到这店门首,我试看咱。原来是赵盼儿和周舍坐哩。兀那老弟子不识羞,直赶到这里来。周舍,你再不要来家,等你来时,我拿一把刀子,你拿一把刀子,和你一递一刀子戳[33]哩。(下)(周舍取棍科,云)我和你抢生吃[34]哩。不是奶奶在这里,我打杀你。(正旦唱)

【脱布衫】我更是的不待饶人,我为甚不敢明闻[35];肋底下插柴自稳[36],怎见你便打他一顿?

【小梁州】可不道一夜夫妻百夜恩,你可便息怒停嗔,你村时节背地里使些村,对着我合思忖:那一个双同叔打杀俏红裙?

【幺篇】则见他恶哏哏[37],摸按着无情棍,便有火性的不似你个郎君。(云)你拿着偌粗的棍棒,倘或打杀他呵,可怎了?(周舍云)丈夫打杀老婆,不该偿命。(正旦云)这等说,谁敢嫁你?(背唱)我假意儿瞒,虚科儿[38]喷,着这厮有家难奔。妹子也,你试看咱风月救风尘[39]。

（云）周舍,你好道儿[40]。你这里坐着,点的你媳妇来骂我这一场。小闲,拦回车儿,咱回去来。(周舍云)好奶奶,请坐。我不知道他来;我若知道他来,我就该死。(正旦云)你真个不曾使他来?这妮子不贤惠。打一棒快毬子[41],你舍的宋引章,我一发[42]嫁你。(周舍云)我到家里就休了他。(背云)且慢着,那个妇人是我平日间打怕的,若与了一纸休书,那妇人就一道烟去了。这婆娘他若是不嫁我呵,可不弄的尖担两头脱[43]?休的造次[44],把这婆娘摇撼的实者。(向旦云)奶奶,您孩儿肚肠是驴马的见识,我今家去把媳妇休了呵,奶奶你把肉吊窗儿放下来[45]可不嫁我,做的个尖担两头脱。奶奶,你说下个誓着。(正旦云)周舍,你真个要我赌咒?你若休了媳妇,我不嫁你呵,我着堂子里马踏杀,灯草打折胘儿骨[46]。你逼的我赌这般重咒哩。(周舍云)小二,将酒来。(正旦云)休买酒,我车儿上有十瓶酒哩。(周舍云)还要买羊。(正旦云)休买羊,我车上有个熟羊哩。(周舍云)好好好,待我买红去。(正旦云)休买红,我箱子里有一对大红罗。周舍,你争甚么那[47]?你的便是我的,我的就是你的。(唱)

【二煞】则这紧的到头终是紧,亲的原来只是亲。凭着我花朵儿身躯,笋条儿年纪,为这锦片儿前程,倒赔了几锭儿花银。拼着个十米九糠[48],问甚么两妇三妻,受了些万苦千辛[49],我着人头上气忍,不枉了一世做郎君。

【黄钟尾】你穷杀呵甘心守分捱贫困,你富呵休笑我饱暖生淫惹议论。你心中觑个意顺,但休了你这眼下人[50],不要你钱财使半文,早是我走将来自上门。家业家私[51],待你六亲;肥马轻裘,待你一身;倒贴了奁房和你为眷姻。(云)我若还嫁了你,我不比那宋引章,针指油面,刺绣铺房,大裁小剪,都不晓得一些儿的。(唱)我将你写了的休书正了本[52]。(同下)

〔1〕店小二——宋元人称商店、客店的老板为店家,店里的伙计为店小二、小二或小二哥。

〔2〕私科子——或作私窠子,私窝子;私娼。

〔3〕粉房——这里指妓院,烟粉之处。这里通过周舍和小二的对话,概括了那些花花公子的行径和结局。末句,有打诨取笑的含意。

〔4〕钉靴雨伞为活计——当是元代娼妓行业中的习用隐语,与下句"偷寒送暖作营生"相对为文,含义当亦相类;似是专门替妓女们传递消息,做些帮闲的工作。

〔5〕一涌性——一下子感情冲动,鲁莽行事。(指宋引章没有好好考虑,就嫁了周舍。)

〔6〕姓因——"信音"的同音假借字,即信息、消息的意思。"输个姓因",就是递个信儿(给他)的意思。

〔7〕背槽抛粪——牲畜在食槽里吃饲料,又在那里粪便,弄脏那个地方;比喻人反脸无情,忘恩负义。

〔8〕可怜见——即可怜、同情、怜惜之意。见,语尾助词,无义。

〔9〕无主娘亲——没有主意的娘亲;主,主意。指宋引章的母亲,没有坚持反对嫁周舍的主张。

〔10〕"惯曾为旅偏怜客"、"自己贪杯惜醉人"——似是当时的俗语,意为同病相怜。

〔11〕闲口论闲话——犹如说:闲聊天、闲谈。

65

〔12〕县君——封建时代的规定,丈夫做官,妻子可以按照丈夫的品级得到相应的封赠。元代,五品官的妻子可以封"县君"。《辍耕录》十九:"国朝(元)品官母、妻:四品赠郡君,五品赠县君。"

〔13〕使数——仆役。这几句是说:尽管你扭扭捏捏迈进了富贵人家的门坎;但受不了仆役们的编派(说头道脚)和背地里的暗笑。

〔14〕干茨腊——或作乾支刺。茨腊,语助词。干茨腊,就是干枯的意思。有时作"空"解。

〔15〕抢(qiǎng 跄)——用力勉强敷搽上去叫做抢,念去声。今北方做馒头时,和好了面,过一会又加进一些干面粉,再揉和在一起,叫做抢面馒头。这里是说,妓女的手本是干枯的,只好用力搽上一层厚厚的粉。

〔16〕襻胸带——襻胸,即抹胸,又名袜腹,俗名兜肚,穿在胸腹之间的小衣。用两根带子系在身上:上面的一根系在颈项间,下面系在腰间。所以说:下颏上勒一道深痕。一说:古时妇女梳头时包裹头发用的带子,恐非;包裹头发,与"胸"无关。

〔17〕向顺——这里指懂得关系的亲疏,事情的轻重,通达人情世故的意思。

〔18〕猢孙——猴子的别称。猴子喜动不喜静,下二句就是说的那种情况。

〔19〕乔躯老——乔,假,装模作样。躯老,指身段。老,语尾助词,如眼为"眼老",鼻为"嗅老",老字均无义。

〔20〕虚嚣——虚伪、虚假。

〔21〕风尘——指妓女(这里是说,离不了妓女的老一套作风、行为)。

〔22〕见闻——见识。

〔23〕抬举——照料,打扮。

〔24〕〔客火〕——客店。疑原本漏此二字,据下文补。

〔25〕忒现新,忒忘昏——太新鲜（的事；指周舍所说与了一分饭）太糊涂。不相信对方说的话是真的,就说:真是太新鲜的事儿！现代口语还这样讲,仅字面不同。

〔26〕唱词话——宋元时代的一种民间曲艺,有说有唱,类似现在的弹词、鼓书。

〔27〕武陵溪畔二句——就是上述词话里的佚句。武陵溪,本指晋·陶潜《桃花源记》里所说的,武陵渔父遇见"世外桃源"的事；后来元曲中多与刘晨、阮肇误入桃源遇见仙女的故事混用,当作男女恋爱的典故。

〔28〕一房一卧——指出嫁的整套妆奁、嫁妆。

〔29〕南京——指汴梁（今河南开封）；金灭北宋后,改称汴梁为南京。

〔30〕妆儇（xuān 宣）——儇,或作懁,慧黠的意思。妆儇,犹如说"妆么"；就是装假、弄巧。

〔31〕特故里——特意,故意。

〔32〕外相儿通疏就里村——外貌聪明心里很蠢笨。村,粗野、呆笨。

〔33〕一递一刀子戳——你一刀我一刀轮流地戳。一递,轮番。戳,原本误作"截",据《古今杂剧》本改。

〔34〕抢生吃——不等食物熟就抢着吃；性急的意思。这里是反话,就是说,我不同你性急,慢慢等着瞧吧。

〔35〕明闻——明明白白说清楚、说穿。

〔36〕肋底下插柴自稳——元剧习用语。或作"肋底下插柴自忍不忍"、"肋底插柴怎不自隐"、"肋底下插柴内忍"；隐、稳与忍字音相近,古时多通用。肋底下插柴自稳,歇后语,就是有痛苦、有心事,自己隐忍着、忍耐着的意思。

〔37〕恶哏（gén,这里念 hěn 狠）哏——恶狠狠,极凶恶地。或作恶

喑喑,意同,形容极凶恶之状。

〔38〕虚科儿——虚假作态。

〔39〕风月救风尘——风月,指男女爱情。风尘,指妓女。风月救风尘,是本剧的剧名,是说:以男女之情去拯救一个风尘妓女。

〔40〕道儿——阴谋诡计。

〔41〕打一棒快毬子——宋元时代毬戏,有棒打、骑在马上用棒打及足踢等方式。打一棒快毬子,是当时打毬的术语;比喻用迅速的手段解决问题。这里是向周舍暗示,赶快和宋引章离婚。

〔42〕一发——越发;这里有"一定"的意思。

〔43〕尖担两头脱——当时的俗语,比喻两方面都丢掉了。尖担,一种挑东西的农具:一根长而扁的木头,两头都带有牛角形(直)的铁尖,用来挑成捆的柴禾等物。

〔44〕休的造次——不要马虎大意、随便行事。

〔45〕把肉吊窗儿放下来——肉吊窗,指眼皮。这句是说:把眼睛闭着不理。

〔46〕堂子里马踏杀,灯草打折胁(qiǎn浅)儿骨——比喻不可能发生的事情;是演员打诨取笑的话。堂子,对妓院的俗称;妓院里不会有马,更不可能被马踏死。胁,肋骨与胯骨之间的骨头;灯草极轻软,不可能打断骨头。

〔47〕那(nuò 诺)——语尾词。《后汉书·韩康传》:"公是韩、伯休那?乃不二价乎?"李注:"那,语馀声也,音乃贺反。"今湖南方言中,尚有此用法。

〔48〕拼着个十米九糠——十米九糠,当是元代俗语;比喻利少害多。这句是说:拼着利少害多(的危险、处境)。

〔49〕受了些万苦千辛三句——意谓:不管(我)受了多少辛苦、闲气,也不会让你白做一辈子丈夫。

〔50〕眼下人——眼前、身边的人；这里指宋引章。

〔51〕家业家私——均指家产、财产。

〔52〕我将你写了的休书正了本——意谓：我叫你写了休书，不会让你亏本、吃亏。正了本，够本。

第 四 折

（外旦上，云）这些时周舍敢待来也。（周舍上，见科）（外旦云）周舍，你要吃甚么茶饭？（周舍做怒科，云）好也，将纸笔来，写与你一纸休书，你快走。（外旦接休书不走科，云）我有甚么不是，你休了我？（周舍云）你还在这里？你快走。（外旦云）你真个休了我？你当初要我时怎么样说来？你这负心汉，害天灾的，你要去，我偏不去。（周舍推出门科）（外旦云）我出的这门来。周舍，你好痴也。赵盼儿姐姐，你好强也。我将着这休书，直至店中寻姐姐去来。（下）（周舍云）这贱人去了，我到店中娶那妇人去。（做到店科，叫云）店小二，恰才来的那妇人在那里？（小二云）你刚出门，他也上马去了。（周舍云）倒着他道儿了。将马来，我赶将他去。（小二云）马揣[1]驹了。（周舍云）鞁[2]骡子。（小二云）骡子漏蹄[3]。（周舍云）这等，我步行赶将他去。（小二云）我也赶他去。（同下）（旦同外旦上）（外旦云）若不是姐姐，我怎能勾出的这门也！（正旦云）走走走。（唱）

【双调新水令】笑吟吟案板似[4]写着休书，则俺这脱空[5]的故人何处？卖弄他能爱女有权术[6]，怎禁那得胜葫芦说到有九千句。

（云）引章，你将那休书来与我看咱。（外旦付休书）（正旦换科，

69

云）引章，你再要嫁人时，全凭这一张纸是个照证[7]，你收好者。（外旦接科）（周舍赶上，喝云）贱人，那里去？宋引章，你是我的老婆，如何逃走？（外旦云）周舍，你与了我休书，赶出我来了。（周舍云）休书上手模[8]印五个指头，那里四个指头的是休书？（外旦展看，周夺咬碎[9]科）（外旦云）姐姐，周舍咬了我的休书也。（旦上救科）（周舍云）你也是我的老婆。（正旦云）我怎么是你的老婆？（周舍云）你吃了我的酒来。（正旦云）我车上有十瓶好酒，怎么是你的？（周舍云）你可受我的羊来。（正旦云）我自有一只熟羊，怎么是你的？（周舍云）你受我的红定[10]来。（正旦云）我自有大红罗，怎么是你的？（唱）

【乔牌儿】酒和羊，车上物，大红罗，自将去，你一心淫滥无是处，要将人白赖取。

（周舍云）你曾说过誓嫁我来。（正旦唱）

【庆东原】俺须是卖空虚，凭着那说来的言咒誓[11]为活路。（带云）怕你不信呵。（唱）遍花街请到娼家女，那一个不对着明香宝烛，那一个不指着皇天后土，那一个不赌着鬼戮神诛？若信这咒盟言，早死的绝门户。

（云）引章妹子，你跟将他去。（外旦怕科，云）姐姐，跟了他去，就是死。（正旦唱）

【落梅风】则为你无思虑忒模糊，（周舍云）休书已毁了，你不跟我去待怎么？（外旦怕科）（正旦云）妹子，休慌，莫怕，咬碎的是假休书。（唱）我特故抄与你个休书题目，我跟前见放着这亲模。（周舍夺科）（正旦唱）便有九头牛也拽不出去。

（周扯二旦科，云）明有王法，我和你告官去来。（同下）（外扮孤引张千上）（诗云）声名德化九重闻，良夜家家不闭门；雨后有人耕绿野,月明无犬吠花村。小官郑州守李公弼是也。今日升起早衙,断理些公事。张千,喝撺箱。(张千云)理会的。(周舍同二旦、卜儿上)(周叫云)冤屈也!(孤云)告甚么事?(周舍云)大人可怜见,混赖我媳妇。(孤云)谁混赖你的媳妇?(周舍云)是赵盼儿设计混赖我媳妇宋引章。(孤云)那妇人怎么说?(正旦云)宋引章是有丈夫的,被周舍强占为妻。昨日又与了休书,怎么是小妇人混赖[12]他的?(唱)

【雁儿落】这厮心狠毒,这厮家豪富,衔一味虚肚肠,不踏着实途路。

【得胜令】宋引章有亲夫,他强占作家属。淫乱心情歹,凶顽胆气粗,无徒[13],到处里胡为做[14]。现放着休书,望恩官明鉴取。

(安秀实上,云)适才赵盼儿使人来说:"宋引章已有休书了,你快告官去,便好取他。"这里是衙门首,不免高叫道:冤屈也!(孤云)衙门外谁闹?拿过来。(张千拿入科,云)告人当面[15]。(孤云)你告谁来?(安秀实云)我安秀实,聘下宋引章,被郑州周舍强夺为妻,乞大人做主咱。(孤云)谁是保亲?(安秀实云)是赵盼儿。(孤云)赵盼儿,你说宋引章原有丈夫,是谁?(正旦云)正是这安秀才。(唱)

【沽美酒】[16]他幼年间便习儒,腹隐着九经书;又是俺共里同村一处居,接受了钗镮财物,明是个良人妇。

(孤云)赵盼儿,我问你,这保亲的委是你么?(正旦云)是小妇人。(唱)

【太平令】现放着保亲的堪为凭据,怎当他抢亲的百计亏图[17];那里是明婚正娶,公然的伤风败俗。今日个诉与太

71

府做主,可怜见断他夫妻完聚。

（孤云）周舍,那宋引章明明有丈夫的,你怎生还赖是你的妻子？若不看你父亲面上,送你有司问罪。您一行人听我下断：周舍杖六十,与民一体当差[18],宋引章仍归安秀才为妻,赵盼儿等宁家住坐[19]。（词云）只为老虔婆[20]爱贿贪钱,赵盼儿细说根原；呆周舍不安本业,安秀才夫妇团圆。（众叩谢科）（正旦唱）

【收尾】对恩官一一说缘故,分剖开贪夫怨女；面糊盆[21]再休说死生交,风月所重谐燕莺侣。

   题目 安秀才花柳成花烛
   正名[22] 赵盼儿风月救风尘

〔1〕马揣驹——马怀孕了。

〔2〕鞴(bèi备)——同鞁；把鞍辔放在骡马身上。

〔3〕漏蹄——牲口蹄子病名。牲口害漏蹄病时,蹄子上生白粉,有的甚至有洞,使得牲口疼痛,不能走路。北魏贾思勰《齐民要术》卷六有《治驴漏蹄方》。《梁书·明山宾传》："山宾性笃实,家中乏用,货所乘牛。既售受钱,乃谓买主曰：'此牛经患漏蹄,治差(愈)已久；恐后脱发,无容不相语。'买主遽追取钱。"

〔4〕案板似——像刻在木板上一样(牢固)。

〔5〕脱空——或作托空。说谎,不老实,掉弄玄虚。"脱空的故人",指周舍。

〔6〕"卖弄他"二句——意谓：周舍卖弄自己有本事,会玩弄女性,会耍手段。那知被一个能说会道的女人(赵盼儿)战胜了。葫芦,指嘴,元剧中习用。

〔7〕照证——证据,凭照。

〔8〕手模——旧时订立契约时,当事人在契约上打手模脚印,元代曾有禁令和规定。《元史·刑法志二》:"诸出妻妾须约以书契,听其改嫁;以手模为征者禁之。"

〔9〕咬碎——原本作"咬了",据《古今杂剧》本改。

〔10〕酒、羊、红定——旧时婚礼,由男方送往女方的几种礼物。红定,即红色的丝织品。《东京梦华录》五"娶妇"条:"凡娶媳妇,两家允许,次担许可酒,以络盛酒饼,又以花红缴担上,谓之缴红担,与女家。"

〔11〕言咒誓——据下曲文"咒盟言",此处"言"字上疑漏"盟"字;"盟言咒誓",念起来也较顺。

〔12〕混赖——耍无赖手段,硬强要他人之物为己有,叫做混赖。

〔13〕无徒——泼皮无赖的人。

〔14〕为做——即作为,指举动、行为。

〔15〕当面——旧时衙役命令犯人对着官员下跪时的命令语。

〔16〕〔沽美酒〕——前二句指安秀实;后三句指宋引章,"又是俺",即"(她)又是俺"的省略。

〔17〕亏图——暗算,图谋损害。

〔18〕与民一体当差——封建社会里,官员和他的子弟享有不纳税、不出差徭等权利;如犯了罪,就取消这种权利(读书人也可享到一部分权利)。《新元史·选举志·一》:"在籍儒户,若有别顶各色别无定夺;其馀儒户,照纳地税、商税外,一切杂泛差徭,并行蠲免。"

〔19〕宁家住坐——回家。宋元时官府判词用语,意谓回家去安分过生活。

〔20〕虔婆——即贼婆,含有轻蔑、辱骂之意;通常指鸨母或妓女的母亲。明·周祈《名义考》五:"方言谓贼为虔,虔婆犹贼婆也。"

〔21〕面糊盆——在盆中以面粉和水调成浆子,比喻人混沌不明,糊涂不懂道理;这里指宋引章。

73

〔22〕题目正名——《古今杂剧》本作:"念彼观音力,还着于本人;虚脾瞒俏倬,风月救风尘。"明抄本《录鬼簿》作:"虚脾瞒俏倬,烟月救风尘。"

唐明皇秋夜梧桐雨

(元) 白仁甫[1]撰

楔 子

(冲末扮张守珪[2]引卒子上,诗云)坐拥貔貅[3]镇朔方,每临塞下受降王;太平时世辕门静,自把雕弓数雁行。某姓张,名守珪,见任幽州节度使。幼读儒书,兼通韬略,为藩镇之名臣,受心膂[4]之重寄。且喜近年以来,边烽息警,军士休闲。昨日奚契丹部擅杀公主,某差捉生使安禄山率兵征讨,不见来回话。左右,辕门前觑者,等来时报复我知道。(卒云)理会的。(净扮安禄山上,诗云)躯干魁梧胆力雄,六蕃文字颇皆通。男儿若遂平生志,柱地撑天建大功[5]。自家安禄山是也。积祖[6]以来,为营州杂胡。本姓康氏,母阿史德,为突厥觋者,祷于轧荦山战斗之神而生某。生时有光照穹庐[7],野兽皆鸣,遂名为轧荦山。后母改嫁安延偃,乃随安姓,改名安禄山。开元年间,延偃携某归国,遂蒙圣恩,分隶张守珪部下。为某通晓六蕃言语,膂力过人,现任捉生讨击使。昨因奚契丹反叛,差我征讨,自恃勇力深入,不料众寡不敌,遂致丧师。今日不免回见主帅,别作道理。早来到府门首也。左右,报复去,道有捉生使安禄山来见。(卒报科)(张守珪云)着他进来。(安禄山做见科)(张守珪云)安禄山征讨胜败如何?(安禄山云)贼众我寡,军士畏怯,遂至败北。

（张守珪云）损军失机,明例不宥。左右推出去,斩首报来。（卒推出科）（安禄山大叫云）主帅不欲灭奚契丹耶？奈何杀壮士。（张守珪云）放他回来。（安禄山回科）（张守珪云）某也惜你骁勇,但国有定法,某不敢卖法市恩；送你上京,取圣断,如何？（安禄山云）谢主帅不杀之恩。（押下）（张守珪云）安禄山去了也。（诗云）须知生杀有旗牌,只为军中惜将才；不然斩一胡儿首,何用亲烦圣断来。（下）（正末扮唐玄宗驾,旦扮杨贵妃,引高力士、杨国忠、宫娥上）（诗云）高祖乘时起晋阳,太宗神武定封疆。守成继统当兢业,万里河山拱大唐[8]。寡人唐玄宗是也。自高祖神尧皇帝,起兵晋阳,全仗我太宗皇帝,灭了六十四处烟尘,一十八家擅改年号,立起大唐天下。传高宗、中宗,不幸有宫闱之变；寡人以临淄郡王,领兵靖难,大哥哥宁王让位于寡人。即位以来,二十馀年,喜的太平无事,赖有贤相姚元之、宋璟、韩休、张九龄同心致治,寡人得遂安逸。六宫嫔御虽多,自武惠妃死后,无当意者。去年八月中秋,梦游月宫,见嫦娥之貌,人间少有；昨寿邸杨妃[9],绝类嫦娥,已命为女道士,既而取入宫中,策为贵妃,居太真院。寡人自从太真入宫,朝歌暮宴,无有虚日。高力士,你快传旨排宴,梨园子弟[10]奏乐,寡人消遣咱。（高力士云）理会的。（外扮张九龄押安禄山上）（诗云）调和鼎鼐理阴阳,位列鹓班[11]坐省堂；四海承平无一事,朝朝曳履侍君王。老夫张九龄是也,南海人氏,早登甲第,荷圣恩直做到丞相之职。近日边帅张守珪解送失机蕃将一人名安禄山,我见其身躯肥矮,语言利便,有许多异相。若留此人,必乱天下。我今见圣人,面奏此事,早来到宫门前也。（入见科）（云）臣张九龄见驾。（正末云）卿来有何事？（张九龄云）近日边臣张守珪解送失机蕃将安禄山,例该斩首,未敢擅便,押来请旨。(正末云)你引那蕃将来我看。(张九龄引安禄山见科,云)这就是失机蕃将安禄山。(正末云)一员好将官也。你武艺如何?(安禄山云)臣左右开弓,一十八般武艺,无有不会,能通六蕃言语。(正末云)你这等[12]肥胖,此胡腹中何所有?(安禄山云)惟有赤心耳[13]。(正末云)丞相不可杀此人,留他做个白衣将领。(张九龄云)陛下,此人有异相,留他必有后患。(正末云)卿勿以王夷甫识石勒[14],留着怕做甚么?兀那左右,放了他者。(做放科)(安禄山起谢云)谢主公不杀之恩。(做跳舞科)(正末云)这是甚么?(安禄山云)这是胡旋舞[15]。(旦云)陛下,这人又矬矮[16],又会舞旋,留着解闷倒好。(正末云)贵妃,就与你做义子[17],你领去。(旦云)多谢圣恩。(同安禄山下)(张九龄云)国舅,此人有异相,他日必乱唐室,衣冠受祸不小。老夫老矣,国舅恐或见之,奈何?(杨国忠云)待下官明日再奏,务要屏除为妙。(正末云)不知后宫中为什么这般喧笑?左右,可去看来回话。(宫娥云)是贵妃娘娘与安禄山做洗儿会[18]哩。(正末云)既做洗儿会,取金钱百文,赐他做贺礼。就与我宣禄山来,封他官职。(宫娥拿金钱下)(安禄山上见驾科,云)谢陛下赏赐。宣臣那厢使用?(正末云)宣卿来不为别,卿既为贵妃之子,即是朕之子,白衣不好出入宫掖,就加你为平章政事者。(安禄山云)谢了圣恩。(杨国忠云)陛下,不可,不可!安禄山乃失律边将,例当处斩;陛下免其死足矣,今给事宫庭,已为非宜,有何功勋,加为平章政事?况胡人狼子野心,不可留居左右,望陛下圣鉴。(张九龄云)杨国忠之言,陛下不可不听。(正末云)你可也说的是。安禄山,且加你为渔阳节度使,统领蕃汉兵马,镇守边庭,早立军功,不次升擢。(安禄山

云)感谢圣恩。(正末云)卿休要怨寡人,这是国家典制,非轻可也呵。(唱)

【仙吕端正好】则为你不曾建甚奇功,便教你做元辅,满朝中都指斥銮舆[19]。眼见的平章政事难停住,寡人待定夺些别官禄。

【幺篇】且着你做节度渔阳去,破强寇,永镇幽都。休得待国家危急才防护,常先事设权谋,收猛将,保皇图,分铁券,赐丹书,怎肯便辜负了你这功劳簿。(同下)

(安禄山云)圣人[20]回宫去了也。我出的宫门来。叵奈杨国忠这厮,好生无礼,在圣人前奏准,着我做渔阳节度使,明升暗贬。别的都罢,只是我与贵妃有些私事,一旦远离,怎生放的下心?罢罢罢,我这一去,到的渔阳,练兵秣马,别作个道理。正是:画虎不成君莫笑,安排牙爪好惊人。(下)

[1] 白仁甫(1226—1306年以后)——白朴,字仁甫,一字太素,号兰谷先生,真定人。《录鬼簿》载其剧作十五种,现存《梧桐雨》、《墙头马上》、《东墙记》及佚曲二种。白朴之父华,仕金(《金史》、《新元史》均有传),金将亡时,华奉命出外,把白朴(七岁)交托给好友诗人元好问(遗山)抚养。开封城(金首都)破,朴母被元军掳去,迄无消息。好问带他到北方居住,教他读书。他不吃荤腥,说:"俟见吾亲,当如初。"后来,白华北归,以诗谢好问:"顾我真成丧家狗,赖君曾护落巢儿。"父子卜居于滹沱河北之真定。后徙家金陵。元中统初,江淮经略使史天泽将力荐之于朝,朴再三逊谢不仕。现存杂剧外,有词百馀首,名《天籁集》,其中有与剧作家李文蔚词一首。生平事迹略见于元·王博文,明·孙大雅,清·朱彝尊、王鹏运诸人为《天籁集》所作序、跋。(杨希洛刻本原有戴

名世序,见《南山集》卷二,今朴集无此序,当系因文字狱之故删去。又,明·陈霆《渚山堂词话》卷三,记其裔孙白永盛托霆刊行《天籁集》事。)

〔2〕张守珪——唐开元时,官幽州长史、兼御史中丞、营州都督、河北节度副大使。时契丹·奚屡为边患,守珪常击败之,后擒斩其首领,两《唐书》有传。本剧所写张守珪因安禄山战事失利,送至京师就戮之事,见于唐·刘肃《大唐新语》卷一。《旧唐书·安禄山传》则谓安禄山因盗羊事发,守珪欲棒杀之,见其肥壮,释令为捉生、偏将。

〔3〕貔貅(pí xiū 皮休)——猛兽。相传:上古曾有人驱貔貅等猛兽作战,因而作为勇猛的军队的代称。

〔4〕心膂(lǔ)——膂,脊骨。心和膂,都是身体上重要部分;比喻亲信的程度。

〔5〕诗云:躯干……——原本无四句诗,据《古今杂剧》本补。

〔6〕积祖——历代祖先;年代很久的意思。《旧唐书·安禄山传》:"安禄山,营州柳城杂种胡人也。本无姓氏,名轧荦山。母阿史德氏,亦突厥巫师,以卜为业。突厥呼斗战为轧荦山,遂以名之。……冒姓为安。及长,解六蕃语,为互市牙郎。"

〔7〕穹庐——北方民族居住的毡帐,就是帐篷。

〔8〕诗云:高祖……——原本无四句诗,据《古今杂剧》本补。以下所叙唐代初年各事,均见于史籍及说部各书,不一一注明。

〔9〕寿邸(dǐ底)杨妃——寿邸,指寿王李瑁的府邸。寿王是唐玄宗的第十八个儿子;杨贵妃本是寿王的妃子,后被玄宗夺去,所以这里说是"寿邸杨妃"。

〔10〕梨园子弟——唐玄宗挑选了三百人在梨园里演习音乐,他亲自教他们演奏。那些人被称为"皇帝梨园子弟";后来"梨园子弟"成为戏剧演员的通称。《旧唐书·音乐志·一》:"玄宗……教太常乐工子弟三百人为丝竹之戏,音响齐发,有一声误,玄宗必觉而正之,号为皇帝弟

子,又云梨园弟子,以置院近于禁苑之梨园。"

〔11〕鹓班——鹓,是凤凰一类的鸟。鹓班,或称鹓行,指朝臣的行列。

〔12〕这等——这样,这般。

〔13〕惟有赤心耳——《开天传信记》:"上尝问曰:此胡腹中何物,其大如是?禄山寻声应曰:腹中更无他物,唯赤心耳。"

〔14〕王夷甫识石勒——王衍,字夷甫,晋朝的司徒。石勒,羯族,年幼时,跟人到洛阳作买卖,王衍看见了,对左右的人说:"向者胡雏,吾观其声视有奇志,恐将为天下之患。"(见《晋书·载记》)后来,石勒果然作了后赵的皇帝。本剧这段对话,见于《大唐新语》卷一:"范阳节度使张守珪奏裨将安禄山频失利,送就戮于京师。(张)九龄批曰:'……守珪军令若行,禄山不宜免死。'及到中书,九龄与语久之,因奏曰:'禄山狼子野心,而有逆相,臣请因罪戮之,冀绝后患。'玄宗曰:'卿勿以王夷甫识石勒之意,误害忠良。'更加官爵,放归本道。"

〔15〕胡旋舞——天宝时,康居国所献的乐舞名。白居易《胡旋女》:"天宝季年时欲变,臣妾人人学圆转。中有太真外禄山,二人最道能胡旋。梨花园中册作妃,金鸡障下养为儿。"自注:"天宝末,康居国献之。"《旧唐书·安禄山传》:"至玄宗前,作胡旋舞,疾如风焉。"

〔16〕矬矮(cuó ǎi 痤蔼)——肥胖而短小。

〔17〕就与你做义子——《旧唐书·杨贵妃传》:"禄山母事贵妃。"

〔18〕洗儿会——亦称洗三;小孩生下的第三天,大人替他洗澡,亲朋会集庆贺,叫做"洗儿会"。唐宋时代已有这种风俗。唐·王建《宫词》:"妃子院中初降诞,内人争乞洗儿钱。"

〔19〕指斥銮舆——銮舆,亦作乘舆,皇帝坐的车子,因作为皇帝的代词。指斥銮舆,就是斥责皇帝的意思,在封建社会里是一种极大的罪名。《册府元龟》卷六一二"刑法部·定律令":"元和十二年七月己酉

勅……如是本犯十恶五逆及指斥銮舆,妖言不顺,假托休咎者,宜具事申奏闻。"《元史·刑法志一》列"指斥乘舆"为"十恶"中"大不敬"罪。

〔20〕圣人——封建时代臣下对皇帝的一种敬称。《资治通鉴》天宝十四载:"冯神威至范阳宣旨。(安)禄山踞床微起,亦不拜。曰:圣人安隐(稳)?"胡注:"圣人,谓上(指玄宗)也。"《旧唐书·昭宗纪》:"帝曰:吾昨与卿等欢饮,不觉太过,何致此耶?皇后曰:圣人依他军容语。"

第 一 折

(旦扮贵妃引宫娥上,云)妾身杨氏,弘农人也。父亲杨玄琰,为蜀州司户。开元二十二年,蒙恩选为寿王妃。开元二十八年八月十五日,乃主上圣节,妾身朝贺,圣上见妾貌类嫦娥,令高力士传旨度为女道士,住内太真宫,赐号太真。天宝四年,册封为贵妃,半后服用,宠幸殊甚。将我哥哥杨国忠,加为丞相,姊妹三人封做夫人,一门荣显极矣。近日边庭送一蕃将来,名安禄山,此人猾黠,能奉承人意,又能胡旋舞。圣人赐与妾为义子,出入宫掖,日久情密[1],不期我哥哥杨国忠,看出破绽,奏准天子,封他为渔阳节度使,送上边庭。妾心中怀想,不能再见,好是烦恼人也。今日是七月七夕,牛女相会,人间乞巧令节;已曾分付宫娥排设乞巧筵在长生殿,妾身乞巧一番。宫娥,乞巧筵设定不曾?(宫娥云)已完备多时了。(旦云)咱乞巧则个。(正末引宫娥挑灯拿砌末[2]上,云)寡人今日朝回无事,一心只想着贵妃;已令在长生殿设宴,庆赏七夕。内使,引驾去来。(唱)

【仙吕八声甘州】朝纲倦整,寡人待痛饮昭阳,烂醉华清。却是吾当[3]有幸,一个太真妃倾国倾城。珊瑚枕上两意足,翡

81

翠帘前百媚生;夜同寝,昼同行,恰似鸾凤和鸣。

（带云）寡人自从得了杨妃,真所谓朝朝寒食,夜夜元宵也。（唱）

【混江龙】晚来乘兴,一襟爽气酒初醒,松开了龙袍罗扣,偏斜了凤带红鞓[4]。侍女齐扶碧玉辇,宫娥双挑绛纱灯。顺风听,一派箫韶令。(内作吹打喧笑科)(正末云)是那里这等喧笑?(宫娥云)是太真娘娘在长生殿乞巧排宴哩。(正末云)众宫娥,不要走的响,待寡人自看去。(唱)多咱是胭娇簇拥,粉黛施呈。

【油葫芦】报接驾的宫娥且慢行,亲自听,上瑶阶那步近前楹,悄悄蹙蹙款把纱牕映,扑扑簌簌风飐珠帘影。我恰待行,打个吃挣[5],怪玉笼中鹦鹉[6]知人性,不住的语偏明。

（内作鹦鹉叫云）万岁来了,接驾。（旦惊云）圣上来了!（做接驾科）（正末唱）

【天下乐】则见展翅忙呼万岁声,惊的那娉婷,将銮驾迎。一个晕庞儿画不就,描不成。行的一步步娇,生的一件件撑[7],一声声似柳外莺。

（云）卿在此做甚么?（旦云）今逢七夕,妾身设瓜果之会,问天孙乞巧[8]哩。（正末看科,云）排设的是好也。（唱）

【醉中天】龙麝焚金鼎,花萼插银瓶,小小金盆种五生,供养着鹊桥会丹青幛[9],把一个米来大蜘蛛儿抱定;搀夺尽六宫宠幸,更待怎生般智巧心灵。

（正末与旦砌末科,云）这金钗一对,钿盒一枚[10],赐与卿者。

（旦接科,云）谢了圣恩也。（正末唱）

【金盏儿】我着绛纱蒙,翠盘盛,两般礼物堪人敬;趁着这新秋节令,赐卿卿,七宝金钗盟厚意,百花钿盒表深情。这金钗儿教你高耸耸头上顶,这钿盒儿把你另巍巍[11]手中擎。

（旦云）陛下,这秋光可人,妾待与圣驾亭下闲步一番。（正末做同行科）（唱）

【忆王孙】瑶阶月色晃疏棂,银烛秋光冷画屏,消遣此时此夜景；和月步闲庭,苔浸的凌波罗袜冷。

（云）这秋景与四时不同。（旦云）怎见的与四时不同?（正末云）你听我说。（唱）

【胜葫芦】露下天高夜气清,风掠得羽衣轻,香惹丁东环佩声,碧天澄净,银河光莹,只疑是身在玉蓬瀛。

（旦云）今夕牛郎织女相会之期,一年只是得见一遭,怎生便又分离也?（正末唱）

【金盏儿】他此夕把云路凤车乘,银汉鹊桥平。不甫能[12]今夜成欢庆,枕边忽听晓鸡鸣,却早离愁情脉脉,别泪雨泠泠。五更长叹息,则是一夜短恩情。

（旦云）他是天宫星宿,经年不见,不知也曾相忆否?（正末云）他可怎生不想来?（唱）

【醉扶归】暗想那织女分,牛郎命,虽不老,是长生；他阻隔银河信杳冥,经年度岁成孤另[13],你试向天宫打听,他决害了些相思病。

（旦云）妾身得侍陛下,宠幸极矣；但恐容貌日衰,不得似织女长久也。（正末唱）

【后庭花】偏不是上列着星宿名,下临着尘世生。把天上姻缘重,将人间恩爱轻,各辨着真诚[14],天心必应,量他每何

83

足称？

（旦云）妾想牛郎织女,年年相见,天长地久,只是如此,世人怎得似他情长也？（正末唱）

【金盏儿】咱日日醉霞觥,夜夜宿银屏;他一年一日见把佳期等。若论着多多为胜,咱也合赢。我为君王犹妄想,你做皇后尚嫌轻;可知道斗牛星畔客,回首问前程。

（旦云）妾蒙主上恩宠无比,但恐春老花残,主上恩移宠衰,使妾有龙阳泣鱼[15]之悲,班姬题扇[16]之怨,奈何？（正末云）妃子,你说那里话？（旦云）陛下,请示私约,以坚终始。（正末云）咱和你去那处说话去。（做行科）（唱）

【醉中天】我把你半弹[17]的肩儿凭,他把个百媚脸儿擎。正是金阙西厢叩玉扃,悄悄回廊静,靠着这招彩凤,舞青鸾,金井梧桐树影;虽无人窃听,也索[18]悄声儿海誓山盟。

（云）妃子,朕与卿尽今生偕老,百年以后,世世永为夫妇,神明鉴护者。（旦云）谁是盟证？（正末唱）

【赚煞尾】长如一双钿盒盛,休似两股金钗另;愿世世姻缘注定。在天呵做鸳鸯常比并,在地呵做连理枝生[19]。月澄澄,银汉无声,说尽千秋万古情。咱各[20]办着志诚,你道谁为显证？有今夜度天河相见女牛星。（同下）

〔1〕日久情密——原本无,据《古今杂剧》本补。

〔2〕砌末——或作切末。剧中人物所拿的、用以表演情节的小件东西,相当于现代话剧中的小道具。

〔3〕吾当——剧中多用作帝王自称之词,与"吾"同;当,语助词。敦煌变文《伍子胥变文乙》:"吾当不用弟语,远来就父同诛,奈何？"

〔4〕鞓(tīng厅)——皮带。

〔5〕吃(yì艺)挣——或作瘱挣、意挣。就是打寒噤,猛然吃惊,发怔。

〔6〕鹦鹉——《明皇杂录·逸文》:"天宝中,岭南献白鹦鹉,养之宫中,岁久,颇聪慧,洞晓言词,上及贵妃皆呼为雪衣女。性即驯扰,常纵其饮啄飞鸣,然亦不离屏帏间。"(据《事文类聚》引)

〔7〕撑(chēng瞠)——或作撑达;美。

〔8〕乞巧——唐宋时代的一种风俗。五代·王仁裕《开元天宝遗事·蛛丝乞巧》:"帝与贵妃每至七月七日夜,在华清宫游宴。时宫女辈陈瓜花酒馔列于庭中,求恩于牵牛织女星也。又各捉蜘蛛闭于小合中,至晓开视蛛网稀密,以为得巧之候。密者言巧多,稀者言巧少。民间亦效之。"宋·孟元老《东京梦华录》八亦云:"又以绿豆、小豆、小麦于磁器内,以水浸之,生芽数寸,以红蓝彩缕束之,谓之种生。……至初六日、七日晚,贵家多结彩楼于庭,谓之乞巧楼。铺陈魔喝乐、花、瓜、酒、炙、笔、砚、针、线,或儿童裁诗,女郎呈巧,焚香列拜,谓之乞巧。"本剧所说的种五生、乞巧、蜘蛛结网等事,就是这种风俗的具体内容。

〔9〕丹青幛(zhèng证)——用彩色画的画幅。幛,同帧,画幅。

〔10〕金钗一对,钿盒一枚——唐·陈鸿《长恨歌传》:"定情之夕,授金钗钿合以固之。"白居易《长恨歌》:"唯将旧物表深情,钿合金钗寄将去。"

〔11〕另巍巍——高高地,孤立高耸的样子。

〔12〕不甫能——或作不付能;或作甫能、付能、副能,义均同。刚刚、刚才的意思。"不"字起加强语气的作用,与否定义不同。

〔13〕孤另——孤单、孤独;今口语谓之孤零零。

〔14〕辨着真诚——"辨",或作"办"。辨着真诚,本着真情实意。

〔15〕龙阳泣鱼——战国时,魏王的宠臣龙阳君,钓鱼时忽然哭泣起来;对王说:开始钓起鱼来很高兴,以后,钓的多了,就把开始钓起的鱼丢

掉。天下具有美色的人很多,都想得到王的宠幸;我恐怕将来也会像被丢的鱼一样,被王丢弃,所以很伤心(见《战国策·魏策四》)。

〔16〕班姬题扇——班姬,指班婕妤(jié yú 杰于),她擅长诗歌,为汉成帝所宠;后被谗失宠,作《怨歌行》,用扇子比喻自己被遗弃的遭遇。《文选》班婕妤《怨歌行》:"新裂齐纨素,皎洁如霜雪。裁为合欢扇,团团似明月。出入君怀袖,动摇微风发。弃捐箧笥中,恩情中道绝。"

〔17〕軃(duǒ 朵)——下垂。

〔18〕索——须,要,应。

〔19〕在天呵二句——白居易《长恨歌》:"七月七日长生殿,夜半无人私语时。在天愿为比翼鸟,在地愿为连理枝。"

〔20〕咱各——为"咱彼各"之省语;犹今北语之"咱俩",咱们两个,含有亲昵的语气。

第 二 折

(安禄山引众将上,云)某安禄山是也。自到渔阳,操练蕃汉人马,精兵见有四十万,战将千员。如今明皇年已昏眊,杨国忠、李林甫[1]播弄朝政;我今只以讨贼为名,起兵到长安,抢了贵妃,夺了唐朝天下,才是我平生愿足。左右,军马齐备了么?(众将云)都齐备了。(安禄山云)着军政司先发檄一道,说某奉密旨讨杨国忠等。随后令史思明[2]领兵三万,先取潼关,直抵京师,成大事如反掌耳。(众将云)得令。(安禄山云)今日天晚,明日起兵。(诗云)统精兵直抵潼关,料唐家无计遮拦[3];单要抢贵妃一个,非专为锦绣江山。(同下)(正末引高力士,郑观音抱琵琶,宁王吹笛,花奴打羯鼓,黄翻绰[4]执板,捧旦上)(正末云)今日新秋天气,寡人朝回无事,妃子学得霓裳羽衣舞[5],同往御

园中沉香亭下,闲耍一番。早来到也。你看这秋来风物,好是动人也呵。(唱)

【中吕粉蝶儿】[6]天淡云闲,列长空数行征雁;御园中夏景初残,柳添黄,荷减翠,秋莲脱瓣;坐近幽阑[7],喷清香玉簪花绽。

(带云)早到御园中也。虽是小宴,倒也整齐。(唱)

【叫声】共妃子喜开颜,等闲等闲,御园中列饹馔;酒注嫩鹅黄[8],茶点鹧鸪斑[9]。

【醉春风】酒光泛紫金锺,茶香浮碧玉盏;沉香亭畔晚凉多,把一搭儿[10]亲自拣、拣;粉黛浓妆,管弦齐列,绮罗相间。

(外扮使臣上,诗云)长安回望绣成堆,山顶千门次第开;一骑红尘妃子笑,无人知是荔枝来[11]。小官四川道差来使臣,因贵妃娘娘好啖鲜荔枝,遵奉诏旨,特来进鲜。早到朝门外了。宫官,通报一声,说四川使臣来进荔枝[12]。(做报科)(正末云)引他进来。(使臣见驾科,云)四川道使臣进贡荔枝。(正末看科,云)妃子,你好食此果,朕特令他及时进来。(旦云)是好荔枝也。(正末唱)

【迎仙客】香喷喷味正甘,娇滴滴色初绽;只疑是九重天谪来人世间。取时难,得后悭;可惜不近长安,因此上教驿使把红尘践。

(旦云)这荔枝颜色娇嫩,端的可爱也。(正末唱)

【红绣鞋】不则向金盘中好看,便宜将玉手擎餐;端的个绛纱笼罩水晶寒[13]。为甚教寡人醒醉眼,妃子晕娇颜,物稀也人见罕。

87

（高力士云）陛下，酒进三爵[14]，请娘娘登盘演一回霓裳之舞。
（正末云）依卿奏者。（正旦做舞）（众乐撺掇科）（正末唱）

【快活三】嘱付你仙音院[15]莫怠慢，道与你教坊司[16]要迭办[17]，把个太真妃扶在翠盘[18]间，快结束宜妆扮。

【鲍老儿】双撮得泥金衫袖挽，把月殿里霓裳按；郑观音琵琶准备弹，早搭上鲛绡襻[19]；贤王[20]玉笛，花奴羯鼓，韵美声繁；寿宁[21]锦瑟，梅妃[22]玉箫，嘹亮循环。

【古鲍老】屹刺刺[23]撒开紫檀[24]，黄翻绰向前手拈板，低低的叫声玉环，太真妃笑时花近眼；红牙筯趁五音击着梧桐[25]按，嫩枝柯犹未乾，更带着瑶琴音泛。卿呵，你则索[26]出几点琼珠汗。

（旦舞科）（正末唱）

【红芍药】腰鼓声乾[27]，罗袜弓弯，玉佩丁东响珊珊；即渐里[28]舞躭云鬟，施呈你蜂腰细，燕体翻，作两袖香风拂散。（带云）卿倦也，饮一杯酒者。（唱）寡人亲捧杯玉露甘寒，你可也莫得留残[29]，拚着个醉醺醺直吃到夜静更阑。

（旦饮酒科）（净扮李林甫上，云）小官李林甫是也，见为左丞相之职。今早飞报将来，说安禄山反叛，军马浩大，不敢抵敌，只得见驾。（做见驾科）（正末云）丞相有何事这等慌促？（李林甫云）边关飞报，安禄山造反，大势军马杀将来了。陛下，承平日久，人不知兵，怎生是好？（正末云）你慌做甚么？（唱）

【剔银灯】止不过奏说边庭上造反，也合看空便[30]，觑迟疾紧慢；等不的俺筵上笙歌散，可不气丕丕冒突[31]天颜？那些个齐管仲郑子产[32]，敢待做假忠孝龙逢比干[33]？

(李林甫云)陛下,如今贼兵已破潼关,哥舒翰[34]失守逃回,目下就到长安了。京城空虚,决不能守,怎生是好?(正末唱)

【蔓菁菜】险些儿慌杀你个周公旦[35]。(李林甫云:)陛下,只因女宠盛,谗夫昌,惹起这刀兵来了。(正末唱)你道我因歌舞坏江山,你常好[36]是占奸[37],早难道[38]羽扇纶巾,笑谈间破强虏三十万。

(云)既贼兵压境,你众官计议,选将统兵,出征便了。(李林甫云)如今京营兵不满万,将官衰老,如哥舒翰名将尚且支持不住,那一个是去得的?(正末唱)

【满庭芳】你文武两班,空列些乌靴象简,金紫罗襕[39],内中没个英雄汉,扫荡尘寰。惯纵的个无徒禄山,没揣的[40]撞过潼关,先败了哥舒翰。疑怪[41]昨宵向晚[42],不见烽火报平安。

(云)卿等有何计策,可退贼兵?(李林甫云)安禄山部下蕃汉兵马四十馀万,皆是一以当百,怎与他拒敌?莫若陛下幸蜀,以避其锋,待天下兵至,再作计较。(正末云)依卿所奏。便传旨,收拾六宫嫔御,诸王百官,明日早起,幸蜀去来。(旦作悲科,云)妾身怎生是好也!(正末唱)

【普天乐】恨无穷,愁无限,争奈仓卒之际,避不得蓦岭登山。銮驾迁,成都盼,更那堪浐水[43]西飞雁,一声声送上雕鞍;伤心故园,西风渭水,落日长安。

(旦云)陛下怎受的途路之苦?(正末云)寡人也没奈何哩!(唱)

【啄木儿尾】端详了你上马娇[44],怎支吾[45]蜀道难[46]!替你愁那嵯峨峻岭连云栈[47];自来驱驰可惯,几程儿捱得

过剑门关[48]？（同下）

〔1〕杨国忠、李林甫——杨国忠,本名钊,无学术拘检,蒲博无行,为宗党所鄙;是杨贵妃的族兄,得玄宗的信任,代李林甫为右相兼剑南节度等使,权势倾一时。后随玄宗西逃时,至马嵬驿,被军士围杀。李林甫,唐之宗室,为人阴险,面柔而有狡计,口蜜腹剑,善伺人主意,故为玄宗所重用,为宰相十九年。天宝之乱,与杨、李二人有极大关系。（见两《唐书》本传）

〔2〕史思明——安禄山的部将,安死后,他自立为"大燕皇帝",被其子史朝义所杀。

〔3〕遮拦——阻拦,抵挡。

〔4〕高力士、郑观音、宁王、花奴、黄翻绰——高力士,玄宗最得力的宦官,官至冠军大将军、右监门卫大将军,封渤海郡公。后为李辅国所构贬。郑观音,乐工,善弹琵琶,事迹无考。宁王,名宪,玄宗的长兄,让位于玄宗,死后谥为让皇帝;善吹玉笛,常与玄宗在一起宴游。花奴,宁王之子汝阳王李琎的乐工,善击羯鼓（从西域传入的打击乐器）。黄翻绰,乐工,善打板拍,又善诙谐,极得玄宗欢心。

〔5〕霓裳羽衣舞——舞曲名,本名婆罗门,后改此名。白居易和元微之《霓裳羽衣曲歌》:"由来能事各有主,杨氏创声君造谱。"自注云:"开元中,西凉节度使杨敬述造。"王灼《碧鸡漫志》三:"霓裳羽衣曲,说者多异,予断之曰:西凉创作,明皇润色,又为易美名。其他饰以神怪者,皆不足信也。"

〔6〕〔中吕粉蝶儿〕——此曲曲文,与关汉卿《绯衣梦》一折〔点绛唇〕极相似,不知两者谁先？〔点绛唇〕云:"是看这天淡云闲,几行征雁,秋将晚,衰柳凋残。"

〔7〕幽阒——《古今杂剧》本、《元明杂剧》本均作"幽兰";《盛世新

声》五作"雕栏"。

〔8〕酒注嫩鹅黄——四川出产的一种淡黄色名酒。陆游《游汉州西湖》："两川名醖避鹅黄。"自注："鹅黄,汉中酒名,蜀中无能及者。"

〔9〕茶点鹧鸪斑——福建特制的一种茶碗,上面有鹧鸪斑点的花纹。"斑",原本作"班",据《盛世新声》改。秦观《满庭芳·咏茶》："香泉涌乳,金缕鹧鸪斑"。宋·蔡襄《茶录》："凡欲点茶,先须熁盏令热,冷则茶不热。"

〔10〕一搭儿——一块儿,一带;指方位。

〔11〕长安回望绣成堆四句——唐诗人杜牧《过华清宫》的诗句。

〔12〕四川使臣来进荔枝——《新唐书·杨贵妃传》："妃嗜荔枝,必欲生致之。乃置骑传送,走数千里,味未变,已至京师。"宋人笔记《碧雞漫志》、《能改斋漫录》、《杨太真外传》等书中均有记载。

〔13〕绛纱笼罩水晶寒——比喻荔枝壳红肉白。绛纱,深红色的纱,指荔枝壳。

〔14〕陛下,酒进三爵——原本缺,据《古今杂剧》本补。

〔15〕仙音院——国家音乐机关。唐代设有仙韶院,《唐会要》三十"杂录"："(开成)四年三月敕:每月赐仙韶院乐官料钱二千贯文。"元蒙未统一中国之前,中统元年,设有仙音院,掌管乐工供奉祭享等事,后改称玉宸院;之后,无仙音院之名,而元杂剧中屡用之。

〔16〕教坊司——唐代设立的音乐机关。《新唐书·百官志·三》："武德后,置内教坊于禁中。……开元二年,又置内教坊于蓬莱宫侧。……京都置左右教坊,掌俳优杂技。以中官为教坊使。"

〔17〕迭办——准备、办理。

〔18〕翠盘——表演《霓裳羽衣舞》的圆盘形的舞场。

〔19〕鲛绡襻(pàn 判)——鲛绡,鲛人织的丝。故事传说,南海中有鲛人室,水居如鱼,不废机织(见《述异记》)。襻,系衣服的纽带。

91

〔20〕贤王——《古今杂剧》本、《元明杂剧》本均作"宁王",是指宁王李宪,善吹玉笛;有贵妃偷吹宁王玉笛而被责之事。

〔21〕寿宁锦瑟——《盛世新声·中吕》、《词林摘艳·中吕》引此曲均作"寿宁锦筝"。寿宁,不详;或据《雍熙乐府》六改为"宁王锦瑟",非是,因上句吹笛者已为宁王,则弹瑟(或筝)者必非宁王。

〔22〕梅妃——据宋人《梅妃传》记载:梅妃,姓江,名采蘋,莆田人,善文词;开元中,选侍玄宗,大见宠幸,后为杨贵妃所妒忌。安禄山陷长安,不知所终。

〔23〕屹剌剌——或作各剌剌、扢剌剌;形容声响。

〔24〕紫檀——用紫檀木制作的板拍。

〔25〕梧桐——指琴;古时以梧桐木制琴。

〔26〕则索——只须,只得。

〔27〕腰鼓声乾——唐·温庭筠《过华清》诗:作"风乾羯鼓楼"。唐·南卓《羯鼓录》:"羯鼓出外夷,以戎夷之鼓,故曰羯鼓。其声促急,破空透远,特异众乐。明皇极爱之。尝听琴未终,遽止之曰:速命花奴持羯鼓来,为我解秽。"《新唐书·礼乐志》:"帝又好羯鼓,而宁王善吹横笛。……帝常称:羯鼓,八音之领袖,诸乐不可方也。……其声焦杀,特异众乐。"羯鼓形如漆桶,背在腰间,可以两面敲击,亦名腰鼓。

〔28〕即渐里——渐渐地、缓慢地。

〔29〕莫得留残——劝人喝酒、干杯,不要剩下。《舞媚娘歌》:"少年唯有欢乐,饮酒那得留残?"黄庭坚〔西江月〕:"杯行到手莫留残,不道月斜人散。"

〔30〕空(kòng控)便——有空、方便(的时候);"空"念去声。

〔31〕冒突——冒犯、唐突。

〔32〕齐管仲、郑子产——管仲,名夷吾,字仲,春秋时为齐国相,政治家。子产,即公孙侨,字子产,春秋时为郑国卿,贤臣。二人都是历史

上有名的政治家,这里用以讽刺李林甫。

〔33〕龙逢、比干——龙逢,即关龙逢,夏朝的忠臣;比干,商朝的忠臣:均因谏诤皇帝而被杀,用来责斥李林甫。

〔34〕哥舒翰——突厥人,唐代有名的将军。安禄山叛唐时玄宗命他为太子先锋兵马元帅,率军防守潼关,兵败被俘、杀。这里说他"失守逃回",非。

〔35〕周公旦——就是姬旦,周武王的弟弟,曾摄政辅佐成王;周代的政治家。

〔36〕常好——或作畅好,或省作畅,义同;就是正、正好。

〔37〕占姦——或作占奸;奸佞。

〔38〕早难道二句——岂不闻诸葛亮"羽扇纶巾"谈笑从容地打败强敌三十万的事吗?此用苏轼〔满江红〕词"羽扇纶巾,强虏灰飞烟灭"之意。

〔39〕金紫罗襕——高级官员穿的服装。按品级高下,有紫襕、绯襕、绿襕等区别。

〔40〕没揣的——没料到的,猛然的。

〔41〕恠——"怪"字的俗体字。

〔42〕向晚——傍晚。唐·李颀《送魏万之京》诗:"街苑砧声向晚多。"

〔43〕浐水——水名,源出陕西蓝田县,流经长安县境。

〔44〕上马娇——双调曲牌名;这里是双关语。

〔45〕支吾——或作枝梧;意为抵抗,这里引申为应付、对付之意。

〔46〕蜀道难——古乐府曲名;李白《蜀道难》:"蜀道之难难于上青天。"这里用"蜀道难"对"上马娇",曲名对曲名,又含意双关。

〔47〕连云栈——从陕西通往四川的栈道。

〔48〕剑门关——在今四川剑阁县北面,形势极险峻。

93

第 三 折

(外扮陈玄礼[1]上,诗云)世受君恩统禁军,天颜喜怒得先闻;太平武备皆无用,谁料狂胡起战尘。某右龙武将军陈玄礼是也。昨因逆胡安禄山倡乱,潼关失守,昨日宰臣会议,大驾暂幸蜀川,以避其锋。今早飞报说,贼兵离京城不远。圣主令某统领禁军护驾,军马点就多时,专候大驾起行。(正末引旦及杨国忠、高力士,并太子、扈驾郭子仪、李光弼[2]上)(正末云)寡人眼不识人,致令狂胡作乱;事出急迫,只得西行避兵,好伤感人也呵!(唱)

【双调新水令】五方旗招飐[3]日边霞,冷清清半张銮驾;鞭倦褭,镫慵踏,回首京华,一步步放不下。

(带云)寡人深居九重,怎知闾阎贫苦也!(唱)

【驻马听】隐隐天涯,剩水残山五六搭;萧萧林下,坏垣破屋两三家;秦川远树雾昏花,灞桥衰柳风潇洒;煞不如[4]碧窗纱,晨光闪烁鸳鸯瓦。

(众扮父老上,云)圣上,乡里百姓叩头。(正末云)父老有何话说?(众云)宫阙,陛下家居;陵寝,陛下祖墓;今舍此欲何之?(正末云)寡人不得已,暂避兵耳。(众云)陛下既不肯留,臣等愿率子弟,从殿下[5]东破贼,取长安。若殿下与至尊皆入蜀,使中原百姓,谁为之主?(正末云)父老说的是。左右,宣我儿近前来者。(太子做见科)(正末云)众父老说,中原无主,留你东还,统兵杀贼。就令郭子仪、李光弼为元帅,后军分拨三千人,跟你回去。你听我说。(唱)

【沉醉东风】父老每忠言听纳,教小储君专任征伐。你也合分取些社稷忧,怎肯教别人把江山霸,将这颗传国宝你行留下。(太子云)儿子只统兵杀贼,岂敢便登天位?(正末唱)剿除了贼徒,救了国家,更避甚称孤道寡?

(太子云)既为国家重事,儿子领诏旨,率领郭子仪、李光弼回去也。(做辞驾科)(众军不行科)(正末唱)

【庆东原】前军疾行动,因甚不进发?(众军呐喊科)一行人觑了皆惊怕,嗔忿忿停鞭立马,恶噷噷[6]披袍贯甲,明彤彤[7]掣剑离匣,齐臻臻[8]雁行班排,密匝匝[9]鱼鳞似亚[10]。

(陈玄礼云)众军士说,国有奸邪,以致乘舆播迁[11];君侧之祸不除,不能敛戢众志。(正末云)这是怎么说?(唱)

【步步娇】寡人呵万里烟尘,你也合嗟呀;就势儿把吾当唬,国家又不曾亏你半揸[12];因甚军心有争差,问卿咱[13],为甚不说半句儿知心话?

(陈玄礼云)杨国忠专权误国,今又与吐蕃[14]使者交通,似有反情,请诛之以谢天下。(正末唱)

【沉醉东风】据着杨国忠合该万剐,斗[15]的个禄山贼乱了中华;是非寡人股肱难弃舍,更兼与妃子骨肉相牵挂;断遣尽枉展污[16]了五条刑法[17]。把他剥了官职,贬做穷民,也是阵杀。允不允,陈玄礼将军鉴察。

(众军怒喊科)(陈玄礼云)陛下,军心已变,臣不能禁止,如之奈何?(正末云)随你罢。(众杀杨国忠科)(正末唱)

【雁儿落】数层枪,密匝匝,一声喊,山摧塌;元来是陈将军号令明,把杨国忠施行[18]罢。

（众军仗剑拥上科）（正末唱）

【拨不断】语喧哗，闹交杂，六军不进屯戈甲，把个马嵬坡[19]簇合沙[20]，又待做甚么？唬的我战钦钦[21]遍体寒毛乍[22]。吃紧的[23]军随印转，将令威严，兵权在手，主弱臣强。卿呵，则你道波，寡人是怕也那不怕？

（云）杨国忠已杀了，您众军不进，却为甚的？（陈玄礼云）国忠谋反，贵妃不宜供奉，愿陛下割恩正法。（正末唱）

【搅筝琶】高力士道与陈玄礼，休没高下，岂可教妃子受刑罚？他见请受[24]着皇后中宫，兼踏着寡人御榻。他又无罪过，颇贤达；须不似周褒姒举火取笑[25]，纣妲己敲胫觑人[26]。早间把他个哥哥坏了，总便有万千不是，看寡人也合饶过他，一地胡拿[27]。

（高力士云）贵妃诚无罪，然将士已杀国忠，贵妃在陛下左右，岂敢自安，愿陛下审思之。将士安，则陛下安矣。（正末唱）

【风入松】止不过凤箫羯鼓间琵琶，忽刺刺[28]板撒红牙；假若更添个六么花十八[29]，那些儿是败国亡家。可知道陈后主[30]遭着杀伐，皆因唱后庭花。

（旦云）妾死不足惜，但主上之恩，不曾报得，数年恩爱，教妾怎生割舍？（正末云）妃子，不济事了，六军心变，寡人自不能保。
（唱）

【胡十八】似恁地对咱，多应来变了卦。见俺留恋着他，龙泉三尺手中拿，便不将他刺杀，也将他吓杀。更问甚陛下，大古[31]是知重俺帝王家？

（陈玄礼云）愿陛下早割恩正法。（旦云）陛下，怎生救妾身一

救?(正末云)寡人怎生是好!(唱)

【落梅风】眼儿前不甫能栽起合欢树,恨不得手掌里奇擎[32]着解语花[33],尽今生翠鸾同跨;怎生般爱他看待他,忍下的教横拖在马嵬坡下!

(陈玄礼云)禄山反逆,皆因杨氏兄妹;若不正法,以谢天下,祸变何时得消?望陛下乞与杨氏,使六军马踏其尸[34],方得凭信。(正末云)他如何受的?高力士,引妃子去佛堂中,令其自尽,然后教军士验看。(高力士云)有白练在此。(正末唱)

【殿前欢】他是朵娇滴滴海棠花,怎做得闹荒荒亡国祸根芽?再不将曲弯弯远山眉儿画,乱松松云鬓堆鸦,怎下的碜磕磕马蹄儿脸上踏!则将细袅袅咽喉掐,早把条长搀搀素白练安排下。他那里一身受死,我痛煞煞独力难加。

(高力士云)娘娘去罢,误了军行。(旦回望科,云)陛下好下的也!(正末云)卿休怨寡人!(唱)

【沽美酒】没乱杀,怎救拔?没奈何,怎留他?把死限俄延[35]了多半霎,生各支[36]勒杀,陈玄礼闹交加。

(高力士引旦下)(正末唱)

【太平令】怎的教酩子里[37]题名单骂,脑背后着武士金瓜。教几个卤莽的宫娥监押,休将那软款[38]的娘娘惊唬。你呀,见他,问咱,可怜见唐朝天下。

(高力士持旦衣上,云)娘娘已赐死了,六军进来看视。(陈玄礼率众马践科)(正末做哭科,云)妃子,闪杀寡人也呵!(唱)

【三煞】不想你马嵬坡下今朝化,没指望长生殿里当时话。
【太清歌】恨无情卷地狂风刮,可怎生偏吹落我御苑名花。

想他魂断天涯,作几缕儿彩霞。天那,一个汉明妃远把单于嫁,止不过泣西风泪湿胡笳;几曾见六军廝践踏,将一个尸首卧黄沙?

(正末做拿汗巾哭科,云)妃子不知那里去了?止留下这个汗巾儿,好伤感人也!(唱)

【二煞】谁收了锦缠联窄面吴绫袜[39],空感叹这泪斑斓拥项鲛绡帕。

【川拨棹】痛怜他不能勾水银灌玉匣[40],又没甚彩嫔宫娃,拽布拖麻,奠酒浇茶;只索浅土儿权时葬下,又不及选山陵,将墓打。

【鸳鸯煞】黄埃散漫悲风飒,碧云黯淡斜阳下;一程程水绿山青,一步步剑岭巴峡;唱道[41]感叹情多,恓惶泪洒,早得升遐[42],休休却是今生罢。这个不得已的官家,哭上逍遥玉骢马。(同下)

[1] 陈玄礼——玄宗禁卫军的将领,官右龙武大将军,扈从玄宗至蜀。

[2] 郭子仪、李光弼——都是平定安史之乱的名将,两《唐书》有传。

[3] 招飐(zhǎn 产)——同招展;风吹飘荡的样子。

[4] 煞不如二句——是说:荒野一片凄凉景色,的确比不上宫庭内的碧纱窗和鸳鸯瓦好看。

[5] 殿下——封建时代,对王、诸侯、皇太子的尊称。这里指唐玄宗的太子李亨(唐肃宗);下文"小储君"就是指他。"储君"是太子的代称。

[6] 恶噷(hēn 狠阴平)噷——恶狠狠。

[7] 明飐(diū 丢)飐——或作明丢丢;明亮的样子。飐飐,状明亮的副词。

〔8〕齐臻(zhēn真)臻——整整齐齐。

〔9〕密匝匝——严严实实,周围严密。

〔10〕亚——同压;这里是挨挤的意思。

〔11〕乘舆播迁——乘舆,皇帝的车乘,因作为皇帝的代称。播迁,流离迁徙。乘舆播迁,皇帝逃难。

〔12〕半掐(qiā葜)——掐,用手指甲掐东西叫做掐;半掐,形容极微小的意思。

〔13〕咱(za匝)——用在人称语尾之词,读轻音,无意。如俺咱、你咱等均是。

〔14〕吐蕃——唐代居住在今西藏一带的少数民族。

〔15〕斗——这里同逗;挑引,引起。

〔16〕展污——沾污、玷辱、弄脏。

〔17〕五条刑法——即五刑;一般指封建时代的笞、杖、徒、流、死五种刑法。

〔18〕施行——依法处决。

〔19〕马嵬(wéi维)坡——地名,在今陕西省兴平县西。

〔20〕簇合沙——紧紧包围着的意思。沙,语尾,无义。

〔21〕战钦钦——即战战兢兢;惊惧害怕的样子。

〔22〕寒毛乍——寒毛竖立,形容受惊时的样子。

〔23〕吃紧的——或作赤紧的;当真,真正,实在。

〔24〕请受——领受;有时径作粮饷、薪俸解。

〔25〕周褒姒举火取笑——褒姒,周幽王的宠妃。她平常不爱笑,幽王派人烧起烽火(古代作战时,用以告急求援的一种信号),各路诸侯救兵都到了,可是并没有一个敌人。褒姒看见这种情形,大笑不止。后来,真的有敌人来攻,再烧烽火,谁也不来援救,西周王朝被灭亡了。

〔26〕纣妲己敲胫(jìng净)觑人——妲己,商纣王的宠妃。冬天,她

看见一个人光着脚过河,觉得很奇怪,就派人抓他,把他的小腿敲开,看看里面骨髓,以验血气的盛衰。后来,商纣王为周武王所灭。

〔27〕一地胡拿——一地,一味的、一个劲儿的。胡拿,胡做,乱捉摸;现在北方话叫做胡抓沙。

〔28〕忽刺刺——形容红牙板的敲击声。

〔29〕六幺花十八——"六"字原本缺,据《碧鸡漫志》补。六幺,亦名绿腰、乐世、录要,唐宋时琵琶曲名。〔六幺花十八〕为〔六幺〕曲之一叠。《碧鸡漫志》三:"此曲内一叠名花十八,前后十八拍,又花四拍,共二十二拍,……六幺至花十八,益奇。"

〔30〕陈后主二句——陈后主,名叔宝,陈朝最后一个皇帝。昏庸懦弱,沉溺于酒色,隋军围攻时,他还在城里饮酒赋诗,结果当了俘虏。〔玉树后庭花〕是他所作的歌曲名。

〔31〕大古——或作大古里、特古里。总算,大概算;有时作特意、特别解。

〔32〕奇擎(qíng晴)——就是擎;高举。

〔33〕解语花——玄宗对杨贵妃的昵称。《开元天宝遗事·下》:"明皇秋八月,太液池有千叶白莲数枝盛开,帝与贵戚宴赏焉。左右皆叹羡。久之,帝指贵妃示于左右曰:争如我解语花?"

〔34〕马踏其尸——《旧唐书·杨贵妃传》:"从幸至马嵬,禁军大将陈玄礼密启天子,诛国忠父子。既而四军不散,玄宗遣力士宣问。对曰:贼本尚在。——盖指贵妃也。力士复奏。帝不获已,与妃诀,遂缢死于佛堂。时年三十八,瘗于驿西道侧。"(《新唐书·后妃传》同。)《杨贵妃外传》记之较详,云:"上入行宫,抚妃子出于厅门,至马道北墙口而别之,使力士赐死。妃泣涕鸣咽,语不胜情,乃曰:愿大家好住。妾诚负国恩,死无恨矣。乞容礼佛。帝曰:愿妃子善地受生。力士遂缢于佛堂前之梨树下。……祭后,六军尚未解围。以绣衾覆床,置驿庭中,敕玄礼等

入驿视之。玄礼抬其首,知其死,曰:是矣。而围解。瘗于西郭之外一里许道北坎下,妃时年三十八。"又云:"妃之初瘗,以紫褥裹之。及移葬,肌肤已消释矣,胸前犹有紫香囊在焉。中官葬毕以献,上皇置之怀袖。又令画工写妃形于别殿,朝夕视之而欷歔焉。"史籍及说部所记如此,无"马踏其尸"之事。大概后来民间传说敷衍夸大,遂成此说。

〔35〕俄延——延迟,拖延时间。

〔36〕生各支——或作生各扎、生扢支、生扢扎、生圪支、生趷支、生各查、生可擦、生磕擦,义均同。含有勉强作成之意,犹如说:硬,愣,或活活地。

〔37〕酪子里——或作冥子里、瞑子里;就是暗地里、背地里,有时作忽然、平白无故解。

〔38〕软款——腼腆,温柔,柔缓的样子。

〔39〕吴绫袜——《杨太真外传》:"妃子死日,马嵬媪得锦袎袜一只。相传:过客一玩百钱,前后获钱无数。"吴绫袜,当指此。

〔40〕水银灌玉匣——玉匣,指棺材。把水银灌在棺材里,可以防止尸体腐烂。只有皇帝、后妃的棺材里,才能这样做。

〔41〕唱道——或作畅道。真正是,端的是,简直是的意思。元曲〔双调·鸳鸯煞〕的定格,第五句开头一定要用这两字。

〔42〕升遐——或作登遐。帝王死了叫升遐,意犹升天。

第 四 折

(高力士上云)自家高力士是也。自幼供奉内宫,蒙主上抬举[1],加为六宫提督太监。往年主上悦杨氏容貌,命某取入宫中,宠爱无比,封为贵妃,赐号太真。后来逆胡称兵,伪诛杨国忠为名,逼的主上幸蜀。行至中途,六军不进,右龙武将军陈玄礼奏过,杀了国忠,祸连贵妃。主上无可奈何,只得从之,缢死马嵬驿中。今日贼平无事,主上还国,太子做了皇帝。主上养老退居西宫,昼夜只是想贵妃娘娘。今日教某挂起真容[2],朝夕哭奠;不免收拾停当,在此伺候咱。(正末上,云)寡人自幸蜀还京,太子破了逆贼,即了帝位。寡人退居西宫养老,每日只是思量妃子。教画工画了一轴真容供养着,每日相对,越增烦恼也呵。(做哭科)(唱)

【正宫端正好】自从幸西川还京兆,甚的是月夜花朝;这半年来白发添多少?怎打叠[3]愁容貌!

【幺篇】瘦岩岩[4]不避群臣笑,玉叉儿[5]将画轴高挑,荔枝花果香檀卓,目觑了伤怀抱。

(做看真容科)(唱)

【滚绣球】险些把我气冲倒,身谩靠,把太真妃放声高叫。叫不应雨泪嚎啕。这待诏[6]手段高,画的来没半星儿差错;虽然是快染能描,画不出沉香亭畔回鸾舞,花萼楼前上马娇,一段儿妖娆。

【倘秀才】妃子呵,常记得千秋节,华清宫宴乐;七夕会,长生殿乞巧:誓愿学连理枝比翼鸟;谁想你乘彩凤,返丹霄,命夭。

(带云)寡人越看越添伤感,怎生是好?(唱)

【呆骨朵】寡人有心待盖一座杨妃庙,争奈无权柄,谢位辞朝。则俺这孤辰[7]限难熬,更打着[8]离恨天[9]最高。在生时同衾枕,不能勾死后也同棺椁。谁承望马嵬坡尘土中,可惜把一朵海棠花零落了。

(带云)一会儿身子困乏,且下这亭子去闲行一会咱。(唱)

【白鹤子】那身离殿宇,信步下亭皋,见杨柳袅翠蓝丝,芙蓉拆胭脂萼。

【幺】见芙蓉怀媚脸,遇杨柳忆纤腰[10];依旧的两般儿点缀上阳宫,他管一灵儿潇洒长安道。

【幺】常记得碧梧桐阴下立,红牙箸手中敲;他笑整缕金衣,舞按霓裳乐。

【幺】到如今翠盘中荒草满,芳树下暗香消;空对井梧阴,不见倾城貌。

(做叹科,云)寡人也怕闲行,不如回去来。(唱)

【倘秀才】本待闲散心,追欢取乐,倒惹的感旧恨,天荒地老。怏怏归来凤帏悄,甚法儿,捱今宵、懊恼?

(带云)回到这寝殿中,一弄儿[11]助人愁也。(唱)

【芙蓉花】淡氤氲串烟袅,昏惨剌[12]银灯照;玉漏迢迢,才是初更报。暗觑清霄,盼梦里他来到。却不道口是心苗,不住的频频叫。

(带云)不觉一阵昏迷上来,寡人试睡些儿。(唱)

【伴读书】一会家心焦懆,四壁厢[13]秋虫闹,忽见掀帘西风恶,遥观满地阴云罩;俺这里披衣闷把帏屏靠,业[14]眼难交。

【笑和尚】原来是滴溜溜绕闲阶败叶飘,疏剌剌刷落叶被西风扫,忽鲁鲁风闪得银灯爆,厮琅琅鸣殿铎,扑簌簌动朱箔,吉丁当玉马儿[15]向檐间闹。

(做睡科,唱)

【倘秀才】闷打颏[16]和衣卧倒,软兀刺[17]方才睡着。(旦上云)妾身贵妃是也。今日殿中设宴,宫娥,请主上赴席咱。(正末唱)

忽见青衣走来报,道太真妃将寡人邀、宴乐。

  (正末见旦科,云)妃子,你在那里来?(旦云)今日长生殿排宴,请主上赴席。(正末云)分付梨园子弟齐备着。(旦下)(正末做惊醒科,云)呀,元来是一梦。分明梦见妃子,却又不见了。(唱)

【双鸳鸯】斜軃翠鸾翘,浑一似出浴的旧风标[18],映着云屏一半儿娇。好梦将成还惊觉,半襟情泪湿鲛绡。

【蛮姑儿】懊恼,窨约[19],惊我来的又不是楼头过雁,砌下寒蛩,檐前玉马,架上金鸡;是兀那[20]窗儿外梧桐上雨潇潇。一声声洒残叶,一点点滴寒梢,会把愁人定虐[21]。

【滚绣球】这雨呵,又不是救旱苗,润枯草,洒开花萼;谁望道秋雨如膏,向青翠条,碧玉梢,碎声儿刓剥[22],增百十倍歇和芭蕉。子管里[23]珠连玉散飘千颗,平白地瀽瓮番盆下一宵,惹的人心焦。

【叨叨令】一会价紧呵,似玉盘中万颗珍珠落;一会价[24]响呵,似玳筵前几簇笙歌闹;一会价清呵,似翠岩头一派寒泉瀑;一会价猛呵,似绣旗下数面征鼙操;兀的不恼杀人也么哥!兀的不恼杀人也么哥!则被他诸般儿雨声相聒噪。

【倘秀才】这雨一阵阵打梧桐叶凋,一点点滴人心碎了。柱着金井银床紧围绕,只好把泼[25]枝叶做柴烧,锯倒。

  (带云)当初妃子舞翠盘时,在此树下;寡人与妃子盟誓时,亦对此树;今日梦境相寻,又被他惊觉了。(唱)

【滚绣球】长生殿那一宵,转回廊,说誓约,不合对梧桐并肩斜靠。尽言词絮絮叨叨,沉香亭那一朝,按霓裳舞六么,红牙箸击成腔调,乱宫商闹闹炒炒。是兀那当时欢会栽排下,今日凄凉厮辏着,暗地量度。

（高力士云）主上,这诸样草木,皆有雨声,岂独梧桐?（正末云）你那里知道,我说与你听者。（唱）

【三煞】润濛濛杨柳雨,凄凄院宇侵帘幕;细丝丝梅子雨,妆点江干满楼阁;杏花雨红湿阑干,梨花雨玉容寂寞;荷花雨翠盖翩翩,豆花雨绿叶潇条:都不似你惊魂破梦,助恨添愁,彻夜连宵。莫不是水仙弄娇,蘸杨柳洒风飘。

【二煞】咪咪[26]似喷泉瑞兽临双沼,刷刷[27]似食叶春蚕散满箔;乱洒琼阶,水传宫漏,飞上雕檐,酒滴新槽。直下的更残漏断,枕冷衾寒,烛灭香消。可知道夏天不觉,把高凤麦[28]来漂。

【黄钟煞】顺西风低把纱窗哨,送寒气频将绣户敲,莫不是天故将人愁闷搅!度铃声响栈道,似花奴羯鼓调,如伯牙水仙操[29];洗黄花,润篱落,渍苍苔,倒墙角,渲湖山,漱石窍,浸枯荷,溢池沼;沾残蝶粉渐消,洒流萤焰不着,绿窗前促织叫,声相近雁影高,催邻砧处处捣,助新凉分外早。斟量来这一宵雨和人紧厮熬,伴铜壶点点敲;雨更多,泪不少。雨湿寒梢,泪染龙袍,不肯相饶,共隔着一树梧桐直滴到晓。（下）[30]

题目　　安禄山反叛兵戈举
　　　　陈玄礼拆散鸾凤侣
正名[31]　杨贵妃晓日荔枝香
　　　　唐明皇秋夜梧桐雨

〔1〕抬举——提拔,提高地位之意,今口语仍然这样说。白居易《霓裳羽衣舞歌》:"妍蚩优劣宁相远?大都只在人抬举。"本书《虎头牌》第三折之抬举,为照料、抚养之意,与此稍异。

〔2〕真容——画像。

〔3〕打叠——与打当、打点义同;就是安排,准备。

〔4〕瘦岩岩——或作瘦恹(yān 淹)恹;瘦弱无力的样子。

〔5〕玉叉儿——《古今杂剧》本、《元明杂剧》本均作"玉仪儿"。

〔6〕待诏——汉代,被政府征辟到京师去作官的人,称为"待诏公车"。唐代设翰林院,内有待诏之所,凡善于文词、经术及僧道、卜祝、术艺、书奕的人,都养在里面,随时等待皇帝的诏命,所以这些人被称为"待诏"。这里指的是画待诏。

〔7〕孤辰——星相迷信说法:孤辰,指不吉之星,主孤寡。《后汉书·方术传》:"孤虚之术",注:"孤,谓六甲之孤辰,若甲子旬中无戌亥,是为孤也。"

〔8〕更打着——或作更和着、更加着;更加上之意。

〔9〕离恨天——佛教神话传说:须弥山顶正中有一天为帝释天,四方各有八天,共三十三个天。民间传说,三十三天中,以离恨天为最高。

〔10〕见芙蓉二句——本于白居易《长恨歌》"芙蓉如面柳如眉,对此如何不泪垂"语意。

〔11〕一弄儿——一派,一古脑儿,一块儿。

〔12〕昏惨剌——即昏暗;惨剌,语尾无义。

〔13〕壁厢——边,旁。四壁厢,就是四边、四围。壁厢,亦有单用壁或厢的,义同。

〔14〕业——古念 niè 与"孽"通;就是佛教所说的冤业、业障的意思。元剧中常当作詈骂之词,多用于自怨自詈的场合,如业眼、业身躯、业骨头等。

〔15〕玉马儿——古代建筑,在房檐下悬挂玉片,风吹过,互相撞击发声,这种东西叫玉马儿,后来用铁片代替,称铁马;多用于高大建筑。

〔16〕闷打颏——闷闷地,无聊。打颏,或作答孩、打孩,语助词。

〔17〕软兀剌——瘫软,没有劲儿。兀剌,语助词。

〔18〕风标——指优美的容态、风度、品格。

〔19〕窨(yìn 印)约——窨,地窖;与阴、隐、暗等义相近。约,隐约。窨约,就是暗中谋度,心里思忖的意思。

〔20〕兀那——就是那;指点词。

〔21〕定虐——《古今杂剧》本、《元明杂剧》本均作"定谑"。与定害义同;打扰、扰害的意思。本书《秋胡戏妻》二折、《合汗衫》二折之"定害",均同此义。

〔22〕刘剥——形容雨打在树叶上的声音。

〔23〕子管里——或作只管里;即"只管"之意。

〔24〕一会价——指极短促的时间,今口语仍通用。价,语尾词,无义;略如今语之儿、个、地等字的用法。

〔25〕泼——轻蔑、厌恶、詈骂的意思;略近于今北京话的"破玩意儿"的"破"字。

〔26〕哗哗——形容泉水喷流的声音。

〔27〕刷刷——形容蚕吃桑叶的声音。

〔28〕高凤麦——高凤,东汉时人。他专心读书,日夜不息。一天,他看守晒的麦子,忽然下了大雨,把麦子都漂走了,他手里还拿着竹竿,口里还念着书,一点儿也不知道。本书《倩女离魂》中"一场雨淹了中庭麦",也是指的这个故事。

〔29〕伯牙水仙操——伯牙,春秋时的一个善鼓琴的人。水仙操,曲名,相传是他作的。

〔30〕(下)——原本缺,据《古今杂剧》本、《元明杂剧》本补。

〔31〕题目正名——《继志斋》本、《酹江集》本均作:"高力士离合鸾凤侣,安禄山反叛兵戈举;杨贵妃晓日荔枝香,唐明皇秋夜梧桐雨。"

破幽梦孤雁汉宫秋[1]

(元)马致远[2]撰

楔　子

（冲末扮番王引部落上，诗云）毡帐秋风迷宿草，穹庐夜月听悲笳。控弦[3]百万为君长，款塞[4]称藩属汉家。某乃呼韩耶单于是也。若论俺家世[5]：久居朔漠，独霸北方。以射猎为生，攻伐为事。文王曾避俺东徙[6]，魏绛曾怕俺讲和[7]。獯鬻猃狁[8]，逐代易名；单于可汗[9]，随时称号。当秦汉交兵之时，中原有事；俺国强盛，有控弦甲士百万。俺祖公公冒顿单于，围汉高帝于白登七日[10]。用娄敬之谋，两国讲和，以公主嫁俺国中。至惠帝、吕后以来，每代必循故事，以宗女归俺番家。宣帝之世，我众兄弟争立不定，国势稍弱。今众部落立我为呼韩耶单于，实是汉朝外甥。我有甲士十万，南移近塞，称藩汉室，永为姻娅[11]。昨曾遣使进贡，欲请公主，未知汉帝肯寻盟约否？今日天高气爽，众头目每向沙堤射猎一番，多少是好。正是：番家无产业，弓矢是生涯。（下）（净扮毛延寿上，诗云）为人雕心雁爪[12]，做事欺大压小；全凭谄佞奸贪，一生受用[13]不了。某非别人，毛延寿的便是。见在汉朝驾下，为中大夫[14]之职。因我百般巧诈，一味谄谀，哄的皇帝老头儿十分欢喜，言听计从。朝里朝外，那一个不敬我，那一个不怕我。我又学的一个法儿，

109

只是教皇帝少见儒臣[15],多昵女色,我这宠幸,才得牢固。道犹[16]未了,圣驾早上。(正末扮汉元帝引内官宫女上,诗云)嗣传十叶继炎刘,独掌乾坤四百州;边塞久盟和议策,从今高枕已无忧。某,汉元帝是也。俺祖高皇帝奋布衣,起丰沛,灭秦屠项,挣下这等基业,传到朕躬,已是十代[17]。自朕嗣位以来,四海晏然,八方宁静。非朕躬有德,皆赖众文武扶持。自先帝晏驾[18]之后,宫女尽放出宫去了。今后宫寂寞,如何是好?(毛延寿云)陛下,田舍翁多收十斛麦,尚欲易妇[19];况陛下贵为天子,富有四海,合无[20]遣官遍行天下,选择室女,不分王侯宰相军民人家,但要十五以上,二十以下者,容貌端正,尽选将来,以充后宫,有何不可?(驾云)卿说的是,就加卿为选择使[21],赍领诏书一通,遍行天下刷选[22]。将选中者各图形一轴送来,朕按图临幸。待卿成功回时,别有区处。(唱)

【仙吕赏花时】四海平安绝士马,五谷丰登没战伐,寡人待刷室女选宫娃[23]。你避不的驱驰困乏,看那一个合属俺帝王家。(下)

〔1〕《汉宫秋》——唐·韩翃《同题仙游观》诗:"山色遥连秦树晚,砧声近报汉宫秋。"剧名本此。剧中情节,大致据《汉书·元帝纪》及《西京杂记》有关昭君事,敷衍而成,而略有改动。有英译本,1829年刊行;日译本,1920年刊行。

〔2〕马致远——号东篱老,大都人,生卒年不详。作过江浙省务提举。据他的散曲集《东篱乐府》中关于自己生平的一些叙述,知道马致远年轻时,颇有志于功名事业,但未曾得志。经历了"二十年漂泊生涯","世事饱谙多","人生宠辱都参破"以后,便"林泉隐居"起来。这

时,他已经是"半世蹉跎",年过半百的人了。

马致远作杂剧十五种,多以"神仙道化"为题材。现存《陈抟高卧》、《马丹阳》、《汉宫秋》、《青衫泪》、《岳阳楼》、《荐福碑》、《任风子》及《黄粱梦》(与李时中、花李郎、红字李二合撰)。另有散曲集《东篱乐府》传世。

马致远被列为元代"关、马、郑、白"四大戏剧家之一。像《荐福碑》,反映当时仕途黑暗,穷书生潦倒贫困,没有出路;《汉宫秋》,反映作者深感于民族、家国之痛,借历史之"酒"以浇己愁:都是当时现实生活的感受和反映。其馀"神仙道化"诸剧,可能是作者晚年逃避现实、否定现实;但又微弱地、曲折地反映现实的作品。明·朱权《太和正音谱》云:"马东篱之词,如朝阳鸣凤。"又云:"其词典雅清丽,可比《灵光》、《景福》而相颉颃。有振鬣长鸣,万马皆暗之意。又若神凤飞鸣于九霄,岂可与凡鸟共语哉?宜列群英之上。"

〔3〕控弦——本是拉弓的意思,一般用作弓手的代称。

〔4〕款塞——款,叩。塞,边塞、关塞。

〔5〕若论俺家世——原本无此五字,据顾曲斋《古杂剧》本补。

〔6〕文王曾避俺东徙——"文王",应作"太王"。周代的先祖古公亶父(即大王;大念太)邑于豳,犬戎攻之,亶父逃走岐山下,豳人都跟从他到了岐山(事见《史记·周本纪》及《匈奴列传》)。

〔7〕魏绛曾怕俺讲和——魏绛,春秋时晋国的大夫,曾劝晋悼公与戎人讲和(事见《左传》)。

〔8〕獯鬻猃狁(xūn yù xiǎn yǔn 熏玉显允)——古代北方民族的名称,就是汉代所称的匈奴。獯鬻、猃狁、匈奴,都是一音之转。

〔9〕单(chán 馋)于可汗(kè hán 克寒)——匈奴、突厥对他们的君长的称呼;犹如中国称皇帝。

〔10〕围汉高帝于白登七日——《汉书·匈奴传》:"高帝先至平城,

步兵未尽到,冒顿纵精兵三十馀万围高帝于白登七日,汉兵中外不得相救饷。……高帝乃使使间厚遗阏氏(冒顿的皇后),……冒顿遂引兵去。汉亦引兵罢,使刘敬结和亲之约。"

〔11〕永为姻娅——原本无此四字,据顾曲斋《古杂剧》本补。

〔12〕雕心雁爪——或作鹰心雁爪;比喻心狠手紧,做事毒辣的人。

〔13〕受用——《周礼·天官·太府》:"颁其贿于受用之府。"注:"谓受藏货贿以给用也。"后引申为享受之意,现在口语还这样讲。

〔14〕中大夫——汉代官名(见《汉书·百官表》)。

〔15〕教皇帝少见儒臣二句——这是唐末权宦仇士良告诉其他宦官说的:"天子不可令闲暇,暇必观书,见儒臣,则又纳谏,……吾属恩且薄而权轻矣。为诸君计,莫如殖财货,盛鹰马,日以球猎声色蛊其心……恩泽权力欲焉往哉?"(见《新唐书·宦者传》)这里是剧作者以后代的事敷衍前朝的事,如下文"田舍翁"等语,都是。又如:"元帝"、"玄宗"等称谓,是皇帝死后臣下对他们的谥号,不可能生前用来自称。因为民间对这类称谓比较熟悉,所以剧作者就用在作品里了。读者不可拘泥。

〔16〕犹——原本作"尤";据顾曲斋《古杂剧》本改。

〔17〕传到朕躬,已是十代——从汉高祖传到元帝,只有八代,如把惠帝死后立的少帝和吕后算在一起,共有十代。

〔18〕晏驾——皇帝死了的代词。不好直接说皇帝死了;只好说:皇帝的车驾较晚才出来,是一种委婉、礼貌的说法。

〔19〕田舍翁多收十斛麦二句——唐高宗想立武则天为皇后,大臣们谏阻。许敬宗讨好武则天,"宣言于朝曰:田舍翁多收十斛麦,尚欲易妇;况天子欲立后,何预诸人事,而妄生异议乎?"(见《通鉴》永徽六年)这是剧作者借用唐代的事。元杂剧中,这类事很多,不一一辨明。

〔20〕合无——何不,盍不。为什么不?

〔21〕"就加卿为选择使"以下各事——略见于晋·葛洪《西京杂

记》二:"元帝后宫既多,不得常见,乃使画工图形,案图召幸之。诸宫人皆赂画工,多者十万,少者亦不减五万。独王嫱不肯,遂不得见。匈奴入朝,求美人为阏氏。于是上案图,以昭君行。及去,召见,貌为后宫第一;善应对,举止闲雅。帝悔之,而名籍已定。帝重信于外国,故不复更人。乃穷案其事,画工皆弃市,籍其家,资皆巨万。画工有杜陵毛延寿,为人形,丑好老少必得其真。……同日弃市。"

〔22〕刷选——搜寻、挑选。刷、选,复合字,义同。亦可分用,如本剧《楔子》:"寡人待刷室女选宫娃。"《刘知远诸宫调》:"向衙中搜刷穷措大。"元好问《耶律公碑》:"向所刷士女……"

〔23〕宫娃——娃,美女。宫娃,指宫女。

第 一 折

(毛延寿上,诗云)大块黄金任意挞,血海王条[1]全不怕;生前只要有钱财,死后那管人唾骂。某毛延寿,领着大汉皇帝圣旨,遍行天下,刷选室女,已选勾九十九名;各家尽肯馈送,所得金银,却也不少。昨日来到成都秭归县[2],选得一人,乃是王长者之女,名唤王嫱[3],字昭君。生得光彩射人,十分艳丽,真乃天下绝色。争奈他本是庄农人家,无大钱财;我问他要百两黄金,选为第一。他一则说家道贫穷,二则倚着他容貌出众,全然不肯。我本待退了他,(做忖科,云)不要,倒好了他。眉头一纵,计上心来。只把美人图点上些破绽,到京师,必定发入冷宫,教他受苦一世。正是:恨小非君子,无毒不丈夫。(下)(正旦扮王嫱引二宫女上,诗云)一日承宣入上阳[4],十年未得见君王;良宵寂寂谁来伴,惟有琵琶引兴长。妾身王嫱,小字昭君,成都秭归人也。父亲王长者,平生务农为业。母亲生妾时,梦月光入怀,复坠于地,后来生下妾身。年长一十八岁,蒙恩选充后宫。不想使臣毛延寿,问妾身索要金银,不曾与他,将妾影图点破,不曾得见君王,现今退居永巷[5]。妾身在家颇通丝竹,弹得几曲琵琶;当此夜深孤闷之时,我试理一曲消遣咱。(做弹科)(驾引内官提灯上,云)某汉元帝,自从刷选室女入宫,多有不曾宠幸,煞是怨望咱。今日万几[6]稍暇,不免巡宫走一遭,看那个有缘的得遇朕躬也呵。(唱)

【仙吕点绛唇】车碾残花,玉人月下,吹箫罢;未遇宫娃,是几度添白发!

【混江龙】料必他珠帘不挂,望昭阳[7]一步一天涯;疑了些无风竹影,恨了些有月窗纱。他每见弦管声中巡玉辇,恰便似斗牛星畔盼浮槎[8]。(旦做弹科)(驾云)是那里弹的琵琶响?(内官云)是。(正末唱)是谁人偷弹一曲,写出嗟呀?(内官云)快报去接驾。(驾云)不要。(唱)莫便要忙传圣旨,报与他家。我则怕乍蒙恩,把不定心儿怕,惊起宫槐宿鸟,庭树栖鸦。

(云)小黄门[9],你看是那一宫的宫女弹琵琶,传旨去教他来接驾,不要惊唬着他。(内官报科,云)兀那弹琵琶的,是那位娘娘?圣驾到来,急忙迎接者!(旦趋接科)(驾唱)

【油葫芦】恕无罪,吾当亲问咱。这里属那位下?休怪我不曾来往乍行踏[10]。我特来填还[11]你这泪揾湿鲛绡帕,温和你露冷透凌波袜。天生下这艳姿,合是我宠幸他。今宵画烛银台下,剥地管[12]喜信爆灯花。

(云)小黄门,你看那纱笼内烛光越亮了,你与我挑起来看咱。

(唱)

【天下乐】和他也弄着精神射绛纱,卿家,你觑咱,则他那瘦岩岩影儿可喜杀。(旦云)妾身早知陛下驾临,只合远接;接驾不早,妾该万死。(驾唱)迎头儿称妾身,满口儿呼陛下,必不是寻常百姓家。

(云)看了他容貌端正,是好女子也呵。(唱)

【醉中天】将两叶赛宫样[13]眉儿画,把一个宜梳裹脸儿搽,额角香钿贴翠花,一笑有倾城价。若是越勾践姑苏台上见他,那西施半筹也不纳[14],更敢早十年败国亡家。

(云)你这等模样出众,谁家女子?(旦云)妾姓王,名嫱,字昭君,成都秭归县人。父亲王长者,祖父以来,务农为业。闾阎百姓,不知帝王家礼度。(驾唱)

【金盏儿】我看你眉扫黛,鬓堆鸦,腰弄柳,脸舒霞,那昭阳到处难安插,谁问你一犁两耙[15]做生涯。也是你君恩留枕簟,天教雨露润桑麻。既不沙[16],俺江山千万里,直寻到茅舍两三家。

(云)看卿这等体态,如何不得近幸?(旦云)当初选时[17],使臣毛延寿索要金银,妾家贫寒无凑,故将妾眼下点成破绽[18],因此发入冷宫。(驾云)小黄门,你取那影图来看。(黄门取图看科)(驾唱)

【醉扶归】我则问那待诏别无话,却怎么这颜色不加搽?点得这一寸秋波玉有瑕。端的是卿眇目,他双瞎,便宜的八百姻娇比并他,也未必强如俺娘娘带破赚[19]丹青画。

(云)小黄门,传旨说与金吾卫[20],便拿毛延寿斩首报来。(旦云)陛下,妾父母在成都,见隶民籍,望陛下恩典宽免,量与些恩

荣咱。(驾云)这个煞容易。(唱)

【金盏儿】你便晨挑菜,夜看瓜,春种谷,夏浇麻,情取[21]棘针门[22]粉壁[23]上除了差法。你向正阳门[24]改嫁的倒荣华。俺官职颇高如村社长[25],这宅院刚大似县官衙。谢天地,可怜穷女婿,再谁敢欺负俺丈人家!

(云)近前来,听寡人旨,封你做明妃者。(旦云)量妾身怎生消受的陛下恩宠!(做谢恩科)(驾唱)

【赚尾】且尽此宵情,休问明朝话。(旦云)陛下明朝早早驾临,妾这里候驾里。(驾唱)到明日,多管[26]是醉卧在昭阳玉榻。(旦云)妾虽贱微,亦蒙恩宠;便下的分离也!(驾唱)休烦恼,吾当且是耍斗卿来,便当真假。恰才辇路儿熟滑,怎下的真个长门再不踏?[27]——明夜个西宫阁下,你是必悄声儿接驾;我则怕六宫人攀例拨琵琶。(下)(旦云)驾回了也。左右,且掩上宫门,我睡些去。(下)

〔1〕血海王条——血海,形容关系重大,关系着生死问题的意思。王条,指王法、刑法。

〔2〕成都秭归县——按:秭归县,在汉代属南郡;在元代属归州,均与成都无关,可能是传刻有误。

〔3〕王嫱——《汉书·元帝纪》:"竟宁元年春正月,匈奴呼韩邪单于来朝。……赐单于待诏掖庭王樯为阏氏。"注引应劭曰:"郡国献女未御见,须命于掖庭,故曰待诏。王樯,王氏女,名樯,字昭君。"又引文颖曰:"本南郡秭归人也。"

〔4〕上阳——宫名,唐高宗所建;这里借用。

〔5〕永巷——宫中的长巷。汉代,是幽禁有罪的宫女的地方,通常

也泛指后宫。

〔6〕万几——或作万机;就是万种事务,极言所管理的事务非常繁杂的意思。古时称皇帝"日理万几",后来把这两字专指皇帝办的公事。

〔7〕昭阳——汉武帝后宫八区,中有昭阳殿。这里是指皇帝时常临幸的所在。

〔8〕浮槎(chá察)句——浮槎,木筏子。古代神话:天河与海相通,每年八月,有木筏下来。汉代张骞坐上木筏飘到一处,看见城郭房屋,还有织布的女子和牵牛的男人。他回家之后,人家告诉他,那里就是天河;男人是牛郎,女的是织女(见晋·张华《博物志》)。这句是比喻宫女盼望皇帝的来临,就像盼望天上的木筏来到,以便乘筏上天一样。

〔9〕小黄门——小宦官。

〔10〕行踏——行走、来到。《宣和遗事·亨集》:"天子在此行踏,我怎敢再踏李氏之门?"又,"陛下看看遭囚被掳,由自信邪臣向此行踏。"

〔11〕填还——偿还,报答。意含偿还宿欠之意。

〔12〕剥地管喜信爆灯花——剥地,哔哔剥剥,形容灯花爆发声。管,多管、多半。喜信爆灯花,旧时的说法:蜡烛的中心结成灯花状,是将有喜信的兆头。

〔13〕宫样——宫廷中的样式。孟棨《本事诗·情感》载:刘禹锡《赠歌妓》诗:"鬓鬌梳头宫样妆,春风一曲杜韦娘。"

〔14〕若是越勾践二句——春秋时越王勾践被吴王夫差打败,为了报仇雪恨,把美女西施送给夫差,使得吴王不理朝政,后被勾践所灭。姑苏台,在苏州姑苏山上,夫差所建,与西施在这里寻欢作乐。半筹也不纳,一筹莫展,无计可施。筹,算筹,古时计数的工具。这两句是说,昭君比西施更美,夫差若见了昭君,就不会要西施了。

〔15〕杷——"耙"的借用字。原本作"坝",据顾曲斋《古杂剧》

117

本改。

〔16〕既不沙——沙,语助词,无义。既不沙,既不然,要不是这样。

〔17〕当初选时——此四字上,《元曲选》本有"妾父王长者"五字,与上文重复,据《酹江集》本删。

〔18〕破绽——本指衣缝绽裂,引申为裂痕、破漏、不完整之意。这里是残缺、残损的意思。

〔19〕破赚——义同破绽。

〔20〕金吾卫——掌管皇帝的禁卫、扈从等事的武官。

〔21〕情取——或作稳情取、稳取,义同;包管、定可,表示一定能办到的意思。

〔22〕棘针门——古代帝王出行,止宿的地方,以棘为门,称为"棘门"。这里用作朝廷或官署的代称。《周礼·天官》:"为坛壝戟门。"注:"棘门,以戟为门。"孙诒让《正义》:"棘、戟古同读,故经典戟字多作棘。"

〔23〕粉壁句——"粉壁",古代,衙门外面张贴法令,誊写告示的墙壁。刘歆《汉官仪》:"省中皆胡粉涂壁,故曰粉壁。"《旧唐书·宣宗纪》:"下诸州府,粉壁书于录事参军食堂。""差法",即差发;向百姓征收的赋敛。

〔24〕正阳门——宋代汴京宫城门名,即宣德门,明道元年改称正阳门(见《道清诗话》及《玉海》)。这里借指汉宫门。

〔25〕社长——元代农村里,凡五十家立一社,选择年老晓农事的一人为社长(见《元史·食货志》)。春秋时代已有此名称。这里是汉元帝和王昭君开玩笑的话,说:我的官职比社长稍高一点,这所宅院(宫庭)比县衙门略大一些。

〔26〕多管——或作多敢、多咱;推测尚未发生的事情之词,大概、恐怕的意思。

〔27〕到明日……真个长门再不踏——此据明顾曲斋刊本《古杂

剧》本改。与《元曲选》本不同,含意亦有较大差异。"昭阳",剧作者的原意指别的宫人住的殿院,是元帝故意逗耍王昭君的话,说:明天,我就住在别人的院里去了。所以昭君回答说:我也蒙你恩宠,怎么便舍得分离呢?下面,元帝才明白告诉她:不要烦恼,我逗你玩的,你就当真了。与下文"怎下的真个长门再不踏"之语意才合拍。臧氏在《元曲选》中将此曲改为:"且尽此宵情,休问明朝话。(旦云)陛下明朝早早驾临,妾这里候驾。(驾唱)到明日,多管是醉卧在昭阳玉榻。(旦云)妾身贱微,虽蒙恩宠,怎敢与陛下同榻?(驾唱)休烦恼,吾当且是耍斗卿来,便当真假。恰才家辇路儿熟滑,怎下的真个长门再不踏?……"臧氏把"昭阳"理解为昭君的住处,遂使文意扞格难通,与"耍逗"之语不合,故据别本改。

第 二 折

(番王引部落上,云)某呼韩单于,昨遣使臣款汉,请嫁公主与俺;汉皇帝以公主尚幼为辞,我心中好不自在。想汉家宫中,无边宫女,就与俺一个,打甚不紧?直将使臣赶回。我欲待起兵南侵,又恐怕失了数年和好;且看事势如何,别做道理。(毛延寿上,云)某毛延寿,只因刷选宫女,索要金银,将王昭君美人图点破,送入冷宫。不想皇帝亲幸,问出端的,要将我加刑。我得空逃走了,无处投奔。左右是左右[1],将着这一轴美人图,献与单于王,着他按图索要,不怕汉朝不与他。走了数日,来到这里,远远的望见人马浩大,敢是穹庐也。(做问科,云)头目,你启报单于王知道,说汉朝大臣来投见哩。(卒报科)(番王云)着他过来。(见科,云)你是甚么人?(毛延寿云)某是汉朝中大夫毛延寿。有我汉朝西宫阁下美人王昭君,生得绝色。前者大王遣使求公主时,那昭君情愿请行;汉主舍不的,不肯放来。某再三苦谏,说:"岂可重女色,失两国之好?"汉主倒要杀我。某因此带了这美人图,献与大王。可遣使按图索要,必然得了也。这就是图样。(进上看科)(番王云)世间那有如此女人!若得他做阏氏[2],我愿足矣。如今就差一番官,率领部从,写书与汉天子,求索王昭君,与俺和亲;若不肯与,不日南侵,江山难保。就一壁厢引控甲士,随地打猎,延入塞内,侦候动静,多少是好。(下)(旦引宫女上,云)妾身王嫱,自前日蒙恩临幸,不觉又旬月。主上昵爱过甚,久不设朝。闻的今日[3]升殿去了,我且向妆台边梳妆一会,收拾齐整,只怕驾来好伏侍。(做对镜科)(驾上,云)自从西宫阁下,得见了王昭君,使朕如痴似醉,久不临朝。今日方才升殿,等不的散了,只索再到西宫看一看去。(唱)

【南吕一枝花】四时雨露匀,万里江山秀;忠臣皆有用,高枕已无忧。守着那皓齿星眸,争忍的虚白昼。近新来染得些症候[4],一半儿为国忧民,一半儿愁花病酒。

【梁州第七】我虽是见宰相,似文王施礼,一头地[5]离明妃,早宋玉悲秋[6]。怎禁他带天香着莫定[7]龙衣袖!他诸馀[8]可爱,所事[9]儿相投;消磨人幽闷,陪伴我闲游;偏宜向梨花月底登楼,芙蓉烛下藏阄[10]。体态是二十年挑剔就的温柔,姻缘是五百载该拨[11]下的配偶,脸儿有一千般说不尽的风流。寡人乞求[12]他左右[13],他比那落伽山观自在[14]无杨柳,见一面得长寿。情系人心早晚休[15],则除是雨歇云收。

(做望见科,云)且不要惊着他,待朕悄地看咱。(唱)

【隔尾】恁的般长门前抱怨的宫娥旧,怎知我西宫下偏心儿梦境熟。爱他晚妆罢,描不成,画不就,尚对菱花[16]自羞。(做到旦背后看科)(唱)我来到这妆台背后,元来广寒殿嫦娥[17],在这月明里有。

(旦做见接驾科)(外扮尚书,丑扮常侍上,诗云)调和鼎鼐理阴阳,秉轴持钧政事堂;只会中书陪伴食,何曾一日为君王。某尚书令五鹿充宗[18]是也,这个是内常侍石显[19]。今日朝罢,有番国遣使来索王嫱和番,不免奏驾。来到西宫阁下,只索进去。(做见科,云)奏的我主得知:如今北番呼韩单于差一使臣前来,说毛延寿将美人图献与他,索要昭君娘娘和番,以息刀兵;不然,他大势南侵,江山不可保矣。(驾云)我养军千日,用军一时;空有满朝文武,那一个与我退的番兵!都是些畏刀避箭的,恁[20]不去出力,怎生教娘娘和番?(唱)

【牧羊关】兴废从来有,干戈不肯休。可不食君禄,命悬君手[21]。太平时、卖你宰相功劳,有事处、把俺佳人递流[22]。你们干请[23]了皇家俸,着甚的分破帝王忧?那壁厢锁树的[24]怕弯着手,这壁厢攀栏[25]的怕擦破了头。

(尚书云)他外国说陛下宠昵王嫱,朝纲尽废,坏了国家。若不与他,兴兵吊伐。臣想纣王只为宠妲己,国破身亡,是其鉴也。(驾唱)

【贺新郎】俺又不曾彻青霄高盖起摘星楼[26];不说他伊尹扶汤,则说那武王伐纣。有一朝身到黄泉后,若和他留侯[27]留侯斯遘,你可也羞那不羞?您卧重裀,食列鼎,乘肥马,衣轻裘[28]。您须见舞春风嫩柳宫腰瘦,怎下的教他环珮影摇青塚月[29],琵琶声断黑江秋!

（尚书云）陛下，咱这里兵甲不利，又无猛将与他相持，倘或疏失，如之奈何？望陛下割恩与他，以救一国生灵之命。（驾唱）

【斗虾蟆】当日个谁展英雄手，能枭项羽头，把江山属俺炎刘？——全亏韩元帅[30]九里山前战斗，十大功劳成就。恁也丹墀里头，枉被金章紫绶[31]；恁也朱门里头，都宠着歌衫舞袖。恐怕边关透漏，央及家人奔骤。似箭穿着雁口，没个人敢咳嗽[32]。吾当僝僽[33]，他也他也红妆年幼，无人搭救。昭君共你每有甚么杀父母冤仇？休休，少不的满朝中都做了毛延寿！我呵，空掌着文武三千队，中原四百州；只待要割鸿沟[34]。陛恁的[35]千军易得，一将难求！

（常侍云）见今番使朝外等宣。（驾云）罢罢罢，教番使临朝来。（番使入见科，云）呼韩耶单于差臣南来奏大汉皇帝：北国与南朝自来结亲和好；曾两次差人求公主不与。今有毛延寿将一美人图，献与俺单于。特差臣来，单索昭君为阏氏，以息两国刀兵。陛下若不从，俺有百万雄兵，刻日南侵，以决胜负，伏望圣鉴不错。（驾云）且教使臣馆驿中安歇去。（番使下）（驾云）您众文武商量，有策献来，可退番兵，免教昭君和番。大抵是欺娘娘软善，若当时吕后[36]在日，一言之出，谁敢违拗！若如此，久已后也不用文武，只凭佳人平定天下便了！（唱）

【哭皇天】你有甚事疾忙奏，俺无那鼎镬边滚热油。我道您文臣安社稷，武将定戈矛；您只会文武班头，山呼万岁，舞蹈扬尘，道那声诚惶顿首[37]。如今阳关[38]路上，昭君出塞；当日未央宫里，女主垂旒。文武每，我不信你敢差排吕太后。枉以后，龙争虎斗，都是俺鸾交凤友[39]。

（旦云）妾既蒙陛下厚恩，当效一死，以报陛下。妾情愿和番，得息刀兵，亦可留名青史。但妾与陛下闺房之情，怎生抛舍也！（驾云）我可知舍不的卿哩！（尚书云）陛下割恩断爱，以社稷为念，早早发送娘娘去罢。（驾唱）

【乌夜啼】今日嫁单于，宰相休生受[40]。早则[41]俺汉明妃有国难投。它那里黄云不出青山岫。投至[42]两处凝眸，盼得一雁横秋。单注着寡人今岁揽闲愁。王嫱这运添憔瘦，翠羽冠，香罗绶，都做了锦蒙头暖帽，珠络缝貂裘[43]。

（云）卿等今日先送明妃到驿中，交付番使，待明日朕亲出灞陵桥，送饯一杯去。（尚书云）只怕使不的，惹外夷耻笑。（驾云）卿等所言，我都依着；我的意思，如何不依？好歹去送一送。我一会家只恨毛延寿那厮！（唱）

【三煞】我则恨那忘恩咬主贼禽兽，怎生不画在凌烟阁[44]上头？紫台[45]行都是俺手里的众公侯，有那桩儿不共卿谋，那件儿不依卿奏？争忍教第一夜梦迤逗，从今后不见长安望北斗，生扭做[46]织女牵牛！

（尚书云）不是臣等强逼娘娘和番，奈番使定名索取；况自古以来，多有因女色败国者。（驾唱）

【二煞】虽然似昭君般成败都皆有，谁似这做天子的官差不自由！情知他怎收那膘满的紫骅骝。往常时翠轿香兜[47]，兀自倦朱帘揭绣，上下处要成就。谁承望月自空明水自流，恨思悠悠。

（旦云）妾身这一去，虽为国家大计，争奈舍不的陛下！（驾唱）

【黄钟尾】怕娘娘觉饥时吃一块淡淡盐烧肉，害渴时喝一杓儿酪和粥[48]。我索折一枝断肠柳,饯一杯送路酒[49]。眼见得赶程途,趁宿头[50];痛伤心,重回首,则怕他望不见凤阁龙楼,今夜且则向灞陵桥[51]畔宿。(下)

〔1〕左右是左右——反正是这样了;有豁出去的意思。

〔2〕阏氏(yān zhī 淹支)——匈奴君长的嫡妻,相当于中国的皇后。

〔3〕今日——原本无此二字,据《酹江集》本补。

〔4〕症候——病症。原本作"证候",据《酹江集》改。古籍中"症候"二字,多作"证候"。

〔5〕一头地——一到,及到。

〔6〕宋玉悲秋——宋玉,战国时楚国的辞赋家。他作的《九辨》里有"悲哉秋之为气也"的话。

〔7〕着莫定——沾惹着。定,语助词,犹着、住。着莫,或作着摸、着末、着抹,义并同。

〔8〕诸馀——种种,诸般。

〔9〕所事——件件事,所有之事。

〔10〕藏阄(jiū 究)——或作藏钩。古时的一种游戏:把许多人分为两方,一方把钩藏在手里,让对方猜,猜中就算赢了。(见周处《风土记》及梁宗懔《荆楚岁时记》)

〔11〕该拨——注定。

〔12〕乞求——恳求,希望达到某种目的。《辍耕录》十二:"世曰乞求,盖谓正欲若是也。然唐诗已有此言。王建《宫词》:'只恐他时身到此,乞求自在得还家。'又花蕊夫人《宫词》:'种得海柑才结子,乞求自过与君王。'"

〔13〕左右——相违背、相反、不顺从的意思;与方位词的用法不同。

〔14〕落伽山观自在——落迦山,在今浙江定海县东普陀岛上,相传

为观音显圣处。观自在,即观世音菩萨的别称;佛教传说,她说法时手中拿一枝杨柳。

〔15〕情系句——用古时成语:"尘随车马何年尽,情系人心早晚休。"

〔16〕菱花——即菱花镜,作为镜子的代称。《赵飞燕外传》:"飞燕始加大号婕妤,奏上三千文物以贺,有七尺菱花镜一奁。"

〔17〕广寒殿嫦娥——神话传说:后羿之妻服了仙药,投奔月宫。广寒殿,指嫦娥所居之处。观音、嫦娥,在这里,作为美女的典型。

〔18〕尚书令五鹿充宗——尚书令,官名,掌殿内文书奏章等事;在秦汉时,地位尚低,多由宦官充任(后来职位渐高)。五鹿充宗,西汉时人,官少府,是权臣石显的党羽。

〔19〕石显——西汉时的宦官,为元帝所宠任,官中书令,权势很大。

〔20〕恁——音义同"您",即"你";非敬词,与现在北京话"您"(nín)作敬称的用法不同。

〔21〕手——原本作"口",意亦可通;兹据《古杂剧》本改。

〔22〕递流——递,押解罪犯。流,古代的一种刑法,即流放、放逐。递流,就是把罪犯押解到荒远充军的地方去。

〔23〕干请——白领受。有名无实曰干;请,念平声,今作賮,领受。干请,即尸位素餐,拿钱不做事之意。

〔24〕锁树的——晋代汉国刘聪想建筑一座鹥仪殿,他的臣子陈元达谏阻。刘聪大怒,要斩他。陈元达就把自己锁在堂下的树上,旁人拖也拖不走。(见《晋书·载记·刘聪》)

〔25〕攀栏——汉代朱云上书给皇帝,请求斩佞臣张禹。皇帝大怒,要杀朱云。朱云攀住殿槛,槛折。因为别人的请求,才没有杀他。(见《汉书》本传)这里是用他们两个忠臣的事,来反讥那些怕事、不肯出头负责的臣子。

〔26〕摘星楼——传说商纣王为了行乐,盖了一所高台,名摘星楼。宋·王象之《舆地纪胜》三十七:扬州:景物·下:"摘星楼在城西角,江淮南北,一目可尽。"当系后人傅会,故取同名之楼。又,《雍熙乐府》赵明道《范蠡归湖——新水令》:"越王台无道似摘星楼,少不的又一场武王伐纣。"元至治本《武王伐纣平话》"八百诸修台阁":"朕欲于宫内修台一所,高三百尺,上盖百间阁子,下修千间屋宇。"又:"摘星楼推杀姜皇后"诗云:"后宫直谏姜皇后,不听忠言大可忧。怒揽冲冠颜面变,揽衣推下摘星楼。"知摘星楼传说,在宋元小说戏曲中很流行。

〔27〕留侯——汉高祖刘邦的谋士张良,字子房,曾为刘邦画策,立下大功,后封为留侯。

〔28〕乘肥马,衣轻裘二句——见《论语·雍也》。这几句是说大官员们平时尽量享受。

〔29〕环珮影摇青塚月二句——用金代王元朗《明妃》诗句。黑江,即黑河,在今内蒙古自治区境内,流经青塚。青塚,王昭君的墓,在呼和浩特市南。相传,墓上长满青草,故名。

〔30〕韩元帅——指韩信,汉高祖的功臣,相传他在九里山前摆下六十四卦阵,逼着项羽自刎。他曾为刘邦立下许多战功。

〔31〕金章紫绶——宰相佩带的金印和绶带。

〔32〕似箭穿着雁口,没个人敢咳嗽——二句是元帝责骂大臣们的话;也反映了当时广大人民在元代统治者的铁蹄统治下,无丝毫自由的情状;比拟极其形象、深刻。

〔33〕孱愁(chán zhòu 馋宙)——忧怨,烦恼。

〔34〕割鸿沟——楚汉相争时,项羽与刘邦讲和,以鸿沟为界,鸿沟以西的地方归汉所有。鸿沟,即今河南省贾鲁河。

〔35〕陡恁的——突然那样的;这里是表示绝望之词。

〔36〕吕后——刘邦的妻吕雉,刘邦死后,她掌握政权,下文中的

"女主"、"吕太后",均指她。

〔37〕山呼万岁三句——封建时代,臣子朝见皇帝时的礼节,要呼"万岁、万万岁",舞蹈,口称"诚惶诚恐,顿首、顿首"。

〔38〕阳关——古代关口名,遗址在今甘肃省敦煌县西南,是到西域必经的地方。古典诗文中常用作离别地的代词。王维诗:"劝君更进一杯酒,西出阳关无故人。"

〔39〕鸾交凤友——指美女、宫妃。

〔40〕生受——有受苦、操劳、费心等意。

〔41〕早则——早经,早已。

〔42〕投至——或作投至的、投到;到,等到。

〔43〕锦蒙头暖帽二句——都是匈奴贵妇人的冬装。这里是说:把汉人的冠带,都换成了匈奴的装扮。

〔44〕凌烟阁——唐太宗命人画他的二十四个功臣的像,放在凌烟阁中,以表彰他们的功绩(见《旧唐书·太宗纪》)。据庾信《纥干弘碑》:"天子画凌烟之阁,言念旧臣。"则凌烟阁不始建于唐代。

〔45〕紫台——帝王所居之地,即皇宫、紫宫。

〔46〕生扭做——勉强扭成,硬扭做,活活地摆弄成的意思。

〔47〕兜——一作笸,竹轿。

〔48〕盐烧肉、酪和粥——都是匈奴吃喝的食品。

〔49〕送路酒——送行、饯行的酒。《元典章·台纲体察》:"不得因日节辰送路、洗尘,受诸人礼物。"

〔50〕趁宿头——赶到途中住宿的地方。

〔51〕灞陵桥——在今陕西省西安市东,古时为送别之处,故灞陵二字诗文中多用为离别场所的代词。

第 三 折

(番使拥旦上,奏胡乐科,旦云)妾身王昭君,自从选入宫中,被毛延寿将美人图点破,送入冷宫。甫能得蒙恩幸,又被他献与番王形像。今拥兵来索,待不去,又怕江山有失;没奈何将妾身出塞和番。这一去,胡地风霜,怎生消受也!自古道:"红颜胜人多薄命,莫怨春风当自嗟。"[1](驾引文武内官上,云)今日灞桥饯送明妃,却早来到也。(唱)

【双调新水令】锦貂裘生改尽汉宫妆,我则索看昭君画图模样。旧恩金勒短,新恨玉鞭长。本是对金殿鸳鸯;分飞翼,怎承望!

(云)您文武百官计议,怎生退了番兵,免明妃和番者。(唱)

【驻马听】宰相每商量,大国使还朝多赐赏。早是俺夫妻悒怏,小家儿[2]出外也摇装[3]。尚兀自渭城衰柳助凄凉,共那灞桥流水添惆怅。偏您不断肠,想娘娘那一天愁都撮在琵琶上。

(做下马科)(与旦打悲科)(驾云)左右慢慢唱者,我与明妃饯一杯酒。(唱)

【步步娇】您将那一曲阳关[4]休轻放,俺咫尺如天样,慢慢的捧玉觞。朕本意待尊前捱些时光,且休问劣了宫商,您则与我半句儿俄延着唱。

(番使云)请娘娘早行,天色晚了也。(驾唱)

【落梅风】可怜俺别离重,你好是[5]归去的忙。寡人心先到他李陵[6]台上,回头儿却才魂梦里想,便休题贵人多忘。

(旦云)妾这一去,再何时得见陛下?把我汉家衣服都留下者。
(诗云)正是:今日汉宫人,明朝胡地妾;忍着主衣裳,为人作春色[7]!(留衣服科)(驾唱)

【殿前欢】则甚么留下舞衣裳,被西风吹散旧时香。我委实怕宫车再过青苔巷,猛到椒房[8],那一会想菱花镜里妆,风流相,兜的[9]又横心上。看今日昭君出塞,几时似苏武还乡[10]?

(番使云)请娘娘行罢,臣等来多时了也。(驾云)罢罢罢,明妃你这一去,休怨朕躬也。(做别科,驾云)我那里是大汉皇帝!(唱)

【雁儿落】我做了别虞姬楚霸王[11],全不见守玉关[12]征西将。那里取保亲的李左车,送女客的萧丞相[13]?

(尚书云)陛下不必挂念。(驾唱)

【得胜令】他去也不沙架海紫金梁[14],枉养着那边庭上铁衣郎。您也要左右人扶侍,俺可甚糟糠妻下堂[15]?您但提起刀枪,却早小鹿儿心头撞[16]。今日央及煞娘娘,怎做的男儿当自强!

(尚书云)陛下,咱回朝去罢。(驾唱)

【川拨棹】怕不待放丝缰,咱可甚鞭敲金镫响。你管燮理阴阳,掌握朝纲,治国安邦,展土开疆;假若俺高皇,差你个梅香[17],背井离乡,卧雪眠霜,若是他不恋恁春风画堂,我便官封你一字王[18]。

(尚书云)陛下不必苦死留他,着他去了罢。(驾唱)

【七弟兄】说甚么大王,不当,恋王嫱,兀良[19],怎禁他临去也回头望!那堪这散风雪旌节影悠扬,动关山鼓角声悲壮。

【梅花酒】呀!俺向着这迥野悲凉。草已添黄,兔[20]早迎霜。犬褪得毛苍,人擞起缨枪,马负着行装,车运着馈粮[21],打猎起围场[22]。他他他,伤心辞汉主;我我我,携手上河梁[23]。他部从入穷荒,我銮舆返咸阳。返咸阳,过宫墙;过宫墙,绕回廊;绕回廊,近椒房;近椒房,月昏黄;月昏黄,夜生凉;夜生凉,泣寒螀;泣寒螀,绿纱窗;绿纱窗,不思量!

【收江南】呀!不思量,除是铁心肠!铁心肠,也愁泪滴千行。美人图今夜挂昭阳,我那里供养,便是我高烧银烛照红妆[24]。

(尚书云)陛下回銮罢,娘娘去远了也。(驾唱)

【鸳鸯煞】我则索[25]大臣行说一个推辞谎,又则怕笔尖儿那火[26]编修讲。不见他花朵儿精神,怎趁那草地里风光?唱道[27]伫立多时,徘徊半晌,猛听的塞雁南翔,呀呀的声嘹亮,却原来满目牛羊,是兀那载离恨的毡车[28]半坡里响。(下)

(番王引部落拥昭君上,云)今日汉朝不弃旧盟,将王昭君与俺番家和亲。我将昭君封为宁胡阏氏,坐我正宫。两国息兵,多少是好。众将士,传下号令,大众起行,望北而去。(做行科)(旦问云)这里甚地面了?(番使云)这是黑龙江,番汉交界去处;南边属汉家,北边属我番国。(旦云)大王,借一杯酒,望南浇奠,辞了汉家,长行去罢。(做奠酒科,云)汉朝皇帝,妾身今生已矣,尚待来生也。(做跳江科)(番王惊救不及,叹科,云)嗨!可惜,可惜!昭君不肯入番,投江而死。罢罢罢,就葬在此江边,号为青冢者。我想来,人也死了,枉与汉朝结下这般仇隙,都是毛延寿那厮搬弄[29]出来的。把都儿[30],将毛延寿拿下,解送汉朝处治。我依旧与汉朝结和,永为甥舅,却不是好?(诗云)则为他丹青画误了昭君,背汉主暗地私奔;将美人图又来哄我,要索取出塞和亲。岂知道投江而死,空落的一见消魂。似这等奸邪逆贼,留着他终是祸根;不如送他去汉朝哈喇[31],依还的甥舅[32]礼,两国长存。(下)

〔1〕红颜胜人多薄命二句——用宋代欧阳修《明妃曲》的句子。

〔2〕小家儿——或作小人家、小家子;旧时指出身寒微贫贱之人。

〔3〕摇装——或作遥装、遥妆。古时远行前的一种习俗。刘宋·沈约《却出东西门》诗:"驱马城西河,遥眺想京阙。望极烟波尽,地远山河没。摇装非短晨,还歌岂明发?"唐·王建《送李郎中赴忠州》诗:"遥装过驲近,买药出城迟。朝达留诗别,亲情伴酒悲。"项斯《遥妆夜》诗:"欲行千里从今夜,犹惜残春发故乡。"明·姜准《岐海琐谈》八:"时俗凡远行者,预期涓吉出门,饮饯江浒,登舟移棹即返,另日启行,谓曰遥妆。偶阅唐人项子迁诗集,有《遥妆夜》云……因知遥妆之说,其来已久。"因知这种风俗,自六朝至明代,相沿已久。

〔4〕一曲阳关——王维《送元二使安西》诗:"渭城朝雨浥轻尘,客舍青青柳色新。劝君更进一杯酒,西出阳关无故人。"后来被人谱作〔阳关三叠〕曲,作为送别唱的歌曲。

〔5〕好是——很是、真是。

〔6〕李陵台——李陵,西汉时的名将,兵败被俘,投降匈奴。李陵台在今内蒙古自治区波罗城。

〔7〕今日汉宫人四句——前两句,用李白《王昭君》诗;后两句用陈师道《妾薄命》诗。

〔8〕椒房——汉代皇后所居之室,以椒涂壁,取其香而性暖,故名。

〔9〕兜的——猛然地。

〔10〕苏武还乡——苏武,汉朝派去匈奴的使臣,被拘留十九年,不降,后被放回国。

〔11〕别虞姬楚霸王——楚霸王项羽在垓下兵败被围,听到四面的人都唱着楚歌,他说:"何楚人之多也!"于是与他的爱妃虞姬分别,唱着"时不利兮骓不逝,骓不逝可奈何?虞兮虞兮奈若何!"的歌。相传,虞姬自刎而死。

〔12〕玉关——玉门关,在今甘肃省敦煌县西一百五十里阳关之西北,汉代通往西域的要道。

〔13〕那里取保亲的李左车二句——旧时婚礼,女子出嫁时,由亲戚或兄弟一二人陪送到男家,叫做送女客;今某些地区仍有此风俗。李左车,汉初的谋士。萧丞相,即萧何,汉代的功臣。史书上没有他们做媒送亲的事。这是汉元帝讽刺大臣们只会做保亲送亲的事,别无他能。

〔14〕他去也不沙架海紫金梁——他,指王昭君。不沙,歌唱时起节音调作用的衬字,无义。架海紫金梁,元剧中习用语,意谓用紫金贵重材料造成的能够架起过海的桥梁,比喻堪当重任的国家栋梁之材;这里用以讥讽五鹿充宗等人。全句是说:她已经走了呵!(你们这些)国家栋梁!

〔15〕糟糠妻下堂——贫贱时共过患难的妻子不能离婚走掉。糟糠妻,指贫贱时的妻子。宋弘对汉光武说:"贫贱之交不可忘,糟糠之妻不下堂。"这里是反问的语气,说:为什么要让我的妃子走掉呢?

〔16〕小鹿儿心头撞——小鹿儿撞、小鹿儿跳,元剧习用语。因紧张而心头跳动,就像小鹿撞触心头一样。这里是形容大臣们害怕打仗的狼狈情状。

〔17〕梅香——宋元戏剧小说中对婢女的通称。

〔18〕一字王——封建等级制度,爵位分为王、公、侯、伯、子、男等。王这一级,仅用一个字为封号的如燕王、赵王等,地位极尊贵,是为国王;

其子孙袭封者多为郡王,则以两字为封号,地位次一等。如:辽代有"一字王"之称,如赵王、魏王之类。若郡王,则必两字,如混同郡王、兰陵郡王之类,较一字王稍卑。元代也有一字王、两字王的差别。汉代没有这个名称,是借用的。

〔19〕兀良——惊诧词,犹如说:"天哪!"用于句首时,有加强语气或指示方向的作用。一说,是蒙古语 uzaral 的译音。

〔20〕兔——原本作"色";据《盛世新声·双调》、《词林摘艳·双调》所引改。迎霜兔,元曲中习用语,指白色兔。

〔21〕馇粮——干粮。

〔22〕围场——打猎时,围起大地方,叫做围场。《大金国志》:"每猎,则必随驾军密布四围,曰围场。"

〔23〕携手上河梁——《文选》李少卿《与苏武》诗:"携手上河梁,游子暮何之?"表示惜别之意。

〔24〕高烧银烛照红妆——苏轼《海棠》诗:"只恐夜深花睡去,高烧银烛照红妆。"

〔25〕则索——原本作"煞",据《古杂剧》本改。则索,只须,只要。

〔26〕那火编修讲——火,同伙、夥。编修,官名,掌管起草文告、编写史册。这句是说:又怕那夥编修(指史官)们在国史里胡写一气。

〔27〕唱道——或作畅道;端的是、简直是。元剧中〔双调·鸳鸯煞〕的定格,第五句开头,必用此二字作衬字。

〔28〕毡车——用毡子作车篷的车子。《通鉴》会昌三年,"登城望回鹘之众寡,见毡车数十乘。"胡注:"毡车,以毡为车屋。"《大金国志》:"后妃并用殿车,其车如五花楼之状。上以锦绿青毡为盖,四围以帘,秋冬亦用毡。"

〔29〕搬弄——挑拨、播弄。

〔30〕把都儿——或作把阿秃儿、拔突、巴图鲁;蒙古语的音译,意为

勇士。

〔31〕哈喇——或作阿阑;蒙古语的音译,意为杀。《华夷译语》下:"杀曰阿兰,即哈喇也。"

〔32〕甥舅——古时称女婿、丈人为甥舅。单于自认为是汉朝的女婿,所以这样讲。

第 四 折

(驾引内官上,云)自家汉元帝,自从明妃和番,寡人一百日不曾设朝。今当此夜景萧索,好生[1]烦恼。且将这美人图挂起,少解闷怀也呵。(唱)

【中吕粉蝶儿】宝殿凉生,夜迢迢六宫人静。对银台一点寒灯,枕席间,临寝处,越显的吾当[2]薄倖。万里龙廷,知他宿谁家一灵真性[3]。

(云)小黄门,你看垆香尽了,再添上些香。(唱)

【醉春风】烧尽御垆香,再添黄串饼[4]。想娘娘似竹林寺[5],不见半分形;则留下这个影影。未死之时,在生之日,我可也一般恭敬。

(云)一时困倦,我且睡些儿[6]。(唱)

【叫声】高唐梦[7],苦难成。那里也爱卿爱卿,却怎生无些灵圣?偏不许楚襄王枕上雨云情。

(做睡科)(旦上,云)妾身王嫱,和番到北地,私自逃回。兀的不是我主人!陛下,妾身来了也。(番兵上,云)恰才我打了个盹,王昭君就偷走回去了。我急急赶来,进的汉宫,兀的不是昭君!(做拿旦下)(驾醒科,云)恰才见明妃回来,这些儿如何就不见

了?(唱)

【剔银灯】恰才这搭儿单于王使命,呼唤俺那昭君名姓;偏寡人唤娘娘不肯灯前应,却原来是画上的丹青。猛听得仙音院凤管[8]鸣,更说甚箫韶九成[9]。

【蔓青菜】白日里无承应,教寡人不曾一觉到天明,做的个团圆梦境。(雁叫科,唱)却原来雁叫长门两三声,怎知道更有个人孤另!

(雁叫科)(唱)

【白鹤子】多管是春秋高[10],筋力短;莫不是食水少,骨毛轻?待去后,愁江南网罗宽;待向前,怕塞北雕弓硬。

【幺篇】伤感似替昭君思汉主,哀怨似作薤露[11]哭田横[12],凄怆似和半夜楚歌声,悲切似唱三叠阳关令。

(雁叫科)(云)则被那泼毛团[13]叫的凄楚人也。(唱)

【上小楼】早是我神思不宁,又添个冤家[14]缠定。他叫得慢一会儿,紧一声儿,和尽寒更。不争[15]你打盘旋,这搭里同声相应,可不差讹了四时节令[16]?

【幺篇】你却待寻子卿觅李陵。对着银台,叫醒咱家,对影生情。则俺那远乡的汉明妃虽然薄命,不见你个泼毛团,也耳根清净[17]。

(雁叫科)(云)这雁儿呵。(唱)

【满庭芳】又不是心中爱听,大古似林莺呖呖,山溜泠泠。我只见山长水远天如镜,又生怕误了你途程。见被你冷落了潇湘暮景[18],更打动我边塞离情。还说甚雁过留声[19],那堪更瑶阶夜永,嫌杀月儿明!

(黄门云)陛下省烦恼,龙体为重。(驾云)不由我不烦恼也。(唱)

【十二月】休道是咱家动情,你宰相每也生憎[20]。不比那雕梁燕语,不比那锦树莺鸣。汉昭君离乡背井,知他在何处愁听?

(雁叫科)(唱)

【尧民歌】呀呀的飞过蓼花汀,孤雁儿不离了凤凰城[21]。画檐间铁马[22]响丁丁,宝殿中御榻冷清清,寒也波更,萧萧落叶声,烛暗长门静。

【随煞】一声儿绕汉宫,一声儿寄渭城,暗添人白发成衰病,直恁的吾当[23]可也劝不省。

(尚书上云)今日早朝散后,有番国差使命绑送毛延寿来,说因毛延寿叛国败盟,致此祸衅。今昭君已死,情愿两国讲和。伏候圣旨。(驾云)既如此,便将毛延寿斩首,祭献明妃。着光禄寺[24]大排筵席,犒赏来使回去。(诗云)叶落深宫雁叫时,梦回孤枕夜相思;虽然青塚人何在,还为蛾眉斩画师。

题目　　沉黑江明妃青塚恨
正名[25]　破幽梦孤雁汉宫秋

[1] 好生——非常、极为、很是,极甚之词。
[2] 吾当——原本作"吾身";据《古杂剧》本改。
[3] 一灵真性——指魂魄。
[4] 黄串饼——或作黄篆饼。在刻有篆文放在香炉里燃烧的香饼。

〔5〕竹林寺——相传寺中有塔无影;因而比喻事情无形迹、无消息。元·廼易之《金台集》卷二有《南城咏古》十六首,第九首为《竹林寺》,原注云:"金熙宗驸马宫也。寺僧云:一塔无影。"清·吴长元辑《宸垣识略》卷十有《竹林寺》条:"辽道宗八年,楚国大长公主舍私第为寺,赐额'竹林'。又曰金熙宗驸马宫也。寺僧云:一塔无影。考按:竹林寺,明景泰中重建,易名'法林',在笔管胡同,今废为菜园。有天顺间翰林学士吕原碑,其塔已无可考。"这里不过是借用,比喻其无消息音形而已。

〔6〕些儿——片时,一会儿,很短的时间。

〔7〕高唐梦——高唐,台名;相传,楚襄王曾在这里梦见与巫山仙女幽会,有"旦为朝云,暮为行雨"的话,见《文选》宋玉《高唐赋·序》。

〔8〕凤管——即笙,用细竹编成的吹奏乐器。

〔9〕箫韶九成——语本《尚书·益稷》。箫韶,相传是虞舜时代制作的乐曲。九成,音乐奏完一曲叫一成;九成,演奏时每终一曲必变更音调,共变更九次。

〔10〕春秋高——春秋,本为人的年龄的代词;高,年纪大。这里是指雁的鸟龄大了;再加上勐力短、食水少等不利条件,所以叫得很凄惨,与下文相呼应。

〔11〕薤(xiè 卸)露——古代送丧时唱的歌曲名。

〔12〕田横——秦国齐国人。齐王被虏,田横自立为齐王,失败,退居海上。汉高祖派人去召降,他走到中途,自杀。他的部下五百人听到这个消息,都自杀而死。

〔13〕泼毛团——对雁的詈词。毛团,指雁。

〔14〕冤家——仇敌,怨恨的人;这里指雁。

〔15〕不争——不要紧,不在乎,无所谓。有时含有如其、倘使的意思。

〔16〕差讹了四时节令——元帝送别昭君在深秋时,又过了百日,已至春初季节,不应为雁子悲鸣的时候,因此说它把四季的节令搞错了。

〔17〕耳根清净——耳朵里听不到嘈杂声音或闲言乱语,本于佛经《园觉经》:"心清净,眼清净,耳根清净,鼻、舌、身、意复如是"之语。

〔18〕冷落了潇湘暮景——意为:雁一飞过,未曾停留,就使潇湘八景之一的"雁落平沙"的风景被冷落了。

〔19〕雁过留声——"雁"字原本缺,据《古杂剧》本补。"人过留名,雁过留声",古时谚语。

〔20〕生憎——非常讨厌。

〔21〕凤凰城——指京城。

〔22〕铁马——旧时高层建筑四角下悬挂的铁片,风吹作响,叫做铁马。

〔23〕吾当——"当"字原本作"家",据《古杂剧》本改。

〔24〕光禄寺——封建时代,掌管皇家宴会膳食的机关。

〔25〕题目正名——《古杂剧》本作:"正目:毛延寿叛国开边衅,汉元帝一身不自由。沉黑江明妃青塚恨,破幽梦孤雁汉宫秋。"

梁山泊李逵负荆

(元)康进之[1]撰

第 一 折

(冲末扮宋江,同外扮吴学究,净扮鲁智深[2],领卒子上。宋江诗云)涧水潺潺绕寨门,野花斜插渗青巾。杏黄旗上七个字,替天行道救生民。某,姓宋名江,字公明,绰号顺天呼保义者是也。曾为郓州郓城县把笔司吏,因带酒杀了阎婆惜[3],迭配江州牢城。路经这梁山过,遇见晁盖[4]哥哥,救某上山。后来哥哥三打祝家庄身亡,众兄弟推某为头领。某聚三十六大伙,七十二小伙,半垓[5]来[6]的小偻儸[7],威镇山东,令行河北。某喜的是两个节令:清明三月三,重阳九月九。如今遇这清明三月三,放众弟兄下山,上坟祭扫。三日已了,都要上山,若违令者,必当斩首。(诗云)俺威令谁人不怕,只放你三日严假;若违了半个时辰,上山来决无干罢。(下)(老王林上,云)曲律竿头悬草稕[8],绿杨影里拨琵琶。高阳公子[9]休空过,不比寻常卖酒家。老汉姓王名林,在这杏花庄居住,开着一个小酒务儿[10],做些生意。嫡亲的三口儿家属:婆婆早年亡化过了,止有一个女孩儿,年长十八岁,唤做满堂娇,未曾许聘他人。俺这里靠着这梁山较近,但是山上头领,都在俺家买酒吃。今日烧的镟锅儿[11]热着,看有什么人来。(净扮宋刚,丑扮鲁智恩上)(宋刚云)柴又不贵,米又不贵。两个油嘴,正是一对。某乃宋刚,这个兄弟叫做鲁智恩。俺与这梁山泊较近,俺两个则是假名托姓,我便认做宋江,兄弟便认做鲁智深。来到这杏花庄老王林家,买一锺酒吃。(见王林科,云)老王林,有酒么?(王林云)哥哥,有酒有酒,家里请坐。(宋刚云)打五百长钱[12]酒来。老王林,你认得我两人么?(王林云)我老汉眼花,不认的哥哥们。(宋刚云)俺便是宋江,这个兄弟便是鲁智深。俺那山上头领,多有来你这里打搅,若有欺负你的,你上梁山来告我,我与你做主。(王林云)你山上头领,都是替天行道的好汉,并没有这事。只是老汉不认的太仆[13],休怪休怪。早知太仆来到,只合远接;接待不及,勿令见罪。老汉在这里,多亏了头领哥哥,照顾老汉。(做递酒科,云)太仆,请满饮此杯。(宋刚饮科)(王林云)再将酒来。(鲁智恩饮酒科,云)哥哥,好酒。(宋刚云)老王,你家里还有什么人?(王林云)老汉家中并无甚么人,有个女孩儿,唤做满堂娇,年长一十八岁,未曾许聘他人。老汉别无甚么孝顺,着孩儿出来,与太仆递锺酒儿,也表老汉一点心。(宋刚云)既是闺女,不要他出来罢。(鲁智恩云)哥哥怕甚么?着他出来。(王林云)满堂娇孩儿,你出来。(旦儿扮满堂娇,云)父亲唤我做甚么?(王林云)孩儿,你不知道,如今有梁山上宋公明,亲身在此,你出来递他一锺儿酒。(旦儿云)父亲,则怕不中么?(王林云)不妨事。(旦儿做见科)(宋刚云)我一生怕闻脂粉气,靠后些!(王林云)孩儿,与二位太仆递一锺儿酒。(旦做递酒科)(宋刚云)我也递老王一锺酒。(做与王林酒科)(宋刚云)你这老人家,这衣服怎么破了?把我这红绢褡膊[14]与你补这破处。(老王林接衣科)(鲁智恩云)你还不知道,才此这杯酒是肯酒,这褡膊是红定[15],把你这女孩儿与俺宋公明哥哥做压寨夫人[16]。只借你女孩儿去三日,第四日便送来还你。俺回山去也。(领旦下)(王林云)老汉眼睛一对,臂膊一双,只看着这个女孩儿,似这般可怎么了也!(做哭科)(正末扮李逵做带醉上,云)吃酒不醉,不如醒也。俺,梁山泊上山儿李逵的便是。人见我生得黑,起个绰号,叫俺做黑旋风。奉宋公明哥哥将令,放俺三日假限,踏青[17]赏玩,不免下山,去老王林家,再买几壶酒,吃个烂醉也呵。(唱)

【仙吕点绛唇】饮兴难酬,醉魂依旧。寻村酒,恰问罢王留[18]。(云)俺问王留道,那里有酒?那厮不说便走,俺喝道,走那里去?被俺赶上,一把揪住张口毛[19],恰待要打,那王留道,休打休打,爹爹,有。(唱)王留道,兀那里人家有。

【混江龙】可正是清明时候,却言风雨替花愁。和风渐起,暮雨初收。俺则见杨柳半藏沽酒市,桃花深映钓鱼舟。更和这碧粼粼春水波纹绉,有往来社燕,远近沙鸥。

  (云)人道我梁山泊无有景致,俺打那厮的嘴!(唱)

【醉中天】俺这里雾锁着青山秀,烟罩定绿杨洲。(云)那桃树上一个黄莺儿,将那桃花瓣儿唅[20]阿唅阿,唅的下来,落在水中,是好看也。我曾听的谁说来,我试想咱:哦!想起来了也,俺学究哥哥道来。(唱)他道是轻薄桃花逐水流。[21](云)俺绰起这桃花瓣儿来,我试看咱。好红红的桃花瓣儿,(做笑科,云)你看我好黑指头也!(唱)恰便是粉衬的这胭脂透。(云)可惜了你这瓣儿,俺放你趁那一般的瓣儿去。我与你赶,与你赶,贪赶桃花瓣儿。(唱)早来到这草桥店垂杨的渡口。(云)不中,则怕误了俺哥哥的将令,我索回去也。(唱)待不吃呵,又被这酒旗儿将我来相迤逗[22]。他他他,舞东风在曲律杆头。

(云)兀那王林,有酒么?不则这般白吃你的,与你一抄[23]碎金子,与你做酒钱。(王林做采泪科,云)要他那碎金子做甚么?(正末笑科,云)他口里说不要,可揣[24]在怀里。老王,将酒来。

(王林云)有酒,有酒。(做筛酒科)(正末云)我吃这酒在肚里,则是翻也翻的;不吃,更待乾罢。(唱)

【油葫芦】往常时酒债寻常行处有[25],十欠着九。(带云)老王也,(唱)则你这杏花庄压尽他谢家楼[26]。你与我便熟油般造下春醅酒,你与我花糕般煮下肥羊肉。一壁厢肉又熟,一壁厢酒正笃[27],抵多少锦封未拆香先透[28],我则待乘兴饮两三瓯。

【天下乐】可正是一盏能消万种愁。(云)老王也,咱吃了这酒呵,(唱)把烦恼都也波丢,都丢在脑背后,这些时吃一个没了休。(带云)我醉了呵,(唱)遮莫[29]我倒在路边,遮莫我卧在瓮头。(做吐科,云)老王俫[30],(唱)直醉的来在这搭里呕。

(云)老王,这酒寒,快镟热酒来。(王林云)老汉知道。(做换酒科,哭云)我那满堂娇儿也!(正末云)快酾热酒来。(王林又哭云)我那满堂娇儿也!(正末云)老王,我不曾与你酒钱来?你怎么这般烦恼?(王林云)哥哥,不干你事,我自有撇不下的烦恼哩,你则吃酒。(正末唱)

【赏花时】咱两个每日尊前语话投,今日呵,为甚将咱伴不偢?(王林云)你不知道,我自嫁我的女孩儿,为此着恼。(正末唱)哎!你个呆老子,畅好是忒挡搜[31]。(云)比似你这般烦恼,休嫁他不的。(王林哭科,云)哎约！我那满堂娇儿也！(正末唱)你何不养着他,到苍颜皓首？(云)你晓的世上有三不留么？(王林云)哥,是那三不留？(正末云)蚕老不中留,人老不中留,(唱)呆老子,常言道:女大不中留。

(云)我问你,那女孩儿嫁了个甚么人？(王林云)哥,我那女孩儿嫁人,我怎么烦恼？则是悔气,被一个贼汉夺将去了。(正末做打科,云)你道是贼汉,是我夺了你女孩儿来？(唱)

【金盏儿】我这里猛睁眸,他那里巧舌头,是非只为多开口[32]。但半星儿虚谬,恼翻我,怎干休！一把火将你那草团瓢[33]烧成为腐炭[34],盛酒瓮摔做碎瓷瓯。(带云)绰起[35]俺两把板斧来,(唱)砍折你那蟠根桑枣树,活杀您那阔角水黄牛。

(云)兀那老王,你说的是,万事皆休；说的不是,我不道的饶你哩。(王林云)太仆停嗔息怒,听老汉漫漫的说与你听。有两个人来吃酒,他说:我一个是宋江,一个是鲁智深。老汉便道:正是梁山泊上太仆,我无甚孝顺,我只一个十八岁女孩儿,叫做满堂娇,着他出来拜见,与太仆递一杯儿酒,也表老汉的一点心。我叫出我那女孩儿来,与那宋江、鲁智深递了三杯酒,那宋江也回递了我三锺酒,他又把红褡膊揣在我怀里。那鲁智深说:这三锺酒是肯酒,这红褡膊是红定；俺宋江哥哥有一百八个头领,单只少一个人哩。你将这十八岁的满堂娇,与俺哥哥做个压寨夫人,则今日好日辰,俺两个便上梁山泊去也。许我三日之后,便送女孩儿来家。他两个说罢,就将女孩儿领去了。老汉偌大年纪,眼睛一对,臂脯一双,则觑着我那女孩儿。他平白地把我女孩儿强抢将去,哥,教我怎么不烦恼？(正末云)有甚么见证？

（王林云）有红绢褡膊，便是见证。（正末云）我待不信来，那个士大夫有这东西？老王，你做下一瓮好酒，宰下一个好牛犊儿，只等三日之后，我轻轻的把着手儿，送将你那满堂娇孩儿来家，你意下如何？（王林云）哥，你若送将我那女孩儿来家，老汉莫要说一瓮酒，一个牛犊儿，便杀身也报答大恩不尽。（正末唱）

【赚煞】管着你目下见仇人，则不要口似无梁斗[36]，一句句言如劈竹。（带云）宋江俫，（唱）不争你这一度风流，倒出了一度丑。誓今番泼水难收，到那里问缘由，怎敢便信口胡诌？则要你肚囊里揣着状本[37]熟，不要你将无来作有，则要你依前来依后[38]。（云）我如今回去，见俺宋公明，数说他这罪过，就着他辞了三十六大伙，七十二小伙，半垓来小偻儸，同着鲁智深，一径离了山寨，到你庄上。那时节，我若叫你出来，你可休似乌龟一般缩了头，再也不肯出来。（王林云）老汉若不见他，万事休论；我若见了他，我认的他两个，恨不的咬掉他一块肉来，我怎么肯不出见他？（正末云）老王，兀的不是俺宋江哥哥？他道没也。老儿，俺斗你要哩。（唱）你可也休翻做了镵枪头[39]。（下）

（王林云）李逵哥哥去了，我也收拾过铺面，专等三日之后，送满堂娇孩儿来家。满堂娇孩儿，则被你痛杀我也！（下）

〔1〕康进之——一云陈进之。棣州人（今山东惠民县），事迹不详。著有《黑旋风老收心》、《梁山泊黑旋风负荆》杂剧二种，今存后者。《太和正音谱》评云："其词势非笔舌可能拟，真词林之英杰。"《酹江集》孟称舜评《李逵负荆》云："曲语句句当行，手笔绝高绝老。至其摹像李山儿半粗半细，似呆似慧，形景如见。世无此巧丹青也。"

〔2〕宋江、吴学究、鲁智深——三人都是《水浒传》中梁山泊的首

脑、重要人物。宋江是首领;吴学究即吴用,梁山的军师;鲁智深,绰号花和尚,由军官出家当和尚,后投奔梁山为头领。本剧所演情节,与《水浒传》第七十三回后半所叙的大致相同。作者正面地歌颂了农民起义集团中的英雄人物的正义感,和他们与人民之间的血肉关系。

〔3〕因带酒杀了阎婆惜——事见《水浒传》第四十二回。阎婆惜,宋江的姘妇,因勒索宋江而被杀。

〔4〕晁盖——梁山最初的首领,第三次攻打大地主寨堡——祝家庄时被射身亡,事见《水浒传》第四十六至四十九回。

〔5〕半垓——极言人数之多,有"垓"的一半。"垓",古时计数的最大数目,即万万。

〔6〕来——用于量词数量之后,为估计、概算之词。

〔7〕偻㑩——或作喽啰;指梁山起义军的军士。

〔8〕曲律竿头悬草稕(zhùn准去声)——曲律,弯曲、屈折。草稕,用禾秆扎成的草圈。这句是说:用弯曲的竹竿挑起草圈悬挂在酒店门口,作为标记。

〔9〕高阳公子——或称高阳酒徒。郦食其,汉陈留高阳人。汉高祖初起兵时,他去求见,汉高祖以为他是一个儒者,不肯接见。他就嚷道:我是高阳酒徒,不是儒者!汉高祖便立刻接见他。后来这四个字成了欢喜酒的人的代称。

〔10〕酒务儿——酒店。宋代设有酒务官,分务管理榷酒的事。酒是专卖品,因称酒店为酒务或酒务儿。《宋史·食货志》:"酒务官二员者分两务,三员者增其一务。员虽多,无得过四务。"

〔11〕镟锅儿——温酒器,里面装酒,放在沸水里浸烫,使酒变热。

〔12〕长钱——对短钱而言。古时以八十或九十个铜钱当作一百,叫做短钱或短陌;十足的一百个钱,叫做长钱。

〔13〕太仆——本是古代官名,职掌舆马及牧畜等事;后来当作对绿

145

林好汉的称呼。

〔14〕褡膊——长方形的布袋,中间开口,两头可盛放钱物。

〔15〕肯酒、红定——古时婚礼男方送给女方的酒和红绸缎,作为聘物。

〔16〕压寨夫人——旧时对盗魁之妻的称呼。《新五代史·唐家人传》中有"夹寨夫人"之称,故清·翟灏《通俗编》谓近世小说所云"压寨夫人",似即"夹寨夫人"之讹。尚待考。

〔17〕踏青——古时在春初(时间并不很确定),男女到野外春游,叫做"踏青"。

〔18〕王留——王留,沙三,伴哥,牛表,牛勔等,都是元剧中对乡下佬的泛名,犹如称张三、李四、阿宝、小弟之类。

〔19〕张口毛——胡须的别称。

〔20〕啗(dàn 旦)——这里是鸟咀啄物的意思。

〔21〕轻薄桃花逐水流——借用杜甫《绝句漫兴》诗句:"颠狂柳絮随风去,轻薄桃花逐水流。"

〔22〕迤逗——勾引,招惹。

〔23〕一抄——抄,古时量具名。《孙子算经》上:"十撮为一抄。"

〔24〕揣——藏;放进衣袋。

〔25〕酒债寻常行处有——借用杜甫《曲江》诗句:"酒债寻常行处有,人生七十古来稀。"

〔26〕谢家楼——酒楼名。本作"谢公楼"。唐·张九龄《谢公楼》诗:"谢公楼上好醇酒,三百青蚨买一斗。红泥乍擘绿蚁浮,玉盎才倾黄蜜剖。"后来就把"谢公楼"作为名酒楼的代称。

〔27〕筁(chōu 抽)——用篾编成的漉酒器具;曲中多作动词用,漉酒的意思。

〔28〕锦封未拆香先透——当时的成语,形容酒香透缸。

〔29〕遮莫——尽管,即使。

〔29〕俫——或作倈、来;用于语句中或语尾的助词,无义,略同于啦、哩。

〔31〕挡搜——一般指性情刚愎,凶狠;这里是固执、呆板的意思。

〔32〕是非只为多开口——"是非只为多开口,烦恼皆因强出头。"两句是当时的成语。

〔33〕团瓢——或作团标、团焦;草房。

〔34〕腐炭——一般作麸炭,或作浮炭;用松、柳等树烧成的炭,质地较坚实,叫做麸炭。白居易《和自劝》诗:"日暮半炉麸炭火,夜深一盏纱笼灯。"

〔35〕绰起——抄起,拿起。

〔36〕口似无梁斗——斗,古时盛酒的器具,上有提梁,可以持拿。口似无梁斗,比喻说话没有凭据,不可靠的意思。元·辛文房《唐才子传》六:"薛涛,字洪度,成都乐妓也。……高骈镇蜀门日,命之佐酒。改一字愜(叶)音令,且得形象,曰:'口,似没梁斗。'答曰:'川,似三条椽。'"

〔37〕状本——告状的状词。

〔38〕依前来依后——所讲的话,要前后一致,不可改变。

〔39〕镴枪头——镴,铅锡合金,做成的枪头不锐利,比喻中看不中用。

第 二 折

(宋江同吴学究、鲁智深领卒子上)(宋江诗云)旗帜无非人血染,灯油尽是脑浆熬。鸦嗛[1]肝肺扎煞[2]尾,狗咽[3]骷髅抖搜[4]毛。某乃宋江是也。因清明节令,放众头领下山踏青赏玩

147

去了。今日可早三日光景也,在那聚义堂上,三通鼓罢,都要来齐。小偻㑉,寨门首觑者,看是那一个先来。(卒子云)理会得。(正末上,云)自家李山儿的便是。将着这红褡膊,见宋江走一遭来。(唱)

【正宫端正好】抖搜着黑精神,扎煞开黄髭髯[5],则今番不许收拾。俺可也磨拳擦掌,行行里,按不住莽撞心头气。

【滚绣球】宋江咦,这是甚所为,甚道理?不知他主着何意,激的我怒气如雷。可不道他是谁,我是谁,俺两个半生来,岂有些嫌隙;到今日却做了日月交食[6]。不争几句闲言语,我则怕恶识多年旧面皮,展转猜疑。

(云)小偻㑉报复去,道我李山儿来了也。(卒子做报科,云)喏,报的哥哥得知,有李山儿来了也。(宋江云)着他过来。(卒子云)着过去,(做见科)(正末云)学究哥哥,喏!帽儿光光,今日做个新郎;袖儿窄窄,今日做个娇客。俺宋公明在那里?请出来和俺拜两拜。俺有些零碎金银在这里,送与嫂嫂做拜见钱。(宋江云)这厮好无礼也!与学究哥哥施礼,不与我施礼。这厮胡言乱语的,有甚么说话。(正末唱)

【倘秀才】哎!你个刎颈的知交[7]庆喜。(宋江云)庆什么喜?(正末唱)则你那压寨的夫人在那里?(指鲁智深科,云)秃驴,你做的好事来!(唱)打干净球儿[8]不道的走了你。(宋江云)怎么?智深兄弟,也有你那?(正末唱)强赌当[9],硬支持,要见个到底。

(宋江云)山儿,你下山去,有什么事,何不就明对我说?(正末做恼不言语科)(宋江云)山儿,既然不好和我说,你就对学究哥

哥根前说波。(正末唱)

【滚绣球】俺哥哥要娶妻,这秃厮会做媒。(宋江云)智深兄弟,说你曾做什么媒来。(鲁智深云)你看这厮,到山下去噇[10]了多少酒,醉的来似踹不杀的老鼠一般,知他支支的说甚么哩。(正末唱)元来个梁山泊,有天无日。(做拔斧斫旗科)(唱)就恨不斫倒这一面黄旗!(众做夺斧科)(宋江云)你这铁牛,有甚么事,也不查个明白,就提起板斧来,要斫倒我杏黄旗[11],是何道理?(学究云)山儿,你也忒口快心直哩!(正末唱)你道我忒口快,忒心直,还待要献勤出力。(做喊科,云)众兄弟们,都来!(宋江云)都来做甚么?(正末唱)则不如做个会六亲庆喜的筵席。(宋江云)做甚么筵席?(正末唱)走不了你个撮合山师父唐三藏[12],更和这新女婿郎君,哎你个柳盗跖,看那个便宜。

(宋江云)山儿,你下山,在那里吃酒,遇着甚人?想必说我些甚么,你从头儿说,则要说的明白。(正末唱)

【倘秀才】不争你抢了他花朵般青春艳质,这其间抛闪杀那草桥店白头老的。(宋江云)这事其中必有暗昧。(正末唱)这桩事分明甚暗昧,生割舍,痛悲凄。(带云)宋江咪,(唱)他其实怨你。

(宋江云)元来是老王林的女孩儿,说我抢将来了。休道不是我,便是我抢将来,那老子可是喜欢也是烦恼?你说我试听。(正末唱)

【叨叨令】那老儿,一会家便哭啼啼在那茅店里,(带云)觑着山寨,宋江,好恨也!(唱)他这般急张拘诸[13]的立。那老儿,一会家便怒吽吽在那柴门外,(带云)哭道,我那满堂娇儿也!(唱)

149

他这般乞留曲律[14]的气。(宋江云)他怎生烦恼那?(正末唱)那老儿,一会家便闷沉沉在那酒瓮边,(带云)那老儿,拿起瓢来,揭开蒲墩[15],舀一瓢冷酒来汩汩的咽了。(唱)他这般迷留没乱[16]的醉。那老儿,托着一片席头,便慢腾腾放在土坑上,(带云)他出的门来,看一看,又不见来,哭道,我那满堂娇儿也!(唱)他这般壹留兀渌[17]的睡。似这般过不的也么哥,似这般过不的也么哥。(宋江云)这厮怎的?(正末唱)他道俺梁山泊,水不甜,人不义!

(宋江云)学究兄弟,想必有那依草附木[18],冒着俺家名姓,做这等事情的,也不可知。只是山儿也该讨个显证,才得分晓。(正末云)有有有,这红褡膊不是显证?(宋江云)山儿,我今日和你打个赌赛。若是我抢将他女孩儿来,输我这六阳会首[19];若不是我,你输些甚么?(正末云)哥,你与我赌头?罢,您兄弟摆一席酒。(宋江云)摆一席酒到好了,你须要配得上我的。(正末云)罢罢罢,哥,倘若不是你,我情愿纳这颗牛头。(宋江云)既如此,立下军状,学究兄弟收着。(正末云)难道花和尚就饶了他?(鲁智深云)我这光头不赌他罢,省的你叫不利市。(做立状科)(正末唱)

【一煞】则为你两头白面搬兴废[20],转背言词说是非,这厮敢狗行狼心,虎头蛇尾。不是我节外生枝,囊里盛锥。谁着你夺人爱女,逞己风流,被咱都知。(宋江云)你看黑牛这村沙样势[21]那。(正末唱)休怪我村沙样势,平地上起孤堆[22]。

(宋江云)若不是我呵,我不道的饶了你哩!(正末唱)

【黄钟尾】那怕你指天画地能瞒鬼,步线行针[23]待哄谁。又不是不精细,又不是不伶俐。(宋江云)我和你就下山去。(正末唱)下山寨,到那里,李山儿,共质对,认的真,觑的实,割你头,塞你嘴。(宋江云)这铁牛怎敢无礼?(正末唱)非铁牛敢无礼,既赌赛,怎翻悔?莫说这三十六英雄[24],一个个都是弟兄辈。(云)众兄弟每,都来听着!(宋江云)你着他听什么?(正末云)俺如今和宋江、鲁智深同到那杏花庄上,只等那老王林道出一个是字儿,你那做媒的花和尚,休要怪我,一斧分开两个瓢,谁着你拐了一十八岁满堂娇!单把宋江一个留将下,待我亲手伏侍哥哥这一遭。(宋江云)你怎生伏侍我?(正末云)我伏侍你!我伏侍你!一只手揪住衣领,一只手揞住腰带,滴留扑[25]摔个一字;阔脚板踏住胸脯,举起我那板斧来,觑着脖子上,可叉[26]!(唱)便跳出你那七代先灵,也将我来劝不得。(下)

(宋江云)山儿去了也,小偻㑩鞴两匹马来,某和智深兄弟,亲下山寨,与老王林质对去走一遭。(诗云)老王林出乖露丑,李山儿将没做有。如今去杏花庄前,看谁输六阳魁首。(同下)

〔1〕嗛(qiǎn 浅)——或作咁;用嘴叼含,意同衔。

〔2〕扎煞——或作夯沙,一音之转。夯,张开;沙,语助词。扎煞,张开,撒开。今湖北随州方言,谓张开为扎开;"扎"念 zhā,与"张"字阴阳对转,其意义不变。

〔3〕啯(qùn 群去声)——即咽字之讹,本是吐的意思;今通作"啃",以齿啃骨之意。

〔4〕抖擞——或作斗擞;振作、奋发、兴奋;这里是抖甩之意。

〔5〕髭髯(zī lì 资力)——胡子。

〔6〕日月交食——比喻势不两立,敌对。

〔7〕刎颈的知交——同生死共患难的朋友。《史记·廉颇蔺相如列传》:"卒相与骓,为刎颈之交。"

〔8〕打干净球儿——打球干净利落,比喻推卸自己的责任,置身事外,与己无关。这里是说:鲁智深既然作了媒人,就不能推脱责任。

〔9〕赌当——或作当赌;堵挡,对付。

〔10〕噇(chuāng窗)——或作㖭;拼命喝酒,没有节制。

〔11〕杏黄旗——是梁山泊农民起义的旗帜。

〔12〕撮合山师父唐三藏——撮合山,媒人。唐三藏,唐代著名的和尚玄奘,这里指鲁智深。

〔13〕急张拘诸——或作急张拒逐;形容局促。

〔14〕乞留曲律——形容人的呼吸不畅、气郁结不舒之状。

〔15〕蒲墩——用蒲编成的缸盖,叫做蒲墩或蒲盖。

〔16〕迷留没乱——形容精神迷乱、迷迷糊糊之状。

〔17〕壹留兀渌——或作伊哩乌芦、一六兀剌;形容口里发出的声音。这里是形容鼾声。

〔18〕依草附木——依赖、投靠;这里是倚仗别人的声势、冒名去干坏事的意思。

〔19〕六阳会首——或作六阳魁首,就是"头"。中国古代医书上认为:人身上共有十二条经络,由手三阳、足三阳、手三阴、足三阴组成,六条阳经总会于头上(首)。元剧中借用以指头。

〔20〕两头白面搬兴废——元剧中常以白面、面糊比喻人糊涂或蒙蔽。这句话是说:两面蒙蔽讨好,搬弄是非。今北方话尚有此语。

〔21〕村沙样势——或作村沙势;粗野凶狠的样子。

〔22〕平地上起孤堆——孤堆,或作骨堆;就是土堆。平地上起孤堆,无中生有,忽然发生事故的意思。《五灯会元》十二:"浮山法远禅师:平地起骨堆。"

〔23〕步线行针——指裁缝缝衣的技术;借喻缜密安排。

〔24〕三十六英雄——梁山泊聚义的头领,有三十六天罡、七十二地煞,共一百零八员好汉。

〔25〕滴留扑——形容滑倒、跌落的声音。

〔26〕可叉——或作可擦、磕叉、磕擦、磕槎;形容斫击的声音。

第 三 折

(王林做哭上,云)我那满堂娇儿也,则被你想杀我也!老汉王林,被那两个贼汉将我那女孩儿抢将去了,今日又是三日也。昨日有那李逵哥哥,去梁山上寻那宋江、鲁智深,要来对证这一桩事哩。老汉如今收拾下些茶饭,等候则个。(做哭科,云)我那满堂娇儿,说道今日第三日,送他来家,不知来也是不来,则被你想杀我也!(宋江同智深、正末上)(宋江云)智深兄弟,咱行动些。你看那山儿,俺在头里走,他可在后面;俺在后面走,他可在前面:敢怕我两个逃走了那?(正末云)你也等我一等波,听见到丈人家去,你好喜欢也。(宋江云)智深兄弟,你看他那厮迷言迷语的,到那里认的不是,山儿,我不道的饶了你哩!(正末唱)

【商调集贤宾】过的这翠巍巍一带山崖脚,遥望见滴溜溜的酒旗招。想悲欢不同昨夜,论真假只在今朝。(云)花和尚,你也小脚儿,这般走不动。多则是做媒的心虚,不敢走哩。(鲁智深云)你看这厮!(正末唱)鲁智深似窟里拔蛇。(云)宋公明,你也行动些儿。你只是拐了人家女孩儿,害羞也,不敢走哩。(宋江云)你看他波!(正末唱)宋公明似毡上拖毛。则俺那周琼姬,你可甚么王子乔[1],玉人在何处吹箫[2]。我不合蹬翻了莺燕友,拆散了这凤鸾交。

（云）我今日同你两个,来这杏花庄上呵,（唱）

【逍遥乐】倒做了逢山开道[3]。（鲁智深云）山儿,我还要你遇水搭桥哩。（正末唱）你休得顺水推船,偏不许我过河拆桥。（宋江做前走科）（正末唱）当不的他纳胯挪腰[4]。（宋江云）山儿,你不记得上山时,认俺做哥哥,也曾有八拜之交哩。（正末唱）哥也！你只说在先时,有八拜之交；元来是花木瓜[5]儿外看好,不由咱不回头儿暗笑。待和你争甚么头角,辩甚的衷肠,惜甚的皮毛。

（云）这是老王林门首。哥也,你莫言语,等我去唤门。（宋江云）我知道。（李逵叫门科）老王,老王,开门来！（王林做打盹）（正末又叫科）（云）老王！开门来！我将你那女孩儿送来了也。（王林做惊醒科,云）真个来了！我开开这门。（做抱正末科,云）我那满堂娇儿也！呸！元来不是。（正末唱）

【醋葫芦】这老儿外名唤做半槽,就里带着一杓[6]。是则是去了你那一十八岁这个满堂娇,更做你家年纪老。（云）俺叫了两三声不开门,第三声道,送将你那满堂娇女孩儿来了。他开开门,搂着俺那黑脖子,叫道,我那满堂娇儿也。（唱）老儿也,似这般烦恼的无颠无倒[7],越惹你揉眵[8]抹泪哭嚎啕。

（云）哥也,进家里来坐着。（宋江、鲁智深做入坐科）（正末云）他是一个老人家,你可休唬他。我如今着他认你也,老王,你过去认波。（王林云）老汉正要认他哩。（宋江云）兀那老子,你近前来,我就是宋江。我与你说,那个夺将你那女孩儿去,则要你认的是者。我与山儿赌着六阳会首哩。（正末云）老王,你认去,可正是他么？(王林做认科,云)不是他,不是他。(宋江云)可如何？(正末云)哥也,你等他好好认咱,怎么先睁着眼吓他这一吓,他还敢认你那？兀的老王,只为你那女孩儿,俺弟兄两个赌着头哩。老王,兀那个不是你那女婿,拐了满堂娇孩儿的宋江？(王林做再认摇头科,云)不是,不是。(宋江云)可何如？(正末唱)

【幺篇】你则合低头就坐来,谁着你睁睛先去瞧；则你个宋公明威势怎生豪,刚一瞅,早将他魂灵吓掉了。这便是你替天行道,则俺那无情板斧肯担饶[9]！

(云)老王,你来。兀那秃厮,便是做媒的鲁智深,你再去认咱。(鲁智深云)你快认来。(王林做再认科,云)不是,不是。那两个:一个是青眼儿长子,如今这个是黑矮的；那一个是稀头发腊梨[10],如今这个是剃头发的和尚。不是,不是。(鲁智深云)山儿,我可是哩？(正末云)你这秃厮,由他自认,你先么喝[11]一声怎么？(唱)

【幺篇】谁不知你是镇关西鲁智深[12],离五台山才落草[13],便在黑影中摸索也应着,只被你爆雷似一声先唬倒。那呆老子怕不知名号。(带云)适才间他也待认来,(唱)只见他摇头侧脑费量度[14]。

(宋江云)既然认的不是,智深兄弟,我们先回山去,等铁牛自来支对。(正末云)老王,我的儿,你再认去。(王林云)哥,我说不是他,就不是他了,教我再认怎的？(正末做打王林科)(王林云)可怜见,打杀老汉也！(正末唱)

【后庭花】打这老子没肚皮揽泻药[15],偏不的[16]我敦葫芦摔马杓[17]。(宋江云)小偻㑩,将马来,俺与鲁家兄弟先回去也。

（正末云）你道是弟兄每将马来，先回山寨上去；我道，哥也，你再坐一坐，等那老子再细认波。（唱）哥哥道鞴马来还山寨。（带云）哎！哥也，羞的你兄弟，（唱）恰便似牵驴上板桥。恼的我怒难消，踹匾了盛浆铁落[18]，辘轳上截井索，芭棚下瀽副槽[19]。掷碎了舀酒瓢，砍折了切菜刀。

【双雁儿】就恨不一把火，刮刮拶拶[20]烧了你这草团瓢。将人来，险中倒，气得咱，一似那鲫鱼跳，可不道家有老敬老，家有小敬小。

（宋江云）智深兄弟，咱和你回山寨去。（诗云）堪笑山儿忒慕古[21]，无事空将头共赌。早早回来山寨中，舒出脖子受板斧。（同鲁智深下）（正末做叹科，云）嗨！这的是山儿不是了也！（唱）

【浪里来煞】方信道人心未易知，灯台不自照。从今后开眼见个低高。没来由共哥哥赌赛着，使不的三家来便厮靠[22]，则这三寸舌是俺斩身刀。（下）

（王林云）李逵哥哥去了也。他今日果然领将两个人来着我认，道是也不是。元来一个是真宋江，一个是真鲁智深，都不是拐我女孩儿的。不知被那两个天杀的，拐了我满堂娇儿去。则被你想杀我也！（宋刚做打嚏，同鲁智恩、旦儿上，云）打嚏[23]耳朵热，一定有人说。可早来到杏花庄也。我那太山[24]在那里？我每原许三日之后，送你女孩儿回家，如今来了也。（王林做相见抱旦哭科，云）我那满堂娇儿也！（宋刚云）太山，我可不说谎，准准三日，送你令爱还家。（王林云）多谢太仆抬举！老汉只是家寒，急切里不曾备的喜酒，且到我女儿房里吃一杯淡酒去。待明日宰个小小鸡儿请你。（鲁智恩云）老王，我那山寨上有的是羊酒,我教小偻儸赶二三十个肥羊,抬四五十担好酒送你,(王林云)多谢太仆!只是老汉没的谢媒红送你。惶恐杀人也!(宋刚云)俺们且到夫人房里去吃酒来。(下)(王林云)这两个贼汉,元来不是梁山泊上头领。他拐了我女孩儿,左右弄做破罐子[25],倒也罢了。只可惜那李逵哥哥,一片热心,赌着头来,这须不是耍处。我如今将酒冷一碗,热一碗,劝那两个贼汉吃的烂醉。到晚间,等他睡了,我悄悄蓦上梁山,报与宋公明知道,搭救李逵,有何不可。(诗云)做甚么老王林夜走梁山道,也则为李山儿恩义须当报。但愁他一涌性[26]杀了假宋江,连累我满堂娇要带前夫孝。(下)

〔1〕周琼姬、王子乔——乔,应作高。宋·王迥,字子高;据传说,他与仙女周琼姬相爱,共游仙境芙蓉城,凡百馀日而返。苏轼有诗记其事。

〔2〕玉人在何处吹箫——古代神话:萧史善吹箫,秦穆公的女儿弄玉爱他;他教弄玉吹箫作凤鸣声,凤凰果然来了,他们就跨着凤凰飞走了(见《列仙传》)。这里是说:你把满堂娇藏到那里去了?

〔3〕逢山开道,遇水搭桥——古典小说中常用的话,意指两军作战前,先锋官应负责的两项任务。

〔4〕纳胯挪腰——或作纳胯妆么;元剧习用语,意谓摆架子、装模作样。

〔5〕花木瓜——花木瓜外表长得好看,但不能吃,比喻有名无实。

〔6〕半糟二句——半糟,指半糟酒。这二句意为:老王林喝了半糟酒,还外加一杓,喝得迷迷糊糊的。

〔7〕无颠无倒——或作没颠没倒;没完没了,心神错乱。

〔8〕眵(chī吃)——眼眶中排泄出的粘液,眼屎。

〔9〕肯担饶——担饶,担待、饶恕。肯,就是不肯;用为疑问否定的

语气。

〔10〕腊梨——长在头皮上的一种皮肤病,头皮上不长头发,俗呼秃子、癞子、癞痢头。

〔11〕么喝——大声喊叫;现在北京话还这样说。

〔12〕镇关西鲁智深——鲁智深曾打死恶霸镇关西郑屠,后在五台山出家当和尚。

〔13〕落草——旧称绿林好汉、当强盗为落草。

〔14〕量度(duó夺)——测度、忖度。

〔15〕没肚皮揽泻药——没有健强的脾胃,偏要吃泻药;比喻没有把握,而又瞎说闯祸。

〔16〕偏不的——偏不让,怪不的。

〔17〕敦葫芦,摔马杓——敦、摔互文同义,都是用力摔、放的意思。葫芦,盛酒器。马杓,舀水的长柄大勺。这二句,就是用力摔打器物,表示生气的意思。

〔18〕铁落——液体容器。

〔19〕副槽——疑为造酒用酒槽。

〔20〕刮刮拶拶——或作刮刮匝匝,状声词,形容火烧草屋的声音。

〔21〕慕古——糊涂,痴呆古板。元·李冶《敬斋古今注》:"今人以不达权变者为慕古,盖谓古而不今也。"

〔22〕使不的三家来便厮靠——意义不详,待考。

〔23〕打嚏(tì替)——打喷嚏。迷信传说:在不知道的情况下,背后被人议论,这个被议论的人就打喷嚏,表示一种征兆。

〔24〕太山——古时俗称岳丈为太山。

〔25〕破罐子——比喻女子已破身,非处女之意,今口语仍沿用。

〔26〕一涌性——一下感情冲动。

第 四 折

(宋江同吴学究、鲁智深领卒子上,云)某乃宋江是也。学究兄弟,颇奈李山儿无礼,我和他打下赌赛,到那里,果然认的不是我。与鲁家兄弟,先回来了。只等山儿来时,便当斩首。小偻㑩,踏着山岗望者,这早晚山儿敢待来也。(正末做负荆上,云)黑旋风,你好是没来由哩!为着别人,输了自己。我今日无计所奈,砍了这一束荆杖,负在背上,回山寨见俺公明哥哥去也呵。(唱)

【双调新水令】这一场烦恼可也逐人来,没来由共哥哥赌赛。祖下我这红纳袄,跌绽我这旧皮鞋,心下量猜:(带云)到山寨上,哥哥不打,则要头,(唱)怎发付脖项上这一块?

【驻马听】有心待不顾形骸,(带云)这碧湛湛石崖,不得底的深涧,我待跳下去,休说一个,便是十个黑旋风,也不见了。(唱)两三番自投碧湛崖。敬临山寨,行一步如上吓魂台[1]。我死后,墓顶头谁定远乡牌[2],灵位边谁咒生天界[3]?怎擘划[4],但得个完全尸首,便是十分采。

【搅筝琶】我来到辕门外,见小校雁行排。(带云)往常时我来呵,(唱)他这般退后趋前;(带云)怎么今日的,(唱)他将我佯呆不采。(做偷瞧科,云)哦!元来是俺宋公明哥哥和众兄弟,都升堂了也。(唱)他对着那有期会的众英才,一个个稳坐抬颏[5]。我说的明白,道莽撞的廉颇[6]请罪来,死也应该。

(见科)(宋江云)山儿,你来了也,你背着甚么哩?(正末云)哥哥,恁兄弟山涧直下砍了一束荆杖,告哥哥打几下。您兄弟一时

间没见识,做这等的事来。(唱)

【沉醉东风】呼保义哥哥见责,我李山儿情愿餐柴。第一来看着咱兄弟情,第二来少欠他脓血债[7]。休道您兄弟不伏烧埋[8],由你便直打到梨花月上来,若不打,这顽皮不改。

(宋江云)我元与你赌头,不曾赌打。小偻㑩,将李山儿踹下聚义堂,斩首报来。(正末云)学究哥,你劝一劝儿。智深哥,你也劝一劝儿。(学究同鲁智深劝科)(宋江云)这是军状,我不打他,则要他那颗头!(正末云)哥,你道甚么哩?(宋江云)我不打你,则要你那颗头。(正末云)哥哥,你真个不肯打?打一下,是一下疼;那杀的,只是一刀,倒不疼哩。(宋江云)我不打你。(正末云)不打?谢了哥哥也!(做走科)(宋江云)你走那里去?(正末云)哥哥道是不打我。(宋江云)我和你打赌赛,我则要你那六阳会首。(正末云)罢罢罢,他杀不如自杀,借哥哥剑来,待我自刎而亡。(宋江云)也罢,小偻㑩将剑来递与他。(正末做接剑科,云)这剑可不元是我的。想当日跟着哥哥打围猎射,在那官道傍边,众人都看见一条大蟒蛇拦路,我走到根前,并无蟒蛇,可是一口太阿宝剑。我得了这剑,献与俺哥哥悬带。数日前,我曾听得支楞楞的剑响,想杀别人,不想道杀害自己也。(唱)

【步步娇】则听得宝剑声鸣,使我心惊骇,站的个风团[9]快。似这般好器械,一柞[10]来铜钱,恰便似砍麻秸。(带云)想您兄弟十载相依,那般恩义,都也不消说了。(唱)还说甚旧情怀,早砍取我半壁天灵盖[11]。

(王林冲上叫科,云)刀下留人!告太仆,那个贼汉送将我那女孩儿来了,我将他两个灌醉在家里,一径的来报知太仆,与老汉做主咱。(宋江云)山儿,我如今放你去,若拿得这两个棍徒,将功折罪;若拿不得,二罪俱罚;你敢去么?(正末做笑科,云)这是揉着我山儿的痒处,管教他瓮中捉鳖,手到拿来。(学究云)虽然如此,他有两副鞍马,你一个如何拿的他住?万一被他走了,可不输了我梁山泊上的气概。鲁家兄弟,你帮山儿同走一遭。(鲁智深云)那山儿开口便骂我秃厮会做媒,两次三番,要那王林认我,是甚主意?他如今有本事,自去拿那两个,我鲁智深决不帮他。(学究云)你只看聚义两个字,不要因这小忿,坏了大体面。(宋江云)这也说的是。智深兄弟,你就同他去,拿那两个顶名冒姓的贼汉来。(鲁智深云)既是哥哥分付,您兄弟敢不同去?(同下)(宋刚、鲁智恩上,云)好酒,俺们昨夜都醉了也。今早日高三丈,还不见太山出来,敢是也醉倒了。(正末同鲁智深、王林上,云)贼汉!你太山不在这里?(做见就打科,宋刚云)兀那大汉,你也通个名姓,怎么动手便打。(正末云)你要问俺名姓,若说出来,直唬的你尿流屁滚。我就是梁山泊上黑爹爹李逵,这个哥哥是真正花和尚鲁智深。(做打科,唱)

【乔牌儿】你顶着鬼名儿会使乖,到今日当天败。谁许这满堂娇压你那莺花寨,也不是我黑爹爹忒性歹。

(宋刚云)这是真命强盗,我们打他不过,走走走!(做走科)(正末云)这厮走那里去?(做追上再打科)(唱)

【殿前欢】我打你这吃敲材,直著你皮残骨断肉都开。那怕你会飞腾,就透出青霄外,早则是手到拿来。你你你,好一个鲁智深不吃斋,好一个呼保义能[12]贪色,如今去亲身对证休嗔怪。须不是我倚强凌弱,还是你自揽祸招灾。

(做拿住二贼科)(正末云)这贼早拿住了也。(王林同旦儿做拜科)(鲁智深云)兀那老头儿不要拜,明日你同女儿到山寨来,拜谢宋头领便了。(同正末押二贼下)(王林云)他们拿这两个贼汉去了也,今日才出的俺那一口臭气。我儿,等待明日牵羊担酒,亲上梁山去,拜谢宋江头领走一遭。(旦儿做打战科,王林云)我儿,不要苦,这样贼汉,有甚么好处,等我慢慢的拣一个好的嫁他便了。(同下)(宋江同吴学究领卒子上,云)学究兄弟,怎生李山儿同鲁智深到杏花庄去了许久,还不见来。俺山上该差人接应他么。(学究云)这两个贼子到的那里,不必差人接应,只早晚敢待来也。(卒子做报科,云)喏,报的哥哥得知,两位头领得胜回来了也。(正末同鲁智深押二贼上,云)那两个贼汉擒拿在此,请哥哥发落。(宋江云)好宋江!好鲁智深!你怎么假名冒姓,坏我家的名目[13]?小偻儸,将他绑在那花标树上,取这两副心肝,与咱配酒。枭他首级,悬挂通衢警众。(卒子云)理会的。(拿二贼下)(正末唱)

【离亭宴煞】蓼儿洼[14]里开筵待,花标树[15]下肥羊宰,酒尽呵拚当再买。涎邓邓[16]眼睛剜,滴屑屑[17]手脚卸,碜可可心肝摘,饿虎口中将脆骨夺,骊龙颔下把明珠握[18],生担他一场利害[19]。(带云)智深哥哥,(唱)我也则要洗清你这强打挣的执柯人[20],(带云)公明哥哥,(唱)出脱你这乾风情的画眉客[21]。

(宋江云)今日就聚义堂上,设下赏功筵席,与李山儿、鲁智深庆喜者。(诗云)宋公明行道替天,众英雄聚义林泉。李山儿拔刀相助,老王林父子团圆。

  题目 杏花庄王林告状
  正名[22] 梁山泊李逵负荆

〔1〕吓魂台——或作摄魂台。迷信传说：阴司里掌管生死、勾押推勘鬼魂的地方，名叫吓魂台。

〔2〕远乡牌——旧时，客死在异乡的人，墓上立牌，牌上写明死者的姓名籍贯等，叫做远乡牌。

〔3〕灵位边谁咒生天界——在自己的灵位旁边，有谁人为我诵念投生天界的经咒呢？这是一种为死人求得超度的迷信仪式。

〔4〕擘划——或作刮划、摆划。谋划、处理、摆布。

〔5〕抬颏——或作台孩、胎孩。有气概、威严的样子。

〔6〕廉颇——战国时赵国的大将，因妒忌蔺相如的官位比自己高，屡次想侮辱他。蔺相如总是躲着不见面。后来，廉颇知道为了个人闹意气而使国家蒙受损失，是不应该的，于是，"肉袒负荆"，亲自向蔺相如谢罪，二人成了刎颈之交。本剧，李逵背着荆条向宋江谢罪，就是效法廉颇的做法。

〔7〕脓血债——指受杖责、挨打。

〔8〕不伏烧埋——元代法律规定，凡打死人者，经官验明尸身，除判决犯罪者以应得的刑罚以外，还令他出烧埋银若干两，给与苦主（见《元史》、《元典章》）。不伏烧埋，就是不伏判决，不伏罪。

〔9〕风团——比喻刀剑锐利；速度快也叫风团。

〔10〕柞——这里借作扠(zhǎ 眨)，拇指与食指伸直，两端间的距离长度叫做"扠"。

〔11〕天灵盖——头顶、脑袋。

〔12〕能(nèng 能去声)——那样两字的合音，义同。宋·吴文英〔三姝媚〕词："但怪得当年梦缘能短。""能短"，那样短的意思。

〔13〕声目——名声、声誉。

〔14〕蓼儿洼——梁山泊、蓼儿洼，宋江等聚义的地方。

〔15〕花标树——把犯人捆绑在上面以便行刑的树,元剧里称这棵树为花标树;不知是什么取义。

〔16〕涎邓邓——或作涎涎邓邓。形容痴眉钝眼的样子。

〔17〕滴屑屑——或作迭屑屑、滴羞跌屑、滴羞蹀躞。形容害怕、打寒战、颤抖的情态。

〔18〕骊龙颔下把明珠握——神话传说:骊龙颔下有一颗明珠,只有当它睡着了才可去偷摘。这句比喻干冒险的事。

〔19〕生担他一场利害——白为他人担当一场风险。

〔20〕洗清你这强打挣的执柯人——强打挣,格外卖气力。执柯人,媒人;本于《诗·豳风》:"伐柯伐柯,匪斧不克。娶妻如何?匪媒不得。"后因称媒人为伐柯人,或执柯人。这句是说:洗清你格外出力做媒人的坏名声。

〔21〕出脱你这乾风情的画眉客——出脱,开脱。乾风情,空空的一场风情;指被误会为抢亲的人。画眉客,汉张敞曾为他的妻子描画眉毛。这句意谓:你被误认为抢亲的新郎,也可以开脱了罪名。

〔22〕题目正名——《古今名剧·酹江集》本作:正目:杏花庄老王林告状,梁山泊黑旋风负荆。

沙门岛张生煮海

（元）李好古[1]撰

第 一 折

(外扮东华仙上，诗云)海东一片晕红霞，三岛齐开烂熳花。秀出紫芝延寿算，逍遥自在乐仙家。贫道乃东华上仙是也。自从无始[2]以来，一心好道，修炼三田[3]，种出黄芽[4]至宝，七返九还[5]，以成大罗神仙[6]，掌判东华妙严之天。为因瑶池会上，金童玉女有思凡之心，罚往下方投胎脱化。金童者，在下方潮州张家，托生男子身，深通儒教，作一秀士。玉女于东海龙神处，生为女子。待他两个偿了宿债，贫道然后点化[7]他，还归正道。(诗云)金童玉女意投机，才子佳人世罕稀。直待相逢酬宿债，还归正道赴瑶池。(下)(正末扮长老[8]同行者[9]上，诗云)释门大道要参修，开阐宗源老比丘[10]。门外不知东海近，只言仙境本清幽。贫僧乃石佛寺法云长老是也。此寺古刹近于东海岸边，常有龙王水卒，不时来此游玩。行者，出门前觑看，若有客来时，报复我家知道。(行者云)理会得。(冲末扮张生引家僮上，云)小生潮州人氏，姓张名羽，表字伯腾，父母早年亡化过了。自幼颇学诗书，争奈功名未遂。今日闲游海上，忽见一座古寺，门前立着个行者。兀[11]那行者，此寺有名么？(行者云)焉得无名？山无名，迷杀人；寺无名，俗杀人。此乃石佛寺也。(张生

165

云)你去报复长老,有个闲游的秀才,特来相访。(行者做报科,云)门外有一秀才,探望师父。(长老云)道有请。(做见科。长老云)敢问秀才何方人氏?(张生云)小生潮州人氏,自幼父母双亡,功名未遂。偶然闲游海上,因见古刹清凉境界,望长老借一净室,与小生温习经史,不知长老意下如何?(长老云)寺中房舍尽有。行者,你收拾东南幽静之处,堪可与秀才观书也。(张生云)小生无物相奉,有白银二两送长老,权为布施[12],望乞笑纳。(长老云)既然秀才重意,老僧收了。行者,收拾房舍,安排斋食,请秀才稳便。老僧且回禅堂,作些功果去也。(下)(行者云)秀才,与你这一间幽静的房儿,随你自去打筋斗,学踢弄,舞地鬼,乔扮神,撒科打诨,乱作胡为,耍一会,笑一会,便是你那游玩快乐。我行者到禅堂扶侍俺师父去也。(诗云)行童终日打勤劳,扫地才完又要把水挑。就里贪顽只爱耍,寻个风流人共说风骚。(下)(张生云)僧家清雅,又无闲人聒噪,堪可攻书。天色晚了也,家童,将过那张琴来,抚一曲散心咱。(家童安琴科。张生云)点上灯,焚起香来者。(行[13]童点灯焚香科。张生诗云)流水高山调不徒,钟期[14]一去赏音孤。今宵灯下弹三弄,可使游鱼出听[15]无?(正旦扮龙女引侍女上,云)妾身琼莲是也,乃东海龙神第三女,与梅香翠荷今晚闲游海上,去散心咱。(侍女云)姐姐,你看这大海澄澄,与长天一色,是好景致也!(正旦唱)

【仙吕点绛唇】海水汹汹,晚风微送,兼天涌,不辨西东,把凌波步轻那[16]动。

【混江龙】清宵无梦,引着这小精灵,闲伴我游踪。恰离了澄澄碧海,遥望那耿耿长空,你看那万朵彩云生海上,一轮皓月映波中。(侍女云)海中景物,与人间敢不同么?(正旦唱)觑了那人间凤阙,怎比我水国龙宫;清湛湛、洞天福地任逍遥,碧悠悠、那愁他浴凫飞雁争喧哄。似俺这闺情深远,直恁般好信难通!

(侍女云)姐姐,你本海上神仙,这容貌端的非凡也。(正旦唱)

【油葫芦】海上神仙年寿永,这蓬莱在眼界中。风飘仙袂绛绡红,则我这云鬟高挽金钗重,蛾眉轻展花钿动;袖儿笼,指十葱,裙儿簌,鞋半弓[17]。只待学吹箫同跨丹山凤,那其间,登碧落,趁天风。

(侍女云)想天上人间,自然难比。(正旦唱)

【天下乐】不比那人世繁华扫地空,尘中,似转蓬,则他这春过夏来秋又冬;听一声报晓鸡,听一声定夜钟,断送的他世间人犹未懂。

(张弹琴,侍女做听科,云)姐姐,那里这般响?(正旦唱)

【那吒令】听疏剌剌晚风,风声落万松;明朗朗月容,容光照半空;响潺潺水冲,冲流绝涧中。又不是采莲女拨棹声,又不是捕鱼叟鸣榔[18]动;惊的那夜眠人睡眼朦胧。

(侍女云)这响声比其馀全别也。(正旦唱)

【鹊踏枝】又不是拖环珮,韵丁咚;又不是战铁马,响铮鈙;又不是佛院僧房,击磬敲钟:一声声唬的我心中怕恐;原来是斯琅琅,谁抚丝桐。

(张再抚琴科)(侍女云)敢是这寺中有人弄甚么响?(正旦云)原来是抚琴哩。(侍女云)姐姐,你试听咱。(正旦唱)

【寄生草】他一字字情无限,一声声曲未终;恰便似颤巍巍金菊秋风动,香馥馥丹桂秋风送,响珊珊翠竹秋风弄。咿呀呀、偏似那织金梭撑断[19]锦机声;滴溜溜、舒春纤乱撒珍珠迸。

（侍女做偷瞧科,云）原来是个秀才在此抚琴,端的是个典雅的人儿也。（正旦唱）

【六么序】表诉那弦中语,出落[20]着指下功,胜檀槽慢掇轻拢。则见他正色端容,道貌仙丰。莫不是汉相如作客临邛,也待要动文君,曲奏求凤凰;不由咱不引起情浓。你听这清风明月琴三弄,端的个金徽汹涌,玉轸玲珑。

（侍女云）姐姐,休说你知音人,便是我也觉的他悠悠扬扬,入耳可听。果然弹得好也。（正旦唱）

【幺篇】端的心聪,那更神工。悲若鸣鸿,切若寒蛩,娇比花容,雄似雷轰,真乃是消磨了闲愁万种。这秀才一事精,百事通。我蹑足潜踪,他换羽移宫;抵多少盼盼女词媚涪翁[21],似良宵一枕游仙梦。因此上偷窥方丈,非是我不守房栊。

（做弦断科,张生云）怎么琴弦忽断,敢是有人窃听？待小生出门试看咱。（正旦避科,云）好一个秀才也！（张生做见科,云）呀,好一个女子也！（做问科,云）请问小娘子,谁氏之家,如何夜行？（正旦唱）

【金盏儿】家住在碧云空,绿波中,有披鳞带角相随从,深居富贵水晶宫[22]。我便是海中龙氏女,胜似那天上许飞琼[23]。岂不知众星皆拱北,无水不朝东。

（张生云）小娘子姓龙氏,我记得何承天[24]姓苑上有这个姓来。难道小娘子既然有姓,岂可无名？因甚至此？（正旦云）妾身龙氏三娘,小字琼莲。见秀才弹琴,因听琴至此。（张生云）小娘子既为听琴而至,这等,是赏音的了;何不到书房中坐下,待小生细弹一曲,何如?(正旦云)愿往。(做到书房科,正旦云)敢问先生高姓?(张生云)小生姓张名羽,字伯腾,潮州人氏。早年父母双亡,也曾饱学诗书,争奈功名未遂,游学至此,并无妻室。(侍女云)这秀才好没来头,谁问你有妻无妻哩!(家童云)不则是相公,我也无妻。(张生云)小娘子不弃小生贫寒,肯与小生为妻么?(正旦云)我见秀才聪明智慧,丰标俊雅,一心愿与你为妻;则是有父母在堂,等我问了时,你到八月十五日中秋节届,前来我家,招你为婿。(张生云)既蒙小娘子俯允,只不如今夜便成就了,何等有趣;着小生几时等到八月十五日也!(家童云)正是,我也等不得。(侍女云)你等不得,且是容易哩。(正旦云)常言道:"有情何怕隔年期",这有甚等不得那?(唱)

【后庭花】那里也阳台云雨踪,不比那秦楼风月丛。(张生云)敢问小娘子家在何处?(正旦唱)只在这沧海三千丈,险似那巫山十二峰。(张生云)小生做贵宅女婿,就做了富贵之郎,不知可有人伏侍么?(正旦唱)俺可更有门风:无非是蛟虬参从,还有那鼋将军,鳖相公,鱼夫人,虾爱宠,鼍先锋,龟老翁:能浮波,惯弄风。隔云山,千万重;要相逢,指顾中。

(张生云)只要小娘子言而有信,俺小生是一个志诚老实的。
(正旦唱)

【青歌儿】甜话儿将人将人摩弄[25],笑脸儿把咱把咱陪奉。你则看八月冰轮出海东,那其间、雾敛晴空,风透帘栊,云雨和同;那其间、锦阵花丛,玉斝金钟;对对双双,喜喜欢欢,我与你笑相从;再休提误入桃源洞[26]。

(张生云)既然许了小生为妻,小娘子可留些信物么?(正旦云)

妾有冰蚕织就鲛绡帕,权为信物。(张生做谢科,云)多感小娘子!(家童云)梅香姐,你与我些儿甚么信物?(侍女云)我与你把破蒲扇,拿去家里扇煤火去!(家童云)我到那里寻你?(侍女云)你去兀那羊市角头砖塔儿胡同总铺[27]门前来寻我。(正旦唱)

【赚煞】你岂不知意儿和,直恁欠心儿懂,我非罗刹女[28],休惊莫恐。多管是前世因缘今得宠,到中秋好事相逢。且从容,劈开这万里溟濛,俺那里静悄悄,绝无尘世冗。(张生云)有如此富贵,小生愿往。(正旦唱)一周围红遮翠拥,尽都是金扉银栋,不弱似九天碧落蕊珠宫[29]。(同侍女下)

(张生云)我看此女妖娆艳冶,绝世无双。他说着我海岸边寻他,我也等不的中秋。家童,你看着琴剑书箱。我拚的将此鲛绡手帕,渺渺茫茫,直至海岸边寻那女子,走一遭去。(诗云)海岸东头信步行,听琴女子最关情。有缘有分能相遇,何必江皋笑郑生[30]?(下)(家童云)我家东人好傻也!安知他不是个妖魔鬼怪,便信着他跟将去了。我报与长老,同行者追我东人去。(词云)叵耐[31]这鬼怪妖魔,将花言巧语调唆。若不是连忙赶上,只怕迷杀我秀才哥哥。(下)

[1] 李好古——保定人,或云西平人;一说东平人,官南台御史。作剧三种:《张生煮海》、《巨灵劈华岳》、《赵太祖镇凶宅》,今存《张生煮海》。《太和正音谱》评其词曲格势如:"孤松挂月"。天一阁本《录鬼簿》录有贾仲明对李好古所补挽词:"芳名纸上百年图,锦绣胸中万卷书,标题尘外三生簿。《镇凶宅赵太祖》,《劈华山》用功夫,煮全海张生故。撰文李好古,暮景桑榆。"

〔2〕无始——佛教的说法:一切世间,如众生、法,都没有"始"。今生从前世来的,前世又从它的前世来的,展转推究,永远没头儿,所以叫做"无始"。

〔3〕三田——道教名词,即三丹田:两眉间为上丹田,心下为中丹田,脐下为下丹田。

〔4〕黄芽——道教炼丹所用的铅的精华。《参同契》:"故铅外黑,内怀金华。"注:"金华,即黄芽。"白居易《对酒》诗:"有时成白首,无处问黄芽。"

〔5〕七返九还——道教炼丹,以火(用"七"代表)炼金(用"九"代表),使金返本还原的意思。

〔6〕大罗神仙——道教称诸天之上最高的天为大罗天,修道成功,即为大罗神仙。王维《送王尊师归蜀中》诗:"大罗天上神仙客,濯锦江头花柳春。"

〔7〕点化——指点、教化、开导,使人领悟,道家谓之点化。

〔8〕长老——对僧人之年德俱高者的敬称。《禅门规式》:"道高腊长,呼为须菩提,亦称长老。"

〔9〕行者——佛教中把尚无正式和尚资格、带发修行的人以及为求法证悟而游食四方的人,都叫做"行者"或头陀僧。梵语为头陀。这里指小和尚,即下文的"行童"。

〔10〕比丘——梵语的音译,指和尚。

〔11〕兀——原本无,据《柳枝集》本补。

〔12〕布施——馈送钱物给僧人叫做布施。

〔13〕行——原本无,据《柳枝集》本补。

〔14〕钟期——即钟子期,春秋时楚国人。善于辨别琴音;伯牙弹琴,志在高山或流水,他都能听出来,称为"知音"。

〔15〕游鱼出听——古代传说:有人善鼓琴,鲟鱼游出水面去听他弹

琴(见《论衡》)。

〔16〕那——"挪"字的借用;移动。

〔17〕半弓——弓,弓鞋,旧时缠足妇女所穿的鞋。半弓,形容其小。

〔18〕鸣榔——榔,捕鱼船后部的横木;捕鱼时,敲击横木,使鱼惊动入网,以便捕捉,叫做鸣榔。今浙江绍兴一带捕鱼时仍用此法;惟在船前敲木。

〔19〕撺(cuàn窜)断——这里是搬弄、抛掷的意思。

〔20〕出落——显示出。

〔21〕盼盼女词媚涪翁——盼盼,宋时泸州的官妓。涪翁,宋代诗人黄庭坚的号。他们两人曾作词互相唱和。又,黄庭坚在荆州看见一首词,很像女人写的;夜晚梦见一个女子,说她家住在豫章吴城山。黄醒后说:这个人一定是龙城小龙女。本剧把这两个故事混起来用,把盼盼当作小龙女;以适应本剧中龙女的事。

〔22〕水晶宫——或作水精宫,俗称龙宫,即龙王所居之宫。《述异记》上:"阖闾构水精宫,尤极珍怪,皆出之水府。"

〔23〕许飞琼——古代神话中的仙女。

〔24〕何承天——南北朝时宋朝人,很有学问,曾删并礼论,改定元嘉历。《隋书·经籍志》载有何氏撰《姓苑》一卷;大约像后来的《百家姓》一类的书。

〔25〕摩弄——有调弄、调哄、磨蹭、拖延等义。

〔26〕桃源洞——古代神话:东汉时,刘晨、阮肇入天台山采药,迷路不得返,遇见桃源里两个仙女,留他们在那里住了半年。

〔27〕总铺——即军巡铺。宋代都城里,坊巷近二百餘步,设一所军巡铺,以兵卒三五人为一铺;夜晚,巡警地方盗贼烟火。(见《梦粱录》十"防隅巡警"条)

〔28〕罗刹女——梵语称食人的鬼女为罗刹女。

〔29〕蕊珠宫——道教所说的上清境(天上)的宫阙名。

〔30〕郑生——指郑交甫。古代神话:江妃二女,游于江边,遇见郑交甫,就解下玉珮送给他。郑接受玉珮,走了几十步,忽然玉珮和二女都不见了。

〔31〕叵耐——不可耐也。唐·刘悚《隋唐嘉话》下:"乃发怒曰:叵耐杀人田舍汉!"

第 二 折

(张生上,诗云)幸会多娇有所期,闲花野草斗芳菲。幽情何处桃源洞,则怕刘郎去未归。小生张伯腾。恰才遇着的那个女子,人物非凡,因此寻踪觅迹,前来寻他;却不知何处去了。则见青山绿水,翠柏苍松,前又去不得,回又回不得,好凄惨人也!这盘陀石上,我且歇息咱。(虚下)(正旦改扮仙姑上,诗云)桑田成海又成田,一霎那堪过百年。拨转顶门关棁子[1],阿谁不是大罗仙。自家本秦时宫人,后以采药入山,谢去火食,渐渐身轻,得成大道,世人称为毛女[2]者是也。今日偶然乘兴,游到此间,却是海之东岸。你看茫茫荡荡,好一片大水也呵!(唱)

【南吕一枝花】黑弥漫水容沧海宽,高崒崓[3]山势昆仑大。明滴溜冰轮出海角,光灿烂红日转山崖。这日月往来,只山海依然在。弥八方,遍九垓[4],问甚么河汉江淮,是水呵,都归大海。

【梁州第七】你看那缥渺间十洲三岛,微茫处阆苑蓬莱[5],望黄河一股儿浑流派。高冲九曜[6],远映三台[7],上连银汉,下接黄埃。势汪洋无岸无涯,出许多异宝奇哉。看看看,波涛涌,光隐隐无价珠玑;是是是,草木长,香喷喷长生药材;有有有,蛟龙偃,郁沉沉精怪灵胎。常则是云昏气霭,碧油油隔断红尘界,恍疑在九天外,平吞了八九区云梦泽,问甚么翠岛苍崖。

（张生上,云）这里不知是何处,喜得又遇着一位娘子。呀!原来是道姑。待小生问个路儿咱。（仙姑唱）

【牧羊关】猛地里难回避,可教人怎离摘[8]?则见他叉手前来,多管是迷了路的行人,多管是失了船的过客。（张生云）道姑,敢问这搭儿是何处也?（仙姑唱）比及[9]你来相问,先对俺说明白。（张生云）我到此,只为那可意人儿,不知在那里?（仙姑唱）且将个采芝女,权休怪,只问那可意人,安在哉?

（云）秀才何方人氏?因甚至此?（张生云）小生潮州人氏,因为游学,在此石佛寺借寓。前夜弹琴,有一女子,引一侍女来听。此女自言龙氏之女,小字琼莲,到八月中秋日,与小生会约于海岸。小生随即寻访,不意迷失道路。小生只想他风流人物,世上无比。（仙姑云）他既说姓龙,你可也想左[10]了。（唱）

【骂玉郎】可知道龙宫美女多娇态,想当时因有约,则今日独寻来。拚的个舍残生,做下风流债。那龙也青脸儿长左猜[11],恶性儿无可解,狠势儿将人害。

（张生云）可怎生恁般利害?（仙姑唱）

【感皇恩】呀,他把那牙爪张开,头角轻抬;一会儿起波涛,一会儿摧山岳,一会儿卷江淮。变大呵,乾坤中较窄,变小呵,芥子里藏埋。他可便能英勇,显神通,放狂乖。

（张生云）那小娘子姓龙,你这道姑怎么说起龙来?（仙姑云）秀

174

才不知,这龙是轻易好惹他的?(唱)

【采茶歌】他兴云雾,片时来,动风雨,满尘埃,则怕惊急烈[12]一命丧尸骸。休为那约雨期云龙氏女,送了你个攀蟾折桂俊多才。

(张生云)小生才省悟了也。他是龙宫之女,他父亲十分狠恶,怎肯与我为妻?这婚姻之事,一定无成了。只是小娘子,谁着你听琴来?(做悲科)(仙姑云)贫道不是凡人,乃奉东华上仙法旨,着我来指引你还归正道,休得堕落。(张生做拜科,云)小生肉眼,不知上仙指引,望乞恕罪。(仙姑云)我且问你:那听琴女子,是东海龙王第三女,小字琼莲,他在龙宫海藏,你怎么得见他?(张生云)若论那龙宫之女,与小生颇有缘分。(仙姑云)那里见的有缘分?(张生云)既没缘分,他怎肯约我在八月十五夜,到他家里,招我做女婿;又与我这鲛绡帕儿做信物哩?(仙姑云)这鲛绡手帕,果是龙宫之物。眼见的那个女子看的你中意了。只是龙神懆暴[13],怎生容易将爱女送你为妻?秀才,我如今圆就[14]你这事,与你三件法物,降伏着他,不怕不送出女儿嫁你。(张生做跪科,云)愿见上仙法宝。(仙姑取砌末科,云)与你银锅一只,金钱一文,铁勺一把。(张生接科,云)法宝便领了,愿上仙指教,怎生样用他才好。(仙姑云)将海水用这杓儿舀在锅儿里,放金钱在水内;煎一分,此海水去十丈,煎二分去二十丈,若煎干了锅儿,海水见底,那龙神怎么还存坐的住,必然令人来请,招你为婿也。(张生云)多谢上仙指教!但不知此处离海岸远近何若?(仙姑云)向前数十里,便是沙门岛海岸了也。(唱)

【黄钟煞尾】这宝呵,出在那瑶台紫府清虚界,碧落苍空天上来:任熬煎,任布划,可从心,可称怀;不求亲,不纳财,做行媒,做娇客;连理枝,并蒂开,凤鸾交,鱼水谐:休将他觑小哉!信神仙妙手策,也是那前生福有安排,直着你沸汤般煎干了这大洋海。(下)

(张生云)小生有缘,得受上仙法宝。直到沙门岛煎海水去来。

(诗云)任他东海滚波涛,取水将来锅内熬。此是神仙真妙法,不愁无分见多娇。(下)

〔1〕关捩子——古时简单机械中的转轴,触动它就可使全部机械转动;比喻修炼道行人的灵机。《晋书·天文志》:"以漏水转之于殿上室内,星中出没,与天相应,因其关捩。"黄庭坚《再答静翁》诗:"四方八千关捩子,与君一个钥匙开。"

〔2〕毛女——古时传说中的仙女。《列仙传》:"毛女者,字玉姜,在华阴山中,自言始皇宫人也,食松叶,遂不饥寒。"

〔3〕崒嵂(zú lù 族律)——高大的样子。

〔4〕九垓——九天,亦指九州。《淮南子·道应训》:"吾与汗漫期于九垓之外。"注:"九垓,九天也。"

〔5〕十洲三岛,阆苑蓬莱——都是古代神话中仙人住的地方。十洲,《海内十洲记》:"汉武帝既闻王母说八方巨海之中,有祖洲、瀛洲、炎洲、玄洲、长洲、元洲、流洲、生洲、凤麟洲、聚窟洲,有此十洲,乃人迹所稀绝处。"三岛,《史记·秦始皇本纪》:"齐人徐市上书,言海中有三神山,名曰蓬莱、方丈、瀛洲。"阆苑,仙人所居住之地。《续仙传》:"此花在人间已逾百年,非久即归阆苑去。"

〔6〕九曜——梵历中所称的九种星神,即:日曜、月曜、火曜、水曜、木曜、金曜、土曜、罗睺、计都。

〔7〕三台——星名。上台,中台,下台,共六星。两两相比,在斗魁

之下。

〔8〕离摘——或作摘离。脱离,离开。

〔9〕比及——有几种用法:既然,假如,与其,等到。这里是"既然"的意思。本书《虎头牌》一折:"比及与别人带去了",则是与其之意。

〔10〕左——错。

〔11〕左猜——错猜,猜疑。

〔12〕惊急烈——形容惊慌之意。急烈,语助词,无义。

〔13〕懆暴——性格猛烈粗暴、急躁。

〔14〕圆就——成全,指成全他们的婚姻。

第 三 折

(行者上,云)小僧乃石佛寺行者。前日有一秀才,在我这房头借住,因夜间弹琴,被一个精怪迷惑将去了。那家童连忙赶去寻他,俺师父葫芦提也着我去寻。林深山险,那里寻他去;不想撞见一个大虫,张牙舞爪来咬我,小僧连忙将一块鹅卵石头打将去,不知怎般手正,直一下打入他喉咙里去了,我见那大虫楞楞挣挣倒了。小僧一气走到二百里,拾了一个性命,直走到这里。那里着迷一命休,小僧却是没来由。不如寻秀才一处同迷死,也落的牡丹花下鬼风流〔1〕。(下)(张生引家童上,诗云)前生结下好姻缘,觅得鸾胶续断弦。法宝煎熬铛滚沸,争知火里好栽莲〔2〕。小生张伯腾,早到海岸也。家童,将火镰火石引起火来,用三角石头把锅儿放上。(做放锅科,云)你可将这勺儿舀那海水起来。(做取水科,云)锅里水满了也,再放这枚金钱在内,用火烧着,只要火气十分旺相〔3〕,一时间将此水煎滚起来。(家童云)这等,你不早说,那小娘子跟随的丫头送我一把蒲扇,不曾拿的来,把什么扇火?(做衣袖扇火科,云)且喜锅儿里水滚了也。(张生云)水滚了,待我试看海水动静。(做看科,惊云)怪哉!果然海水翻腾沸滚,真有神应也!(家童云)怎么这里水滚,那海水也滚起来?难道这锅儿是应着海的?(长老[4]慌上,云)老僧石佛寺长老是也。正在禅床打坐,则见东海龙王,遣人来说道:有一秀才,不知他将甚般物件,煮的海水滚沸。急得那龙王没处逃躲,央我老僧去劝化他早早去了火罢。元来这秀才不是别人,就是前日借俺寺里读书的潮州张生。想我石佛寺贴近东海,现今龙宫有难,岂可不救?只得亲到沙门岛上,劝化秀才,走一遭去也呵。(唱)

【正宫端正好】一地里受煎熬,满海内[5]空劳攘,兀的不慌杀了海上[6]龙王。我则见水晶宫血气从空撞,闻不得鼻口内干烟炝。

【滚绣球】那秀才谁承望,急煎煎做这场,不知他挟着的甚般伎俩,只待要卖弄杀手段高强。莫不是放火光,逼太阳,烧的来焰腾腾滚波翻浪。纵有那雷和雨,也救不得惊惶。则见锦鳞鱼活泼剌波心跳,银脚蟹乱扒沙[7]在岸上藏。但着一点儿,就是一个燎浆[8]。

(做到科,云)来到此间,正是沙门岛海岸了。兀那秀才,你在此煮着些甚么哩?(张生云)我煮海也。(正末云)你煮他那海做甚么?(张生云)老师父不知,小生前夜在于寺中操琴,有一女子前来窃听,他说是龙氏三娘,小字琼莲,亲许我中秋会约。不见他来,因此在这里煮海,定要煎他出来。(正末唱)

【倘秀才】这秀才不能勾花烛洞房,(带云)好也啰!(唱)却生扭做香水混堂[9],大海将来升斗量。秀才家能软款,会安详,怎做这般热忽喇[10]的勾当?

（张生云）老师父你不要管我,你且到别处化缘去。（正末唱）

【滚绣球】俺也不是化道粮,也不是要供养,我则是特来相访。（张生云）我是个穷秀才,相访我有甚么化与你。（正末唱）俺本是出家人,便乞化何妨。（张生云）若得见那小娘子,肯招我做女婿,便有布施。（正末唱）则为那窈窕娘,不招你个俊俏郎,弄出这一番祸从天降。你穷则穷,道与他门户辉光。你那里得熬煎铅汞[11]山头火?你那里觅医治相思海上方?此物非常。

（张生云）老师父,我老实对你说,若那夜女子不出来呵,我则管煮哩。（正末云）秀才,你听者:东海龙神着老僧来做媒,招你为东床娇客,你意下如何?（张生云）老师父你不要耍我,这海中一望[12]是白茫茫的水,小生是个凡人,怎生去的?（家童云）相公,这个不妨事,你只跟着长老去,若是他不淹死,难道独独淹死了你?（正末唱）

【脱布衫】俺实丕丕要问行藏,你慢腾腾好去商量,将这水指一指翻为土壤,分一分步行坦荡。

【小梁州】直着你如履平原草径荒。（张生云）到那海底去,莫不昏暗么?（正末唱）却正是日出扶桑[13]。（张生云）小生终是个凡人,怎敢就到海中去?（正末唱）虽然大海号东洋,休谦让。（带云）去来波!（唱）他则待招选你做东床。

（张生云）小生曾闻这仙境有弱水[14]三千丈,可怎生去的?（正末唱）

【幺篇】便休提弥漫弱水三千丈,端的是锦模糊水国鱼邦。

179

(张生做望科,云)我看这海有偌般宽阔,无边无岸,想是连着天的,好怕人也！(正末唱)你道是白茫茫如天样,越显得他宽洪海量。我劝你早准备帽儿光。

(张生云)既如此,待我收起法宝,则要老师父作成[15]我这桩亲事。(家童云)那小姐身边有一个侍女,须配与我,不然,我依旧烧起火来。(正末唱)

【笑和尚】去去去,向兰阁,到画堂。俺俺俺,这言语,无虚诳。(张生云)是真个么？(正末唱)你你你,终有个酸寒相[16]。他他他,女艳妆。早早早,得成双。来来来,似鸳鸯并宿在销金帐。

(张生云)这等,我就随着老师父去。则要得早早人月团圆,休孤旧约也。(正末唱)

【尾声】则为你佳人才子多情况,唬得他椿室萱堂[17]着意忙。你貌又轩昂才又良,他玉有温柔花有香；意相投,姻缘可配当；心厮爱,夫妻谁比方。似他这百媚韦娘[18],共你个风流张敞。(带云)去来波！(唱)须将俺撮合山的媒人重重赏。(同张生下)

(家童云)你看我家东人,兴匆匆的跟着长老入海去了,留我独自一个在这海岸上,看守什么法宝。若是他当真做了新郎,料必要满了月方才出来。我看那小行者尽也有些风韵,老和尚又不在；不如我收拾了这几件东西,一径回到寺里,寻那小行者打闸闹[19]去也。(下)

[1] 不想撞见一个大虫……也落的牡丹花下鬼风流——原本此段白文,虽为插科打诨的话,但颇荒唐不经,文长四百余字,今略去不录。据《柳枝集》改。

〔2〕火里好栽莲——比喻在苦中修炼,得成正果之意。

〔3〕旺相——旺盛。

〔4〕长老慌上——按,此折由正末扮长老主唱,与一、二、四折由正旦主唱者不一致,有违于元剧各折由旦主唱(旦本)或由末主唱(末本)之规律。《柳枝集》此折以仙母作媒人,仍为旦唱,与《元曲选》本曲、白多异,此仍从《元曲选》本,一般未加改动。

〔5〕满海内——原本作"遍寰宇";据《柳枝集》改。

〔6〕海上——原本作"海内";据《柳枝集》改。

〔7〕扒沙——或作扒抈、扒叉。就是爬行。

〔8〕燎浆——或作撩浆、料浆。被水烫或火烧,皮肤上所起的亮泡。

〔9〕香水混堂——浴池、澡堂。明·郎瑛《七修类稿》十六:"吴俗,甃大石为池,穿幕以砖,后为巨釜,令与池通,辘轳引水,穴壁而储焉。一人专执炊,池水相吞,遂成沸汤,名曰混堂,榜其门曰香水。男子纳一钱于主人,皆得入澡也。"元·萨天锡《咏混堂》诗:"一笑相迎裸形国。"

〔10〕热忽喇——就是热;忽喇,语助词,无义。

〔11〕铅汞——道家炼丹用的两种原料。

〔12〕一望——视力所能及的地方叫做一望。

〔13〕扶桑——神木名,神话传说,日出其下。《楚辞·离骚》:"总余辔乎扶桑。"

〔14〕弱水——古代神话:凤麟洲在西海中央,四面有弱水环绕,一根羽毛丢上去也会沉底,人无法渡过(见《十洲记》)。宋·杨大年《汉武》诗:"蓬莱宫阙海漫漫,弱水回风欲到难。"

〔15〕作成——成全,助其成功。

〔16〕酸寒相——旧时对贫穷读书人的形容词。

〔17〕椿室萱堂——"父、母"的代词。

〔18〕韦娘——即杜韦娘,唐代有名的一个歌妓。

〔19〕打闹闹——男性相猥亵的隐语。

第　四　折

（外扮龙王引水卒上，诗云）一轮红日出扶桑，照曜中天路杳茫。虽然弱水三千里，只要缘投[1]自可航。吾神乃东海龙王是也。有小女琼莲，曾于夜间到石佛寺游玩，见一秀才抚琴，其曲有凤求凰之音，他两个睹面关情，遂许中秋赴会。某家说道，他是凡人，怎生到的俺这水府？不想秀才遇着上仙，授他三件法宝，被他烧的海水滚沸，使某不堪其热；只得央石佛寺法云禅师为媒，招请为婿。早间已经花红酒礼，款待那做媒的去了，如今设下庆喜的筵席。兀那水卒，请出秀才和女孩儿来者！（正旦同张生上，正旦云）秀才，前厅上拜俺父母去。（张生云）是。（正旦云）秀才，我和你那夜相别，谁想有今日也！（唱）

【双调新水令】则为这波涛相间的故人疏，我则怕黑漫漫各寻别路。受了些活地狱，下了些死工夫。海角天隅，须有日再完聚。

（张生云）这龙宫里面，都是些甚么人物？（正旦唱）

【驻马听】摆列着水里兵卒，都是些鼋将军，鼍先锋，鳖大夫。看了这海中使数[2]，无过是赤须虾，银脚蟹，锦鳞鱼。绣帘十二列珍珠，家财千万堆金玉。（张生云）是好富贵也！（正旦唱）你自喑付[3]，则俺这水晶宫是一搭儿奢华处。

（做行礼拜科，龙王云）你二人在那里相会来？（正旦唱）

【滴滴金】趁着那绿水清波，良辰美景，轻云薄雾，霜气浸冰壶。可则是玉露泠泠，金风淅淅，中秋节序；正值着冷清清，人静更初。

（龙王云）你与这秀才素非相识,况在夜静更初,怎么就许他婚姻之约?你试说我听。（正旦唱）

【折桂令】俺去他那月明中信步阶除,听三弄瑶琴音韵非俗;恰便似云外鸣鹤,天边语雁,枝上啼乌。他待觅莺俦燕侣,我正愁凤只鸾孤;因此上,要识贤愚,别辨亲疏;端的个和意同心,早遂了似水如鱼。

（龙王云）秀才,谁与你这法宝来?（张生云）量小生是个穷儒,焉有此法宝;偶因追赶令爱,到海岸上遇着一位仙姑,把与我来。

（龙王云）秀才,则被你险些儿热杀我也!我想这事,都是我女孩儿惹出来的。（正旦唱）

【雁儿落】不想这火中生比目鱼,石内长荆山玉,天边有比翼鸟[4],地上出连枝树。

（张生云）若非上仙法宝,怎生得有团圆之日?（正旦唱）

【得胜令】你待将铅汞燎干枯,早难道水火不同炉。将大海扬尘度,把东洋烈[5]焰煮。神术煅化的为夫妇,几乎熬煎杀俺眷属。

（东华仙上,云）龙神,听俺分付!（龙王同张生、正旦跪科,东华云）龙神,那张生非是你女婿,那琼莲也非是你女儿;他二人前世乃瑶池上金童玉女,则为他一念思凡,谪罚下界。如今偿还凤契,便着他早离水府,重返瑶池,共证前因,同归仙位去也。（众拜谢科）（正旦唱）

【沽美酒】待着俺辞龙宫,离水府,上碧落,赴云衢;我和你同会西池见圣母。秀才也,抵多少跳龙门应举,攀仙桂步蟾蜍。

（东华云）你二人若非吾来指引,岂得到瑶池仙境也?（正旦唱）

【太平令】广成子长生诗句[6],东华仙看定婚书。引仙女仙童齐赴,献仙酒仙桃相助。愿普天下旷夫怨女[7],便休教间阻;至诚的,一个个皆如所欲。

（东华云）你本是玉女金童,投凡世淹留数载。石佛寺夜月弹琴,凤求凰留情殢色。许佳期无处追寻,走海上失精落彩。遇仙姑法宝通灵,端的有神机妙策。配金丹铅汞相投,运水火张生煮海。则今朝返本朝元,散一天异香杳霭。（正旦同张生稽首科）

（正旦唱）

【收尾】则今日双双携手登仙去,也不枉鲛绡帕留为信物。闲看他蟠桃灼灼树头红,撇罢了尘世茫茫海中苦。

  题目   石佛寺龙女听琴
  正名   沙门岛张生煮海

[1] 缘投——原本作"无私",据《柳枝集》改。
[2] 使数——奴仆。
[3] 暗付——或作窨付;暗中忖度的意思。
[4] 比翼鸟——鸟原本作"乌",据《柳枝集》改。
[5] 烈——原本作"列",据《柳枝集》改。
[6] 广成子——神仙故事中的一个仙人。相传:黄帝问他长生之道。他说:不要劳动形体,不要动摇精神,也不要动思想这想那:就可以长生。（见《庄子·在宥》）这种说法,正是道家清净无为,消极出世思想的一种表现。
[7] 愿普天下旷夫怨女四句——表现了剧作者对男女婚姻自由的祝愿,与"愿天下有情人皆成眷属"之语相同。

鲁大夫秋胡戏妻[1]

（元）石君宝[2] 撰

第 一 折

（老旦扮卜儿，同正末扮秋胡上。卜儿诗云）花有重开日，人无再少年。休道黄金贵，安乐最值钱。老身刘氏，自夫主亡逝已过，止有这个孩儿，唤做秋胡。如今有这罗大户的女儿，唤做梅英，嫁与俺孩儿为妻。昨日晚间过门，今日俺安排些酒果，谢俺那亲家。孩儿也，你去请将丈人丈母来者。（秋胡云）这早晚丈人丈母敢待来也。（净扮罗大户，同搽旦上。罗诗云）人家七子保团圆，偏是吾家只半边。（搽旦诗云）虽然没甚房奁送，倒也落的三朝吃喜筵。（罗云）老汉罗大户的便是。这是我的婆婆。我有个女孩儿，唤做梅英，嫁与秋胡为妻。昨日过门，今日亲家请俺两口儿吃酒，须索走一遭去。可早到他门首。秋胡，俺两口儿来了也。（秋胡云）报的母亲得知，有丈人丈母来了也。（卜儿云）道有请。（秋胡云）请进。（见科）（卜儿云）亲家请坐，酒果已备，孩儿把盏者。（秋胡递酒科，云）岳父岳母，满饮一杯。（罗、搽旦饮科，云）孩儿的喜酒，我吃我吃。（卜儿云）孩儿，唤出梅英媳妇儿来者。（秋胡唤科）（正旦扮梅英同媒婆上，云）婆婆，奶奶唤我做甚么那？（媒婆云）姐姐，唤你谢亲哩。（正旦云）我羞答答的，怎生去得？（媒婆云）姐姐，男婚女聘，古之常礼，有甚么

185

羞?(正旦唱)

【仙吕点绛唇】男女成人,父娘教训,当年分,结下婚姻。则要的厮敬爱,相和顺。

（媒婆云）姐姐,我听的人说,你从小儿攻书写字,我却不知。姐姐试说一遍,与我听咱。(正旦唱)

【混江龙】曾把毛诗[3]来讲论,那关雎[4]为首正人伦;因此上,儿求了媳妇,女聘了郎君。琴瑟和调花烛夜,凤凰匹配洞房春。好教我懒临广坐,怕见双亲;羞低粉脸,推整罗裙。也则为俺妇人家,一世儿都是裙带头[5]这个衣食分,虽然道人人不免,终觉的分外羞人。

（媒婆云）姐姐,你当初只该拣取一个财主,好吃好穿,一生受用;似秋老娘家这等穷苦艰难,你嫁他怎的？(正旦云)婆婆,这是甚的言语也！(唱)

【油葫芦】至如他釜有蛛丝甑有尘,这的是我命运。想着那古来的将相出寒门,则俺这夫妻现受着齑盐[6]困,就似他那蛟龙未得风雷信。你看他是白屋[7]客,我道他是黄阁[8]臣。自从他那问亲时,一见了我心先顺。咱人这贫无本,富无根。

（媒婆云）姐姐,如今秋胡又无钱,又无功名,姐姐,你别嫁一个有钱的,也还不迟哩。(正旦唱)

【天下乐】咱人腹内无珍一世贫,你着我改嫁他也波人,则不如先受窘,可曾见做夫人自小里便出身。盖世间有的是女娘,普天下少什么议论,那一个胎胞儿里做县君？

（媒婆云）姐姐,你过去见你父亲母亲者。(做见拜科,云)奶奶,唤你孩儿,有何分付?(卜儿云)媳妇儿,唤你出来,与你父亲母亲递一杯酒。(正旦云)理会的。婆婆,将酒来。(递酒科,云)父亲母亲,满饮一杯。(罗、搽旦云)好好好,喜酒儿吃干了也。(卜儿云)孩儿,你慢慢的劝酒,等你父亲母亲宽饮几杯。(外扮勾军人上,云)上命官差,事不由己。自家勾军[9]的便是。今奉上司差遣,着我勾秋胡当军,走一遭去。可早来到鲁家庄也。秋胡在家么?(秋胡见科)(勾军人云)秋胡,我奉上司钧旨,你是一名正军[10],着我来勾你当军去。(做套绳子科)(秋胡云)哥哥且住,待我与母亲说知。(秋胡见卜科,云)母亲,有勾军的,奉上司钧旨,在于门首,唤您孩儿当军去。(卜儿云)孩儿,似此可怎了也!(正旦云)婆婆,为甚么这等吵闹?(媒婆云)如今勾你秋胡当军去哩!(正旦云)秋胡,似此怎生是了也!(唱)

【村里迓鼓】都则为一宵的恩爱,揣与[11]我这满怀愁闷。他去了正身[12],只是俺婆妇每,谁怜谁问?我回避了座上客,心间事,着我一言难尽。不争他见我为着那人,耽着贫穷,揾着泪痕,休也着人道女孩儿家直恁般意亲。

(媒婆云)今日方才三日,正吃喜酒儿,勾军的来了。娘呵,我媒婆还不曾得一些儿花红钱钞哩。(正旦唱)

【元和令】他守青灯受苦辛,吃黄齑捱穷困,指望他玉堂金马做朝臣,原来这秀才每当正军。我想着儒人颠倒不如人[13],早难道文章好立身。

(勾军人云)秋胡,快着!文书上期限,一日也耽迟不得的。(秋胡云)哥哥,略待一时儿波。(正旦唱)

【上马娇】王留他情性狠,伴哥他实是村,这牛表共牛筋,则见他恶噷噷轮着粗桑棍。这厮每哏,端的便打杀瑞麒麟。

（卜儿云）孩儿娶亲,才得三日光景,划的便勾他当军去,着谁人养活老身？兀的不痛杀我也！（正旦唱）

【游四门】适才个筵前杯酒叙殷勤,又则待仗剑学从军。想着俺昨宵结发谐秦晋,向鸳鸯被不曾温,今日个亲亲送出旧柴门。

【胜葫芦】还说甚玉臂相交印粉痕,你可便卧甲地生鳞[14]。须知道离乱之时武胜文,飐[15]人头似滚,嚃热血相喷,这就是你能报国,会邀勋。

（秋胡云）梅英,我当军去也。你在家好生侍奉母亲,只要你十分孝顺者。（卜儿云）孩儿,你去则去,你勤勤的稍个书信来,着我知道。（正旦唱）

【后庭花】不甫能就三合天地婚,避孤虚日月轮,望十载功名志,感一朝雨露恩。把翠眉颦,莫不我成亲的时分,下车来冲着岁君[16],拜先灵背了影神[17]？早新妇儿遭厄运,送的他上边庭,离当村。

【柳叶儿】眼见的有家来难奔,畅好是短局促[18]燕尔新婚[19]。莫不我尽今生寡凤孤鸾运,你可也曾量忖,问山人[20],怎生的不拣择个吉日良辰！

（卜儿云）孩儿,你去罢,则要你一路上小心在意,频寄个书信回来,休着我忧心也。（秋胡云）你孩儿理会的。母亲保重将息。（正旦唱）

【赚煞】似这等天阔雁书稀,人远龙荒[21]近,教我阁着泪对别酒一樽。遥望见客舍青青柳色新,第一程水馆山村。（云）秋胡。（秋胡云）有。（正旦唱）早不由人和他身上关亲。（云）我想夜来过门,今日当军去。(唱)却正是一夜夫妻百夜恩,破题儿[22]劳他梦魂。赤紧的禁咱愁恨,则索安排下和泪待黄昏。(同媒婆下)

(秋胡云)岳父岳母,好看觑我母亲和妻子梅英者,我当军去也。(罗、搽旦云)这也是你家的本分,我女孩儿的悔气。你去罢。(秋胡做拜别科,云)勾军的哥哥,咱和你同去。(诗云)莫怨文齐福不齐,娶妻三日却分离。军中若把文章用,管取[23]峥嵘衣锦归。(同勾军下)(罗、搽旦云)秋胡当军去了也,亲家母,俺回家去来。(卜儿云)亲家母,孩儿去了,不好留的你,多慢了也。(诗云)本意相留非是假,争奈秋胡勾去当兵甲。(罗、搽旦诗云)明年若不到家来,难道教我孩儿活守寡?(同下)

〔1〕秋胡戏妻——本于汉·刘向《列女传》,而略有增饰;并将秋胡妻薄秋胡无行,投水而死之事,改为大团圆结局。《列女传》略云:鲁秋胡洁妇者,鲁秋胡之妻也。秋胡子既纳之,五日而去,宦于陈,五年乃归。未至家,见路旁有一美妇人,方采桑。秋胡下车谓曰:苦曝独采桑,吾行道远,愿托桑阴一食。妇人采桑不辍。秋胡子谓曰:力田不如逢丰年,力桑不如见公卿。今吾有金,愿予夫人。妇人曰:采桑力作,纺绩经织,以供衣食,奉二亲养夫子而已矣,吾不愿人之金也。秋胡子还家,奉金遗母。母使人呼其妇,妇乃向采桑妇。妇责之曰:见色弃金,而忘其母,大不孝也!遂赴沂水而死。

〔2〕石君宝——平阳(今山西临汾县西南)人,一说,姓石盏,名德玉,字君宝,女真族人。善画竹。作剧十种,现存《秋胡戏妻》、《曲江池》、《紫云庭》。天一阁本《录鬼簿》有贾仲明所补挽词,云:"《紫云亭》、《秋香怨》、《曲江池》、《醢彭越》、《哭周瑜》佳句美。新《岁寒三

友》、《红绡驿》、《雪香》、《秋胡戏妻》。共吴昌龄么末相齐。《柳眉儿金钱记》。石君宝□黑迹,禾黍离离。"《太和正音谱》评其词曲如:"罗浮梅雪。"

〔3〕毛诗——战国时人毛亨著有《毛诗故训传》,是一部解释《诗经》的书。这里作为《诗经》的代称。

〔4〕关雎——《诗经》第一篇篇名;是歌咏男女恋爱的诗。

〔5〕裙带头——意谓靠裙带关系生活。

〔6〕齑(jī机)盐——齑,咸菜。吃饭的时候,只有咸菜和盐,没有荤菜;表示穷困的意思。

〔7〕白屋——茅草房子,平民住处。

〔8〕黄阁——汉代,丞相府里大厅的门是黄色的,因称为"黄阁"。《汉宫仪》上:"(丞相)厅事阁门曰黄阁。"

〔9〕勾军——执行征调士兵任务的军人;被征调的人也叫勾军。

〔10〕正军——对贴户而言,分正军、贴军。元制:出人参军的叫做正军户,出钱免役的叫做贴军户。《元史·兵志一》:"户出一人曰独户军;合二三户而出一人,则为正军户;馀为贴军户。"

〔11〕揣与——给与,勉强加予。

〔12〕正身——谓确是本人,非冒名顶替者。《通典·选举·五》:"故俗间相传云:入试非正身,十有三四;赴官非正身,十有二三。"

〔13〕儒人颠倒不如人——元代,汉族读书人没有出路,社会地位很低,当时流传有"九儒十丐"的说法。这里用"儒"谐"如"的音,表示读书人赶不上一般人的地位的意思。

〔14〕卧甲地生鳞——元至治本《三国志平话》:"枕弓沙印月,卧甲地生鳞。"形容军士出征时睡在野地上的情景;两句是当时戏剧、小说中的习用语。

〔15〕飏(yáng羊)——抛掷。

〔16〕岁君——即太岁。古时迷信，称木星为太岁，认为是凶煞，冲犯了就有灾祸。

〔17〕影神——指祖宗的神像，有时也指画像。

〔18〕短局促——或作短卒律、短古取；时间短促之意，局促，语尾助词，无义。

〔19〕燕尔新婚——本于《诗·邶风·谷风》"宴（燕）尔新婚，如兄如弟。"后来作为庆贺新婚之词。

〔20〕山人——指卜卦、算命、合婚的人。

〔21〕龙荒——指北方极远的地方。

〔22〕破题儿——古代作诗赋，起首点明题意的几句叫做破题（后来八股文里也沿用这个名称）。所以事情开始、起头也叫做破题儿。

〔23〕管取——或作管请；包管、一定。

第 二 折

(净扮李大户上，诗云〔1〕)段段田苗接远村，太公庄上弄猢狲。农家只得锄饱力，凉酸酒儿喝一盆。自家李大户的便是。家中有钱财，有粮食，有田土，有金银，有宝钞；则少一个标标致致的老婆。单是这件，好生没兴。我在这本村里做着个大户，四村上下人家，都是少欠我钱钞粮食的；倒被他笑我空有钱，无个好媳妇，怎么吃的他过！我这村里有一个老的，唤做罗大户，他原是个财主有钱来，如今他穷了，问我借了些粮食，至今不曾还我。他有一个女儿，唤做梅英，尽生的十分好，嫁与秋胡为妻。如今秋胡当军去了，十年不回来。我如今叫将那罗大户来，则说秋胡死了，把他女儿与我做媳妇；那旧时少我四十石粮食，我也饶了他，还再与他些财礼钱；那老子是个穷汉，必然肯许。我早间着人唤他去了，这早晚敢待来也。（罗上，诗云）人道财主叫，便是福星照；我也做过财主来，如何今日听人叫。老汉罗大户的便是。自从秋胡当军去了，可早十年光景也。老汉少李大户四十石粮食，不曾还他；今日李大户唤我，毕竟是这桩事要紧。且去看他有甚说话？无人在此，我自过去。（见科，云）大户唤老汉有甚么事？（李云）兀那老的，我唤将你来，有桩事和你说。你的那女婿秋胡当军去，吃豆腐泻死了。（罗云）谁这般说来？（李云）我听的人说。（罗云）呀！似这般怎了也！（李云）老的，你休烦恼。我问你，你这女婿死了，如今你那女儿年纪幼小，他怎么守的那寡？你把你那女儿改嫁了我罢。（罗云）大户，你说的是何言语？（李云）你若不肯，你少我四十石粮食，我官府中告下来，我就追杀你！你若把女儿与了我呵，我的四十石粮食，都也饶了；我再下些花红羊酒财礼钱，你意下如何？（罗云）大户，容咱慢慢的商议。我便肯了，则怕俺妈妈不肯。（李云）这容易，你如今先将花红财礼去，则要你两个做个计较，等他接了红定，我便牵羊担酒，随后来也。（罗云）我知道。大户，你慢慢的来，我将这红定先去也。（做出门科，云）我肯了，我妈妈有甚么不肯；我如今就将红定先交与亲家母去来。（下）（李云）那老子许了我也，愁他女儿不改嫁与我！如今将着羊酒表里，取梅英去。待他到我家中，抅搭帮[2]放番他，就做营生，何等有趣！正是：洞房花烛夜，金榜挂擂槌。（下）（卜儿上，云）老身刘氏，乃是秋胡的母亲。自从孩儿当军去了，可早十年光景，音信皆无；多亏了我那媳妇儿与人家缝联补绽，洗衣刮裳，养蚕择茧，养活着老身。我这几日身子不快，怎么连不连[3]的眼跳，不知有甚事来？且只静坐，听他便了。（罗上，云）老汉罗大户。如今到这鲁家庄上,若见了那亲家母时,我自有个主意也。不要人报复,我自过去。(见科,云)亲家母,你这几时好么?(卜儿云)亲家请坐,今日甚风吹的到此?(罗云)亲家母,我为令郎久不回家,我一径的来望你,与你散闷。这里有酒,我递三杯。(卜儿云)多谢亲家!我那里吃的这酒。(罗递酒三杯科,云)亲家母吃了酒也。还有这一块儿红绢,与我女儿做件衣服儿。(卜儿云)亲家,这般定害你;等秋胡来家呵,着他拜谢亲家的厚意也。(接红科,罗做捆手笑云)了,了,了!(卜儿云)亲家,甚么了了了?(罗云)亲家,这酒和红都不是我的,都是本村李大户的。恰才这三盅酒,是肯酒;这块红,是红定。秋胡已死了也,如今李大户要娶梅英,他自家牵羊担酒来也,我先回去。(诗云)这是李家大户使机谋,谁着你可将他聘礼收;不如早把梅英来改嫁,免的经官告府出场羞。(下)(卜儿云)这老子好无礼也!他走的去了,你着我见媳妇儿呵,我怎么开言!媳妇儿那里?(正旦上,云)妾身梅英是也。自从秋胡去了,不觉十年光景;我与人家担好水换恶水[4],养活着俺奶奶。这几日我奶奶身子有些不快,我恰才在蚕房中来,我可看奶奶去咱。秋胡也,知你几时还家也呵!(唱)

【正宫端正好】想着俺只一夜短恩情,空叹了千万声长吁气,枉教人道村里夫妻。撇下个寿高娘,又被着疾病缠身体,他每日家则是卧枕着床睡。

　　(云)有人道:"梅英也,请一个太医[5]看治你那奶奶。"——你可怕不说的是也。(唱)

【滚绣球】怕不待要请太医看脉息,着甚么做药钱调治;赤紧的当村里都是些打当的牙槌[6]。我这几日告天地,愿他的子母每早些儿欢会。常言道,媳妇是壁上泥皮[7]。则愿的白头娘,早晚迟疾可[8];(带云)天啊!(唱)则俺那青春子,何年可便甚日回?信断音稀!

(见卜儿科,云)奶奶,吃些粥儿波。(卜儿云)媳妇儿,可则一件,虽然秋胡不在家,你是个年小的女娘家,你可梳一梳头,等那货郎儿过来,你买些胭脂粉搽搽脸,你也打扮打扮;似这般蓬头垢面,着人笑你也。(正旦唱)

【呆骨朵】奶奶道,你妇人家穿一套儿新衣袂,我可也直恁般不识一个好弱也那高低。(带云)秋胡呵!(唱)他去了那五载十年,阻隔着那千山万水。早则俺那婆娘家无依倚,更合着这子母每无笆壁[9]。(卜儿云)媳妇儿,你只待敦葫芦摔马勺哩。(正旦唱)媳妇儿怎敢是敦葫芦摔马勺?(云)奶奶道,等货郎儿过来,买些胭脂粉搽搽。我梅英道,秋胡去了十年,穿的无,吃的无。(唱)奶奶也,谁有那闲钱来补笊篱[10]!

(李大户同罗、搽旦领鼓乐上,李云)我如今娶媳妇儿去来!洞房花烛夜,金榜挂搊槌。(正旦云)奶奶,门首吹打响,敢是赛牛王社[11]的?待你媳妇看一看咱。(卜儿云)媳妇儿,你看去波。(正旦做出门见科,云)我道是谁,原来是爹爹和妈妈。你那里去来?(罗云)与你招女婿来。(正旦云)爹爹,与谁招女婿?(罗云)与你招女婿。(正旦云)是甚么言语?与我招女婿!(唱)

【倘秀才】你将着羊酒呵,领着一火鼓笛。我今日有丈夫呵,你怎么又招与我个女婿?更则道[12]你庄家每葫芦提没见识。(罗云)孩儿,秋胡死了也。如今李大户要娶你哩。(正旦唱)我既为了张郎妇,又着我做李郎妻,那里取这般道理!

(搽旦云)孩儿也,可不道顺父母言,呼为大孝。你嫁了他也罢。

(正旦唱)

【滚绣球】我如今嫁的鸡一处飞[13],也是你爷娘家匹配。贫和富是您孩儿裙带头衣食,从早起到晚夕,上下唇并不曾粘着水米,甚的是足食丰衣。则我那脊梁上寒噤,是捱过这三冬冷;肚皮里凄凉,是我旧忍过的饥,休想道半点儿差迟。

(罗云)你休只管闹,你家婆婆接了红定也。(正旦云)有这等事?我问俺奶奶去。(见卜儿科,云)奶奶,想秋胡去了十年光景,我与人家担好水换恶水,养活着奶奶;你怎么把梅英又嫁与别人?要我这性命做甚么,我不如寻个死去罢!(卜儿云)媳妇儿,这也不干我事,是你父亲强揽与我红定,是他卖了你也。(卜儿做哭科)(正旦唱)

【脱布衫】他那里哭哭啼啼,我这里切切悲悲。(做出门科,唱)爹爹也,全不怕九故十亲[14]笑耻。(罗云)我待和你婆婆平分财礼钱哩。(正旦唱)则待要停分[15]了两下的财礼。

(罗云)孩儿也,你嫁了他,等我也落得他些酒肉吃。(正旦唱)

【醉太平】爹爹也,大古里不曾吃那些酒食。(搽旦云)孩儿,俺也要做个筵席哩。(正旦唱)奶奶也,只恁般好做那筵席。(李云)小娘子不要多言,你看我这个模样,可也不丑。(做嘴脸,被正旦打科,唱)把这厮劈头劈脸泼拳捶,向前来,我可便挝挠了你这面皮。(带云)这等清平世界,浪荡乾坤,(唱)你怎敢把良人家妇女公调戏!(做见卜儿科,唱)哎呀!这是明明的欺负俺高堂老母无存济[16]。(罗云)嚷这许多做甚么?你这生忿[17]忤逆的小贱人!(正旦唱)倒骂我做生忿忤逆,在爷娘面上不依随。爹爹也,你可便只恁般下的?

（李云）兀那小娘子，你休闹，我也不辱没着你。岂不闻鸾凰只许鸾凰配，鸳鸯只许鸳鸯对。（正旦唱）

【叨叨令】 你道是鸾凰则许鸾凰配，鸳鸯则许鸳鸯对，庄家做尽庄家势。（鼓乐响，正旦做怒科，云）你等还不去呵，（唱）留着你那村里鼓儿则向村里擂。（李云）小娘子，你靠前来，似我这般有铜钱的，村里再没两个。（正旦唱）其实我便觑不上也波哥，其实我便觑不上也波哥。我道你有铜钱，则不如抱着铜钱睡！

（罗云）兀那小贱人，比及你受穷，不如嫁了李大户，也得个好日子。（正旦唱）

【煞尾】 爹爹也，怎使这洞房花烛拖刀计？（李云）我这模样，可也不丑。（正旦唱）我则骂你闹市云阳[18]吃剑贼，牛表牛筋是你亲戚，大户乡头是你相识。哎！不晓事庄家甚官位？这时分，俺男儿在那里：他或是皂盖雕轮[19]绣幕围，玉辔金鞍骏马骑，两行公人排列齐，水罐银盆[20]摆的直，斗来大黄金[21]肘后随，箔[22]来大元戎帅字旗；回想他亲娘今年七十岁，早来到土长根生旧乡地，恁时节，母子夫妻得完备，我说你个驴马村夫为仇气，那一个日头儿知他是近的谁，狼虎般公人每拿下伊[23]。（带云）他道：谁迤逗俺浑家来？谁欺负俺母亲来？（做推李倒科，唱）我可也不道轻轻的便素放了你。（同卜儿下）

（李云）甚么意思，娶也不曾娶的，我倒吃他抢白[24]了这一场，又吃这一跌，我更待干罢！（诗云）只为洞房花烛惹心焦，险被金榜擂捶打断腰。（罗、搽旦诗云）这也是你李家大户无缘法，非关是我女儿忒煞会妆么[25]。（同下）

〔1〕诗云——元剧里庄户人家上场诗多为:"段段田苗接远村,太公庄上弄儿孙。农家只得锄刨(páo 咆)力,答谢天公雨露恩。"本剧在这里改动第二、第四句,是为了打诨取笑,有意讥讽李大户的。

〔2〕挖搭帮——或作各扎邦、挖扎帮;本是形容声音的,借喻动作干脆、迅速。

〔3〕连不连的眼跳——连不连,即连连、不断。旧时迷信说法:不断眼跳,是将有事情(包括祸事、福事)发生的预兆。

〔4〕与人家担好水换恶水——为人家挑水,并把人家的脏水挑走;这是旧时出卖劳力的一种方式。

〔5〕太医——古时为皇家治病的医生称为御医或太医,后来成为对一般医生的敬称。

〔6〕打当的牙槌——"打当",旧时卜卦算命或乡村医生,手执一块圆铜片,敲击出声,作为标志,以引起人的注意。"牙槌",本作衙推,官名;后讹为牙推、牙椎、牙槌。宋元时代对医卜星相等术士的称呼,这里指医生。

〔7〕壁上泥皮——封建社会轻视妇女的话。泥皮,比喻剥落后还可重涂,犹如妻子去后可以更娶一样。

〔8〕可——痊可,病好了。

〔9〕笆壁——或作巴鼻、巴臂。把柄、把握、办法。

〔10〕笊篱(zhào lí 照离)——用篾织成的漏勺;漉米,或在水里捞东西用的竹具。

〔11〕赛牛王社——牛王,神名。赛牛王社,就是在春社的时候,农村中祭祀牛王,迎神赛会。赛,酬谢神灵,还愿,古时的一种迷信风俗。

〔12〕更则道——纵使。

〔13〕嫁的鸡一处飞——古谚语:"嫁鸡随鸡,嫁狗随狗。"这是古时

197

妇女的一种婚姻观。

〔14〕九故十亲——众多的亲戚朋友。

〔15〕停分——平分。

〔16〕存济——或作不存不济。没有办法,难安置。

〔17〕生忿——或作生分。对父母不孝顺,对兄弟不和睦;也有感情疏远的意思。

〔18〕云阳——云阳,是秦首都北的重镇,重大的罪犯多处决于此。韩非、李斯等有名人物均因冤屈而被杀于云阳(见《史记·秦始皇本纪》及《盐铁论》)。唐·胡曾《咏李斯》诗:"直待云阳血满衣。"后来古戏剧小说里就把云阳作为刑场的代词。

〔19〕"皂盖雕轮"六句——是推想秋胡已经做了大官,坐车骑马,随从护卫人员手执仪仗,打着帅字旗,出行时的威风景象。

〔20〕水罐银盆——大官员出行时,卫士所拿的执从物品。

〔21〕斗来大黄金肘后随——"黄金","斗大黄金印"的省语,指大官员的金印。《世说新语·尤悔》:"周曰:今年杀诸贼奴,当取金印如斗大系肘后。"

〔22〕箔——帘子。

〔23〕伊——这里作第二人称的代词,即"你";指李大户。与一般作第三人称"他"不同。

〔24〕抢白——责备、讥讽。

〔25〕妆么——故意摆架子,装腔作势。

第 三 折

(秋胡冠带上,云)小官秋胡是也。自当军去,见了元帅,道我通文达武,甚是见喜,在他麾下,累立奇功,官加中大夫之职。

小官诉说,离家十年,有老母在堂,久缺侍养,乞赐给假还家。谢得鲁昭公可怜,赐小官黄金一饼[1],以充膳母之资。如今衣锦荣归,见母亲走一遭去。(诗云)想当日哭啼啼远去从军,今日个笑吟吟荣转家门。捧着这赤资资黄金奉母,安慰了我那娇滴滴年少夫人。(下)(卜儿上,云)老身秋胡的母亲。自从孩儿去了,音信皆无。前日又吃我亲家气了一场,多亏我媳妇儿有那贞烈的心,不肯嫁人。若是他肯了呵,老身可着谁人侍养?媳妇儿今日早桑园里采桑去了。想他这等勤劳,也则为我老人家来。只愿的我死后,依旧做他媳妇,也似这般侍养他,方才报的他也。天气困人,我且去歇息咱。(下)(正旦提桑篮上,云)采桑去波。(唱)

【中吕粉蝶儿】自从我嫁的秋胡,入门来不成一个活路。莫不我五行[2]中合见这鳏寡孤独,受饥寒捱冻馁,又被我爷娘家欺负。早则是生计萧疏,更值着没收成,歉年时序。

【醉春风】俺只见野树一天云,错认做江村三月雨。也不知是谁人激恼那天公,着俺庄家每受的来苦,苦。说甚么万种恩情,刚只是一宵缱绻,早分开了百年夫妇。

(云)可来到桑园里也。(唱)

【普天乐】放下我这采桑篮,我拣着这鲜桑树。只见那浓阴冉冉,翠锦哎模糊。冲开他这叶底烟,荡散了些梢头露。(做采桑科,唱)我本是摘茧缲丝庄家妇,倒做了个拈花弄柳的人物。我只怕淹[3]的蚕饥,那里管采的叶败,攀的枝枯。

(云)我这一会儿热了也,脱下我这衣服来,我试晾一晾咱。(做晾衣服科)(秋胡换便衣上,云)小官秋胡。来到这里,离着我家不远,我更改了这衣服。兀的不是我家桑园!这桑树都长成了也。我近前去,这桑园门怎么开着?我试看咱。(做见正旦科,云)一个好女人也!背身儿立着,不见他那面皮,则见他那后影儿,白的是那脖颈,黑的是那头发;可怎生得他回头,我看他一看,可也好那。哦!待我着四句诗嘲拨他,他必然回头也。(做吟科,诗云)二八谁家女,提篮去采桑。罗衣挂枝上,风动满园香。可怎么不听的?待我再吟。(又吟科)(正旦回身取衣服做见,云)我在这里采叶,他是何人,却走到园子里面来,着我穿衣服不迭。(秋胡做揖科,云)小娘子,支揖[4]。(正旦惊还礼科,唱)

【满庭芳】我慌还一个庄家万福[5]。(秋胡云)不敢!小娘子。(正旦唱)他不是闲游的浪子,多敢是一个取应[6]的名儒。我见他便躬着身,插着手,陪言语。你既读那孔圣之书,(秋胡云)小娘子,有凉浆儿,觅些与小生吃波。(正旦唱)我是个采桑养蚕妇女,休猜做锄田送饭村姑。(秋胡云)这里也无人,小娘子,你近前来,我与你做个女婿,怕做甚么?(正旦怒科,唱)他酾子里[7]丢抹[8]娘一句,怎人模人样,做出这等不君子,待何如?

(秋胡云)小娘子,左右这里无人,我央及你咱。力田不如见少年,采桑不如嫁贵郎,你随顺了我罢。(正旦云)这厮好无礼也!
(唱)

【上小楼】你待要谐比翼,你也曾听杜宇,他那里口口声声,撺掇先生不如归去。(秋胡云)你须是养蚕的女人,怎么比那杜宇?(正旦唱)你道是不比俺那养蚕处,好将伊留住;则俺那蚕老了,到那里怎生发付?

（秋胡背云）不动一动手也不中。（做扯正旦科，云）小娘子，你随顺了我罢。（正旦做推科，云）靠后！（唱）

【十二月】兀的是谁家一个匹夫？畅好是胆大心粗！眼脑[9]儿涎涎邓邓，手脚儿扯扯也那摔摔。（秋胡云）你飞也飞不出这桑园门去。（正旦唱）是他便拦住我还家去路，我则索大叫波高呼。

（做叫科，云）沙三，王留，伴哥儿，都来也波！（秋胡云）小娘子休要叫！（正旦唱）

【尧民歌】桑园里只待强逼做欢娱，唬的我手儿脚儿滴羞跌躞战笃速[10]。他便相偎相抱扯衣服，一来一往当拦住。当也波初，则道是峨冠士大夫，原来是个不晓事的乔男女[11]。

（秋胡背云）且慢者，这女子不肯，怎生是了？我随身有一饼黄金，是鲁君赐与我侍养老母的，母亲可也不知。常言道，财动人心，我把这一饼黄金与了这女子，他好歹随顺了我。（做取砌末，见正旦科，云）兀那小娘子，你肯随顺了我，我与你这一饼黄金。（正旦背云）这弟子孩儿无礼也！他如今将出一饼黄金来，我则除是恁般。兀那厮，你早说有黄金不的？你过这壁儿来，我过那壁儿看人去。（秋胡云）他肯了也。你看人去。（正旦做出门科，云）兀那禽兽，你听者！可不道男子见其金易其过，女子见其金不敢坏其志。那禽兽见人不肯，将出黄金来，你道黄金这般好用的！（唱）

【耍孩儿】可不道书中有女颜如玉[12]。（秋胡云）呀！倒吃了他一个酱瓜儿[13]！（正旦唱）你将着金，要买人殢云㜣雨，却不道黄金散尽为收书。哎！你个富家郎，惯使珍珠，倚仗着囊中有钞多声势,岂不闻财上分明大丈夫?不由咱生嗔怒,我骂你个沐猴冠冕,牛马襟裾[14]!

(秋胡云)小娘子,你不肯,我跟你家里去,成就这门亲事,可不好也?(正旦唱)

【二煞】俺那牛屋里,怎成得美眷姻,鸦窠里怎生着鸾凤雏,蚕茧纸难写姻缘簿,短桑科长不出连枝树,沤麻坑养不活比目鱼,辘轴[15]上也打不出那连环玉。似你这伤风败俗,怕不的地灭天诛。

(秋胡云)小娘子休这等说,你若还不肯呵,我如今一不做二不休,拚的打死你也。(正旦云)你要打谁?(秋胡云)我打你。(正旦唱)

【三煞】你瞅我一瞅,黥[16]了你那额颅;扯我一扯,削了你那手足;你汤[17]我一汤,拷了你那腰截骨;掐我一掐,我着你三千里外该流递[18];搂我一搂,我着你十字阶头便上木驴。哎!吃万剐的遭刑律!我又不曾掀了你家坟墓,我又不曾杀了你家眷属。

(秋胡云)这婆娘好无礼也!你不肯便罢了,怎么这般骂我?(正旦提桑篮科,唱)

【尾煞】这厮睁着眼,觑我骂那死尸;腆着脸[19],看我咒他上祖。谁着你桑园里,戏弄人家良人妇!便跳出你那七代先灵,也做不的主。(下)

(秋胡云)我吃他骂了这一顿,我将着这饼黄金,回家侍养老母去也。(诗云)一见了美貌娉婷,不由的我便动情。用言语将他调戏,倒被他骂我七代先灵。(下)

〔1〕黄金一饼——金银铸成饼状叫做饼金或饼银。《后汉书·乐羊子妻传》:"羊子尝行路,得遗金一饼。"

〔2〕五行——金木水火土,称为五行。星相迷信说法:五行相生相克,关系着人的命运好坏。

〔3〕淹——留滞、迟延(指停留的时间长了)。

〔4〕支揖——即作揖、拜揖,旧时对人敬礼的一种仪式。

〔5〕万福——旧时妇女向人行礼时,口称"万福",表示祝福之意。

〔6〕取应——应试,参加科举考试。

〔7〕酪子里——突然地、平白地。

〔8〕丢抹——羞臊;一作㧟抹,或倒作抹丢,义同。

〔9〕眼脑儿——或作眼老,即眼睛;脑儿,语尾助词,无义。

〔10〕战笃速——因寒冷或惊慌而颤动的样子,现在口语叫做"哆嗦"。

〔11〕乔男女——乔,矫饰、狡狯、作伪。男女,犹言"家伙"。乔男女,坏家伙。

〔12〕书中有女颜如玉——古语:书中自有黄金粟,书中自有颜如玉。

〔13〕酱瓜儿——一种咸菜。吃酱瓜儿,犹云吃了咸盐(闲言);现在北京话还有这种说法。这是谐音格,"咸盐"谐"闲言";意谓受了梅英的闲言闲语的嘲骂。

〔14〕沐猴冠冕,牛马襟裾——猕猴戴帽,牛马穿衣;但仍旧是禽兽。即衣冠禽兽之意。

〔15〕辘轴——即辘轳车,也叫陶车,制陶瓷的一种机械:转盘安装在直立的转轴上端,将泥料装放在回旋的转盘中间,用手工摹制成形。

〔16〕黥(qíng 晴)——古代的一种肉刑:用刀在脸颊上刻字,再涂

203

上黑色,使它永远不能磨灭掉。

〔17〕汤——挨、碰、接触。

〔18〕流递——即徒刑;流放到荒远地区充军。

〔19〕腆着脸——厚脸皮,不顾羞耻;现在口语中还有这种说法。

第 四 折

(卜儿上,诗云)朝随日出采柔桑,采到将中不满筐;方信遍身罗绮者,从来不是养蚕娘。老身秋胡的母亲便是。我媳妇儿采桑去了,这早晚怎生不见回家也?(秋胡冠带引祗从上,云)小官秋胡。来到此间,正是自家门首,不免径入。母亲,你孩儿回来了也。(卜儿惊问云)官人是谁?(秋胡云)则你孩儿,便是秋胡。(卜儿云)孩儿,你得了官也!则被你想杀老身也!(秋胡送金科,云)母亲,你孩儿得了官,现做中大夫之职,鲁君着我衣锦还乡,赐一饼黄金,奉养老母。(卜儿云)孩儿,这数年索是辛苦也,(秋胡云)母亲,梅英那里去了?(卜儿悲科,云)孩儿,你去了十年光景,若不是你这媳妇儿养活我呵,这其间饿杀老身多时也。今日梅英到桑园里采桑去了。(秋胡云)母亲,梅英往那里去了?(卜儿云)他采桑去了,这早晚敢待来也。(秋胡云)嗨!适才桑园里逗的那个女人,敢是我媳妇么?他若回来时,我自有个主意。(正旦慌上,云)走,走,走!(唱)

【双调新水令】若不是江村四月正农忙,扯住那吃敲才,决无轻放。第一来怕鸦飞天道黑,第二来又则怕蚕老麦焦黄。满目柔桑,一片林庄,急切里没个邻里街坊,我则怕人见,甚勾当。

（云）俺家又不是会首大户，怎么门前拴着一匹马？我把这桑篮儿放在蚕房里，我试看咱。这弟子孩儿[1]无礼也！他桑园里逗引我，是我不肯，他公然赶到我家里来也。（唱）

【甜水令】这厮便倚强凌弱，心粗胆大，怎敢来俺庄上？不由的忿气夯[2]胸膛。我这里便破步撩衣[3]，走向前来，揸住罗裳。咱两个明有官防。

（做扯秋胡科云）（卜儿云）媳妇儿，你休扯他，他是秋胡来家了也。（正旦放手科，唱）

【折桂令】呀！原来是你曾参[4]衣锦也还乡。（做出门叫秋胡科，云）秋胡，你来！（秋胡云）梅英，你唤我做甚么？（正旦云）你曾逗人家女人来么？（秋胡背云）我决撒[5]了也！则除是这般。梅英，我几曾逗人来？（正旦唱）谁着你戏弄人家妻儿，迤逗人家婆娘！据着你那愚滥[6]荒唐，你怎消的那乌靴象简，紫绶金章？你博的个享富贵，朝中栋梁，（带云）我怎生养活你母亲十年光景也？（唱）你可不辱没杀受贫穷堂上糟糠。我捱尽凄凉，熬尽情肠，怎知道为一夜的情肠，却教我受了那半世儿凄凉。

（卜儿云）媳妇儿，你来。（正旦同秋胡见卜科）（卜儿云）媳妇儿，鲁君赐我孩儿一饼黄金，侍养老身，这十年间多亏了你，将这黄金我酬谢你，收了者。（正旦云）奶奶，媳妇儿不敢要，留着与奶奶打簪儿戴。（做出门科，云）秋胡，你来！（秋胡云）你又唤我做甚么？（正旦唱）

【乔牌儿】你做贼也呵，我可拿住了赃。哎！你个水晶塔[7]便休强，这的是鲁公宣赐与个头厅相[8]，着还家来侍奉你娘。

（云）假若这黄金若是别人家妇女呵，(唱)

【豆叶黄】接了黄金，随顺了你才郎，也不怕高堂饿杀了你那亲娘。福至心灵，才高语壮，须记的有女怀春[9]诗一章。我和你细细斟量，可不道要我桑中，送咱淇上[10]。

（云）秋胡，你可曾逗人家妇人来么？（秋胡云）你好多心也！（正旦唱）

【川拨棹】那佳人可承当，(做拿桑篮科，唱)不俫[11]，我提篮去采桑。空着我埋怨爹娘，选拣东床，相貌堂堂，自一夜花烛洞房，怎堤防这一场。

【殿前欢】你只待金殿里锁鸳鸯，我将那好花输与你个富家郎。耽着饥每日在长街上，乞些儿剩饭凉浆，你与我休离纸半张。（秋胡云）你怎么问我讨休书来？（正旦唱）早插个明白状，也留与傍人做个话儿讲，道"女慕贞洁，男效才良[12]"。

（卜儿云）秋胡，你为甚么这般吵闹？（秋胡云）母亲，梅英不肯认我哩！（卜儿云）媳妇儿，你为甚么不认秋胡那？（正旦云）秋胡，你听者：贞心一片似冰清，郎赠黄金妾不应；假使当时陪笑语，半生谁信守孤灯？秋胡，将休书来！将休书来！（秋胡云）梅英，你差矣！我将着五花官诰，驷马高车，你便是夫人县君，怎忍的便索休离去了也？（正旦唱）

【雁儿落】谁将这五花官诰[13]汤？谁将这霞帔金冠望？(带云)便有呵，(唱)我也则牢收箱柜中，怎敢便穿在咱身躯上。

【得胜令】呀！又则怕风动满园香。（李大户同罗、搽旦、杂当上，李云）他受了我红定，倒被他抢白一场，难道便罢了？我如今带领了许多狼仆，抢亲去也！（罗、搽旦云）今日是个好日辰，我和你抢他娘去。(做见科,云)兀的不是我女儿梅英?(正旦唱)走将来雪上更加霜。早是俺这钓鳌客[14]咱不认,哎!你个使牛郎[15]休更想。(秋胡喝云)兀那厮,你来我家里做甚么?(李惊云)呀!元来他做了官,不是军了也!我闻知你衣锦荣归,特来贺喜。(罗、搽旦云)呸!这等,你说他死了也。(李云)他不死,倒是我死。(秋胡云)元来那厮假捏流言,夺人妻女。左右,与我拿下,送到钜野县去,问他一个重重罪名。(祗从做缚科)(李云)这也不是我的主意,就是你的岳翁、岳母欠了我四十石粮食,将他女儿转卖与我的。(秋胡云)这等,一发可恶。明明是广放私债,逼勒卖女了。左右,你去与县官说知,着重责四十板,枷号[16]三个月,罚谷一千石,备济饥民,毋得轻纵者!(祗从云)理会的。(李云)一心妄想洞房春,谁料金榜擂槌有正身。(罗、搽旦云)我们也没嘴脸[17]在这里,不如只做送李大户到县去,暗地溜了。(诗云)如今且学乌龟法,只是缩了头来不见人。(同下)(卜儿云)媳妇儿,你若不肯认我孩儿呵,我寻个死处。(正旦唱)唬的我慌忙则这小鹿儿在心头撞,有的来商也波量。(云)奶奶,我认了秋胡也。(卜儿云)媳妇儿,你认了秋胡,我也不寻死了。(正旦云)罢罢罢!(唱)则是俺那婆娘家不气长[18]。

(卜儿云)媳妇儿,你既认了,可去改换梳洗,和秋胡孩儿两个拜见咱。(正旦下,改扮上,同秋胡先拜卜儿,次对拜科)(正旦唱)

【鸳鸯煞】若不为慈亲年老谁供养,争些个夫妻恩断无承望。从今后卸下荆钗,改换梳妆。畅道百岁荣华,两人共享。非是我假乖张[19],做出这乔模样;也则要整顿我妻纲;不比那秦氏罗敷[20],单说得他一会儿夫婿的谎。

（秋胡云）天下喜事，无过子母完备，夫妇谐和。便当杀羊造酒，做个庆喜筵席。（词云）想当日刚赴佳期，被勾军蓦地分离，苦伤心抛妻弃母，早十年物换星移。幸时来得成功业，着锦衣脱去戎衣。荷君恩赐金一饼，为高堂供膳甘肥。到桑园糟糠相遇，强求欢假作痴迷；守贞烈端然无改，真堪与青史标题。至今人过钜野，寻他故老，犹能说鲁秋胡调戏其妻。

　　题目　　　贞烈妇梅英守志
　　正名[21]　鲁大夫秋胡戏妻

〔1〕弟子孩儿——弟子，指妓女；源于唐玄宗"梨园弟子"之称。弟子孩儿，詈词；意谓妓女养的，犹今语：婊子养的。

〔2〕夯（hāng 行阴平）——建筑时，用木桩捶地，使基坚实，叫做夯地。引申为生气的时候气塞、气堵的意思。

〔3〕破步撩衣——撩起衣裳、快步向前，表示向人争斗的姿态。

〔4〕曾参——春秋时鲁国人，事奉父母非常孝顺。这里说他衣锦还乡，是借用的话，他没有作过官。这里是反话。

〔5〕决撒——有败露、识破、被戳穿、破裂等义。

〔6〕愚滥——或作馀滥。愚，愚笨。滥，行为不检点。愚滥，又笨又坏，詈词。

〔7〕水晶塔——外表通彻透亮，而里面坚固阻塞；比喻人外表聪明，心里糊涂。

〔8〕头厅相——或作头庭相。指宰相，大官。

〔9〕有女怀春——《诗经·召南·野有死麕》："有女怀春，吉士诱之。"是歌咏男女相爱的诗。这里偏重在"吉士诱之"句，指秋胡在桑园里挑引她的事。

〔10〕桑中、淇上——《诗经·鄘风·桑中》："期我乎桑中，要我乎

上宫,送我乎淇之上矣。"也是歌咏男女相爱的诗。桑中、上宫、淇上,都是他们约会欢聚的地方。

〔11〕不俫——用在转折时的语气,或加紧语气的一种语助词。

〔12〕"女慕贞洁,男效才良"——梁·周兴嗣《千字文》中的两句话;意谓:女的应该贞洁,男人应该才良。

〔13〕五花官诰——封建时代,皇帝封赐给官员妻子封号的诰命状,上面印有五朵花纹。

〔14〕钓鳌客——李白去拜访宰相,自称"海上钓鳌客李白"(见《侯鲭录》六)。这里指秋胡。

〔15〕使牛郎——使牛人,如说"放牛娃",旧指贱役。

〔16〕枷号——旧时刑法:用木枷套在罪犯的颈上,标明罪状,号令示众,叫做枷号。

〔17〕嘴脸——面目,脸面。

〔18〕不气长——不争气,气短。

〔19〕乖张——性格执拗、孤僻、不随顺、不谐和,犹云乖戾。

〔20〕罗敷——古乐府诗《陌上桑》里的女主角。她采桑时,遇见一个官员调戏她,想用车子把她载回家。她说:"使君自有妇,罗敷自有夫。"于是故意把自己的丈夫的相貌和官职夸说了一番,拒绝了那个官员的请求。

〔21〕题目正名——贾本《录鬼簿》题目作:"采桑女梅英诉恨";正名作:"贤大夫秋胡戏妻"。

赵氏孤儿大报仇[1]

(元) 纪君祥[2] 撰

楔 子

(净扮屠岸贾领卒子上，诗云)人无害虎心，虎有伤人意；当时不尽情，过后空淘气。某乃晋国大将屠岸贾是也。俺主灵公在位，文武千员，其信任的只有一文一武：文者是赵盾，武者即某矣。俺二人文武不和，常有伤害赵盾之心，争奈不能入手。那赵盾儿子唤做赵朔现为灵公驸马。某也曾遣一勇士鉏麑，仗着短刀，越墙而过，要刺杀赵盾，谁想鉏麑触树而死。那赵盾为劝农，出到郊外，见一饿夫在桑树下垂死，将酒饭赐他饱餐了一顿，其人不辞而去。后来西戎国进贡一犬，呼曰神獒，灵公赐与某家；自从得了那个神獒，便有了害赵盾之计。将神獒锁在净房中，三五日不与饮食。于后花园中扎下一个草人，紫袍玉带，象简乌靴，与赵盾一般打扮，草人腹中悬一付羊心肺。某牵出神獒来，将赵盾紫袍剖开，着神獒饱餐一顿，依旧锁入净房中。又饿了三五日，复行牵出，那神獒扑着便咬，剖开紫袍，将羊心肺又饱餐一顿。如此试验百日，度其可用，某因入见灵公，只说今时不忠不孝之人，甚有欺君之意。灵公一闻其言，不胜大恼，便向某索问其人，某言西戎国进来的神獒，性最灵异，他便认的。灵公大喜，说："当初尧、舜之时，有獬豸能触邪人，谁想我晋国有此神獒，今在何处?"某牵上那神獒去,其时赵盾紫袍玉带,正立在灵公坐榻之边,神獒见了,扑着他便咬。灵公言:"屠岸贾,你放了神獒,兀的不是谗臣也?"某放了神獒,赶着赵盾,绕殿而走。争奈傍边恼了一人,乃是殿前太尉提弥明,一瓜捶打倒神獒,一手揪住脑杓皮,一手捺住下嗑子,只一劈,将那神獒分为两半。赵盾出的殿门,便寻他原乘的驷马车;某已使人将驷马摘了二马,双轮去了一轮,上的车来,不能前去。傍边转过一个壮士,一臂扶轮,一手策马,逢山开路,救出赵盾去了。你道其人是谁?就是那桑树下饿夫灵辄。某在灵公根前说过,将赵盾三百口满门良贱,诛尽杀绝。止有赵朔与公主在府中,为他是个驸马,不好擅杀。某想剪草除根,萌芽不发;乃诈传灵公的命,差一使臣将着三般朝典,是弓弦,药酒,短刀,着赵朔服那一般朝典身亡。某已分付他疾去早来,回我的话。(诗云)三百家属已灭门,止有赵朔一亲人;不论那般朝典死,便教剪草尽除根。(下)(冲末扮赵朔同旦公主上)(赵朔云)小官赵朔,官拜都尉之职。谁想屠岸贾与我父文武不和,搬弄灵公,将俺三百口满门良贱,诛尽杀绝了也。公主,你听我遗言:你如今腹怀有孕,若是你添个女儿,更无话说;若是个小厮儿呵,我就腹中与他个小名,唤做"赵氏孤儿",待他长立成人,与俺父母雪冤报仇也。(旦儿哭科,云)兀的不痛杀我也!(外扮使命领从人上,云)小官奉主公的命,将三般朝典,是弓弦,药酒,短刀,赐与驸马赵朔,随他服那一般朝典,取速而亡;然后将公主囚禁府中。小官不敢久停久住,即刻传命走一遭去,可早来到他府门首也。(见科,云)赵朔跪者,听主公的命:"为您一家不忠不孝,欺公坏法,将您满门良贱,尽行诛戮,尚有馀辜。姑念赵朔有一脉之亲,不忍加诛,特赐三般朝典,随意取一而死。

其公主囚禁在府,断绝亲疏,不许往来。兀那赵朔!圣命不可违慢,你早早自尽者。(赵朔云)公主,似此可怎了也?(唱)

【仙吕赏花时】枉了我报主的忠良一旦休,只他那蠹国的奸臣权在手;他平白地使机谋,将俺云阳市斩首,兀的是出气力的下场头。

(旦儿云)天那,可怜害的俺一家死无葬身之地也。(赵朔唱)

【幺篇】落不的身埋在故丘。(云)公主,我嘱付你的说话,你牢记者。(旦儿云)妾身知道了也。(赵朔唱)分付了,腮边雨泪流,俺一句一回愁。待孩儿他年长后,着与俺这三百口可兀的报冤仇。(死科,下)

(旦儿云)驸马,则被你痛杀我也!(下)(使命云)赵朔用短刀身亡了也,公主已囚在府中,小官须回主公的话去来。(诗云)西戎当日进神獒,赵家百口命难逃;可怜公主犹囚禁,赵朔能无决短刀?(下)

〔1〕赵氏孤儿大报仇——明·钟嗣成《录鬼簿》题作《冤报冤赵氏孤儿》,《也是园书目》、《元曲选》作《赵氏孤儿大报仇》,元刊本作《赵氏孤儿》,因作为其简名。一七三五年曾有法文译本演出,后又有英、俄、德等文译本。此剧本事,大体上系根据《左传》、《国语》、《史记》及《新序》、《说苑》诸书所载有关诸事,编缀增饰而成。"孤儿",即赵朔之子赵武。明人又据而编为《八义记》。此剧现存《元刊三十种》本、《元曲选》本及《酹江集》本。元刊本无第五折,无宾白,文字缺误较多,此据《元曲选》本。

〔2〕纪君祥——一作纪天祥,大都人。与李寿卿、郑廷玉同时。作剧六种,现存《赵氏孤儿大报仇》。天一阁本《录鬼簿》贾仲明补挽词云:

"寿卿、廷玉在同时,三度蓝关《韩退之》。《松阴梦》里三生事,《驴皮记》情意资。冤报冤《赵氏孤儿》。编成(成)传,写纸上,表表于斯。"《太和正音谱》评其词曲格势如"雪里梅花"。

第 一 折

(屠岸贾上,云)某屠岸贾,只为公主怕他添了个小厮儿,久以后成人长大,他不是我的仇人?我已将公主囚在府中,这些时该分娩了,怎么差去的人,去了许久,还不见来回报?(卒子上报科,云)报的元帅得知,公主囚在府中,添了个小厮儿,唤做赵氏孤儿哩。(屠岸贾云)是真个唤做赵氏孤儿?等一月满足,杀这小厮,也不为迟。令人,传我的号令去,着下将军韩厥把住府门,不搜进去的,只搜出来的。若有盗出赵氏孤儿者,全家处斩,九族不留。一壁与我张挂榜文,遍告诸将,休得违误,自取其罪。(词云)不争晋公主怀孕在身,产孤儿是我仇人;待满月钢刀铡死,才称我削草除根。(下)(旦儿抱徕儿上,诗云)天下人烦恼,都在我心头,犹如秋夜雨,一点一声愁。妾身晋室公主,被奸臣屠岸贾将俺赵家满门良贱,诛尽杀绝。今日所生一子,记的驸马临亡之时,曾有遗言:"若是添个小厮儿,唤做赵氏孤儿,待他久后成人长大,与父母雪冤报仇。"天那,怎能够将这孩儿送出的这府门去,可也好也。我想起来,目下再无亲人,只有俺家门下程婴,在家属上无他的名字。我如今只等程婴来时,我自有个主意。(外扮程婴背药箱上,云)自家程婴是也,元是个草泽医人,向在驸马府门下,蒙他十分优待,与常人不同。可奈屠岸贾贼臣,将赵家满门良贱,诛尽杀绝;幸得家属上无有我的名字,如今公主囚在府中,是我每日传茶送饭。那公主眼下虽然生的一个小厮,取名赵氏孤儿,等他长立成人,与父母报仇雪冤;只怕出不得屠贼之手,也是枉然。闻的公主呼唤,想是产后要什么汤药,须索走一遭去。可早来到府门首,也不必报复,径自过去。(程婴见科,云)公主,呼唤程婴有何事?(旦儿云)俺赵家一门,好死的苦楚也。程婴,唤你来别无甚事,我如今添了个孩儿,他父临亡之时,取下他一个小名,唤做赵氏孤儿。程婴,你一向在俺赵家门下走动,也不曾歹看承你,你怎生将这个孩儿掩藏出去,久后成人长大,与他赵氏报仇。(程婴云)公主,你还不知道,屠岸贾贼臣,闻知你产下赵氏孤儿,四城门张挂榜文,但有掩藏孤儿的,全家处斩,九族不留,我怎么掩藏的他出去?(旦儿云)程婴!(诗云)可不道:遇急思亲戚,临危托故人。你若是救出亲生子,便是俺赵家留得这条根。(做跪科,云)程婴,你则可怜见俺赵家三百口,都在这孩儿身上哩。(程婴云)公主请起。假若是我掩藏出小舍人去,屠岸贾得知,问你要赵氏孤儿,你说道"我与了程婴也"。俺一家儿便死了也罢,这小舍人休想是活的。(旦儿云)罢罢罢。程婴,我教你去的放心。(诗云)程婴心下且休慌,听吾说罢泪千行;他父亲身在刀头死,(做拿裙带缢死科,云)罢罢罢,为母的也相随一命亡。(下)(程婴云)谁想公主自缢死了也,我不敢久停久住,打开这药厢,将小舍人放在里面,再将些生药遮住身子。天也,可怜见赵家三百馀口,诛尽杀绝,止有一点点孩儿。我如今救的他出去,你便有福,我便成功;若是搜将出来呵,你便身亡,俺一家儿都也性命不保。(诗云)程婴心下自裁划,赵家门户实堪哀;只要你出的九重帅府连环寨,便是脱却天罗、地网灾。(下)(正末扮韩厥领卒子上,云)某下将军韩厥是也,佐于屠岸贾麾下,著某把守公主的府门,可是为何?只因公主生下一子;唤做赵氏孤儿,恐怕有人递盗将去,著某在府门上搜出来时,将他全家处斩,九族不留。小校,将公主府门把的严整者。嗨,屠岸贾,都似你这般损坏忠良,几时是了也呵!(唱)

【仙吕点绛唇】列国纷纷,莫强于晋;才安稳,怎有这屠岸贾贼臣,他则把忠孝的公卿损!

【混江龙】不甫能风调雨顺太平年,宠用着这般人;忠孝的在市曹中斩首,奸佞的在帅府内安身。现如今全作威来全作福,还说甚半由君也半由臣?他他他,把爪和牙布满在朝门,但违拗的,早一个个诛夷尽。多咱是人间恶煞,可什么阃外将军[1]?

(云)我想屠岸贾与赵盾两家儿结下这等深仇,几时可解也?(唱)

【油葫芦】他待要剪草防芽绝祸根,使著俺把府门。俺也是于家为国旧时臣,那一个藏孤儿的便不合将他隐,这一个杀孤儿的你可也心何忍?(带云)屠岸贾,你好狠也!(唱)有一日怒了上苍,恼了下民,怎不怕沸腾腾万口争谈论?天也显着个青脸儿不饶人。

【天下乐】却不道远在儿孙近在身?哎,你个贼也波臣,和赵盾岂可二十载同僚,没些儿义分?便兴心,使歹心,指贤人,作歹人;他两个细评论,还是那个狠?

(云)令人,门首觑者,看有甚么人出府门来,报复某家知道。(卒子云)理会的。(程婴做慌走上,云)我抱着这药厢,里面有赵氏孤儿,天也可怜,喜的韩厥将军把住府门。他须是我老相公抬举来的,若是撞的出去,我与小舍人性命都得活也。(做出门科)(正末云)小校,拿回那抱药厢儿的人来。你是甚么人?(程婴云)我是个草泽医人,姓程,是程婴。(正末云)你在那里去来?(程婴云)我在公主府内煎汤下药来。(正末云)你下甚么药?(程婴云)下了个益母汤。(正末云)你这厢儿里面甚么物件?(程婴云)都是生药。(正末云)是甚么生药?(程婴云)都是桔梗、甘草、薄荷。(正末云)可有什么夹带?(程婴云)并无夹带。(正末云)这等,你去。(程婴做走,正末叫科,云)程婴回来,这厢儿里面是甚么物件?(程婴云)都是生药。(正末云)可有什么夹带?(程婴云)并无夹带。(正末云)你去。(程婴做走,正末叫科,云)程婴回来,你这其中必有暗昧。我著你去呵,似弩箭离弦;叫你回来呵,便似毡上拖毛。程婴,你则道我不认的你哩?(唱)

【河西后庭花】你本是赵盾家堂上宾,我须是屠岸贾门下人,你便藏著那未满月麒麟种[2]。(带云)程婴你见么?(唱)怎出的这不通风虎豹屯[3]?我不是下将军,也不将你来盘问。(云)程婴,我想你多曾受赵家恩来。(程婴云)是知恩报恩,何必要说?(正末唱)你道是既知恩合报恩,只怕你要脱身难脱身。前和后把住门,地和天那处奔?若拿回审个真,将孤儿往报闻,生不能,死有准。

(云)小校靠后,唤恁便来,不唤恁休来。(卒子云)理会的。(正末做揭厢子见科,云)程婴,你道是桔梗、甘草、薄荷,我可搜出人参来也。(程婴做慌跪伏科)(正末唱)

【金盏儿】见孤儿额颅上汗津津,口角头乳食歆,骨碌碌睁一双小眼儿将咱认,悄促促厢儿里似把声吞,紧绑绑难展足,窄狭狭怎翻身。他正是:成人不自在,自在不成人[4]。

（程婴词云）告大人停嗔息怒,听小人从头分诉:想赵盾晋室贤臣,屠岸贾心生嫉妒;遣神獒扑害忠良,出朝门脱身逃去,驾单轮灵辄报恩,入深山不知何处。奈灵公听信谗言,任屠贼横行独步。赐驸马伏剑身亡,灭九族都无活路。将公主囚禁冷宫,那里讨亲人照顾?遵遗嘱唤做孤儿,子共母不能完聚。才分娩一命归阴,著程婴将他掩护。久以后长立成人,与赵家看守坟墓。肯分的遇着将军,满望你拔刀相助;若再剪除了这点萌芽,可不断送他灭门绝户?（正末云）程婴,我若把这孤儿献将出去,可不是一身富贵?但我韩厥是一个顶天立地的男儿,怎肯做这般勾当?（唱）

【醉中天】我若是献出去图荣进,却不道利自己损别人?可怜他三百口亲丁尽不存,着谁来雪这终天恨?（带云）那屠岸贾若见这孤儿呵,（唱）怕不就连皮带筋捻成齑粉?我可也没来由立这样没眼的功勋。

（云）程婴,你抱的这孤儿出去,若屠岸贾问呵,我自与你回话。（程婴云）索谢了将军。（做抱厢儿走出,又回跪科）（正末云）程婴,我说放你去,难道耍你?可快出去。（程婴云）索谢了将军。（做走又回跪科）（正末云）程婴,你怎生又回来?（唱）

【金盏儿】敢猜着我调假不为真?那知道蕙叹惜芝焚[5]?去不去我几回家将伊尽[6],可怎生到门前兜的又回身?（带云）程婴,（唱）你既没包身胆,谁着你强做保孤人?可不道忠臣不怕死,怕死不忠臣?

（程婴云）将军,我若出的这府门去,你报与屠岸贾知道,别差将军赶来,拿住我程婴,这个孤儿万无活理。罢罢罢,将军,你拿将程婴去,请功受赏,我与赵氏孤儿情愿一处身亡便了。（正末云）程婴,你好

217

去的不放心也。(唱)

【醉扶归】你为赵氏存遗胤,我于屠贼有何亲?却待要乔做人情,遣众军打一个回风阵[7]?你又忠,我可也又信,你若肯舍残生,我也愿把这头来刎。

【青歌儿】端的是一言一言难尽,(带云)程婴,(唱)你也忒眼内眼内无珍[8]。将孤儿好去深山深处隐,那其间教训成人,演武修文,重掌三军,拿住贼臣,碎首分身,报答亡魂,也不负了我和你硬踹着[9]是非门,担危困。

(带云)程婴,你去的放心者。(唱)

【赚煞尾】能可[10]在我身儿上讨明白,怎肯向贼子行捱推问?猛拼着撞阶基图个自尽,便留不得香名万古闻,也好伴钼锼共做忠魂。你你你,要殷勤,照觑晨昏,他须是赵氏门中一命根。直等待他年长进,才说与从前话本,是必教报仇人,休亡了我这大恩人。(自刎下)

(程婴云)呀,韩将军自刎了也。则怕军校得知,报与屠岸贾知道,怎生是好?我抱着孤儿,须索逃命去来。(诗云)韩将军果是忠良,为孤儿自刎身亡。我如今放心前去,太平庄再做商量。(下)

〔1〕阃外将军——统兵在国门以外的将军;阃,指国门。《史记·冯唐传》:"阃以内者,寡人治之。阃以外者,将军治之。"《晋书·桓冲传》:"臣司存阃外。"

〔2〕麒麟种——陈·徐陵早慧,被称为"天上石麒麟"(见《陈书·徐陵传》)。杜甫《徐卿二子歌》:"并是天上麒麟儿。"此指赵氏孤儿。

〔3〕虎豹屯——古代兵书《六韬》中,有《虎韬》、《豹韬》。元稹《哭吕衡州诗》:"家藏虎豹韬。""虎豹屯",屯,屯聚,指围守赵家的军队。

〔4〕成人不自在,自在不成人——意谓要有所成就,必须刻苦努力,不可放任。宋·罗大经《鹤林玉露》九引朱熹语云:"谚云:'成人不自在,自在不成人。'此言虽浅,然实切至之论,千万勉之!"

〔5〕蕙叹惜芝焚——比喻同类相感相惜。晋·陆机《叹逝赋》:"嗟芝焚而蕙叹。"蕙、芝,均指香草。

〔6〕尽——有放任、随意等义。现在口语中还有这种用法,如说:"尽他去"。就是随他去、让他去的意思。

〔7〕回风阵——回风,旋风,吹过去又回转过来。《古诗十九首》:"回风动地起。"这里比喻假意叫他走,又让军士捉回来之意。

〔8〕眼内无珍——或作内无珠;比喻虽有眼但不识好人。

〔9〕踹(chuài 閊)着——践踏着。

〔10〕能可——宁可。

第 二 折

(屠岸贾领卒子上云)事不关心,关心者乱。某屠岸贾,只为公主生下一个小的,唤做赵氏孤儿,我差下将军韩厥把住府门,搜检奸细。一面张挂榜文,若有掩藏赵氏孤儿者,全家处斩,九族不留。怕那赵氏孤儿会飞上天去?怎么这早晚还不见送到孤儿?使我放心不下。令人,与我门外觑者。(卒子报科,云)报元帅,祸事到了也。(屠岸贾云)祸从何来?(卒子云)公主在府中将裙带自缢而死,把府门的韩厥将军也自刎身亡了也。(屠岸贾云)韩厥为何自刎了?必然走了赵氏孤儿,怎生是好?眉头一皱,计上心来。我如今不免诈传灵公的命,把晋国内但是半岁之下,一月之上,新添的小厮,都与我拘刷将来,见一个剁三剑。其中必然有赵氏孤儿,可不除了我这腹心之害?令人,与我张挂榜文,着晋国内但是半岁之下,一月之上新添的小厮,都拘刷到我帅府中来听令。违者全家处斩,九族不留。(诗云)我拘刷尽普国婴孩,料孤儿没处藏埋;一任他金枝玉叶,难逃我剑下之灾。(下)(正末扮公孙杵臼领家童上,云)老夫公孙杵臼是也。在晋灵公位下,为中大夫之职。只因年纪高大,见屠岸贾专权,老夫掌不得王事,罢职归农。苫庄三顷地,扶手一张锄,住在这吕吕太平庄上。往常我夜眠斗帐听寒角,如今斜倚柴门数雁行,倒大来悠哉也呵。(唱)

【南吕一枝花】兀的不屈沉杀大丈夫,损坏了真梁栋?被那些腌臜[1]屠狗辈[2],欺负俺慷慨钓鳌翁[3]。正遇着不道的灵公,偏贼子加恩宠,著贤人受困穷;若不是急流中将脚步抽回,险些儿闹市里把头皮断送。

【梁州第七】他他他,在元帅府扬威也那耀勇,我我我,在太平庄罢职归农,再休想鹓班豹尾相随从。他如今官高一品,位极三公,户封八县,禄享千钟;见不平处有眼如矇,听咒骂处有耳如聋。他他他,只将那会谄谀的着列鼎重茵,害忠良的便加官请俸,耗国家的都叙爵论功。他他他,只贪着目前受用,全不省爬的高来可也跌的来肿。怎如俺守田园,学耕种,早跳出伤人饿虎丛,倒大来从容。

(程婴上,云)程婴,你好慌也。小舍人,你好险也。屠岸贾,你好狠也。我程婴虽然担着个死撞出城来,闻的那屠岸贾见说走了赵氏孤儿,要将普国内半岁之下,一月之上小孩儿每,都拘摄到元帅府里,不问是孤儿不是孤儿,他一个个亲手剁做三段。我将的这小舍人送到那厢去好?有了,我想吕吕太平庄上公孙杵臼,他与赵盾是一殿之臣,最相交厚。他如今罢职归农,那老宰辅是个忠直的人,那里堪可掩藏。我如今来到庄上,就在这芭棚下放下这药厢。小舍人,你且权时歇息咱,我见了公孙杵臼,便来看你。家童,报复去,道有程婴求见。(家童报科,云)有程婴在于门首。(正末云)道有请。(家童云)请进。(正末见科,云)程婴,你来有何事?(程婴云)在下见老宰辅在这太平庄上,特来相访。(正末云)自从我罢官之后,众宰辅每好么?(程婴云)嗨,这不比老宰辅为官时节,如今屠岸贾专权,较往常都不同了也。(正末云)也该着众宰辅每劝谏劝谏。(程婴云)老宰辅,这等贼臣,自古有之;便是那唐虞之世,也还有四凶[4]哩。(正末唱)

【隔尾】你道是古来多被奸臣弄,便是圣世何尝没四凶?谁似这万人恨、千人嫌、一人重?他不廉不公,不孝不忠,单只会把赵盾全家杀的个绝了种。

(程婴云)老宰辅,幸的皇天有眼,赵氏还未绝种哩。(正末云)他家满门良贱三百馀口,诛尽杀绝,便是驸马也被三般朝典短刀自刎了,公主也将裙带缢死了,还有什么种在那里?(程婴云)那前项的事,老宰辅都已知道,不必说了。近日公主囚禁府中,生下一子,唤做孤儿,这不是赵家是那家的种?但恐屠岸贾得知,又要杀坏;若杀了这一个小的,可不将赵家真绝了种也?(正末云)如今这孤儿却在那里?不知可有人救的出来么?(程婴云)老宰辅,既有这点见怜之意,在下敢不实说:公主临亡时将这孤儿交付与了程婴,着好生照觑他,待到成人长大,与父母报仇雪恨。我程婴抱的这孤儿出门,被韩厥将军要拿的去报与屠岸贾;

是程婴数说了一场,那韩厥将军放我出了府门,自刎而亡。如今将的这孤儿无处掩藏,我特来投奔老宰辅。我想宰辅与赵盾元是一殿之臣,必然交厚,怎生可怜见救这个孤儿咱。(正末云)那孤儿今在何处?(程婴云)现在芭棚下哩。(正末云)休惊唬著孤儿,你快抱的来。(程婴做取箱开看科,云)谢天地,小舍人还睡着哩。(正末接科)(唱)

【牧羊关】这孩儿未生时绝了亲戚,怀着时灭了祖宗,便长成人也则是少吉多凶。他父亲斩首在云阳,他娘呵囚在禁中;那里是有血腥的白衣相[5]?则是个无恩念的黑头虫。(程婴云)赵氏一家,全靠着这小舍人要他报仇哩。(正末唱)你道他是个报父母的真男子,我道来则是个妨爷娘的小业种。

(程婴云)老宰辅不知,那屠岸贾为走了赵氏孤儿,普国内小的都拘刷将来,要伤害性命。老宰辅,我如今将赵氏孤儿偷藏在老宰辅根前,一者报赵驸马平日优待之恩,二者要救普国小儿之命。念程婴年近四旬有五,所生一子,未经满月,待假妆做赵氏孤儿,等老宰辅告首与屠岸贾去,只说程婴藏着孤儿,把俺父子二人一处身死。老宰辅慢慢的抬举的孤儿成人长大,与他父母报仇,可不好也?(正末云)程婴,你如今多大年纪了?(程婴云)在下四十五岁了。(正末云)这小的算着二十年呵,方报的父母仇恨。你再着二十年也,只是六十五岁;我再着二十年呵,可不九十岁了?其时存亡未知,怎么还与赵家报的仇?程婴,你肯舍的你孩儿,倒将来交付与我;你自首告屠岸贾处,说道太平庄上公孙杵臼藏着赵氏孤儿,那屠岸贾领兵校来拿住我和你亲儿,一处而死。你将的赵氏孤儿,抬举成人,与他父母报仇,方才是个长策。(程婴云)老宰辅,是则是,怎么难为的你老宰辅?你则将我的孩

儿,假妆做赵氏孤儿,报与屠岸贾去,等俺父子二人一处而死罢。(正末云)程婴,我一言已定,你再不必多疑了。(唱)

【红芍药】须二十年酬报的主人公,恁时节才称心胸,只怕我迟疾死后一场空。(程婴云)老宰辅,你精神还强健哩。(正末唱)我精神比往日难同,闪下这小孩童,怎见功?你急切里老不的形容,正好替赵家出力做先锋。(带云)程婴,你只依着我便了。(唱)我委实的捱不彻暮鼓晨钟[6]。

(程婴云)老宰辅,你好好的在家,我程婴不识进退,平白地将着这愁布袋连累你老宰辅,以此放心不下。(正末云)程婴,你说那里话?我是七十岁的人,死是常事,也不争这早晚。(唱)

【菩萨梁州】向这傀儡棚[7]中鼓笛搬弄,只当做场短梦,猛回头早老尽英雄。有恩不报怎相逢,见义不为非为勇。(程婴云)老宰辅,既应承了,休要失信。(正末唱)言而无信言何用?(程婴云)老宰辅,你若存的赵氏孤儿,当名标青史,万古留芳。(正末唱)也不索把咱来厮陪奉,大丈夫何愁一命终?况兼我白发蓬松。

(程婴云)老宰辅,还有一件,若是屠岸贾拿住老宰辅,你怎熬的这三推六问?少不得指攀我程婴下来。俺父子两个死是分内,只可惜赵氏孤儿终归一死,可不把你老宰辅乾累了也?(正末云)程婴,你也说的是,我想那屠岸贾与赵驸马呵,(唱)

【三煞】这两家做下敌头重,但要访的孤儿有影踪,必然把太平庄上兵围拥,铁桶般密不通风。(云)那屠岸贾拿住了我,高声喝道:"老匹夫,岂不见三日前出下榜文?偏是你藏下赵氏孤儿,与俺作对。请波!请波!"(唱)则说:"老匹夫请先入瓮[8]。也须知

223

榜揭处天都动,偏你这罢职归田一老农,公然敢剔蝎撩蜂[9]!"

【二煞】他把绷扒吊拷般般用,情节根由细细穷,那其间枯皮朽骨难禁痛,少不得从实攀供,可知道你个程婴怕恐。(带云)程婴你放心者。(唱)我从来一诺似千金[10]重,便将我送上刀山与剑峰,断不做有始无终。

(云)程婴,你则放心前去,抬举的这孤儿成人长大,与他父母报仇雪恨。老夫一死,何足道哉?(唱)

【煞尾】凭着赵家枝叶千年永,晋国山河百二雄[11],显耀英材统军众,威压诸邦尽伏拱,遍拜公卿诉苦衷,祸难当初起下宫[12],可怜三百口亲丁饮剑锋,刚留得孤苦伶仃一小童。巴[13]到今朝袭父封,提起冤仇泪如涌,要请甚旗牌下九重,早拿出奸臣帅府中,断首分骸祭祖宗,九族全诛不宽纵。恁时节才不负你冒死存孤保主公;便是我也甘心儿葬近要离[14]路傍冢。(下)

(程婴云)事势急了,我依旧将这孤儿抱的我家去,将我的孩儿送到太平庄上来。(诗云)甘将自己亲生子,偷换他家赵氏孤;这本程婴义分应该得,只可惜遗累公孙老大夫。(下)

〔1〕腌臜(ā zā 阿匝)——肮脏二字的音转。即肮脏。

〔2〕屠狗辈——宰狗为业的人,这里指屠岸贾。《战国策·韩策》:"客游以为狗屠,可旦夕得以养亲。"韩愈《送董邵南序》:"复有昔时屠狗者乎?"

〔3〕钓鳌翁——鳌,海中巨龟。钓鳌翁,喻志向远大高超的人,这里

是公孙杵臼自比。宋·赵德麟《侯鲭录》六："李白开元中谒宰相,封一板,上题:'海上钓鳌客李白。'"

〔4〕四凶——相传尧舜时代的四个部族首领,因不服从而被流放。《左传》文公十八年:"流四凶族:浑敦、穷奇、梼杌、饕餮。"

〔5〕白衣相——言无官职而有宰相的权势。唐·令狐滈恃其父宰相令狐绹之势,招权纳财,当时谓之"白衣宰相"(见《新唐书》本传)。这里指赵氏孤儿,与下句"黑头虫"意同,是反话。

〔6〕暮鼓晨钟——旧时寺庙里早晨敲钟、晚上击鼓以报时刻,叫做"暮鼓晨钟"。这里是表示时光、日日夜夜的意思。唐·李咸用《山中诗》:"朝钟暮鼓不到耳。"

〔7〕傀儡棚——搬演木偶戏的舞台,借喻人世、官场。《旧唐书·音乐志》:"窟礧子,亦云魁礧子,作偶人以戏。善歌舞,本丧家乐也。汉末始用之于嘉会。"相传始创于汉·陈平,造木偶人以计退匈奴军(见唐·段安节《乐府杂录·傀儡子》)。

〔8〕入瓮——唐代酷吏来俊臣奉命审理周兴,先问周兴:因犯不肯认罪,怎么办?周兴说:"甚易也。取大瓮,以炭四面炙之,令囚人处之其中,何事不吐?"来俊臣就命人抬来大缸,四周烧火,对周兴说:"有内状勘老兄,请兄入瓮。"(见《太平广记》引《朝野佥载》)后来"请君入瓮",作为一个成语,有堕入圈套、中计等意。

〔9〕剔蝎撩蜂——元剧习用语,比喻挑逗、招惹最恶毒之物。此处指触犯屠岸贾。

〔10〕一诺似千金——承诺人家的话,就守信遵守不变,像千金一样贵重。《史记·季布传》:"得黄金百斤,不如得季布一诺。"

〔11〕晋国山河百二雄——山河百二,语本《史记·高祖本纪》:"秦,形胜之国,带山河之险,县(悬)隔千里,持戟百万,秦得百二焉。"各家对"百二"解释不同,从略。意思是说秦国得地形之利,只需各国百分

之二的兵力,就可控制各国诸侯。本指秦国,这里借用。

〔12〕下宫句——下宫,本指祖庙,此指晋灵公宫中。灵公奢侈无道、杀人,赵盾屡谏,不听;反使人刺盾,又纵獒犬咬之,均未成。后为赵穿所杀(见《左传》、《史记·晋世家》)。"祸难当初起下宫",即指上述之事。

〔13〕巴——盼望。

〔14〕要离——春秋时吴国刺客,为吴公子光谋刺庆忌,刺中,后又自杀(见《吴越春秋·阖闾内传》)。

第 三 折

(屠岸贾领卒子上云)兀的不走了赵氏孤儿也!某已曾张挂榜文,限三日之内,不将孤儿出首,即将普国内小儿,但是半岁以下,一月以上,都拘刷到我帅府中,尽行诛戮。令人,门首觑者,若有首告之人,报复某家知道。(程婴上,云)自家程婴是也。昨日将我的孩儿送与公孙杵臼去了,我今日到屠岸贾根前首告去来。令人,报复去,道有了赵氏孤儿也。(卒子云)你则在这里,等我报复去。(报科云)报的元帅得知,有人来报,赵氏孤儿有了也。(屠岸贾云)在那里?(卒子云)现在门首哩。(屠岸贾云)着他过来。(卒子云)着过来。(做见科,屠岸贾云)兀那厮你是何人?(程婴云)小人是个草泽医士程婴。(屠岸贾云)赵氏孤儿今在何处?(程婴云)在吕吕太平庄上公孙杵臼家藏着哩。(屠岸贾云)你怎生知道来?(程婴云)小人与公孙杵臼曾有一面之交,我去探望他,谁想卧房中锦绷绣褥上,倘着一个小孩儿。我想公孙杵臼年纪七十,从来没儿没女,这个是那里来的?我说道:"这小的莫非是赵氏孤儿么?"只见他登时变色,不能答应,以此知孤儿在公孙杵臼家里。(屠岸贾云)咄,你这匹夫,你怎瞒的过我?你和公孙杵臼往日无仇,近日无冤,你因何告他藏着赵氏孤儿?你敢是知情么?说的是,万事全休;说的不是,令人,磨的剑快,先杀了这个匹夫者。(程婴云)告元帅暂息雷霆之怒,略罢虎狼之威,听小人诉说一遍咱。我小人与公孙杵臼原无仇隙,只因元帅传下榜文,要将普国内小儿拘刷到帅府,尽行杀坏。我一来为救普国内小儿之命,二来小人四旬有五,近生一子,尚未满月,元帅军令,不敢不献出来,可不小人也绝后了?我想有了赵氏孤儿,便不损坏一国生灵,连小人的孩儿也得无事,所以出首。(诗云)告大人暂停嗔怒,这便是首告缘故;虽然救普国生灵,其实怕程家绝户。(屠岸贾笑科,云)哦,是了!公孙杵臼元与赵盾一殿之臣,可知有这事来。令人,则今日点就本部下人马,同程婴到太平庄上,拿公孙杵臼走一遭去。(同下)(正末公孙杵臼上,云)老夫公孙杵臼是也。想昨日与程婴商议救赵氏孤儿一事,今日他到屠岸贾府中首告去了,这早晚屠岸贾这厮必然来也呵。(唱)

【双调新水令】我则见荡征尘飞过小溪桥,多管是损忠良贼徒来到。齐臻臻摆着士卒,明晃晃列着枪刀;眼见的我死在今朝,更避甚痛笞掠?

(屠岸贾同程婴领卒子上,云)来到这吕吕太平庄上也。令人,与我围了太平庄者。程婴,那里是公孙杵臼宅院?(程婴云)则这个便是。(屠岸贾云)拿过那老匹夫来。公孙杵臼,你知罪么?(正末云)我不知罪。(屠岸贾云)我知你个老匹夫和赵盾是一殿之臣,你怎敢掩藏着赵氏孤儿?(正末云)老元帅,我有熊心豹胆,怎敢掩藏着赵氏孤儿?(屠岸贾云)不打不招,令人,与我拣

227

大棒子着实打者。(卒子做打科,正末唱)

【驻马听】想着我罢职辞朝,曾与赵盾名为刎颈交[1]。(云)这事是谁见来?(屠岸贾云)现有程婴首告着你哩。(正末唱)是那个埋情出告?元来这程婴舌是斩身刀。(云)你杀了赵家满门良贱,三百馀口,则剩下这孩儿,你又要伤他性命。(唱)你正是狂风偏纵扑天雕,严霜故打枯根草;不争把孤儿又杀坏了,可着他三百口冤仇甚人来报?

(屠岸贾云)老匹夫,你把孤儿藏在那里?快招出来,免受刑法。(正末云)我有甚么孤儿藏在那里?谁见来?(屠岸贾云)你不招,令人,与我采下去着实打者。(做打科,屠岸贾云)这老匹夫,赖肉顽皮,不肯招承,可恼可恼。程婴,这原是你出首的,就着替我行杖者。(程婴云)元帅,小人是个草泽医士,撮药尚然腕弱,怎生行的杖?(屠岸贾云)程婴,你不行杖,敢怕指攀出么?(程婴云)元帅,小人行杖便了。(做拿杖子科,屠岸贾云)程婴,我见你把棍子拣了又拣,只拣着那细棍子,敢怕打的他疼了,要指攀下你来?(程婴云)我就拿大棍子打者。(屠岸贾云)住者,你头里只拣着那细棍子打,如今你却拿起大棍子来,三两下打死了呵,你就做的个死无招对。(程婴云)着我拿细棍子又不是,拿大棍子又不是,好着我两下做人难也。(屠岸贾云)程婴,你只拿着那中等棍子打公孙杵臼。老匹夫,你可知道行杖的就是程婴么?(程婴行杖科,云)快招了者。(三科了)(正末云)哎哟,打了这一日,不似这几棍子打的我疼,是谁打我来?(屠岸贾云)是程婴打你来。(正末云)程婴,你划的[2]打我那!(程婴云)元帅,打的这老头儿兀的不胡说哩。(正末唱)

【雁儿落】是那一个实丕丕将着粗棍敲?打的来痛杀杀精皮掉,我和你狠程婴有甚的仇?却教我老公孙受这般虐!

(程婴云)快招了者。(正末云)我招我招。(唱)

【得胜令】打的我无缝可能逃,有口屈成招,莫不是那孤儿他知道?故意的把咱家指定了。(程婴做慌科)(正末唱)我委实的难熬,尚兀自强着牙根儿闹;暗地里偷瞧,只见他早唬的腿脡儿[3]摇。

(程婴云)你快招罢,省得打杀你。(正末云)有有有。(唱)

【水仙子】俺二人商议要救这小儿曹,(屠岸贾云)可知道指攀下来也。你说二人,一个是你了,那一个是谁?你实说将出来,我饶你的性命。(正末云)你要我说那一个,我说我说。(唱)哎,一句话来到我舌尖上却咽了。(屠岸贾云)程婴,这桩事敢有你么?(程婴云)兀那老头儿,你休妄指平人。(正末云)程婴,你慌怎么?(唱)我怎生把你程婴道,似这般有上梢无下梢?[4](屠岸贾云)你头里说两个,你怎生这一会儿可说无了。(正末唱)只被你打的来不知一个颠倒。(屠岸贾云)你还不说,我就打死你个老匹夫。(正末唱)遮莫[5]便打的我皮都绽肉尽销,休想我有半字儿攀着。

(卒子抱俫儿上科,云)元帅爷,贺喜,土洞中搜出个赵氏孤儿来了也。(屠岸贾笑科,云)将那小的拿近前来,我亲自下手,剁做三段。兀那老匹夫,你道无有赵氏孤儿,这个是谁?(正末唱)

【川拨棹】你当日演神獒,把忠臣来扑咬,逼的他走死荒郊,刎死钢刀,缢死裙腰,将三百口全家老小尽行诛剿,并没那半个儿剩落,还不厌[6]你心苗。

(屠岸贾云)我见了这孤儿,就不由我不恼也。(正末唱)

【七弟兄】我只见他左瞧右瞧,怒咆哮,火不腾[7]改变了狰狞貌,按狮蛮[8]拽札起锦征袍,把龙泉扯离出沙鱼鞘。

(屠岸贾怒云)我拔出这剑来,一剑,两剑,三剑。(程婴做惊疼科,屠岸贾云)把这一个小业种剁了三剑,兀的不称了我平生所愿也。(正末唱)

【梅花酒】呀,见孩儿卧血泊,那一个哭哭号号,这一个怨怨焦焦,连我也战战摇摇,直恁般歹做作,只除是没天道。呀,想孩儿离褥草[9],到今日恰十朝,刀下处怎耽饶?空生长,枉劬劳,还说甚要防老[10]?

【收江南】呀,兀的不是家富小儿骄[11]。(程婴掩泪科)(正末唱)见程婴心似热油浇,泪珠儿不敢对人抛,背地里揾了,没来由割舍的亲生骨肉吃三刀。

(云)屠岸贾那贼,你试觑者,上有天哩,怎肯饶过你!我死,打甚么不紧!(唱)

【鸳鸯煞】我七旬死后偏何老[12]?这孩儿一岁死后偏知小,俺两个一处身亡,落的个万代名标。我嘱付你个后死的程婴,休别了[13]横亡的赵朔;畅道是光阴过去的疾,冤仇报复的早,将那厮万剐千刀,切莫要轻轻的素放了[14]。

(正末撞科,云)我撞阶基,觅个死处。(下)(卒子报科,云)公孙杵臼撞阶基身死了也。(屠岸贾笑科)那老匹夫既然撞死,可也罢了。(做笑科,云)程婴,这一桩里多亏了你。若不是你呵,如何杀的赵氏孤儿?(程婴云)元帅,小人原与赵氏无仇,一来救普国内众生,二来小人根前也有个孩儿,未曾满月,若不搜的那赵氏孤儿出来,我这孩儿也无活的人也。(屠岸贾云)程婴,你是我

230

心腹的人,不如只在我家中,做个门客。抬举你那孩儿成人长大,在你根前习文,送在我根前演武。我也年近五旬,尚无子嗣,就将你的孩儿与我做个义儿。我偌大年纪了,后来我的官位,也等你的孩儿讨个应袭,你意下如何?(程婴云)多谢元帅抬举。(屠岸贾诗云)则为朝纲中独显赵盾,不由我心中生忿;如今削除了这点萌芽,方才是永无后衅。(同下)

〔1〕刎颈交——可共生死患难的朋友。《史记·张耳陈馀列传》:"两人相与为刎颈交。"

〔2〕划的——平白无故。第四折诗"你划的不知头共尾","划的",作反而解释。

〔3〕腿脡(tǐng挺)儿——小腿肚。

〔4〕有上梢无下梢——元剧习用语,有始无终之意。

〔5〕遮莫——即使、尽管。

〔6〕厌——同"餍",满足。

〔7〕火不腾——形容骤然怒气上冲,面红耳赤的样子。

〔8〕狮蛮——指战袍上的腰带。带子上用狮子蛮王作装饰图案,因称狮蛮带。

〔9〕褥草——产妇分娩时坐的褥垫。

〔10〕防老——古谚"养儿防老"的省语。

〔11〕家富小儿骄——元剧习用语。这里是反话,说自己的婴儿,不能如一般婴儿那样娇贵,反而要被送去替死。

〔12〕我七旬死后偏何老二句——两句中的"后"字,均为语助词,约相当于呵或了。

〔13〕休别了——不要忘了、撇了。

〔14〕素放了——白白放过,空放过。

第 四 折

(屠岸贾领卒子上,云)某屠岸贾,自从杀了赵氏孤儿,可早二十年光景也。有程婴的孩儿,因为过继与我,唤做屠成,教的他十八般武艺,无有不拈,无有不会。这孩儿弓马到强似我,就着我这孩儿的威力,早晚定计,弑了灵公,夺了晋国,可将我的官位都与孩儿做了,方是平生愿足。适才孩儿往教场中演习弓马去了,等他来时,再做商议。(下)(程婴拿手卷上,诗云)日月催人老,光阴趱少年;心中无限事,未敢尽明言。过日月好疾也,自到屠府中,今经二十年光景,抬举的我那孩儿二十岁,官名唤做程勃,我根前习文,屠岸贾根前演武,甚有机谋,熟闲弓马。那屠岸贾将我的孩儿十分见喜,他岂知就里[1]的事?只是一件,连我这孩儿心下也还是懵懵懂懂的。老夫今年六十五岁,倘或有些好歹呵,着谁人说与孩儿知道,替他赵氏报仇?以此踌躇展转,昼夜无眠。我如今将从前屈死的忠臣良将画成一个手卷,倘若孩儿问老夫呵,我一桩桩剖说前事,这孩儿必然与父母报仇也。我且在书房中闷坐着,只等孩儿到来,自有个理会。(正末扮程勃上,云)某程勃是也。这壁厢爹爹是程婴,那壁厢爹爹可是屠岸贾。我白日演武,到晚习文。如今在教场中回来,见我这壁厢爹爹走一遭去也呵。(唱)

【中吕粉蝶儿】引着些本部下军卒,提起来杀人心半星[2]不惧;每日家习演兵书,凭着我快相持、能对垒[3],直使的诸邦降伏。俺父亲英勇谁如?我拚着个尽心儿扶助。

【醉春风】我则待扶明主晋灵公,助贤臣屠岸贾;凭着我能文善武万人敌,俺父亲将我来许许[4],可不道马壮人强,父慈子孝,怕甚么主忧臣辱?

(程婴云)我展开这手卷,好可怜也!单为这赵氏孤儿,送了多少贤臣烈士,连我的孩儿也在这里面身死了也。(正末云)令人,接了马者,这壁厢爹爹在那里?(卒子云)在书房中看书哩。(正末云)令人,报复去。(卒子报科,云)有程勃来了也。(程婴云)着他过来。(卒子云)着过去。(正末做见科,云)这壁厢爹爹,您孩儿教场中回来了也。(程婴云)你吃饭去。(正末云)我出的这门来,想俺这壁厢爹爹,每日见我心中喜欢,今日见我来,心中可甚烦恼,垂泪不止,不知主着何意?我过去问他,谁欺负着你来?对您孩儿说,我不到的[5]饶了他哩。(程婴云)我便与你说呵,也与你父亲母亲做不的主,你只吃饭去。(程婴做眼泪科)

(正末云)兀的不傒幸杀我也。(唱)

【迎仙客】因甚的掩泪珠,(程婴做吁气科,正末唱)气长吁?我恰才义定手,向前来紧趋伏。(带云)则俺见这壁厢爹爹呵,(唱)懒支支[6]恶心烦,勃腾腾[7]生忿怒。(带云)是甚么人敢欺负你来?(唱)我这里低首踟蹰,(带云)既然没人欺负你呵,(唱)那里是话不投机处?

(程婴云)程勃,你在书房中看书,我往后堂中去去再来。(做遗手卷虚下)(正末云)哦,元来遗下一个手卷在此,可是甚的文书?待我展开看咱。(做看科,云)好是奇怪。那个穿红的拽着恶犬扑着个穿紫的,又有个拿瓜锤的打死了那恶犬,这一个手扶着一辆车又是没半边车轮的,这一个自家撞死槐树之下,可是甚么故事?又不写出个姓名,教我那里知道?(唱)

【红绣鞋】画着的是青鸦鸦几株桑树,闹炒炒一簇田夫;这一个可磕擦[8]紧扶定一轮车,有一个将瓜锤亲手举,有一个触槐树早身殂,又一个恶犬儿只向着这穿紫的频去扑。

（云）待我再看来。这一个将军前面摆着弓弦、药酒、短刀三件,却将短刀自刎死了。怎么这一个将军也引剑自刎而死？又有个医人手扶着药厢儿跪着,这一个妇人抱着个小孩儿,却像要交付医人的意思。呀,元来这妇人也将裙带自缢死了,好可怜人也！

（唱）

【石榴花】我只见这一个身着锦襜褕[9],手引着弓弦药酒短刀诛,怎又有个将军自刎血模糊？这一个扶着药厢儿跪伏,这一个抱着小孩儿交付,可怜穿珠带玉良家妇,他将着裙带儿缢死何辜？好着我沉吟半晌无分诉,这画的是僥幸杀我也闷葫芦！

（云）我仔细看来,那穿红的也好狠哩,又将一个白须老儿打的好苦也。（唱）

【斗鹌鹑】我则见这穿红的匹夫将着这白须的来欧辱,兀的不恼乱我的心肠,气填我这肺腑。（带云）这一家儿若与我关亲呵,（唱）我可也不杀了贼臣不是丈夫,我可便[10]敢与他做主。这血泊中倘的不知是那个亲丁？这市曹中杀的也不知是谁家上祖？

（云）到底只是不明白,须待俺这壁厢爹爹出来,问明这桩事,可也免的疑惑。（程婴上,云）程勃,我久听多时了也。（正末云）这壁厢爹爹,可说与您孩儿知道。（程婴云）程勃,你要我说这桩故事,倒也和你关亲哩。（正末云）你则明明白白的说与您孩儿咱。（程婴云）程勃,你听者：这桩儿故事好长哩。当初那穿红的和这穿紫的元是一殿之臣,争奈两个文武不和,因此做下对头,已非一日。那穿红的想道:先下手为强,后下手为殃。暗地遣一刺客,唤做钽麑,藏着短刀,越墙而过,要刺杀这穿紫的。谁想这穿紫的老宰辅,每夜烧香祷告天地,专一片报国之心,无半点于家之意。那人道:我若刺了这个老宰辅,我便是逆天行事,断然不可;若回去见那穿红的,少不的是死。罢罢罢,(诗云)他手携利刃暗藏埋,因见忠良却悔来;方知公道明如日,此夜钽麑自触槐。(正末云)这个触槐而死的是钽麑么?(程婴云)可知是哩。这个穿紫的为春间劝农,出到郊外,可在桑树下,见一壮士,仰面张口而卧。穿紫的问其缘故,那壮士言某乃是灵辄,因每顿吃一斗米的饭,大主人家养活不过,将我赶逐出来。欲待摘他桑椹子吃,又道我偷他的;因此仰面而卧,等那桑椹子吊在口中便吃,吊不在口中,宁可饿死,不受人耻辱。穿紫的说:此烈士也。遂将酒食赐与饿夫,饱餐了一顿,不辞而去。这穿紫的并无嗔怒之心。程勃,这见得老宰辅的德量处。(诗云)为乘春令劝耕初,巡遍郊原日未晡;壶浆箪食[11]因谁下?刚济桑间一饿夫。(正末云)哦,这桑树下饿夫唤做灵辄。(程婴云)程勃,你紧记者。又一日西戎国贡进神獒,是一只狗,身高四尺者,其名为獒。晋灵公将神獒赐与那穿红的,正要谋害这穿紫的,即于后园中扎一草人,与穿紫的一般打扮,将草人腹中悬一付羊心肺,将神獒饿了五七日,然后剖开草人腹中,饱餐一顿。如此演成百日,去向灵公说道:"如今朝中岂无不忠不孝的人,怀着欺君之意?"灵公问道:"其人安在?"那穿红的说:"前者赐与臣的神獒,便能认的。"那穿红的牵上神獒去,这穿紫的正立于殿上,那神獒认着是草人,向前便扑,赶的这穿紫的绕殿而走。傍边恼了一人,乃是殿前太尉提弥明,举起金瓜,打倒神獒,用手揪住脑杓皮,则一劈,劈为两半。(诗云)贼臣奸计有千条,逼的忠良没处逃;殿前自有英雄汉,早将毒手劈神獒。(正末云)这只恶犬唤做神獒,打死这恶犬的是提弥明。(程婴云)是。那老宰辅出的殿门,正待上车,岂知被那穿红的把他那驷马车四马摘了二马,双轮摘了一轮,不能前去。傍边转过壮士,一臂扶轮,一手策马,磨衣见皮,磨皮见肉,磨肉见筋,磨筋见骨,磨骨见髓,捧毂推轮,逃往野外。你道这个是何人?可就是桑间饿夫灵辄者是也。(诗云)紫衣逃难出宫门,驷马双轮摘一轮;却是灵辄强扶归野外,报取桑间一饭恩。(正末云)您孩儿记的,元来就是仰卧于桑树下的那个灵辄。(程婴云)是。(正末云)这壁厢爹爹,这个穿红的那厮好狠也!他叫甚么名氏?(程婴云)程勃,我忘了他姓名也。(正末云)这个穿紫的可是姓甚么?(程婴云)这个穿紫的姓赵,是赵盾丞相,他和你也关亲哩。(正末云)您孩儿听的说有个赵盾丞相,倒也不曾挂意。(程婴云)程勃,我今番说与你呵,你则紧紧记者。(正末云)那手卷上还有哩,你可再说与您孩儿听咱。(程婴云)那个穿红的把这赵盾家三百口满门良贱诛尽杀绝了,止有一子赵朔,是个驸马。那穿红的诈传灵公的命,将三般朝典赐他,却是弓弦、药酒、短刀,要他凭着取一件自尽。其时公主腹怀有孕,赵朔遗言:"我若死后,你添的个小厮儿呵,可名赵氏孤儿,与俺三百口报仇。"谁想赵朔短刀刎死,那穿红的将公主囚禁府中,生下赵氏孤儿;那穿红的得知,早差下将军韩厥,把住府门,专防有人藏了孤儿出去。这公主有个门下心腹的人,唤做草泽医士程婴。(正末云)这壁厢爹爹,你敢就是他么?(程婴云)天下有多少同名同姓的人,他另是一个程婴。这公主将孤儿交付了那个程婴,就将裙带自缢而死。那程婴抱着这孤儿,来到府门上,撞见韩厥将军,搜出孤儿来,被程婴说了两句,谁想韩厥将军也拔剑自刎了。(诗云)那医人全无怕惧,将孤儿私藏出去;正撞见忠义将军,甘身死不教拿住。(正末云)这将军为赵氏孤儿自刎身亡了,是个好男子,我记着他唤做韩厥。(程婴云)是是是,正是韩厥。谁想那穿红的得知,将普国内半岁之下、一月之上小孩儿每,都拘刷到他府来,每人剁做三剑,必然杀了赵氏孤儿。(正末做怒科,云)那穿红的好狠也!(程婴云)可知他狠哩。谁想这程婴也生的个孩儿,尚未满月,假妆做赵氏孤儿,送到吕吕太平庄上公孙杵臼跟前。(正末云)那公孙杵臼却是何人?(程婴云)这个老宰辅,和赵盾是一殿之臣。程婴对他说道:"老宰辅,你收着这赵氏孤儿,去报与穿红的道:'程婴藏着孤儿。'将俺父子一处身死,你抬举的孤儿成人长大,与他父母报仇,有何不可?"公孙杵臼说道:"我如今年迈了也,程婴,你舍的你这孩儿,假妆做赵氏孤儿,藏在老夫跟前;你报与穿红的去,我与你孩儿一处身亡。你藏着孤儿,日后与他父母报仇才是。"(正末云)他那个程婴肯舍他那孩儿么?(程婴云)他的性命也要舍哩,量他那孩儿,打甚么不紧?他将自己的孩儿假妆做了孤儿,送与公孙杵臼处;报与那穿红的得知,将公孙杵臼三推六问、吊拷绷扒,追出那假的赵氏孤儿来,剁做三剑,公孙杵臼自家撞阶而死。这桩事经今二十年光景了也,这赵氏孤儿见今长成二十岁,不能与父母报仇,说兀的做甚?(诗云)他一貌堂堂七尺躯,学成文武待何如?乘车祖父归何处?满门良贱尽遭诛;冷宫老母悬梁缢,法场亲父引刀殂;冤恨至今犹未报,枉做人间大丈夫。(正末云)你说了这一日,您孩儿如睡里梦里,只不省的。(程婴云)原来你还不知哩,如今那穿红的正是奸臣屠岸贾,赵盾是你公公,赵朔是你父亲,公主是你母亲。(诗云)我如今一一说到底,你划的不知头共尾;我是存孤弃子老程婴,兀的赵氏孤儿便是你。(正末云)元来赵氏孤儿正是我,兀的不气杀我也。(正末做倒、程婴扶科,云)小主人,苏醒者。(正末云)兀的不痛杀我也!(唱)

【普天乐】听的你说从初,才使我知缘故。空长了我这二十年的岁月,生了我这七尺的身躯。元来自刎的是父亲,自缢的咱老母。说到凄凉伤心处,便是那铁石人也放声啼哭。我拚着生擒那个老匹夫,只要他偿还俺一朝的臣宰,更和那合宅的家属。

(云)你不说呵,您孩儿怎生知道?爹爹请坐,受你孩儿几拜。(正末拜科,程婴云)今日成就了你赵家枝叶,送的俺一家儿剪草除根了也。(做哭科,正末唱)

【上小楼】若不是爹爹照觑,把您孩儿抬举,可不的二十年前早撄锋刃,久丧沟渠?恨只恨屠岸贾那匹夫,寻根拔树,险送的俺一家儿灭门绝户。

【幺篇】他、他、他,把俺一姓戮,我、我、我,也还他九族屠。(程婴云)小主人,你休大惊小怪的,恐怕屠贼知道。(正末云)我和他一不做,二不休。(唱)那怕他牵着神獒,拥着家兵,使着权术?你只看这一个那一个,都是为谁而卒?岂可我做儿的倒安然如故?

(云)爹爹放心,到明日我先见过了主公,和那满朝的卿相,亲自杀那贼去。(唱)

【耍孩儿】到明朝若与仇人遇,我迎头儿把他当住;也不须别用军和卒,只将咱猿臂轻舒,早提番玉勒雕鞍辔,扯下金花皂盖车,死狗似拖将去。我只问他:人心安在?天理何如?

【二煞】谁着你使英雄忒使过,做冤仇能做毒[12]?少不的一还一报无虚误。你当初屈勘公孙老,今日犹存赵氏孤,再休想咱容恕。我将他轻轻掷下,慢慢开除。

【一煞】摘了他斗来大印一颗,剥了他花来簇几套服;把麻绳背绑在将军柱[13],把铁钳拔出他斓斑舌,把锥子生跳他贼眼珠,把尖刀细剐他浑身肉,把钢锤敲残他骨髓,把铜铡切掉他头颅。

【煞尾】尚兀自勃腾腾怒怎消?黑沉沉怨未复。也只为二十年的逆子妄认他人父,到今日三百口的冤魂方才家自有主。(下)

(程婴云)到明日小主人必然擒拿这老贼,我须随后接应去来。(下)

〔1〕就里——其中内情。

〔2〕半星——半点。

〔3〕快相持、能对垒——与敌人对阵、交战。"快"、"能"相对为文,意近。

〔4〕许许——赞许,赞赏。

〔5〕不到的——不肯、岂肯。

〔6〕懒支支——憋气、烦闷。支支,语助词。

〔7〕勃腾腾——怒气、怒火上升状。腾腾,语助词。

〔8〕可磕擦——象声词,形容用力推动车轮的声音。

〔9〕襜褕(chán yú 馋于)——短衣,便服。《史记·魏其武安侯列传》:"武安侯坐衣襜褕入宫,不敬。"

〔10〕可便——即便,便;可字不为义。

〔11〕壶浆箪食——用壶盛着米汤,用竹器盛着饭,表示犒劳慰问之意。语本《孟子·梁惠王》:"箪食壶浆,以迎王师。"

〔12〕能做毒——做得那样毒。能,那样;词曲中常用作形容词或副词。

〔13〕将军柱——古时,临刑前捆绑罪犯的柱子,小说、戏剧里叫做将军柱。

第 五 折

(外扮魏绛领张千上,云)小官乃晋国上卿魏绛是也。方今悼公在位,有屠岸贾专权,将赵盾满门良贱尽皆杀绝。谁想赵朔门下有个程婴,掩藏了赵氏孤儿,今经二十年光景,改名程勃。今早奏知主公,要擒拿屠岸贾,雪父之仇。奉主公的命,道屠岸贾兵权太重,诚恐一时激变;着程勃暗暗的自行捉获,仍将他阖门良贱,髫乱[1]不留。成功之后,另加封赏。小官不敢轻泄,须亲对程勃传命去来。(诗云)忠臣受屠戮,沉冤二十年;今朝取奸贼,方知冤报冤。(下)(正末踊马[2]仗剑上,云)某程勃,今早奏知主公,擒拿屠岸贾,报父祖之仇。这老贼是好无礼也呵。(唱)

【正宫端正好】也不索列兵卒,排军将,动着些阔剑长枪,我今日报仇舍命诛奸党,总是他命尽也合身丧。

【滚绣毬】只在这闹街坊弄一场,我和他决无轻放,恰便似虎扑绵羊。我可也不索慌不索忙,早把手脚儿十分打当[3],看那厮怎做提防?我将这二十年积下冤仇报,三百口亡来性命偿,我便死也何妨?

（云）我只在这闹市中等候着,那老贼敢待来也。(屠岸贾领卒子上,云)今日在元帅府,回还私宅中去。令人,摆开头踏[4],慢慢的行者。(正末云)兀的不是那老贼来了也!（唱）

【倘秀才】 你看那雄赳赳头踏数行,闹攘攘跟随的在两厢;你看他腆[5]着胸脯妆些儿势况。我这里骤马如流水,掣剑似秋霜,向前来赌当[6]。

（屠岸贾云）屠成,你来做甚么?（正末云）兀那老贼,我不是屠成,则我是赵氏孤儿。二十年前你将俺三百口满门良贱诛尽杀绝,我今日擒拿你个老匹夫,报俺家的冤仇也。(屠岸贾云）谁这般道来?（正末云）是程婴道来。（屠岸贾云）这孩子手脚来的[7],不中[8],我只是走的干净。（正末云）你这贼走那里去?（唱）

【笑和尚】 我、我、我,尽威风八面扬,你、你、你,怎挣揣[9],怎拦挡? 早早早唬的他魂飘荡,休休休再口强,是是是不商量,来来来,可正塔[10]的提离了鞍轿上。

(正末做拿住科,程婴慌上,云）则怕小主人有失,我随后接应去。谢天地,小主人拿住屠岸贾了也。(正末云）令人将这匹夫执缚定了,见主公去来。(同下）(魏绛同张千上,云）小官魏绛的便是。今有程勃擒拿屠岸贾去了,令人,门首觑者,若来时,报复某知道。(正末同程婴拿屠岸贾上,正末云）父亲,俺和你同见主公去来。（见科,云）老宰辅,可怜俺家三百口沉冤,今日拿住了屠岸贾也。（魏绛云）拿将过来。兀那屠岸贾,你这损害忠良的奸贼,今被程勃拿来,有何理说?（屠岸贾云）我成则为王,败则为虏;事已至此,惟求早死而已。（正末云）老宰辅,与程勃做主咱。（魏绛云）屠岸贾,你今日要早死,我偏要你慢死。令人,与我将这贼钉上木驴,细细的剐上三千刀。皮肉都尽,方才断首开膛,

休着他死的早了。(正末唱)

【脱布衫】将那厮钉木驴推上云阳,休便要断首开膛,直剁的他做一坬儿肉酱,也消不得俺满怀惆怅。

(程婴云)小主人,你今日报了冤仇,复了本姓,则可怜老汉一家儿皆无所靠也!(正末唱)

【小梁州】谁肯舍了亲儿把别姓藏?似你这恩德难忘,我待请个丹青妙手不寻常,传着你真容相,侍奉在俺家堂。

(程婴云)我有什么恩德在那里?劳小主人这等费心。(正末唱)

【幺篇】你则那三年乳哺曾无旷,可不胜怀担[11]十月时光?幸今朝出万死身无恙,便日夕里焚香供养,也报不的你养爷娘[12]。

(魏绛云)程婴,程勃,你两个望阙跪者,听主公的命。(词云)则为屠岸贾损害忠良,百般的挠乱朝纲;将赵盾满门良贱,都一朝无罪遭殃。那其间颇多仗义,岂真谓天道微茫?幸孤儿能偿积怨,把奸臣身首分张。可复姓赐名赵武,袭父祖列爵卿行。韩厥后仍为上将,给程婴十顷田庄。老公孙立碑造墓,弥明辈概与褒扬。普国内从今始,同瞻仰主德无疆。(程婴正末谢恩科,正末唱)

【黄钟尾】谢君恩普国多沾降:把奸贼全家尽灭亡;赐孤儿改名望,袭父祖拜卿相。忠义士各褒奖,是军官还职掌,是穷民与收养;已死丧、给封葬,现生存、受爵赏,这恩临似天广,端为谁,敢虚让?誓捐生在战场,着邻邦并归向,落的个史册上标名,留与后人讲。

  题目   公孙杵臼耻勘问
  正名[13]   赵氏孤儿大报仇

〔1〕龆龁（tiáo hé 条禾）——小孩换齿之年，约七八岁；泛指童年。

〔2〕骊马——演员作骑马上场之状。

〔3〕打当——有打点、安排、准备等意。

〔4〕头踏——古时，官员出外时，车马前面的仪仗队。

〔5〕腆——挺起。

〔6〕赌当——堵挡、阻拦、对付。

〔7〕手脚来的——指手脚灵便，武艺高强。来的，即来得。

〔8〕不中——不行；今口语中仍有此用法。

〔9〕挣闰（chuài 踹）——挣扎。

〔10〕可疋塔——形容手脚利落，一下子。

〔11〕怀担——《虎头牌》、《蝴蝶梦》等剧均作"怀耽"，即怀胎。

〔12〕养爷娘——养爷，即义父，指程婴。"养爷娘"，复词取偏义，仅指"爷"。

〔13〕题目正名——《元刊杂剧三十种》本题目作："韩厥救舍命烈士，陈英说妒贤送子"；正名作："义逢义公孙杵臼，冤报冤赵氏孤儿。"《酹江集》本同《元曲选》。各本著录简名均作《赵氏孤儿》。

张孔目智勘魔合罗[1]

(元) 孟汉卿[2] 撰

楔 子

(冲末扮李彦实引净李文道上)(诗云)月过十五光明少,人到中年万事休。儿孙自有儿孙福,莫为儿孙作马牛。老汉姓李,名彦实,在这河南府录事司醋务巷住坐。嫡亲的五口儿家属:这个是孩儿李文道,还有个侄儿李德昌,侄儿媳妇刘玉娘,侄儿跟前有个小厮,叫做佛留。侄儿如今要往南昌做买卖去,说今日来辞我,怎生这早晚还不见来?(正末扮李德昌,同旦、俫上,云)自家李德昌是也。这个是我浑家刘玉娘,这个是我孩儿佛留。我开着个绒线铺。这对门是我叔父李彦实,有个兄弟唤做李文道,乃是医士。我在这长街市上算了一卦,道我有一百日灾难,千里之外可躲。我今一来躲灾,二来往南昌做些买卖。大嫂,咱三口儿辞叔父去来。(旦云)咱去来波。(正末做见李彦实科,云)叔父,你孩儿去南昌做买卖,就躲灾难,今日是好日辰,特来拜辞叔父。(李彦实云)孩儿,你去则去,路上小心者。(正末向李文道云)兄弟,好看觑家中。(李文道云)哥哥,早些儿回来。(正末云)叔父,您孩儿今日便索长行也。(做出门科,旦云)李大,你今日做买卖去,我有句话,敢说么?(正末云)有何说?(旦云)小叔叔时常调戏我。(正末怒云)噤声!我在家时不说,及至今

日临行,说这等言语。大嫂,再也休提,你则好看家中,小心在意者。(唱)

【仙吕赏花时】则为你叔嫂从来情性乖,我因此上将伊曾劝解。(旦悲科,云)你去了,我怎了也!(正末唱)你可便省烦恼,莫伤怀。你则照管这家私里外。(带云)别的不打紧,(唱)你是必好觑当[3]小婴孩。

(旦云)这个我自知道,则要你挣闼者。(正末唱)

【幺篇】则俺这男子为人须挣闼,我向这外府他乡做买卖。(旦云)你则是早些回来。(正末唱)休则管泪盈腮,多不到一年半载,但得些利便回来。(同旦下)

(李彦实云)李文道,你哥哥做买卖去了,你无事休到嫂嫂家去。我若知道,不道的饶了你哩。(诗云)正是叔嫂从来要避嫌,况他男儿为客去江南。你若无事到他家里去,我一准拿来打十三[4]。(同下)

[1] 魔合罗——一作摩孩罗,梵语的译音。本是佛教中的神名。宋元时俗,用土或木雕塑成小儿形状,加上衣饰,于七夕夜晚供奉;后来成为小孩玩具的名称(详见《醉翁谈录》、《东京梦华录》、《玉照新志》等书)。

[2] 孟汉卿——亳州(今河南商丘县)人,事迹不详。著《张鼎智勘魔合罗》杂剧一种。贾仲明挽词云:"已斋老叟播声名,表字相同亦汉卿。《魔合罗》一段题张鼎,运节意脉精,有黄金商调新声。喧燕赵,响玉音,广做多行。"《太和正音谱》评云:"其词势非笔舌可能拟,真词林之杰作。"孟称舜《酹江集》眉批评此剧云:"曲之难者,一传情,一写景,一叙事。然传情写景犹易为工,妙在叙事中绘出情景,则非高手未能矣。

245

读此剧者,当知此意。"

〔3〕觑当——看管、照顾。当,语助词,犹"着";轻读。元刊本作"觑付"。

〔4〕打十三——宋代杖刑分五等,最轻的一等只打十三下;后来泛称打人为"打十三"。清·焦循《剧说》:打十三"本宋制:徒刑有五:徒一年者杖脊十三;杖刑有五:杖六十者折臀杖十三。"

第 一 折

(旦上云)妾身刘玉娘是也。有丈夫李德昌贩南昌买卖去了。今日无甚事,我开开这绒线铺,看有甚么人来。(李文道上,云)自家李文道便是。开着个生药铺,人顺口都叫我做赛卢医。有我哥哥李德昌做买卖去了,则有俺嫂嫂在家,我一心看上他;争奈俺父亲教我不要往他家去。如今瞒着父亲,推看他去,就调戏他。肯不肯,不折了本。来到门首也,我自过去。(旦见科,云)嫂嫂,自从哥哥去后,不曾来望得你。(旦云)你哥哥不在家,你来怎么?(李云)我来望你,吃盅茶,有甚么事。(旦云)这厮来的意思不好,我叫父亲去。父亲!(李彦实上,云)是谁叫我?(旦云)是您孩儿。(李彦实云)孩儿,你叫我怎的?(旦云)小叔叔来房里调戏我来,因此与父亲说。(李彦实见科,云)你又来这里怎的?(做打文道,下)(李彦实云)若那厮再来,你则叫我,不道的饶了他哩。我打那弟子孩儿去。(下)(旦云)似这般,几时是了!我收了这铺儿。李德昌,你几时来家?兀的不痛杀我也!(下)(正末挑担上,云)是好大雨也呵!(唱)

【仙吕点绛唇】七月才初,孟秋时序,犹存暑。穿着这单布衣服,怎避这悬麻雨[1]?

【混江龙】连阴不住,荒郊一望水模糊。我则见雨迷了山岫,云锁了青虚。(带云)这雨大不大?(唱)云气深如倒悬着东大海,雨势大似翻合了洞庭湖,好教我满眼儿没处寻归路。黑暗暗云迷四野,白茫茫水淹长途。

(云)这雨越下的大了也!(唱)

【油葫芦】恰便似画出潇湘水墨图,淋的我湿漉漉,更那堪吉丟古堆[2]波浪渲成[3]渠。你看他吸留忽剌[4]水流乞留曲律[5]路,更和这失留疏剌[6]风摆希留急了[7]树。怎当他乞纽忽浓[8]的泥,更和他匹丟扑搭[9]的淤。我与你便急章拘诸[10]慢行的赤留出律[11]去,我则索滴羞跌屑[12]整身躯。

【天下乐】百忙里鞋儿断了乳[13],好着我难行也!是我穷对付,扯将这蒲包上荷麻[14]且系住。淋的我头怎抬,走的我脚怎舒,好着我眼巴巴无是处[15]。

(云)远远的一座古庙,我且向庙中避雨咱。(放担科)(云)我放下这担儿。元来是五道将军[16]庙;多年倒塌了,好是凄凉也。(唱)

【醉中天】折供桌撑着门户,野荒草遍阶除。(云)五道将军爷爷:自家李德昌便是。做买卖回来,望爷爷保护咱。(唱)我这里捻土焚香画地炉[17],我拜罢也忙瞻顾,多谢神灵祐护。望爷爷金鞭指路,则愿无灾殃早到乡间。

(云)一场好大雨也!衣服行李尽都湿了,我脱下这衣服来试晒咱。(唱)

【醉扶归】我这里扭我这单布袴,晒我这湿衣服。(云)怎生这般漏?哦!元来是这屋宇坍塌了,所以这般漏。我试看这行李咱。(唱)我则怕盖行李的油单有漏处,我与你须索从头觑。(云)且喜得都不曾湿。嗨,可怎生这等漏得紧?(唱)奇怪这两三番揩不干我这额颅。(云)可是为甚么?呆汉,你慌怎的?(唱)可忘了将我这湿漉漉头巾去。

(云)我脱下这衣服来晒咱。(做脱衣科)我出这庙门看天色咱。(做出门科)哎呀!我这一会增寒发热[18]起来,可怎了也!(唱)

【一半儿】恰便是小鹿儿扑扑地撞我胸脯,火块似烘烘烧我肺腑。(云)敢是我这身体不洁净,触犯神灵?望金鞭指路,圣手遮拦[19]!(唱)若不是腥臊臭秽,把你这神道触;(云)李德昌,你差了也!既为神灵,怎见俺众生过犯[20]。(唱)我可也重思虑,(带云)我猜着这病也。(唱)多敢是一半儿因风一半儿雨。

(云)可怎生得一个人来,寄信与我浑家,教他来看我也好。我且歇息咱。(外扮高山挑担子上,云)呵呀!好大雨也!来到这五道将军庙躲躲雨咱。(做放下担儿科,云)老汉高山是也。龙门镇人氏,嫡亲的两口儿,有个婆婆。每年家赶这七月七,入城来卖一担魔合罗。刚出的这门,四下里布起云来,则是盆倾瓮潑相似。早是我那婆子着我拿着两块油单纸,不是都坏了。我试看咱,谢天地,不曾坏了一个。这个鼓儿是我衣饭碗儿,着了雨皮松了也;我摇一摇,还响哩。(正末云)兀的不有人来也!惭愧[21]!(唱)

【金盏花】淋的来不寻俗[22],猛听得早眉舒,那里这等不朗朗摇动蛇皮鼓?我出门来观觑,他能迭落,快铺谋[23];他有

248

那关头的蜡钗子,压鬟的骨头梳,他有那乞巧的泥媳妇[24],消夜的闷葫芦[25]。

(正末做捱过揖云)老的,祗揖。(高山云)阿呀!有鬼也!(正末云)我不是鬼,我是人。(高山云)你是人,做这短见勾当。先叫我一声,我便知道是人;你猛可里[26]捱将过来唱喏,多年古庙,前后没人,早是我也,若是第二个,不唬杀了?(高山挓土科,正末云)你待怎?(高山云)惊了我囟子[27]哩。(正末云)老的,小人也是货郎儿。老的,你进来坐一坐咱。(高山云)老汉与你坐一坐。你勒着手帕做甚么?(正末云)老的,我在这庙里避雨,脱的衣服早了,冒了些风寒。老的,你如今那里去?(高山云)我往城里做买卖去。(正末云)老的,怎生与我寄个信去咱。(高山云)哥哥,我有三桩戒愿:一不与人家作媒,二不与人家做保,三不与人家寄信。(正末云)自家河南府在城醋务巷居住,小人姓李,名德昌,嫡亲的三口儿:浑家刘玉娘,孩儿佛留。小人往南昌做买卖去,如今利增百倍也。(高山起身云)住住住!(出门看科,云)这里有避雨的,都来一搭儿说话咱!有也无?(入见正末云)有你这等人!谁问你?说出这个话来!倘或有人听的,图了你财,致了你命,不干生受了一场。你知道我是甚么人,便好道:画虎画皮难画骨,知人知面不知心。(正末云)这那里便有贼。老的,我如今感了风寒,一卧不起,只望老的你便寄个信与俺浑家,教他来看我。若不肯寄信去,我有些好歹,就是老的误了我性命。(高山云)那个央人的到会放刁!我今日破了戒,我则寄你这一个信。你在那里住坐?有甚么门面铺席[28]?两邻对门是甚么人家?说的我知道,你则将息你那病症。(正末唱)

【后庭花】俺家里有一遭新板闼[29],住两间高瓦屋;隔壁儿是个熟食店,对门儿是个生药局。怕老的若有不是处,你则问那里是李德昌家绒线铺,街坊每他都道与。

(高山云)我知道了,你放心。(正末云)老的,在心者,是必走一遭去。(唱)

【赚煞】你是必记心怀,你可也休疑虑。不是我嘱付了重还嘱付,争奈自己疚疾难动举,你教他借马寻驴莫踌躇,争奈纸笔全无,怎写平安两字书?老的,只要你莫阻,说与俺看家拙妇,教他早些来把我这病人扶。(下)

(高山云)出的这庙门来,住了雨也。则今日往城里卖魔合罗,就与李德昌寄信走一遭去。(下)

〔1〕悬麻雨——形容下大雨的样子。

〔2〕吉丢古堆——形容大水汇聚,浪涛冲击的声音。

〔3〕成——原本作城,据元刊本改。

〔4〕吸留忽剌——形容水流声。

〔5〕乞留曲律——形容水流在弯弯曲曲路上的情状。

〔6〕失留疏剌——或作吸溜疏剌,形容风声。

〔7〕希留急了——形容风吹树木发出的声响。

〔8〕乞纽忽浓——形容走在稀泥里的情状和声音。

〔9〕匹丢扑搭——或作必丢不搭、必丢匹搭、劈丢扑搭。形容行走在淤泥中的声音;有时也用作形容说话的声音。凡形容声响、情状之词,多无定字,取其声似而已。

〔10〕急章拘诸——或作急獐拘猪;形容身体蠕动或局促不安之状。

〔11〕赤留出律——即现在北方话"出溜"的复语;滑行的意思。

〔12〕滴羞跌屑——形容打寒战、身体颤动的样子。

〔13〕鞋儿断了乳——谐音格的隐语,"鞋"(念hái)谐"孩";"乳"古音与"耳"字双声,谐"耳"。草鞋上穿绳子的两耳叫做"乳"。孩儿断乳,谐鞋儿断耳。

〔14〕苘(qǐng倾)麻——或作荫麻;就是麻。

〔15〕眼巴巴无是处——此下,元刊本、《古今杂剧》本多〔哪吒令〕、〔鹊踏枝〕二曲。

〔16〕五道将军——迷信传说中的东岳的属神,认为他是掌管人的生死的神。《大目莲冥间救母变文》:"问五道将军,应知去处。"

〔17〕捻土焚香画地炉——就是说:仓促之间,只好捻土当作香,画地当作香炉,以表示对神灵的虔诚敬仰。

〔18〕增寒发热——被雨淋湿之后,身体发烧。

〔19〕金鞭指路,圣手遮拦——就是请求神灵指引、保佑的意思。

〔20〕过犯——谓过失,犯罪。

〔21〕惭愧——惊喜、侥幸的语气;与一般作羞愧之意有别。

〔22〕不寻俗——不寻常,不平凡。

〔23〕铺谋——布置、安排。

〔24〕泥媳妇——魔合罗的一种,就是用泥土塑成的女娃娃。

〔25〕闷葫芦——玩具。

〔26〕猛可里——猛然间,突然的。

〔27〕囟(xìn信)子——脑门儿。据传说:小孩的脑门儿没长牢固,受了惊就张开,抓点土在上面擦一下,就可以压惊。

〔28〕铺席——商店,铺面。

〔29〕板闼(tà踏)——或作板搭,门板。

第 二 折

(李文道上,云)自家李文道。今日无甚事,我且到这药铺门前觑者,看有甚么人来。(高山上,云)老汉高山是也。来到这河南府城里,不知那里是醋务巷?我放下这担儿,试问人咱。(见李文道科,云)哥哥,敢问那里是醋务巷?(李文道云)你问他怎的?(高山云)这里有个李德昌,他去南昌做买卖回来,利增百倍;如今在城南五道将军庙里染病,教我与他家寄个信。(李文道背云)好了!(回云)老的,这是小醋务巷,还有大醋务巷。你投东往西行,投南往北走,转过一个湾儿,门前有株大槐树,高房子,红油门儿,绿油窗儿,门上挂着斑竹帘儿,帘儿下卧着个哈叭狗儿,则那便是李德昌家。(高山云)谢了哥哥。(做挑担行科)好哥哥说与我,投东往西行,投南往北走,转过湾儿,门前一株大槐树,高房子,红油门儿,绿油窗儿,挂着斑竹帘儿,帘儿下卧着个哈叭狗儿。假若走了那哈叭狗儿,我那里寻去?(下)(李文道云)便好道,人有所愿,天必从之。他如今得病了,我也不着嫂嫂知道,我将这服毒药走到城外药杀他。那其间,老婆也是我的,钱物也是我的。凭着我一片好心,天也与我半碗饭吃。(下)(旦同俫儿上,云)妾身刘玉娘。自从丈夫李德昌南昌做买卖去了,音信皆无。今日开开这铺儿,看有甚么人来。(高山上,云)走杀我也!把[1]那贼弟子孩儿!他说道还有个大醋务巷,那里不走过来!(放下担科,云)我把那精驴贼丑生弟子孩儿!元来则这个醋务巷;着我沿城走了一遭,左右则在这里!(旦出门见科,云)兀那老子,好不晓事!人家做买卖去处,你当着门做甚么?(高山云)你看我的造物[2]!头里着个弟子孩儿哄的我走了一日,如今又着这婆娘抢白我。哎!高山!你也怨你自己,当初不与李德昌寄信,可也没这场勾当。(旦云)兀那老的,你那里见李德昌来?请家里吃茶波。(高山云)搅了你家买卖。(旦云)老的,你那里见李德昌来?(高山云)嫂子敢是刘玉娘?(旦云)则我便是。(高山云)这小的敢是佛留?(旦云)正是。老的,你怎么知道?(高山云)嫂嫂,如今李德昌利增百倍,在城外五道将军庙里染病,你快寻个头口[3]取他去。(旦云)多多亏了老的!等李德昌来家,慢慢的拜谢你老人家。(俫儿上,云)奶奶,我要个魔合罗儿。(旦打俫科,云)小弟子孩儿!咱家[4]买菜的钱也无,那得钱来?(高山云)你休打孩儿,我与他一个魔合罗儿,你牢牢收着,不要坏了,底下有我的名字,道是"高山塑"。你父亲来家呵,见了这魔合罗,我寄信不寄信,久后做个大证见哩。(下)(旦云)谁想李德昌在五道将军庙染病。我将孩儿寄在邻舍家,锁了门户,借个头口,去看李德昌走一遭去来。(下)(正末抱病上,云)自从南昌回来,感了风寒病症,一卧不起。我央高山寄信去,教我浑家来看我,怎生这早晚不见来?李德昌,这的是时也,命也,运也,信不虚也呵!(唱)

【黄钟醉花阴】干着我贩卖南昌利钱好,急回来又早病魔缠着。盼家门咫尺似天遥,好教我这会儿心焦,按不住小鹿儿拘拘地跳。端的是最难熬,只一阵头疼,险些就劈破了。

【喜迁莺】教谁来医疗,奈无人古庙萧萧。量度,又怕有歹人来到。不由人心中添懊恼,不由人不泪雨抛。迭屑屑魂飞胆落,扑速速肉颤身摇。

【出队子】似这般无颠无倒,越教人厮窨约[5]。一会家阴阴的腹痛似锥挑,一会家烘烘的发热似火烧,一会家撒撒的增寒似水浇。

(云)大嫂,你在那里也呵?(唱)

【刮地风】悬望妻儿音信杳,急煎煎心痒难揉[6]。(云)我出庙门望一望波。(唱)我这里慢腾腾行出灵神庙,举目偷瞧。我与你恰下涩道[7],立在檐稍,觉昏沉刚挣揣把门倚靠。我则道十分紧闭着,元来是不插拴牢。靠着时,呀的门开了,滴留扑[8]仰剌叉[9]吃一交[10]。

【四门子】这的是严霜偏打枯根草,哎哟!正跌着我这残病腰。一会家疼,一会家焦。想钱财,莫不是无福消。一会家疼,一会家焦,我将这神灵祷告。

(李文道慌上,云)来到这庙也。哥哥在那里?(正末见科)(唱)

【古水仙子】呀呀呀,猛见了,嗨嗨嗨,唬的我悠悠魂魄消。将将将纸钱来忙遮,把把把泥神来紧靠,慌慌慌我这里掩映着。(李文道云)我来望哥哥,受你兄弟两拜。(正末唱)他他他,走将来展脚舒腰。我我我,向前来仔细观了相貌;是是是,我兄弟间别[11]身安乐。请请请,免拜波,李文道。

(云)兄弟,我自从南昌回来,感了风寒病症,不能还家。你嫂嫂在那里?(李文道云)嫂嫂便来也。哥哥,你这病几日了?(正末唱)

【寨儿令】也不昨宵,则是今朝,被风寒暑湿吹着。(李文道云)我与哥哥把把脉咱。(做把脉科,云)哥哥,我知道这病也,我就带将药来了。(做调药与正末吃科)(正末云)兄弟且住,等你嫂嫂来我吃。(李文道云)不要等他,你吃了就好了。(正末咽科)(唱)我咽下去,有似热油浇,烘烘的烧五脏,火火的燎三焦[12]。(带云)兄弟也,(唱)这的敢不是风寒药?

【神仗儿】他将那水调,我瀽的[13]咽了,不觉忽的昏迷,他把我丕的来药倒。烟生七窍,冰浸四稍[14],谁承望笑里藏刀[15],眼见的丧荒郊。

(做倒科)(李文道云)药倒了也。我收拾了东西,回家中去来。

(下)(正末唱)

【节节高】[16]这厮好损人利己,不合天道!钱物又不多,要时分明要,怎生下得教哥哥身夭?更做道钱心重,情分少,枉辱没杀分金管鲍[17]。

【者刺古】身躯被病执缚,难走难逃;咽喉被药把捉,难叫难号。托青天暗表,望灵神早报:行善得善,行恶得恶。天呵!莫不是今年灾祸招。

【挂金索】我则道调理风寒,谁想他暗里藏毒药。他如今致命图财,我正是自养着家生哨[18];疑怪来时,不将着亲嫂嫂。万代人传,倒惹的关张[19]笑。

【尾】所有金珠共财宝,一星星[20]不剩分毫,他紧紧的将马儿驮去了。

(卧桌[21]下)(旦上云)可早来到也。下的这头口,进的这庙来,怎生不见李大?——元来在这供桌底下,病重了也。(做扶正末科)李大,你骑上头口,咱家去来。(下,旦随慌上,云)谁想李大到的家中,七窍迸流鲜血死了也!须索与小叔叔说知,做一个计较。(做唤李文道科,云)小叔叔!(李文道上,云)这妇人害怕,叫我哩。嫂嫂,你叫我怎的?(旦云)您哥哥来家也。(李文道云)请哥哥出来。(旦云)李大到的家中,七窍流血死了也。(李文道云)死了?哥哥也!有甚么难见处,哥哥做买卖去了,你家里有奸夫,见哥哥回来,你与奸夫通谋药杀俺哥哥也!(旦云)我是儿女夫妻,怎下得便药杀他?(李文道云)俺哥哥已死了,你

255

可要官休？私休？（旦云）怎生是官休，私休？（李文道云）官休，我告到官司，教你与我哥哥偿命；私休，你与我做老婆便了。（旦云）你是甚么言语！我宁死也不与你做老婆。（李文道云）我和你见官去。（旦云）我情愿见官去。李大，则被你痛杀我也！（拖旦下）（净扮孤引张千上）（诗云）我做官人单爱钞，不问原被都只要。若是上司来刷卷，厅上打的鸡儿叫。小官是河南府的县令是也。今日坐起早衙，张千，看有告状的，着他进来。（张千云）理会的。（李文道同旦上，云）你寻思波。（旦云）我只和你见官去。（李文道云）我和你见官去来。冤屈也！（孤云）拿过来。（张千云）当面。（孤做跪科）（张千云）相公，他是告状的，怎生跪着他？（孤云）你不知道，但来告的，都是衣食父母。（张千喝旦跪科）（孤云）你两个告甚么？（李文道云）小人是本处人氏，嫡亲的五口儿。这个是我嫂嫂，小人是李文道。有个哥哥李德昌，去南昌做买卖，回来，利增百倍，当日来家，嫂嫂养着奸夫，合毒药杀死亲夫。大人可怜见，与小人做主咱！（孤云）我问你，你哥哥死了么？（李文道云）死了。（孤云）死了罢，又告甚么？（张千云）大人，你与他整理。（孤云）我那里会整理？你与我去请外郎来。（张千云）外郎安在？（丑扮令史上）（诗云）官人清似水，外郎白如面；水面打一和[22]，糊涂成一片。小人是萧令史，正在司房里攒造文书，只听得一片声叫，我料着又是官人整理不下甚么词讼，我去见来。（令史见犯人科，云）这厮，我那里曾见他来。哦！这厮是那赛卢医，我昨日在他门首，借条板凳也借不出来，今日也来到我这衙门里。张千，拿下去打着者。（张拿科，李做舒三个指头科，云）令史，我与你这个。（令史云）你那两个指头瘸。（李文道云）哥哥，你整理这桩事。（令史云）我知道,休言语。你告甚么？原告是谁？(李文道云)小人是原告。(令史云)你是原告,说你那词因来。(李文道云)小人是本处人氏,是李文道。有个哥哥是李德昌,去南昌做买卖,利增百倍,还家,俺嫂嫂有奸夫,合毒药药杀俺哥哥。令史与我做主咱！(令史云)是实么？画了字者！张千,拿过那妇人来。兀那妇人,你怎生药杀丈夫？从实招来！(旦云)大人可怜见,小妇人是刘玉娘,俺男儿是李德昌,南昌做买卖回来,在城外五道将军庙中染病,妾身寻了个头口,直至庙中,问着不言语,取到家中,七窍进流鲜血,蓦然气绝而死。妾身唤小叔叔来问他,小叔叔说妾身有奸夫；妾身是儿女夫妻,怎下的药杀男儿？大人,妾身并无奸夫。(令史云)不打也不招,张千,与我打着者。(张千打科)(令史云)你招了罢。(旦云)小妇人并无奸夫。(令史云)不打不招！张千,与我打着者！(张千又打科)(旦云)住住住,我待不招来,我那里受的这等拷打？我且含糊招了罢,是我药杀俺男儿来。(孤云)你休招,招了就是死的了也。(令史云)他既招了,将枷来枷了,下在死囚牢中去。(孤云)张千,取枷来,上了枷者。(张千云)枷上了,下在牢中去。(旦云)天那！谁人与我做主也呵！(下)(孤云)令史,你来,恰才那人舒着手,与了你几个银子？你对我实说。(令史云)不瞒你说,与了五个银子。(孤云)你须分两个与我。(同下)

〔1〕把——表示将要责骂之意,但责骂的话并不说出来,是元剧中的特别用法。

〔2〕造物——犹如说造化；就是命运、运气的意思。

〔3〕头口——牲口,指骡、马。

〔4〕咱家——我们家。

〔5〕窨约——或作暗约、喑约,与窨忖意近,即心中暗暗考虑、思忖。

〔6〕揉(náo挠)——或作猱;同挠,就是搔的意思。

〔7〕涩道——或作涩浪;有波浪纹的阶踏,行走时不易滑倒,这种阶踏叫做涩道或涩浪。《唐音癸签》十七引《升庵外集》:"蔡仲衡一日举温庭筠《华清宫》诗:'涩浪浮琼砌,晴阳上彩斿'之句问予曰:'涩浪,何语也?'予曰:'子不观营造法式乎?宫墙基自地上一丈馀叠石凹入崖隒状,谓之叠涩。石多水纹,谓之涩浪。'"

〔8〕滴留扑——形容迅速跌倒的情态。

〔9〕仰剌叉——仰面跌倒;剌叉,为"仰"的状词。

〔10〕吃一交——摔一交,即跌倒之意;今口语还是这样说。

〔11〕间别——隔别,分离。

〔12〕三焦——中医的说法:胃的上口,胃腔,膀胱的上口,分别叫做上焦、中焦、下焦。《难经》:"三焦者,水谷之道路,气之所终始也。上焦在胃上口,主内(纳)而不出。中焦在胃中脘,不上不下,主腐热水谷。下焦当膀胱上户,主分别清浊,主出而不内。"

〔13〕漷(guó国)的——形容急速饮水的声音。

〔14〕四稍——指人体四肢。

〔15〕笑里藏刀——唐宰相李义府对人表面和善,但暗里陷害,当时人称他为笑中有刀。白居易《不如来饮酒》诗:"手磨笑里刀。"

〔16〕〔节节高〕——元刊本、《古今杂剧》本此曲均作〔村里迓鼓〕,曲文相同。

〔17〕分金管鲍——管仲,春秋时齐国相;曾和鲍叔一起做生意,自己多分钱,鲍叔不以为贪,知道他家里很穷(见《史记·管晏列传》)。

〔18〕家生哨——家生,奴婢所生的子女。哨,或作哨子、哨厮,即流氓、无赖、不安本分的人。《辍耕录》十七:"奴婢所生子,亦曰家生儿。按《汉书·陈胜传》:'秦令少府章邯免骊山徒人奴产子。'师古曰:'奴产

子,犹今人云家生奴也。'"

〔19〕关张——相传:三国时,关羽和张飞、刘备在桃园里结拜为异姓兄弟,誓共生死(见《三国志平话》等书)。

〔20〕一星星——一点点、一件件,表示极微小的意思。

〔21〕桌——原本误作"车";据《古今杂剧》、《酹江集》本改。

〔22〕一和(huò 获)——和在一起。

第 三 折

(外扮府尹引张千上)(诗云)滥官肥马紫丝缰,猾吏春衫簌地长。稼穑不知谁坏却,可教风雨损农桑。老夫完颜女直[1]人氏。完颜者姓王,普察姓李[2]。老夫自幼读书,后来习武。为俺祖父多有功勋,因此上子孙累辈承袭,为官为将。这河南府官浊吏弊,往往陷害良民;圣人亲笔点差老夫为府尹,因老夫除邪秉正,敕赐势剑金牌,先斩后奏。老夫上任三个日头,今日升厅,坐起早衙,怎生不见掌案当该司吏[3]?(张千云)当该司吏,大人呼唤。(令史上,云)来了!来了!(见科)(府尹云)你是司吏?(令史云)小的是。(府尹云)兀那厮,你听者:圣人为你这河南府官浊吏弊,敕赐老夫势剑金牌,先斩后奏。若你那文卷有半点差错,着势剑金牌,先斩你那驴头!有合金押[4]的文书,拿来我金押。(令史云)有有有,就把这一宗文卷大人看。(府尹看科,云)这是那一起?(令史云)这是刘玉娘药死亲夫,招状是实,则要大人判个斩字。(府尹云)刘玉娘因奸药死丈夫,这是犯十恶的罪,为何前官手里不就结绝了?(令史云)则等大人到来。(府尹云)待报的囚人[5]在那里?(令史云)见在死囚牢中。(府尹云)取来,我再审问。(令史云)张千,去牢中提出刘玉娘来。(张千云)理会的。(旦上,云)哥哥唤我做甚么?(张千云)你见大人去。(令史云)兀那妇人,如今新官到任,问你,休说甚么;你若胡说了,我就打死你!张千,押上厅去。(张千云)犯妇当面。(旦跪科)(府尹云)则这个是那待报的女囚?(令史云)则他便是。(府尹云)兀那女囚,你是刘玉娘?你怎生因奸药死丈夫?恐怕前官枉错了,你有不尽的言词,从实说来,我与你做主咱。(旦云)小妇人无有词因。(府尹云)既他囚人口里无有词因,则管问他怎么?将笔来,我判个斩字,押出市曹,杀坏了者。(张千押旦出科)(旦云)天也!谁人与我做主也呵!(正末扮张鼎[6]上,云)自家姓张,名鼎,字平叔,在这河南府做着个六案都孔目[7],掌管六房事务。奉相公台旨,教我劝农已回。今日升厅坐衙,有几宗合金押的文书,相公行金押去。我想这为吏的扭曲作直,舞文弄法,只这一管笔上,送了多少人也呵!(唱)

【商调集贤宾】这些时,曹司里有些勾当,我这里因金押离了司房。我如今身躭受公私利害,笔尖注生死存亡。详察这生分女,作歹为非;更和这忤逆男,随波逐浪。我可又奉官人委付将六案掌,有公事,怎敢行唐[8];则听的咚咚传击鼓,偌偌报揎箱。

【逍遥乐】我则抬头观望,官长升厅,静悄悄有如听讲。我索整顿了衣裳,正行中举目参详:见雄纠纠公人[9]如虎狼,推拥着个得罪的婆娘;则见他愁眉泪眼,带锁披枷:莫不是竞土争桑?

(云)则见禀墙[10]外,一个待报的犯妇,不知为甚么,好是凄惨也呵!(唱)

【金菊香】我则见湿浸浸血污了旧衣裳,多应是磣可可的身虓着新棒疮。更那堪、死囚枷压伏的驼了脊梁。他把这粉颈舒长,伤心处,泪汪汪。

(云)你看那受刑的妇人,必然冤枉,带着枷锁,眼泪不住点儿流下。古人云:存乎人者莫良于眸子,眸子不能掩其恶。又云:观其言而察其行,审其罪而定其政。(唱)

【醋葫芦】我孜孜的觑了一会,明明的观了半晌。我见他不平中把心事暗包藏。婆娘家,怎生遭这般冤屈网,偏惹得带枷吃棒。休休休,道不的自己枉着忙。

【幺篇】我这里慢慢的转过两廊,迟迟的行至禀堂;他那里哭啼啼口内诉衷肠,我待两三番推阻不问当[11]。(张千云)刘玉娘,你告这个孔目哥哥,他与你做主。(旦扯住正末衣科,云)哥哥,救我咱!(正末唱)他紧拽定衣服不放,不由咱不与你做商量。

(云)张千,把那妇人唤至跟前,我问他。(张千云)刘玉娘,近前来。(旦跪科)(正末云)兀那妇人,说你那词因我听咱。(旦诉词云)哥哥停嗔息怒,听妾身从头分诉。李德昌本为躲灾,贩南昌多有钱物。他来到庙中困歇,不承望感的病促。到家中七窍内迸流鲜血,知他是怎生服毒。进入门当下身亡,慌的我去叫小叔叔。他道我暗地里养着奸夫,将毒药药的亲夫身故。不明白拖到官司,吃棍棒打拷无数。我是个妇人家,怎熬这六问三推,葫芦提屈画了招伏。我须是李德昌绾角儿夫妻[12],怎下的胡行乱做。小叔叔李文道暗使计谋,我委实的衔冤负屈!(正末云)兀那妇人,我替你相公行说去。说准呵,你休欢喜;说不准呵,休烦恼。张千,且留人者。(张千云)理会的。(末见科,云)大人,小人是张鼎,替大人下乡劝农已回,听的大人升厅坐衙,有几宗合金押文书,请相公金押。(府尹云)这个便是六案都孔目

张鼎,这人是个能吏。有甚么合禀的事,你说。(正末递文书科)
(府尹云)这是甚么文书?(正末唱)

【金菊香】这的是打家劫盗勘完的赃,这个是犯界茶盐[13]取定的详[14],这公事正该咱一地方。这个是新到的符[15]样,这个是官差纳送远仓粮。

(府尹云)这宗是甚么文卷?(正末唱)

【醋葫芦】这的是沿河道便盖桥,这的是随州城新置仓,这的是王首和那陈立赖人田庄,这的是张千殴打李万伤。(带云)怕官人不信呵,(唱)勾将来对词供状。这的是王阿张[16]数次骂街坊。

(府尹云)再无了文卷也?(正末云)相公,再无了。(府尹云)都着有司发落去。张鼎,与你十个免帖[17],放你十日休假;假满之后,再来办事。(正末云)谢了相公!(做出门科)(张千云)孔目哥哥,这件事曾说来么?(正末云)我可忘了也。(唱)

【幺篇】又不是公事忙,不由咱心绪穰[18]。若有那大公事,失误了惹下灾殃。这些儿事务,你早不记想,早难道贵人多忘。张千呵,且教他暂时停待莫慌张。

(云)我只禀事,忘了,我再向大人行说去。(张千云)哥哥可怜见,与他说一声。(正末再见科)(府尹云)张鼎,你又来说甚么?
(正末云)大人,恰才出的衙门,只见禀墙外有个受刑妇人,在那里声冤叫屈。知道的是他贪生怕死,不知道的,则道俺衙门中错断了公事。相公,试寻思波。(府尹云)这桩事是前官断定,萧令史该房。(正末云)萧令史,我须是六案都孔目;这是人命重事,怎生不教我知道?(令史云)你下乡劝农去了,难道你一年不回,我则管等着你?(正末云)将状子来我看。(令史云)你看状子。

（正末看科,云）"供状人刘玉娘,见年三十五岁,系河南府在城录事司当差民户。有夫李德昌,将带资本课银一十锭,贩南昌买卖。前去一年,并无音信。至七月内,有不知姓名男子一个来寄信,说夫李德昌在五道将军庙中染病,不能动止。玉娘听言,慌速雇了头口,直至城南庙中,扶策到家,入门气绝,七窍迸流鲜血。玉娘即时报与小叔叔李文道,有小叔叔说玉娘与奸夫同谋,合毒药药杀丈夫。所供是实,并无虚捏。"相公,这状子不中使。（令史云）买不的东西,可知不中使。（正末云）四下里无墙壁[19]。（令史云）相公在露天坐衙哩。（正末云）上面都是窟笼[20]。（令史云）都是老鼠咬破的。（正末云）相公不信呵,听张鼎慢慢说一遍。（府尹云）你说我听。（正末云）"供状人刘玉娘,年三十五岁,系河南府在城录事司当差民户。有夫李德昌,将带资本课银一十锭,贩南昌买卖。"这十锭银,可是官收了？苦主[21]收了？（令史云）不曾收。（正末云）这个也罢。"前去一年,并无音信。于七月内有不知姓名男子,前来寄信。"相公,这寄信人多大年纪？曾勾到官不曾？（令史云）不曾勾他。（正末云）这个不曾勾到官,怎么问得？又道："夫主李德昌,在五道将军庙中染病,不能动止。玉娘听说,慌速雇了头口,到于城南庙中,扶策到家,入门气绝,七窍迸流鲜血。玉娘即时报与小叔叔李文道,小叔叔说玉娘与奸夫同谋。"相公,这奸夫姓张？姓李？姓赵？姓王？曾勾到官不曾？（令史云）若无奸夫,就是我。（正末云）"合毒药药杀丈夫。"相公,这毒药在谁家合来？这服药好歹有个着落。（令史云）若无人合这药,也就是我。（正末云）相公,你想波：银子又无,寄信人又无,奸夫又无,合毒药人又无,谋合人又无；这一行人都无,可怎生便杀了这妇人？（府尹

263

云)萧令史,张鼎说这文案不中使。(令史云)张孔目,你也多管,干你甚么事?(正末云)萧令史,我与你说,人命事关天关地,非同小可。古人云[22]:系狱之囚,日胜三秋。外则身苦,内则心忧。或笞或杖,或徒或流。掌刑君子,当以审求。赏罚国之大柄,喜怒人之常情;勿因喜而增赏,勿以怒而加刑。喜而增赏,犹恐追悔;怒而加刑,人命何辜?这的是霜降始知节妇苦,雪飞方表窦娥冤。(唱)

【幺篇】早是这为官的性忒刚,则你这为吏的见不长,则这一桩公事总荒唐。那寄信人怎好不细访,更少这奸夫招状;(带云)相公,你想波。(唱)可怎生葫芦提推拥他上云阳?

(令史云)大人,张鼎骂你葫芦提也!(府尹云)张鼎,是谁葫芦提?(令史云)张鼎说大人葫芦提!(府尹云)张鼎,是谁葫芦提?(正末跪科)小人怎敢?(府尹云)张鼎,这刘玉娘因奸杀夫,是前官断定的文案,差错是萧令史该管,你怎生说老夫葫芦提?我理任三日,就说我葫芦提,这以前,须不是我在这里为官。兀那厮,近前来,这桩事就分付与你,三日便要问成;问不成呵,我不道的饶了你哩!哎!(词云)你个无端的贼吏奸猾,将老夫一谜里欺压。刘玉娘因奸杀夫,须则是前官问罢。你道是文卷差迟,你道是其中有诈:合毒药是李四张三?养奸夫是赵二王大?寄信人何姓何名?谋合人或多或寡?不由俺官长施行,则随你曹司掌把。你对谁行大叫高呼,公然的没些惧怕。我分付你这宗文卷,更限着三日严假;则要你审问推详,使不着舞文弄法。你问的成呵,我与你写表章,骑驿马,呈都省,奏圣人,重重的赐赏封官;问不成呵,将你个赛隋何,欺陆贾[23],挺[24]曹司,翻旧案,赤瓦不剌海[25]獬孙头,尝我那明晃晃势剑铜铡!

（下）（令史云）左右你的头硬，便试一试铜铡，也不妨事。（诗云）得好休时不肯休，偏要立限当官决死囚。正是是非只为多开口，烦恼皆因强出头。（下）（正末云）张鼎，这是你的不是了也！（唱）

【后庭花】 揽这场不分明的腌勾当[26]，今日将平人[27]来无事讲。你早则得福也萧司吏，则被你送了人也刘玉娘。我这里自斟量：则俺那官人要个明降[28]，这杀人的要见伤，做贼的要见赃，犯奸的要见双：一行人，怎问当？

【双雁儿】 多则是没来由，葫芦提打关防[29]。待推辞，早承向[30]。眼见得三日时光如反掌，教我待不慌来怎不慌，待不忙来怎不忙？

（云）张千，将刘玉娘下在死囚牢中去。（张千云）理会的。（正末唱）

【浪里来煞】 那刘玉娘罪责虚，萧令史口净强。我把那衔冤负屈是非场，离家枉死李德昌，知他来怎生身丧，我直教平人无事罪人偿。（下）

〔1〕完颜女直——指女直族完颜部。女直，古代东北地区少数民族名；唐代属黑水靺鞨部，本名女真，后因避契丹主宗真之讳改为女直。北宋末期，建立金政权，后为元所灭。女真族以完颜部为核心。

〔2〕完颜者姓王二句——女真族与中原汉族接触后，接受了汉文化的影响，往往改称汉姓，完颜多改为姓王，普察亦作蒲察，为女真部族之一，多改姓李。

〔3〕掌案当该司吏——指审问案件的值班吏员。唐宋以后，地方政府分六司（科）管理政事，其中管司法的吏员称为司吏。

〔4〕金押——在公文签名画押。

〔5〕待报的囚人——亦作"报官囚",《救风尘》作"暴囚",义均同。州县判决死刑等待申报朝廷批准的囚犯叫做待报囚。《元史·刑法志》:"死罪审录无冤者,亦必待报然后加刑。"

〔6〕张鼎——元代人,由鄂州总管属吏,升任行省参知政事,不久罢去(见《元史·世祖本纪》)。

〔7〕都孔目——本是衙门里管理簿籍的吏。元剧中的六案都孔目,指的是判官、吏目一类的官吏。《资治通鉴》卷二一六胡注:"孔目,衙前吏也。"《金史·百官志》一:"知事、孔目以下行文书者为吏。"同书三:"知事,正八品,掌付事勾稽,省置文牍,总录诸案之事。都孔目官……职同知事,掌监印、监受案牍。馀都孔目官同此。"

〔8〕行(háng 杭)唐——原本作"仓皇",《酹江集》本同;《古今杂剧》本作"荒唐"。今据元刊本改。本书《生金阁》二:"岂敢行唐。"《紫云庭》四:"休得行唐。"与本剧用法相同。"行唐",元剧习用语,音同夯当,转为哈答,实即"荒唐"之音转,意为随便、怠慢、不经意或行为不谨等义。

〔9〕公人——旧时称衙门里的差役。

〔10〕禀墙——元刊本作"秉墙",徐沁君校本据《紫云庭》四折"转过东墙",改为"东墙",并谓"秉"为"东"之误,"堂"为"墙"之误。疑非是。按:白作"禀墙",曲作"禀堂",则两者当为一物,盖即衙门外(对着大门)的一道屏墙,也叫做照墙。"秉"为"屏"字因音近而误。

〔11〕问当——就是"问",当,语尾助词。

〔12〕绾(wǎn 晚)角儿夫妻——指结发夫妻,原配夫妻。

〔13〕犯界盐茶——元代茶盐官卖,划分一定地界销售,对侵犯地界贩卖茶盐的人,判以罪刑。《元史·刑法志·食货》:"诸犯私盐者,杖七十,徒二年,财产一半没官,于没物内一半付告人充赏。盐货犯界者,减

私盐罪一等。"茶,也不准贩卖私茶,犯者罚罪。

〔14〕详——这里指旧时公文的一种程式,用于向上级陈报、请示。

〔15〕符——古代朝廷下达命令或征调兵将用的凭证,用金、玉、铜、竹、木制成,分别情况使用,双方各执一半,合之以验真伪。

〔16〕王阿张——旧时妇人无名,宋元时代,妇人多以夫家姓为姓,娘家姓为名。这个妇人丈夫姓王,娘家姓张,故取名"王阿张",犹如后来称"王张氏"。

〔17〕免帖——放假的帖子。

〔18〕穰——忙乱。

〔19〕四下里无墙壁——比喻这个状子毫无可靠的根据。

〔20〕上面都是窟笼——比喻全是破绽、漏洞。

〔21〕苦主——指命案被害人的家属。

〔22〕古人云——这一段文字(至"人命何辜"止),出处不详,待考。

〔23〕隋何、陆贾——都是汉初的辩士;这里比喻张鼎。

〔24〕挺——挺撞不屈,据理力争的意思。

〔25〕赤瓦不剌海——女真语:赤,你。瓦不剌海,或作洼勃辣骇,敲杀。这句话是说:你这个该打死的!《大金国志》二十七"蒲路虎"条:"令'洼勃辣骇'。"注云:"敲杀也。"同书《附录·一》:"谓敲杀曰蒙霜特姑。又曰洼勃辣骇夫。"

〔26〕腌(ā阿)勾当——贬词,即臭勾当,倒霉的事。

〔27〕平人——指平民或无罪的人。

〔28〕明降——明白的裁决、决定、音旨。

〔29〕关防——驻兵防守关隘;引申为防止作弊、把关的意思。

〔30〕承向——承担。

第 四 折

(正末上云)自家张鼎是也。奉相公台旨,与我三日假限,若问成

呵,有赏;问不成呵,教我替刘玉娘偿命。张鼎,这是你的不是了也!(唱)

【中吕粉蝶儿】投至我勘问出强贼,早忧愁的寸肠粉碎。闷恹恹废寝忘食,你教我怎研穷[1],难决断,这其间详细。索用心机,要搜寻百谋千计。

【醉春风】我好意儿劝他家,将一个恶头儿揣与自己。元来口是祸之门,张鼎也,你今日个悔,悔!则要你那万法皆明,出脱[2]的众人无事,全在你寸心不昧。

(云)张千,押过那刘玉娘来。(张千云)理会的。犯妇当面。(旦跪科)(正末唱)

【叫声】虎狼似恶公人,可扑鲁[3]拥推拥推阶前跪。我则见喑着气,吞着声,把头低。

(云)张千,且疏了他那枷者。(张千云)理会的。(做卸枷科,旦起身拜云)谢了孔目!我改日送烧饼盒儿来。(做走科)(正末云)那里去?你去了呵,我替你男儿偿命那!(旦云)我则道饶了我来。(正末云)兀那妇人,你说你那词因来。若说的是呵,万事罢论;若说的不是呵,张千,准备下大棒子者。(唱)

【喜春来】你道是衔冤负屈吃尽亏,则你这致命图财本是谁。直打的皮开肉绽悔时迟,不是我强罗织[4],早说了是便宜。

(旦云)孔目哥哥,打死孩儿,也则是屈招了。(正末唱)

【红绣鞋】我领了严假限[5],一朝两日,你恰才支吾到数次十回,又惹场六问共三推。听了你一篇话,全无有半星实,我跟前怎过得?

【迎仙客】比及下拶[6]指,先浸了麻槌,行杖的腕头加气力;

直打得紫连青,青间赤,枉惹得棍棒临逼;待悔如何悔!

（旦云）便打杀我,则是屈招了也。（正末唱）

【白鹤子】你道是便死呵则是屈,硬抵对不招实。（带云）我不问你别的,（唱）则问你出城时,主何心;则他那入门死,因何意?

（云）兀那妇人,我问你：（唱）

【幺篇】莫不他同买卖是新伴当[7]?（旦云）我不知道。（正末唱）莫不是原茶酒旧相知? 他可也怎生来寄家书,因甚上通消息?

（旦云）孔目哥哥,我忘了那个人也。（正末云）你近前来,我打[8]与你个模样儿。（旦云）日子久了,我忘了也。（正末唱）

【幺篇】那厮身材是长共短? 肌肉儿瘦和肥? 他可是面皮黑,面皮黄? 他可是有髭髯,无髭髯?

（旦云）我想起些儿也。（正末云）惭愧! 圣人道："观其所以[9],观其所由,察其所安,人焉廋哉?"（唱）

【幺篇】投至得推详出贼下落,搜寻的案完备;兀的不熬煎的我鬓斑白,烦恼的我心肠碎!

（云）兀那妇人!（唱）

【幺篇】莫不是身居在小巷东,家住在大街西? 他可是甚坊曲,甚庄村? 何姓字,何名讳?

（云）我再问你咱。（唱）

【幺篇】莫不是买油面为节食? 莫不是裁段匹作秋衣? 我问你为何事离宅院? 有甚干来城内?

（云）张千,明日是甚日?（张千云）明日是七月七。（旦云）孔目哥哥,我想起来也!当年正是七月七,有一个卖魔合罗的寄信来;又与了我一个魔合罗儿。(正末云)兀那妇人,你那魔合罗有也无?如今在那里?(旦云)如今在俺家堂阁板儿上放着哩。(正末云)张千,与我取将来。(张千云)理会得。(做行科)我出的这门来,到这醋务巷问人来,这是刘玉娘家里,我开开这门,家堂阁板上有个魔合罗,我拿着去。出的这门,来到衙门也。孔目哥哥,兀的不是个魔合罗儿!(正末云)是好一个魔合罗儿也!张千,装香来。魔合罗,是谁图财致命?李德昌怎生入门就死了?你对我说咱。(唱)

【叫声】你曾把愚痴的小孩提教诲,教诲的心聪慧,若把这冤屈事,说与勘官知;

【醉春风】不强似你教幼女演裁缝,劝佳人学绣刺。要分别那不明白的重刑名,魔合罗,全在你,你。若出脱了这妇衔冤,我教人将你享祭,煞强如小儿博戏。

(云)魔合罗,你说波,可怎不言语?想当日狗有展草之恩[10],马有垂缰之报[11];禽兽尚然如此,何况你乎?你既教人拨火烧香,你何不通灵显圣?可怜负屈衔冤鬼,你指出图财致命人。(唱)

【滚绣球】我与你曲湾湾画翠眉,宽绰绰穿绛衣,明晃晃凤冠霞帔,妆严的你这样何为?你若是到七月七,那其间乞巧的,将你做一家儿燕喜[12];你可便显神通,百事依随。比及你露十指玉笋[13]穿针线,你怎不启[14]一点朱唇说是非,教万代人知。

(云)魔合罗,是谁杀了李德昌来?你对我说咱!(唱)

【倘秀才】枉塑你似观音像仪,怎无那半点儿慈悲面皮?空着我盘问你、你将我不应对,我彻上下,细观窥,到底。

(正末做见字科,云)有了也!(唱)

【蛮姑儿】我则道在那壁,元来在这里。谁想这底座儿下包藏着杀人贼。呼左右,上阶基,谁把高山认的?

(云)张千,你认的高山么?(张千云)我认的。(正末云)你与我一步一棍打将来。(张千云)理会的。我出的衙门来,试看咱。(高山上,云)我去城里讨魔合罗钱去咱。(张千做拿科,云)快走,衙门里等你哩。(高山云)哎呀!打杀我也!(做见跪科)(正末云)你便是那高山?(高山云)是便是,不知犯甚罪,被这厮流水似打将来?(正末云)兀那老子,你曾与人寄信来么?(高山云)老汉自小有三戒:一不作媒,二不做保,三不寄信。我不曾与人寄信。(正末云)着这老子画了字者。(高山云)我不曾寄信,教我画什么字?(正末云)兀那老子,这魔合罗是谁塑的?(高山云)是我塑的。(正末云)着那妇人出来。(旦见高云)老的,你认的我么?(高山云)姐姐,你敢是刘玉娘?你那李德昌好么?(旦云)李德昌死了也!(高山云)死了也?到是一个好人来。(正末云)可不道你不曾寄信?(高山云)我则寄了这一遭儿。(正末云)兀那老子,你怎生图财致命了李德昌?你从实招来!(高山诉词云)听我老汉一一说真实,孔目哥哥自思忆。去年时遇七月七,来到城里觅衣食。行到城南五道庙,慌忙合掌去参谒。忽然有个李德昌,正在庙中染病疾。哭哭啼啼相烦我,因此替他传信息。一生破戒只这遭,谁想回家救不得。老汉担里无过魔合罗,并没一点砒霜一寸铁;怎把走村串疃货郎儿,屈勘做了图财致命杀人贼!(正末云)兀那老子,你与我实诉者。(高山云)正面儿的头戴凤翅盔,身穿锁子甲,手里仗着剑。左壁厢一个戴黑楼兜子,身穿着绿襕,手拿着一管笔,挟着个纸簿子。右壁厢一个青脸獠牙,朱红头发,手拿着狼牙棒。(正末云)那个不是泥的!(高山云)你叫我实塑。(正末云)张千,与我打这老子。(张千做打科)(正末唱)

【快活三】魔合罗是你塑的,这高山是你名讳;今日个并赃拿贼更推谁?你划地硬抵着头皮儿对。

【鲍老儿】[15]须是你药杀他男儿,又带累他妻。呀!你畅好会使拖刀计。漾[16]一个瓦块儿在虚空里,怎生住的?呀!到了呵[17]须按实囗地,不要你狂言诈语,花唇巧舌,信口支持;则要你依头缕当[18],分星劈两[19],责状招实。

(高山云)孔目哥哥,休道招状;我等身图[20]也敢画与你。(做画字科)(正末云)兀那老子,你近前来,我问你波。(唱)

【鬼三台】你和他从头里传消息,沿路上曾撞着谁?(高山云)我不曾撞着人。(正末云)兀那老子,比及你见刘玉娘呵,城中先见谁来?(高山云)我想起来也!我入的城来,撒了一泡尿。(正末云)谁问你这个来?(高山云)我入城时,曾问人来,那人家门首吊着个龟盖。(正末云)敢是鳖壳?(高山云)直这等鳖杀我也!他那门前,又有个石船。(正末云)敢是石碾子?(高山云)若是碾着骨头都粉碎了。我见里面坐着个人,那厮是个兽医。(正末云)敢是个太医?(高山云)是个兽医。(正末云)怎生认的他是兽医?(高山云)既不是兽医,怎生做出这驴马的勾当?他叫做甚么赛卢医。(正末云)刘玉娘,你认的赛卢医么?(旦云)他就是我小叔叔。(正末云)你叔嫂可和睦么?(旦云)俺不和睦。(正末唱)听言罢,闷渐消,添欢喜。这官司才是实。呼左右,问端的,这医人与谁相识?

(云)张千,将这老子打上八十,为他不应塑魔合罗,打着者!(张千打科,云)六十,七十,八十,抢出去!(高山云)哥哥为甚么打我这八十?(张千云)为你不应塑魔合罗。(高山云)塑魔合罗打了八十,若塑个金刚,就割下头来?(下)(正末云)张千,将刘玉娘提在一壁,你与我唤将赛卢医来。(张千云)我出的这衙门来,这个门儿就是。赛卢医在家么?(李文道上,云)谁唤哩?我开门看咱。哥哥,叫我怎的?(张千云)我是衙门张千,孔目哥哥相请。(李文道云)咱和你去来。(张千云)到也,我先过去。(报科)赛卢医来了也。(正末云)着他进来。(见科)(李文道云)孔目哥哥,叫我有何事?(正末云)老相公夫人染病,这是五两银子,权当药资,休嫌少。(李文道云)要什么药?(正末唱)

【剔银灯】他又不是多年旧积,则是些冷物重伤了脾胃。则你那建中汤[21],我想也堪医治。你则是加些附子当归。(李文道云)我随身带着药,拿与老夫人吃去。(张千云)将来,我送去。(做送药回科)(正末与张千做耳暗科,云)张千,你看老夫人吃药如何?(张千云)理会的。(下)(随上,云)孔目哥哥,老夫人吃了药,七窍迸流鲜血死了也!(正末云)赛卢医,你听得么?老夫人吃下药,七窍迸流鲜血死了也。(李文道慌科,云)孔目哥哥,救我咱!(正末云)我如今出脱你,你家里有甚么人?(李文道云)我有个老子。(正末云)多大年纪了?(李文道云)俺老子八十岁了。(正末云)老不加刑,则是罚赎。赛卢医,你若舍的你老子,我便出脱的你;你若舍不的呵,出脱不的你。

273

(李文道云)谢了哥哥!(正末云)我如今说与你:我便道:"赛卢医。"你说:"小的。"我便道:"谁合毒药来?"你便道:"是俺老子来。"我便道:"谁生情造意来?"你便道:"是俺老子来。"我便道:"谁拿银子来?"你便道:"是俺老子来。"我便道:"不是你么?"你便道:"并不干小的事。"你这般说,才出脱的你。(李文道云)谢了哥哥!(正末云)张千,你着他司房里去。你与我一步一棍,打将那老子来者。(唱)那老子我亲身的问他是实。(带云)张千,(唱)你只道:见有人当官来告执。

【蔓青菜】你说道是新刷卷的张司吏,一径的将你紧勾追[22],教我火速来唤你。但若有分毫不遵依,你将他拖向囚牢内。

(张千云)我出的这门来,老李在家么?(李彦实上,云)是谁唤我哩?(张千云)衙门里唤你哩。(李彦实云)我和你去来。(李老做见正末科,云)唤老汉有甚么事?(正末云)兀那老子,有人告着你哩。(李彦实云)是谁告我?老汉有甚罪过?(正末云)是你孩儿李文道告你,你不信,须认的他声音也。(唱)

【穷河西】谁向官中指攀着伊,是你那孝子曾参赛卢医。又不是恰才新认义[23],须是你亲侄。哎!老丑生,无端忒下的!

(李彦实云)我不信李文道在那里。(正末云)你不信,听我叫。赛卢医!(李文道云)小的有。(正末云)谁合毒药来?(李文道云)是俺父亲来。(正末云)谁主情造意来?(李文道云)是俺父亲来。(正末云)谁拿银子来?(李文道云)是俺父亲来。(正末云)都是谁来?(李文道云)并不干我事,都是俺父亲来。(正末云)兀那老子,快快从实招来。(李彦实云)哥哥,这都是他做的事,怎么推在我老子身上?(正末云)既是他,你画了字者。(李老画字科)(张千云)他画了字也,我开开这门。(李老打文道科,云)药杀哥哥也是你,谋取财物也是你,强逼嫂嫂私休也是你。都是你来!都是你来!(李文道云)不是;我招的是药杀夫人的事。(李彦实云)呀!我可将药杀哥哥的事都招了也!(李文道云)招了,咱死也!老弟子孩儿!(正末唱)

【柳青娘】只着这些儿见识,瞒过这老无知,却不你千悔万悔,泼水在地怎收拾。唬的个黄甘甘[24]脸儿如地皮。可不道一言既出,便有驷马难追。已招伏,怎改易,要承抵。

【道和】方知端的,知端的,虚事不能实。忒跷蹊,教俺教俺难根缉,教俺教俺耽干系,使心机,啜赚[25]出是和非。难支吾,难支对,难分说,难分细。那些那些咱欢喜,咱伶俐,一行人个个服情罪。若非若非有天理,这当堂假限刚三日,可不的[26]势剑倒是咱先吃!

(云)一行人休少了一个,跟我见相公去来。(府尹上,云)张鼎,问的事如何?(正末云)问成了也。请相公下断。(府尹云)这桩事老夫已明知了也,一行人听我下断:本处官吏不才,杖一百永不叙用。李彦实主家不正,杖八十,年老罚钞赎罪。刘玉娘屈受拷讯,请敕旌表门庭。李文道谋杀兄长,押赴市曹处斩。老夫分三个月俸钱,重赏张鼎。(词云)奉圣旨赐赏迁升,张孔目执掌刑名。刘玉娘供明无事,守家私旌表门庭。泼无徒败伦伤化,押市曹正法严刑。(旦拜谢科,云)感谢相公!
(正末唱)

【煞尾】想兄弟情亲如手足,怎下的生心将兄命亏?我将杀人贼斩首在云阳内,还报的这衔冤负屈鬼。

题目　　李文道毒药摆哥哥

　　　　萧令史暗里得钱多

正名[27]　高老儿屈下河南府

　　　　张平叔智勘魔合罗

〔1〕研穷——或作穷研。元代刑律名词,就是详细追究审问的意思。《辍耕录》二十三"鞫狱":"今之鞫狱者,不欲穷磨究,务在广陈刑具,以张施厥威。或有以衷情告诉者,辄便呵喝震怒,略不之恤。从而吏隶辈奉承上意,拷掠锻炼,靡所不至,其不置人于冤枉者鲜矣!"此词亦见《元典章》。

〔2〕出脱——有三义:开脱罪名;卖出;长成。这里是用前一义。

〔3〕可扑鲁——形容推拥的样子。

〔4〕罗织——牵连陷害。《旧唐书·来俊臣传》:"与侍御史侯思止等同恶相济,招集无赖,令其告事,共为罗织。俊臣与其党朱南山等造《告密罗织经》一卷。"

〔5〕严假限——严格规定的假期、期限。

〔6〕拶(zǎn攒)指——古时的一种酷刑刑具:用绳子贯串几根小木棒,套在犯人的手指上,用力束紧,使人疼痛难禁,逼令招供。明·张自烈《正字通》:"拶,刑具。"

〔7〕伴当——伙伴。

〔8〕打——比拟、模仿的意思。

〔9〕观其所以四句——见《论语·为政》。意思是说:从各方面去考察一个人,他就无法隐藏他的心事了。

〔10〕狗有展草之恩——古代传说:三国时,李信纯非常喜爱一条狗,名叫黑龙。一天,李酒醉在草地上,草着了火,黑龙跳进附近水沟里,沾湿全身,把水洒在草上;这样来回洒水,李没被烧死,而狗却因此累死了。(见《搜神记》五)

〔11〕马有垂缰之报——前秦苻坚被慕容冲所袭击,骑在一匹骅(guā瓜)马上逃跑,忽然掉进水里,上不来,骅马就跪在水边,让苻坚抓住缰绳上岸,才逃走了(见刘敬叔《异苑》三)。

〔12〕燕喜——喜乐,欢喜。《诗经·小雅·六月》:"吉甫燕喜。"笺:"燕饮也。"后借为喜乐之词。

〔13〕玉笋——比喻美人手指纤美。

〔14〕启——原本作"起",据元刊本改。

〔15〕〔鲍老儿〕——元刊本同;《古今杂剧》本作〔古鲍老〕。

〔16〕漾(yàn厌)——向上抛掷。

〔17〕"到了呵"句——承上句抛掷瓦块说的,把瓦块抛在空中,最后一定要落在地上,比喻案情最终必定查明,有个水落石出的结果。

〔18〕依头缕当——缕当,了当的声转。依头缕当,从头到尾一件件说清楚。

〔19〕分星劈两——星,秤上的星点。分星劈两,就是一分一两都分辨清楚。

〔20〕等身图——佛教称与人身长度相等的神像为等身;南宋时有等身门神。等身图,和自己身长相等的图相。

〔21〕建中汤——中药汤头名;有补虚散寒,温健脾胃的作用。

〔22〕勾追——召捕、拘拿。

〔23〕义——指义子;即螟蛉子,俗称干儿子。

〔24〕黄甘甘——即黄干干,形容面色干黄。

〔25〕啜赚(chuò zhuàn 辍篆)——或作智赚;哄骗,诱诳。

〔26〕可不的——岂不是。

〔27〕题目正名——元刊本作:"张鼎智勘魔合罗。"《古今杂剧》本作:"小叔图财欺嫂嫂,故将毒药摆哥哥;高山屈下河南府,张鼎智勘魔合罗。"《酹江集》本作:"李文道毒药摆哥哥,萧令史暗里得钱多;高老儿屈下河南府,张平叔智勘魔合罗。"

便宜行事虎头牌[1]

(元)李直夫[2]撰

第 一 折

(旦扮茶茶[3]引六儿[4]上)(西江月词云)自小便能骑马,何曾肯上妆台。虽然脂粉不施来,别有天然娇态。若问儿家[5]夫婿,腰悬大将金牌。茶茶非比别裙钗,说起风流无赛。自家完颜女直人氏,名茶茶者是也。嫁的个夫主,乃是山寿马,现为金牌上千户[6]。今日千户打围猎射去了。下次孩儿每[7],安排下茶饭,则怕千户来也。(冲末扮老千户,同老旦上,云)老夫银住马的便是。从离渤海寨,行了数日,来到这夹山口子。这里便是山寿马的住宅。左右,接了马者。六儿,报复去,道叔叔婶子来了也。(六儿报科)(旦云)道有请。(见科,云)叔叔婶子前厅上坐,茶茶穿了大衣服来相见。(旦换衣拜科,云)叔叔婶子,远路风尘。(老千户)茶茶,小千户那里去了?(旦云)千户打围射猎去了。(老千户云)便着六儿请小千户来,说道有叔叔婶子,特来看他哩。(旦云)六儿,快去请千户家来。叔叔婶子且请后堂饮酒去,等千户家来也。(同下)(正末扮千户,引属官踏马上,诗云)腰横辘轳剑,身被鹔鹴裘;华夷图上看,惟俺最风流。自家完颜女直人氏,姓王,小字山寿马,现做着金牌上千户,镇守着夹山口子。今日天晴日暖,无甚事,引着几个家将,打围射猎去咱。(唱)

【仙吕点绛唇】一来是祖父的家门,二来是自家的福分;悬牌印,扫荡征尘,将勇力施呈[8]尽。

【混江龙】几回家开旗临阵,战番兵累次建功勋。怕不的资财足备,孳畜成群。长养着百十槽冲锋的惯战马,掌管着一千户屯田的镇番军。我如今欲待去消愁闷,则除是飞鹰走犬,逐逝追奔。

（六儿上,云）来到这围场中,兀的不是! 爷,家里有亲眷来看你哩。（正末云）六儿,你做甚来? （六儿云）有亲眷来了也。（正末唱）

【油葫芦】疑怪这灵鹊儿[9]坐在枝上稳,畅好是有定准。（云）六儿,来的是什么亲眷? （六儿云）则说是亲眷,不知是谁。（正末唱）则见他左来右去,再说不出甚亲人。为甚么叨叨絮絮占着是迷丢没邓[10]的混,为甚么獐獐狂狂[11]便待要急张拒遂[12]的褪。眼脑又剔抽秃揣[13]的慌,口角又劈丢扑搭[14]的喷。只见他喳喳忽忽[15]身子儿无些分寸,觑不的[16]那奸奸诈诈没精神。

（六儿云）待我想来。（正末唱）

【天下乐】只见他越寻思越着昏[17],敢三魂、失了二魂。（带云）我试猜波。（唱）莫不是铁哥镇抚[18]家远探亲? （六儿云）不是。（正末唱）莫不是达鲁[19]家老太君[20]? （六儿云）也不是。（正末唱）莫不是普察家小舍人[21]? （六儿云）也不是。（正末唱）莫不是叔叔婶子两口儿来访问?

（六儿云）是了! 是叔叔婶子哩! （正末云）是叔叔婶子。且收了断场[22],快家去来。（下）（老千户同老旦上,云）怎么这时候千户还不见来？(旦云)小的,门首觑者,千户敢待来也。(正末上,云)接了马者。茶茶,叔叔婶子在那里？(做拜见科)(老千户云)孩儿,相别了数载,俺两口儿好生的思想你哩。今日一径的来望你也。(正末云)叔叔婶子请坐。(唱)

【醉中天】叔叔,你鞍马上多劳困;婶子,你程途上受艰辛。一自别来五六春,数载家无音信。则这个山寿马别无甚痛亲[23],我一言难尽,来探你这歹孩儿,索是远路风尘。

(老千户云)孩儿,想从小间俺两口儿怎生抬举你来;你如今峥嵘发达呵,你可休忘了俺两口的恩念！(正末云)叔叔婶子,你孩儿有什么不知处？(唱)

【金盏儿】我自小里化了双亲,忒孤贫[24],谢叔叔婶子把我来似亲儿般训,演习的武和文。我如今镇边关,为元帅,把隘口,统三军。我当初成人不自在,我若是自在不成人。

(云)小的,一壁厢刲羊宰猪,安排筵席者。(外扮使命上,云)小官完颜女直人氏,是天朝一个使臣。为因山寿马千户,把守夹山口子,征伐贼兵,累著功绩;圣人的命,差小官赍敕赐他。可早来到他家门首也。左右,接了马者,报复去,道有使命在于门首。(六儿报科)(正末云)妆香来。(跪科)(使云)山寿马听圣人的命:为你守把夹山口子,累建奇功,加你为天下兵马大元帅,行枢密院[25]事;敕赐双虎符金牌带者,许你便宜行事,先斩后闻。将你那素金牌子,但是手下有得用的人,就与他带着,替你做金牌上千户,守把夹山口子。谢了恩者。(正末谢恩科,云)相公,鞍马上劳神也！(使云)恭喜相公,得此美除[26]！(正末云)相公,吃了筵席呵去。(使云)小官公家事忙,便索回去也。(正末送科,云)相公稳登前路。(使云)请了！正是:将军不下马,各自奔前程。(下)(正末云)小的,筵席完备未曾?(六儿云)已备下多时了也。(老千户云)夫人,恰才天朝使命,加小千户为天下兵马大元帅,我听的说道,将他那素金牌子,就着他手下得用的带了,替做千户。我想起来,我偌大年纪,也无些儿名分,甲首[27]也不曾做一个。央及小姐和元帅说一声,将那素金牌子,与我带着,就守把夹山口子去呵,不强似与了别人。(老旦云)老相公,你平生好一杯酒,则怕你失误了事。(老千户云)夫人,我若带牌子,做了千户呵,我一滴酒也不吃了。(老旦云)你道定者!(老千户云)我再也不吃了。(老旦云)既是这般呵,我对茶茶说去。(老旦见旦云)媳妇儿,我有一句话,可是敢说么?(旦云)婶子说甚话来?(老旦云)恰才那使臣言语,将双虎符金牌与小千户带了;那素金牌子,着他手下有得用的人与他带。比及与别人带了,与叔叔带了,可不好那?(旦云)婶子说的是,我就和元帅说。(旦见正末云)元帅,恰才叔叔婶子说来,你有双虎符金牌带了,那素金牌子,着你把与手下人带。比及与别人带时,不如与了叔叔,可也好也。(正末云)谁这般说来?(旦云)婶子说来。(正末云)叔叔平日好一杯酒,则怕他失误了事。(旦云)叔叔说道,他若带了牌子,做了千户呵,他一滴酒也不吃了。(正末云)既然如此,将那素金牌子来。叔叔,恰才使臣说来,如今圣人的命,着你孩儿做了兵马大元帅,敕赐与双虎符金牌,先斩后奏;这素金牌子,着你孩儿手下有得用的人,就与他带了,做金牌上千户。我想叔叔幼年多曾与国家出力来,叔叔,你带了这牌,做了上千户,可不强似与别人。(老千户云)想你手下多有得用的人,我又无甚功劳,我怎生做的这千户?(正末云)叔叔,休那般说。(唱)

【一半儿】则俺那祖公是开国旧功臣,叔父,你从小里一个敢战军[28];这金牌子与叔父带呵,也是本分。见婶子那壁意欣欣。(云)叔父,你受了这牌子者。(老千户云)我可怎么做的?(正末唱)我见他一半儿推辞一半儿肯。

(老千户云)元帅,难得你这一片好心,我受了这牌子者。(正末云)叔叔,你受了牌子,便与往日不同;索与国家出力,再休贪着那一杯儿酒也。(老千户云)你放心,我带了这牌子呵,我一点酒也不吃了。(正末云)如此恰好。(唱)

【金盏儿】我为甚么语谆谆,单怕你醉醺醺。只看那斗来粗肘后黄金印,怎辜负的主人恩。但愿你扶持今社稷,驱灭旧妖氛。常言道,家贫显孝子,国难识忠臣。

(老千户云)我则今日到渤海[29]寨搬了家小,便往夹山口镇守去也。(正末云)叔叔,则今日你孩儿往大兴府去。叔叔去取行李,路上小心在意者。(唱)

【赚煞】则今日过关津,度州郡,没揣的[30]逢他敌人,阵面上相持,赌的是狠。托赖着俺祖公是番宿家门[31]。哎!你莫因循,便只待人急偎亲。畅好道,厮杀无过是咱父子军。誓将那鲸鲵来尽吞,只将这边关守紧,你可便舍一腔热血报明君。(同旦、六儿下)

(老千户云)俺侄儿去了也。则今日往渤海寨搬取家小,走一遭去。(同老旦下)

[1] 虎头牌——元代制度,为了表示官员们的地位高低和职权大小,制几种金牌,给他们分别佩带。万户(武官名)佩金虎符,符趺(足)

为伏虎形,首有明珠,牌上刻字。千户佩金符,百户佩银符。上万户府管军七千以上。宋·孟珙《蒙鞑备录》:"鞑人袭金虏之俗,亦置领录尚书令、左右相、左右平章事等官,太师、大元帅等职,所佩金牌,第一等贵臣带两虎相向,曰虎斗牌,用汉字曰:'天赐成吉思汗皇帝圣旨,当便宜行事。'其次素金牌,曰:'天赐成吉思汗皇帝圣旨,疾。'又其次乃银牌,文与前同。"(《元典章》作"虎头金牌"。)宋·汪元量《湖州歌》:"文武官僚多二品,还乡尽带虎头牌。"

〔2〕李直夫——女真族,本姓蒲察,汉姓为"李"。人称蒲察李五,居德兴府(今河北怀来县),官湖南肃政廉访使。与元明善为友,时有诗文往还,至元、延祐间人。作剧十二种,现存《虎头牌》一种。贾仲明挽词云:"蒲察李五大金族。《邓伯道》《夕阳楼》《劝丈夫》。《虎头牌》《错立身》《怕媳妇》。《谏庄公》颖考叔。《俏郎君》《谎郎君》,各自乘除。淹蓝桥尾生子,教天乐黄念奴。是德兴秀气直夫。"《太和正音谱》评其词曲格势如:"梅边月影。"他是元代少数民族剧作家,剧作表现了女真族的一些风俗人情,是元杂剧中的一片"异窝"。

〔3〕茶茶——金元人多呼妇女为茶茶,因以为名。元好问赠《德华小女》诗:"牙牙娇语总堪夸,学念新诗似小茶。"注:"唐人以茶为小女美称。"朱有燉《元宫词》:"进得女真千户妹,十三娇小唤茶茶。"焦循《剧说》一:"金元人多呼女为茶茶。"

〔4〕六儿——家僮的通称,犹如婢女之通称为梅香。

〔5〕儿家——古时妇女多自称为"儿"或"儿家";称丈夫为"儿夫"或"儿家夫婿"。

〔6〕千户——武官名。元代在行枢密院下设万户府,府之下设千户所;千户分上中下三等。上千户管军七百以上(见《元史·百官志》)。

〔7〕下次孩儿每——下次,即下边、下面。下次孩儿每,或作下次小的每,均指手下听使令的奴仆。

〔8〕施呈——犹施展;发挥才能、力量之意。

〔9〕灵鹊儿——旧时相传:喜鹊在树上叫,就是有客人来或有吉庆事的预兆。

〔10〕迷丢没邓——迷迷糊糊,精神迷惘之状。

〔11〕獐獐狂狂——即獐狂的重叠语。张狂,张皇,张慌失措之意。

〔12〕急张拒遂——形容局促不安、往后退的情状。

〔13〕剔抽秃揣——形容着慌时眼珠转动打量之状。

〔14〕劈丢扑搭——形容口里讲不清话而发出的声音。

〔15〕喳喳忽忽——虚张声势,装假样。

〔16〕觑不的——或作觑不得;看不得、看不惯、看不上;不满于对方的行动之词。

〔17〕着昏——发昏,神志不清醒。

〔18〕镇抚——元代,在边远地区,设有安抚司、宣抚司等使,分别掌管该区的军民之务,是该地区的军政长官。

〔19〕达鲁——即达鲁花赤的省称。元代,各高级军政机构都设有达鲁花赤一人或二人,以监督该机构的事务,职权极大。

〔20〕老太君——对高级长官的母亲的敬称。

〔21〕小舍人——对官员家的孩子的敬称,犹如称小少爷。

〔22〕断场——围场,打猎的场所。

〔23〕痛亲——指血肉之亲;即血缘关系最近的亲属。

〔24〕孤贫——孤穷、孤弱、穷困。

〔25〕行枢密院——枢密院,是元代中央掌管全国兵甲机密的机关。遇有征伐之事,则置行枢密院或行院。为一方一事而设,则称某处行枢密院。在西川、江南、甘肃、河南、岭北等地,均曾设行枢密院。

〔26〕美除——古代称除旧职授新职为"除"或"除授"。美除,得到好官职。

〔27〕甲首——即甲主。元代为了严密统治人民,每二十家编为一甲,以"北人"为甲主,一切都要听甲主的命令。

〔28〕敢战军——或作敢战儿,指临阵勇敢不怕死的兵士,犹今言敢死队。

〔29〕渤海——元县名,属山东济南路。

〔30〕没揣的——没料到的,突然的。

〔31〕番宿家门——元初,皇帝用"怯薛"(蒙古语,轮番值班护卫之意)为心腹爪牙,轮番值班警卫;他们的子弟,可以世代作官。番宿家门,宿卫的家族之意(详见《元史·兵志》)。

第 二 折

(老千户同老旦上,云)老夫自到的渤海寨,搬取了家小,来到俺这庄头,见了众多亲眷,听的我做了千户,这个请我吃两瓶,那个请我吃三瓶,每日则是醉。虽然吃酒,则怕误了到任日期。有二哥哥金住马,在这庄儿上住坐。我辞了哥哥,便往夹山口子去也。(老旦云)老相公,咱在这里等者。你去辞了伯伯,早些儿来。(下)(老千户云)远远的望着,敢是哥哥来也。(正末扮金住马上,云)自家金住马的便是。我有个兄弟,是银住马。他如今做了金牌上千户,去镇守夹山口子,听的道往我这村儿前过,我无什,买了这一瓶酒,与兄弟饯行,走一遭去。(唱)

【双调五供养】愁冗冗,恨绵绵,争奈我赤手空拳。只得问别人借了几文钱,可买的这一瓶儿村酪酒,待与我那第二个弟兄祖饯。想着他期限迫,难留恋;可若是今番去也,知他是甚日个团圆。

(云)兀的不是我兄弟!(老千户云)兀的不是我哥哥!(见科,云)哥哥,你兄弟做了金牌上千户,如今镇守夹山口去,一径的辞哥哥来。(正末云)兄弟,我知道你做了金牌上千户,镇守夹山口子去。我无甚么,买这一瓶儿酒,与兄弟饯行。(老千户云)看你这般艰难,你那里得这钱来买酒?教哥哥费心!(正末做递酒科,唱)

【落梅风】我抹的这瓶口儿净,我斟的这盏面儿圆。(老千户做接盏科)(正末云)兄弟,且休便吃。(唱)待我望着那碧天边太阳浇奠。则俺这穷人家,又不会别咒愿,则愿的俺兄弟每,可便早能勾相见。

(做浇奠,再递酒科,云)兄弟满饮一杯。(老千户云)哥哥先饮。(正末云)好波,我先吃了。兄弟饮。(老千户云)待你兄弟吃。(正末云)兄弟,再饮一杯。(老千户云)只我今日见了哥哥吃几杯酒,到的夹山口子,我一点酒也不吃了。(正末云)兄弟,你哥哥无甚么与你。(老千户云)我今日辞哥哥去,敢问哥哥要什么?(正末唱)

【阿那忽】再得我往日家缘,可敢赍发与你些个盘缠。有他这镖接来的两根儿家竹箭,(老千户云)你兄弟收了者。(正末云)还有哩,(唱)更有条蜡打来的这弓弦。

(老千户云)这两件,你兄弟正用的着哩。(正末云)兄弟,你酒要少吃,事要多知。(老千户云)请哥哥放心,我若到夹山口子去,整捣军马,堤备贼兵,我一点酒也不吃了。(正末唱)

【慢金盏】我着这苦口儿说些良言,劝你那酒莫贪,劝你那财休恋;你可便久镇着南边夹山的那峪前,统领着军健,相持的那地面。但要你用心儿把守得安然,你可便只愁升不愁贬。

（老千户云）哥哥,俺那山寿马侄儿,做着兵马大元帅,我便有些疏失,谁敢说我?（正末云）兄弟,你休那般说。（唱）

【石竹子】则俺那山寿马侄儿是软善,犯着的休想他便肯见怜。假若是罪当刑,死而无怨。赤紧的元帅令,更狠似帝王宣。

（老千户云）想哥哥那往日也曾受用快活来。（正末唱）

【大拜门】我可也不想今朝,常记的往年:到处里追陪下些亲眷,我也曾吹弹那管弦,快活了万千。可便是大拜门[1]撒敦[2]家的筵宴。

（老千户云）我想哥哥幼年间,穿着那等样的衣服,今日便怎生这等穷暴了?（正末唱）

【山石榴】往常我便打扮的别,梳妆的善。乾皂靴鹿皮绵团也似软,那一领家夹袄子是蓝腰线。

【醉娘子】则我那珍珠,豌豆也似圆,我尚兀自拣择穿。头巾上砌的粉花儿现,我系的那一条玉兔鹘[3]是金厢面[4]。

（老千户云）哥哥,你那幼年间中注[5]模样,如今便怎生老的这等了?（正末唱）

【相公爱】则我那银盆也似庞儿腻粉钿,墨锭也似髭须着绒绳儿缠;对着这官员,亲将那筹箸传,等的个安筵盏,初巡遍。

【不拜门】则听的这者剌古[6]笛儿悠悠聒耳喧,那驼皮鼓冬冬的似春雷健。我向这筵前筵前,我也曾舞蹁跹。舞罢呵,谁不把咱来夸羡。

【也不啰】对着这众官员,诸亲眷,送路排筵宴,道是去也去也难留恋,甚日重相见?

（老千户悲科，云）哥哥，不知此一别，俺兄弟每再几时相见也？
（正末唱）

【喜人心】今朝别后，再要相逢，则除是梦中来见；奈梦也未必肯做方便。只落的我兄弟行僂落[7]，婶子行熬煎，侄儿行埋怨。世事多更变，好弱难分辨。

（老千户云）哥哥，兀的不痛杀你兄弟也！（正末唱）

【醉也摩娑】则被你抛闪杀[8]业人也波天！则被你抛闪杀业人也波天！我无卖也那无典，无吃也那无穿，一年不如一年。

（老千户云）我曾记的哥哥跟前有个孩儿，唤做狗皮，他如今在那里？（正末云）我也久忘了，你又提将起来做甚的？（唱）

【月儿弯】则俺那生忿忤逆的丑生[9]，有人向中都[10]曾见。伴着火泼男也那泼女，茶房也那酒肆，在那瓦市[11]里穿。几年间，再没个信儿传。有句话舌尖上挑着，我去那喉咙里咽。

（老千户云）俺哥哥有一句话待要说，可又不说。（正末背云）我有心待问兄弟讨一件儿衣服呵，则是难以开口，我且慢慢的说将去。兄弟，你哥哥这一年四季，春夏秋冬，煞是艰难也。（唱）

【风流体】我到那春来时，春来时和气喧；若到那夏时节，夏时节熏风遍；我可便最怕的，最怕的是秋暮天；更休题腊月里，腊月里飞雪片。

【忽都白】兄弟，哎！我也曾有那往日的家缘，旧日的庄田，如今折罚[12]的我无片瓦根椽，大针麻线，着甚做细米也那白面，厚绢也那薄绵。兄弟，哎！你则看俺一双父母的颜面，

289

怕到那冷时节,有甚么替换下的旧袄子儿,你便与我一领儿穿也波穿。(老千户云)哥哥若不说呵,你兄弟怎生知道?我就着人打开驼垛[13],将一领绵团袄子来,与哥哥御寒。(正末唱)不是我絮絮叨叨,咭咭煎煎,两泪涟涟;霍不了我心头怨,趁不了我平生愿。

(老千户云)俺哥哥你往常时香球吊挂[14],幔幕纱㡠,那等受用,今日都在那里?(正末唱)

【唐兀歹】往常我幔幕纱㡠,在绣围里眠;到如今枕着一块半头砖,土炕上、土炕上弯着片破席荐。畅好是恓惶也波天。

(云)兄弟,你到那里,好生整搠军马者,少饮些酒。(老千户云)哥哥你放心,如今太平天下,四海晏然,便吃几杯酒儿,有甚么事?(正末云)兄弟,你休那般说。(唱)

【离亭宴煞】虽然是罢干戈,绝士马,无征战;你索与他演枪刀,轮剑戟,习弓箭。则要你坚心儿向前,你去那寨栅内,莫忧愁;营帐内,休惧怯;阵面上,休劳倦。(老千户做拜辞科,云)则今日拜辞了哥哥,便索往夹山口子去也。(正末云)兄弟,你稳登前路。(老千户云)左右那里?将马来。(做上马科,云)哥哥慢慢回去。(正末唱)则你那匹马屹蹬蹬[15]的践路途,我独自个气丕丕归庄院。(老千户云)俺哥哥,你还健着哩。(正末唱)我可便强健杀者波,活的到明年后年。(老千户云)待我到那里,便来取哥哥。(正末唱)你待要重相见面皮难。(带云)兄弟!(唱)咱两个再团圆,可兀的路儿远!(下)

(老千户云)俺哥哥回去了也。则今日领着家小,便往夹山口子镇守去来。(诗云)我如今把守去夹山寨口,打点着老精神时常

抖擞;料番兵无一个擅敢窥边,只管里一家儿絮叨叨劝咱不要吃酒。(下)

〔1〕拜门——金人风俗,男女自由结合,生了孩子,两人才带着茶食酒物到女家行婚,叫做"拜门"。宋·洪皓《松漠纪闻》:"其地妇女……其携去者,父母皆不问。留数岁,有子,始具茶食酒数车归宁,谓之拜门,因执子婿之礼。"宋·宇文懋昭《大金国志》三十九"婚姻":"金人旧俗多指腹为婚姻。既长,虽贵贱殊隔,亦不可渝。婿纳币,皆先期拜门。戚亲偕行,以酒馔往。"又云:"贫者以女年及笄,行歌于途。其歌也,乃自叙家世、妇工、容色,以伸求侣之意。听者有谗娶欲纳之,则携而归,后方具礼偕来女家,以告父母。"

〔2〕撒敦——蒙古语:亲戚。

〔3〕玉兔鹘——兔鹘,金代的一种束带;用玉作装饰的为最上,其次用金,其次用犀象骨角(见《金史·舆服志下》)。

〔4〕金厢面——厢,这里是"镶"的借用字。金厢面,用金子镶制的带面。

〔5〕中注——或作中珠。宋代,吏部除授官吏,在册子上登记,注明其年龄、相貌;后来称这种册子为"中注",并引申径作相貌的代称。

〔6〕者剌古——或作剌古、鹧鸪,曲名。《大金国志》附录《女真传》:"其乐则惟鼓笛,其歌则有鹧鸪之曲,但高下长短,鹧鸪二声而已。"

〔7〕僕落——同奀落。讥笑。

〔8〕抛闪杀——舍弃,抛弃。杀,表示极、甚之意。

〔9〕丑生——詈词,一般写作畜生。这里是骂孩子的话。

〔10〕中都——金贞元元年从上京(今吉林省阿城县境)迁都于燕京(今北京),改称燕京为中都。

〔11〕瓦市——宋元时代游戏场和妓院、茶楼、酒馆、赌博场等集中

的场所(见孟元老《东京梦华录》二、周密《武林旧事》六,均有详细记载)。

〔12〕折罚——折乏。

〔13〕驼垛——骆驼背上所载的垛子,里面可以装载货物和行李。引申为包裹的意思。

〔14〕香球吊挂——一种悬挂的珍贵陈设品:用金银珠宝制成,上面有龙凤缨络等装饰。

〔15〕屹蹬蹬——或作矻登登、圪蹬蹬。形容马跑时蹄子着地的声音。

第 三 折

(老千户同老旦上,云)欢来不似今朝,喜来那逢今日。自从到的这夹山口子呵,无甚事,正好吃酒。我着人去请金住马哥哥到来,谁想他已亡化过了也。今日八月十五日,是中秋节令。夫人,着下次孩儿每安排酒来,我和夫人玩月,畅饮几杯。(动乐科)(杂当〔1〕报云)老相公,祸事也!失了夹山口子也!(老千户慌科)(老旦云)老相公,我说道你少吃几盅酒,如今怎么好?(老千户云)既然这般,如今怎了?左右,将披挂〔2〕来,我赶贼兵去。(下)(外扮经历〔3〕上,云)小官完颜女直人氏,自祖父以来,世握军权,镇守边境。争奈辽兵不时侵扰,俺祖父累累与他厮杀,结成大怨。他倒骂俺女直人野奴无姓,祖父因此遂改其名,分为七姓〔4〕:乾、坤、宫、商、角、徵、羽。乾道那驴姓刘,坤道稳的罕姓张,宫音傲国氏姓周,商音完颜氏姓王,角音扑父氏姓李,徵音夹谷氏姓佟,羽音失米氏姓肖。除此七姓之外,有扒包包五骨伦等,各以小名为姓。自前祖父本名竹里真〔5〕,是女真回回禄真[6]。后来收其小界,总成大功,迁此中都,改为七处。想俺祖父舍死忘生,赤心保国,今日子孙承袭,也非是容易得来的!(诗云)祖父艰辛立业成,子孙世世袭簪缨。一心只愿烽尘息,保佐皇朝享太平。某乃元帅府经历是也。如今有这把守夹山口子老完颜,每日恋酒贪杯,透漏贼兵,失误军期,非是小目[7]罪犯;三遍将文书勾去,倒将去的人累次殴打,他倚仗是元帅的叔父。相公甚是烦恼,今番又着人勾去,不来时,直着几个关西曳剌[8]将元帅府印信文书勾去也,不怕他不来。左右,你可说与勾事的人,小心在意,疾去早回。待老完颜到时,报复某家知道。(下)(老千户领左右上,云)只因八月十五夜,失了夹山口子,第二日,我马上〔亲率〕[9]许多头目,复杀了一阵,将掳去的人口牛羊马匹,都夺回来了。那头目每与我贺喜,再吃酒。(又吃科)(老旦云)小的每,安排酒来,与老相公把个劳困盏儿。(净扮勾事人上)(见科,云)元帅有勾。(老千户喝云)兀那厮!你是什么人?(勾事人云)元帅将令,差我勾你来。(老千户云)我是元帅的叔父,你怎么敢来勾我?左右,拿下去打着者!(左右打科)(勾事人诗云)老完颜见事不深,元帅令敢不遵钦。我来勾你你倒打我,我入你老婆的心。(下)(净扮勾事人上,云)老千户有勾。(老千户喝云)兀那厮!是什么人?(勾事人云)元帅将令,差我勾你来。(老千户云)嗨!只我是元帅的叔父,你怎么敢来勾我?左右,与我抢出去!(左右打科)(勾事人诗云)老完颜做事忒不才,倒着我湿肉伴干柴[10]。我今来勾你你不去,看后头自有狠的来。(下)(外扮曳剌上,云)洒家[11]是个关西曳剌,奉元帅的将令,有老完颜失误了夹山口子,差人勾去勾不来,差我勾去,可早来到也。(做见科,云)老千户,元帅将令,差人来勾你,你怎么不去?(做拿铁索套上科,诗云)老完颜心粗胆大,元帅令公然不怕。我这里不和你折证[12],到元帅府慢慢的说话。(老千户云)老夫人,这事不中了也!如今元帅府里勾将我去,我偌大年纪,那里受的这般苦楚!老夫人,与我荡一壶热酒,赶的来。(下)(老旦云)似这般怎生是好?我直到元帅府里,望老相公,走一遭去。(下)(正末引经历祗候排衙[13]上,正末唱)

【双调新水令】贺平安报偌可便似春雷。你把那明丢丢剑锋与我准备。他误了限次,失了军期,差几个曳剌勾追。(云)经历,你去问镇守夹山口子的,(唱)兀那老提控[14]到来也未?

　　(曳剌锁老千户上,云)行动些。(老千户云)有甚么事,我是元帅的叔父,怕怎么?(曳剌见经历云)把夹山口子的老完颜勾将来了也。(正末云)勾到了么?拿过来。(经历云)拿过来者。(正末云)开了他的铁锁,摘了他那牌子。(老千户做不跪科)
　　(正末云)好无礼也呵!(唱)

【沉醉东风】只见他气丕丕的庭阶下立地[15],不由我不恶噷噷心下猜疑。(带云)我歹杀者波。(唱)我是奉着帝主宣,掌着元戎职,可怎生全没些大小尊卑!(带云)你是我所属的官呵,(唱)还待要诈耳佯聋做不知,到跟前不下个跪膝。

　　(云)你今日犯下正条划[16]的罪来,兀自这般倔强哩。经历,你问他为什么不跪?他若是不跪呵,安排下大棒子,先摧折他两臁骨者。(经历云)理会的。(老千户云)经历,我是他的叔父,那里取这个道理来,要我跪着他?(经历云)相公的言语,道你不跪着呵,大棒子先敲折你两臁骨哩。(老千户云)我跪着便了,则着你折杀他也!(正末云)经历,着他点纸画字[17]者。(经历云)

老完颜,着你点纸画字哩。(老千户云)经历,我那里省得点纸画字?(经历云)这纸上点一点,着你吃一盅酒。(老千户云)我点一点儿呵,吃一盅酒;将来将来,我直点到晚。(经历云)你画一个字者。(老千户云)画字了。(经历云)老完颜点了纸,画了字也。(正末云)经历,你高高的读那状子着他听。(经历读云)责状人完颜阿可阿可,见年六十岁,无病疾,系京都路忽里打海世袭民安[18]下女直人氏。承应劳校,见统领征南行枢密院先锋都统领勾当。近蒙行院相公差遣,统领本官军马,把守夹山口子,防御贼兵。自合常常整搠戈甲,堤备战敌;却不合八月十五晚,以带酒致彼有失,透漏贼兵过界,打破夹山口子,掳掠人民妇女,牛羊马匹。今蒙行院相公勾追,自合依准前来;却不合抗拒不行赴院,故违将令;又将差去公人,数次拷打。今具阿可合得罪犯,随供招状,如蒙依军令施行,执结是实,伏取钧旨。一主把边将闻将令而不赴者,处死;一主把边将带酒,不时操练三军者,处死;一主把边将透漏贼兵,不迎敌者,处死。秋八月某日,完颜阿可状。(老千户云)这等,我该死了!(做哭科)(正末唱)

【搅筝琶】咱须是关亲意,也索要顾兵机。官里着你户列簪缨,着你门排画戟;可怎生不交战,不迎敌,吃的个醉如泥?情知你便是快行兵的姜太公,齐管仲,越范蠡,汉张良,可也管着些甚的?枉了你哭哭啼啼。

(云)经历,将他那状子来。(经历云)有。(正末云)判个斩字,推出去斩讫报来。(经历云)理会的。左右,那里?推出老完颜斩了者。(做绑出科)(老千户云)天那!如今要杀坏了我哩!怎的老夫人来与我告一告儿。(老旦慌上,云)哥哥每,且住一住!我是元帅的亲婶子,待我过去告一告儿。(做见正末跪叫科)(正末云)婶子请起。(老旦云)元帅,国家正厅上,不是老身来处。想你叔叔带了素金牌子,因贪酒失了夹山口子,透漏贼兵,掳掠人民;元帅见罪,待要杀坏了。想着元帅自小里父母双亡,俺两口儿抬举的你长立成人,做偌大官位。俺两口儿虽不曾十月怀耽[19],也曾三年乳哺,也曾煨干就湿,咽苦吐甘[20],可怎生免他项上一刀;看老身面皮,只用杖子里戒饬他后来,可不好也?(正末云)你那知道那男子汉在外所行的勾当?(唱)

【胡十八】他则待殢酒食,可便恋声妓;他那里肯道把隘口,退强贼;每日则是吹笛擂鼓做筵席。(老旦云)你叔叔老了也。(正末云)你道叔叔老了,他多大年纪也?(老旦云)他六十岁了。(正末唱)他恰才便六十。(云)姜太公八十岁遇文王,戊午日兵临孟水,甲子日血浸朝歌[21],扶立周朝八百年天下。(唱)他比那伐纣的姜太公,尚兀自还少他二十岁。

(云)婶子请起。这个是军情事,饶不的。(老旦出门科,云)老相公,他断然不肯饶,怎生好那?(老千户云)老夫人,请将茶茶小姐来,着他去劝一劝,可不好?(旦上,云)叔叔婶子,怎生这般烦恼呀?(老旦云)茶茶,为你叔叔带酒,失了夹山口子,元帅待要杀坏了你叔叔。你怎生过去劝一劝儿可也好?(旦云)叔叔婶子,我过去说的呵,你休欢喜;说不的呵,你休烦恼。(旦见正末科)(正末怒云)茶茶!你来这里有什么勾当那?(旦云)这是讼厅上,不是茶茶来处。只想你幼年间,父母双亡,多亏了叔叔婶子,抬举你长成,做着偌大的官位。你待要杀坏了叔叔,你好下的!怎生看着茶茶的面,饶了叔叔,可也好?(正末云)茶茶,这三重门里,是你妇人家管的?谁惯的你这般粗心大胆哩!(唱)

【庆宣和】则这断事处,谁教你可便来这里?这讼厅上,可便使不着你那家有贤妻。(云)着他那属官每便道,叔叔犯下罪过来,可着媳妇儿来说。(唱)你这个关节[22]儿,常好道来的疾。(云)茶茶,你若不回去呵,(唱)可都枉擘破咱这面皮、面皮。

(云)快出去!(旦)我回去则便了也。(做出门见老千户云)元帅断然不肯饶你。可不道法正天须顺,你甚的官清民自安;我可什么妻贤夫祸少,呸!也做不得子孝父心宽。[23](下)(老旦云)似这般,如之奈何!(老千户云)经历相公,你众官人每告一告儿可不好?(经历云)且留人者。(众官跪科)(正末云)你这众属官每做甚么?(经历云)相公罚不择骨肉,赏不避仇雠,小官每怎敢唐突;但老完颜倚恃年高,耽酒误事,透漏贼兵,打破夹山口子,其罪非轻。相公幼亡父母,叔父抚育成人,此恩亦重。据小官每愚见,以为老完颜若遂明正典刑,虽足见相公执法无私;然而于国尽忠,于家不能尽孝,贤者或不然矣。(诗云)告相公心中暗约[24],将法度也须斟酌。小官每岂敢自专,望从容尊鉴不错。

(正末唱)

【步步娇】则你这大小属官都在这厅阶下跪,畅好是一个个无廉耻。他是叔父我是侄,道底来火须不热如灰[25],你是必再休提。(云)他是我的亲人,犯下这般正条款的罪过来,我尚然杀坏了;你每若有些儿差错呵,(唱)你可便先看取他这个傍州例。

(云)你每起去,饶不的!(经历出门科,云)相公不肯饶哩。(老千户云)似这般,怎了也!(经历云)老完颜,你既八月十五日失了夹山口子,怎生不追他去?(老千户云)我十六日上马赶杀了一阵,人口牛羊马匹,我都夺将回来了。(经历云)既是这等,你何不早说?(见正末云)相公,老完颜才说,他十六日上马,复杀了一阵,将人口牛羊马匹都夺将回来了。做的个将功折罪。(正末云)既然他复杀了一阵,夺的人口牛羊马匹回来了,这等呵,将功折过,饶了他项上一刀,改过状子,杖一百者。(经历云)理会的。(读状云)责状人完颜阿可,见年六十岁,无疾病,系京都路忽里打海世袭民安下女直氏。见统征南行枢密院事先锋都统领勾当。近蒙差遣,把守夹山口子。自合谨守,整搠军士;却不合八月十五日晚,失于堤备,透漏贼兵过界,侵掳人口牛羊马匹若干。就于本月十六日,阿可亲率军士,挺身赴敌,效力建功,复夺人口牛羊马匹。于所侵之地,杀退贼兵,得胜回还。本合将功折过;但阿可不合带酒拒院,不依前来,应得罪犯,随状招伏,如蒙准乞执结是实,伏取钧旨。完颜阿可状。(正末云)准状,杖一百者。(经历云)老完颜,元帅将令,免了你死罪,则杖一百。(老千户云)虽免了我死罪,打了一百,我也是个死的。相公且住一住儿,着谁救我这性命也。老夫人,咱家里有个都管[26],唤做狗儿,如今他在这里,央及他劝一劝儿。(做叫科)(净扮狗儿上,云)自家狗儿的便是。伏侍着这行院相公,好生的爱我:若没我呵,他也不吃茶饭;若见了我呵,他便欢喜了;不问什么勾当,但凭狗儿说的便罢了。正在灶窝里烧火,不知是谁唤我?(老千户云)狗儿,我唤你来。(做跪科,云)我央及你咱。(狗儿云)我道是谁,元来是叔叔。休拜,请起。(做跌倒科,云)直当扑了脸,叔叔,你有什么勾当?(老千户云)狗儿,元帅要打我一百哩。可怜见替我过去说一声儿。(狗儿云)叔叔,你放心,投到你说呵,我昨日晚夕话头儿去了也。(老千户云)如今你过去告一告儿。(狗儿云)叔叔放心,都在我身上。(见正末科)(正末云)你来做什么?(狗儿云)我无事可也不来。想着叔叔他一时带酒,失误了军情,你要打他一百,他不疼便好。可不道大能掩小,海纳百川,看着狗儿面皮休打他。若打了他呵,我就恼也。饶了他罢!(正末唱)

【沽美酒】则见他怡懒懒[27]的做样势,笑吟吟的强支对。他那里口口声声道是饶过,只我这里寻思了一会,这公事岂容易。

【太平令】我将他几番家叱退,他苦央及两次三回。则管里指官画吏,不住的叫天吁地。(带云)狗儿,(唱)你可向这里问,你莫不待替吃?(狗儿云)我替吃,我替吃。(正末云)你替吃;令人,你安排下大棒子者。(唱)我先拷的你拷的你腰截粉碎。

(云)令人,拿下去打四十。(做打科)(正末云)打了,抢出去。(狗儿跌出科)(老千户云)狗儿,说的如何?(狗儿云)我的话头儿过去了也。(老千户云)你再过去劝一劝。(狗儿云)他叫我明日来。(老千户推科,云)你再过去走一遭。(见科)(正末云)你又来做什么?(狗儿云)我来吃第二顿。相公,叔叔老人家了也,看着你小时节,他怎么抬举你来?叔叔便罢了,那婶子抱着你睡,你从小里快尿,常是浇他一肚子,看着婶子的面皮,饶了他罢。(正末云)你待替吃么?(狗儿云)我替吃,我替吃。(正末云)再打二十。(做打科)(正末云)抢出去。(狗儿跌出科)(老千户云)狗儿,你说的如何?(狗儿捧屁股科,云)我这遭过去不得了也。(老千户再推科)(狗儿云)相公。(正末云)拿下去。(狗儿慌科,云)可怜见我狗儿再吃不得了也!(正末云)将铜铡来,切了你那驴头!(狗儿跌出科)(老千户云)你再过去劝一劝。(狗儿云)老弟子孩儿,你自挣揣去!(下)(正末云)拿过来者,替吃了多少也?(经历云)替吃了六十也。(正末云)打四十

299

者!(做打科,正末唱)

【雁儿落】你畅好是腕头有气力,我身上无些意。可不道厨中有热人,我共他心下无仇气。

【得胜令】打的来一棍子,一刀锥,一下起,一层皮。他去那血泊里难禁忍,则着俺校椅上怎坐实。他失误了军期,难道他没罪谁担罪?(云)打了多少也?(经历云)打了三十也。(正末唱)才打到三十,赤瓦不剌海,你也忒官不威牙爪威。

(云)再打者!(经历云)断讫也,扶出去。(老千户云)老夫人,打杀我也!谁想他不可怜见我,打了这一顿,我也无那活的人也!(老旦哭云)老相公,我说什么来?我着你少吃一盅儿酒。(老千户云)老夫人,打了我这一顿,我也无那活的人了也。老夫人,有热酒筛一盅儿我吃。(下)(正末云)经历,到来日牵羊担酒,与叔父暖痛[28]去。(唱)

【鸳鸯煞】你则合眠霜卧雪驱兵队,披星带月排戈戟。你也曾对咱盟咒,再不贪杯。唱道索记前言,休贻后悔。谁着你旦暮朝夕,尝吃的来醺醺醉,到今日待怨他谁?这都是你那恋酒迷歌上落得的。(众随下)

〔1〕杂当——元剧中扮演差役一类脚色的叫做杂当。

〔2〕披挂——古时武将出战时身上穿戴的铠甲等物。

〔3〕经历——官名。元代于万户府设经历知事或经历,是万户的属官。

〔4〕"分为七姓"以下十二句——《辍耕录》一及《金史》后附《金国语解》所载"姓氏"共三十一,其中"王""李""刘""肖"等姓均有,但与此处的说法不完全相同。

〔5〕竹里真——不详。

〔6〕女真回回禄真——不详。

〔7〕小目——小条目,不关重要的条款。

〔8〕曳剌——或作曳落河、爷老,均一声之转;壮士、走卒。唐代回鹘称健儿为"曳落河"。《辽史·百官志》:"走卒谓之曳剌。"

〔9〕〔亲率〕——原本缺,据下文完颜阿可供状补。

〔10〕湿肉伴干柴——宋代的一种酷刑:断柴为杖,搒击手足,叫做"掉柴"。"湿肉伴干柴"这句谚语,当系从此引申而来。这句话就是受拷打的意思。

〔11〕洒家——宋元时秦晋陇一带的方言,自称之词,即"我";犹"咱家"。

〔12〕折证——折辩、对证。《元朝秘史》十三:"如今回回百姓杀了我使臣,再去与他折证。"

〔13〕排衙——封建时代,官员开庭审案时,陈设仪仗,吏役站班依次参见,并口呼"在衙人马平安",(即下文的"报偌(喏)")这种仪式叫做排衙。元稹《纪怀》诗:"疏足良甘分,排衙苦未曾。"

〔14〕提控——元代,万户府设有提控案牍一人,是万户的僚属官。又,地方长官兼充马步弓手指挥的也称为提控官。

〔15〕立地——立着、站着。"地"为语尾助词,无义。

〔16〕正条划——亦作正条款,就是正式刑条。

〔17〕点纸画字——画押、签字。

〔18〕民安——即"猛安",金千户长官官名。

〔19〕十月怀耽——即十月怀胎;表示亲生的子女的意思。

〔20〕煨干就湿,咽苦吐甘——抚育婴儿的种种动作;表示抚育之不易。

〔21〕戊午日兵临孟水,甲子日血浸朝歌——据《史记·齐太公世

家》,姜尚(姜太公)辅佐周武王,曾会集八百诸侯于盟津(孟津),过了两年,于正月甲子日,誓师于牧野、伐纣,纣败被杀。本剧所说,与元至治本《武王伐纣平话》所载相符,可见当时戏剧与小说(平话)关系密切的程度。

〔22〕关节——暗中向官吏请托、行贿、说人情叫做关节或打关节、通关节。

〔23〕法正天须顺,官清民自安,妻贤夫祸少,子孝父心宽——四句是当时流行的歌谚。

〔24〕暗约——"暗"疑为"喑"字之误;喑约,心中思忖。

〔25〕火须不热如灰——这里是反用当时成语。火比灰热,谁都知道,难道不是这样吗?难道叔侄关系不如长官和部属的关系吗?

〔26〕都管——也称总管;属于奴隶身份的家人,在豪门贵族大官员家里管理家务的人。

〔27〕怞(zhòu 宙)懒懒——有刚愎、固执、凶狠等义。

〔28〕暖痛——旧俗:人受杖责后,亲友备酒食去安慰他,叫做暖痛。

第 四 折

(老千户同老旦上,云)谁想山寿马做了元帅,则道怎生样看觑我,谁想道着他打了一百。老夫人,闭了门者,不问谁来,只不要开门。(老旦云)老相公,打坏了也!我关上这门者。我如今闭门家里坐,还怕甚祸从天上来。(正末引旦、经历、祇从上,云)经历,今日同夫人牵羊担酒,与叔叔暖痛去来。(经历云)理会的。(正末云)可早来到叔叔门首。怎么闭着门在这里?令人[1],与我叫开门来。(祇从做叫门科)(正末唱)

【正宫端正好】则为他误军期遭残害,依国法断的明白。寻思来这期亲[2]尊长多妨碍,俺今日谢罪也在宅门外。

【滚绣球】疾去波到第宅,休道是镇南边统军元帅,则说是亲眷家将羊酒安排。休道迟,莫见责,省可里[3]便大惊小怪,将宅门疾快忙开,报与俺那老提控叔叔先知道,则说我侄儿山寿马和茶茶暖痛来,莫得疑猜。

（云）怎么叫了这一会,还不开门？经历,你与我叫门去。（经历云）理会的。（做叫门科,云）老完颜,你开门来,俺有说的话。（老千户云）我不开门。（经历云）你真个不开门？（老千户云）我不开。（经历云）你那旧状子不曾改,还要问你罪哩！（老千户云）你要问我的罪,再打上一百罢了,我死也只不开门,随你便怎么样来。（经历云）相公,老完颜只不开门,怎生是好？（正末唱）

【伴读书】他道你结下的冤仇大,伤了他旧叔侄美情怀。一任[4]你昨日的供招依然在,休想他低头做小心肠改。便死也只吃杯儿淡酒何伤害,到底个不伏烧埋。

（云）茶茶,你叫门去。（旦做叫门科,云）叔叔婶子,我茶茶在门外,你开门来,开门来！（老旦云）想茶茶昨日也曾为你告来,是那山寿马侄儿执性不肯饶你,看茶茶面上,开了门罢。（老千户云）他既然今日到我家来,昨日便为我再告一告儿不得？譬如我已打死了,只不要开门。（正末唱）

【笑和尚】他问我,今日个一家儿为甚来,昨日个打我的可是该也那不该？把脸皮都撒在青霄外,从今后拼着个贪杯的老不才,谢了个贤慧的女裙钗。休休休,休想他便降阶的忙迎待。

（云）待我自家去。叔叔，你侄儿山寿马自在这里，你开门来。（老旦云）既然元帅亲身到此，须索开门，请他进来者。（做开门）（正末同旦、经历跪科，云）这是侄儿不是了也！（老千户云）你昨日打我这一顿，亏你有甚么面皮又来见我？（正末云）叔叔，这不干你侄儿事。（老旦云）你叔叔偌大年纪，你打他这一顿，兀的不打杀了也！（正末唱）

【川拨棹】你得要闹咳咳闹咳咳使性窄，我须是奉着官差，法令应该。岂不知你年华老迈，故意的打你这一百。

（老千户云）我老人家被你打了这一顿，还说不干你事；倒干我事？（正末唱）

【七弟兄】你也不索左猜，右猜，既带了这素金牌，则合一心儿镇守着夹山寨。谁着你赏中秋，玩月畅开怀，敢前生少欠他几盏黄汤债。

【梅花酒】呀！这一场事不谐，又不是相府中台，御史西台，打的你肉绽也那皮开。你心下自裁划，招状上没些歪，打你的请过来，将牌面快疾抬，老官人觑明白。

（老千户云）依你说，是谁打我这一百来？（正末唱）

【收江南】呀！这的是便宜行事的那虎头牌！（老千户云）元来是军令上该打我来。（正末唱）打的你哭啼啼，湿肉伴干柴。也是你老官人合受血光灾，休道是做侄儿的忒歹。早忘了你和俺爹爹奶奶是一胞胎。

（云）茶茶，快与我杀羊荡酒来，与叔叔暖痛者。（唱）

【尾煞】将那暖痛的酒快酾，将那配酒的羔快宰，尽叔父再放出往日沉酣态。只留得你潦倒馀生，便是大古里呆[5]。

304

（老千户云）既是这般呵,我也不记仇恨了,只是吃酒。（老旦云）你也记的打时节这般苦恼,少吃些儿罢。（正末云）非是我全不念叔侄恩情,也只为虎头牌法度非轻。今日个将断案从头说破,方知道忠和孝元自相成。

  题目   枢院相公大断案
  正名   便宜行事虎头牌

〔1〕令人——祗候、祗从一类的小吏,任奔走传达之事。

〔2〕期亲——期年之服的亲属。封建社会里,按照生人和死者血缘关系的亲疏,来规定服丧（穿孝）时间的长短。例如:父母死,子女应服丧三年。伯叔父母死了,侄子要服丧一年,叫做期服;有这种关系的亲属叫做期亲。

〔3〕省可里——省得,免得,休要。"可里",语助词。

〔4〕一任——意同"任",即任凭、任从、随便之意。

〔5〕咪——或作采;采头,幸运。

相国寺公孙合汗衫[1]

(元) 张国宾[2] 撰

第 一 折

(正末扮张义,同净卜儿、张孝友、旦儿、兴儿上)(正末云)老夫姓张名义,字文秀,本贯南京人也。嫡亲的四口儿家属:婆婆赵氏,孩儿张孝友,媳妇儿李玉娥。俺在这竹竿巷马行街居住,开着一座解典铺[3],有金狮子为号,人口顺都唤我做金狮子张员外[4]。时遇冬初,纷纷扬扬,下着这一天大雪。小大哥在这看街楼上,安排果桌,请俺两口儿赏雪饮酒。(卜儿云)员外,似这般大雪,真乃是国家祥瑞也。(张孝友云)父亲母亲,你看这雪景甚是可观,孩儿在看街楼上,整备一杯,请父亲母亲赏雪咱。兴儿,将酒来。(兴儿云)酒在此。(张孝友送酒科,云)父亲母亲,请满饮一杯。(正末云)是好大雪也呵!(唱)

【仙吕点绛唇】密布彤云,乱飘琼粉,朔风紧,一色如银。便有那孟浩然可便骑驴的稳[5]。

(张孝友云)似这般应时的瑞雪,是好一个冬景也!(正末唱)

【混江龙】正遇着初寒时分,您言冬至我疑春[6]。(张孝友云)父亲,这数九的天道,怎做的春天也?(正末唱)既不沙,可怎生梨花片片,柳絮纷纷:梨花落,砌成银世界;柳絮飞,妆就玉乾坤。俺这里逢美景,对良辰,悬锦帐,设华裀。簇金盘、罗列着紫驼[7]新,倒银瓶、满泛着鹅黄嫩。俺本是凤城中黎庶,端的做龙袖里骄民[8]。

(张孝友云)将酒来,父亲母亲,再饮一杯。(正末云)俺在这看街楼上,看那街市上往来的那人纷纷嚷嚷,俺则慢慢的饮酒咱。(丑扮店小二上,诗云)买卖归来汗未消,上床犹自想来朝。为甚当家头先白,每日思量计万条。小可[9]是个店小二。我这店里下着一个大汉,房宿饭钱都少欠下,不曾与我。如今大主人家怪我,我唤他出来,赶将他出去,有何不可?(做叫科,云)兀那大汉,你出来。(净邦老[10]扮陈虎上,云)哥也,叫我做甚么?我知道少下你些房宿饭钱,不曾还哩。(店小二云)没事也不叫你,门前有个亲眷寻你哩。(邦老云)休斗小人耍。(店小二云)我不斗你耍,我开开这门。(邦老云)是真个,在那里?(店小二做推科,云)你出去,关上这门,大风大雪里,冻杀饿杀,不干我事。(下)(邦老云)小二哥,开门来。我知道少下你房宿饭钱,这等大风大雪,好冷天道,你把我推抢将出来,可不冰杀我也?(做叫科,云)嗨!小二哥,你就下得把我抢出门来。身上单寒,肚中又饥馁,怎么打熬的过!兀的那一座高楼,必是一家好人家。没奈何,我唱个莲花落,讨些儿饭吃咱。(做唱科)一年春尽一年春……哩哩莲花,你看地转天转,我倒也。(做倒科)(正末云)小大哥,你看那楼下面冻倒一个人,好可怜也。你扶上楼来,救活他性命,也是个阴骘[11]。(张孝友云)理会的。我是看去,果然冻倒一个大汉。下次小的每,与我扶上楼来者。(兴儿做扶科)(正末云)小大哥,笼些火来与他烘。(张孝友云)理会的。(正末云)酾将那热酒来,与他吃些。(张孝友云)兀那汉子[12],你饮一杯儿热酒咱。(邦老做饮酒科,云)是好热酒也。

307

（正末云）着他再饮一杯。（张孝友云）你再饮一杯。（邦老云）好酒，好酒！我再吃一杯。（正末云）兀那汉子，你这一会儿比头里那冻倒的时分，可是如何？（邦老云）这一会觉苏醒了也。（正末云）兀那汉子，你那里人氏？姓甚名谁？因什么冻倒在这大雪里？你说一遍，老夫是听咱。（邦老云）孩儿是徐州安山县人氏，姓陈名虎，出来做买卖，染了一场冻天行的症候[13]，把盘缠都使用的无了，少下店主人家房宿饭钱，他把我赶将出来，肯分的[14]冻倒在你老人家门首。若不是你老人家救了我性命，那得个活的人也。（正末云）好可怜人也呵！（唱）

【油葫芦】我见他百结衣衫不盖[15]身，直恁般家道窄。我为甚连珠儿[16]热酒，教他饮了三巡。（云）汉子，自古以来，则不你受贫。（孝友云）父亲，可是那几个古人受贫来？（正末唱）想当初苏秦未遇遭贫困，有一日他那时来也，可便腰挂黄金印。咱人翻手是雨，合手是云[17]，那尘埃中埋没杀多才俊。（带云）你看那人，也则是时运未至。（唱）他可敢一世里不如人。

（云）小大哥，将一领绵团袄[18]来。（张孝友做拿衣服科，云）绵团袄在此。（正末云）汉子，(唱)

【天下乐】我与你这一件衣服，旧换做新。（云）再将五两银子来。（张孝友取银科，云）五两银子在此。（正末云）这银子呵，(唱)我与你做盘也波缠，速离了俺门。（邦老云）救活了小人的性命，又与小人许多银子，此恩将何以报？（正末云）汉子，这衣服和银子，(唱)也则是一时间周急[19]，添你气分[20]。（邦老云）多谢你老人家。（正末云）汉子，你着志[21]者！（唱）有一日马颔下缨似火，头直上[22]伞盖似云，愿哥哥你可便为官早立身。

（云）小大哥,你扶他下楼去。（邦老云）多亏了老人家,救了我性命;今生已过,那生那世,做驴做马,填还你的恩债也。（张孝友云）一条好大汉,我这家私里外,早晚索钱,少个护臂[23]。我有心待认义他做个兄弟,未知他意下如何。我试问他咱。兀那汉子,你如今多大年纪？（邦老云）我二十五岁。（张孝友云）我长你五岁,我可三十岁也。我有心认义你做个兄弟,你意下如何？（邦老云）休看小人吃的,则看小人穿的,休斗小人耍。（张孝友云）我不斗你耍。（邦老云）休道做兄弟,便那笼驴把马,愿随鞭镫。（邦老做拜科）（张孝友云）你休拜。张孝友,你好粗心也！不曾与父亲母亲商量,怎好就认义这个兄弟？兄弟,我不曾与父亲母亲商量,若是肯呵,是你万千之喜;若是不肯呵,我便多赍发与你些盘缠。你则在楼下等一等。（做见正末科,云）父亲母亲,您孩儿有一桩事,不曾禀问父亲母亲,未敢擅便。（正末云）孩儿,有甚么话说？（张孝友云）恰才冻倒的那个人,您孩儿想来,家私里外,早晚索钱,少一个护臂。我待要认义他做个兄弟,未知父母意下如何？（正末云）恰才那个人姓陈,名个虎字,生的有些恶相,则不如多赍发他盘缠,着他回去了罢。（张孝友云）父亲,不妨事,您孩儿眼里偏识这等好人。（正末云）既是你心里要认他呵,着他上楼来。（张孝友云）谢了父亲母亲者。（做见邦老科,云）兄弟,父亲母亲都肯了也。你上楼见父亲母亲去咱。（邦老做见科）（正末云）兀那汉子,我这小大哥要认你做个兄弟,你意下如何？（邦老云）笼驴把马,愿随鞭镫。（正末云）你看他一问一个肯。（张孝友云）兄弟,拜了父亲母亲咱。（邦老做拜科）（张孝友云）父亲母亲,叫媳妇儿与兄弟相见,如何？（正末云）孩儿,这敢不中么？（张孝友云）父亲,不妨事,我眼里偏识这等好人。(正末云)随你,随你。(张孝友云)大嫂,与兄弟相见咱。兄弟,与你嫂嫂厮见。(邦老做拜旦儿科,云)嫂嫂,我唱喏哩。(旦儿云)呸!那眼脑恰像个贼也似的!(邦老背云)一个好妇人也!(正末云)小大哥,着他换衣服去。(张孝友云)你且换衣服去。(邦老下)(外扮赵兴孙带枷锁同解子上)(赵兴孙云)自家赵兴孙,是徐州安山县人氏。因做买卖,到这长街市上,见一个年纪小的,打那年纪老的,我向前谏劝,他坚意不从,被我掇过那年纪小的来,则打的一拳,不悋[24]就打杀了。当被做公的拿我到官,本该偿命,多亏了那六案孔目,救了我的性命,改做误伤人命,脊杖了六十,迭配[25]沙门岛[26]去。时遇冬天,下着这等大雪,身上单寒,肚中饥馁。解子哥,这一家必然是个财主人家,我如今叫化些儿残汤剩饭,吃了呵,慢慢的行。我来到这楼直下。爹爹奶奶,叫化些儿波。(正末云)小大哥,你看那楼下面,一个披枷带锁的人也!可怜的,与他些饭儿吃么。(张孝友云)理会的。待我下楼看去咱。(做下楼见赵兴孙,云)兀那后生,你那里人氏?姓甚名谁?因甚么这等披枷带锁?(赵兴孙云)孩儿徐州安山县人氏,姓赵名兴孙。因做买卖,到长街市上,有一个年纪小的,打那年纪老的,我一时间路见不平,将那年纪小的来只一拳打杀了。被官司问做误伤人命,脊杖了六十,迭配沙门岛去。时遇雪天,身上无衣,肚中无食,特来问爹爹奶奶讨些残汤剩饭咱。(张孝友云)原来为这般,你且等着。(见正末云)父亲,孩儿问来了,这一个是打杀了人,发配去的。(正末云)哦!他是个犯罪的人。也不知官府门中,屈陷了多多少少!我那里不是积福处,小大哥,你且着他上楼来,等我问他。(张孝友唤科,云)兀那囚徒,你上楼来。(解子跟赵兴孙见科)

（正末云）我问你：那里人氏？姓甚名谁？因甚这般披枷带锁的？你说与我听咱。（赵兴孙云）孩儿徐州安山县人氏，姓赵名兴孙。因做买卖，到长街市上，有一个年纪小的，打那年纪老的，我一时间路见不平，将那年纪小的则一拳打杀了。被官司问做误伤人命，脊杖了六十，迭配沙门岛去。时遇雪天，身上无衣，肚里无食，特来讨些残汤剩饭咱。（正末云）嗨！俺婆婆也姓赵。五百年前，安知不是一家。小大哥，将十两银子、一领绵团袄来。（张孝友云）银子、绵袄都在此。（卜儿云）兀那汉子，老爹与你十两银子，绵团袄一件。我无什么与你，只这一只金钗，做盘缠去。（赵兴孙云）多谢老爹奶奶！小人斗胆，敢问老爹奶奶一个名姓，也等小人日后结草衔环[27]，做个报答。（正末云）汉子，俺叫做金狮子张员外，奶奶赵氏，小大哥张孝友，还有一个媳妇儿，是李玉娥。你牢记者。（赵兴孙云）老爹是金狮子张员外，奶奶赵氏，小大哥张孝友，大嫂李玉娥：小人印板儿[28]似记在心上。小人到前面，死了呵，那生那世，做驴做马，填还这债；若不死呵，但得片云遮顶[29]，此恩必当重报也。（做拜下楼科）（邦老冲上，云）呸！我两个眼里见不的这等穷的！你是甚么人？（赵兴孙云）小人是赵兴孙。（邦老云）你认的我么？（赵兴孙云）你是谁？（邦老云）则我是二员外。（赵兴孙做叫科，云）二员外。（邦老云）住住住，你不要叫，你拿的是甚么东西？（赵兴孙云）老爹与了我十两银子，一领绵团袄。奶奶又是一只金钗，着我做盘缠的。（邦老云）父亲母亲好小手儿也，则与的你这些东西。你将过来，我如今去对父亲母亲说，还要多多的赍发你些盘缠。你则在这楼下等着。（邦老见正末科，云）父亲，楼下这个披枷带锁的，可惜与了他偌多东西；不如与您孩儿做本钱，可不好也。

（正末云）婆婆，你觑波。陈虎，我这家私早则由了你那！（邦老云）看了那厮嘴脸，一世不能勾发迹。那眉下无眼筋，口头有饿纹；到前面不是冻死，便是饿死的人也。（正末云）嚛声！（唱）

【后庭花】你道他眉下无眼筋，你道他兀那口边厢有饿纹。可不道马向那群中觑，陈虎咪[30]，我则理会得人居在贫内亲。（邦老云）可惜偌多钱，与了这厮，他那里是个掌财的？（正末唱）你将他来恶抢问，他如今身遭着危困。你将他恶语喷，他将你来死记恨。恩共仇，您两个人；是和非，俺三处分。怎劈手里便夺了他银？

（云）嗨！陈虎，我恰才与了他些钱钞，你劈手里夺将来。知道的便是你夺了；有那不知道的，只说那张员外与了人些钱钞，又着劈手的夺将去。（唱）

【青哥儿】陈虎咪，显的我言而言而无信。（带云）张孝友，（唱）你也忒眼内眼内无珍。（带云）恰才两个人呵，（唱）他如今迭配遭囚锁缠着身，不得风云，困在埃尘。你道他一世儿为人，半世儿孤贫，气忍声吞，何日酬恩。则你也曾举目无亲，失魄亡魂，绕户跫门，鼓舌扬唇，唱"一年家春尽一年家春"[31]。陈虎咪，你也曾这般穷时分。

（云）陈虎，你将那东西还与他去。（张孝友云）兄弟，你怎么这等？将来，我送与他去。（见赵兴孙科，云）这东西为什么不将的去？（赵兴孙云）恰才那个二员外夺过盘缠去了也。（张孝友云）汉子，他不是二员外，他姓陈名虎，也是雪堆儿里冻倒了的。我救了他，我认他做了个兄弟。你休怪咱，盘缠都在这里，你将的去。（赵兴孙做谢科，云）陈虎，你也是雪堆儿里冻倒的，将我银两衣服,劈手夺将去了。我有恩的是张员外一家儿,有仇的是陈虎那厮。我前街里撞见,一无话说;后巷里撞见,一只手揪住衣领,去那嘴缝鼻凹里则一拳!哎哟!挣的我这棒疮疼了。陈虎咪,咱两个则休要轴头儿厮抹着[32]。(同解子下)(正末云)婆婆,陈虎那厮,恰才我说了他几句,那厮有些怪我,我着几句言语安伏他咱。陈虎孩儿,我恰才说了你几句,你可休怪老夫。我若不说你几句呵,着那人怎生出的咱家这门。陈虎孩儿,你记的那怨亲不怨疏么?(邦老云)您孩儿则是干家的心肠,可惜了这钱钞,与那穷弟子孩儿。(正末唱)

【赚煞尾】岂不闻一饭莫忘怀,睚眦[33]休成忿。这厮他记小过忘人大恩,这厮他胁底下插柴不自稳。那里也敬老怜贫,他怒嗔嗔劈手里夺了他银。(带云)不争你夺将来了呵,(唱)显的我也惨,他也羞,陈虎咪,你也狠。(云)陈虎孩儿,自古以来,有两个贤人。你学一个,休学一个。(邦老云)父亲,您孩儿学那一个?(正末唱)你则学那灵辄[34]般报恩。(邦老云)不学那一个?(正末唱)休学那庞涓[35]般挟[36]恨。休休休,我劝您这得时人可便休笑恰才那失时人。(下)

(张孝友云)兄弟,父亲恰才说了几句,你休怪也。(邦老云)父亲说的是。哥哥,我索钱去咱。(诗云)员外有金银,认我做亲人;我心还不足,则恨赵兴孙。(下)

[1]合汗衫——此剧关目,与唐人《原化记》(见《太平广记》)所载崔尉事相似,但姓名、情节略有增损、出入。明人话本《警世通言》中有《苏知县罗衫再合》类似情节一篇。此剧今有三种传本:《元刊杂剧三十种》本,正名题:"马行街姑侄初结义,黄河渡妻夫相抱弃。金山院子父

再团圆,相国寺公孙汗衫记。"脉望馆钞校内府本(《古今杂剧》),题目正名:"金沙院子父再团圆,相国寺公孙汗衫记。"《元曲选》本,题目正名:"东岳庙夫妻占玉玦,相国寺公孙合汗衫。"

〔2〕张国宾——一作张国宝("宾"与"宝"字形近而误),艺名张酷贫(国宾二字的谐音),元代著名戏曲演员,任教坊勾管,工于杂剧编撰,著杂剧五种,现存《合汗衫》、《薛仁贵衣锦还乡》、《罗李郎大闹相国寺》三种。

〔3〕解典铺——典押铺、当铺。宋·吴曾《能改斋漫录》二:"江北人谓以物质钱为解库,江南人谓为质库,然自南朝已如此。"旧社会剥削阶级用高利贷对穷苦人进行剥削的商铺。

〔4〕员外——古代官名,别于正额(正式编制之内)官员而言;历代都设有员外郎,后来官爵泛滥,社会上多以官名互相滥称,故有财势者皆被称为员外。

〔5〕孟浩然可便骑驴的稳——孟浩然,唐代诗人。相传他有风雪骑驴寻梅的故事,元人曾将这故事编为杂剧。

〔6〕疑春——《元曲选》本作"言春"。据元刊本改。

〔7〕紫驼——古代的一种奢侈、名贵的食品,据说是用骆驼峰(骆驼背上拱起的肉)制成的。杜甫《丽人行》诗:"紫驼之峰出翠釜。"

〔8〕龙袖骄民——凤城、龙袖,均指京城。宋代,住在京都的人享受许多特殊待遇,被称为"龙袖骄民"。宋·周密《武林旧事》六:"骄民":"都民素骄,非惟风俗所致,盖生长辇下,势使之然。……恩赏则有黄榜钱,雪降则有雪寒钱,久雨久晴又有赈恤钱米,大家富室则又随时有所资给,大官拜命则有所谓抢节钱,病者则有施药局,贫而无依者则有养济院,死而无殓者则有漏泽园。"

〔9〕小可——犹云小的、小人、小子,自谦之词。

〔10〕邦老——剧中扮演强盗的人。焦循《剧说》一:"邦老之

称……皆杀人贼,皆以净扮之,邦老者,盖恶人之目。"

〔11〕阴骘(zhì 至)——古人认为,暗中作了对人家有好处的事,不让人知道,这种行为,叫做阴骘或阴德。本于《书·洪范》:"惟天阴骘下民。"是说老天爷能暗中造福于民。

〔12〕汉子——旧时对男子的一种轻蔑称呼。《辍耕录》八:"今人谓贱丈夫曰汉子。按:北齐魏恺自散骑常侍迁青州刺史,固辞。文宣帝大怒曰:何物汉子!与官不就。"

〔13〕冻天行的症候——冬天里的流行病症。唐·张鷟《朝野佥载》六:"其人患天行病而卒。"

〔14〕肯分的——恰恰的、凑巧的。

〔15〕盖——《元曲选》本作"挂",据元刊本改。

〔16〕连珠儿——谓接连不断。"连珠",本古代文体的一种,见《昭明文选》"连珠"体。

〔17〕翻手是雨,合手是云——杜甫《贫交行》:"翻手作云复手雨,纷纷轻薄何须数。"是说:朋友的关系,反复无常。

〔18〕绵团袄——即绵袄。

〔19〕周急——救济。《论语·雍也》:"君子周急不济富。"集注:"急,穷迫也;周者,补不足。"

〔20〕气分——或作气忿。气概、志量、性子。

〔21〕着志——用心、注意。

〔22〕头直上——头顶上。

〔23〕护臂——拥卫,保镖的人。

〔24〕不悁(kuāng 筐)——不料,没有想到。

〔25〕迭配——配,古代刑法的一种,把罪犯由甲地流放到乙地。迭配,就是发配充军。

〔26〕沙门岛——今属山东蓬莱海中,宋代罪犯充军的地方。《宋

史·刑法志》三:"犯死罪获贷者,多配隶登州沙门岛及通州海岛。"

〔27〕结草衔环——都是古代报恩的故事。结草,春秋时,晋国大夫魏颗没有听从他父亲死后要用妾来殉葬的话。后来在一次对外战役中,他看见一个老头儿(那个妾的父亲的"魂灵")把草结起来,将敌人绊倒,魏颗因而获胜(见《左传》)。衔环,汉代杨宝救了一只负伤的黄雀,夜里,梦见黄衣童子拿了四只玉环答谢他(见《后汉书·杨震传》注引)。

〔28〕印板儿——或作经板儿。形容牢固记忆,好像印刻在木板上一样。

〔29〕片云遮顶——表示还活着的意思。敦煌《捉季布变文》:"若得片云遮顶上,楚将投来总安存。"

〔30〕咪——或作俫。用在句尾或句中,助词,无义。

〔31〕一年家春尽一年家春——乞丐所唱〔莲花落〕里的句子。

〔32〕轴头儿厮抹着——轴头儿,指车轮子的轴儿;厮抹着,相碰着。这句是遇见、碰头的意思。

〔33〕睚眦(yá zì牙字)——怒目而视,引申为怨恨之意。《史记·范雎蔡泽传》:"一饭之德必偿,睚眦之怨必报。"

〔34〕灵辄——春秋时晋国人。晋国的正卿赵盾打猎时,看见灵辄没有饭吃,就送了些食物给他。后来晋灵公派甲士围击赵盾,灵辄出来保护,赵盾才免于祸难。

〔35〕庞涓——战国时魏国的将军;曾和孙膑同学,庞涓妒忌孙膑的才能,用计把孙膑的脚砍掉了。

〔36〕挟——《元曲选》本作"雪",据元刊本改。

第 二 折

(张孝友同兴儿上,云)欢喜未尽,烦恼到来。自从认了个兄弟,我心间甚是欢喜。不想我这浑家腹怀有孕,别的女人怀胎,十个月分娩,我这大嫂,十八个月不分娩,我好生烦恼。兄弟索钱去了,我且在这解典库中闷坐咱。(邦老上,云)行不更名,坐不改姓,自家陈虎的便是。这里也无人。我平昔间做些不恰好的勾当,我那乡村里老的每便道:"陈虎,你也转动咱。"我便道:"老的每,我这一去,不得一拳儿[1]好买卖不回来;不得一个花朵儿也似好老婆,也不回来。"不想到的这里,染一场冻天行病症,把盘缠都使的无了。少下店主人家房宿饭钱,把我推抢出来,肯分的冻倒在这一家儿门前,救活了我性命,又认义我做兄弟。一家儿好人家,都在俺的手里。那一应金银粮食,也还不打紧;一心儿只看上我那嫂嫂。我如今索钱回来了,见俺哥哥去。下次小的每,哥哥在那里?(兴儿云)在解典库里。(见科,云)哥哥,我索钱回来了也。(张孝友云)兄弟,你吃饭未曾?(邦老云)我不曾吃饭哩。(张孝友云)你自吃饭去,我心中有些闷倦。(邦老出门云)且住者。陈虎也,你索寻思咱,莫非看出什么破绽来?往常我哥哥见我,欢天喜地;今日见我,有些烦恼。陈虎,你是个聪明的人,必然见我早晚吃穿衣饭,定害[2]他了;因此上恩多怨深。我如今趁着这个机会,辞了俺哥哥,别处寻一拳儿买卖,可不好?(做见张孝友云)哥哥也,省的恩多怨深;我家中稍将书信来,教我回家去。只今日就辞别了哥哥,还俺徐州去也。(张孝友云)兄弟,敢怕下次小的每有什么的说你来?(邦老云)谁敢说我?(张孝友云)既然无人说你,你怎生要回家去?(邦老云)哥哥,君子不羞当面。每日您兄弟索钱回来,哥哥见我欢喜;今日见我烦恼。则怕您兄弟钱财上不明白,不如回去了罢。(张孝友云)兄弟,你不知道我心上的事。这里无别人,我与你说。别的女人怀身,十月满足分娩;您嫂嫂怀了十八个月,不见分娩,因此上烦恼。(邦老云)原来为这个。哥哥早对您兄弟说,这早晚嫂嫂分娩了多时也。(张孝友云)你怎么说?(邦老云)我那徐州东岳庙至灵至圣,有个玉杯珓儿[3],掷个上上大吉,便是小厮儿;掷个中平,便是个女儿;掷个不合神道,便是鬼胎。我那里又好做买卖,一倍增十倍利钱。(张孝友云)既是这等,我和你两个掷杯珓儿去来。(邦老云)我和你去不济事,还得怀身的亲自去掷杯珓儿,便灵感也。(张孝友云)咱与父亲说知去。(邦老云)住住住。则除你知我知嫂嫂知,第四个人知道,就不灵了。(张孝友云)你也说的是。多收拾些金珠财宝,一来掷杯珓,二来就做买卖,走一遭去。(同下)(兴儿上,云)奶奶!陈虎拐的小大哥嫂嫂两口儿去了也!(卜儿上,云)你可不早说?我是叫老的咱。(卜儿做叫科,云)老的!老的!(正末上,云)婆婆,做甚么?(卜儿云)陈虎搬调的张孝友两口儿走了也!(正末云)婆婆,我当初说什么来?咱赶孩儿每去者。(做赶科)(唱)

【越调斗鹌鹑】气的来有眼如盲,有口似哑。您两个绿鬓朱颜,也合问您这苍髯皓发。不争你背母抛爹,直闪的我形孤也那影寡。婆婆,他可便那里怕人笑,怕人骂;只待要急煎煎挟橐携囊,稳拍拍乘舟骗马[4]。

【紫花儿序】生刺刺[5]弄的来人离财散,眼睁睁看着这水远山长,痛煞煞间隔了海角天涯。(哭科,云)天那!怎么有这一场诧事!儿也,则被你忧愁杀我也!(卜儿云)张孝友孩儿挈了媳妇儿,带了许多本钱,敢出去做买卖么?(正末唱)元来他将着些价高的行货[6],(带云)钱钞可打甚么不紧?(唱)天那,怎引着那个年小的浑家？倘或间有些儿争差,儿也,将您这一双老爹娘可便看个甚么,畅好是心粗胆大！不争你背井离乡,谁替俺送酒供茶？

（卜儿云）老的,俺和你索便赶他去。（正末行科,云）咱来到这黄河岸边,许多的那船只,咱往那里寻他去？咱则这里跪者,若是张孝友孩儿一日不下船来,咱跪他一日,两日不下船来,跪两日。着那千人万人骂也骂杀他。（张孝友同旦儿上,云）兀的不是父亲母亲！（卜儿云）两个孩儿那里去？痛杀我也！（正末云）哎哟！张孝友孩儿,则被你苦杀我也！（唱）

【小桃红】可兀的好儿好女都做眼前花,倒不如不养他来罢。（张孝友云）父亲母亲休慌,您孩儿掷杯珓儿便回来。（正末唱）这打珓儿信着谁人话？无事也待离家。你爹娘年纪多高大,怎不想承欢膝下,划的去问天买卦？（旦儿云）公公婆婆,俺掷了杯珓儿便回来哩。（正末唱）噤声,更和着个媳妇儿不贤达。

（云）婆婆,你与我问孩儿每,他要到那里去,掷什么杯珓儿？（卜儿见旦云）媳妇儿,你两口如今要到那一处去掷杯珓来？（旦儿云）母亲不知,因为我怀胎十八个月不分娩,陈虎对张孝友说,他那徐州东岳庙至灵感,有个玉杯珓儿,掷个上上大吉,便是个小厮儿；掷个中平,便是个女儿；掷个不合神道,便是鬼胎。因此上要掷杯珓儿去。（卜儿云）是真个？我对员外说去。（见正末云）员外,我则道他两口儿为什么跟将陈虎去。如今媳妇儿身边的喜事,陈虎与张孝友孩儿说道,他那里徐州东岳庙至灵感,有个玉杯珓儿,若是掷个上上大吉,便是小厮儿；掷个中平,便是女儿；若是掷个不合神道,便是鬼胎。为这般,要去掷杯珓儿哩。（正末云）噤声！（唱）

【鬼三台】我这里听言罢,这的是则好唬庄家。哎!儿也,你个聪明人,怎便听他谎诈?那一个无子嗣,缺根芽;妆了些高驮细马,和着金纸银钱将火化,更有那孝子贤孙儿女每打,早难道神不容奸,天能鉴察[7]。

(张孝友云)父亲,阴阳不可不信。(正末唱)

【紫花序儿】且休说阴阳的这造化[8],许来大个东岳神明,(云)媳妇儿靠后。(唱)他管你什么肚皮里娃娃?我则理会的种谷得谷,种麻的去收麻。咱是个积善之家,天网恢恢不漏搯。这言语有伤风化。(张孝友云)陈虎说东岳神至灵感,掷杯珓儿,便回来也。(正末唱)你休听那厮说短论长,那般的俐齿伶牙。

(张孝友云)父亲,您孩儿好共歹走一遭去。父亲不着您孩儿去呵,我就着这压衣服的刀子觅个死处。(卜儿云)孩儿,怎下的闪了俺也?(做悲科)(正末云)既然孩儿每要去,常言道,心去意难留,留下结冤仇。婆婆,你问孩儿有甚么着肉穿的衣服,将一件来。(见旦科,云)媳妇儿,张孝友孩儿有什么着肉穿的衣服,将一件来。(旦儿云)婆婆,行李都去了,只这的是张孝友一领汗衫儿。(卜儿云)老的,行李都去了,只有这一领汗衫儿。(正末云)这个汗衫儿,婆婆,你从那脊缝儿停停的[9]拆开者。(卜儿云)有随身带着的刀儿,我与你拆开了也。(正末云)孩儿,你两口儿将着一半儿,俺两口儿留下这一半儿。孩儿,你道我为甚么来?则怕您两口儿一年半载不回来呵,思想俺时,见这半个衫儿,便是见俺两口儿一般。俺两口儿有些头疼额热,思想你时,见这半个衫儿,便是见您两口儿一般。孩儿,你将你的手来。(张孝友云)兀的不是手?(做咬科)(张孝友云)哎哟!父亲,你咬我这一口,我不疼!(正末云)你道是疼么?(张孝友云)你咬我一口,我怎的不疼?(正末云)我咬你这一口儿,你害疼呵;想着俺两口儿从那水扑花儿里抬举的你成人长大,你今日生各支的撇了俺去呵,你道你疼,俺两口儿更疼哩!(卜儿云)老的,俺则收着这汗衫儿,便是见孩儿一般。(正末唱)

【调笑令】将衫儿拆下,就着这血糊刷。哎!儿也,可不道世上则有莲子花[10],我如今别无什么弟兄并房下;倘或间俺命掩黄沙,则将这衫儿半壁匣盖[11]上搭。哎!儿也,便当的你哭啼啼,拽布拖麻。

(邦老云)你觑着,兀的不火起了也!早些开船去。(张孝友云)俺趁着船,快走快走。(同旦儿、邦老下)(正末云)孩儿去了也。哎哟!兀的不苦痛杀我也!(唱)

【络丝娘】好家私水底纳瓜[12],亲子父在拳中的这搭沙[13],寺门前金刚相厮打;哎!婆婆也,我便是佛啰,也理会不下。

(云)婆婆,你看是谁家火起?(内叫科,云)张员外家火起了也!(卜儿云)老的也,似此怎了?(正末云)婆婆,你看好大火也!(唱)

【幺篇】我则听的张员外家遗漏[14]火发,哎哟!天那!唬得我立挣痴呆了这半霎。待去来呵,长街上列着兵马。哎!婆婆也,我可是怕也那不怕!

(卜儿云)老的,眼见一家儿烧的光光儿了也,教俺怎生过活咱?(正末唱)

【耍三台】我则见必律律[15]狂风飒,将这焰腾腾火儿刮;摆一街铁茅水瓮,列两行钩镰和这麻搭[16]。(内叫科,云)街坊

321

邻舍,将为头儿失火的拿下者!(正末唱)则听得巡院[17]家高声的叫吁吁,叫道将那为头儿失火的拿下。天那!将我这铜斗儿般大院深宅,苦也啰!苦也啰!可怎生烧的来,剩不下些根椽片瓦!

【青山口】我则见这家那家斗交杂,街坊每救火咱;我则见连天的大厦大厦声刺刺[18],被巡军横拽塌。家私家私且莫夸,算来算来都是假。难镇难压,空急空巴,总是天折罚。他也波他不瞅咱,咱也波咱可怜他。只看张家,往日豪华,如今在那搭[19]?多不到半合儿[20],把我来偢幸[21]杀。

(卜儿云)老的,俺许来大家缘家计,尽皆没了,苦痛杀俺也!(正末云)火烧了家缘家计,都不打紧;我那张孝友儿也!(哭科)(唱)

【收尾】我直从那水扑花儿抬举的偌来大,您将俺这两口儿生各支的撇下。空指着卧牛城[22]内富人家。(卜儿云)咱如今往那里去好?(正末云)哎!婆婆也,我和你如今往那里去?只有个沿街儿叫化,学着那一声儿哩。(卜儿云)老的,是那一声?(正末云)婆婆也,你岂不曾听见那叫化的叫?我学与你听:那一个舍财的爹爹妈妈哦!(唱)少不的悲田院[23]里,学那一声叫爹妈。(同下)

〔1〕一拳儿——一桩、一批、一注,指财物。

〔2〕定害——打扰,扰害。

〔3〕玉杯珓儿——古时迷信占卜吉凶所用的一种器物;珓或作筊。用两个蚌壳(或用竹、木作成)投空掷地,看它俯仰的情况以定吉凶。有

上上、中平、下下等名目。本剧里所说的"不合神道",就是下下。韩愈《谒衡岳庙》诗:"手持杯珓导我掷。"宋·程大昌《演繁露》:"后世问卜于神,有器名杯珓者,以两蚌壳投空掷地,视其俯仰,以断休咎。"

〔4〕骗马——跳上马;骗本作騗。《集韵》:"騗,跃而乘马也。"今北语仍流行,即:一脚登马镫,另一脚翻跨马鞍,翻跨动作叫做骗。

〔5〕生剌剌——活活地。

〔6〕行货——货物,东西。

〔7〕神不容奸,天能鉴察——脉望馆钞校本、《元曲选》本均作:"神不容颜,天龙鉴察。"此据元刊本改。

〔8〕阴阳造化——谓天地创造化育万物;旧时多指天地神灵,今谓自然规律。

〔9〕停停的——平均地、平分地。

〔10〕莲子花——莲花。这里用"莲子"谐"怜子",表示父母爱怜儿子的意思。

〔11〕匣盖——棺材盖。用薄劣木板钉成的简陋棺材叫做匣子。

〔12〕水底纳瓜——或作水里纳瓜。瓜性浮,捺入水中不沉;比喻不实在,飘浮。

〔13〕搭沙——搭,捏。搭沙,捏沙。沙性散,捏不拢;比喻离散、不能团聚。

〔14〕遗漏——失火的隐语,宋、元人习用。宋话本《碾玉观音》:"见乱烘烘道:井亭桥有遗漏。"可参证。

〔15〕必律律——形容狂风吹动的情状。

〔16〕铁茅水瓮、钩镰麻搭——都是用以灭火的各种工具。宋·孟元老《东京梦华录》三"防火":"及有救火家事,谓如大小桶、洒子、麻搭、斧锯、梯子、火叉、大索、铁猫儿之类。"

〔17〕巡院——管理诉讼、捕盗的衙门,也管消防灭火等事。宋代在

323

开封设有军巡院;元初有警巡院(见《元史·百官志六》)。《东京梦华录》三:"每坊巷三百步许,有军巡铺屋一所,铺兵五人,夜间巡警,收领公事。又于高处砖砌望火楼,楼上有人卓望。……每遇有遗火去处,则有马军奔报军厢主,马步殿前三衙、开封府各领军级扑灭。"

〔18〕刺刺——状房屋火烧倒坍之声。

〔19〕那搭——那里,那儿。

〔20〕半合儿——顷刻,极短的时间里。

〔21〕僥幸——这里是尴尬,疑惑不解的意思。

〔22〕卧牛城——宋代汴京(开封)城的形状像卧牛一样,因称为"卧牛城"。《宋东京考》一:"新城创于周。……周世宗显德三年以其土麤,取郑州虎牢关土筑之。俗呼卧牛城。"

〔23〕悲田院——或讹作卑田院。佛教以供父母为恩田,供佛为敬田,施贫救苦为悲田。悲田院,相当于后世的乞丐收容所;唐初已由政府设置,有专人管理(见《唐会要》及《旧唐书》)。

第 三 折

(邦老上,云)人无横财不富,马无野草不肥。我陈虎只因看上了李玉娥,将他丈夫撺在黄河里淹死了。那李玉娥要守了三年孝满,方肯随顺我,我怎么有的这般慢性。我道:"莫说三年,便三日也等不到。"他道:"你便等不得三年,也须等我分娩了,好随顺你;难道我耽着这般一个大肚子,你也还想别的勾当哩?"谁知天从人愿,到的我家,不上三日,就添[1]了一个满抱儿小厮,早已过了一十八岁。那小厮好一身本事,更强似我。只是我偏生[2]见那小厮不得,常是一顿打就打一个小死,只要打死了他,方才称心。却是为何?常言道,剪草除根,萌芽不发。那小厮少不的打死在我手里。大嫂,将些钱钞来与我,我与弟兄每吃酒去来。(下)(旦儿上,云)自家李玉娥。过日月好疾也,自从这贼汉将俺员外推在河里,今经十八年光景。我根前添了一个孩儿,长成一十八岁,依了那贼汉的姓,叫做陈豹,每日山中打大虫[3]去。怎这早晚还不回家来吃饭哩?(小末同俫俫儿上)(小末诗云)每日山中打虎归,窝弓药箭紧身随。男儿志气三千丈,不取封侯誓不灰。自家陈豹,年长一十八岁,膂力过人,十八般武艺,无有不拈,无有不会。每日在于山中,下窝弓药箭,打大虫耍子[4]。今日正在那里演习些武艺,忽然看见山坡前走将一个牛也似的大虫,我拈弓在手,搭箭当弦,咪的一声射去,正中大虫;我待要拿那大虫去,不知那里走将几个小厮来,倒说是他每打死的大虫。咄!我且问你,你怎生打杀那大虫来?(俫儿云)我一只手揢住头,一只手揢住尾,当腰里则一口咬死的。你倒省气力,要混赖我的行货,我告诉你家去。陈妈妈!(旦儿云)是谁门首叫?我开开这门,你做什么?(俫儿云)妈妈,我辛辛苦苦打杀的一个大虫,只这一张皮,也值好几两银子,怎么你家儿子要赖我的?(旦儿云)小哥,你将的去罢。(俫儿云)我儿也,不看你娘面上,我不道的饶了你哩。(下)(旦儿云)陈豹,你家来,你跪着。教你休惹事,你又惹事,你倘着,我打你,等你好记的。(小末云)母亲打则打,休闪了手。(旦儿云)且住者,倘或间打的孩儿头疼额热,谁与他父亲报仇。陈豹,我不打你,且饶你这一遭儿。(小末云)母亲打了倒好,母亲若不打呵,说与父亲,这一顿打又打一个小死。(旦儿云)我也不打你,也不对你父亲说。(小末云)不与父亲说,谢了母亲也!(旦儿云)孩儿,你学成十八般武艺,为何不去进取功名?(小末云)您孩儿欲待应武举去,争奈无盘缠上

325

路。(旦儿云)既然你要应举去来,我与你些碎银两,一对金凤钗,做盘缠。(小末云)今日是个吉日良辰,辞别了母亲,便索长行也。(做拜科)(旦儿云)陈豹,你记者!若到京师,寻问马行街[5]、竹竿巷、金狮子张员外老两口儿。寻见呵,你带将来。(小末云)母亲,他家和咱是甚么亲眷?(旦儿云)孩儿,你休问他,他家和咱是老亲。(小末云)您孩儿经板儿记在心头。母亲,孩儿出门去也。(旦儿云)陈豹,你回来。(小末云)母亲有甚么话说?(旦儿云)你若见那老两口儿,你便带将来。(小末云)您孩儿记的,我出的这门来。(旦儿云)陈豹,你回来。(小末云)母亲有的话,一发说了罢。(旦儿云)我与你这块绢帛儿,你见了那老两口儿,只与他这绢帛儿,他便认的咱是老亲。(小末云)理会的。(旦儿云)孩儿去了也,眼观旌节旗,耳听好消息。(下)(外扮长老上,诗云)近寺人家不重僧,远来和尚好看经。莫道出家便受戒,那个猫儿不吃腥?小僧相国寺住持长老。今有陈相公做这无遮大会[6],一应人等,都要舍贫散斋,小僧已都准备下了。这早晚相公敢待来也。(小末领杂当上,云)下官陈豹,到于都下,演武场中比射,只我三箭皆中红心,中了武状元,授了下官本处提察使。自从母亲分付我寻这马行街竹竿巷金狮子张员外那两口老的,那里寻去?如今在相国寺中散斋济贫,数日前我与长老钱钞,与下官安排斋供,须索拈香走一遭去。可早来到了也。(见长老科,云)老和尚,多生受你。(长老云)相公,请用些斋食。(小末云)下官不必吃斋,只等贫难的人来时,老和尚与我散斋者。(正末同卜儿薄蓝[7]上,云)叫化咱,叫化咱,可怜见俺许来大家私,被一场天火烧的光光荡荡。如今无靠无依,没奈何,长街市上有那等舍贫的财主波,救济俺老两口儿!佛啰!

（唱）

【中吕粉蝶儿】我绕着他后巷前街,叫化些剩汤和这残菜,我受尽了些雪压波风筛。猛想起十年前,兀那鸦飞不过的田宅,甚么是月值年灾,可便的眼睁睁一时消坏。

（卜儿云）老的也,可怎生无一个舍贫的?（正末唱）

【醉春风】那舍贫的波众檀樾[8],救苦的波观自在,肯与我做场儿功德散分儿斋,可怎生再没个将俺来睬、睬?（卜儿云）老的也,兀那水床[9]上热热的蒸饼,我要吃一个儿。（正末云）婆婆,你道什么哩?（卜儿云）我才见那水床上热热的蒸饼,我要吃一个儿。（正末云）婆婆,你道那水床上热热的蒸饼,你要吃一个儿。不只是你要吃,赤紧的咱手里无钱呵,可着甚的去买那?（唱）佛啰,但得那半片儿羊皮,一头儿藁荐,哎!婆婆咪,我便是得生他天界。

（云）婆婆!（卜儿云）老的,你叫我怎么的?（正末云）我叫了这一日街[10],我可乏了也,你替我叫些。（卜儿云）你着谁叫街?（正末云）我着你叫街。（卜儿云）你着我叫街,倒不识羞;我好歹也是财主人家女儿,着我如今叫街!我也曾吃好的,穿好的;我也曾车儿上来,轿儿上去;谁不知我是金狮子张员外的浑家,如今可着我叫街,我不叫!（正末云）你道什么哩?（卜儿云）我不叫!（正末云）你道你是好人家儿,好人家女,也曾那车儿上来,轿儿上去,那里会叫那街?偏我不是金狮子张员外,我是胎胞儿里叫化来?赤紧的咱手里无钱那,我要你叫!（卜儿云）我不叫!我不叫!（正末云）我要你叫!要你叫!（卜儿云）我不叫!我不叫!（正末云）你也不叫,我也不叫,饿他娘那老弟子!（卜儿做悲科）（正末云）婆婆,你也说的是。你是那好人家儿,好人家女,你那里会叫那街。罢罢罢,我与你叫。（卜儿云）

你是叫咱。(正末云)哎哟!可怜见俺被天火烧了家缘家计,无靠无捱,长街市上有那等舍贫的,叫化些儿波!(唱)

【快活三】哎哟!则那风吹的我这头怎抬,雪打的我这眼难开。则被这一场家天火破了家财。俺少年儿今何在?

(卜儿云)嗨!争奈俺两口儿年纪老了也!(正末唱)

【朝天子】哎哟!可则俺两口儿都老迈,肯分的便正该。天那!天那!也是俺注定的合受这饥寒债。我如今无铺无盖,教我冷难挨。肯分的雪又紧,风偏大,到晚来,可便不敢番身,拳成做一块。天那!天那!则俺两口儿受冰雪堂地狱灾。我这里跪在大街,望着那发心的爷娘每拜。

(卜儿云)老的,这般风又大,雪又紧,俺如今身上无衣,肚里无食,眼见的不是冻死,便是饿死也!(正末唱)

【四边静】哎哟!正值着这冬寒天色,破瓦窑中,又无些米柴,眼见的冻死尸骸,料没个人瞅睬。谁肯着半掀[11]儿家土埋,老业人眼见的便撇在这荒郊外。

(杂当上,云)兀的那老两口儿!比及你在这里叫化;相国寺[12]里散斋哩,你那里求一斋去不好那。(正末云)多谢哥哥,元来相国寺里散斋哩,婆婆,去来,去来。(卜儿云)老的也,俺往那里叫化去?(正末唱)

【普天乐】听言罢,不觉笑哈哈。我这里刚行刚蓦,把我这身躯强整,将我这脚步儿忙抬。(云)官人,叫化些儿波!(杂当云)无斋了也。(正末唱)哎!可道哩饿纹在口角头,食神在天涯外。不似俺这两口儿公婆每便穷的来煞,直恁般运拙也那时乖。(云)官人也,(唱)但的他残汤半碗,充实我这五脏。(带云)不济事,不济事。(唱)哎!婆婆也,咱去来波,可则索与他日转千街[13]。

(杂当云)你来早一步儿可好,斋都散完了也。(正末云)官人可怜见,叫化些儿波。(杂当云)无了斋也。(小末云)为甚么大呼小叫的?(杂当云)门首有两个老的讨斋,来的迟,无了斋也。(小末云)老和尚,有下官的那一分斋,与了那两口儿老的吃罢。(杂当云)理会的。兀那老的,你来的迟,无有斋了;这个是相公的一分斋,与你这老两口儿。你吃了,你过去谢一谢那相公去。(正末云)多谢了!婆婆,你吃些儿,我也吃些儿,留着这两个馒头,咱到破瓦窑中吃。婆婆,你送这碗儿去。(卜儿云)我送这碗儿去。(正末云)就谢一谢那官人。(卜儿云)我知道。(见小末做拜科,云)积福的官人,今世里为官受禄,到那生那世,还做官人。(做认小末科)(小末云)这老的怎生看我?(卜儿云)官人官上加官,禄上进禄,辈辈都做官人。(出门科,云)这官人,好和那张孝友孩儿厮似也。仔细打看[14],全是我那孩儿。我对那老的说去,着他打这弟子孩儿。(见末云)老的也,喜欢咱。(正末云)什么那?婆婆。(卜儿云)你笑一个。(正末云)我笑什么?(卜儿云)你笑。(正末云)哦,我笑。(做笑科)(卜儿云)你大笑。(正末做大笑科)(卜儿云)你也是个傻老弟子孩儿。如今咱那张孝友孩儿有了也!(正末云)在那里?(卜儿云)原来散斋的那官人,正是张孝友孩儿。(正末云)婆婆,真个是?(卜儿云)我的孩儿,如何不认? 我这眼不唤做眼,唤做琉璃葫芦儿,则是明朗朗的。(正末云)是真个? 我过去,打这弟子孩儿。婆婆,可是也不是?(卜儿云)我这眼,则是琉璃葫芦儿。(正末云)我则记着你那琉璃葫芦儿。(卜儿云)则是个明朗朗的。

（正末见小末云）生忿忤逆的贼也！（小末云）长老，他唤你哩。
（长老云）相公，他唤你哩。（正末唱）

【上小楼】甚风儿便吹他到来，也有日重还乡界。则俺这烦烦恼恼，哭哭啼啼，想杀我儿也，怨怨哀哀。到如今可也便欢欢爱爱，潇潇洒洒，无妨无碍。（小末云）兀那老的，你说甚么那？（正末云）生忿忤逆的贼也！（唱）哎！怎把这双老爹娘，做外人看待！

（卜儿云）老的，他正是我的儿。（小末云）兀那老的，你说什么我的儿？我且问你，你那儿可姓什么那？（正末云）我的儿姓张，叫做张孝友。（小末云）兀的你孩儿姓张，是张孝友；我姓陈，是陈豹；你怎生说我是你的儿？（卜儿云）呀！他改了姓也。（小末云）你的孩儿，去时多大年纪？（正末云）他去时三十岁也，去了十八年，如今该四十八岁。（小末云）你的孩儿，去时三十岁，去了十八年，如今该四十八岁。这等说将起来，你那孩儿去时节，我还不曾出世哩。（正末云）婆婆，不是了也。（卜儿云）我道不是了么。（正末云）可不道你这眼是琉璃葫芦儿？（卜儿云）则才寺门前挤破了也。（小末云）兀那老的，你那孩儿，怎生与下官面貌相似？你试说与我听咱。（正末云）官人，听我说波。（唱）

【幺篇】您两个，恰便似一个印盒印盒里脱将下来，您两个，都一般容颜，一般模样，一般个身材。哎！我好呆，也合该十分宁奈[15]。（云）相公恕老汉年纪老了。（唱）我老汉可便眼昏花，错认了你个相公休怪。

（正末做跪拜请罪科）（小末云）兀那老的拜将下去，我背后恰便似有人推起我来一般；莫不这老的他福分倒大似我？我不怪你，你回去。(正末云)多谢了官人!(小末云)你且回来。(正末云)官人莫非还怪着老汉么?(小末云)我说道不怪,怎么还怪着你。我见你那衣服破碎,与你这块绢帛儿,补了你那衣服,你将的去。(正末云)多谢了官人!这个官人又不打我,又不骂我,又与我这块绢帛儿,着我补衣服,我是看咱。(哭科,云)我道是甚么来,原来是我那孩儿临去时,留下的那半壁汗衫儿。哎!这有甚么难见处?眼见的是那婆子恰才过来谢那官人,笃速速的掉了。我如今问他,若是有呵,便是那官人的;若是没呵,我可不到的饶了他哩。婆婆,俺那孩儿的呢?(卜儿云)孩儿的什么?(正末云)孩儿临去时留下的那半壁汗衫儿在那里?(卜儿云)我恰才忘了,你又题将起来。我为那汗衫儿呵,则怕掉了,我牢牢的揣在我这怀里。(做取科,云)兀的不是我孩儿的?(正末云)我这里也有半壁儿。(卜儿云)你那里得来?(正末云)咱是比着,可不正是我那孩儿的汗衫儿那!(做悲科,云)哎哟!眼见的无了我那孩儿也!兀的不苦痛杀我也!(唱)

【脱布衫】我这里便觑绝[16]时两泪盈腮,不由我不感叹伤怀,则被你抛闪杀您这爹爹和您奶奶。婆婆也,去来波,问俺那少年儿是在也不在?

(见小末云)官人,这半壁汗衫儿不打紧,上面干连着两个人的性命哩。(小末云)你看这老的波,怎生干连着两个人性命?你是说一遍,我是听咱。(正末唱)

【小梁州】想当初他一领家这衫儿,是我拆开,不俫,问相公,这一半儿那里每可便将来?(小末云)你为甚么这等穷暴了来?(正末唱)想着俺那二十年前有家财。(小末云)你姓甚名谁?(正末唱)则我是张员外。(小末云)哦!张员外!你在那里居住?

（正末唱）我家住、住在马行街。

（小末云）你家曾为什么事来？（正末唱）

【幺篇】只为那当年认了个不良贼,送的俺一家儿横祸非灾。（小末云）你那孩儿那里去了？（正末唱）俺孩儿听了他胡言乱道巧差排,便待离家乡做些买卖。（小末云）他曾有书信来么？（正末云）俺孩儿去了十八年也。（唱）只一去不回来。

（小末云）兀那老两口儿,你莫不是金狮子张员外么？（正末云）则我便是金狮子张员外,婆婆赵氏。官人曾认的个陈虎么？（小末云）谁将俺父亲名姓叫？（正末云）你还认的个李玉娥么？（小末云）这是我母亲的胎讳,你怎生知道？（正末云）咱都是老亲哩！（卜儿云）老的,我想起来了也。这厮正是媳妇儿怀着十八个月不分娩,生这个弟子孩儿那！（小末云）既是老亲,你老两口儿跟我去来。（正末云）婆婆,他要带将俺去哩,咱去不去？（卜儿云）休去。（正末云）为甚么？（卜儿云）说道一路上有强人哩。（正末云）有甚么强人？敢问官人,要带我去时,着我在那里相等？（小末云）我与你些碎银,到徐州安山县金沙院相等。你老两口儿小心在意者。（正末唱）

【耍孩儿】你将这衫儿半壁亲稍带,只说是马行街公婆每都老迈。官人呵,这言语休着您爷知,（小末云）怎生休着他知道？（正末唱）则去那娘亲上分付明白。则要你一言说透千年事,俺也不怕十谒朱门九不开,那贼汉当天败。婆婆,这也是灾消福长,苦尽甘来。

（云）婆婆,我和你去来,去来。（唱）

【煞尾】我再不去佛啰佛啰、将我这头去磕,天那天那、将我

这手去掴。我但能勾媳妇儿觑着咱这没主意的公婆拜,我今日先认了那个孙儿大古来咪。(同卜儿下)

(小末云)老和尚,多累了。下官则今日收拾行程,还家中去来。(诗云)亲承母亲命,稍带汗衫来。谁知相国寺,即是望乡台。(下)

〔1〕添——生育子女;今口语中还是这样说。韩愈《寄卢仝》诗:"去年生儿名添丁。"

〔2〕偏生——偏偏。

〔3〕大虫——老虎。

〔4〕耍子——玩耍,游戏;今四川等地方言仍沿用。

〔5〕马行街——宋代开封府的一条人烟众多的街名,在旧封丘门外袄庙斜街(见《东京梦华录》三"马行街铺席"条)。

〔6〕无遮大会——佛教法会名称。就是宽容无阻,无论贤圣道俗贵贱上下,一律都可以参加的大法会。《梁书·武帝纪下》:"太清元年三月庚子,高祖(萧衍)幸同泰寺,设无遮大会。"

〔7〕薄蓝——或作苧篮;就是篾篮。

〔8〕檀樾——樾,一般作越。檀樾,和尚对施主的称呼;梵语"陀那钵底"的省译,意为施主。

〔9〕水床——蒸屉、水屉;炊食用具。

〔10〕叫街——旧时,不登门讨饭,只在街上叫呼求乞的乞丐,叫做叫街或叫街的。

〔11〕掀(xiān 先)——元刊本作"锨",是。锨,一种长柄农具,撮土或撮麦等事用的。

〔12〕相国寺——宋代开封府的一个有名的大寺庙,《东京梦华录》三:"大内前州桥东街巷"条:"大内前州桥之东,临汴河大街,曰相

国寺。"

〔13〕日转千街——日转千阶,本指官员升迁很快,一天升一级。这里用"街"谐"阶"的音,说乞丐沿街叫化,是打诨取笑的话。

〔14〕打看——即看着的意思。

〔15〕宁奈——或作宁耐。忍耐,安心。

〔16〕觑绝——看尽,看完,看罢。

第 四 折

(邦老同旦儿上)(邦老云)自家陈虎的便是。我这一日吃酒多了,那小厮不知被母亲唆使他那里去,至今还不回来。莫不是去做贼那?(旦儿云)他应武举去了也。(邦老云)既是应武举去了,不得官,教他不要来见我。今日有些事干,我要到窝弓峪里寻个人去。大嫂,你看着家者。(下)(旦儿云)这贼汉去了,我到门首觑着,看有甚么人来。(小末上,云)下官陈豹。自相国寺见了那两口儿老的,我稍带将来了。下官先到家中,见母亲走一遭去。可早来到咱家门首也。(做见拜科,云)母亲,您孩儿一举中了武状元,现授本处提察使。(旦儿云)孩儿得了官,兀的不喜欢杀我也!孩儿,那马行街张家两口儿老的,你见来么?(小末云)那两口儿老的,孩儿寻见了,随后便来也。母亲,他和咱是甚么亲眷?(旦儿云)孩儿你休问他,他和咱是老亲。(小末云)便是老亲,也有近的,也有远的;母亲怎葫芦提只说老亲,不说一个明白与孩儿知道。(旦儿云)孩儿,我说则说,你休烦恼。(小末云)我不烦恼。(旦儿云)孩儿你不知,兀那陈虎,不是你的父亲,咱也不是这里人,元是南京马行街竹竿巷人氏,金狮子张员外家媳妇。十八年前,陈虎将你父亲张孝友推在黄河里淹死了,你是我带将来生下的。那两口儿老的,则他便是金狮子张员外。(小末云)母亲不说,您孩儿怎知。(做气死科)(旦儿云)孩儿苏醒着,不争你死了,谁与你父亲报仇?(小末醒科,云)这贼汉原来不是我的亲爷!母亲,那贼汉那里去了?(旦儿云)他到窝弓峪里寻个人去了。(小末云)这贼汉合死,他是一只虎,入窝弓峪里去,那得个活的人来!(诗云)我听说罢紧皱眉头,不觉的两泪交流。今朝去窝弓峪里,拿贼汉报父冤仇。(下)(旦儿云)孩儿拿陈虎去了。我听的说金沙院广做道场,超度亡魂,我也到那里去搭一分斋,追荐我亡夫张孝友去来。(下)(赵兴孙做巡检[1]上,云)自家赵兴孙的便是。自从那日张员外家赍发了我的盘缠,迭配沙门岛去,幸得彼处上司,道我是个路见不平,拔刀相助的义士,屡次着我捕盗,有功,加授巡检之职。因为这里窝弓峪是个强盗出没的渊薮,拨与我五百名官兵,把守这窝弓峪隘口,盘诘奸细,缉捕盗贼。我想当日若无张员外救我,可不死在沙门岛路上多时了。我有恩的,是马行街竹竿巷金狮子张员外,院君赵氏,小大哥张孝友,大嫂李玉娥;有仇的,是陈虎:似印板儿记在心上,不曾忘着哩。(诗云)感恩人救咱难苦,有仇的是他陈虎。知何日遂我心怀,报恩仇留名万古。(弓兵拿正末、卜儿上,云)有两口儿老的,背着一个包儿,在此窝弓峪经过,小的每见他是面生可疑之人,拿来盘诘者。(正末云)大王饶命咱!(弓兵喝科,云)不是大王;是巡检老爷,奉上司明文,把守窝弓峪,盘诘奸细的。(正末唱)

【双调新水令】您夺下的是轻裘肥马他这不公钱;俺如今受贫穷,有如那范丹、原宪[2]。(赵兴孙云)你两个老的那里去也?(正末唱)俺只问金沙院在那里,不想道窝弓峪经着您山前。

（弓兵云）有甚么人事[3]送些与老爷,就放了你去。（正末唱）可怜俺赤手空拳,望将军觑方便。

（赵兴孙云）兀那老的,你那里人氏?姓甚名谁?（正末云）老汉金狮子张员外,婆婆赵氏。（赵兴孙云）谁是金狮子张员外?（正末云）则老汉便是。（赵兴孙云）你认得我么?（正末云）你是谁?（赵兴孙云）我那里不寻,那里不觅员外!（诗云）我才听说罢笑欣欣,连忙扶起大恩人。你是那十八年前张员外,则我便是披枷带锁的赵兴孙。左右,扶着员外、院君,受赵兴孙几拜。（正末云）将军休拜,可折杀老汉两口儿也!（赵兴孙云）员外怎生这般穷暴了来?（正末云）将军,只被陈虎那厮,送了俺一家儿也。（赵兴孙云）小大哥,大嫂,都那里去了?（正末唱）

【小将军】休提起俺那小业冤,他剔腾[4]了我些好家缘。（赵兴孙云）员外偌大庄宅,可还在么?（正末唱）典卖了庄田,火烧了俺宅院。（赵兴孙云）嗨!好可怜人也。（正末唱）直闪的俺这两口儿可也难过遣。

（赵兴孙云）员外,你如今怎地做个营生,养赡你那两口儿来?（正末唱）

【清江引】到晚来枕着的是多半个砖,每日在长街上转,口叫爷娘佛,（赵兴孙云）也有肯舍贫的么?（正末唱）无人可怜见。

（赵兴孙云）陈虎那厮好狠也!（正末唱）陈虎咪,我和你便有甚么那个杀父母的冤?

（赵兴孙云）看那厮也好模好样的,可怎生这等歹心?（正末唱）

【碧玉箫】那厮模样儿慈善,贼汉软如绵;心肠儿机变,贼胆大如天。（赵兴孙云）这元是小大哥认义他来。（正末唱）俺孩儿信他言,信他言,搬上船。(赵兴孙云)小大哥去了多时也,曾有书信寄回么?(正末唱)他去了十八年,不能勾见。(赵兴孙云)员外,你这几年可在那里过活?(正末唱)哎哟!天那!只俺两口儿叫化在这悲田院。

(赵兴孙云)谁想陈虎这般毒害。员外,那陈虎元是徐州人,这窝弓峪正是徐州地方,我务要拿住此贼,雪恨报仇。我先与你些碎银两做盘缠去,只在金沙院里等着我者。(同下)(张孝友扮僧人上,诗云)一生皆是命,半点不由人。自家张孝友的便是。则从陈虎那厮推我在黄河里,多亏了打渔船,救了我性命,今经十八年光景,好过的疾也。我如今在这金沙院俗家出家,这几日有那舍钱的做好事,徒弟,与我动法器者。(正末同卜儿上,云)婆婆,金沙院里做好事哩,咱与孩儿插一简[5]去来。(见科)(正末云)师父,俺特来插一简儿。(张孝友云)那里走将两口儿叫化的来,倒好面善。(正末云)俺怎生是叫化的?(张孝友云)你不是叫化的是甚么?(正末云)俺是那沿门儿讨冷饭吃的!(张孝友云)左右一般。(正末云)当初也是好人家来。(张孝友云)兀那两口儿老的,你当初怎样的好人家?(正末云)师父,你听我说咱。(唱)

【沽美酒】若说着俺祖先,好家私似泼天。(张孝友云)老的,你敢说大话盖着我哩。(正末唱)俺正是披着蒲席说大言。(张孝友云)老的,你那家乡何处?本贯何方?(正末唱)若说着俺家乡,可便不远,祖居是住在梁园[6]。

(张孝友云)你平日间,做什么营生买卖?(正末唱)

【太平令】则我在那马行街里,开着座门面。师父也,与你这花银,权当做些经钱。(张孝友云)哦!他也在马行街住哩。老的,你可要看诵什么经卷?(正末唱)梁武忏[7]多看几卷。(张孝友云)再呢?(正末唱)消灾咒[8]胜读几遍。告师父也可怜可怜我那命蹇。(张孝友云)你追荐什么人?(正末唱)与俺个张孝友孩儿追荐。

(张孝友云)你追荐谁?(正末云)师父,我追荐亡灵张孝友。(张孝友云)这个正是我父亲、母亲!我再问咱,你追荐什么人?(正末云)追荐亡灵张孝友。(张孝友云)追荐什么人?(正末云)你将我那银子来还我,另寻一个有耳朵的和尚念经去。(张孝友云)那个和尚没耳朵,这个正是我父亲、母亲。(拜科)父亲、母亲,则我便是张孝友。(卜儿云)哎哟!有鬼也!有鬼也!(正末唱)

【雁儿落】则你这恶芒神[9]休厮缠,我待超度你在这金沙院。可怜我每日家思念你千万遭,咶题[10]道有十馀遍。

(张孝友云)父亲、母亲,您孩儿不是鬼,是人。(正末唱)

【得胜令】呀!原来这和尚每都会通仙,我活了七十岁,不曾见。则你尸首归何处,儿也,你今日个阴魂在眼前。(云)你若是人呵,我叫你三声,你一声高一声;你若是鬼呵,我叫你三声,你一声低似一声。(张孝友云)你叫我答应。(正末云)张孝友儿也!(张孝友云)哎。(正末云)是人,是人!张孝友儿也!(张孝友云)哎。(正末云)是人,是人!张孝友儿也!(张孝友云)偏生的堵了一口气儿。(做低应科,云)哎。(正末云)有鬼也!(张孝友云)父亲、母亲,我不是鬼,是人。(正末唱)也是我心专,作念的一灵儿须活现。留得你生全,免的我两口儿长挂牵。

(张孝友云)父亲、母亲,我是人。(正末云)孩儿也,你为甚么在这里出家?(张孝友云)父亲、母亲不知。自从离了家来,被陈虎那厮推在黄河里,多亏了打鱼船,救了我性命,因此上就在这里舍俗出家。(正末云)今日认着了孩儿,兀的不欢喜杀我也!(旦儿上,云)来到此间,正是金沙院了。进院去,追荐我亡夫张孝友咱。(见正末科,云)兀的不是公公婆婆!(正末云)兀的不是李玉娥媳妇儿!(卜儿云)哎哟!媳妇儿也!(张孝友云)阿弥陀佛!这个是谁?(卜儿云)这便是媳妇儿。(张孝友做认科,云)我那大嫂也!(卜儿云)媳妇儿,你这十八年在那里来?(旦儿云)婆婆,被陈虎那贼拐带将这里来。(正末云)你那孩儿回家了么?(旦儿云)他如今拿陈虎那贼去,这早晚敢待来也。(邦老上,云)我陈虎,来到这窝弓峪里,怎么那眼皮儿连不连[11]的只是跳,也不知是跳财是跳灾。你看后面慌张张赶上来的,是什么人?(小末上,云)兀那杀父亲的贼,休走!(邦老云)你这小贼,一向躲在那里?谁杀你父亲来!(小末云)你还要赖哩!我父亲张孝友,不是你这贼推在水里淹死了?我不拿住你碎尸万段,怎报的我这仇恨!(打科)(邦老云)我打他不过,三十六计,走为上计。只是跑,只是跑。(小末云)你这贼往那里去?(赵兴孙领弓兵冲上,云)兀的不是陈虎!左右,与我拿住者。(邦老云)悔气!偏生又撞着那个披枷带锁的。我死也!(小末见科,云)敢问大人贵姓?(赵兴孙云)小官姓赵,名兴孙,现做本处巡检,把守窝弓峪隘口。我有恩的是金狮子张员外,有仇的是陈虎。适才张员外见过了,约他在金沙院相会,恰好拿住陈虎。小官报恩报仇,都在这一日哩。(小末云)大人,小官忝授这里提察使,就是张员外的亲孙。(赵兴孙云)这等,大人是赵兴孙的上司也。(小末云)且喜拿住陈虎,我和你同到金沙院去来。(见旦儿,云)兀的不是母亲!(旦儿云)孩儿,你拜了公公婆婆咱。(小末云)公公婆婆请坐,受孙儿几拜。(正末云)我今日又认着个孙儿,兀的不欢喜杀我也!(旦儿云)孩儿,你拜了父亲咱。(小末云)母亲,谁是您孩儿的父亲?(旦儿云)就是这个师父。(小末云)母亲,你好乔也!丢了一个贼汉,又认了一个秃厮[12]那。(旦儿云)孩儿,这师父正是你父亲张孝友。(小末云)父亲请坐,受孩儿几拜。(正末云)孙儿,那陈虎曾拿得着么?(小末云)幸得这里一个巡检赵兴孙,替孙儿拿着了,现在外面。(正末云)哦!元来果然是赵兴孙拿了也!快请进来。(赵兴孙见科,云)老员外,老院君,早见过了。这一个师父,一个大嫂,是谁?(正末云)这便是孩儿张孝友,媳妇儿李玉娥。(赵兴孙云)正是我恩人,请上,受赵兴孙几拜。(正末云)孙儿过来,他替你拿得陈虎,你须拜谢者。(小末做谢科,赵兴孙云)不敢,不敢!大人是上司哩。左右,绑过陈虎那贼来,当大人面前杀了罢。(张孝友云)不要杀他。(正末云)为甚么不要杀他?(张孝友云)我眼里偏识这等好人。(赵兴孙云)天下喜事,无过夫妻子母完聚。就今日杀羊造酒,做一个大大的筵席庆喜咱。(正末唱)

【殿前喜】您道一家骨肉再团圆,这快心儿不是浅,便待要杀羊造酒大开筵。多只是天见怜,道我个张员外人家善,也曾济贫救苦,舍了偌多钱;今日个着他后人儿还贵显。

(外扮府尹领祗从人上,云)老夫姓李名志,字国用,官拜府尹之职。奉圣人的命,敕赐势剑金牌,着老夫遍行天下,专理衔冤负屈不平之事。今有金狮子张员外,被贼徒陈虎图财陷害,是老夫体察真实,奏过圣人,今日亲身到此,判断这桩公案。闻知都在金沙院里,可早来到也。张义,装香来。您一行望阙跪者,听老夫下断。(词云)奉敕旨采访风传,为平民雪枉伸冤。张员外合家欢乐,李玉娥重整姻缘。将陈虎碎尸万段,枭首级号令街前。李府尹今朝判断,拜皇恩厚地高天。

  题目   东岳庙夫妻占玉玦
  正名   相国寺公孙合汗衫

  〔1〕巡检——元代在各州县设有巡检司,有巡检和弓兵若干人,专防盗贼。《元史·兵志四》"弓手":"元制:内而京师,有南北两城兵司。外而诸路、府所辖州县,设县尉司、巡检司、捕盗所,皆置巡军、弓手。而其数则有多寡之不同。职巡逻,专捕获。"

  〔2〕范丹、原宪——范丹,一作范冉,东汉时人,字史云,曾官莱芜长。遭党锢之祸,逃遁于梁沛间,卖卜为生,有时绝粒,而穷居自若。时人称为:"甑中生尘范史云,釜中生鱼范莱芜。"(见《后汉书》)原宪,字子思,孔子的弟子。家贫,蓬户褐衣蔬食而不改其乐(见《史记·仲尼弟子列传》)。

  〔3〕人事——馈赠人的礼物叫做人事。《后汉书·黄琬传》:"时权富子弟多以人事得举。"

  〔4〕剔腾——或作踢蹬、踢腾。挥霍,败坏。含意略近于北京话的"折腾"。

  〔5〕插一筒——这里是搭着、附带做一点功德的意思。

  〔6〕梁园——汉代园名,在河南开封县境。这里指开封。

  〔7〕梁武忏(chàn 颤)——即"梁皇忏"。梁武帝为他的皇后郗氏制《慈悲道场忏法》十卷,令僧人忏礼;后名《梁皇忏》。忏,是一种迷信的仪式,延请僧人替死者诵经忏悔,以超度死者,叫做"拜忏"。

  〔8〕消灾咒——佛教的经名。据此经说:"受持诵此陀罗尼(即消灾咒)者,成就八万种吉祥事,能消灭八万种不吉祥事。"

〔9〕芒神——勾芒神。勾芒,本是古代管木的官;木初生时,勾屈而有芒角,因称为勾芒。后来又当作神名。这里是取其纠缠之意。

〔10〕唸(diàn 店)题——亦作惦题。口里念叨,心里挂念。

〔11〕连不连——就是连连,连续不断的意思。

〔12〕秃厮——对和尚的詈词,犹云秃泙伙、秃驴。

迷青琐倩女离魂[1]

（元）郑德辉[2] 撰

楔　子

(旦扮夫人引从人上,诗云)花有重开日,人无再少年。休道黄金贵,安乐最值钱。老身姓李;夫主姓张,早年间亡化已过。止有一个女孩儿,小字倩女,年长一十七岁。孩儿针指女工,饮食茶水,无所不会。先夫在日,曾与王同知家指腹成亲,王家生的是男,名唤王文举。此生年纪今长成了,闻他满腹文章,尚未娶妻。老身也曾数次寄书去,孩儿说要来探望老身,就成此亲事。下次小的每,门首看者,若孩儿来时,报的我知道。(正末扮王文举上,云)黄卷青灯一腐儒,三槐九棘[3]位中居。世人只说文章贵,何事男儿不读书。小生姓王,名文举。先父任衡州同知,不幸父母双亡。父亲存日,曾与本处张公弼指腹成亲,不想先母生了小生,张宅生了一女,因伯父下世,不曾成此亲事。岳母数次寄书来问,如今春榜动,选场开,小生一者待往长安应举,二者就探望岳母,走一遭去。可早来到也。左右,报复去,道有王文举在于门首。(从人报科,云)报的夫人知道:外边有一个秀才,说是王文举。(夫人云)我语未悬口[4],孩儿早到了。道有请。(做见科)(正末云)孩儿一向有失探望,母亲请坐,受你孩儿几拜。(做拜科)(夫人云)孩儿请起,稳便[5]。(正末云)母亲,你

343

孩儿此来,一者拜候岳母,二者上朝进取去。(夫人云)孩儿请坐。下次小的每,说与梅香,绣房中请出小姐来,拜哥哥者。(从人云)理会的。后堂传与小姐,老夫人有请。(正旦引梅香上,云)妾身姓张,小字倩女,年长一十七岁。不幸父亲亡逝已过。父亲在日,曾与王同知指腹成亲,后来王宅生一子是王文举,俺家得了妾身。不想王生父母双亡,不曾成就这门亲事。今日母亲在前厅上呼唤,不知有甚事,梅香,跟我见母亲去来。(梅香云)姐姐行动些。(做见科)(正旦云)母亲,唤您孩儿有何事?(夫人云)孩儿,向前拜了你哥哥者。(做拜科)(夫人云)孩儿,这是倩女小姐。且回绣房中去。(正旦出门科,云)梅香,咱那里得这个哥哥来?(梅香云)姐姐,你不认的他?则他便是指腹成亲的王秀才。(正旦云)则他便是王生?俺母亲着我拜为哥哥,不知主何意也呵?(唱)

【仙吕赏花时】他是个矫帽轻衫小小郎,我是个绣帔香车楚楚娘,恰才貌正相当。俺娘向阳台[6]路上,高筑起一堵雨云墙。

【幺篇】可待要隔断巫山窈窕娘,怨女鳏男各自伤。不争你左使[7]着一片黑心肠,你不拘箝[8]我可倒不想,你把我越间阻,越思量。(同梅香下)

(夫人云)下次小的每,打扫书房,着孩儿安下,温习经史,不要误了茶饭。(正末云)母亲,休打扫书房,您孩儿便索长行,往京师应举去也。(夫人云)孩儿,且住一两日,行程也未迟哩。(诗云)试期尚远莫心焦,且在寒家过几朝。(正末诗云)只为禹门[9]浪暖催人去,因此匆匆未敢问桃夭[10]。(同下)

〔1〕倩女离魂——据唐人小说陈玄祐《离魂记》(见《太平广记》三五八卷)本事,改编为杂剧;今有明脉望馆校藏《古名家杂剧》本,题目作:"凤阙诏催征举子,阳关曲惨送行人";正名作:"调素琴书生写恨,迷青琐倩女离魂。"顾曲斋刻《元人杂剧选》本;《元曲选》本同。

〔2〕郑德辉——名光祖,字德辉,平阳襄陵(今属山西省)人,"以儒补杭州路吏。为人方直,不妄与人交。病卒,火葬于西湖之灵芝寺。名闻天下,声振闺阁,伶伦辈称'郑老先生'。惜乎所作,贪于俳谐,未免多于斧凿"(见《录鬼簿》下)。元·钟嗣成以《凌波曲》吊之,云:"乾坤膏馥润肌肤,锦绣文章满肺腑,笔端写出惊人句。番腾今共古,占词场老将伏输。《翰林风月》,《梨园乐府》,端的是曾下工夫。"《太和正音谱》评谓:"九天珠玉","其词出语不凡,若咳唾落乎九天,临风而生珠玉,诚杰作也。"他是元杂剧的后期作家,与关汉卿、马致远、白朴并称元曲四大家。作杂剧十八种,今存八种:《周公摄政》、《王粲登楼》、《㑳梅香》、《倩女离魂》、《三战吕布》、《伊尹扶汤》、《无盐破连环》、《斧劈老君堂》及佚曲《崔怀宝月夜闻筝》、《萧何月夜追韩信》。

〔3〕三槐九棘——古代,在皇帝的外朝种植槐、棘,作为朝见时朝臣的位置、次序的标志;因用以指官位。"三""九"表示多的意思,泛称三公九卿的职位。又,《新唐书·刑法志》:"太宗以古者断狱,讯于三槐九棘。"则又作为刑狱处所的标志。此用前义。

〔4〕语未悬口——话还没说完,没住口。

〔5〕稳便——对人的客气话,犹云:请便。

〔6〕阳台——宋玉《高唐赋》:"朝为行云,暮为行雨;朝朝暮暮,阳台之下。"相传,阳台是楚襄王梦见巫山神女的地方;后来习用为男女欢会之处。

〔7〕左使——错使,错误地使用。

〔8〕拘箝——拘束,管教。

〔9〕禹门——即龙门,在山西河津县西北,陕西韩城县东北,分跨黄河两岸,形如门阙,相传是夏禹治水时所开辟的。古代传说:鲤鱼跳过龙门就可变成龙。常用来比喻赴京城应考。

〔10〕桃夭——《诗经·周南》中的篇名;是歌咏女子能及时结婚的诗。

第 一 折

(正旦引梅香上,云)妾身倩女,自从见了王生,神魂驰荡。谁想俺母亲悔了这亲事,着我拜他做哥哥,不知主何意思?当此秋景,是好伤感人也呵!(唱)

【仙吕点绛唇】揾彻凉宵,飒然惊觉,纱窗晓。落叶萧萧,满地无人扫。

【混江龙】断人肠正是这暮秋天道。尽收拾心事上眉梢。镜台何曾览照,绣针儿不待拈着。常恨夜坐窗前烛影昏,一任晚妆楼上月儿高。这鸳帏幼女,共蜗舍书生,本是夫妻义分,却做兄妹排行。煞尊堂间阻,俺情义难绝。他偷传锦字,我暗寄香囊。都则是家前院后,又不隔地北天南。空误了数番密约,虚过了几度黄昏。无缘配合,有分熬煎。情默默难解自无卿,冷清清谁问他孤吊。病恹恹嬴得伤怀抱,瘦岩岩则怕娘知道。观之远,天宽地窄;染之重,梦断魂劳。[1]

(梅香云)姐姐,你省可里烦恼。(正旦云)梅香,似这等,几时是了也?(唱)

【油葫芦】他不病倒,我猜着敢消瘦了。被拘箝的不忿心,教他怎动脚?虽不是路迢迢,早情随着云渺渺,泪洒做雨潇潇。

不能勾傍阑干数曲湖山靠,恰便似望天涯一点青山小。(带云)秀才他寄来的诗,也埋怨俺娘哩。(唱)他多管是意不平,自发扬,心不遂,闲缀作。十分的卖风骚,显秀丽,夸才调。我这里详句法,看挥毫。

【天下乐】只道他读书人志气高,元来这凄凉,甚日了。想俺这孤男寡女忒命薄!我安排着鸳鸯宿,锦被香;他盼望着鸾凤鸣,琴瑟调;怎做得蝴蝶飞,锦树绕。

(梅香云)姐姐,那王秀才生的一表人物,聪明浪子[2],论姐姐这个模样,正和王秀才是一对儿。姐姐,且宽心,省烦恼。(正旦云)梅香,似这般,如之奈何也!(唱)

【那吒令】我一年一日过了,团圆日较少;三十三天[3]觑了,离恨天最高;四百四病[4]害了,相思病怎熬。(带云)他如今待应举去呵!(唱)千里将凤阙攀,一举把龙门跳,接丝鞭[5],总是妖娆。

(梅香云)姐姐,那王生端的内才外才[6]相称也。(正旦唱)

【鹊踏枝】据胸次,那英豪;论人品[7],更清高。他管跳出黄尘,走上青霄。又不比闹清晓,茅檐燕雀;他是掣风涛,混海鲸鳌。

(带云)梅香,那书生呵!(唱)

【寄生草】他拂素楮,鹅溪茧[8];蘸中山玉兔毫[9]:不弱如骆宾王夜作论天表[10],也不让李太白醉写平蛮藁[11],也不比汉相如病受征贤诏[12]。他辛勤十年书剑洛阳城,决峥嵘一朝冠盖长安道。

(梅香云)姐姐,王生今日就要上朝应举去,老夫人着俺折柳亭与哥哥送路哩。(正旦云)梅香,咱折柳亭与王生送路[13]去来。(同下)(正末同夫人上,云)母亲,今日是吉日良辰,你孩儿便索长行,往京师进取去也。(夫人云)孩儿,你既是要行,我在这折柳亭上与你饯行。小的每,请小姐来者。(正旦引梅香上,云)母亲,孩儿来了也。(夫人云)孩儿,今日在这折柳亭与你哥哥送路,你把一杯酒者。(正旦云)理会的。(把酒科,云)哥哥,满饮一杯。(正末饮科,云)母亲,你孩儿今日临行,有一言动问:当初先父母曾与母亲指腹成亲,俺母亲生下小生,母亲添了小姐。后来小生父母双亡,数年光景,不曾成此亲事。小生特来拜望母亲,就问这亲事。母亲着小姐以兄妹称呼,不知主何意?小生不敢自专,母亲尊鉴不错。(夫人云)孩儿,你也说的是。老身为何以兄妹相呼?——俺家三辈儿不招白衣秀士。想你学成满腹文章,未曾进取功名。你如今上京师,但得一官半职,回来成此亲事,有何不可。(正末云)既然如此,索是谢了母亲,便索长行去也。(正旦云)哥哥,你若得了官时,是必休别接了丝鞭者!(正末云)小姐但放心,小生得了官时,便来成此亲事也。(正旦云)好是难分别也呵!(唱)

【村里迓鼓】则他这渭城朝雨,洛阳残照,虽不唱阳关曲本;今日来祖送长安年少:兀的不取次[14]弃舍,等闲抛掉,因而[15]零落!(做叹科,云)哥哥!(唱)恰楚泽深,秦关杳,泰华高。叹人生,离多会少!

(正末云)小姐,我若为了官呵,你就是夫人县君也。(正旦唱)

【元和令】杯中酒,和泪酌;心间事,对伊道,似长亭折柳赠柔条。哥哥,你休有上梢没下梢。从今虚度可怜宵,奈离愁不了!

（正末云）往日小生也曾挂念来！（正旦云）今日更是凄凉也！（唱）

【上马娇】竹窗外响翠梢,苔砌下深绿草,书舍顿萧条,故园悄悄无人到。恨怎消,此际最难熬！

【游四门】抵多少彩云声断紫鸾箫,今夕何处系兰桡。片帆休遮,西风恶,雪卷浪淘淘。岸影高,千里水云飘。

【胜葫芦】你是必休做了冥鸿惜羽毛。常言道:好事不坚牢。你身去休教心去了。对郎君低告,恰梅香报道,恐怕母亲焦。

（夫人云）梅香,看车儿着小姐回去。（梅香云）姐姐,上车儿者。

（正末云）小姐请回,小生便索长行也。（正旦唱）

【后庭花】我这里翠帘车先控着,他那里黄金镫懒去挑。我泪湿香罗袖,他鞭垂碧玉梢。望迢迢恨堆满西风古道,想急煎煎人多情人去了,和青湛湛天有情天亦老。俺气氲氲喟然声不定交,助疏剌剌动羁怀风乱扫,滴扑簌簌界残妆粉泪抛,洒细濛濛浥香尘暮雨飘。

【柳叶儿】见淅零零满江干楼阁,我各剌剌坐车儿懒过溪桥,他矻蹬蹬马蹄儿倦上皇州道。我一望望伤怀抱,他一步步待回镳,早一程程水远山遥。

（正末云）小姐放心,小生得了官,便来取你,小姐请上车儿回去罢。（正旦唱）

【赚煞】从今后只合题恨写芭蕉,不索占梦揲蓍草[16]。有甚心肠,更珠围翠绕。我这一点真情魂缥缈,他去后,不离了前后遭。厮随着司马题桥,也不指望驷马高车显荣耀。不争把琼姬弃却,比及盼子高[17]来到,早辜负了碧桃花下[18]凤

鸾交。(同梅香下)

(正末云)你孩儿则今日拜别了母亲,便索长行也。左右,将马来,则今日进取功名,走一遭去。(下)(夫人云)王秀才去了也,等他得了官回来,成就这门亲事,未为迟哩。(下)

〔1〕〔混江龙〕——《元曲选》本此曲删落重要情节,致剧情前后不接,今据《柳枝集》本改正。《元曲选》本作:"可正是暮秋天道,尽收拾心事上眉梢。镜台儿何曾览照,绣针儿不待拈着。常恨夜坐窗前烛影昏,一任晚妆楼上月儿高。俺本是乘鸾艳质,他须有中雀丰标。苦被煞尊堂间阻,争把俺情义轻抛。空误了幽期密约,虚过了月夕花朝。无缘配合,有分煎熬。情默默难解自无聊,病恹恹则怕娘知道。窥之远,天宽地窄;染之重,梦断魂劳。"

〔2〕浪子——一般作贬词;这里是褒义,含有风流、英俊、豪放不羁等义,与本书《秋胡戏妻》三折:"他不是闲游的浪子"用作贬词者不同。

〔3〕三十三天——佛教认为:天有三十三重,第三十三天即忉利天,亦即离恨天,见《智度论》。故这里说"离恨天最高"。

〔4〕四百四病——佛教认为:地、水、火、风为四大,各有一百零一病,合为四百零四病(见《维摩天》)。《三国志平话》上:"现有文书一卷,取出看罢,即是医治四百四病之书。"

〔5〕接丝鞭——传说,古代在招亲时,女方送给男方丝鞭,作为一种缔结姻亲的仪式。男方接受丝鞭,就表示同意。

〔6〕内才外才——内才,指学识。外才,指相貌。

〔7〕人品——《元曲选》本作"物品",据《柳枝集》本改。

〔8〕鹅溪玺(jiǎn 减)——鹅溪,在四川省盐川县西北,古时以产绢出名,称为"鹅溪玺"。宋代用它来写字、画画,因此,后来成为纸的代称。《唐书·地理志》:"陵州寿郡,土贡鹅溪绢。"苏轼次文与可诗:"为

爱鹅溪白茧光,扫除鸡距紫毫芒。"

〔9〕中山玉兔毫——指笔。中山,古代国名,即今河北省中部一带;所产的白兔毛,最适宜于作毛笔,后来就把"兔毫"作为笔的代称。

〔10〕骆宾王夜作论天表——骆宾王,唐代文学家。《王粲登楼》第二折:"又不曾写就论天表。"元剧中说他写论天表,可能即指他所作的讨武则天檄。

〔11〕李太白醉写平蛮藁——李白,字太白,唐代大诗人。唐玄宗曾召见他,命他"草答蕃书"。后来戏剧、小说里就有李太白醉草吓蛮书的说法。

〔12〕汉相如病受征贤诏——司马相如,汉代文学家,曾因病家居,汉武帝读了他作的赋,召他到长安作官(见《史记·司马相如传》)。

〔13〕送路——送别、饯行。

〔14〕取次——轻易。

〔15〕因而——草率,轻易,马虎。与一般文言中因果关系句中作转折词的用法不同。

〔16〕揲蓍(shé shì 舌是)草——蓍草,古代占卜时所用的一种草。古人用五十根蓍草卜卦,先拿出一根,其馀四十九根分作两部分,四根一数,最后以单或双数定阴爻或阳爻。这种动作叫做"揲蓍"。

〔17〕琼姬、子高——王子高遇仙女周琼姬游芙蓉城的故事。苏轼《芙蓉城诗序》:"世传王迥子高遇仙人周瑶英游芙蓉城。元丰三年,余始识子高,问之信然,乃作此诗。"赵彦卫《云麓漫钞》谓:王子高旧有周琼姬事,胡微之为之作传,东坡复作芙蓉城诗实其事。

〔18〕碧桃花下——宋词及元曲里常把这几个字代表男女幽会的处所,指神仙故事刘晨、阮肇误入天台山,与仙女相会之事。宋·康与之〔玉楼春令〕:"青笺后约无凭据,误我碧桃花下。谁将消息问刘郎?怅望玉溪溪上路。"

第 二 折

（夫人慌上，云）欢喜未尽，烦恼又来。自从倩女孩儿在折柳亭与王秀才送路，辞别回家，得其疾病，一卧不起。请的医人看治，不得痊可，十分沉重，如之奈何？则怕孩儿思想汤水吃，老身亲自去绣房中探望一遭去来。（下）（正末上，云）小生王文举，自与小姐在折柳亭相别，使小生切切于怀，放心不下。今夜[1]舣舟江岸，小生横琴于膝，操一曲以适闷咱。（做抚琴科）（正旦别扮离魂上，云）妾身倩女，自与王生相别，思想的无奈；不如跟他同去，背着母亲，一径的赶来。王生也，你只管去了，争知我如何过遣也呵！（唱）

【越调斗鹌鹑】人去阳台，云归楚峡。不争他江渚停舟，几时得门庭过马。悄悄冥冥，潇潇洒洒，我这里踏岸沙，步月华；我觑这万水千山，都只在一时半霎。

【紫花儿序】想倩女心间离恨，赶王生柳外兰舟，似盼张骞天上浮槎[2]。汗溶溶琼珠莹脸，乱松松云髻堆鸦，走的我筋力疲乏。你莫不夜泊秦淮卖酒家，向断桥西下，疏剌剌秋水菰蒲，冷清清明月芦花。

（云）走了半日，来到江边，听的人语喧闹，我试觑咱。（唱）

【小桃红】蓦[3]听得马嘶人语闹喧哗，掩映在垂杨下。唬的我心头丕丕那惊怕，原来是响当当鸣榔板捕鱼虾。我这里顺西风悄悄听沉罢，趁着这厌厌露华，对着这澄澄月下，惊的那呀呀呀寒雁起平沙。

【调笑令】向沙堤款踏,莎草带霜滑。掠湿湘裙翡翠纱,抵多少苍苔露冷凌波袜。看江上晚来堪画,玩冰壶潋滟天上下,似一片碧玉无瑕。

【秃厮儿】你觑远浦孤鹜落霞,枯藤老树昏鸦。听长笛一声何处发,歌欸乃[4],橹咿哑。

(云)兀那船头上琴声响,敢是王生?我试听咱。(唱)

【圣药王】近蓼洼,望蘋花[5],有折蒲衰柳老兼葭。近水凹,傍短槎[6],见烟笼寒水月笼沙,茅舍两三家。

(正末云)这等夜深,只听得岸上女人音声,好似我倩女小姐,我试问一声波。(做问科,云)那壁不是倩女小姐么?这早晚来此怎的?(魂旦相见科,云)王生也,我背着母亲,一径的赶将你来,咱同上京去罢。(正末云)小姐,你怎生直赶到这里来?(魂旦唱)

【麻郎儿】你好是舒心的伯牙,我做了没路的浑家。你道我为甚么私离绣榻,——待和伊[7]同走天涯。

(正末云)小姐是车儿来?是马儿来?(魂旦唱)

【幺】尽把咱家走乏。比及你远赴京华,薄命妾为伊牵挂;思量心,几时撇下。

【络丝娘】你抛闪咱;比及见咱,我不瘦杀,多应害杀。(正末云)若老夫人知道,怎了也?(魂旦唱)他若是赶上咱,待怎么?常言道:做着不怕!

(正末做怒科,云)古人云:聘则为妻,奔则为妾[8]。老夫人许了亲事,待小生得官,回来谐两姓之好,却不名正言顺。你今私自赶来,有玷风化,是何道理?(魂旦云)王生!(唱)

【雪里梅】你振色怒增加,我凝睇不归家。我本真情,非为相唬,已主定心猿意马[9]。

（正末云）小姐,你快回去罢!（魂旦唱）

【紫花儿序】只道你急煎煎趱登程路,元来是闷沉沉困倚琴书,怎不教我痛煞煞泪湿琵琶。有甚心着雾鬟轻笼蝉翅,双眉淡扫宫鸦。似落絮飞花,谁待问出外争如只在家。更无多话,愿秋风驾百尺高帆,尽春光付一树铅华。

（云）王秀才,赶你不为别,我只防你一件。（正末云）小姐,防我那一件来?（魂旦唱）

【东原乐】你若是赴御宴琼林罢;媒人每拦住马,高挑起染渲佳人丹青画,卖弄他生长在王侯宰相家;你恋着那奢华,你敢新婚燕尔在他门下?

（正末云）小生此行,一举及第,怎敢忘了小姐!（魂旦云）你若得登第呵,（唱）

【绵搭絮】你做了贵门娇客,一样矜夸。那相府荣华,锦绣堆压,你还想飞入寻常百姓家?那时节似鱼跃龙门播海涯,饮御酒,插宫花;那其间占鳌头、占鳌头登上甲。

（正末云）小生倘不中呵,却是怎生?（魂旦云）你若不中呵,妾身荆钗裙布,愿同甘苦。（唱）

【拙鲁速】你若是似贾谊困在长沙[10],我敢似孟光般显贤达。休想我半星儿意差,一分儿抹搭[11]。我情愿举案齐眉傍书榻,任粗粝淡薄生涯,遮莫戴荆钗,穿布麻。

（正末云）小姐既如此真诚志意,就与小生同上京去,如何?（魂旦云）秀才肯带妾身去呵,（唱）

【幺篇】把稍公快唤咱,恐家中厮捉拿。只见远树寒鸦,岸草汀沙,满目黄花,几缕残霞。快先把云帆高挂,月明直下,便东风刮,莫消停,疾进发。

(正末云)小姐,则今日同我上京应举去来。我若得了官,你便是夫人县君也。(魂旦唱)

【收尾】[12]各刺刺向长安道上把车儿驾,但愿得文苑客当时奋发。则我这临邛市沽酒卓文君,甘伏侍你濯锦江题桥汉司马。(同下)

〔1〕今夜——《元曲选》本漏"夜"字,据《柳枝集》补。

〔2〕似盼张骞天上浮槎——注见《汉宫秋》。

〔3〕蓦——《元曲选》本此字上多"我"字,据《柳枝集》删。

〔4〕欸乃(ǎi nǎi 矮奶)——摇橹声。明·胡震亨《唐音癸签》二十四:"今二字连读之,为棹船相应声。柳子厚诗云:'欸乃一声山水绿'是也。"

〔5〕望蘋花——《元曲选》本作"缆钓槎",据《柳枝集》改。

〔6〕傍短槎——《元曲选》本作"折藕芽",据《柳枝集》改。

〔7〕伊——一般用作第三人称,义同"他"。但此处系两人对话时直指对方而言,作为第二人称的代词,义同"你"。

〔8〕聘则为妻,奔则为妾——语见《礼记·内则》。封建时代婚姻习俗,男方向女方行过问名纳采等"聘礼"之后,然后结婚,算是正式的夫妇关系,女的可以叫做"妻"。否则,私相结合的,女的只能叫做"妾"(小老婆)。

〔9〕心猿意马——道教名词。就是说:心思,像猿猴一样爱动;意念,像马一样奔驰:用来比喻人的思想活动。

〔10〕贾谊困在长沙——贾谊,汉代的文学家和政论家。他受到汉文帝的器重,但因大臣排挤,被派出作长沙王太傅,很年轻就忧郁而死。

〔11〕抹搭——精神不贯注,怠慢。

〔12〕〔收尾〕——《柳枝集》本此曲作:"你果然将长安路途登,我敢把走蜀郡车儿驾。则愿你文苑客当时奋发,则我这临邛市沽酒卓文君,情愿伏侍濯锦题桥汉司马。"文意明快,较《元曲选》本略胜。

第 三 折

(正末引祗从上,云)小官王文举,自到都下,撺过卷子,小官日不移影,应对万言,圣人大喜,赐小官状元及第。夫人也随小官至此。我如今修一封平安家书,差人岳母行报知。左右的,将笔砚来。(做写书科,云)写就了也,我表白一遍咱:"寓都下小婿王文举拜上岳母座前:自到阙下,一举状元及第。待授官之后,文举同小姐一时回家。万望尊慈垂照,不宣。"书已写了,左右的,与我唤张千来。(净扮张千上)(诗云)我做伴当实是强,公差干事多的当。一日走了三百里,第二日刚刚捱下炕。自家张千的便是。状元爷呼唤,须索走一遭去。(做见科,云)爷唤张千那厢使用?(正末云)张千,你将这一封平安家信,直至衡州,寻问张公弼家投下。你见了老夫人,说我得了官也。你小心在意者!(净接书云)张千知道了。我将着这一封书,直至衡州走一遭去。(同下)(老夫人上,云)谁想倩女孩儿,自与王生别后,卧病在床,或言或笑,不知是何症候。这两日不曾看他,老身须亲看去。(下)(正旦抱病,梅香扶上,云)自从王秀才去后,一卧不起,但合眼便与王生在一处,则被这相思病害杀人也呵!(唱)

【中吕粉蝶儿】自执手临岐,空留下这场憔悴,想人生最苦别离。说话处少精神,睡卧处无颠倒,茶饭上不知滋味:似这般废寝忘食,折挫[1]得一日瘦如一日。

【醉春风】空服遍睡眩药[2],不能痊;知他这臕臘[3]病,何日起?——要好时,直等的见他时;也只为这症候因他上得、得。一会家缥缈呵,忘了魂灵;一会家精细呵,使着躯壳;一会家混沌呵,不知天地。

(云)我眼里只见王生在面前,原来是梅香在这里!梅香,如今是甚时候了?(梅香云)如今春光将尽,绿暗红稀,将近四月也。
(正旦唱)

【迎仙客】日长也愁更长,红稀也信尤稀,(带云)王生,你好下的也!(唱)春归也奄然人未归。(梅香云)姐姐,俺姐夫去了未及一年,你如何这等想他?(正旦唱)我则道相别也数十年,我则道相隔着几万里,为数归期,则那竹院里刻遍琅玕翠。

【红绣鞋】去时节,杨柳西风秋日,如今又过了梨花暮雨寒食。(梅香云)姐姐,你可曾卜一卦么?(正旦唱)则兀那龟儿卦无定准、枉央及,喜蛛[4]儿难凭信,灵鹊儿不诚实,灯花儿何太喜。

(夫人上,云)来到孩儿房门首也。梅香,您姐姐较好些么?(正旦云)是谁?(梅香云)是奶奶来看你哩。(正旦云)我每日眼界只见王生,那曾见母亲来?(夫人见科,云)孩儿,你病体如何?(正旦唱)

【普天乐】想鬼病最关心,似宿酒迷春睡。绕晴雪杨花陌上,趁东风燕子楼西。抛闪杀我年少人,辜负了这韶华日。早是离愁添萦系,更那堪景物狼藉。愁心惊一声鸟啼,薄命趁一

357

春事已,香魂逐一片花飞。

（正旦昏科）（夫人云）孩儿,你挣挫些儿!（正旦醒科）（唱）

【石榴花】早是俺抱沉疴,添新病,发昏迷。也则是死限紧相催,病膏肓[5],针灸不能及。（夫人云）我请个良医来调治你。（正旦唱）若是他来到这里,煞强如请扁鹊卢医。（夫人云）我如今着人请王生去。（正旦唱）把似请他时,便许做东床婿。到如今,悔后应迟。（夫人云）王生去了,再无音信寄来。（正旦唱）他不寄个报喜的信息缘何意,有两件事,我先知。

【斗鹌鹑】他得了官别就新婚,剥落[6]呵羞归故里。（夫人云）孩儿休过虑,且将息自己。（正旦唱）眼见的千死千休,折倒[7]的半人半鬼。为甚这思竭损的枯肠不害饥,苦恹恹一肚皮。（夫人云）孩儿吃些汤粥?（正旦云）母亲,（唱）若肯成就了燕尔新婚,强如吃龙肝凤髓。

（云）我这一会昏沉上来,只待睡些儿哩。（夫人云）梅香,休要炒闹,等他歇息,我且回去咱。（夫人同梅香下）（正旦睡科）（正末上见旦科,云）小姐,我来看你哩!（正旦云）王生,你在那里来?（正末云）小姐,我得了官也!（正旦唱）

【上小楼】则道你辜恩负德,你原来得官及第。你直叩丹墀,夺得朝章,换却白衣。觑面仪,比向日,相别之际,更有三千丈五陵豪气[8]。

（正末云）小姐,我去也。（下）（正旦醒科,云）分明见王生,说得了官也;醒来却是南柯一梦!（唱）

【幺篇】空疑惑了大一会,恰分明这搭里。俺淘写[9]相思,叙问寒温,诉说真实。他紧摘离,我猛跳起,早难寻难觅;只见这冷清清半竿残日。

（梅香上，云）姐姐，为何大惊小怪的？（正旦云）我恰才梦见王生，说他得了官也。（唱）

【十二月】[10]元来是一枕南柯梦里，和二三子文翰相知。他访四科，习五常典礼；通六艺，有七步才识；凭八韵，赋纵横大笔；九天[11]上得遂风雷。

【尧民歌】想十年身到凤凰池，和九卿相，八元辅，劝金杯。则他那七言诗，六合里少人及。端的个五福全，四气备，占抢魁[12]震三月春雷。双亲行先报喜，都为这一纸登科记[13]。

（净上，云）自家张千的便是。奉俺王相公言语，差来衡州下家书。寻问张公弼宅子，人说这里就是。（做见梅香科，云）姐姐，唱喏哩！（梅香云）兀那厮，你是甚么人？（净云）这里敢是张相公宅子么？（梅香云）则这里就是，你问怎的？（净云）我是京师来的。俺王相公得了官也，着我寄书来，与家里夫人知道。（梅香云）你则在这里，我和小姐说去。（见正旦科，云）姐姐，王秀才得了官也！着人寄家书来，见在门首哩！（正旦云）着他过来！（梅香见净云）兀那寄书的，过去见小姐。（净见正旦惊科，背云）一个好夫人也！与我家奶奶生的一般儿！（回云）我是京师王相公差我寄书来与夫人。（正旦云）梅香，将书来我看。（梅香云）兀那汉子，将书来。（净递书科）（正旦念书科，云）"寓都下小婿王文举，拜上岳母座前：自到阙下，一举状元及第。待授官之后，文举同小姐一时回家。万望尊慈垂照，不宣。"他原来有了夫人也！兀的不气杀我也！（气倒科）（梅香救科，云）姐姐，苏醒者！（正旦醒科）（梅香云）都是这寄书的！（做打净科）（正旦云）王生，则被你痛杀我也！（唱）

【哨遍】将往事从头思忆,百年情,只落得一口长吁气。为甚么把婚聘礼不曾题?恐少年堕落了春闱。想当日在竹边书舍,柳外离亭,有多少徘徊意。争奈匆匆去急,再不见音容潇洒,空留下这词翰清奇。把巫山错认做望夫石,将小简帖联做断肠集。恰微雨初阴,早皓月穿窗,使行云易飞。

【耍孩儿】俺娘把冰绡剪破鸳鸯只,不忍别,远送出阳关数里。此时有意送征帆[14],无计住雕鞍,奈离愁与心事相随。愁萦遍、垂杨古驿丝千缕,泪添满、落日长亭酒一杯。从此去,孤辰限,凄凉日,忆乡关愁云阻隔,着床枕鬼病禁持。

【四煞】都做了一春鱼雁无消息;不甫能一纸音书盼得,我则道春心满纸墨淋漓,原来比休书多了个封皮。气的我痛如泪血流难尽,争些魂逐东风吹不回。秀才每心肠黑,一个个贫儿乍富,一个个饱病难医。

【三煞】这秀才,则好谒僧堂三顿斋[15],则好拨寒炉一夜灰,则好教偷灯光凿透邻家壁[16],则好教一场雨淹了中庭麦,则好教半夜雷轰了荐福碑[17]。不是我闲淘气,便死呵,死而无怨;待悔呵,悔之何及!

【二煞】倩女呵,病缠身,则愿的天可怜。梅香呵,我心事则除是你尽知。望他来,表白我真诚意,半年甘分耽疾病,镇日无心扫黛眉。不甫能捱得到今日,头直上[18]打一轮皂盖,马头前列两行朱衣。

【尾煞】并不闻琴边续断弦,倒做了山间滚磨旗[19]。划地接丝鞭,别娶了新妻室。这是我弃死忘生落来的!(梅香扶

正旦下)

（净云）都是俺爷不是了！你娶了老婆便罢，又着我寄纸书来做什么？我则道是平安家信，原来是一封休书，把那小姐气死了，梅香又打了我一顿。想将起来，都是俺爷不是了！（诗云）想他做事没来由，寄的书来惹下愁。若还差我再寄信，只做乌龟缩了头。（下）

〔1〕折挫——犹云折磨。

〔2〕瞒眩（miàn xuàn 面渲）药——瞒眩，本作眠眩，一音之转。古代治病的一种方法：用药先使人昏迷，然后把病治好。

〔3〕脂腊——即腌臢，齷龊，讨厌。

〔4〕喜蛛儿三句——古人认为：喜蛛（蜘蛛的一种）出现，灵鹊（又名喜鹊）叫，蜡烛结灯花，都是将有喜庆事来到的征兆。但倩女虽遇见这些好兆头，可是事实上并未实现。

〔5〕膏肓（huāng 荒）——膏，心下脂肪部分；肓，横膈上的薄膜，是人身体上药物和针刺无法达到的地方。病入膏肓，表示病已不能好。事见《左传》。

〔6〕剥落——落魄；这里是落第、没考中进士的意思。

〔7〕折倒——折磨、摧残。

〔8〕五陵豪气——五陵，指汉代长安附近五个皇帝的陵墓；豪富之家，多聚住在那一带。五陵豪气，表示那里豪侠少年的气派。

〔9〕淘写——应作"陶写"，谓排除苦闷，抒写情思。《晋书·王羲之传》："年在桑榆，自然至此，顷正赖丝竹陶写。"

〔10〕〔十二月〕——及下曲〔尧民歌〕中，每句中用一个数目字的典故或成语，联缀成文：〔十二月〕是从一到十，〔尧民歌〕接着从十到一，是一种文字游戏。前者名"小措大"，后者名"大措小"。

〔11〕四科、五常、六艺、七步、八韵、九天——四科,孔子以德行、言语、政事、文学四科教弟子。五常,封建社会里人际关系,《孟子·滕文公·上》:"使契为司徒,教以人伦:父子有亲,君臣有义,夫妇有别,长幼有序,朋友有信。"六艺:指诗、书、易、礼、乐、春秋;或指礼、乐、射、御、书、数。七步,曹植,字子建,三国时魏国人。他曾被其兄曹丕所逼,要他走七步路的时间里做成一首诗(即"煮豆燃豆萁,豆在釜中泣"首),后来把这件事当做才思敏捷的典型。八韵,唐以后科举考试,要做一首五言八韵的律诗。九天,旧说,天有九重;引申为朝廷。

〔12〕抡魁——考中状元。"抡",《元曲选》误作"伦",据《柳枝集》改。

〔13〕凤凰池、九卿相、八元辅、六合、五福、四气、登科记——凤凰池,中书省的别称。中书省是封建时代的中央政权机关,宰相在那里办公。《通典·职官典》:"中书省地在枢近,多承宠任,是以人固其位,谓之凤凰池也。"九卿相、八元辅,泛指朝廷中的高级官员。六合,上下四方,指人世间。五福,指福、寿、健康、好德、善终。四气,喜、怒、哀、乐。登科记,唐、五代以后,把每次考中进士的名字编成名册,叫做登科记。

〔14〕有意送征帆——《元曲选》无此五字,据《柳枝集》补。

〔15〕谒僧堂三顿斋二句——宋代吕蒙正贫困时每天到寺庙去赶斋求食;他曾有"拨尽寒炉一夜灰"诗句。

〔16〕偷灯光凿透邻家壁句——汉代匡衡,家贫勤学,夜晚没有灯,他就凿穿墙壁,藉邻家的烛光读书。

〔17〕雷轰了荐福碑——荐福碑在江西饶州荐福山。山上有碑,是唐代书法家欧阳询写的,拓本很名贵。宋代范仲淹在饶州作官,想拓印碑文一千份,送给一个穷书生作路费。可是还没有去拓,碑就被雷火轰击碎了(见《冷斋夜话》二)。苏轼有《穷措大》诗:"一夕雷轰荐福碑。"遂成为穷书生倒霉的故事。

〔18〕头直上二句——这是推测想象王文举作了大官的情景。出行时,头顶上,有人打着一把黑罗伞;马前面,有两行穿红衣的公差护卫。

〔19〕山间滚磨旗——磨旗,挥动旗帜。古代官员出行时,前面一人磨旗出马,叫做"开道旗"(见《东京梦华录》)。磨旗,本是引人注意、躲开;到山间去磨旗,没人看见;表示白费气力,无用。

第 四 折

(正末上,云)欢来不似今朝,喜来那逢今日。小官王文举,自从与夫人到于京师,可早三年光景也。谢圣恩可怜,除小官衡州府判,着小官衣锦还乡。左右,收拾行装,辆起细车儿,小官同夫人往衡州赴任去。则今日好日辰,便索长行也。(魂旦上,云)相公,我和你两口儿衣锦还乡,谁想有今日也呵!(唱)

【黄钟醉花阴】行李萧萧倦修整,甘岁月淹留帝京。只听的花外杜鹃声,催起归程。将往事,从头省,我心坎上犹自不惺惺[1],做了场弃业抛家恶梦境。

【喜迁莺】据才郎心性,莫不是向天公买拨来的聪明?那更[2]内才外才相称;一见了不由人不动情。忒志诚,兀的不倾了人性命!引了人魂灵!

(正末云)小姐兜住马慢慢的行将去。(魂旦唱)

【出队子】骑一匹龙驹,畅好口硬[3]。恰便似驮张纸,不怎般轻。腾腾腾收不住玉勒,常是虚惊;火火火坐不稳雕鞍,划地眼生;撒撒撒挽不定丝缰,则待撺行。

【刮地风】行了些这没撒和[4]的长途有十数程,越恁的骨瘦蹄轻。暮春天景物撩人兴,更见景留情。怪的是满路花生,

363

一攒攒[5]绿杨红杏,一双双紫燕黄莺,一对蜂、一对蝶,各相比并。想天公知他是怎生,不肯教恶了人情。

【四门子】中间里列一道红芳径,教俺美夫妻并马儿行。咱如今富贵还乡井,方信道耀门闾昼锦[6]荣。若见俺娘,那一会惊,刚道来的话儿不中听。是这等门厮当,户厮撑;怎教咱做妹妹哥哥答应[7]?

【古水仙子】全不想这姻亲是旧盟,则待教祆庙火[8]刮刮匝匝[9]烈焰生,将水面上鸳鸯忒楞楞腾分开交颈,疏剌剌沙鞴雕鞍撒了锁鞚,厮琅琅汤偷香处喝号提铃,支楞楞争弦断了不续碧玉筝,吉丁丁珰精砖上摔破菱花镜,扑通通冬井底坠银瓶。

(正末云)早来到家中也。小姐,我先过去。(做见跪云)母亲,望饶恕你孩儿罪犯则个!(夫人云)你有何罪?(正末云)小生不合私带小姐上京,不曾告知。(夫人云)小姐现今染病在床,何曾出门?你说小姐在那里?(魂旦见科)(夫人云)这必是鬼魅!(魂旦唱)

【古寨儿令】可怜我伶仃也那伶仃,阁不住两泪盈盈,手拍着胸脯自招承,自感叹,自伤情,自懊悔,自由性。

【古神仗儿】俺娘他毒害的有名,全无那子母面情。则被他将一个痴小冤家,送的来离乡背井。每日价烦烦恼恼,孤孤另另。少不得厌煎成病,断送了,泼残生。

(正末云)小鬼头,你是何处妖精,从实说来!若不实说,一剑挥之两段。(做拔剑砍科,魂旦惊科,云)可怎了也!(唱)

【幺篇】没揣的一声狠似雷霆,猛可里唬一惊,丢了魂灵。这的是俺娘的弊病,要打灭丑声,俫做个㾕挣[10]。妖精也甚精?男儿也,看我这旧恩情,你且放我去,与夫人亲折证。

(夫人云)王秀才,且留人,他道不是妖精,着他到房中看,那个是伏侍他的梅香?(梅香扶正旦昏睡科)(魂旦见科,唱)

【挂金索】蓦入门庭,则教我立不稳,行不正。望见首饰妆奁,志不宁,心不定。见几个年少丫鬟,口不住,手不停;拥着个半死佳人,唤不醒,呼不应。

【尾声】猛地回身来合并,床儿畔一盏孤灯。兀良,早则照不见伴人清瘦影。(魂旦附正旦体科,下)

(梅香做叫科,云)小姐!小姐!王姐夫来了也!(正旦醒科,云)王郎在那里?(正末云)小姐在那里?(梅香云)恰才那个小姐,附在俺小姐身上,就苏醒了也。(旦、末相见科)(正末云)小生得官后,着张千曾寄书来。(正旦唱)

【侧砖儿】哎!你个辜恩负德王学士,今日也有称心时。不甫能盼得音书至,倒揣与我个闷弓儿[11]!

【竹枝歌】打听为官折了桂枝,别取了新婚甚意思?着妹妹目下恨难支,把哥哥闲传示。则问这小妮子,被我都搋搋[12]的扯做纸条儿。

(正末云)小姐分明在京,随我三年,今日如何合为一体?(正旦唱)

【水仙子】想当日暂停征棹饮离尊,生恐怕千里关山劳梦频。没揣的灵犀一点潜相引,便一似生个身外身,一般般两个佳人:那一个跟他取应,这一个淹煎病损。母亲,则这是倩女离魂。

（夫人云）天下有如此异事！今日是吉日良辰，与你两口儿成其亲事。小姐就受五花官诰，做了夫人县君也。一面杀羊造酒，做个大大庆喜的筵席。（诗云）凤阙诏催征举子，阳关曲惨送行人。调素琴王生写恨，迷青琐[13]倩女离魂。

  题目   调素琴王生写恨
  正名   迷青琐倩女离魂

〔1〕惺惺——聪明，机警。这里是清醒的意思。
〔2〕那更——更加，"那"字助音无义。
〔3〕口硬——骡马牲畜年龄较小较壮的称为口硬或口轻。
〔4〕撒和——在骡马牲口饥困时，解下鞍子，让它蹓跶、打滚，喂点草料，叫做撒和或撒欢。元·杨瑀《山居新语》："凡人有远行者，至巳、午时，以草料饲驴马，谓之撒和，欲其致远不乏也。"
〔5〕一攒攒——一簇簇、一丛丛。
〔6〕昼锦——项羽有"富贵不归故乡，如衣锦夜行"的话。宋韩琦反用他的话，称自己的房屋为"昼锦堂"：表示衣锦还乡的意思。
〔7〕答应——这里是称谓、称呼之意。
〔8〕祆（xiān 先）庙火——祆庙，是拜火教的寺院。祆庙火，民间传说故事：蜀帝的公主和乳母陈氏的儿子相爱，约定在祆庙相会。公主去的时候，看见陈生睡着了，她就回去了。陈生睡醒，知道公主已去，怨气一起变成火焰，竟把自己和庙宇一起烧毁了。
〔9〕刮刮匝匝、疏刺刺沙、厮琅琅汤、支楞楞争、吉丁丁珰、扑通通冬——是分别形容本曲所写各种不同的声音的状词。
〔10〕㽞挣——即懵懂，不明白，糊涂。
〔11〕闷弓儿——暗箭；比喻难以理解、无从揣测之事。
〔12〕搋（chī 吃）搋——形容撕纸的声音。

〔13〕青琐——古代皇帝、贵族家里门窗上刻有连环文,上面涂上青色,叫做"青琐"。

东堂老劝破家子弟

(元) 秦简夫[1]撰

楔　子

(冲末扮赵国器扶病引净扬州奴、旦儿翠哥上)(赵国器云)老夫姓赵,名国器,祖贯东平府人氏。因做商贾,到此扬州东门里牌楼巷居住。嫡亲的四口儿家属:浑家李氏,不幸早年下世;所生一子,指这郡号为名[2],就唤做扬州奴;娶的媳妇儿,也姓李,是李节使的女孩儿,名唤翠哥,自娶到老夫家中,这孩儿里言不出,外言不入,甚是贤达。想老夫幼年间做商贾,早起晚眠,积攒成这个家业,指望这孩儿久远营运。不想他成人已来,与他娶妻之后,只伴着那一伙狂朋怪友,饮酒非为,吃穿衣饭,不着家业,老夫耳闻眼睹,非止一端:因而忧闷成疾,昼夜无眠;眼见的觑天远,入地近,无那活的人也。老夫一死之后,这孩儿必败我家,枉惹后人谈论。我这东邻有一居士,姓李名实,字茂卿。此人平昔与人寡合,有古君子之风,人皆呼为东堂老子。和老夫结交甚厚,他小老夫两岁,我为兄,他为弟,结交三十载,并无离间之语。又有一件,茂卿妻恰好与老夫同姓,老夫妻与茂卿同姓,所以亲家往来,胜如骨肉。我如今请过他来,将这托孤的事,要他替我分忧;未知肯否何如? 扬州奴那里? (扬州奴应科,云)你唤我怎么? 老人家,你那病症,则管里叫人的小名儿,各人也有几岁年纪,这般叫,可不折了你?(赵国器云)你去请将李家叔叔来,我有说的话。(扬州奴云)知道。下次小的每,隔壁请东堂老叔叔来。(赵国器云)我着你去。(扬州奴云)着我去,则隔的一重壁,直起动[3]我走这遭儿!(赵国器云)你怎生又使别人去?(扬州奴云)我去,我去,你休闹。下次小的每,鞍马,(赵国器云)只隔的个壁儿,怎要骑马去?(扬州奴云)也着你做我的爹哩!你偏不知我的性儿,上茅厕去也骑马哩。(赵国器云)你看这厮!(扬州奴云)我去,我去,又是我气着你也!出的这门来,这里也无人,这个是我的父亲,他不曾说一句话,我直挺的他脚稍天[4];这隔壁东堂老叔叔,他和我是各白世人[5],他不曾见我便罢,他见了我呵,他叫我一声扬州奴,哎哟!唬得我丧胆亡魂,不知怎生的是这等怕他!说话之间,早到他家门首。(做咳嗽科)叔叔在家么?(正末扮东堂老上,云)门首是谁唤门?(扬州奴云)是你孩儿扬州奴。(正末云)你来怎么?(扬州奴云)父亲着扬州奴请叔叔,不知有甚事。(正末云)你先去,我就来了。(扬州奴云)我也巴不得先去,自在些儿。(下)(正末云)老夫姓李名实,字茂卿,今年五十八岁,本贯东平府人氏,因做买卖,流落在扬州东门里牌楼巷居住。老夫幼年也曾看几行经书,自号东堂居士。如今老了,人就叫我做东堂老子。我西家赵国器,比老夫长二岁,元是同乡,又同流寓在此,一向通家往来,已经三十馀载。近日赵兄染其疾病,不知有甚事,着扬州奴来请我,恰好也要去探望他。早已来到门首。扬州奴,你报与父亲知道,说我到了也。(扬州奴做报科,云)请的李家叔叔,在门首哩。(赵国器云)道有请。(正末做见科,云)老兄染病,小弟连日穷忙,有失探望,勿罪勿罪。(赵国器云)请坐。(正末云)老兄病体如何?(赵国器云)老夫这病,则有添,无有减,眼见的无那活的人也。(正末云)曾请良医来医治也不曾?(赵国器云)嗨!老夫不曾延医。居士与老夫最是契厚,请猜我这病症咱。(正末云)老兄着小弟猜这病症,莫不是害风寒暑湿么?(赵国器云)不是。(正末云)莫不是为饥饱劳逸么?(赵国器云)也不是。(正末云)莫不是为些忧愁思虑么?(赵国器云)哎哟!这才叫做知心之友。我这病,正从忧愁思虑得来的。(正末云)老兄差矣,你负郭有田千顷,城中有油磨坊,解典库,有儿有妇,是扬州点一点二的财主;有甚么不足,索这般深思远虑那?(赵国器云)嗨!居士不知;正为不肖子扬州奴,自成人已来,与他娶妻之后,他合着那伙狂朋怪友,饮酒非为,日后必然败我家业;因此上忧懑成病,岂是良医调治得的?(正末云)老兄过虑,岂不闻邵尧夫戒子伯温曰:"我欲教汝为大贤,未知天意肯从否。""父在观其志,父没观其行。"父母与子孙成家立计,是父母尽己之心;久以后成人不成人,是在于他,父母怎管的他到底。老兄这般焦心苦思,也是乾落得的。(赵国器云)虽然如此,莫说父子之情,不能割舍;老夫一生辛勤,挣这铜斗儿家计,等他这般废败,便死在九泉,也不瞑目。今日请居士来,别无可嘱,欲将托孤一事,专靠在居士身上,照顾这不肖,免至流落;老夫衔环结草之报,断不敢忘。(正末起身科,云)老兄重托,本不敢辞;但一者老兄寿算绵远;二者小弟才德俱薄,又非服制之亲[6],扬州奴未必肯听教训;三者老兄家缘饶富,"瓜田[7]不纳履,李下不整冠";请老兄另托高贤,小弟告回。(赵国器云)扬州奴,当住叔叔咱!居士何故推托如此;岂不闻:"可以托六尺之孤,可以寄百里之命。"老夫与居士通家往来,三十馀年,情同胶漆,分[8]若陈雷[9]。今病势如此,命在须臾,料居士素德雅望,必能不负所请,故敢托妻寄子。居士！你平日这许多慷慨气节,都归何处;道不的个"见义不为,无勇也！"（做跪,正末回跪科,云）呀！老兄,怎便下如此重礼！则是小弟承当不起。老兄请起,小弟依允便了。（赵国器云）扬州奴,抬过卓儿来者。（扬州奴云）下次小的每,掇一张卓儿过来着。（赵国器云）我使你,你可使别人！（扬州奴云）我掇,我掇！你这一伙弟子孩儿们,紧关里[10]叫个使一使,都走得无一个。这老儿若有些好歹,都是我手下卖了的。（做掇卓儿科,云）哎哟！我长了三十岁,几曾掇卓儿,偏生的偌大沉重。（做放卓儿科）（赵国器云）将过纸墨笔砚来。（扬州奴云）纸墨笔砚在此。（赵国器做写科,云）这张文书我已写了,我就画个字。扬州奴,你近前来,这纸上,你与我正点背画[11]个字者。（扬州奴云）你着我正点背画,我又无罪过,正不知写着甚么来。两手搦得紧紧的,怕我偷吃了！（做画字科,云）字也画了,你敢待卖我么？（正末云）你父亲则不待要卖了你待怎生？（赵国器云）这张文书,请居士收执者。（又跪）（正末收科）（赵国器云）扬州奴,请你叔叔坐下者。就唤你媳妇出来。（扬州奴云）叔叔现坐着哩。大嫂,你出来。（旦儿上科）（赵国器云）扬州奴,你和媳妇儿拜你叔父八拜。（扬州奴云）着我拜,又不是冬年节下,拜甚么？（正末云）扬州奴,我和你争拜那？（扬州奴云）叔叔休道着我拜八拜,终日见叔叔拜,有甚么多了处？（旦儿云）只依着父亲,拜叔叔咱。（扬州奴云）闭了嘴,没你说的话！靠后！咱拜,咱拜！（做拜科,云）一拜权为八拜。（起身做整衣科,云）叔叔,家里姊子好么？（正末怒科,云）嗯！（扬州奴云）这老子越狠了也。（正末云）扬州奴,你父亲是甚么病？（扬州奴云）您孩儿不知道。

（正末云）嚛声！你父亲病及半年，你划地不知道，你岂不知父病子当主之。（扬州奴云）叔叔息怒，父亲的症候，您孩儿待说不知来，可怎么不知；待说知道来，可也忖量不定。只见他坐了睡，睡了坐，敢是欠活动些。（正末云）扬州奴，你父亲立与我的文书上，写着的甚么哩？（扬州奴云）您孩儿不知。（正末云）你既不知，你可怎生正点背画字来？（扬州奴云）父亲着您孩儿画，您孩儿不敢不画。（正末云）既是不知，你两口儿近前来，听我说与你。想你父亲生下你来，长立成人，娶妻之后，你伴着狂朋怪友，饮酒非为，不务家业，忧而成病。文书上写着道："扬州奴所行之事，不曾禀问叔父李茂卿，不许行。假若不依叔父教训，打死勿论。"你父亲许着俺打死你哩。（扬州奴做打悲科，云）父亲，你好下的也，怎生着人打死我那！（赵国器云）儿也，也是我出于无奈。（正末云）老兄免忧虑，扬州奴断然不敢了也。（唱）

【仙吕赏花时】为儿女担忧鬓已丝，为家赀身亡心未死，将这把业骨头常好是费神思。既老兄托妻也那寄子，（带云）老兄免忧虑。（唱）我着你终有个称心时。（下）

（扬州奴做扶赵国器科，云）大嫂，这一会儿父亲面色不好，扶着后堂中去。父亲，你精细着。（赵国器云）扬州奴，你如今成人长大，管领家私，照觑家小，省使俭用；我眼见的无那活的人也。（诗云）只为生儿性太庸，日夜忧愁一命终；若要趋庭承教训，则除梦里再相逢。（同下）

[1] 秦简夫——元曲后期作家，至顺时人。《录鬼簿》列于"方今才人相知者"一类，云："见在都下擅名，近岁来杭回。"《太和正音谱》评为："峭壁孤松。"天一阁本贾仲明挽词云："文章官样有绳规，乐府中和成墨

迹。灯窗捻出新杂剧，《玉溪馆》煞整齐，晋陶母《剪发》筵席，《破家子弟》、《赵礼让肥》，壮丽无敌。"孟称舜《酹江集》评此剧云："曲不难作情语、致语，难在作家常语，老实痛快，而风致不乏。"作剧五种，现存《赵礼让肥》、《剪发待宾》、《东堂老》。

〔2〕指这郡号为名——《元曲选》本无此六字，据息机子本补。

〔3〕起动——打发，劳动。

〔4〕直挺的他脚稍天——挺：言语不逊，顶撞。脚稍天：脚朝天，即"死"的隐语。这句是说，直顶撞得要把他气死。

〔5〕各白世人——或作各别世人、各白的人。各不相干，毫无关系的人。

〔6〕服制之亲——见《虎头牌》第二折"期亲"注。

〔7〕瓜田二句——见乐府诗《古君子行》。是说，在容易引起误会的场合，应当避免嫌疑的意思。

〔8〕分——念去声。情分、情谊。

〔9〕陈雷——或称雷陈。东汉时陈重和雷义，两人交情非常深厚，当时被称为："胶漆自谓坚，不如雷与陈。"（见《后汉书·雷义传》）。

〔10〕紧关里——紧要关头，紧要时节。

〔11〕正点背画——画押签字。

第 一 折

（丑扮卖茶的[1]上，诗云）茶迎三岛客，汤送五湖宾；不将可口味，难近使钱人。小可是卖茶的。今日烧得这镟锅儿热了，看有甚么人来。（净扮柳隆卿、胡子传上）（柳隆卿诗云）不养蚕桑不种田，全凭马扁[2]度流年。（胡子传诗云）为甚侵晨[3]奔到晚，几个忙忙少我钱。（柳隆卿云）自家柳隆卿，兄弟胡子传。我两个不会做甚么营生买卖,全凭这张嘴抹过日子。在城有一个赵小哥扬州奴,自从和俺两个拜为兄弟,他的勾当,都凭我两个,他无我两个,茶也不吃,饭也不吃。俺两个若不是他呵,也都是饿死的。(胡子传云)哥,则我老婆的裤子,也是他的;哥的网儿[4],也是他的。(柳隆卿云)哎哟!坏了我的头也。(胡子传云)哥,我们两个吃穿衣饭,那一件儿不是他的。我这几日不曾见他,就弄得我手里都焦乾了。哥,咱茶房里寻他去,若寻见他,酒也有,肉也有。吃不了的,还包了家去,与我浑家吃哩。(柳隆卿做见卖茶的科,云)兄弟说得是。卖茶的,赵小哥曾来么?(卖茶的云)赵小哥不曾来哩。(柳隆卿云)你与我看着,等他来时,对俺两个说。俺两个且不吃茶哩。(卖茶的云)理会的。赵小哥早来了。(扬州奴上,诗云)四肢八脉刚带俏,五脏六腑却无才。村人骨头挑不出,俏从胎里带将来。自家扬州奴的便是。人口顺多唤我做赵小哥。自从我父亲亡化了,过日月好疾也,可早十年光景。把那家缘过活,金银珠翠,古董玩器,田产物业,孳畜牛羊,油磨房,解典库,丫鬟奴仆,典尽卖绝,都使得无了也。我平日间使惯了的手,吃惯了的口,一二日不使得几十个银子呵,也过不去。我结交了两个兄弟,一个是柳隆卿,一个是胡子传,他两个是我的心腹朋友,我一句话还不曾说出来,他早知道,都是提着头便知尾的,着我怎么不敬他。我父亲说的,我到底不依;但他两个说的,合着我的心,趁着我的意,恰便经也似听他。这两日不见他,平日里则在那茶房里厮等,我如今到茶房里问一声去。(做见科)(卖茶的云)赵小哥,你来了也,有人在茶房里坐着,正等你来哩。二位,赵小哥来了也。(胡子传云)来了来了,我和你一个做好,一个做歹,你出去。(柳隆卿云)兄弟,你出去。

(胡子传云)哥,你出去。(柳隆卿做见科,云)哥,你在那里来,俺等了你一早起了。(扬州奴云)哥,这两日你也不来望我一望。(柳隆卿云)胡子传也在这里。(扬州奴云)我自过去。(见科,云)哥,唱喏咱。(胡子传不采科)(柳隆卿云)小哥来了。(胡子传云)那个小哥?(柳隆卿云)赵小哥。(胡子传云)他老子在那里做官来?他也是小哥!诈官的该徒,我根前歪充,叫总甲[5]来,绑了这弟子孩儿。(扬州奴云)好没分晓,敢是吃早酒来。(柳隆卿云)俺等了一早起,没有吃饭哩。(扬州奴云)不曾吃饭哩,你可不早说,谁是你肚里蚘虫[6]。与你一个银子,自家买饭吃去。(做与砌末科)(胡子传云)看茶与小哥吃。你可这般嫩,就当不得了。(扬州奴云)哥,不是我嫩,还是你的脸皮忒老了些。(柳隆卿云)这里有一门亲事,俺要作成你。(扬州奴云)哥,感承你两个的好意。我如今不比往日,把那家缘过活,都做筛子喂驴,漏豆了[7]。止则有这两件儿衣服,妆点着门面,我强做人哩,你作成别人去罢。(胡子传云)我说来么,你可不依我,这死狗扶不上墙的。(扬州奴云)哥,不是扶不上,我腰里货不硬挣哩。(柳隆卿云)呸!你说你无钱,那一所房子,是披着天王甲[8],换不得钱的?(扬州奴云)哎哟!你那里是我兄弟,你就是我老子,紧关里谁肯提我这一句。是阿!我无钱使,卖房子便有钱使。哥,则一件,这房子,我父亲在时只番番瓦,就使了一百锭;如今谁肯出这般大价钱。(胡子传云)当要一千锭,只要五百锭;当要五百锭,则要二百五十锭,人都抢着买了。(扬州奴云)说的是。当要一千锭,则要五百锭;当要五百锭,则要二百五十锭;人都抢着买,可不磨扇坠着手[9]哩。哥也,则一件,争奈隔壁李家叔叔有些难说话,成不得!成不得!(胡子传云)李家叔叔不肯呵,胁肢里扎上一指头[10]便了。(扬州奴云)是阿,他不肯,胁肢里扎上一指头便了。如今便卖这房子,也要个起功局[11]、立帐子[12]的人。(柳隆卿云)我便起功局。(胡子传云)我便立帐子。(扬州奴云)哦!你起功局,你立帐子;卖了房子,我可在那里住?(柳隆卿云)我家里有一个破驴棚。(扬州奴云)你家里有个破驴棚,但得不漏,潜下身子,便也罢。可把甚么做饭吃?(胡子传云)我家里有一个破沙锅,两个破碗,和两双折箸,我都送与你,尽勾了你的也。(扬州奴云)好弟兄,这房子当要一千锭,则要五百锭;当要五百锭,则要二百五十锭;人见价钱少,就都抢着买。李家叔叔不肯呵,胁肢里扎他一指头便了。你替我立帐子,你替我起功局,你家有间破驴棚,你家有个破沙锅,你家有两个破碗,两双折箸,我尽勾受用快活。不着你两个歹弟子孩儿,也送不了我的命。(同下)(正末同卜儿、小末尼上)(正末云)老夫李茂卿的便是。不想我老友直如此先见,道:"我死之后,不肖子必败吾家。"今日果应其言。恋酒迷花,无数年光景,家业一扫无遗。便好道知子莫若父,信有之也。(唱)

【仙吕点绛唇】原是祖父的窠巢,谁承望子孙不肖,剔腾了。想着这半世勤劳,也枉做下千年调。

【混江龙】我劝咱人便休生奸狡,我则怕到头来无福也怎生消。爷受了些忧愁思虑,儿每日家则是鼓吹笙箫。贪财汉命穷呵君子拙,如今那看钱奴家富小儿骄[13]。(带云)我想这钱财,也非容易博来的。(唱)做买卖,恣虚嚣;开田地,广锄刨;断河泊,截渔樵;凿山洞,取煤烧:则他那经营处,恨不的占尽了利名场,全不想到头时,刚落得个邯郸道。都是些喧檐燕雀,巢苇的这鹪鹩。

(旦儿上[14],云)自家翠哥的便是。自从公公亡化过了,扬州奴将家缘家计都使得磬尽,如今又要卖那一所房子哩。我去告诉那东堂叔叔咱。这便是他家了,不免径入。(做见科,正末云)媳妇儿,你来做甚么?(旦儿云)自从公公亡化之后,扬州奴将家缘家计都使尽了,他如今又要卖那一所房子,翠哥一径的禀知叔叔来。(正末云)我知道了也。等那贼丑生[15]来时,我自有个主意。(扬州奴同二净上)(柳隆卿云)赵小哥,上紧着干,迟便不济也。(扬州奴云)转湾抹角,可早来到李家门首。哥,则一件,我如今过去,便不敢提这卖房子,这老儿可有些兜搭,难说话;慢慢的远打周遭和他说。你两个且休过来。(做见唱喏科,云)叔叔、婶子,拜揖。(见旦儿瞰科)你来怎的,敢是你要告我那?(正末云)扬州奴,你来怎的?(扬州奴云)我媳妇来见叔叔,我怕他年纪小,失了体面。(二净入见正末[16],施礼拜科)(正末怒科,云)这两个是什么人?(二净云)俺们都是读半鉴[17]书的秀才,不比那伙光棍。(正末怒科,云)你来俺家有何事?(柳隆卿云)好意与他唱喏,倒恼起来,好没趣。(扬州奴云)是您孩儿的相识朋友,一个是柳隆卿,一个是胡子传。(正末云)我认的什么柳隆卿、胡子传,引着他们来见我!扬州奴!(唱)

【油葫芦】你和这狗党狐朋两个厮趁着。(云)扬州奴,你多大年纪也?(扬州奴云)您孩儿三十岁了。(正末云)噤声!(唱)又不是年纪小,怎生来一桩桩好事不曾学!(带云)可也怪不的你来。(唱)你正是那内无老父尊兄道,却又外无良友严师教。(云)扬州奴,你有的叫化也。(扬州奴云)如何?且相左手,您孩儿便不到的哩。(正末唱)你把家私来荡散了,将妻儿来冻饿倒。我也还望你有个醉还醒,迷还悟,梦还觉;划地的可只与这等两个做知交。

（扬州奴云）这柳隆卿、胡子传，是您孩儿的好朋友。（正末云）扬州奴。（唱）

【天下乐】哎，儿也，可道是人伴着贤良也那智转高。（带云）扬州奴，你只瞒了别人，却瞒不过老夫。（唱）你曾出的胎也波胞，你娘将你那绷藉包，你娘将那酥蜜食养活得偌大小。（带云）你父亲也只为你不务家业，忧病而死。（唱）先气得个娘命夭，后并的你那爷死了。好也啰！好也啰！你可什么养子防备老！

（扬州奴云）叔叔，这两个人你休看得他轻，可都是读半鉴书的。

（正末云）扬州奴，你平日间所行的勾当，我一桩桩的说，你则休赖。（扬州奴云）叔叔，您孩儿平日间敬的可是那一等人，不敬的可是那一等人，叔叔，你说与孩儿听咱。（正末唱）

【那吒令】你见一个新旦色[18]下城呵，（带云）贼丑生，你便道：请波！请波！（唱）连忙的紧邀。你见一个良人妇叩门呵，（带云）你便道：疾波！疾波！（唱）你便降阶儿的接着。你见一个好秀才上门呵，（带云）你便道：家里没啰！家里没啰！（唱）你抽身儿躲了。你傲的是攀蟾折桂手，你敬的是闭月羞花貌，甚么是那晏平仲善与人交[19]。

【鹊踏枝】你则待要爱纤腰，可便似柔条。不离了舞榭歌台，不俫，更那月夕花朝。想当日个按六幺、舞霓裳未了；猛回头，烛灭香消。

（云）扬州奴，你久以后有的叫化也。（扬州奴云）如何？且相右手，您孩儿不到的叫化哩。（正末唱）

【寄生草】我为甚叮咛劝、叮咛道，你有祸根、有祸苗。你抛撇了这丑妇家中宝,挑踢着美女家生哨。哎!儿也!这的是你自作下穷汉家私暴。只思量倚檀槽[20],听唱一曲桂枝香;你少不的撇摇槌[21],学打几句莲花落。

【六么序】那里面藏圈套,都是些绵中刺,笑里刀[22],那一个出得他捆打挞揉。止不过帐底鲛绡,酒畔羊羔,殢人的玉软香娇。半席地,恰便似八百里梁山泊,抵多少月黑风高。那泼烟花,专等你个腌材料,快准备着五千船盐引[23],十万担茶挑。

【幺篇】你把他门限儿踏着,消息儿[24]汤着[25];那里面又没官僚,又没王条,又没公曹,又没囚牢;到的来金谷[26]也那富饶,早半合儿断送了。直教你无计能逃,有路难超。搜剔尽皮格也那翎毛,浑身遍体星星开剥,尽着他炙煿烹炮。那虔婆一对刚牙爪,遮莫你手轻脚疾,敢可也立做了骨化形销。

(云)扬州奴,你来怎的?(扬州奴云)叔叔,您孩儿无事也不敢来,今日一径的来告禀叔叔知道:自从俺父亲亡过,十年光景,只在家里死丕丕的闲坐,那钱物则有出去的,无有进来的;便好道坐吃山空,立吃地陷;又道是家有千贯,不如日进分文。您孩儿想来,原是旧商贾人家,如今待要合人做些买卖去,争奈乏本。您孩儿想来,家中并无甚值钱的物件,止有这一所宅子,还卖的五六百锭;等我卖了做本钱,您孩儿各扎邦便觅个合子钱儿[27]。(正末云)哦!你将那油磨房,解典库,金银珠翠,田产物业,都将来典尽卖绝了;止有这所楼身宅子,又要卖。你卖波,我买。(扬州奴云)既然叔叔要,把这房子东廊西舍,前堂后阁,门窗户闼,上下也点看一看,才好定价。(正末云)也不索看。(唱)

【一半儿】问甚么东廊西舍是旧椽欂,(扬州奴云)前厅和后阁,都是新翻瓦的。(正末唱)问甚么那后阁前堂都是新盖造。(扬州奴云)既然叔叔要呵,你侄儿填定价钱五百锭,莫不忒多了些么?(正末唱)不是你罗叔叔嫌你索的来忒价高。(扬州奴云)叔叔,这钱钞几时有?(正末云)这许多钱钞,也一时办不迭[28]。(唱)多半月,少十朝。(扬州奴云)叔叔,这项货紧,则怕着人买将去了。(正末云)你要五百锭,我先将二百五十锭交付你。(唱)我将这五百锭,做一半儿赊来一半儿交。

(云)小大哥,你去取的来。(小末做取钞科,云)父亲,二百五十锭在此。(正末付旦,扬州奴做夺科,云)拿来,你那嘴脸,是掌财的?(做递与二净科,云)哥,你两人拿着。(正末云)你把这钞使完了时,再没宅子好卖了,你自去想咱。(扬州奴云)是。您孩儿商量做买卖,各扎邦便觅合子钱。(背云)哥,这二百五十锭,尽勾了。先去买十只大羊,五果五菜,响糖狮子[29],我那丈母与他一张独卓儿,你们都是鸳鸯客[30],把那卓子与我一字儿摆开着。(柳隆卿云)随你摆布。(正末做听科,云)扬州奴,你做甚么来?(扬州奴云)没。您孩儿商议做买卖哩。拿这钞去,置买各项货物,都要堆在卓子上,做一字儿摆开,着那过来过往的人见了,称赞道,好一个大本钱的客人,也有些光彩。您孩儿这一遭做买卖,各扎邦便觅一个合子钱哩。(正末云)好儿,你着志[31]者!(扬州奴云)嗨!几乎被那老子听见了。哥,吃罢那头汤,天道暄热,都把那帽笠去了,把那衣服松一松,将那四下的吊窗都与我推开了。(正末云)扬州奴,你说甚的?(扬州奴云)没。您孩儿商量做买卖,到那榻房里,不要黑地里交与他钞;黑地里交钞,着人瞒过了。常言道,吃明不吃暗,你把吊窗与我推开,您孩儿商量做买卖,各扎邦便觅一个合子钱。(正末云)好儿也,不枉了。(扬州奴云)老儿去了也。哥,下了那分饭,临散也,你把住那楼胡梯[32]门;你便执壶,我便把盏,再吃个上马的钟儿。着我那大姐宜时景,带舞带唱华严的那海会[33]。(正末云)扬州奴,你怎的说?(扬州奴云)没。(正末云)你看这厮!(唱)

【赚煞】你将这连天的宅憎嫌小,负郭的田还不好,一张纸从头儿卖了。不知久后栖身何处着,只守着那奈风霜破顶的砖窑。哎!儿也,心下自量度。则你这夜夜朝朝,可甚的买卖归来汗未消。出脱了些奇珍异宝,花费了些精银响钞。哎!儿也,怎生把邓通钱[34],刚博得一个乞化的许由瓢[35]?(下)

(扬州奴云)哥,早些安排齐整着,可来回我的话。(下)

〔1〕的——《元曲选》本漏,据息机子本补。

〔2〕马扁——"骗"字的拆写。息机子本作"说谎",意同。

〔3〕侵晨——破晓,天刚亮。

〔4〕网儿——网巾。

〔5〕总甲——宋代户籍制度,每二三十户为一甲,推一人为总甲,管一甲的事务。

〔6〕蚘(huí 回)虫——蚘,同蛔。蚘虫,常寄生在人肠胃中,损害人体健康。

〔7〕筛子喂驴、漏豆了——"露兜"二字的谐音语。筛子有孔,装豆喂驴,豆即漏下:比喻财产都挥霍光了。

〔8〕披着天王甲——天王身上的盔甲,是没有人敢去动的;比喻不

381

敢去碰动的东西。

〔9〕磨扇坠着手——磨扇,一扇磨。磨扇坠手,比喻手上带着沉重的东西,不灵便。

〔10〕胁肢里扎上一指头——隐语。犹如说:塞腰包;暗中许一点好处给人家的意思。

〔11〕起功局——出卖房产时,会同多人检点屋宇杂物,计物定价的意思。

〔12〕立帐子——立帐历,立簿契。元代规定,凡典卖田宅,须从尊长书押给据,立帐历,问服房亲及邻人。

〔13〕"我则怕到头来……小儿骄"——此段文字,《元曲选》本宿命论气氛较重,据息机子本改。

〔14〕上——《元曲选》本漏,据息机子本补。

〔15〕贼丑生——《元曲选》本误作"丑贼生",据息机子本改。

〔16〕二净入见正末——《元曲选》本误作"正净入见末",据息机子本改。

〔17〕半鉴——鉴,指《通鉴节要》。元代国子学用蒙古语翻译的《通鉴节要》,教蒙、汉生员(见《元史·选举志》、《续通志·选举略·四》)。半鉴,读了半部的意思,是打诨取笑的话。

〔18〕旦色——元剧中女演员称为旦色;引申指妓女。

〔19〕晏平仲善与人交——晏婴,谥平,字仲,春秋时齐国的大夫。他善于交朋友,能够长久地和人家保持友好关系。"晏平仲善与人交,久而敬之。"见《论语·公冶长》。

〔20〕檀槽——指琵琶。

〔21〕摇槌——或作夋槌。唱〔莲花落〕时,一面唱,一面用槌击鼓。摇槌,即击鼓的槌。

〔22〕绵中刺,笑里刀——绵里面裹刺,笑里藏刀;比喻外表和善,而

内中阴毒。

〔23〕盐引——运销官盐的凭照。元代规定,四百斤盐为一引。纳税后,官厅就发给这种凭照。

〔24〕消息儿——机楔,亦名精关儿,削器;古代所制造的简单的半自动机械,触动它,就能发出暗器伤人。比喻圈套、计谋。

〔25〕汤着——挨着,撞上。

〔26〕金谷——晋代石崇建立金谷园,其中珍宝金银无数;因把金谷园作为豪富的代表。

〔27〕合子钱儿——对本利息。

〔28〕办不迭——筹办不及,来不及。

〔29〕响糖狮子——一种兽形的糖果名。响糖,即香糖。

〔30〕鸳鸯客——古时请客,一个人一张桌子。鸳鸯客,就是两人共一张桌子。

〔31〕着志——或作着意。注意,当心。

〔32〕胡梯——即扶梯,有扶手的登楼的阶梯。胡,为"扶"字的声转。

〔33〕海会——佛教称众圣聚会为海会。华严海会,就是演唱华严经的大会。

〔34〕邓通钱——邓通,汉文帝的宠臣。汉文帝赐铜山给他,使他自己铸钱,因而非常富有。

〔35〕许由瓢——古代传说:许由隐居在箕山,人家送他一个瓢舀水,他用完挂在树上,被风吹得呼呼作响,他很讨厌,把瓢扔掉。这里指乞讨时所拿的碗、瓢。

第 二 折

(正末同卜儿、小末尼上)(正末云)自家李茂卿。则从买了扬州奴的住宅,付与他钱钞,他那里去做甚么买卖,多咱又被那两个光棍弄掉了。败子不得回头,有负故人相托,如之奈何?(小末尼[1]云)父亲,您孩儿这几时做买卖,不遂其意,也则是生来命拙哩。(正末云)孩儿,你说差了。那做买卖的,有一等人肯向前,敢当赌。汤风冒雪,忍寒受冷;有一等人怕风怯雨,门也不出;所以孔子门下三千弟子,只子贡[2]善能货殖,遂成大富:怎做得由命不由人也?(唱)

【正宫端正好】我则理会有钱的是咱能,那无钱的非关命。咱人也须要个干运的这经营。虽然道贫穷富贵生前定,不俫,咱可便稳坐的安然等。

(卜儿云)老的,你把那少年时挣人家的道路,也说与孩儿知道咱。(正末唱)

【滚绣球】想着我幼年时血气猛,为蝇头努力去争。哎哟!使的我到今来一身残病。我去那虎狼窝不顾残生,我可也问甚的是夜,甚的是明,甚的是雨,甚的是晴。我只去利名场往来奔竞[3],那里也有一日的安宁?投至得十年五载,我这般松宽[4]的有,也是我万苦千辛积攒成,往事堪惊。

(旦儿上,云)妾身翠哥。自从扬州奴卖了房屋,将着那钱钞,与那两个帮闲的兄弟,去月明楼上与宜时景饮酒欢会去了。我不敢隐讳,告李家叔叔去咱。可早来到也。小大哥,报复去,道有翠哥来见叔叔。(小末尼报科,云)父亲,有翠哥在门首。(正末云)着他过来。(小末尼出云)翠哥,父亲着你过去。(旦儿做见科,云)叔叔、婶子,万福。(正末云)孩儿也,你来做甚么那?(旦儿做悲科)(正末唱)

【倘秀才】我见他道不出喉咙中气哽,我见他揾不住可则扑簌簌腮边也那泪倾。(旦儿云)兀的不气杀你孩儿也!(哭科)(正末唱)你这般揾耳挠腮,可又便怎生?(旦见云)叔叔,扬州奴将那卖房屋的钱钞,与那两个帮闲的兄弟,去月明楼上与宜时景饮酒去了。他若使的钱钞无了呵,连我也要卖哩。叔叔,如此怎了也!(正末唱)我这里听仔细,你那里说叮咛,他他他,可直恁般的不醒。

(旦儿云)叔叔,想亡过公公,挣成锦片也似家缘家计,指望与子孙永远居住,谁想被扬州奴破败了也。(正末唱)

【滚绣球】休言家未破,破家的人未生;休言家未兴,兴家的人未成,古人言一星星显证。(带云)那为父母的,(唱)恨不得儿共女,辈辈峥嵘。只要那家道兴,钱物增,一年年越昌越盛。(带云)怎知道生下儿女呵,(唱)偏生的天作对,不称人情。他将那城中宅子庄前地,都做了风里杨花水上萍。哎!可惜也锦片的这前程!

(云)小大哥,咱领着数十条好汉,径到月明楼上打那贼丑生去来。(下)(扬州奴、柳隆卿、胡子传上)(扬州奴云)自家扬州奴,端的好快活也。俺今日自在的吃两钟儿。直吃得尽醉方归。(胡子传云)酒食都安排下了也。(扬州奴云)俺都要尽醉方归。(做把杯科)(正末冲上,云)扬州奴!(扬州奴做怕科,云)嗨!把我这一席儿好酒来搅坏了。哎哟!叔叔,您孩儿请伙计哩。(正末云)扬州奴,这个是你的买卖?这个是你那各扎邦便觅个合子钱?我问你!(唱)

【倘秀才】你又不是拜扫冬年的节令,又不是庆喜生辰的事情;你没来由置酒张筵波把他众人来请。(柳隆卿云)好杀风景

385

也那!(正末唱)你尊呵,尊这厮什么德行?你重呵,重这厮什么才能?哎!儿也,你怎生则寻着这等?

(柳隆卿云)老的,休这等那等[5]的,俺们都是看半鉴书的秀才。(正末云)嗏声!谁读半鉴书来?(唱)

【滚绣球】你念的是赚杀人的天甲经[6]。(胡子传云)我呢?(正末唱)你是个缠杀人的布衫领。(带云)则你那一生的学问呵,是那一声儿"哥,往那里去,带挈我也走一遭儿波。"(唱)你则道的个愿随鞭镫,你便闯一千席呵,可也填不满你这穷坑。(正末做打科)(扬州奴云)您孩儿也仿两个古人,学那孟尝君[7]三千食客,公孙弘[8]东阁招贤哩。(正末云)呸!亏你不识羞。(唱)那孟尝君是个公子,公孙弘是个名卿。他两个在朝中十分恭敬,但门下都一划[9]群英。我几曾见禁持妻子这等无徒辈,(正末做打科)(胡子传云)老的,踹了脚也。(正末唱)更和那不养爹娘的贼丑生。(柳隆卿云)老的,你可也闲陶气哩。(正末唱)气杀我烈焰腾腾。

(云)扬州奴,我量你到得那里,你明日叫化也。(扬州奴云)如何?且相左手,您孩儿也不到的哩。(正末唱)

【倘秀才】你道有左慈[10]术踢天弄井[11],项羽力拔山也那举鼎[12],这厮们两白日把泥球儿换了眼睛[13]。你便有那降魔咒,度人经[14],也出不的这厮们鬼精。

(云)扬州奴,你不听我的言语,看你不久便叫化也。(扬州奴云)如何?且相右手,您孩儿也不到的哩。(正末唱)

【三煞】你便似搅绝黑海那些饥寒的病,也则是赢得青楼薄倖名。(柳隆卿云)我可呢?(正末唱)你是那无字儿的空瓶[15]。(胡子传云)我可呢?(正末唱)你是个脱皮儿裹剂[16]。(柳隆卿云)我两个人物也不丑。(正末唱)怕不道是外面儿温和,则你那彻底儿严凝[17]。(柳隆卿云)你这老头儿不要琐碎,你只是把眼儿撑着,看我这架子衣服如何?(正末唱)我觑不的你褙[18]宽也那褶下,肚叠胸高,鸭步鹅行[19]。出门来呵,怕不道桃花扇影;你回窑去,勿勿勿[20],少不得风雪酷寒亭[21]。

(柳隆卿云)什么风雪酷寒亭,我则理会得闲骑宝马闲踢蹬哩。

(正末唱)

【二煞】你道是闲骑宝马闲踢蹬,(带云)你两个到得家中,算一算帐,你得了多少,我得了多少。(唱)你只做得个旋扑苍蝇旋放生。(扬州奴云)叔叔,您孩儿有那施舍的心,礼让的意,江湖的量,慷慨的志,也不低哩。(正末唱)你有那施舍的心呵,讪笑得鲁肃[22];你有那慷慨的志呵,降伏得刘毅[23];你有那礼让的意呵,赛过得鲍叔[24];你有那江湖的量呵,欺压得陈登[25]。(扬州奴云)您孩儿平昔也曾赍发[26]与人,做偌多的好事哩。(正末唱)你赍发呵,与那个陷本的商贾;你赍发呵,与那个受困的官员;你赍发呵,与那个薄落的书生。兀的不扬名显姓,光日月,动朝廷。

【一煞】不强似与虔婆子弟三十锭,更和那帮懒钻闲二百瓶。你恋着那美景良辰,赏心乐事[27],会友邀宾,走斝也那飞觥。(云)扬州奴,我问你,这是谁的钱物?(扬州奴云)是俺父亲的钱物。(正末云)谁应的使?(扬州奴云)是您孩儿应的使。(正末唱)这的是你爹行基业,是你自己钱财,须没个别姓来争。

387

可怎生不与你妻儿承领,倒凭他胡子传和那柳隆卿?

（扬州奴云）我安排一席酒,着他请十个,便十个;请二十个,便二十个;不一时,他把那一席的人都请将来。叔叔,你着我怎么不敬他?（正末云）嗦声!（唱）

【煞尾】你有钱呵,三千剑客由他们请;（带云）一会儿无钱呵,（唱）哎,早闪的我在十二瑶台独自行。（带云）扬州奴,（唱）你有一日出落得家业精,把解典处本停,房舍又无,米粮又罄;谁支持,怎接应。你那买卖上又不惯经[28],手艺上可又不甚能;掇不得重,可也拈不得轻。你把那摇槌来悬,瓦罐来擎,绕闾檐,乞残剩。沙锅底无柴煨不热那冰,破窑内无席盖不了顶。饿得你肚皮里春雷也则是骨碌碌的鸣,脊梁上寒风笃速速的冷。急穰穰的楼头数不彻那更,（带云）这早晚,多早晚也?（唱）冻刺刺窑中巴不到那明。痛亲眷敲门都没个应,好相识街头也抹不着他影。无食力的身躯怎的撑,冻饿倒的尸骸去那大雪里挺[29],没底的棺材谁共你争,半霎儿人扛你来土垫的平。你死后街坊兀自憎,干与你爹娘立下一个骂名[30]。我着那好言语劝你你不听,那厮们谎话儿弄你,且是娘的[31]灵。可知道你亲爷气成病,连着我也激恼的这心头怒转增。我若是拖到官中使尽情,我不打死你无徒改了我的姓。便有那人家谎后生,都不似你这个腌臜泼短命。则你那胎骨劣,心性顽,耳根又硬。哎!儿也,我其实道不改,教不成,只着那正点背画字纸儿,你可慢慢的省。（下）（扬州奴云）这席好酒,弄的来败兴。随你们发放了罢,我自回家去也。（二净同扬州奴下）

〔1〕小末尼——《元曲选》本无"尼"字,据息机子本补。元剧中称扮演小孩子的为小末尼。

〔2〕子贡——姓端木,字子贡,孔子的弟子,卫人,善经商,家累千金(见《史记·仲尼弟子列传》)。

〔3〕奔竞——奔忙、竞争。

〔4〕松宽——富裕的意思。

〔5〕这等那等——这种、那种(人),含有轻蔑之意。

〔6〕天甲经——元剧中当作骗人的经典名称,与"脱空禅"类似;出处待考。

〔7〕孟尝君——姓田名文,孟尝君是他的封号,战国时齐国的相。喜养士,门下常有食客数千人(见《战国策·齐策》)。

〔8〕公孙弘——西汉时的丞相,他曾"起客馆、开东阁以延贤人。"(见《汉书·公孙弘传》)。

〔9〕一划——一概,全部。

〔10〕左慈——汉末的术士,能用幻术在座中弄到松江之鱼和蜀地之姜(见《后汉书·方术传》)。

〔11〕踢天弄井——古代魔术的一种;宋代杂耍中还有专门"踢弄"一类,内容不详。

〔12〕项羽力拔山句——项羽力能扛鼎;被刘邦围困时,作歌道:"力拔山兮气盖世,时不利兮骓不逝;骓不逝兮可奈何,虞兮虞兮奈若何!"(见《史记·项羽本纪》)。

〔13〕把泥球儿换了眼睛——用泥丸替换眼珠;比喻不能辨明事物、是非。

〔14〕降魔咒,度人经——泛指佛教降伏魔怪、济度世人的经典。这里是说:即使有了这些经咒,也制服不了胡子传这类的精怪、坏人。

〔15〕无字儿的空瓶——与下句"脱皮儿裹剂"相对为文,当亦为贬

389

义;确解待考。

〔16〕脱皮儿裹剂——剂,作面食时扦成小团饼,叫做剂子。裹剂,有馅的剂子。脱皮儿裹剂,馅子多半是糖、油、肉等粘腻的东西混合而成的,脱了皮就到处粘黏,比喻惹是生非。一说,无用之意。鲁东人讥无用者曰:"剂子去皮,管底不是。"

〔17〕严凝——寒凝,严寒;比喻人的性格严肃。

〔18〕褃(kèn裉)——《元曲选》本作"裀",据息机子本改。褃,腋下的衣缝。

〔19〕肚叠胸高,鸭步鹅行——形容趾高气扬、昂首挺胸,走八字步的样子。

〔20〕匆匆匆——嘘寒声,由于寒冷而口中发出的声音。

〔21〕酷寒亭——小说戏剧中所说的穷乞人所住的地方。元人杨显之撰有《郑孔目风雪酷寒亭杂剧》。

〔22〕鲁肃——三国时吴国人。性喜施与;有一次,周瑜向他借粮,他很慷慨地借了三千斛给周瑜(见《三国志·吴志》)。

〔23〕刘毅——晋朝人。性骄侈,好赌博;尽管家里没有一点粮,可是赌起博来,一掷百万(见《晋书》)。

〔24〕鲍叔——即鲍叔牙,春秋时齐国人,管仲的好友。管仲同他分财物,自己多分,鲍叔不以为贪,知道管仲很穷(见《史记·管晏列传》)。

〔25〕陈登——字元龙,东汉时人。志量豪迈,常怀扶世救民的志向,当时被称为:"湖海之士,豪气不除。"(见《三国志》)。

〔26〕赍发——出财物以助人。

〔27〕美景良辰,赏心乐事——古人认为这是四件难得会在一起的大快事。

〔28〕惯经——熟习,习惯。

〔29〕挺——僵直貌。今河南、湖北方言中还有"挺尸"之语,詈词。

〔30〕立下一个骂名——《元曲选》本作"立这个名",据息机子本改。

〔31〕娘的——詈词,元剧中习用语,犹今人粗语"他妈的"。

第 三 折

(扬州奴同旦儿携薄篮上)(扬州奴云)不成器的看样也!自家扬州奴的便是。不信好人言,果有恓惶事。我信着柳隆卿、胡子传,把那房廊屋舍,家缘过活,都弄得无了,如今可在城南破瓦窑中居住。吃了早起的,无晚夕的。每日家烧地眠,炙地卧〔1〕,怎么过那日月?我苦呵,理当;我这浑家他不曾受用一日。罢罢罢,大嫂,我也活不成了,我解下这绳子来,搭在这树枝上,你在那边,我在这边,俺两个都吊杀了罢。(旦儿云)扬州奴,当日有钱时,都是你受用,我不曾受用了一些;你吊杀便理当,我着甚么来由?(扬州奴云)大嫂,你也说的是,我受用,你不曾受用。你在窑中等着,我如今寻那两个狗材去。你便扫下些乾驴粪,烧的罐儿滚滚的,等我寻些米来,和你熬粥汤吃。天也!兀的不穷杀我也!(扬州奴同〔2〕旦儿下)(卖茶的上,云)小可是个卖茶的,今日早晨起来,我光梳了头,净洗了脸,开了这茶房,看有甚么人来。(柳隆卿、胡子传上,云)柴又不贵,米又不贵,两个傻厮,正是一对。自家柳隆卿,兄弟胡子传,俺两个是至交至厚,寸步儿不厮离的。兄弟,自从丢了这赵小哥,再没兴头。今日且到茶房里去闲坐一坐,有造化再寻的一个主儿也好。卖茶的,有茶拿来俺两个吃。(卖茶的云)有茶,请里面坐。(扬州奴上,云)自家扬州奴。我往常但出门,磕头撞脑的,都是我那朋友兄弟。今日见我穷了,见了我的,都躲去了,我如今茶房里问一声咱。(做见卖茶的科,云)卖茶的,支揖哩。(卖茶的云)那里来这叫化的？咦！叫化的也来唱喏！(扬州奴云)好了好了,我正寻那两个兄弟,恰好的在这里。这一头赘发,可不喜也！(做见二净唱喏科,云)哥,唱喏来。(柳隆卿云)赶出这叫化子去！(扬州奴云)我不是叫化的,我是赵小哥。(胡子传云)谁是赵小哥？(扬州奴云)则我便是。(胡子传云)你是赵小哥,我问你咱,你怎么这般穷了？(扬州奴云)都是你这两个歹弟子孩儿弄穷了我哩！(柳隆卿云)小哥,你肚里饥么？(扬州奴云)可知我肚里饥,有甚么东西,与我吃些儿。(柳隆卿云)小哥,你少待片时,我买些来与你吃。好烧鹅,好膀蹄,我便去买将来。(柳隆卿下)(扬州奴云)哥,他那里买东西去了,这早晚还不见来？(胡子传云)小哥,还得我去。(扬州奴云)哥,你不去也罢。(胡子传云)小哥,你等不得他,我先买些肉鲊酒来与你吃。哥少坐,我便来。(胡子传出门科)(卖茶的云)你少我许多钱钞,往那里去？(胡子传云)你不要大呼小叫的,你出来,我和你说。(卖茶的云)你有甚么说？(胡子传云)你认得他么？则他是扬州奴。(卖茶的云)他就是扬州奴？怎么做出这等的模样？(胡子传云)他是有钱的财主,他怕当差,假装穷哩。我两个少你的钱钞,都对付在他身上,你则问他要,不干我两个事,我家去也。(扬州奴做捉虱子科)(卖茶的云)我算一算帐,少下我茶钱五钱,酒钱三两,饭钱一两二钱,打发唱的耿妙莲五两,打双陆输的银八钱,共该十两五钱。(扬州奴云)哥,你算甚么帐？(卖茶的云)你推不知道,恰才柳隆卿、胡子传把那远年近日欠下我的银子,都对付在你身上。你还我银子来,帐在这里。(扬州奴云)哥阿！我扬州奴有钱呵,肯装做叫化的？(卖茶的云)你说你穷,他说你怕当差,假装着哩。(扬州奴云)原来他两个把远年近日少欠人家钱钞的帐,都对付在我身上,着我赔还。哥阿,且休看我吃的,你则看我穿的,我那得一个钱来?我宁可与你家担水运浆,扫田刮地,做个佣工,准还你罢。(卖茶的云)苦恼!苦恼!你当初也是做人的[3]来,你也曾照顾我来,我便下的要你做佣工还旧帐!我如今把那项银子都不问你要,饶了你,可何如?(扬州奴云)哥阿,你若饶了我呵,我可做驴做马报答你。(卖茶的云)罢罢罢,我饶了你,你去罢。(扬州奴云)谢了哥哥!我出的这门来,他两个把我稳[4]在这里,推买东西去了;他两个少下的钱钞,都对在我身上,早则这哥哥饶了我,不然,我怎了也!柳隆卿、胡子传,我一世里不曾见你两个歹弟子孩儿!(同下)(旦儿云)自家翠哥。扬州奴到街市上投托相识去了,这早晚不见来,我在此且烧汤罐儿等着。(扬州奴上,云)这两个好无礼也!把我稳在茶房里,他两个都走了,干饿了我一日。我且回那破窑中去。(做见科)(旦儿云)扬州奴,你来了也。(扬州奴云)大嫂,你烧得锅儿里水滚了么?(旦儿云)我烧得热热的了,将米来我煮。(扬州奴云)你煮我两只腿。我出门去,不曾撞一个好朋友。罢罢罢,我只是死了罢。(旦儿云)你动不动则要寻死,想你伴着那柳隆卿、胡子传,百般的受用快活,我可着甚么来由。你如今走投没路,我和你去李家叔叔,讨口饭儿吃咱。(扬州奴云)大嫂,你说那里话,正是上门儿讨打吃。叔叔见了我,轻呵便是骂,重呵便是打。你要去你自家去,我是不敢去。(旦儿云)扬州奴,不妨事。俺两个到叔叔门首,先打听着:若叔叔在家呵,我便自家过去;若叔叔不在呵,我和你同进去,见了婶子,必然与俺些盘缠也。(扬州奴云)大嫂,你也说得是。到那里,叔叔若在家时,你便自家过去见叔叔,讨碗饭吃。你吃饱了,就把剩下的包些儿出来我吃。若无叔叔在家,我便同你进去,见了婶子,休说那盘缠,便是饱饭也吃他一顿。天也!兀的不穷杀我也!(同旦儿下)(卜儿上,云)老身赵氏[5]。今日老的大清早出去,看看日中了,怎么还不回来?下次孩儿每,安排下茶饭,这早晚敢待来也。(扬州奴同旦儿上)(扬州奴云)大嫂,到门首了,你先过去,若有叔叔在家,休说我在这里;若无呵,你出来叫我一声。(旦儿云)我知道了,我先过去。(做见卜儿科)(卜儿云)下次小的每,可怎么放进这个叫化子来?(旦儿云)婶子,我不是叫化的,我是翠哥。(卜儿云)呀,你是翠哥!儿也,你怎么这等模样?(旦儿云)婶子,我如今和扬州奴在城南破瓦窑中居住。婶子,痛杀我也!(卜儿云)扬州奴在那里?(旦云)扬州奴在门首哩。(卜儿云)着他过来。(旦云)我唤他去。(扬州奴做睡科)(旦儿叫科,云)他睡着了,我唤他咱。扬州奴!扬州奴!(扬州奴做醒科,云)我打你这丑弟子!天那,搅了我一个好梦,正好意思了呢。(旦儿云)你梦见甚么来?(扬州奴云)我梦见月明楼上,和那撇之秀两个唱那阿孤令[6],从头儿唱起。(旦儿云)你还记着这样儿哩,你过去见婶子去。(扬州奴见卜儿科,云)婶子,穷杀我也!叔叔在家么?他来时,要打我,婶子劝一劝儿。(卜儿云)孩儿,你敢不曾吃饭哩?(扬州奴云)我那得那饭来吃?(卜儿云)下次小的每,先收拾面来与孩儿吃。孩儿,我着你饱吃一顿,你叔叔不在家,你吃,你吃。(扬州奴吃面科)(正末上,云)谁家子弟,骏马雕鞍,马上人半醉,坐下马如飞,拂两袖春风,荡满街尘土。你看啰,呸!兀的不眯了老夫的眼也。(唱)

【中吕粉蝶儿】谁家个年小无徒,他生在无忧愁太平时务[7]。

空生得貌堂堂,一表非俗。出来的拨琵琶,打双陆[8],把家缘不顾。那里肯寻个大老名儒,去学习些儿圣贤章句。

【醉春风】全不想日月两跳丸[9],则这乾坤一夜雨。我如今年老也逼桑榆,端的是朽木材,何足数、数[10]。则理会的诗书是觉世之师,忠孝是立身之本;这钱财是倘来之物[11]。

(云)早来到家也。(唱)

【叫声】恰才个手扶拄杖走街衢,一步一步,蓦入门楹去[12]。(做见扬州奴怒科,云)谁吃面哩?(扬州奴惊科,云)我死也!(正末唱)我这里猛抬头,刚窥觑,他可也为甚么立钦钦[13],恁的胆儿虚。

(旦儿云)叔叔,媳妇儿拜哩。(正末云)靠后。(唱)

【剔银灯】我其实可便消不得你这娇儿和幼女,我其实可便[14]顾不得你这穷亲泼故。这厮有那一千桩儿情理[15]难容处,这厮若论着五刑[16]发落,可便罪不容诛。(带云)扬州奴,你不说来?(唱)我教你成个人物,做个财主,你却怎生背地里闲言落可便[17]长语?

(云)你不道来,我姓李,你姓赵,俺两家是甚么亲那?(唱)

【蔓青菜】你今日有甚脸,落可便踏着我的门户,怎不守着那两个泼无徒?(扬州奴怕走科)(正末云)那里走?(唱)唬得他手儿脚儿战笃速,特古里我根前你有甚么怕怖?则俺这小乞儿家羹汤少些姜醋,(正末云)放下!(唱)则吃你大食店里烧羊去[18]。

(扬州奴做怕科,将箸敲碗科)(正末打科)(卜儿云)老的也,休打他。(扬州奴做出门科,云)婶子,打杀我也!如今我要做买

395

卖,无本钱,我各扎邦便觅合子钱。(卜儿云)孩儿也,我与你这一贯钱做本钱。(扬州奴云)婶子,你放心,我便做买卖去也。(虚下,再上,云)婶子,我拿这一贯钱去买了包儿炭来。(卜儿云)孩儿,你做甚么买卖哩?(扬州奴云)我卖炭哩。(卜儿云)你卖炭,可是何如?(扬州奴云)我一贯本钱,卖了一贯,又赚了一贯,还剩下两包儿炭,送与婶子烘脚,做上利哩。(卜儿云)我家有,你自拿回去受用罢。(扬州奴云)婶子,我再别做买卖去也。(虚下[19],再上,叫云)卖菜也!青菜、白菜、赤根菜、芫荽、葫萝卜、葱儿呵!(卜儿云)孩儿也,你又做甚么买卖哩?(扬州奴云)婶子,你和叔叔说一声,道我卖菜哩。(卜儿云)孩儿也,你则在这里,我和叔叔说去。(卜儿做见正末科,云)老的,你欢喜咱,扬州奴做买卖,也赚得钱哩。(正末云)我不信扬州奴做甚么买卖来。(扬州奴云)您孩儿头里卖炭,如今卖菜。(正末云)你卖炭呵,人说你甚么来?(扬州奴云)有人说来:扬州奴卖炭,苦恼也。他有钱时,火焰也似起,如今无钱,弄塌了也。(正末云)甚么塌了?(扬州奴云)炭塌了。(正末云)你看这厮。(扬州奴云)扬州奴卖菜,也有人说来:有钱时,伴着柳隆卿,今日无钱,担着那胡子传[20]。(正末云)你这菜担儿,是人担,自担?(扬州奴云)叔叔,你怎么说这等话?有偌大本钱,敢托别人担?倘或他担别处去了,我那里寻他去?(正末云)你往前街去也,往那后巷去?(扬州奴云)我前街后巷都走。(正末云)你担着担,口里可叫么?(扬州奴云)若不叫呵,人家怎么知道有卖菜的?(正末云)可是你叫,是那个叫?(扬州奴云)我自叫。(正末云)下次小的们,都来听扬州奴哥哥怎么叫哩。(扬州奴云)叔叔,你要听呵,我前面走,叔叔后面听,我便叫。叔叔,你把下次小的每赶了去,这小厮每,都是我手里卖了的。(正末云)你若不叫,我就打死了你个无徒!(扬州奴云)他那里是着我叫,明白是羞我。我不叫,他又打我。不免将就的叫一声。青菜、白菜、赤根菜、葫萝卜、芫荽、葱儿呵!(做打悲科,云)天那!羞杀我也!(正末云)好可怜人也呵!(唱)

【红绣鞋】你往常时,在那鸳鸯帐底,那般儿携云握雨。哎!儿也,你往常时,在那玳瑁筵前,可便噀玉喷珠,你直吃得满身花影倩人扶。今日呵,便担着芓篮,拽着衣服。不害羞,当街里叫将过去。

(扬州奴云)叔叔,您孩儿往常不听叔叔的教训,今日受穷,才知道这钱中使,我省的了也。(正末云)这话是谁说来?(扬州奴云)您孩儿说来。(正末云)哎哟!儿也,兀的不痛杀我也!(唱)

【满庭芳】你醒也波高阳哎酒徒,担着这两篮儿白菜,你可觅了他这几贯的青蚨[21]?(带云)扬州奴,你今日觅了多少钱?(扬州奴云)是一贯本钱,卖了一日,又觅了一贯。(正末唱)你就着这五百钱,买些杂面,你便还窑去。那油盐酱醋买也可[22]是零沽?(扬州奴云)甚么肚肠,又敢吃油盐酱哩?(正末唱)哎!儿也,就着这卖不了残剩的菜蔬,(扬州奴云)吃了就伤本钱,着些凉水儿洒洒,还要卖哩。(正末唱)则你那五脏神也不到今日开屠。(云)扬州奴,你只买些烧羊吃波?(扬州奴云)我不敢吃。(正末云)你买些鱼吃?(扬州奴云)叔叔,有多少本钱,又敢买鱼吃?(正末云)你买些肉吃?(扬州奴云)也都不敢买吃。(正末云)你都不敢买吃,你可吃些甚么?(扬州奴云)叔叔,我买将那仓小米儿来,

397

又不敢舂,恐怕折耗了。只拣那卖不去的菜叶儿,将来煨熟了,又不要蘸盐搵酱,只吃一碗淡粥。(正末云)婆婆,我问扬州奴买些鱼吃,他道我不敢吃。我道你买些肉吃,他道我不敢吃。我道你都不敢吃,你吃些甚么?他道我吃淡粥。我道,你吃得淡粥么?他道,我吃得。(唱)婆婆呵,这厮便早识的些前路,想着他那破瓦窑中受苦。(带云)正是:不受苦中苦,难为人上人。(唱)哎!儿也,这的是你须下死工夫[23]。

（扬州奴云）叔叔,恁孩儿正是执迷人难劝,今日临危可自省也。

（正末云）这厮一世儿则说了这一句话。孩儿,你且回去。你若依着我呵,不到三五日,我着你做一个大大的财主。(唱)

【尾煞】这业海是无边无岸的愁,那穷坑是不存不济的苦。这业海打一千个家阿扑逃不去,那穷坑你便旋十万个翻身、急切里也跳不出。（同卜儿下）

（扬州奴云）大嫂,俺回去来。天那!兀的不穷杀我也!（同旦下）（小末尼上,云）自家李小哥。父亲着我去请赵小哥坐席,可早来到城南破窑,不免叫他一声,赵小哥!（扬州奴同旦上,见科,云）小大哥,你来怎么?（小末云）小哥,父亲的言语,着我来,明日请坐席哩。（扬州奴云）既然叔叔请吃酒,俺两口儿便来也。（小末尼云）小哥,是必早些儿来波。（下）（扬州奴云）大嫂,他那里请俺吃酒,明白羞我哩。却是叔叔请,不好不去。到得那里,不要闲了,你便与他扫田刮地,我便担水运浆。天那!兀的不穷杀我也!（同下）

〔1〕烧地眠,炙地卧——乞丐没有地方住,只好住在破窑里。烧地、炙地,均指窑。

〔2〕同——《元曲选》本漏此字,据息机子本补。

〔3〕做人的——有体面、有身分的人。

〔4〕稳——设法把人安顿住,不使他走掉,以便自己行事之意,作动词用。

〔5〕赵氏——《元曲选》本误作"李氏",据息机子本及前文改。封建社会,妇女多无名,自称时,在娘家的姓下面加一"氏"字,作为名称。

〔6〕阿孤令——即〔阿忽令〕、〔阿古令〕,当时北方民族的曲牌名,属双调。

〔7〕时务——时世、时代。

〔8〕双陆——古代博戏名。

〔9〕日月两跳丸二句——比喻光阴迅速,人生短促,所以下句说"年老逼桑榆"(桑榆,喻人的晚年,像夕阳照在桑、榆树上一样)。

〔10〕何足数、数——算不得数。"数、数"二字重叠,是〔中吕·醉春风〕曲调的定格。如本书《倩女离魂》三折"得、得"两字重叠;《合汗衫》三折"睬、睬"两字重叠,均是。

〔11〕倘来之物——倘,应作"傥"。无意而得、非本分应得的,都叫做"傥来之物"。(见《庄子·缮性》:"物之傥来,寄也。")

〔12〕一步、一步、蓦入门楞去——这一句中要押三个韵,是〔中吕·叫声〕曲调的定式。

〔13〕立钦钦——形容惊恐站立不稳之状。

〔14〕可便——句中衬字,有音无义。

〔15〕理——《元曲选》本漏,据息机子本补。

〔16〕五刑——五种刑法,历代不尽相同;一般指笞、杖、徒、流、死五种。

〔17〕落可便——或作落可的。用在句首或句中的助词,无义。

〔18〕则吃你大食店里烧羊去——《元曲选》本将此句误入说白内,

据息机子本改正。

〔19〕虚下——这是元杂剧表演艺术中的一种特殊方式：演员背对观众，立在靠近后台的地方，假定别人看不见（如同打背躬，假定别人听不见一样），过一会，又上场表演。

〔20〕担着那胡子传——胡子，即胡瓜。"胡子传"谐"胡子转"的音，语意双关。

〔21〕青蚨——本是虫名。古代神话：把它的血涂在钱上，钱用出去还会回来，因此，成了钱的代称（见干宝《搜神记》）。

〔22〕可——用在问句中，意同"还"，表示在两者之中有所选择。

〔23〕须下死工夫——当时俗谚：欲求生富贵，须下死工夫。

第 四 折

（正末同卜儿、小末尼上，云）今日是老夫贱降[1]的日辰，摆下酒席，请众街坊庆贺这所新宅子，就顺便庆贺小员外。昨日着小大哥请的扬州奴去了，不见来到；众街坊老的每，敢待来也。（扮众街坊上，云）俺们都是这扬州牌楼巷人。昔日赵国器临死，将他儿子扬州奴托孤与东堂老子。谁想扬州奴把家财尽都耗散，现今这所好宅子，也卖与东堂老子了。今日正是东堂老子生日，请我众街坊相识吃酒，却又唤那扬州奴两口叫化弟子孩儿，不知为何？俺们一来去庆贺生辰，二来就庆贺他这所新宅子，须索走一遭去，可早来到也。小员外，报复进去，有俺众街坊，特来庆贺生辰哩。（小末尼做入报科，云）父亲，有众街坊来与父亲庆贺生辰哩。（正末云）快有请。（小末云）请进去。（众街坊做见科，云）俺众街坊，一来与员外庆贺生辰，二来就庆贺这所新宅子。（正末云）多谢了众街坊，请坐。下次小的每，一壁厢安排酒肴，只等扬州奴两口儿到来,便上席也。(扬州奴同旦儿上,云)自家扬州奴的便是,这是李家叔叔门首,俺们自进去。(同旦儿做见科)(扬州奴云)叔叔,您孩儿和媳妇来了,不知有甚么说话?(正末云)你来了也。(唱)

【双调新水令】今日个画堂春暖宴佳宾,舞东风落红成阵。摆设的一般般肴馔美,酬酢的一个个绮罗新。(扬州奴背科,云)嗨!兀的不羞杀我也!(正末云)扬州奴!(扬州奴做不应科)(正末唱)我见他暗暗伤神,无语泪偷揾。

【沉醉东风】我着你做商贾身里出身,谁着你恋花柳人不成人。我只待倾心吐胆教,(扬州奴背科,云)嗨!对着这众人,则管花白[2]我。早知道,不来也罢。(正末唱)你可为甚么切齿嚼牙恨?这是你自做的来有家难奔,(扬州奴做探手科,云)羞杀我也!(正末唱)为甚么只古里裸袖揎拳[3]无事哏[4]?(带云)孩儿也,你那般慌怎么?(唱)我只着你受尽了的饥寒,敢可也还正的本。

(云)今日众亲眷在这里,老夫有一句话告知众亲眷每。咱本贯是东平府人氏,因做买卖,到这扬州东门里牌楼巷居住。有西邻赵国器,是这扬州奴父亲,与老夫三十载通家之好。当日赵国器染病,使这扬州奴来请老夫到他家中。我问他的病症从何而起,他道,只为扬州奴这孩儿不肖,必败吾家,忧愁思虑,成的病证。今日请你来,特将扬州奴两口儿托付与你,照觑他这下半世。我道,李实才德俱薄,又非服制之亲,当不的这个重托。那赵国器捱着病,将我来跪一跪,我只得应承了。扬州奴,当日你父亲着你正点背画的文书,上面写着甚么?(扬州奴云)您孩儿不曾看见,敢是死活的文书么?(正末云)孩儿也,不是死活的文书。你

401

对着这众亲眷,将这一张文书,你则与我高高的读者。(扬州奴云)理会的。这文书是俺父亲亲笔写的,那正点背画的字也是俺画的。父亲阿,如今文书便有,那写文书的人,在那里也阿!(做悲科)(正末云)你且不要哭,只读的这文书者。(扬州奴云)是。(做读文书科,云)"今有扬州东关里牌楼巷住人赵国器。"——这是我父亲的名字。——"因为病重不起,有男扬州奴不肖,暗寄课银五百锭在老友李茂卿处,与男扬州奴困穷日使用。"——莫不是我眼花么?等我再读。(再读文书科,云)老叔,把来还我。(正末云)把甚么来?(扬州奴云)把甚么来?白纸上写着黑字儿哩!(正末云)你父亲写便这等写,其实没有甚么银子。(扬州奴云)叔叔,您孩儿也不敢望五百锭,只把一两锭拿出来,等我摸一摸,我依旧还了你。(正末云)扬州奴,你又来也!想你父亲死后,你将那田业屋产,待卖与别人,我怎肯着别人买去?我暗暗的着人转买了,总则是你这五百锭大银子里面,几年月日节次不等,共使过多少。你那油房、磨房、解典库,你待卖与别人,我也着人暗暗的转买了,可也是那五百锭大银子里面,几年月日节次不等,使了多少。你那驴马孳畜,和大小奴婢,也有走了的,也有死了的,当初你待卖与别人,我也暗暗的着人转买了,也是这五百锭大银子里面。我存下这一本帐目,是你那房廊屋舍,条凳椅卓,琴棋书画,应用物件,尽行在上。我如今一一交割,如有欠缺,老夫尽行赔还你。扬州奴听者!(诗云)你父亲暗寄雪花银,展转那移[5]十数春。今日却将原物出,世间难得俺这志诚人。(云)扬州奴!(唱)

【雁儿落】岂不闻远亲呵不似我近邻,我怎敢做的个有口偏无信。今日便一桩桩待送还,你可也一件件都收尽。

（扬州奴做拜跪科，云）多谢了叔叔婶子！我怎么得知有这今日也！（正末唱）

【水仙子】你看宅前院后不沾尘，（扬州奴云）这前堂后阁，比在前越越修整的全别了也。（正末唱）画阁兰堂一剗新。（扬州奴云）叔叔，这仓廒中不知是空虚的，可是有米粮？（正末唱）仓廒中米麦成房囤。（扬州奴云）嗨！这解典库还依旧得开放么？（正末唱）解库中有金共银。（扬州奴云）叔叔，城外那几所庄儿可还有哩？（正末唱）庄儿头孳畜成群，铜斗儿家门一所，绵片也似庄田百顷。（带云）扬州奴，翠哥，（唱）你从今后再休得典卖与他人。

（云）小大哥，抬过卓来，着扬州奴两口儿把盏，管待众街坊亲眷每。（扬州奴云）多谢叔叔婶子重恩！若不是叔叔婶婶赎了呵，怎孩儿只在瓦窑里住一世哩！大嫂，将酒过来，待我先奉了叔叔婶子。请满饮这一杯。（众街坊云）赵小哥，你两口儿莫说把这盏酒，便杀身也报不的这等大恩哩。（正末云）孩儿，我吃，我吃！（扬州奴又奉酒科，云）请众亲眷每，大家满饮一杯。（众云）难得，难得！我们都吃！（扬州奴云）我再奉叔叔婶子一杯。您孩儿今生无处报答大恩，来生来世，当做狗做马赔还叔叔婶子哩。（正末唱）

【乔牌儿】我见他意殷勤捧玉樽，只待要来世里报咱恩。这的是你爹爹暗寄下家缘分，与我李家财元不损。

（柳隆卿、胡子传上，云）闻得赵小哥依然的富贵了也，俺寻他去来。（做见科）（柳隆卿云）赵小哥，你就不认得俺了，俺和你吃酒去来。（扬州奴云）哥也，我如今回了心，再不敢惹你了，你别去寻个人罢。（柳隆卿云）你说甚么话？你也回心，俺们也回心，如今帮你做人家[6]哩。(正末云)哎!下次小的每,与我捡这两个光棍出去!(柳隆卿云)赵小哥,你也劝一劝波。(扬州奴云)你快出去,别处利市[7]。(正末唱)

【川拨棹】众亲邻,正欢娱语笑频。我则见两个乔人,引定个红裙,蓦入堂门,唬得俺那三魂掉了二魂。哎!儿也,便做道你不慌呵我最紧。

【殿前欢】俺孩儿甫能勾得成人,你又待教他一年春尽一年春。他去那丽春园[8]纳了那颗争锋[9]印,你休闲波完体将军[10]!你便说天花信口歆,他如今有时运,怎肯不惺惺,再打入迷魂阵。我劝你两个风流子弟,可也别寻一个合死的郎君。

(云)扬州奴,你听者。(断云)铜斗儿家缘家计,恋花柳尽行消费;我劝你全然不采,则信他两个至契。我受付托转买到家,待回头交还本利。这的是西邻友生不肖儿男,结末了东堂老劝破家子弟。

　　题目　　　西邻友立托孤文书
　　正名[11]　　东堂老劝破家子弟

〔1〕贱降——对自己的生日的谦称。

〔2〕花白——抢白、责备。

〔3〕裸袖揎拳——裸,或作倮。揎袖子,捏拳头,准备打架的动作。

〔4〕无事哏——或作没事哏、无事狠;意谓无事生非,寻衅找碴儿。

〔5〕那移——即"挪移"。挪动;把甲项的钱用在乙项。这里是经营、管理的意思。

〔6〕做人家——犹云治家、管理家务。今地方方言中,还有"做家"的说法。

〔7〕利市——获得财物之意;犹今言"发财"。

〔8〕丽春园——泛指妓院。

〔9〕争锋——或作争风。狎妓时因嫉妒而相争,俗谓"争风吃醋"。"争锋",争作先锋官,是用军队打仗的术语作比喻。"锋"谐"风"的音。

〔10〕完体将军——指三国时魏国的大将夏侯惇。他打仗时左眼被射瞎了,军队里称他为"盲"(将军);后来《三国演义》里祢衡称他为"完体将军"。现在扬州谚语,说人下作,没出息,作事不漂亮,通称为"夏侯惇"。这里是骂柳隆卿的。

〔11〕题目、正名——息机子本作"西邻友生不肖儿男,东堂老劝破家子弟。"《酹江集》本作"正目:西邻友立托孤文书,东堂老劝破家子弟。"

包待制智赚生金阁[1]

（元）武汉臣[2] 撰

楔　子

（冲末扮孛老，同卜儿、旦儿、正末郭成上）（孛老诗云）急急光阴似水流，等闲白了少年头；月过十五光阴少，人到中年万事休。老汉是郭二，蒲州河中府人氏。嫡亲的四口儿家属：婆婆王氏，孩儿郭成，媳妇儿李幼奴。我孩儿幼习经史，学成满腹文章，我可为甚么不着他应举去？只因我家祖代不曾做官，恐没的这福分；不如只守着农庄世业，倒也无荣无辱。不意孩儿偶然得了一个恶梦，去寻那卖卦先生，叫做"开口灵"，整整要一分一卦。他道："此卦有一百日血光之灾，只除千里之外，可以躲避。"因此，连日面带忧容，怎生是好！（卜儿云）孩儿，常言道："阴阳不可信，信了一肚闷。"你信他做什么？（正末云）父亲母亲，他叫做"开口灵"，占的无有不验，无有不准。您孩儿想来，要带了媳妇，同到京城去。一来进取功名，二来躲灾避难。只望父亲容许。（孛老云）孩儿，既然你要去，我与你一件宝物。若是得了官便罢，若不得官呵，有我这祖传三辈留下的一个生金阁儿，你将的去，则凭着这生金阁上，也博换得一官半职回来也。（正末云）父亲，与您孩儿试看咱。（孛儿云）婆婆将来。（卜儿拿砌末科，云）老的，兀的不是？（孛老做接科，云）孩儿，这个便是生金阁儿。(正末云)父亲,这生金阁儿,有甚么好处?(孛老云)孩儿,你不知道,把这生金阁儿放在那有风处,仙音嘹亮;若无风呵,将扇子扇动他,也一般的声响,岂不是件宝贝?(正末云)父亲,您孩儿不信,须做与孩儿看咱。(孛老云)孩儿,你既不信,我把扇子扇动你听。(做扇动响科)(正末云)是好宝物也。大嫂,收了者。则今日好日辰,辞别了父亲母亲,便索长行也。(做拜辞科)(卜儿云)孩儿,一路上小心在意者。(正末唱)

【仙吕赏花时】一来我应举京师赴选场,二来我为远去他乡躲祸殃。(卜儿云)孩儿也,俺子母每今日别去,不知何日相见?到得京师,你则着志者。(正末唱)就拜辞了老爹娘,非是您孩儿自夸得这自奖,我若是不富贵,可兀的不还乡。

(正末同旦下)(孛老云)孩儿去了也。俺老两口儿无甚事,只是关着门过日子便了。(诗云)离别苦难禁,平安望寄音;虽无千丈线,万里系人心。(同下)

〔1〕包待制智赚生金阁——各本《录鬼簿》均不载此剧,惟《续编》"失载名氏"目中,载有《生金阁》一本,题目正名为:"庞衙内打点没头鬼","包待制智赚生金阁",当即此本。脉望馆钞校本《古今杂剧》中,无作者姓名,题目为:"依条律赏罚断分明",正名为:"包待制智赚生金阁"。《元曲选》本题"元·武汉臣撰",未知何据。"生金阁",用风作动力,使之发音,当是一种半自动机械制品;可能是从中亚传入的一种玩赏器物。

〔2〕武汉臣——《录鬼簿》武汉臣名下无此剧目,今姑依《元曲选》,作武汉臣撰,存疑。

第 一 折

(净扮庞衙内[1]领随从上,诗云)花花太岁[2]为第一,浪子丧门[3]世无对;闻着名儿脑也疼,只我有权有势庞衙内。小官姓庞,名勋,官封衙内之职。我是权豪势要[4]之家,累代簪缨[5]之子。我嫌官小不做,马瘦不骑;打死人不偿命,若打死一个人,如同捏杀个苍蝇相似。平生一世,我两个眼里再见不得这穷秀才;我若是在那街市上摆着头踏[6],有人冲撞我的马头[7],一顿就打死了。若到人家里,见了那好古玩,好器皿,琴棋书画,他家里倒有,我家里倒无,教那伴当每借将来,我则看三日,第四日便还他,我也不坏了他的。但若[8]同僚官的好马,他倒有,我倒无,着那伴当借将来,则骑三日,第四日便还他,我也不坏了他的。人家有好宅舍,我见了他家里倒有,我家里倒无,搬进去,则住三日,第四日就搬了,我也不曾坏了他的。便好道:未见其人,先观使数。我这两个小的是我心腹人,一个叫做张龙,一个叫做赵虎。我心间的事,不曾说出来,他先知道了,这两个小的好生的聪明。只是我做着衙内,偏生一世里不曾得个十分满意的好夫人。今日纷纷扬扬,下着这一天瑞雪,坐在家里吃酒,可也闷倦;直至郊野外,一来打猎,二来就赏雪。下次小的每,安排些红干腊肉,春盛担子[9],觚儿小鹞,粘竿弹弓[10],花腿闲汉[11],多鞴几匹从马,郊外打猎走一遭去。(下)(丑扮店小二上,诗云)曲律竿头悬草稕,绿杨影里拨琵琶;高阳公子休空过,不比寻常卖酒家。自家是个卖酒的。今日风又大,雪又紧,少不的也有要买酒荡[12]寒的,我开开这酒铺,烧的这镟锅儿热,看有什么人来。(正末同旦儿上)(正末云)小生郭成,自离了父母,与浑家进取功名,来到这半途中,染了一场冻天行的病证。方才较可,天那,怎又纷纷扬扬下着这大雪。那里是国家祥瑞?偏生是我上路的对头!大嫂,你且打起精神,行动些。(旦儿云)好大雪也。(正末唱)

【仙吕点绛唇】则我这口内嗟吁,腹中忧虑;离家去,可又早一月多馀,则我这白发添无数。

(旦儿云)秀才,想古来也有未遇的人这般受苦么?(正末唱)

【混江龙】想前贤不遇,我便似阮嗣宗[13]恸哭在穷途。早知道这般的担惊受恐,我可也图甚么衣紫拖朱。每日慵将书去习,逐朝常把药的那来服[14]。我这刚移足趾,强整身躯,滑七擦[15]争些跌倒,战笃速直恁艰虞。天也,我如今整三十,可着我半路里学那步[16]!(旦儿云)秀才,你挣闼些着!(正末唱)但只见黑漫漫同云黯淡,白茫茫瑞雪模糊。

(旦儿云)秀才,似这般大雪,我和你寻个村房道店,买些酒食荡寒也好那。(正末云)大嫂说的是。只此处没有村店,且到前途去再看来。(唱)

【油葫芦】乱纷纷扯絮持绵空内舞,疏刺刺风乱鼓,寒凛凛望长天一色粉妆铺,远迢迢遇不着个穷亲故,急煎煎觅不见个荒村务。我身上衣又单,腹中食又无,可甚么"书中自有千钟粟[17]"。(旦儿云)秀才,似般身上单寒,肚中饥馁,如之奈何?(正末唱)没来由下这死工夫。

(旦儿云)秀才,你到的帝都阙下,博得一官半职,改换家门,也不枉了受这场苦楚。(正末唱)

【天下乐】想刺股悬头[18]去读书,则我这当也波初,自窨付,怕不的满胸中藏他万卷馀;又不曾上春官[19]显姓名,又不曾向皇家请俸禄,哎!也干着了忍三冬受尽苦。

(旦儿云)秀才,遇着这等风雪,那里避一避咱。(正末云)大嫂,咱到这里,人生面不熟,投奔谁的是!远远望见一个酒务儿,且到那里避一避风雪,慢慢的入城去来。(做问科,云)小二哥,有酒么?(店小二云)官人,请里面坐,有酒。(正末同旦儿入店科)(正末云)打二百长钱酒来。(店小二云)理会的。官人,酒在此。(正末云)大嫂,俺慢慢的饮一杯酒。(旦儿云)这一会儿风雪较小了些儿也。(正末饮酒科,云)大嫂,这一会才觉的有些儿暖和哩。(旦儿云)秀才,我和你离了家乡,在这里吃酒,不知父母家中怎生想念我和你也?(衙内领随从上,云)小官庞衙内,来到这郊野外,是好眼界也呵。这雪越下的大了,远远的那雪影儿里一个小酒店儿,就避一避雪。小的,唤那卖酒的来。(随从云)卖酒的,衙内唤你哩。(店小二云)有有有。(见科,云)孩儿是卖酒的。(衙内云)兀那厮,你认的我么?(店小二云)孩儿每不认的。(衙内云)则我便是权豪势要的庞衙内。(店小二云)孩儿每知道了。(随从云)你这厮,不早来迎接,讨打吃。(衙内云)小的每休打,着他收拾下干净阁子儿,等我喝几杯酒去。(店小二云)理会的。(店小二向正末科,云)秀才,你且躲在一壁,这个爷不比别的,他是个衙内,打死人不偿命。我打扫的这所在干干净净了。(见科,云)爷,打扫的阁子干净了也。(衙内云)我儿,你也有福,我一脚蓦过你家来,你家里九祖都生天哩。我不吃你那酒,小的每,酾我的酒来与他吃。(随从云)有酒。(店小二吃酒科)(衙内云)我这酒比你的酒如何?(店小二做嘴脸科,云)这酒比我家的越酸了。(随从云)咄!(衙内云)你酾那酒来我吃。(店小二云)理会的。酒到。(做饮酒科)(正末云)大嫂,你看这人是好受用也呵。(唱)

【金盏儿】我则见他人马闹喧呼,这人物不寻俗;一群价飞鹰走犬相随逐,都是些貂裘暖帽锦衣服。虽不见门排十二戟,户列八椒图[20];你觑那金牌上悬铜虎,玉带上挂银鱼。

(云)大嫂,我想那壁是个大人的动静[21],我将这宝物献与他咱,愁甚么不得官做。(旦儿云)秀才,他不知是什么人,则怕不中?(正末云)不妨事,我问那小二哥咱。小二哥,那壁是个甚么人?(店小二云)你这个秀才,低说些。你还不知道哩,他是权豪势要的庞衙内,打死人不偿命,你问他怎的?(正末云)则他是庞衙内,我央及你咱。(店小二云)你有甚么话说?(正末云)你说去,这里一个秀才,有件稀奇宝贝,献与大人。(店小二云)则怕不中?(正末云)不妨事。(店小二见衙内跪科,云)爷,那壁有个秀才,要将着件宝贝来献与爷。(衙内云)这厮敢不是我这里人么?他不知道我的性儿?我这眼里见不的这穷秀才,他见我[22]躲也躲不迭哩。他要来见我,着他过来。(店小二向正末云)秀才,爷着你过去哩。(正末做见科)(衙内云)兀那秀才,你那里人氏?姓甚名谁?(正末云)小生姓郭,名成。(衙内云)你可家住在那里?(正末唱)

【醉扶归】小生呵家住在河中府。(衙内云)曾学什么武艺来?(正末唱)幼年间读几行圣贤书。(衙内云)这等,你可怎么不做官?(正末唱)则为我运拙时乖天不与。(衙内云)可知则是一个穷秀才。(正末唱)甘分守穷活路。(衙内云)你家里有甚么人?(正末唱)拜辞了年高的父母。(衙内云)你如今往那里去?(正末云）我一径的取应往梁园去。

（衙内云）这厮要应举去的。你要来见我，有甚么勾当？（正末云）大人，小生有一件宝贝，献与大人。（衙内云）你有甚稀奇宝物？（正末云）是个生金阁儿。（衙内云）哦，则是个生金阁儿。兀那秀才，你不知道我那库里的好玩器，有妆花八宝瓶，赤色珊瑚树，东海虾须帘，荆山无瑕玉，瞻天照星斗，没价夜明珠，光灿灿玻璃盏，明丢丢水晶盘，那一件宝物是无有的？休说你这生金阁儿，便是纯金盖一间大房子也有哩。你那件儿有甚么奇异处，叫做宝贝？（正末云）大人，这生金阁儿不打紧，若放在有风处吹动，仙音嘹亮；若在无风处将扇子扇动，也一般的声响，岂不是个宝贝？（衙内云）我不信，你将的来，我试看咱。（正末云）大嫂，将那生金阁儿来。（旦儿云）秀才，则怕不中么？（正末云）不妨事。（旦儿云）这等，你将的去。（正末献砌末科，云）大人，则这个便是生金阁儿。（衙内云）拿一把扇子来扇动者。（正末做扇，细乐[23]响科）（衙内云）是好一件宝贝也。（正末云）大人，小生岂敢说谎。（唱）

【金盏儿】听小生说从初，（衙内云）可也端的少有。（正末唱）这宝贝世间无，（衙内云）你可那里得来！（正末唱）俺家里祖传三辈牢收取。（衙内云）你可要多少钱钞？（正末唱）我也不求厚赂，但遂意，便沽诸。（衙内云）我与你些绫杂段匹换的么？（正末唱）也不要绫罗和段匹，（衙内云）与你些宝贝金珠可好？（正末唱）也不要宝贝共金珠；（衙内云）你都不要，可要些甚么？（正末唱）小生只博个小前程[24]来帝里，便也好将名分入乡闾。

（衙内云）料着这厮的文章也不济事，则凭着那件宝贝要做个官。兀那秀才，你则要做官，这个也不打紧，我与今场贡主[25]说了，大大的与你个官做。小的每,便写个帖儿,寄与今场贡主去,说是我说来,就稍一个官儿与他做。(正末云)多谢了大人。小生有一个丑浑家,着他拜谢大人。(衙内云)你的浑家要来见我,敢不中么?既是这等,看你的面皮,着他过来。(正末做向旦儿科,云)大嫂,我将那宝贝献了,大人许我一个官也。你过去,把体面[26]拜谢大人者。(旦儿云)既然这等,我和你谢去来。(相见科,云)大人,受取妾身几拜咱。(做拜科)(衙内云)免礼免礼。这浑家十分标致,便好道:"巧妻常伴拙夫眠。"兀那秀才,你有下处[27]么?(正末云)小生无下处,则才到的这酒务儿里避雪哩。(衙内云)小的每,将两匹马来,与他骑着,跟着我私宅里去来。(正末云)既然衙内带挈,俺一同去来。(同下)(店小二云)整整打搅了我一日,酒也卖不的,你看我这等造化!(诗云)今日买卖十分苦,可可[28]撞见大官府[29];一个钱儿赚不的,不如关门学擂鼓。(下)(衙内同随从再上,云)小的每,打扫前后厅堂,把那名人书画挂将起来,摆上那玩好器皿,着金壶里醖着热酒,铺开那锦裀绣褥,将好台盏来;请过那秀才来者。(小厮云)理会的。(做唤科,云)秀才,爷请。(正末同旦儿上,云)大嫂,衙内有请,俺同过去见大人来。(做见科)(衙内云)兀那秀才,我是个小人家儿,你休笑话。(正末云)量小生有何德能,着衙内如此般张筵管待[30]。(唱)

【后庭花】我则见锦裀在床上铺,(衙内云)小的每,放下那毡帘来。(正末唱)兀那毡帘向门外簌。(衙内云)炭火上烧着羊肉者。(正末唱)我见他兽炭上烧羊肉,(衙内云)把酒醖热者。(正末唱)金杯中泛醁醑。(衙内云)我见你是个读书的人,因此上敬你。(正末唱)小生则是一寒儒,(衙内云)我和你做个亲属。(正末唱)

怎敢与衙内认为亲属？量小生有甚福,感衙内相盼顾!（衙内云）我说的话,你可依的我么?（正末唱）但道的都应付。（衙内云）你可不要推阻。（正末唱）并不敢推共阻。（衙内云）你的浑家,与我做个夫人;我替你另娶一个,你意下如何?（正末唱）他他他从头儿说事故,就就就唬的我麻又酥;道道道别求个女艳姝,待待待打换我这丑媳妇。我我我这面不搽,头不梳,那那那有甚的中意处?

（衙内云）好共歹,我务要换了你的。（正末唱）

【青哥儿】哎！你怎生的乔为乔为胡做,可不道败坏风俗?（衙内云）我要你浑家与我做个夫人,打甚么不紧?这等推三阻四的。（正末唱）你元来好模样,倒有这般心歹处;便待要拆散妻夫,凤只鸾孤。（衙内扯正末科,云）你这厮不肯,我更待干罢那?（正末唱）他将我这衣领揪捽,（衙内云）你若不与我,我着你目下就死!（正末唱）就着我目下身殂。我则索祷告天乎,可怜我无辜,放声啼哭。（衙内云）好歹将这媳妇与我做个夫人罢。（正末唱）哎！不争将并头莲嗲可可的带根除,着谁人养活俺那生身父!

（衙内云）这厮好生无礼。小的每,拿大铁锁锁在马房里,扶着他那浑家后堂中去。（随从做拿科,云）理会的。郭成,你休言语,枉送了你性命。（正末哭科）（唱）

【赚煞】罢罢罢,怎干休,难分诉,世做的[31]冯河暴虎[32]。赤紧的先要了我这希奇无价物,又生出百计亏图。哎！你个泼无徒,胆大心粗!俺夫妻每负屈衔冤谁做主?你强夺了花枝媳妇,又将咱性命屠毒[33]。（带云）哎！早知今日,我不带的

浑家出来也罢。(唱)方知道美女累其夫。(下)

（随从云）爷，那郭成拿的去锁在后槽亭柱上哩。（衙内云）我那里悭郭成的浑家这等生的风流，长的可喜，正好与我做个夫人。他来的路儿可也远了，多把些肥皂与他洗了脸，再搽些胭粉，换些锦绣衣服，在后堂中安排酒肴，庆贺新得的夫人。天呵，也是我一点好心，与我这条儿糖吃。（诗云）此生无分得娇容，一床锦被半条空；今朝夺取良人妇，后堂庆喜吃三钟。（随从云）还要分付后槽，将这厮收的好者，不要等他溜了。（同下）

〔1〕衙内——本是掌理禁卫的官职，唐代藩镇相沿以亲子弟管领这种职务，宋元时代于是称官家子弟为"衙内"，犹如称王孙、公子一样。元剧里常用"衙内"，影射当时的蒙古官员。宋·孔平仲《珩璜新论》："或衙为廨舍，早晚声鼓谓之衙鼓，报牌谓之衙牌，儿子谓之衙内。"

〔2〕花花太岁——迷信的说法：认为木星是凶煞，取名太岁，冲犯了它就会遇到灾祸。元剧里借用来比拟凶横作恶权豪家的纨袴子弟，称之为花花太岁。

〔3〕丧门——古时迷信，认为丧门是凶煞，遇之必有死亡哭泣之事。《纪岁历》："丧门者，岁之凶神，主死亡哭泣之事，常居岁前二辰。"（《协纪辨方书》三引）

〔4〕权豪势要——在元代，指皇亲国戚、大官僚地主、高级军人等统治集团上层人物。

〔5〕簪缨——簪，簪子，古人结发用的。缨，冠系，系帽子用的：表示贵族、官员身份的一种打扮，作为贵族的代称。这种人自称"打死人不偿命"，反映了元代社会元蒙统治者的真实形象。

〔6〕头踏——或作头搭、头答。古代，官员出行时，走在前面的仪仗队。

〔7〕有人冲撞我的马头——《元曲选》本作"倘有秀才冲着我的马头",据息机子本改。

〔8〕但若——此下,《元曲选》本多"是他"二字,据息机子本删。

〔9〕春盛担子——到野外踏青游春时所携带的盛着肴馔果品的担子。

〔10〕觚儿小鹞二句——都是打猎时的工具。

〔11〕花腿闲汉——在腿上刺花纹,叫做"花腿"。帮着富贵人家打杂、跑腿以混饭吃的,叫做"闲汉"。宋元时代社会上很多这样的人。

〔12〕荡——同搪、挡;荡寒,即御寒。

〔13〕阮嗣宗——阮籍,字嗣宗,三国时魏国人。他常驾车随意出游,走到路的尽处,就恸哭而返。后来多用这个故事表示读书人的穷困。

〔14〕服——《元曲选》本误作"伏",据息机子本改。

〔15〕滑七擦——形容在泥水里走动的情状和声响。

〔16〕那步——即挪步,挪动脚步,表示行走很艰难的意思。

〔17〕书中自有千钟粟——古谚语:"书中自有颜如玉,书中自有千钟粟。"这句是说:读书考中,就可以享厚禄,做大官。"千钟粟",代表禄米多。

〔18〕刺股悬头——古代两个发愤求学的故事:战国时,苏秦读书时感到疲倦,就用锥子在大腿上刺一下,不让自己睡着。汉代孙敬读书困倦时,就用绳子一头系住头髻,一头系在梁上。

〔19〕春官——指礼部。古代考试进士,多由礼部主持。

〔20〕门排十二戟二句——两句都是表示大官员家的气派。十二戟:封建时代,大官僚的住宅大门前,排列着十到十六枝(按官位高低分配)戟(长柄带枝的武器),以表示地位崇高;以十二戟较普遍(见《唐会要》三十二)。八椒图:椒图,形似螺,性好闭,故立于门上(见杨慎《词品》二所引证各书)。可能是从图腾社会遗留下来的一种风尚,后来当

作官僚、财主家门口的标志。

〔21〕动静——举止、模样、情态。

〔22〕"我这眼里见不的这穷秀才,他见我"——《元曲选》本缺,据息机子本补。

〔23〕细乐——指管弦等乐器。《元史·祭祀志》:"仪凤司掌汉人、回回、河西三色细乐。"

〔24〕前程——前途,指将来的功名、官职、事业。

〔25〕贡主——指主考官。

〔26〕把体面——犹如说:拿出礼貌、按照规矩行礼的意思。

〔27〕下处——住处,指旅店或临时住所。

〔28〕可可——恰恰。

〔29〕官府——官员。

〔30〕管待——招待,款待,多指以酒食宴请。

〔31〕世做的——已经做成。

〔32〕冯(píng 凭)河暴虎——冯河,不用船就过河。暴虎,空着手打老虎。比喻有勇无谋,莽闯。语见《论语》。

〔33〕屠毒——即荼毒,虐害。

第 二 折

(衙内领随从上,云)某庞衙内,欢欢喜喜拾得一个郭成的浑家,待要做了夫人,谁想他不着趣,百般的不肯就。我看我这嘴脸,尽也看的过;你道我脸上搽粉,你又不搽粉那?我家中有个嬷嬷[1],是我父亲手里的人,他可也看生见长我的,如今着他去劝化,不怕不听。小的每,与我唤将嬷嬷来者。(随从做唤科,云)嬷嬷,爷唤哩。(正旦扮嬷嬷同俫儿上,云)老身是庞衙内家的嬷

417

嬷。衙内呼唤,须索走一遭去。这个是老身的孩儿,唤做福童,他父亲不幸早年亡过。福童,你要学里去,我与你这把钥匙。你若寻我时,到花园里来寻我便是。(俫儿云)我孩儿。你道将着这把钥匙,揣在袖儿里,要寻你时,只在后花园里。如今我学里去也。(下)(正旦云)老身自幼在庞府看生见长这个衙内,非是一日也呵。(唱)

【越调斗鹌鹑】则他这兔走乌飞,寒来暑往,春日花开,可又早秋天月朗。断送了光阴,消磨了世况。我如今年纪老,鬓发苍,我做不的重难的生活[2],只管几件轻省[3]的勾当。

【紫花儿序】早辰间放开仓库,晌午里绰扫了花园,未傍晚我又索执料厨房。小丫鬟忙来呼唤,道衙内共我商量,岂敢行唐,大走向庭前去问当。(正旦做见衙内科)(唱)哥哥,你有何明降[4]?对老身至尾从头,说短论长。

(云)哥哥呼唤老身来,有何事干?(衙内云)嬷嬷,唤你来别无甚事。我大茶小礼,三媒六证,亲自娶了个夫人,他百般的不肯随顺我,你劝他一劝。劝的他回心转意,我自有重重的赏你。(正旦云)哥哥,你放心者,老身到那里,不消三言两句,管教他随顺哥哥便了。(衙内云)我这夫人有些懒拗,嬷嬷,你须放出那蒯彻[5]般舌来才好。(正旦唱)

【小桃红】老身非敢自夸强,我不比那蒯彻无名望。(衙内云)我礼拜磕头,央及你波。(衙内做拜科)(正旦唱)呀呀呀,何须的礼拜磕头把咱央。(衙内云)好奶奶,没奈何,好生劝他一劝。(正旦唱)直恁般痛着忙,就待要安排共宿芙蓉帐。凭着我甜话儿厮搭,更将些美情儿相向,哥哥也,你稳情取金殿锁鸳鸯。

418

(同下)

(旦儿上,诗云)天下人烦恼,尽在我心头;浑如秋夜雨,一点一声愁。妾身是郭成的浑家李幼奴。有庞衙内强要了我生金阁儿,又逼我为妻,将俺男儿郭成锁在马房里。天那,好烦恼杀我也!
(正旦上,云)此间是他卧房门首。(做入见旦儿科,云)姐姐,万福。(旦儿云)嬷嬷,万福。(正旦)姐姐,我问你咱:俺衙内大财大礼,娶将你来,指望百年偕老;你只是不肯随顺,可是为何?(旦儿云)嬷嬷,你那里知道我心中的冤枉也!(正旦云)姐姐,你差了也。(唱)

【凭栏人】则这女聘男婚礼正当,你两下和谐可着人赞扬。哎,你个女艳妆,你心中可怎不思想?

(旦儿云)嬷嬷,你怎知道,我那里是大财大礼娶的;我本是郭成的浑家,有庞衙内强要了我生金阁儿,又逼我为妻,将俺丈夫锁在马房里。嬷嬷,你可知道我这等冤枉也!(正旦云)你若不说,我怎生得知,难道有这等事!(唱)

【鬼三台】听的他言分朗[6],唬的我魂飘荡。姐姐也,你怎生则撞入天罗地网!俺那厮驴狗儿一片家狠心肠,着谁人好来阻当?(旦儿云)嬷嬷,我今日不曾看见丈夫,多敢杀坏了,兀的不痛杀我也!(正旦唱)你道他昨来个那堨儿[7]里杀坏了范杞梁[8],今日个这堨儿里没乱杀你女孟姜。(旦儿云)嬷嬷,我待要寻一个大大的衙门,告他去哩。(正旦唱)你待要叫屈声冤,姐姐也,谁敢便收词接状?

(衙内同随从打听科)(旦儿做哭科,云)哎哟,天也!(正旦唱)

【寨儿令】我见他痛感伤,泪汪汪,(旦儿云)当初只为我生的风流,长的可喜,将我男儿陷害了性命;挞了我这面皮罢。(正旦云)哎哟,可惜了也!(唱)水晶般指甲儿挝破面上。(衙内同随从做听科)(正旦唱)俺那厮少不的落马身踪[9],不久沦亡,他可便遭贼盗,值重丧。

【幺篇】多不到半月时光,餐刀刃亲赴云阳,高杆首吊脊梁,木驴上碎分张,浑身的害么娘碗大血疔疮。

(衙内做咳嗽科)(正旦唱)

【金蕉叶】是谁人村声泼嗓,他壁听[10]在门儿外厢。(旦儿做惊科,云)嬷嬷,窗儿外有人咳嗽。(正旦唱)姐姐也,你且休慌,心劳意攘[11],我可便自把那言词说上。

(衙内做见正旦科,云)哇!我养着你个家生狗,倒向着里吠,直被你骂的我好也。(正旦唱)

【调笑令】息怒波宰相,听老身说行藏。(衙内云)你还说甚的?可敢再骂我么?(正旦云)哥哥,我不曾说甚来。(唱)我道是楚襄王寄语巫山窈窕娘,也不须遮遮掩掩妆模样,早共晚准备下雨席云床。(衙内云)你道不骂我,恰才我都听的了也。(正旦唱)我道恁哥哥也,在城中第一家财帛广,还有那鸦飞不过的田地池塘。

(衙内云)小的每,这老贱才骂了我许多,还待赖哩。拿绳子来捆了,丢在八角琉璃井里去。(随从云)理会的。(随从做腰里取绳子捆科,云)嬷嬷,你也不要怨我,自家讨死吃。(旦儿云)嬷嬷,兀的不痛杀我也!(正旦云)姐姐,等我那孩儿来时,着他与我报仇。天也!谁来搭救我咱!(唱)

【收尾】罢罢罢,我倒做了耕牛为主遭鞭杖,哑妇倾杯反受殃[12]。有一日包待制到朝堂,哥哥也,我则怕泄漏了天机,

白破你那谎。(同旦儿下)

(随从做丢科,云)扑冬,丢下去了。再搬下井栏石,往下压着,省的那尸首浮起来。嬷嬷,你倒好了也,落的一个水葬哩。(做回话科,云)爷,小的每把嬷嬷着绳子捆了,丢在八角琉璃井里死了也。(衙内云)这嬷嬷便死了,还有郭成哩,一发拿来,就在他浑家跟前,着铜铡切了头者。(随从云)理会的。郭成,你的浑家送了我衙内便罢了,你百忙里不肯,如今着我来铡了你头哩。赵虎,你揪着头发,我提起这铜铡来,磕叉[13]!(做跌倒科,云)哎哟,唬杀我也!(郭成做倒地复起来跑下)(随后做惊科,见衙内,云)爷,怪事,怪事!只见日月交食,不曾见辘轴退皮[14]。爷着小厮每把郭成拿在那马房里,对着他浑家面前,他便按着头,我便提起铜铡来,可叉一下,刀过头落,那郭成提着墙跳过头去了。(衙内云)嗯!怎么提着墙倒跳过头去了?(小厮云)呸!是提着头跳过墙去了。(衙内云)强魂强魂,休要大惊小怪的,不妨事。明日是正月十五日,赏元宵,多着些伴当每,拿着些棍棒,跟着我赏元宵去来。(同下)

〔1〕嬷嬷——对奶妈或管家婆的敬称。

〔2〕生活——工作。

〔3〕轻省——轻便省事。

〔4〕明降——明白指示。

〔5〕蒯彻——楚汉时的辩士,长于计谋。他本名彻,因避汉武帝刘彻的讳,史家改"彻"为"通",称为蒯通。

〔6〕分朗——分明、清楚。

〔7〕那堝(wō窝)儿——那块儿,那边。

421

〔8〕范杞梁、孟姜——传说故事：秦始皇修筑长城，范杞梁在那里劳动，死了；他的妻子孟姜女去寻找，哭倒长城。今河北省临榆县山海关上尚有孟姜女庙。

〔9〕跮——凌濛初谓此字不见字书，疑为"撞"之俗体字，有踢、踹、碰等义。

〔10〕壁听——靠着墙偷听。

〔11〕心劳意攘——心忙意乱。

〔12〕哑妇倾杯反受殃——传说故事：一个哑叭妇女，看见有人下毒药在酒杯里，想毒死她的主人。她不会讲话，便故意把酒杯碰倒。她主人不明白她的好意，反而打骂她。

〔13〕磕叉——或作可叉、磕磋、榼叉，义均同。形容斫击东西的声音。

〔14〕辘(lù 录)轴退皮——辘轴的轴本来没有皮，当然不会退皮，这里比喻不会发生的事，非常稀奇的事。

第 三 折

(社火〔1〕鼓乐摆开科)(外扮老人、里正〔2〕同上，云)老汉王老人，这个是刘老人。时遇元宵节令，预赏丰年，城里城外，不论官家民户，都要点放花灯，与民同乐。老的，咱每做火儿看灯走一遭去来。(做看灯科)(衙内领随从上，云)今日是元宵节令，小的每，随俺看灯耍子去。(魂子提头冲上打科)(衙内做慌云)那里这个鬼魂打将来？好怕人也！走走走！(下)(魂子追赶，老人、里正、社火鼓乐同众慌下)(衙内再上，云)小的每，这鬼魂好狠哩，我们这等跑，他倒越追上来，走走走！(魂子再上，赶科)(衙内云)这鬼魂又赶将来了，唬杀我也！小的每，扶着我回去罢,这灯也看不成了。(下)(店小二上,诗云)买卖归来汗未消,上床犹自想来朝;为甚当家头先白,晓夜思量计万条。自家是个卖酒的,在此处开着个酒店。但是那南来北往做买做卖,推车打担,都来我这店里买酒吃。今日早把这镟锅儿烧的热些,等那买酒的人来,好荡与他吃。(老人、里正慌上,云)走走走,如今那没头鬼不来了。老的,我们有了这些年纪,眼里并不曾见这怪异,险些儿被他吓死。我们且到这酒店里吃几杯酒,定一定胆。店小二,我们要买酒吃的,打二百长钱酒来。(店小二云)有有有。新篘的美酒,老的,请里面坐。(老人云)恰才渐渐喘息定了,慢慢的吃几杯儿。(正末扮包拯便衣领张千上,云)老夫姓包,名拯,字希仁,乃庐州金斗郡四望乡老儿村人氏;官封龙图阁待制,正授南衙开封府尹之职。奉圣人的命,着老夫西延边赏军回来。时遇上元[3]节令,纷纷扬扬,下着国家祥瑞。张千,分付头踏,远远的在前面自去,等我在后慢慢行者。(唱)

【南吕一枝花】我可便上西延,离汴京,押衣袄,临京兆,我也不辞年纪老,岂惮路途遥。想着宰相官僚,请受了这千钟禄,难虚耗,怎不的秉忠心佐圣朝。今日在鹓鹭仙班,到后来图写上麒麟画阁[4]。

【梁州第七】则为这家国恨应缠在我这肺腑,都则为这庙堂愁慼损我这眉稍[5]。急回身又遇着新春到,我只见寒梅晚谢,冻雪初消;傍几家儿村鸡哑哑,隔半程儿野犬哞哞[6];妆点来则恁的景物萧条,可不道有丹青也便巧笔难描。我我我,看了些青渗渗峻岭层峦,是是是,行了些黄穰穰沙堤得这古道,呀呀呀,兀良,早过了些碧澄澄野水横桥。归来路杳,袅丝鞭羡杀投林鸟。薄暮也,在荒郊;怎当这疲马西风雪正飘,说不尽寂寥。

(张千云)相公,风又大,雪又紧,远远的有个酒务儿,略避一避风雪,就买些酒吃,可不好也?(正末云)张千,你说的是,兀的不是个酒务儿?(唱)

【牧羊关】草刷儿向墙头挑,醉八仙壁上描,盖造的潇洒清标,写着道:"酒胜西湖,店欺东阁[7]。"(带云)看你这村野去处,有什么整齐的?(唱)止不过瓦钵内斟村酿,那里有金盏内泛羊羔。你待写着大样儿留人醉,我道不饮呵,可便从他来酒价高。

(云)张千,接了马者。(张千云)牢坠镫。(正末见店小二科)(张千做打小二科,云)卖酒的,快打扫干净阁子儿,酾热酒来,把马牵到后头,与我细切草,烂煮料,把马喂着,不要塌了膘。你若着人偷了鞍子,剪了马尾去,我儿也,你眼扎毛我都抨[8]掉了你的。(店小二云)你看这厮,他也是个驴前马后的人[9],怎么不由分说,便将我飞拳走踢,只是打我?且忍着,教他着我的道儿[10]。(张千云)店小二,将酒来,我与相公递一杯酒。(做跪送科,云)相公一路上风寒,孩儿每孝顺的心,请满饮一杯。(正末云)孩儿也,大风大雪,你两只脚伴着我这四只马蹄子走,你先吃这钟儿酒者。(张千云)相公不吃,与孩儿每吃,孩儿就吃。(做按科)(正末云)孩儿,你吃下这钟酒去,可如何?(张千云)您孩儿吃下这钟酒去,便是旋添绵。(正末云)怎么是旋添绵?(张千云)孩儿吃下这杯酒去,添了件绵团袄一般。(吃科)(做打店小二科,云)我把你这个弟子孩儿!你见我打了你几下,拿这么冰也似的冷酒与我吃,把我牙都冰了,吃下去,肚里都似割得疼的。你还立着哩,快醖热酒来!(店小二云)我知道。(做背科,云)我如今可醖滚热的酒与他吃,我荡这弟子孩儿。(张千云)快将热酒来。(店小二云)酒热酒热。(张千云)相公,天道寒冷,热热的酒儿,请满饮一杯。(正末云)孩儿也,你一路上还辛苦似我,这钟酒也是你吃。(张千云)这钟酒又着孩儿每吃,谢了相公。(做叩头吃酒科,云)哎哟!好热酒,荡了喉也!(正末云)孩儿,吃下这杯酒去,又与你添了一件绵搭褵[11]么?(做打店小二科,云)我打你个促揊[12]的弟子孩儿!醖这么滚汤般热酒来荡我,把我的嘴唇都荡起料浆泡来。我儿也,你讨分晓,我筋都打断了你的。再醖酒来。(店小二做背科,云)这才出了我的气。我如今可醖些不冷不热,兀兀秃秃[13]的酒与他吃。(张千云)将酒来。相公,孩儿每酒勾了,相公请饮一杯儿。(正末云)张千,可不道:"三杯和万事,一醉解千愁。"孩儿,我且不吃,一发等你吃了这钟,凑个三杯,可不好那?(张千云)相公又不吃,又与孩儿每吃,孩儿只得吃了,凑个三杯。(做战科)(正末云)孩儿也,你吃了这几钟酒,怎么打起战来?(张千云)您孩儿多衣多寒。(正末云)孩儿,你连吃这几钟,身上可温和了?老夫一路上鞍马劳倦,我有些腿疼,过来与我捶一捶背。(张千云)理会的。(做捶背科)(店小二云)你个弟子孩儿,吃了两钟酒,佯风诈冒,手之舞之的打我,你敢再来打我么?(张千云)我儿也,你还强嘴哩,你休往城里来,我若前街上撞见你,一无话说;我若后巷里撞见你,一只手揪住衣领,举起我这五指阔无缝的拳头,则一拳。(做打正末科)(正末云)张千,怎的?(张千慌科,云)恰才相公赏了孩儿每几钟酒,店小二这厮无礼,他则道我醉了,他欺负我。他见我与相公捶背,他看着我揎拳捋袖,舒着拳头要打我。我说你要打我,可是我没有手的?我也少不的还你一拳。不想失错了,可可打了相公背上。(正末云)假似你手里拿着把刀子,可怎了?(张千云)您孩儿须认的爹哩。(正末云)张千,看马去。(张千云)理会的。(店小二云)我着这弟子孩儿打杀我也,我且后面执料去咱。(下)(正末云)隔壁阁子里有人吃酒,我试听咱。(老人云)老的,今日是上元节令,家家玩赏,好便好,则多了这没头鬼。老的,你满饮一杯。(里正云)老的,先请。(老人云)也罢,我先饮。嗨,老弟子孩儿,可忘了浇奠。(做浇奠科,云)头一钟酒,愿天下太平;第二钟酒,愿黎民乐业,做官的皆如卓鲁,令史每尽压萧曹,轻徭薄税,免受涂炭者。(正末云)你听那厮倒也说的好。(唱)

【贺新郎】他那里擎杯举酒对天浇,现如今五谷丰登,万民安乐,卖弄他田蚕十倍收成了,说不尽庄家庄家这好,还待要薄税轻徭。他道官长每如卓鲁,令史每压萧曹,高眠莫被闲愁搅。似这等人心无厌足,则怕天也填不的许多凹。

(正末做掤老人科,云)唱喏。(老人慌科,云)哎哟!没头鬼又来了!(做见正末科,云)呸!我道是没头鬼,原来是这个老弟子孩儿!则被你唬杀我也。(张千云)嗯!休胡说!是包包包……(正末云)包什么?(张千云)众老儿,我要买一包丝绵,可有么?(正末云)张千靠后。(老人云)兀那老子,你要替我唱喏,你也叫一声"老人家,我唱喏哩"。我们便知道了。可怎不做声,不做气,猛可里从背后掤将我过来,唱上个喏?且是你这脸生的俊,把我们吓这一跳,我把你个无分晓的老无知!(张千云)嗯!是龙龙龙……(正末云)什么龙?(张千云)我说,你那两个敢有些耳聋?(正末云)这厮靠后。(老人云)我把你个老不死的老贼!(张千云)噷!是图图图……(正末云)什么图?(云)我问你,老人家,你却才说有什么没头鬼?(老人云)你不知,听我说与你。俺每都是在城的老人、里正,今日是上元节令,俺往城里看灯去来,撞见个没头鬼,手里提着头,赶着众人打,俺们害慌,权躲在这酒务儿里吃杯酒。你恰才不做声不做气,挪将我过来,唱上个喏,我则道没头鬼又来了,故此说着这没头鬼。(正末云)老夫不知,休怪休怪。(老人云)你去你去,不怪你。我们也不吃酒了,各回家去也。(同里正下)(正末云)自从我离朝,谁想有这等蹊跷事也?(唱)

【牧羊关】他那里才言罢,唬的我魂暗消。离城中则半载其高[14],可怎么白日神嚎,到黄昏鬼闹?我半生多正直,怎见这蹊跷。只今的离村疃犹然早,(云)张千,将马来。(张千云)理会的。(正末唱)我和你到皇都赴晚朝。

(行科)(魂子上做转科)(正末云)咦!好大风也!别人不见,老夫便见。我马头前这个鬼魂,想就是老人们所说没头的鬼了。兀那鬼魂,你有甚么负屈衔冤的事,你且回城隍庙中去,到晚间我与你做主,速退。(魂子楚下)(正末云)张千,休回私宅,跟的我径往开封府里去来。(行科)(张千云)喏!在衙人马平安,抬书案。(正末云)张千孩儿,与你十日假限,到我私宅中取的铺盖来,就问谁该当直?(张千云)今日谁该当直?(娄青上,云)小人娄青便是。哥,你回来了也,改日与你洗尘,恕罪恕罪。(张千云)兄弟,我如今下班去也。(下)(娄青做见正末科,云)喏,该是孩儿每[15]娄青当直。(正末云)娄青,该你当直,你敢勾人去么?(娄青做笑科,云)爷不问,您孩儿也不敢说,您孩儿怎么不敢勾人?有个混名儿唤做"催动坑"哩。(正末云)怎生唤做"催动坑"?（娄青云）当初一日,爷着您孩儿勾人去,听的说您孩儿到,都逃窜的一个也没了。我回头一看,则有一个土坑,我将那勾头文书放在那土坑上,喝了一声:"兀那土坑,你跟的我开封府里回话去来!"我在前面走,那土坑在后面速碌碌[16]速碌碌跟将您孩儿来了,因此上唤做"催动坑"。（正末云）好儿,我如今着你勾人去。（娄青云）您孩儿就去。（做忙走科）（正末云）娄青,你转来,你勾谁去?（娄青云）知他勾谁?（正末云）你与我勾将那没头鬼来。（娄青做慌跪科,云）人便好勾,没头鬼怎生勾的他?（正末云）你可不道是"催动坑"哩?（娄青云）爷,这一会儿催不动了也。（正末唱）

【哭皇天】则你那"催动坑"刚才道,可怎生这公事便妆么?则你那口是祸之苗,（娄青做打脸科,云）你怎么多嘴?（正末唱）舌是斩身刀。（带云）娄青,（唱）你与我去城隍根前祝祷。（娄青云）爷着孩儿祝祷甚?（正末唱）你说与那衔冤的业鬼,屈死的冤魂,你着他今宵插状,此夜呈词;你道这包龙图专在南衙里南衙里等待着。（娄青云）您孩儿知道了,便勾去。（正末云）娄青,你转来,天色还早哩。（娄青云）这等,多早晚去?（正末唱）直等的金乌向山坠,银蟾出海角。

（娄青云）您孩儿便依着爷的言语,对城隍神道祝祷了;他两个耳朵是泥塑的,怕不听见。（正末云）娄青,我与你一道牒文去。（唱）

【乌夜啼】你与我速赴城隍庙,将牒文火内焚烧,早将那没头的业鬼提来到。（娄青做怕科,云）哎哟,这城隍庙是鬼窝儿里,三更半夜,只是娄青一个自去,怕人设设[17]的,怎好?（正末唱）唬他怯怯乔乔,絮絮叨叨,唬的他战簌簌的把不定腿脡摇,可扑扑的按不住心头跳;你这厮若违拗,(带云)你看我这剑者。(唱)我着剑分了你肢体,铡切了你脂膏。

(云)娄青。(娄青云)有。(正末云)娄青,今夜晚间,将着这道牒文,直至城隍庙中,烧了这道牒文。你将那衔冤负屈的鬼魂,都着他开封府里来,老夫亲自问这一桩公事。(娄青云)爷,这个正叫做"没头公事",便要问时,怕也难应心么?(正末唱)

【黄钟尾】 我若是不应心,今夜便辞了宣诏;(娄青云)爷应的口么?(正末唱)我若是不应口,今番不姓包。(娄青云)您孩儿多早晚时候去?(正末云)天色早哩。(唱)直等的初更残二鼓交,把冤魂摄来到,审个真实,问个下落。杀人贼便拿捉赴云阳向市曹,将那厮高杆上挑,把脊筋来吊。我着那横亡人便得生天,众百姓把咱来可兀的称赞到老。(下)

(娄青云)我娄青领着包待制这一道牒文,到城隍庙勾那没头鬼去。你道活人好见鬼的,可不是死?我待不去来,他又要切了我的头,也是个死。我想这铜铡一铡铡将下来,这脖子上好不疼哩,头又切断了,不如被鬼唬死,倒不疼,又落得个完全尸首。只得捱到今夜晚间三更时分,将着牒文,到城隍庙里勾鬼去,常拚着个死罢。(暂下)(拿灯笼再上,云)这早晚是三更也,我提了灯笼,怎么这一会儿越怕将起来!你听那房上的瓦,各剌剌各剌剌,墙上的土,速碌碌速碌碌。有鬼也!有鬼也!(做拿灯照科,云)嗨!原来是风吹的这箬叶儿响。我白日里就与那道官[18]说来,教他把庙门则半掩着。来到门外,果然还不曾上拴哩。(做推庙门入庙科,云)待我推开这门来。(惊科)早是一个冷风阵,从里面吹将出来。哎哟,灯也灭了!敢这没头鬼预先在那里

429

等我?(做进门科,云)呸!百忙里腿转筋,这个是二门,这个是两廊,这个是正殿。(做放下灯笼跪科,云)城隍爷爷,包待制大人的言语,教我勾没头鬼来。爷爷可怜见,我有这牒文在此。可可的我的灯笼刚到门就灭了,那里讨火烧他?呸!这琉璃里不是灯?待我踏着凳点这灯下来。(做上凳倒科,云)呸!百忙里又踹虚了,教我吃着一惊。待我先点在灯笼里了,便有风来,也不怕他。(做取灯笼罩儿点上灯烧纸科,云)爷爷,可怜见。(内响科)(做怕科,云)有鬼!有鬼!(做倒科)(魂子做提头上,扶起娄青科)(娄青云)这扶我的是谁?(魂子云)我是没头鬼。(娄青看科,云)好怕人,当真是没头鬼。(魂子做应科,云)是。(娄青云)你这没头鬼,包待制勾你哩,你跟我去来。(魂子应科,同下)

〔1〕社火——节日,乡间里社迎神赛会时所拿的灯火和扮演的杂戏、杂耍的总称。宋·范成大《上元纪吴中节物》诗自注:"民间鼓乐谓之社火。……大抵以滑稽取笑。"

〔2〕里正——如旧时保甲长一类的人。从春秋时起,历代都有,管百户左右的事。

〔3〕上元——正月十五日为上元节。

〔4〕麒麟阁——阁名,汉代所建。汉宣帝时,把十一个功臣的画像供在里面,以奖励他们的功勋。

〔5〕则为这家国恨……二句——《元曲选》本作:"我也则为那万般愁常萦心上,两条恨不去眉梢。"语意含混,据息机子本改。

〔6〕哞(láo 劳)哞——形容狗叫声。

〔7〕店欺东阁——《元曲选》本"欺"字下多"着"字,与"酒胜西湖"不称,据息机子本删。

〔8〕挦(xián贤)——拔毛。此字《广韵》音徐林切(xún寻),但现在口语念xián,如拔鸡鸭的毛叫做挦毛。

〔9〕驴前马后的人——指仆役、马伕。

〔10〕着我的道儿——中我的计;道儿,指谋算、计策。

〔11〕绵搭襫——绵袄。

〔12〕促掐——暗中损害人;犹如说"缺德"。

〔13〕兀兀秃秃——兀秃,温暾的音转,就是温热,不冷不热。重言之则为兀兀秃秃,今许多地方方言中仍有此用法。

〔14〕其高——估计数量之词;犹如说:有馀,还多。

〔15〕孩儿每——宋元时仆役自称或他称之词。每,同们;虽为复数,但在这里仍表单数,是元剧中的习用法。

〔16〕速碌碌——形容土块撒在地上的声音。

〔17〕设设——形容害怕的样子。

〔18〕道官——由政府委派的管庙的官。

第 四 折

(正末领祇候张千排衙上)(张千吆喝科,云)左右,伺候大人坐堂,要问事哩。(正末云)今夜灯烛荧煌,如同白日,正好问这桩公事也呵。(唱)

【双调新水令】透襟怀一阵冷风吹,则他这闭长空暮云都退,显出那碧澄澄天气爽,明皎皎月光辉,厮和着灯焰相窥,照耀的似白日。

(云)娄青好不干事,可怎生这早晚不见来也?(娄青上,云)来到衙门首了,不知他有也是无?待我叫他一声:没头鬼!(魂子随上做应科,云)哎。(娄青云)你则在这里,我报复去。(魂子云）我知道。（娄青见正末做跪科,云）孩儿每娄青来了也。（正末云）娄青,曾见什么人来？（娄青云）没,我则见鬼来。（正末云）你勾的鬼如何？（娄青云）有有有,被我劈头毛采将来了。（正末云）与我拿将过来。（娄青云）理会的。我出的这门来,我唤他一声:没头鬼！（魂子云）哎。（娄青云）大人唤你哩,你过去,有甚么冤枉事,你自说波。（娄青见正末科,云）当面。（正末云）娄青,你着他说那词因。（娄青云）大人分付,着你说那词因。（娄青做听,扯祗候科,云）你听见么？（祗候云）我不听见。（娄青云）我也不听见。（正末云）可怎生他不言语？将娄青抢出去。（张千做叉娄青科,云）出去。（娄青做跌出门科,云）悔气,这没头鬼在门外叫声应声,怎么紧要去处[1],倒不做声！莫不是他去了么？待我再叫他一声:没头鬼！（魂子应科,云）哎。（娄青云）你在那里来？（魂子云）我害饥也,买个蒸饼吃哩。（娄青云）这厮还要打诨,你要去吃蒸饼,兀的你手里现拿着个馒头哩。你快过去。（做见正末科,云）没头鬼,你说。（正末云）他怎生又不言语？抢出去。（张千做叉出门科,娄青云）元来他不曾过去,待我再叫他一声:没头鬼！（魂子应云）哎。（娄青云）你怎么又不过去？（魂子云）我过去不得。（娄青云）你为甚么过去不得？（魂子云）被那门神户尉当住,我因此上过不去。（娄青云）你何不早说？（娄青见正末科,云）大人可怜见,这个没头鬼,被门神户尉当住,因此上不敢过来。（正末云）是阿,大家小家,各有个门神户尉。（诗云）老夫心下自裁划,你将银钱金纸快安排;邪魔外道当拦住,只把屈死冤魂放入来。（唱）

【沉醉东风】则我那开封府门神户尉,你与我快传示,莫得延迟;你教他放过那屈死的魂,衔冤的鬼;只当住邪魔恶祟。

(娄青云)烧了这纸张,你看好冷风也。(正末唱)我则见黯黯的愁云惨雾迷,嗨,可早变的来天昏也那地黑。

(魂子见正末,跪科)(正末云)别人不见,老夫便见;灯烛直下跪着一个鬼魂,好是可怜人也!(唱)

【庆东原】纸钱向身边挂,人头向手内提,向前来紧靠着灯前跪。我这里叮咛的问你:你家住在那里?(魂子云)孩儿每河中府人氏。(正末唱)姓甚名谁?(魂子云)姓郭,名成。(正末唱)你可也做财主,做经商,为黎庶,为官吏?

(魂子云)孩儿是个秀才。(正末云)兀那鬼魂,你将那屈死的词因,备细诉来,老夫与你做主。(魂子云)孩儿每姓郭,名成,本贯河中府人氏。嫡亲的四口儿家属,有一双父母年高,浑家李氏。我因做了一个恶梦,去市上算卜,道我有一百日血光之灾,千里之外,可以躲避。小生来到家中,辞别了父母,一来躲避灾难,二来进取功名。行至中途,时遇冬天,风又大,雪又紧,在一个小酒务儿里饮酒。正撞着权豪势要的庞衙内,强夺了我生金阁儿,又要我浑家为妻。见小生不从,将我铜铡下一命身亡。我一灵儿真性不散,投至的见爷爷呵,可怜我这等冤枉,天来高,地来厚,海来深,道来长。(词云)因此一点冤魂终不散,日夜飘摇枉死城[2];只等报得冤来消得恨,才好脱离阴司再托生。即今上元节令初更候,正遇庞姓无徒出看灯;被我绕着街头追索命,炒的游人大小尽担惊。也是千难万难得见南衙包待制,你本上天一座杀人星;除了日间剖断阳间事,到得晚间还要断阴灵。只愿老爷怀中高揣轩辕镜,照察我这悲悲痛痛,酸酸楚楚,说无休,诉不尽的含冤负屈情。(正末云)兀那鬼魂,到明日我与你做主,你且退者。(魂子云)娄青哥哥,你还送我一送儿去,我有些怕鬼。

433

（娄青云）咄！（魂子下）（正末云）天已明了也，张千，抬出放告牌去。（张千云）理会的。（旦儿领俫儿上，云）冤枉也！（正末云）张千，是甚么人声冤？着他过来。（张千云）兀那妇人，你过去当面。（旦儿同俫儿见正末跪科）（正末云）兀那妇人，你为何声冤？说你那词因来。（旦儿云）小妇人是河东人，唤做李幼奴。大人可怜见，我告着庞衙内，强要了我生金阁儿，又逼我为妻，将俺男儿郭成杀坏了。这个是嬷嬷的孩儿福童，将他母亲推在八角琉璃井里死了。望青天老爷与小妇人做主咱。（正末唱）

【雁儿落】昨宵个牒城隍将怨鬼提，到今日放南衙果有冤词递。元来是庞衙内使尽他狼虎威，生折散你这鸳鸯对。

【得胜令】呀！他敢将萧何律做成衣，将罪犯满身披。谁许他谋了财，又要谋人命；谁许他夺人妻逼做妻；直恁的无知！那嬷嬷担何罪，死的个堪悲。我与你勾他来问到底。

（云）兀那妇人，你两个且在司房里住者。（旦儿同俫儿下）（正末云）娄青，你与我买羊去。（娄青云）理会的。买了羊也。（正末云）娄青，你与我挂画者。（娄青云）画也挂好了。（正末云）与我请人去。（娄青做应便走科）（正末云）娄青，你转来，你请谁去？（娄青云）知他请谁去？（正末云）与我请将庞衙内来。（娄青云）老子也，怎么要请他？他是个不好惹的。官差吏差，来人不差，大着胆请他去。此间是庞府门首。（做咳嗽科）（庞衙内上）是什么人在门首？（娄青做见跪科，云）孩儿每是衙门中的娄青，有包待制差我来请大人哩。（衙内云）包待制他请我怎的？他意思则是怕我，你说去，道我便来也。（娄青云）理会的。（见正末科，云）小人请的衙内来了。（正末云）道有请。（娄青云）爷有请。（衙内做见科，云）老宰辅，量小官有何德能，敢劳置酒相请？（正末云）老夫西延边赏军才回，专意请衙内饮一杯。衙内请坐，老夫年纪高大，多有不是处，衙内宽恕咱。从今已后，咱和衙内则一家一计。（衙内云）老宰辅说的是，和咱做一家一计。（正末云）衙内，老夫西延边赏军回来，得了一件稀奇的宝物，着衙内看咱。（衙内云）是何物？（正末云）是一个生金塔儿。塔儿不稀罕，放在那桌儿上，有那虔心的人，拜三五拜，塔尖上有五色毫光[3]真佛出现。（衙内云）这个不打紧，我有个生金阁儿，放在有风处，仙音嘹亮；无风处，用扇子扇着，也一般的响动。（正末云）老夫不信。（衙内云）小的每，快去家中取来。（小厮云）生金阁儿取来了也。（衙内云）放在桌儿上，着扇子扇动咱。（娄青做扇，细乐响科）（正末云）是一件好东西，真是无价之宝。（娄青云）那里是生金阁响？死了我丈人回灵哩。（正末云）衙内，老夫难的见此宝物，怎生借与我老妻一看，可不好那？（衙内云）老宰辅将的看去，咱则是一家一计。（正末唱）

【沽美酒】略使些小见识，智赚[4]出杀人贼，这场事天教还报你，我可便有言语敢题，并不要你还席。

（衙内云）老宰辅不要我还席，好快活也。咱则一家一计，吃个尽兴方归。（正末唱）

【太平令】拚了个酕醄沉醉，直吃的尽兴方归。（衙内云）从今后一家一计。（正末唱）庞衙内有权有势，更和俺包龙图一家一计。你若是这里等的也不消半刻，我可便剐的你身躯粉碎。

（云）筵前无乐，不成欢乐。娄青，与我唤将个歌者来。（旦儿领俫儿上跪科，云）冤屈也！（正末云）兀那妇人，你告谁？（旦儿云）我告庞衙内。（正末云）衙内，他告你哩。（衙内云）咱则一家一计。(正末云)衙内,那妇人说你强要了他生金阁儿,是也不是?(衙内云)恰才那个阁儿便是。(正末云)说你强要他为妻,又将他男儿郭成杀坏了,是也不是?(衙内云)是我斗他耍来。(正末云)又将嬷嬷推在井中身死,是也不是?(衙内云)也是也是。(正末云)娄青,将纸墨笔砚来,着衙内画个字者。(娄青云)理会的。爷,依着画个字,左右一家一计。(衙内云)是我来,是我来,我左右和老包是一家一计。(正末做努嘴科,云)娄青,与我拿下去。(娄青做拿科,云)爷,请出席来,左右一家一计。(衙内云)老儿,你敢怎么?(正末云)娄青,将枷来,将庞衙内下在死囚牢里去。(娄青做拿枷套衙内科,云)衙内,请上枷。(衙内云)老儿,这个须不是一家一计!(正末云)一行人听我下断:庞衙内倚势挟权,混赖生金阁儿,强逼良人妇李氏为妻,擅杀秀才郭成,又推嬷嬷井中身死,有伤风化,押赴市曹斩首示众。嬷嬷孩儿福童,年虽幼小,能为母亲报仇,到大量才擢用。将庞衙内家私量给福童一分,为养赡之资。郭成妻身遭凌辱,不改贞心,可称节妇,封为贤德夫人。仍给庞衙内家私一分,护送还乡,侍奉公婆。郭成特赐进士出身,亦被荣名,使光幽壤。(旦儿俫儿同拜谢科)(正末词云)则为这庞衙内倚势多狂狡,扰良民全不依公道。穷秀才献宝到京师,遇贼徒见利心生恶。反将他一命丧黄泉,恣奸淫强把佳人要。老嬷嬷生推落井中,比虎狼更觉还凶暴。论王法斩首不为辜,将家缘分给诸原告。李幼奴贤德可褒称,那福童待长加官爵。若不是包待制能将智量施,是谁人赚得出这个生金阁?

  题目   李幼奴挝伤似玉颜
  正名   包待制智赚生金阁

〔1〕去处——地方、所在；也表时间,时候、关头。

〔2〕枉死城——含冤负屈而死的皆曰枉死。迷信的说法：阴间有枉死城,里面都是冤死鬼。

〔3〕毫光——佛教的说法：佛眉间放光,光线四射,如毫毛之细,故称毫光。

〔4〕智赚——或作赚啜；用计哄骗、骗出。

风雨像生货郎旦[1]

(元) 无名氏撰

第 一 折

(外旦扮张玉娥上,云)妾身长安京兆府人氏,唤做张玉娥,是个上厅行首[2]。如今我这在城有个员外李彦和,与我作伴,他要娶我;怎奈我身边又有一个魏邦彦,我要嫁他。听知的他近日差使出去,我已央人寻他去了,这早晚敢待来也。(净扮魏邦彦上,诗云)四肢八节刚是俏,五脏六腑却无才;村在骨中挑不出,悄从胎里带将来。自家魏邦彦的便是。这在城有个上厅行首张玉娥,我和他作伴多时,他常要嫁我。今日他使人来寻我,不知有甚事,须索见他去来。(做见科,云)大姐,你唤我做甚么?(外旦云)魏邦彦,我和你说:听知的你出去打差,如今有这李彦和要娶我;我和你说的明白,一个月以里我便嫁你,一个月以外我便嫁别人,你可休怪我。(净云)你也说的是。我今日去,准准一个月我便赶回来也。我出的这门来。(外旦云)呀,可早一个月也。(净回云)你这说谎的弟子。(下)(外旦云)魏邦彦去了也,怎生不见李彦和来?(冲末扮李彦和上,诗云)耕牛无宿草,仓鼠有馀粮;万事分已定,浮生空自忙。自家长安人氏,姓李,名英,字彦和。在城开着座解典铺,嫡亲的三口儿家属:浑家刘氏,孩儿春郎,年才七岁。有奶母张三姑,他是潭州人。在城有个上厅行首张玉娥,我和他作伴;他一心要嫁我,我一心待娶他,争奈我浑家不容。我今日到他家中走去。(做见科,云)大姐,这几日不曾来,休怪。(外旦云)有你这样人:我倒要嫁你,你倒不来娶我!(李彦和云)也等我拣个吉日良辰,好来娶你。(外旦云)子丑寅卯,今日正好,只今日过了门罢。(李彦和云)大姐,待我回去和大嫂说的停当,才来娶你。我如今且回我那家中去也。(下)(外旦云)我要嫁他,他倒不肯;只今日我收拾一房一卧[3],嫁李彦和走一遭去。(下)(正旦扮刘氏领俫儿上,云)妾身姓刘,夫主是李彦和,孩儿春郎,年才七岁;开着座解典库。俺夫主守着个匪妓张玉娥,每日不来家,我到门首望着,看他来说些甚么?(李彦和上,云)我李彦和这几日不曾回家,有这妇人屡屡要嫁我,争奈不曾与我浑家商量,我过去见我浑家去。(做见科,云)大嫂,我来家也。(正旦云)李彦和,你每日只是贪花恋酒,不想着家私过活,几时是了也呵?(唱)

【仙吕点绛唇】你把解库存活,草堂工课,都耽阁,终日波波[4],白日休空过。

【混江龙】到晚来早些来个,直至那玉壶传点二更过。(李彦和云)大嫂,你可怜见,我实不相瞒,这妇人他一心待要嫁我哩。(正旦唱)你教我可怜见,你待敢是无奈之何。你比着东晋谢安[5]才艺浅,比着江州司马泪痕多[6]。也只为婚姻事成抛趓[7],劝不醒痴迷楚子,直要娶薄幸巫娥[8]。

(李彦和云)我好也要娶他,歹也要娶他。(正旦云)你真个要娶他?兀的不气杀我也!(唱)

【油葫芦】气的我粉脸儿三间投汨罗[9]。只他那情越多,把云期雨约枉争夺。你望着巫山庙,满斗儿烧香火,怎知高阳

439

台,一路上排锹镬[10]？休这般枕上说,都是他栽下的科[11]。他是个万人欺千人货,你只待娶做小家婆。

【天下乐】你正是引的狼来屋里窝,娶到家也不和,我怎肯和他轮车儿伴宿争竞多：你不来我行呵,我房儿中作念着；你来我行呵,他空窗外咒骂我。（带云）咱两个合口[12]唱叫,(唱)你中间里图甚么？

（李彦和云）大嫂,他须不是这等人,我也不是这等人。（正旦唱）

【那吒令】休信那黑心肠的玉娥,他每便乔趋抢取撮；休犯着黄蘖肚小么,数量着哝过。紧忙里做作,似蝎子的老婆；你便有洛阳田,平阳果,钞广银多。

【鹊踏枝】有时节典了庄科,准了绫罗,铜斗儿家私,恰做了落叶辞柯。那其间[13]便是你郑孔目[14]风流结果,只落得酷寒亭刚留下一个萧娥。

（李彦和云）大嫂,那妇人生得十分大有颜色,怎教我不爱他？（正旦唱）

【寄生草】你爱他眼弄秋波色,眉分青黛蛾；怎知道误功名是那额点芙蓉朵,陷家缘唇注樱桃颗,啜人魂舌吐丁香唾。只怕你飞花儿支散养家钱,旋风儿推转团圆磨。

（李彦和云）那里有这等说话？我如今务要娶他哩。（正旦云）你既要娶他,你娶你娶。（外旦上,云）妾身张玉娥,收拾了一房一卧,嫁李彦和去。来到门首,没人在这里,不免唤他一声。李彦和,李彦和。（李彦和云）有人唤门,待我看去。（出见科,云）大姐,你真个来了也。（外旦云）你耳朵里塞着甚么？不听得我唤门来。我如今过去拜你那老婆,头一拜受礼,第二拜欠身,第三第四拜还礼,他依便依,不依呵,我便家去也。(李彦和云)你不要性急,等我过去和他说,你且在这里。(入云)大嫂,张玉娥来了也。他说来拜你,头一拜受礼,第二拜欠身,第三第四拜要还礼。你若不还他礼,他要唱叫起来,就不像体面了。(正旦云)我还他礼便罢。(外旦见科,云)姐姐请坐,受你妹子礼。李彦和,头一拜也。(李彦和云)我知道。(外旦云)这是第二拜也。(李彦和云)是,大嫂欠身哩。(外旦做连拜怒科,云)什么勾当!钉子定着他哩,怎么不还礼?(李彦和云)嗨,妇女家不学三从四德,我男子汉说了话,你也该依着我。(正旦唱)

【后庭花】你踏踏[15]的我忒太过,这妮子欺负的我没奈何。支使的大媳妇都随顺,偏不着小浑家先拜我。他那里闹镬铎[16],我去那窗儿前瞧破:那贱人俏声儿诉一和[17],俺这厮侧身儿搂抱着,将衫儿腮上抹,指尖儿弹泪颗。

【柳叶儿】你道他为甚来眉峰暗锁,则要我庆新亲茶饭张罗。(云)李彦和,他那伙亲眷我都认的。(李彦和云)可是那几个?(正旦唱)都是些胡姑姑、假姨姨,厅堂上坐。待着我供玉馔,饮金波,可不道谁扶侍你姐姐哥哥?

(李彦和云)你也忒心多,大人家妇女,怎不学些好处。(正旦唱)

【金盏儿】俺这厮偏意信调唆,这弟子业口没遭磨,有情人惹起无明火。他那里精神一掇显偻㑩[18],他那里尖着舌语刺刺,我这里掩着面笑呵呵。(外旦云)你休嘲拨着俺这花奶奶[19]。(正旦唱)你道我嘲拨着你个花奶奶,(外旦云)我就和你厮打来。(正旦唱)我也不是个善婆婆。

(打科)(外旦做恼科,云)李彦和,你来。搭杀不成团[20],我和你说:你若是爱他,便休了我;若是爱我,便休了他。你若不依着呵,俺家去也。(李彦和云)二嫂,他是我儿女夫妻,你着我怎么下的!(外旦云)你不依我,还向他哩。(李彦和云)二嫂,他是我儿女夫妻,你着我怎么下的!(外旦云)这等,你放我家去罢。(李彦和云)住住住,你着我怎么开口说?(见正旦科,云)大嫂,二嫂说来:"若是我爱你,便休了他;若是爱他,只得休了你。"(正旦云)兀的不气杀我也!(作气死)(李彦和救科,云)大嫂,精细着。(正旦醒科,唱)

【赚煞】气勃勃堵住我喉咙,骨噜噜潮上痰涎沫,气的我死没腾[21]软瘫做一垛。拘不定精神衣怎脱,四肢沉,寸步难那。若非是小孤撮[22]叫我一声娘呵,兀的不怨恨冲天气杀我。你没事把我救活,可也合自知其过。你守着业尸骸,学庄子鼓盆歌[23]。(死科,下)

(李彦和悲科,云)我那大嫂也!(外旦云)李彦和,你张着口号甚的?有便置,没便弃。(李彦和云)这是甚么说话!大嫂亡逝已过,便须高原选地,破木造棺,埋殡他入土。大嫂,只被你痛杀我也!(下)(外旦云)这也是我脚迹儿好处,一入门,先妨杀了他大老婆,何等自在,何等快活。那李彦和虽然娶了我,不知我心下只不喜他。想那魏邦彦这些时也来家了,我如今暗地里央着人去与他说知,这早晚敢待来也。(净上,云)自家魏邦彦的便是。前月打差便去,叵耐张玉娥无礼,投到我来家,早嫁了别人。如今又使人来寻我,不知有甚么事?我见他去。此间就是。家里有人么?(外旦出见净科,云)你来家里来?(净云)敢不中么?(外旦云)不妨事。(净云)你嫁了人,唤我怎的?(外旦云)我和你有说的话。(净云)有甚么说话。(外旦取砌末付净科,云)我虽是嫁了他,心中只是想着你。我如今收拾些金银财宝,悄地交付了你,可便先到洛河边寻下一只小船等着。我在家点起一把火,烧了他房子,俺同他躲到洛河边,你便假做稍公,载俺上船。到的河中间,你将李彦和推在河里,把三姑和那小厮也都勒死了,咱两个长远做夫妻,可不好那?(净云)你那是我老婆,就是我的娘哩。我先去在洛河边等你,明日早些儿来。(下)(外旦云)魏邦彦去了也。我如今不免点火去,在这房后边,放起火来。(诗云)那怕他物盛财丰,顷刻间早已成空。这一把无情毒火,岂非是没毛大虫?(下)

〔1〕货郎旦——元无名氏撰。《录鬼簿续编》载失名氏目中,列有《货郎旦》一本。今有明万历间脉望馆钞校本、《元曲选》本,两本文字,差异颇多,今据《元曲选》本。

〔2〕上厅行首——上厅,或作上停;官厅。行首,行业或行列中的第一、为首的意思,妓女中常用这个称呼。《宣和遗事·亨集》:"这个佳人,是两京酒客烟花帐子头,京师上停行首,姓李名做师师。"又,宋代临安府所管辖的酒库,开沽时,排列社队鼓乐,往教场点呈。官私妓女,分为三等,都须参加。上等的穿大衣,带皂时髻,叫做"行首"。后来作为名妓的代称。

〔3〕一房一卧——即房卧的简称;包括床帐、卧褥、衣服、用具等。

〔4〕波波——奔波、奔忙。

〔5〕谢安——东晋的宰相,好音乐,善文词。

〔6〕江州司马泪痕多——唐代诗人白居易被贬谪做江州司马。一天晚上,听见船上一个妇女弹琵琶,他很伤感,作了一首《琵琶行》,结尾

说:"座中泣下谁最多？江州司马青衫湿。"

〔7〕抛赸——抛闪,遗弃。

〔8〕楚子、巫娥——指楚怀王和巫山神女。相传:楚怀王在高唐梦见和巫山神女相会。一般误作楚襄王。

〔9〕三闾投汨罗——屈原,战国时楚国的政治家、诗人,曾作过三闾大夫,后来被谗害,放逐到湘沅一带,自投汨罗江而死。

〔10〕排锹䦆(qiāo jué 敲决)——锹䦆,铁锹和大锄头,都是挖土的农具。排锹䦆,即挖洞刨坑,比喻设计暗害人。

〔11〕栽下的科——种下的祸根,安排下的计谋。

〔12〕合口——斗口,吵嘴。

〔13〕其间——指时间;那其间,即那时节;预指将来的某个时节。

〔14〕郑孔目二句——这是当时流行的一个故事:郑州孔目郑嵩,因热恋妓女萧娥,弄得家破人亡,自己犯罪。元人曾把这个故事编为杂剧。

〔15〕蹅(chǎ 镲)踏——践踏,糟踏。

〔16〕镬(huò 获)铎——忙乱,喧闹。

〔17〕一和——一会儿,指短时间。

〔18〕偻㑩——有聪明、才干、奸诈等义。与本书《李逵负荆》剧中作为绿林中小卒的称呼不同。

〔19〕花奶奶——对已从良的妓女的称呼。

〔20〕搭杀不成团——当时谚语:"老米饭捏杀不成团。"是说:合不来的东西,不可勉强捏在一块,用力捏也是捏不成团的。

〔21〕死没腾——呆呆地,愣挣,奄奄无生气的样子;没腾,语助词。

〔22〕小孤撮——或作小活撮,指孤儿。

〔23〕庄子鼓盆歌——庄周,战国时人。他的妻子死了,他不哭泣,反而敲着瓦盆唱歌。

第 二 折

(李彦和同外旦慌上,云)好大火也!二嫂,怎生是好?房廊屋舍,金银钱钞,都烧的无有了。(看介,云)呀,又早延着官房了也,不知奶母张三姑与春郎孩儿在那里?(叫介,云)三姑,三姑。(副旦扮张三姑背俫儿慌上,云)走走走。早是我遭丧失火,更那堪背井离乡,穿林过涧,雨骤风狂,头直上打的淋淋漉漉浑身湿,脚底下踹着滑滑擦擦滥泥浆。绿水青山望渺茫,道傍衰柳半含黄;晚来更作廉纤雨,不许愁人不断肠。(唱)

【双调新水令】我只见片云寒雨暂时休,(带云)苦也!苦也!(唱)却怎生直淋到上灯时候。这风一阵一短叹,这雨一点一声愁,都在我这心头。心上事,自僝僽。

(李彦和云)三姑,你行动些。(外旦云)我平生是快活的人,几曾受这般苦楚来!(副旦唱)

【步步娇】送的我背井离乡遭灾勾,这贼才敢道辞生受。断不得哄汉子的口,都是些即世[1]求食鬼狐犹[2]。(外旦云)我几曾在黑地行走,教我受这般的苦也。(副旦云)你道你不曾黑地里行呵。(唱)咱如今顾不得你脸儿羞。(云)你也曾悬着名姓,靠着房门;你也曾卖嘴料舌,推天抢地;你也曾挟着毡被,挑着灯球。(唱)可也曾半夜里当祗候。

(外旦怒科)你怎么嘴儿舌儿的骂我?(李彦和云)三姑,你也饶他一句儿,那里便骂杀了他。(副旦唱)

【雁儿落】只管里絮叨叨没了收,气扑扑寻敌斗,有多少家乔断案,只是骂贼禽兽。

445

(外旦云)难道你不听得?任凭这老乞婆臭歪剌骂我哩。(李彦和云)三姑,罢么。(副旦唱)

【得胜令】你还待要闹啾啾,越激的我可也怒齁齁。我比你迟到蚰蜒地,你比我多登些花粉楼。冤仇,今日个落在他人彀;忧愁,只是我烧香不到头。

(李彦和云)二嫂,我走了这一夜也,略歇一歇咱。(外旦云)也说的是。李彦和,你着三姑把我这褐袖[3]来晒一晒。(李彦和唤副旦科,云)三姑,将这褐袖来晒一晒。(副旦云)不须晒,胡乱穿罢。(三唤科)(李彦和云)三姑,我着你晒一晒,真当不肯?(外旦怒云)你个泼弟子,我教你与我晒一晒,怎么不肯!(副旦唱)

【沽美酒】逞末浪不即留[4],只管里卖风流。看他这天淡云开雨乍收,可便去寻一个宿头,觅一碗浆水饭润咱喉。

【太平令】住了雨也,晒甚娘褐袖?只愿的下雹子打你娘驴头。(外旦骂介,云)这泼妇,我打不的你那!(打介)(副旦唱)只见他百忙里眉稍一皱,公然的指尖儿把颊腮刻透,似这般左瞅右瞅,只不如罢手,俺也须是那爷娘皮肉。

(李彦和云)来到这洛河岸边,又不知水浅水深,怎生过去?(外旦推李科)这里敢水浅?(李彦和惊云)险些儿推我一交,不吊下河里去!(副旦叫云)救人!救人!(唱)

【川拨棹】慌走到岸边头,仓卒间怎措手。风雨飕飕,地上浇油,扭颈回眸,那里寻个稍公搭救[5]?我将他衣领揪,他忙将我腰胯抱。

(外旦又推李)(副旦扶住科)(李彦和云)三姑,我好好的走,你

倒扯着我？(副旦云)你不是我呵,(唱)

【殿前欢】这一片水悠悠,急忙里觅不出钓鱼舟,虚飘飘恩爱难成就,怕不的锦鸳鸯立化做轻鸥。他他他,趁西风卒未休,把你来推落在水中浮。(外旦云)他自吃醉了,这等脚高步低,立也立不住,干我甚么事,说我推他？要你来嚼舌！(副旦唱)抵多少酒淹湿春衫袖。(李彦和云)这里水浅,咱过去了罢。(副旦唱)现濘的眼黄眼黑,你尚兀自东见东流。

(净扮稍公上,云)官人娘子,我这里是摆渡的船,你每快上来。
(外旦和净打手势科)(副旦云)哥哥,你休上船去。这婆娘眼脑不好,敢是他约着的汉子哩！(做扯李科)(李彦和云)你放手,不妨事,我上的这船来,自有分晓。(净推李下河)(副旦扯住净)(净勒杀副旦科)(丑扮稍公上,救喊云)拿住这杀人贼！(副旦揪住丑,云)有杀人贼！(净同外旦走科)(丑云)苦也！娘子,不干我事。勒杀你的是那个稍公,他走了也。我是来救你的,你休认差了也。(副旦唱)

【水仙子】我不见了烟花泼贱猛抬头,错捆打[6]了别人怎罢休？春郎儿怎扯住咱襟袖？头发揪了三四绺。(丑云)是我救娘子来。(副旦唱)听的乡谈[7]语音滑熟,打叠了心头恨,扑散了眼下愁。哥哥也,你可是行在滩州。

(冲末扮孤上,云)林下晒衣嫌日淡,池中濯足恨波浑;花根本艳公卿子,虎体鸳班将相孙[8]。老夫完颜,女直人氏,拈各千户的便是。俺因公干来到这洛河岸上,一簇人为甚么炒闹？兀的不是撑船的稍公,你怎么大惊小怪的？(丑云)大人不知,恰才一个人,把这个妇人恰待要勒死他,恰好撞着小人,救活他性命。这个小的敢是他儿子。(孤云)他肯卖那小的么？他若肯卖呵,我买了这小的。你问他去。(丑问副旦,云)兀那娘子,那边有个过路的官人,问你肯卖这小的?他要买。(副旦做沉吟科,云)我如今进退无路,领这春郎儿去,少不得饿死;不如卖与他罢。稍公,我情愿卖这小的。(孤云)兀那妇人,你那里人氏?姓甚名谁?将这生时年月说与我听。(副旦云)长安人氏,省衙西住坐。这孩儿父亲是李彦和,我是奶母张三姑。这孩儿小名唤做春郎,年方七岁,胸前一点朱砂记。(孤云)你要多少银两?(副旦云)随大人与多少。(孤云)将一个银子来与他。(祗从取砌末与副旦接科,云)谢了大人,怎生得个立文书的人来,可也好那。(净扮孛老上,云)老汉姓张,是张憨古,凭说唱货郎儿为生。来到这洛河岸上,只见一簇人,不知为何?我试看咱。(丑见孛老儿问科,云)老人家,你识字么?这里有个妇人,要卖这个小的,无一个写文书的人。你若识字,这文书要你写一写。(孛老云)我识字,我与他写。(见科,孤云)兀那老的,你识字,替他写一纸文书波。(孛老唤副旦云)娘子,是你卖这小的?你说将来。(副旦云)长安人氏,省衙西住坐。父亲李彦和,奶母张三姑。孩儿春郎,年方七岁,胸前一点朱砂记。情愿卖与拈各千户为儿,恐后无凭,立此文书为照。(孛老云)我晓得了,依着你写。立文书人张三姑,写文书人张憨古。(递与孤科)(孤云)文书写的明白了也,你都画了字。兀那妇人,你孩儿卖与我了,你却往那厢去?(副旦云)我无处去。(孛老云)既然你无处去,我又无儿无女,你肯与我做个义女儿,我养活你,你意下如何?(副旦云)我情愿跟随老的去。(孤云)跟他去也好。(副旦嘱俫儿科,云)春郎儿,我嘱付你者。(唱)

【鸳鸯尾煞】乞与你不痛亲父母行施恩厚,我扶侍义养儿使长[9]多生受。你途路上驱驰,我村疃里淹留。畅道你父亲此地身亡,你是必牢记着这日头,大厮八[10]做个周年,分甚么前和后。那时节遥望着西楼,与你爷烧一陌儿纸,看一卷儿经,奠一杯儿酒。

(同孛老下)(孤云)那老儿领着妇人去了,老夫也引着这孩儿,抱上马,还我私宅中去来。(下)(丑哭科,云)好苦恼子也!只一个妇人,领着个小的,几乎被人勒杀,恰好撞见我,我救了他性命。他又把这个小的卖与那个官人,那个官人又将他那个小的领着去了。这等孤孤凄凄,怎教我不要伤感?(做跌倒起科,云)呸!可干我甚么事?(诗云)随他自卖男,随他自认女;我只去做稍公,不管风和雨。(下)

〔1〕即世——或作七世。现世,现眼;犹如说现世报。有时也可解释为狡猾、虚伪。

〔2〕鬼狐犹——或作鬼胡由、鬼狐由、鬼狐缠,义同。狐犹,飘忽不定,不可捉摸。鬼狐犹,好像鬼一样的飘忽难捉摸。

〔3〕褐袖——褐色的衫子。

〔4〕末浪、即留——末浪,猛浪,鲁莽。即留,或作唧溜;精细,机灵。

〔5〕搭救——援救,救人于危难之中。现在口语中仍沿用。

〔6〕掴(guāi乖)打——以手掌打人叫做掴打。

〔7〕乡谈——方言土语;现在仍沿用此词。

〔8〕花根本艳公卿子二句——"根",《元曲选》本作"恨",据息机子本改。花根本艳,花朵的香艳是从花根里发出来的。鸳班,大官员的行列。这两句是说:自己是公卿将相的子孙。

〔9〕使长——或作侍长。元代奴隶对主人的称呼。《南词叙录》:"金元谓主曰使长,今世以呼公侯子、王姬。"

〔10〕大厮八——或作大厮家。大模大样,有势派,很像样儿。

第 三 折

(孤抱病同春郎上,云)自家拈各千户的便是。自从我在那洛河边买的这春郎孩儿,过日月好疾也,今经可早十三年光景。孩儿生的甚是聪明智慧,他骑的劣马,拽的硬弓,承袭了我这千户官职。我如今年老,耽着疾病,不能痊可,眼见的无那活的人也。我把这一桩事,趁我精细〔1〕,对孩儿说了罢。我若不与他说知呵,那生那世,又折罚的我无男无女也。(唤小末科,云)春郎孩儿,你近前来,我有句话与你说。(小末云)阿妈〔2〕,有甚话对你孩儿说呵,怕做甚么?(孤云)你本不是我这女直人,你的那父亲是长安人,姓李,名彦和。你的奶母叫做张三姑,将来卖与我为儿,你那其间方才七岁。儿也,我如今抬举的你成人长大,顶天立地,噙齿戴发,承袭了我的官职;孩儿也,你久已后不可忘了我的恩念。(小末悲科)阿妈不说,你孩儿怎生知道?(孤云)孩儿,我一发着你明白。这个是过房〔3〕你的文书,你将的去。我死后,你去催趱窝脱银〔4〕,就跟寻〔5〕你那父亲去咱。(小末云)理会的。(孤云)我这一会儿昏沉上来,扶我到后堂中去咱。(小末扶科,云)阿妈,精细者。(孤诗云)衣绝禄尽是前缘,知命须当不怨天;从今父子分离去,再会人间甚岁年?孩儿,我顾不得你了也。(做死科)(下)(小末悲科,云)阿妈亡逝已过,高原选地,破木造棺,埋殡了阿妈。不敢久停久住,催趱窝脱银走一遭去。

父亲也,只被你痛杀我也!(下)(李彦和上,云)不听好人言,果有恓惶事。自家李彦和便是。自从那奸夫奸妇推我在洛河里,谁想那上流头流下一块板来,我抱住那板,得渡过岸上,救了这性命,如今可早十三年光景也。春郎孩儿和张三姑,不知下落。家缘家计,都被火烧的光光了,无计可生,与这大户人家放牛,讨碗饭吃。我在这官道傍放牛。(做喝科,云)且把这牛来赶在一壁,我在这柳阴直下坐一坐,看有甚么人来?(副旦背骨殖[6],手拿幡儿上,云)好是烦恼人也!自从在洛河边,奸夫奸妇把哥哥推在河里,把我险些勒死,把春郎孩儿与了那拈各千户,可早十三年光景也。不知孩儿生死如何?我跟着唱货郎儿张憋古老的,谢那老的教我唱〔货郎儿〕度日,把我乡谈都改了。如今这老的亡化已过,临死时曾嘱付我:"你不忘我这恩念,把我这骨殖送的洛阳河南府去。"我今背着老的骨殖,行了几日,知他几日得到也呵?(唱)

【正宫端正好】口角头饿成疮,脚心里喳成跰[7],行一步似火燎油煎。记的那洛河岸,一似亡家犬,拿住俺将麻绳缠。

【滚绣球】见一个旋风儿在这榆柳园,古道边,足律律往来打转,刮的些纸钱灰飞到跟前。是神祇,是圣贤[8],你也好随时逗变,居庙堂索受香烟。可知道今世里令史每都挩钞,和这古庙里泥神也爱钱,怎能勾达道升仙。

【倘秀才】沿路上身轻体健,这搭儿筋乏力软,到庙儿外不曾撒纸钱。爷爷,你厮徐闰[9],厮哀怜,我这老妇人咒愿。

(云)三条道儿,不知望那条道儿上去?我试问人咱。(见李做问科,云)敢问哥哥,这个是那河南府的大路么?(李彦和云)正是。(副旦云)三条道儿该往那条道儿上去?(李彦和云)你往

451

那中间那条路上去便是。(副旦云)生受哥哥。(李彦和做认,惊叫科,云)张三姑!(副旦回科,云)谁叫我来?(三唤科)(李彦和云)三姑,是我唤你来。(副旦云)你是谁?(李彦和云)三姑,则我是李彦和。(副旦惊科,云)有鬼也!(唱)

【上小楼】唬的我身心恍然,负急处难生机变,我只索念会咒语,数会家亲,诵会真言[10]。这几年,便着把、哥哥追荐,作念的个死魂灵眼前活现。

(李彦和云)我不是鬼,我是人。(副旦唱)

【幺篇】对着你咒愿,休将我顾恋。有一日拿住奸夫,摄到三姑,替你通传。非是我不意专,不意坚,搜寻不见;是早起店儿里吃羹汤,不曾浇奠。

(李彦和云)三姑,我不曾死,我是人。(副旦云)你是人呵,我叫你,你应的一声高似一声;是鬼呵,一声低似一声。(叫科)李彦和哥哥!(李彦和做应科)(三唤)(做低应科)(副旦云)有鬼也!(李彦和云)我斗你耍来。(做打悲认科)(李彦和云)三姑,我的孩儿春郎那里去了也?(副旦云)没的饭食养活他,是我卖了也。(李彦和做悲科,云)元来是你卖了,知他如今死的活的?可不痛杀我也!你如今做甚么活计?穿的衣服这等新鲜,全然不像个没饭吃的,你可对我说。(副旦云)我唱货郎儿为生。(李彦和做怒科,云)兀的不气杀我也!我是甚么人家?我是有名的财主,谁不知道李彦和名儿?你如今唱〔货郎儿〕[11],可不辱没我也!(做跌倒)(副旦扶起科,云)休烦恼,我便辱没杀你。哥哥,你如今做甚么买卖?(李彦和云)我与人家看牛哩,不比你这唱货郎的生涯,这等下贱。(副旦唱)

【十二月】你道我生涯下贱,活计萧然,这须是衣食所逼,名利相牵。你道我唱货郎儿辱没杀你祖先,怎比的你做财主官员?

【尧民歌】与人家耕种洛阳田,早难道笙歌引入画堂前?趁一村桑梓一村田,早难道玉楼人醉杏花天?牵也波牵,牵牛执着鞭杖,敲落桃花片。

（云）哥哥,你肯跟我回河南府去,凭着我说唱货郎儿,我也养的你到老,何如?（李彦和云）罢罢罢,我情愿丢了这般好生意,跟的你去。（副旦云）你可辞了你那主人家去。（李彦和向古门云）主人家,我认着了一个亲眷,我如今回家去也。牛羊都交还与你,并不曾少了一只。（副旦云）跟的我去来波。（唱）

【随尾】祆庙火,宿世缘,牵牛织女长生愿。多管为残花几片,误刘晨迷入武陵源。（同下）

〔1〕精细——这里是清醒的意思。

〔2〕阿妈——或作阿马。女真语呼父亲为"阿妈"。

〔3〕过房——即过继,以他人的儿子为子。《元典章·户部·家财》:"周桂发无嗣,将嫡侄周自思自幼过房为子。"

〔4〕窝脱银——窝脱,或作斡脱。元代统治阶级对人民进行高利贷剥削所放出的银子叫做"窝脱银",专营这项事的机关叫做"斡脱所"。

〔5〕跟寻——跟踪寻觅,寻找。

〔6〕骨殖——死人骨头。

〔7〕趼——手足上的厚皮;通作茧。

〔8〕圣贤——指佛或菩萨。

〔9〕馀闰——额外赐恩,包涵保佑。闰,也是馀的意思。

〔10〕真言——指佛教的经文或咒语。

〔11〕〔货郎儿〕——当时民间说唱的曲调名。

第 四 折

(净扮馆驿子上,诗云)驿宰官衔也自荣,单被承差打灭我威风;如今不贪这等衙门坐,不如依还着我做差公。自家是个馆驿子,一应官员人等打差的,都到我这驿里安下。我在这馆驿门首等候,看有什么人来?(小末扮春郎冠带上,引祗从,云)小官李春郎的便是。自从阿妈亡逝以后,埋殡了也;小官随处催趱窝脱银两,早来到这河南府地面。左右,接了马者。馆驿子,有甚么干净的房子,我歇宿一夜。(驿子云)有有有。头一间打扫的洁洁净净,请大人安歇。(小末云)你这里有甚么乐人耍笑的,唤几个来伏侍我,我多有赏赐与他。(驿子云)我这里无乐人,只有子妹[1]两个,会说唱货郎儿,唤将来伏侍大人。(小末云)便是唱货郎儿的也罢,与我唤将来。(驿子云)理会的。我出的这门来,则这里便是。唱货郎儿的在家么?(副旦同李彦和上,云)哥哥,你叫我做甚么?(驿子云)有个大人在馆驿里,唤你去说唱,多有赏钱与你哩。(李彦和云)三姑,咱和你走一遭去来。(副旦唱)

【南吕一枝花】虽则是打牌儿出野村,不比那吊名儿临拘肆[2]。与别人无伙伴,单看俺当家儿。哥哥,你索寻思,锦片也排着序次[3],都只待奏新声,舞柘枝[4];挥霍的是一锭锭响钞精银[5],摆列的是一行行朱唇俫皓齿。

【梁州第七】正遇着美遨游融和的天气,更兼着没烦恼丰稔的年时,有谁人不想快平生志;都只待高张绣幕,都只待烂醉金卮。我本是穷乡寡妇,没甚的艳色娇姿;又不会卖风流弄粉调脂,又不会按宫商品竹弹丝。无过是赶几处沸腾腾热闹场儿,摇几下桑琅琅[6]蛇皮鼓儿,唱几句韵悠悠信口腔儿。一诗,一词,都是些人间新近希奇事,纽捏[7]来无诠次;倒也会动的人心谐的耳,都一般喜笑孜孜。

(驿子报云)禀大人,说唱的来了也。(小末云)着他过来。(驿子云)快过去。(做见科)(小末云)你两个敢是子妹么?且在门首等着,唤着你便过来。(副旦云)理会的。(出科)(小末云)驿子,有甚么茶饭,看些来我食用咱。(驿子云)有有有。(做托肉上科,云)大人,一签烧肉,请大人食用。(小末做割肉科,云)我割着这肉吃,怕不在这里快活受用;想起我那父亲和奶母张三姑来,不由我心中不烦恼,我怎么吃的下!(李彦和做打噎科,云)那个说我?(小末云)兀那驿子,你唤将那子妹两个来。(唤科)(小末云)兀那两个,将这一签儿肉出去,你两个吃了时,可来伏侍我。(副旦接科)谢了相公。(李彦和云)妹子也,咱不要吃,包到家里去吃。(小末云)嗨,展污了我这手也。(做拿纸揩手科,云)兀那说唱的,将这油纸拿出去丢了者。(李彦和做拾纸科,云)理会的。我出的这门来。这张纸上怎么写的有字?妹子,咱试看咱。(念科,云)"长安人氏,省衙西住坐。父亲李彦和,奶母张三姑。孩儿春郎,年七岁,胸前一点硃砂记。情愿过房与拈各千户为儿,恐后无凭,立此文书为照。立文书奶母张三姑,写文书人张㦤古。"妹子也,这文书说着俺一家儿,敢是你卖孩儿的文书么?(副旦云)正是。(李彦和做悲科,云)妹子也,你见这官人么?他那模样动静,好似俺孩儿春郎;争奈俺不敢去认他,可怎了也!(副旦云)哥哥,你放心。张㦤古那老的,为俺这一家儿这一桩事,编成二十四回说唱。他若果是春郎孩儿啊,他听了必然认我。(李彦和云)这个也好。(小末唤科,云)兀那两个,你来说唱与我听者。(副旦做排场敲醒睡[8]科,诗云)烈火西烧魏帝时,周郎战斗苦相持;交兵不用挥长剑,一扫英雄百万师。这话单题着诸葛亮长江举火,烧曹军八十三万,片甲不回。我如今的说唱,是单题着河南府一桩奇事。(唱)

【转调货郎儿】[9]也不唱韩元帅偷营劫寨[10],也不唱汉司马陈言献策,也不唱巫娥云雨楚阳台,也不唱梁山伯,也不唱祝英台,(小末云)你可唱甚么那?(副旦唱)只唱那娶小妇的长安李秀才。

(云)怎见的好长安?(诗云)水秀山明景色幽,地灵人杰出公侯;华夷图上分明看,绝胜寰中四百州。(小末云)这也好,你慢慢的唱来。(副旦唱)

【二转】我只见密臻臻的朱楼高厦,碧耸耸青檐细瓦。四季里常开不断花,铜驼陌[11]纷纷斗奢华。那王孙士女乘车马,一望绣帘高挂,都则是公侯宰相家。

(云)话说长安有一秀才,姓李,名英,字彦和。嫡亲的三口儿家属:浑家刘氏,孩儿春郎。奶母张三姑。那李彦和共一娼妓,叫做张玉娥作伴情熟,次后娶结成亲。(叹介,云)嗨!他怎知才子有心联翡翠,佳人无意结婚姻。(小末云)是唱的好,你慢慢的唱咱。(副旦唱)

【三转】那李秀才不离了花街柳陌,占场儿贪杯好色,看上那柳眉星眼杏花腮,对面儿相挑泛[12],背地里暗差排。抛着他浑家不睬,只教那媒人往来,闲家[13]擘划。诸般绰开,花红布摆,早将一个泼贱的烟花娶过来。

（云）那婆娘娶到家时，未经三五日，唱叫九千场。（小末云）他娶了这小妇，怎生和他唱叫？你慢慢的唱者，我试听咱。（副旦唱）

【四转】那婆娘舌刺刺挑茶斡刺[14]，百枝枝花儿叶子[15]，望空里揣与他个罪名儿。寻这等闲公事，他正是节外生枝，调三斡四[16]，只教你大浑家吐不的咽不的这一个心头刺。减了神思，瘦了容姿，病恹恹睡损了裙儿衭[17]；难扶策，怎动止[18]。忽的呵，冷了四肢，将一个贤会的浑家生气死。

（云）三寸气在千般用，一旦无常万事休。当日无常埋葬了毕，果然道：福无双至日，祸有并来时。只见这正堂上火起，刮刮喳喳，烧的好怕人也。怎见的好大火？（小末云）他将大浑家气死了，这正堂上的火，从何而起？这火可也还救的么？兀那妇人，你慢慢的唱来，我试听咱。（副旦唱）

【五转】火逼的好人家，人离物散，更那堪更深夜阑。是谁将火焰山，移向到长安；烧地户，燎天关，单则把凌烟阁[19]留他世上看。恰便似九转飞芒[20]，老君炼丹，恰便似介子推在绵山[21]，恰便似子房烧了连云栈[22]，恰便似赤壁下曹兵涂炭[23]，恰便似布牛阵举火田单[24]，恰便似火龙鏖战锦斑斓。将那房檐扯，脊梁扳，急救呵，可又早连累了官房五六间。

（云）早是焚烧了家缘家计，都也罢了；怎当的连累官房，可不要去抵罪。正在怆惶之际，那妇人言道："咱与你他府他县，隐姓埋名，逃难去来。"四口儿出的城门，望着东南上慌忙而走。早是意急心慌情冗冗，又值天昏地暗雨涟涟。（小末云）火烧了房廊屋舍，家

缘家计都烧的无有了,这四口儿可往那里去？你再细细的说唱者,我多有赏钱与你。(副旦唱)

【六转】我只见黑黯黯天涯云布,更那堪湿淋淋倾盆骤雨。早是那窄窄狭狭、沟沟堑堑路崎岖,知奔向何方所。犹喜的消消洒洒、断断续续、出出律律、忽忽噜噜、阴云开处,我只见霍霍闪闪电光星炷。怎禁那萧萧瑟瑟风,点点滴滴雨,送的来高高下下、凹凹凸凸、一搭模糊？早做了扑扑簌簌、湿湿渌渌、疏林人物。倒与他妆就了一幅昏昏惨惨、潇湘水墨图[25]。

(云)须臾之间,云开雨住。只见那晴光万里云西去,洛河一派水东流。行至洛河岸侧,又无摆渡船只,四口儿愁做一团,苦做一块。果然道:"天无绝人之路。"只见那东北上,摇下一只船来。岂知这船不是收命的船,倒是纳命的船。原来正是奸夫与那淫妇相约,一壁附耳低言:"你若算了我的男儿,我便跟随你去。"(小末云)那四口儿来到洛河岸边,既是有了渡船,这命就该活了；怎么又是淫妇奸夫预先约下,要算计这个人来？(副旦唱)

【七转】河岸上和谁讲话,向前去亲身问他。只说道奸夫是船家,猛将咱家长喉咙掐,磕搭地揪住头发。我是个婆娘,怎生救拔；也是他合亡化,扑咚的命掩黄泉下,将李春郎的父亲,只向那翻滚滚波心水淹杀。

(云)李彦和河内身亡,张三姑争忍不过,比时向前,将贼汉扯住丝绦,连叫道:"地方[26],有杀人贼！杀人贼！"倒被那奸夫把咱勒死。不想岸上闪过一队人马来。为头的官人怎么打扮？(小末云)那奸夫把李彦和推在河里,那三姑和那小的,可怎么了也？

（副旦唱）

【八转】据一表仪容非俗,打扮的诸馀里俏簇[27],绣云胸背雁衔芦[28]。他系一条兔鹘兔鹘海斜皮[29],偏宜衬连珠,都是那无瑕的荆山玉。整身躯也么哥,缯髭须[30]也么哥打着鬖胡。走犬飞鹰,架着雕[31]鹘;恰围场过去,过去,折跑盘旋,骤着龙驹,端的个疾似流星度。那风流[32]也么哥,恰浑如也么哥,恰浑如和番的昭君出塞图。

（云）比时[33]小孩儿高叫道:"救人咱!"那官人是个行军千户,他下马询问所以,我三姑诉说前事。那官人说:"既然他父母亡化了,留下这小的,不如卖与我做个义子,恩养的长立成人,与他父母报恨雪冤。"他随身有文房四宝,我便写与他年月日时。（小末云）那官人救活了你的性命,你怎么就将孩儿卖与那官人去了?你可慢慢的说者。（副旦唱）

【九转】便写与生时年纪,不曾道差了半米。未落笔花笺上泪珠垂,长吁气呵软了毛锥,恓惶泪滴满了端溪[34]。（小末云）他去了多少时也?（副旦唱）十三年不知个信息。（小末云）那时这小的几岁了?（副旦唱）相别时恰才七岁。（小末云）如今该多少年纪也?（副旦唱）他如今刚二十。（小末云）你可晓的他在那里?（副旦唱）恰便似大海内沉石。（小末云）你记的在那里与他分别来?（副旦唱）俺在那洛河岸上两分离,知他在江南也塞北?（小末云）你那小的有甚么记认处?（副旦唱）俺孩儿福相貌,双耳过肩坠。（小末云）再有甚么记认?（副旦云）有有有,（唱）胸前一点硃砂记。（小末云）他祖居在何处?（副旦唱）他祖居在长安解库省衚西。（小末云）他小名唤做甚么?（副旦唱）那孩儿小名唤做春郎身姓李。

（小末云）住住住，你莫非是奶母张三姑么？（副旦云）则我便是张三姑，官人怎么认的老身？（小末云）你不认的我了，则我便是李春郎。（副旦云）官人莫作笑，休斗老身耍。（小末云）三姑，我非作笑，我乃李彦和之子李春郎是也。（做解胸前与看科）（副旦云）果然是春郎了也！则这个便是你父亲李彦和！（李彦和做打悲认科，云）孩儿，则被你想杀我也！不知你在那里得这发达峥嵘来？（小末云）父亲，孩儿这官就是承袭拈各千户的，谁知有此一端异事？如今拚的弃了官职，普天下寻去，定要拿的那奸夫淫妇，报了冤仇，方称你孩儿心愿。（祗从拿净、外旦上科，云）禀爷，这两个名下，欺侵窝脱银一百多两，带累小的们比较[35]，不知替他打了多少。如今拿他来见爷，依律处治，也与小的们销了一件未完。（小末云）律上，凡欺侵官银五十两以上者，即行处斩，这罪是决不待时[36]的。（李彦和做认科，云）兀的不是洛河边假妆船家推我在水里的？（副旦云）这不是张玉娥泼妇那？（净做画符科，云）有鬼有鬼，太上老君急急如律令，敕。（祗从喝科）（外旦云）敢是拿我们到东岳庙里来，一划是鬼那。（小末云）元来正是那奸夫淫妇，今日都拿着了。左右，快将他绑起来，待我亲自斩他，也与我亡过母亲出这口怨气。（副旦唱）

【煞尾】我只道他州他府潜逃匿，今世今生没见期；又谁知冤家偏撞着冤家对！（净云）元来这就是李春郎，这就是张三姑，当日勒他不死，就该有今日的悔气了。（做叩头科，云）大人可怜见，饶了我老头儿罢。这都是我少年间不晓事，做这等勾当。如今老了，一口长斋，只是念佛。不要说杀人，便是苍蝇也不敢拍杀一个。况是你一家老小现在，我当真谋杀了那一个来；可怜见放赦了老头儿罢。

(外旦云)你这叫化头,讨饶怎的?我和你开着眼做,合着眼受,不如早早死了,生则同衾,死则共穴,在黄泉底下做一对永远夫妻,有甚么不快活?(副旦唱)你也再没的怨谁,我也断没的饶伊。(小末斩净、外旦科,下)(副旦唱)要与那亡过的娘亲现报在我眼儿里。

(李彦和云)今日个天赐俺父子重完,合当杀羊造酒,做个庆喜的筵席。孩儿,你听者。(词云)这都是我少年间误作差为,娶匪妓当局者迷。一碗饭二匙难并,气死我儿女夫妻。泼烟花盗财放火,与奸夫背地偷期;扮船家阴图害命,整十载财散人离。又谁知苍天有眼,偏争他来早来迟。到今日冤冤相报,解愁眉顿作欢眉。喜骨肉团圆聚会,理当做庆贺筵席。

  题目 抛家失业李彦和
  正名 风雨像生货郎旦

〔1〕子姝——姊妹二字之误。这里指兄妹。"姊妹",本指姐妹;但有时也包括男性,即兄妹、姐弟,都可泛指姊妹。

〔2〕吊名儿临拘肆——吊名儿,过去妓女把名字写在牌子上挂出来,表示卖艺或接客。拘肆,卖艺人或娼妓卖艺或接客的地方,称为勾栏。

〔3〕序次——《元曲选》本作"节使",据息机子改。

〔4〕柘枝——舞曲名。

〔5〕响钞精银——成色上等的银钞。

〔6〕桑琅琅——形容说唱时摇鼓的声音。

〔7〕纽捏——同扭捏。引申为编排的意思。

〔8〕醒睡——即醒木,说唱人所用的长方木头;用它敲击作声,令

461

人注意。

〔9〕〔转调货郎儿〕——元杂剧的通例,每一折用同一韵到底。但本剧从〔转调货郎儿〕起,到〔煞尾〕止,每一转用一韵,是变例。

〔10〕"韩元帅偷营劫寨"以下各句——都是货郎旦所说唱的古代故事。

〔11〕铜驼陌——古时洛阳有铜驼街。陌,道路,街道。铜驼陌,指繁华街道。

〔12〕挑泛——或作调泛、调贩。调唆,撩拨。

〔13〕闲家——闲汉,无正当职业以帮闲为事的人。

〔14〕挑茶斡刺——找岔,挑毛病。

〔15〕百枝枝花儿叶子——百枝枝,百般;花儿叶子,花言巧语。

〔16〕调三斡四——搬弄口舌,挑拨是非。

〔17〕袗(zhì 至)——衣服上的折痕。

〔18〕动止——转动。止,助词。

〔19〕凌烟阁——阁名。唐朝陈列功臣画像的地方。这里用"凌烟"二字的联想,来形容被烟火焚烧的楼房。

〔20〕九转飞芒二句——老君,太上老君,道教的始祖。他炼丹时,火炉子里光芒四射。道教炼丹,九转(次)丹成。这里也是借喻房子被烧的情状。以下几个故事,用法相同。

〔21〕介子推在绵山——介子推,春秋时晋国人。他随从晋公子重耳流亡在外十九年,重耳回国作了晋侯,他就在绵山隐居不出。重耳就火烧绵山,逼他出来,他竟被烧死。

〔22〕子房烧了连云栈——子房,即刘邦的谋士张良。连云栈,是汉中通往关中的重要栈道,非常险峻。灭秦后,项羽封刘邦为汉王。张良向刘邦献计,烧掉栈道,表示不会出兵北上,以麻痹项羽。

〔23〕赤壁下曹兵涂炭——赤壁,在今湖北嘉鱼县。曹操曾帅兵与

孙权、刘备的联军在此作战,兵船都被火烧掉,大败而归。

〔24〕布牛阵举火田单——田单,战国时齐国的大将。燕军围困齐地即墨,守将田单用千头牛,角上缚利刀,尾上捆着柴草,半夜,点着柴草,让牛冲向燕军,燕军大败。

〔25〕水墨图——只用水和墨、不另设色的一种图画,称为水墨画。这里用以比喻下大雨时到处昏暗模糊的样子。

〔26〕地方——地保。

〔27〕俏簌——俏倬的音转,俊俏的意思。

〔28〕绣云胸背雁衔芦——衣服的肩上绣着云纹,胸、背上绣着大雁衔芦的图案。这是官员穿的公服的模式。

〔29〕兔鹘海斜皮——白色的名贵的皮带。

〔30〕缯髭须——缯,细绫子。用细绫作成囊袋,笼着胡须。

〔31〕雕——《元曲选》本作"鸦";据《盛世新声》改。

〔32〕风流——《元曲选》本作"行朝";据《盛世新声》改。

〔33〕比时——当时,那时。

〔34〕端溪——广东端溪出产的砚最好,称为"端溪砚"。

〔35〕比较——古时,官庭向老百姓征收钱粮时,遇有拖欠,就派差役催缴,立有一定期限,按期与已收到的数目比较,如过期还没收足,差役就该受罚。这种情况,叫做比较;与现在用作较量之义不同。

〔36〕决不待时——封建时代,多在秋后处决死囚。决不待时,是指案情重大,立即执行的意思。

包待制陈州粜米[1]

（元）无名氏撰

楔　子

（冲末扮范学士领祗候上，诗云）博览群书贯九经，凤凰池上显峥嵘；殿前曾献升平策，独占鳌头第一名。老夫姓范，名仲淹[2]，字希文，祖贯汾州人氏。自幼习儒，精通经史，一举进士及第。随朝数十载，谢圣恩可怜，官拜户部尚书，加授天章阁大学士之职。今有陈州官员申上文书来，说陈州亢旱三年，六料[3]不收，黎民苦楚，几至相食。是老夫入朝奏过，奉圣人的命，着老夫到中书省召集公卿商议，差两员清廉的官，直至陈州，开仓粜米，钦定五两白银一石细米。老夫早间已曾遣人将众公卿都请过了。令人，你在门外觑者，看有那一位老爷下马，便来报咱知道。（祗候云）理会的。（外扮韩魏公上，云）老夫姓韩名琦，字稚圭，乃相州人也。自嘉祐中，某方二十一岁，举进士及第，当有太史官奏曰："日下五色云现。"是以朝廷将老夫重任，官拜平章政事[4]，加封魏国公。今日早朝而回，正在私宅中少坐，有范学士令人来请，不知有甚事？须索走一遭去。可早来到了。令人，报复去，道有韩魏公在于门首。（祗候做报科，云）报的相公得知，有韩魏公来了也。（范学士云）道有请。（见科）（范学士云）老丞相请坐。（韩魏公云）学士请老夫来，有何公事？（范学士云）

老丞相,等众大人来了时,有事商量。令人,门首再觑者。(祇候云)理会的。(外扮吕夷简上,云)老夫姓吕名夷简,自登甲第以来,累蒙迁用,谢圣恩可怜,官拜中书同平章事之职。今早有范天章学士令人来请,不知有甚事?须索走一遭去。可早来到也。令人,报复去,道有吕夷简下马也。(祇候报科,云)报的相公得知,有吕平章来了也。(范学士云)道有请。(见科)(吕夷简云)呀,老丞相先在此了。学士,今日请小官来,有何事商议?(范学士云)老丞相请坐,待众大人来全了呵,有事计议。(净扮刘衙内上,诗云)花花太岁为第一,浪子丧门世无对;闻着名儿脑也疼,则我是有权有势刘衙内。小官刘衙内是也。我是那权豪势要之家,累代簪缨之子,打死人不要偿命,如同房檐上揭一个瓦。我正在私宅中闲坐,有范天章学士令人来请,不知有甚事?须索走一遭去。说话中间,可早来到也。令人,报复去,说小官来了也。(祇候报科,云)报的相公得知,有刘衙内在于门首。(范学士云)道有请。(见科)(刘衙内云)众老丞相都在此,学士唤俺众官人每来,有何事商议?(范学士云)衙内请坐。小官请众位大人,别无甚事,今有陈州官员申将文书来,说陈州亢旱不收,黎民苦楚。老夫入朝奏过,奉圣人的命,着差两员清廉的官,直至陈州,开仓粜米,钦定五两白银一石细米。老夫请众大人来商议,可着谁人去陈州为仓官粜米者?(韩魏公云)学士,此乃国家紧急济民之事,须选那清忠廉干之人,方才去的。(吕夷简云)老丞相道的极是。(范学士云)衙内,你可如何主意?(刘衙内云)众大人在上,据小官举两个最是清忠廉干的人,就是小官家中两个孩儿,一个是女婿杨金吾,一个是小衙内刘得中。着他两个去,并无疏失,大人意下如何?(范学士云)老丞相,衙内保举他两个孩儿,一个是小衙内,一个是女婿杨金吾,到陈州粜米去。老夫不曾见衙内那两个孩儿,就烦你唤将那两个来,老夫试看咱。(刘衙内云)令人,与我唤将两个孩儿来者。(祗候云)理会的。两个舍人安在?(净扮小衙内,丑扮杨金吾上)(小衙内诗云)湛湛青天则俺识,三十六丈零七尺;踏着梯子打一看,原来是块青白石。俺是刘衙内的孩儿,叫做刘得中;这个是我妹夫杨金吾。俺两个全仗俺父亲的虎威,拿粗挟细,揣歪捏怪,帮闲钻懒,放刁撒泼,那一个不知我的名儿!见了人家的好玩器,好古董,不论金银宝贝,但是值钱的,我和俺父亲的性儿一般,就白拿白要,白抢白夺。若不与我呵,就踢就打就捽毛,一交别番倒[5],刴上几脚。拣着好东西揣着就跑,随他在那衙门内兴词告状,我若怕他,我就是癞虾蟆养的。今有父亲呼唤,不知有甚事?须索走一遭去。(杨金吾云)哥哥,今日父亲呼唤,要着俺两个那里办事去,管请[6]就做下了。可早来到也。令人,报复去,道有我刘大公子同妹夫杨金吾下马也。(祗候报科,云)报的相公得知,有二位舍人来了也。(范学士云)着他过来。(祗候云)着过去。(小衙内同杨金吾做见科,云)父亲唤我二人来有何事?(刘衙内云)您两个来了也,把体面见众大人去咱。(范学士云)衙内,这两个便是你的孩儿?老夫看了这两个模样动静,敢不中去么?(刘衙内云)众大人和学士听我说,难道我的孩儿我不知道?小官保举的这两个孩儿,清忠廉干,可以粜米去的。(韩魏公云)学士,这两个定去不的。(刘衙内云)老丞相,岂不闻"知子莫若父",他两个去的。(吕夷简云)此事只凭天章学士主张。(刘衙内云)学士,小官就立下一纸保状,保我这两个孩儿粜米去;若有差迟[7],连着小官坐罪便了。(范学士云)既然衙内保举,您二人望阙跪者,听圣人的命。因为陈州亢旱不收,黎民苦楚,差您二人去陈州开仓粜米,钦定五两白银一石细米,则要你奉公守法,束杖[8]理民。今日是吉日良辰,便索长行,望阙谢了天恩者。(小衙内同杨金吾做拜科,云)多谢了众位大老爷抬举!我这一去,冰清玉洁,干事回还,管着你们喝眯[9]也。(做出门科)(刘衙内背云)孩儿也,您近前来。论咱的官位,可也勾了;止有家财略略少些。如今你两个到陈州去,因公干私,将那学士定下的官价五两白银一石细米,私下改做十两银子一石米,里面再插上些泥土糠秕,则还他个数儿罢。斗是八升的斗,秤是加三的秤。随他有什么议论到学士根前,现放着我哩,你两个放心的去。(小衙内云)父亲,我两个知道,你何须说;我还比你乖哩。则一件,假似那陈州百姓每不伏我呵,我可怎么整治他?(刘衙内云)孩儿,你也说的是,我再和学士说去。(做见学士科,云)学士,则一件,两个孩儿陈州粜米去,那里百姓刁顽,假若不伏我这两个孩儿,却怎生整治他?(范学士云)衙内,投至你说时,老夫先在圣人根前奏过了也。若陈州百姓刁顽呵,有敕赐紫金锤,打死勿论。令人,快捧过来。衙内,兀的便是紫金锤,你将去交付那个孩儿,着他小心在意者。(小衙内云)则今日领着大人的言语,便往陈州开仓跑一遭去来。(诗云)议定五两粜一石,改做十两落[10]他些;父亲保举无差谬,则我两人原是恶赃皮[11]。(同杨金吾下)(刘衙内云)学士,两个孩儿去了也。(范学士云)刘衙内,你两个孩儿去了也。(唱)

【仙吕赏花时】只为那连岁灾荒料不收,致使的一郡苍生强半[12]流,因此上粜米去陈州。你将着孩儿保奏,不知他可也分得帝王忧?

（云）令人，将马来，老夫回圣人的话去也。（同刘下）（韩魏公云）老丞相，看这两个到的陈州，那里是济民，必然害民去也。异日若本州具奏将来，老夫另有个主意。（吕夷简云）全仗老丞相为国救民。（韩魏公云）范学士已入朝回圣人的话去了，咱和你且归私宅中去来。（诗云）赈济饥荒事不轻，须凭廉干救苍生。（吕夷简诗云）他时若有风闻入，我和你一一还当奏圣明。（同下）

〔1〕陈州粜（tiào 跳）米——此剧为元无名氏作，近人严敦易《元剧斠疑》谓："《陈州粜米》似即《开仓粜米》，为陈登善撰，系元剧末期人物。"按：据刻本《录鬼簿》载，陈登善撰有《开仓粜米》，与此剧名称不同，且内容不详，恐两者并非一剧。

〔2〕范仲淹、韩琦、吕夷简——三人均宋代宰相、名臣，事迹详《宋史》各本传。本剧仅借宋代的人名，实际是反映元代社会的现实。

〔3〕六料——六谷：稻、黍、稷、粱、麦、菰，这里泛指农作物。

〔4〕平章政事——平章政事、中书同平章政事，均指宰相。

〔5〕一交别番倒——用腿把人绊倒。

〔6〕管请——管保，一定。

〔7〕差迟——差错，失误。

〔8〕束杖——杖，指刑具。束杖，不使用刑罚的意思。

〔9〕喝咪——赌博时，希望得彩，大声呼喝，以助声势，谓之喝彩；对于精彩的演唱或表演，大声叫好，也叫做喝彩。

〔10〕落——读如捞；从中取利，克扣。现在口语中仍沿用。

〔11〕恶赃皮——恶棍，坏人。

〔12〕强半——大半，过半数。

第 一 折

(小衙内同杨金吾引左右捧紫金锤上,诗云)我做衙内真个俏,不依公道则爱钞;有朝事发丢下头,拚着帖个大膏药。小官刘衙内的孩儿小衙内,同着这妹夫杨金吾两个来到这陈州,开仓粜米。父亲的言语,着俺二人粜米,本是五两银子一石,改做十两银子一石;斗里插上泥土糠秕,则还他个数儿;斗是八升小斗,秤是加三大秤。如若百姓们不服,可也不怕,放着有那钦赐的紫金锤哩。左右,与我唤将斗子[1]来者。(左右云)本处斗子安在?(二丑斗子上,诗云)我做斗子十多罗[2],觅些仓米养老婆;也非成担偷将去,只在斛里打鸡窝[3]。俺两个是本处仓里的斗子,上司见我们本分老实,一颗米也不爱,所以积年只用俺两个。如今新除将两个仓官来,说道十分利害,不知叫我们做甚么?须索见他走一遭去。(做见科,云)相公,唤小人有何事?(小衙内云)你是斗子,我分付你:现有钦定价是十两银子一石米,这个数内,我们再克落[4]一毫不得的;只除非把那斗秤私下换过了,斗是八升的小斗,秤是加三的大秤。我若得多的,你也得少的,我和你四六家分。(大斗子云)理会的。正是这等,大人也总成[5]俺两个斗子,图一个小富贵。如今开了这仓,看有甚么人来?(杂扮籴米[6]百姓三人同上,云)我每是这陈州的百姓,因为我这里亢旱了三年,六料不收,俺这百姓每好生的艰难。幸的天恩,特地差两员官来这里开仓卖米。听的上司说道,钦定米价是五两白银粜一石细米;如今又改做了十两一石,米里又插上泥土糠秕;出的是八升的小斗,入的又是加三的大秤;我们明知这个买卖难和他做,只是除了仓米,又没处籴米,教我们怎生饿得过!没奈何,只得各家凑了些银子,且买些米去救命。可早来到了也。(大斗子云)你是那里的百姓?(百姓云)我每是这陈州百姓,特来买米的。(小衙内云)你两个仔细看银子,别样假的也还好看,单要防那"四堵墙"[7],休要着他哄了。(二斗子云)兀那百姓,你凑了多少银子来籴米?(百姓云)我众人则凑得二十两银子。(大斗子云)拿来上天平弹着。少少少,你这银子则十四两。(百姓云)我这银子还重着五钱哩。(小衙内云)这百姓每刁泼,拿那金锤来打他娘。(百姓云)老爷不要打,我每再添上些便了。(大斗子云)你趁早儿添上,我要和官四六家分哩。(百姓做添银科,云)又添上这六两。(二斗子云)这也还少些儿,将就他罢。(小衙内云)既然银子足了,打与他米去。(二斗子云)一斛,两斛,三斛,四斛。(小衙内云)休要量满了,把斛放趄[8]着,打些鸡窝儿与他。(大斗子云)小人知道,手里赶着哩。(百姓云)这米则有一石六斗,内中又有泥土糠皮,舂将来则勾一石多米。罢罢罢,也是俺这百姓的命该受这般磨灭[9]!正是:"医的眼前疮,剜却心头肉!"[10](同下)(正末扮张撇古[11]同孩儿小撇古上,诗云)穷民百补破衣裳,污吏春衫拂地长;稼穑不知谁坏却,可教风雨损农桑。老汉陈州人氏,姓张,人见我性儿不好,都唤我做张撇古。我有个孩儿张仁。为因这陈州缺少米粮,近日差的两个仓官来。传闻钦定的价是五两白银一石细米,着赈济俺一郡百姓;如今两个仓官改做十两银子一石细米,又使八升小斗,加三大秤。庄院里攒零合整,收拾的这几两银子,籴米走一遭去来。(小撇古云)父亲,则一件,你平日间是个性儿古撇的人,倘若到那买米处,你休言语则便了也。(正末云)这是朝廷

救民的德意,他假公济私,我怎肯和他干罢了也呵。(唱)

【仙吕点绛唇】则这官吏知情,外合里应,将穷民并。点纸连名,我可便直告到中书省。

(小𢙐古云)父亲,咱遇着这等官府也,说些甚么!(正末唱)

【混江龙】做的个上梁不正[12],只待要损人利己惹人憎。他若是将咱刁蹬[13],休道我不敢掀腾[14]。柔软莫过溪涧水,到了不平地上也高声。他也故违了皇宣命,都是些吃仓廒的鼠耗[15],咂脓血的苍蝇。

(云)可早来到也。(做见斗子科)(大斗子云)兀那老子,你来籴米,将银子来我秤。(正末做递银子科,云)兀的不是银子?(大斗子做秤银子科,云)兀那老的,你这银子则八两。(正末云)十二两银子,则秤的八两,怎么少偌多?(小𢙐古云)哥,我这银子是十二两来,怎么则秤八两?你也放些心平着。(二斗子云)这厮放屁!秤上现秤八两,我吃了你一块儿那?(正末云)嗨!本是十二两银子,怎生秤做八两?(唱)

【油葫芦】则这攒典[16]哥哥休强挺,你可敢教我亲自秤?(大斗子云)这老的好无分晓,你的银子本少,我怎好多秤了你的?只头上有天哩。(正末唱)今世人那个不聪明,我这里转一转,如上思乡岭;我这里步一步,似入琉璃井。(大斗子云)则这般秤,八两也还低哩。(正末唱)秤银子秤得高,(做量米科)(二斗子云)我量与你米,打个鸡窝,再擦[17]了些。(小𢙐古云)父亲,他那边又擦了些米去了。(正末唱)哎!量米又量的不平。元来是八升嘎[18]小斗儿加三秤,只俺这银子短二两,怎不和他争?

(大斗子云)我这两个开仓的官,清耿耿不受民财,干剥剥[19]则

要生钞,与民做主哩。(正末云)你这官人是甚么官人?(二斗子云)你不认的,那两个便是仓官。(正末唱)

【天下乐】你比那开封府包龙图少四星[20]。(大斗子云)兀那老子,休要胡说,他两个是权豪势要的人,休要惹他。(正末唱)卖弄你那官清,法正行,多要些也不到的担罪名。(二斗子云)这米还尖,再掭了些者。(小撅古云)父亲,他又掭了些去了。(正末唱)这壁厢去了半斗,那壁厢掭了几升,做的一个轻人来还自轻。

(二斗子云)你挣[21]着口袋,我量与你么。(正末云)你怎么量米哩?俺不是私自来籴米的。(大斗子云)你不是私自来籴米,我也是奉官差,不是私自来粜米的。(正末唱)

【金盏儿】你道你奉官行,我道你奉私行。俺看承[22]的一合米,关着八九个人的命,又不比山麋野鹿众人争。你正是饿狼口里夺脆骨,乞儿碗底觅残羹。我能可[23]折升不折斗,你怎也图利不图名?

(大斗子云)这老子也无分晓,你怎么骂仓官?我告诉他去来。(大斗子做禀科)(小衙内云)你两个斗子有甚么话说?(大斗子云)告的相公得知,一个老子来籴米,他的银子又少,他倒骂相公哩。(小衙内云)拿过那老子来。(正末做见科)(小衙内云)你这个虎刺孩[24]作死也。你的银子又少,怎敢骂我?(正末云)你这两个害民的贼!于民有损,为国无益。(大斗子云)相公,你看小人不说谎,他是骂你来么?(小衙内云)这老匹夫无礼,将紫金锤来打那老匹夫。(做打正末科)(小撅古做拴头科,云)父亲,精细者。我说甚么来?我着你休言语;你吃了这一金锤,父亲,眼见的无那活的人也。(杨金吾云)打的还轻;依着我性,则一下打出脑浆来,且着他包不成网儿。(正末做渐醒科)(唱)

【村里迓鼓】只见他金锤落处,恰便似轰雷着顶,打的来满身血迸,教我呵怎生扎挣。也不知打着的是脊梁,是脑袋,是肩井;但觉的刺牙般酸,剜心般痛,剔骨般疼。哎哟,天那!兀的不送了我也这条老命!

（云）我来买米,如何打我?（小衙内云）把你那性命则当根草,打甚么不紧!是我打你来,随你那里告我去。（小懒古云）父亲也,似此怎了?（正末唱）

【元和令】则俺个籴米的有甚罪名,和你这粜米的也不干净。（小衙内云）是我打你来,没事没事,由你在那里告我。（正末唱）现放着徒流笞杖,做下严刑,却不道家家门外千丈坑,则他这得填平处且填平,你可也被人推更不轻。

（杨金吾云）俺两个清似水,白如面,在朝文武,谁不称赞我的?
（正末唱）

【上马娇】哎,你个萝卜精,头上青[25]。（小衙内云）看起来我是野菜,你怎么骂我做萝卜精?（正末唱）坐着个爱钞的寿官厅[26],面糊盆里专磨镜[27]。（杨金吾云）俺两个至一清廉有名的。（正末唱）哎,还道你清,清赛玉壶冰。

（小衙内云）怕不是皆因我二人至清,满朝中臣宰举保将我来的。
（正末唱）

【胜葫芦】都只待遥指空中雁做羹[28],那个肯为朝廷?（杨金吾云）你那老匹夫,把朝廷来压我哩。我不怕,我不怕。（正末唱）有一日受法餐刀正典刑,恁时节、钱财使罄,人亡家破,方悔道不廉能。

（小衙内云）我见了那穷汉似眼中疔[29],肉中刺,我要害他,只

当捏烂柿一般:值个甚的?(正末云)嗦声!(唱)

【后庭花】你道穷民是眼内疔,佳人是颔下瘿[30]。(带云)难道你家没王法的?(唱)便容你酒肉摊场吃,谁许你金银上秤秤[31]?(云)孩儿,你也与我告去。(小懒古云)父亲,你看他这般权势,只怕告他不得。(正末唱)儿也,你快去告,不须惊。(小懒古云)父亲,要告他,指谁做证见?(正末唱)只指着紫金锤,专为照证。(小懒古云)父亲,证见便有了,却往那里告他去?(正末唱)投词院直至省,将冤屈叫几声,诉出咱这实情。怕没有公与卿?必然的要准行。(小懒古云)若是不准,再往那里告他?(正末唱)任从他贼丑生,百般家着智能,遍衙门告不成,也还要上登闻[32]将怨鼓鸣。

【青哥儿】虽然是输赢输赢无定;也须知报应报应分明。难道紫金锤就好活打杀人性命?我便死在幽冥,决不忘情,待告神灵,拿到阶庭,取下招承,偿俺残生,苦恨才平。若不沙,则我这双儿鹊鸽[33]也似眼中睛应不瞑。

(云)孩儿,眼见得我死了也,你与我告去。(小懒古云)您孩儿知道。(正末云)这两个害民的贼,请了官家大俸大禄,不曾与天子分忧,倒来苦害俺这里百姓,天那!(唱)

【赚煞尾】做官的要了钱便糊突,不要钱方清正,多似你这贪污的,枉把皇家禄请。(带云)你这害民的贼,也想一想,差你开仓粜米是为着何来?(唱)兀的赈济饥荒,你也该自省,怎倒将我一锤儿打坏天灵[34]?(小懒古云)父亲,我几时告去?(正末唱)则今日便登程,直到王京。常言道:"厮杀无如父子兵"[35];拣一个清耿耿明朗朗官人每告整,和那害民的贼徒折证。

(小懯古云)父亲,可是那一位大衙门告他去?(正末叹云)若要与我陈州百姓除了这害呵,(唱)则除是包龙图[36]那个铁面没人情。(下)

(小懯古哭科,云)父亲亡逝已过,更待干罢!我料着陈州近不的他,我如今直至京师,拣那大大的衙门里告他去。(诗云)尽说开仓为救荒,反教老父一身亡;此生不是空桑出[37],不报冤仇不姓张。(下)(小衙内云)斗子,那老子要告俺去,我算着就告到京师,放着我老子在哩。况那范学士是我老子的好朋友,休说打死一个,就打死十个,也则当五双。俺两个别无甚事,都去狗腿湾王粉头家里喝酒去来。一了说[38]仓廒府库,抹着便富;王粉头家,不误主顾。(下)

〔1〕斗子——管官仓的差役,因为用斗斛进出粮食,所以叫做斗子。

〔2〕多罗——梵语的音译,就是眼睛。引申为精明的意思。《大目经疏》五:"多罗是眼义。"

〔3〕打鸡窝——量米时,使斗斛里有空隙,少盛些米,叫做打鸡窝。是当时差役克扣老百姓的一种贪污手段。

〔4〕克落——克扣,即私行扣减之意。

〔5〕总成——作成,帮助人成功,使其达到目的。

〔6〕籴(dí迪)米——买粮食。

〔7〕四堵墙——一种假银:四周围是银子,里边包着铅胎。

〔8〕赹(qiè怯)——倾斜。

〔9〕磨灭——磨折。

〔10〕医的眼前疮二句——唐·聂夷中《伤田家》诗:"二月卖新丝,五月粜新谷。医得眼前疮,剜却心头肉。"

〔11〕懒古——或作慕古;指人的性格执拗、偏执、顽固。

〔12〕上梁不正——谚语"上梁不正下梁歪"的省语;比喻上面的大官行为不正,下面的官吏也跟着作坏事。

〔13〕刁蹬——蹬,或作镫。刁蹬,刁难,故意为难。

〔14〕掀腾——张扬。

〔15〕鼠耗——即老鼠,俗名耗子;老鼠偷吃粮食,也叫鼠耗。《梁书·张率传》:"遣家僮载米三千石还吴宅,既至,遂耗大半。率问其故。答曰:雀鼠耗也。率笑而言曰:壮哉雀鼠!"《元史·食货志·一》:"每石带纳鼠耗三升。"这里,剧作者以鼠耗、苍蝇,比喻贪官污吏对老百姓的剥削。

〔16〕攒典——管理粮仓的吏,这里是对差役的尊称。

〔17〕挖(wā 挖)——挖的异体字。以手探穴。

〔18〕唲(yā 呀)——同"呀"。

〔19〕干剥剥——干巴巴,干干脆脆。

〔20〕四星——宋元时秤上以二分半为一星,四星合成十分。"少四星",即少十分。元剧中用四星之处颇多,除了"十分"之义以外,还有下梢、下场、前程义。另有零落、凄凉义。应视文意,分别解释之。

〔21〕挣——这里同"撑",张开。

〔22〕看承——看待。

〔23〕能可——宁可。

〔24〕虎剌孩——或作忽剌孩、忽剌海。蒙古语称强盗为虎剌孩。(见《华夷译语·人物门》)

〔25〕萝卜精,头上青——宋代童谣,讥骂奸臣蔡京兄弟二人为"家中两个萝卜精"(见宋·朱弁《曲洧旧闻》)。本剧借以讥骂小衙内。这里用"青"谐"清",讽刺官吏们口头上的"清",好像萝卜上半截的"青"一样,但并非彻头彻尾的青(清)。

〔26〕寿官厅——寿,或作受、授。寿官厅,衙门里的厅堂。

〔27〕面糊盆里专磨镜——元时谚语。在面糊盆里磨镜子(古时镜子是铜制的),越磨越糊涂。

〔28〕遥指空中雁做羹——天空中的飞雁,本来无法拿来作羹,而偏要指着雁作羹;比喻口说好听的话,但不能兑现。

〔29〕眼中疔——或作眼内钉。比喻十分憎恨的东西。宋时童谣:"欲得天下宁,须拔眼中丁(钉)。"(见《五代史补》)

〔30〕颔下瘿(yǐng 影)——下巴颏上的瘤子。比喻血肉相连、分割不开的东西。

〔31〕谁许你金银上秤秤(chèng chēng 成去声撑)——谁准许你在秤上舞弊。前秤字念去声,名词;后秤字念平声,动词。

〔32〕登闻——古代,在朝堂外面,设有登闻鼓;人民如有冤屈或谏议的事,可以击鼓上达。

〔33〕鹘鸰(hú líng 胡零)——或作鹘伶、胡伶、兀伶。就是隼,它的眼睛非常锐利、灵活,引申为灵活的意思。

〔34〕天灵——天灵盖的省语;指头,脑袋。

〔35〕厮杀无如父子兵——当时谚语。意谓将帅与士兵关系亲密有如父子一样。跟随唐高祖(李渊)初起兵时的军人,后来年老,由他们的子弟代替从军,称为父子军。这里是比喻张憿古父子。

〔36〕包龙图——指包拯,宋代合肥人,曾官龙图阁直学士、开封府尹;是古代著名的清正廉明的官员。

〔37〕空桑出——从空桑树里生长出来的意思。古代传说:有一采桑女子,在空桑树上拾得一个婴儿,后来长大了,就是商代的政治家伊尹。

〔38〕一了——一向,向来。"一了说"下面照例引用成语。

477

第 二 折

（范学士领祇候上，云）老夫范仲淹。自从刘衙内保举他两个孩儿去陈州开仓粜米，谁想那两个到的陈州，贪赃坏法，饮酒非为。奉圣人的命，着老夫再差一员正直的去陈州，结断此一桩公事，就敕赐势剑金牌，先斩后闻。今日在此议事堂中与众公卿聚议，怎么这早晚还不见来？令人，门首觑着，若来时，报复我知道。（祇候云）理会的。（韩魏公上，云）老夫韩魏公。今有范天章学士，在于议事堂，令人来请，不知有甚事？须索去走一遭。可早来到这门首也。（祇候报云）韩魏公到。（范学士云）道有请。（韩魏公做见科）（范学士云）老丞相来了也，请坐。（吕夷简上，云）老夫吕夷简，正在私宅闲坐，有范学士在于议事堂，令人来请，须索去走一遭。不觉早来到了也。（祇候报云）吕平章到。（范学士云）道有请。（吕夷简见科，云）老丞相在此，学士今日请老夫来有何事？（范学士云）二位老丞相：则因为前者陈州粜米一事，刘衙内举保他那两个孩儿做仓官去，如今在那里贪赃坏法，饮酒非为。奉圣人的命，教老夫在此聚会众多臣宰，举一个正直的官员，前去陈州结断此事。只等众大人来全了时，同举一位咱。（韩魏公云）想学士必已得人，某等便当举荐。（小懒古上，云）自家小懒古。俺和父亲同去粜米，不想被两个仓官将俺父亲打死了。俺父亲临死之时，着我告包待制去。见说是个白髭须的老儿，我来到这大街上等着，看有甚么人来？（刘衙内上，云）小官刘衙内。自从两个孩儿去陈州粜米，至今音信皆无。早间有范学士着人来请我，不知又是甚么事？须索走一遭去者。

(小懒古云)这个白髭须的老儿,敢是包待制?我试迎着告咱。(做跪科)(刘衙内云)兀那小的,你有甚么冤枉的事?我与你做主。(小懒古云)我是陈州人氏,俺爷儿两个,将着十二两银子籴米去,被那仓官将俺父亲则一金锤打死了。那里无人敢近他,爷爷敢是包待制么?与小的每做主咱。(刘衙内云)兀那小的,则我便是包待制,你休去别处告,我与你做主,你且一壁有者[1]。(小懒古起科,云)理会的。(刘衙内背云)嗨!我那两个小丑生敢做下来也!令人,报复去,道有刘衙内在于门首。(祗候云)刘衙内到。(刘衙内做见科)(范学士云)衙内,你保举的两个好清官也。(刘衙内云)学士,我那两个孩儿果然是好清官,实不敢欺。(范学士云)衙内,老夫打听的你两个孩儿到的陈州,则是饮酒非为,不理正事,贪赃坏法,苦害百姓,你知么?(衙内云)老丞相,休听人的言语,我保举的人,并无这等勾当。(范学士云)二位老丞相,他还不信哩。(小懒古问祗候云)哥哥,恰才那进去的,敢是包待制爷爷么?(祗候云)则他是刘衙内,你要问包待制,还不曾来哩。(小懒古云)天那!我要告这刘衙内,谁想正投在老虎口里,可不我死也!(正末扮包待制领张千上,云)老夫姓包名拯,字希文,本贯金斗郡四望乡老儿村人氏,官拜龙图阁待制,正授南衙开封府尹之职。奉圣人的命,上五南采访已回,须索到议事堂中见众公卿走一遭去来。(张千云)想老相公为官,多早晚升厅?多早晚退衙?老相公试说一遍,与您孩儿听咱。(正末唱)

【正宫端正好】自从那云滚滚卯时初,直至日淹淹的申牌后,刚则是无倒断[2]簿领埋头。更被那紫襕袍[3]拘束的我难抬手,我把那为官事都参透。

【滚绣球】待不要钱呵,怕违了众情;待要钱呵,又不是咱本谋。只这月俸钱做咱每人情不够[4]。(张千云)老相公平日是个不避权豪势要之人也。(正末唱)我和那权豪每结下些山海也似冤仇:曾把个鲁斋郎[5]斩市曹,曾把个葛监军[6]下狱囚,剩[7]吃了些众人每毒咒。(张千云)老相公如今虽然年老,志气还在哩。(正末唱)到今日一笔都勾。从今后,不干己事休开口;我则索会尽人间只点头,倒大来优游。

(云)可早来到议事堂门首也。张千,接下马者。(小懒古云)我问人来,说这个便是包待制。(做跪叫科,云)冤屈也!爷爷与孩儿每做主咱!(正末云)兀那小的,你那里人氏?有甚么冤枉事?你实说来,老夫与你做主。(小懒古云)孩儿每陈州人氏,嫡亲的父子二人。父亲是张撇古。今有两个官人,在陈州开仓粜米,钦定五两银子一石,他改做十两一石。俺一家儿苦凑得十二两银子买米,他则秤的八两;俺父亲向前分辨去,他着那紫金锤一锤打死。孩儿要去声冤告状,尽道他是权豪势要之家,人都近不的他。俺父亲临死之时曾说道:"孩儿,等我命终,你直至京师,寻着包待制爷爷那里告去。"我投至的见了爷爷,就是拨云见日,昏镜重磨,须与孩儿每做主咱。(诗云)本待将衷情细数,奈哽咽吞声莫吐;紫金锤打死亲爷,委实是含冤受苦。(正末云)你且一壁有者。(小懒古扯正末科,云)爷爷不与孩儿做主,谁做主咱?(正末云)我知道了也。(三科了[8])(正末云)令人,报复去,道有包待制在于门首。(祗候报云)有包待制来了也。(范学士云)好好,包龙图来了,快有请。(正末做见科)(韩魏公云)待制五南采访初回,鞍马上劳神也。(正末云)二位老丞相和学士治事不易。(刘衙内云)老府尹远路风尘。(正末云)

衙内恕罪。(衙内背云)这老子怎么瞅我那一眼,敢是见那个告状的人来?我则做不知道。(正末云)老夫上五南采访回来,昨日见了圣人,今日特特的拜见二位老丞相和学士来。(范学士云)不知待制多大年纪为官,如今可多大年纪?请慢慢的说一遍,某等敬听。(正末云)学士问老夫多大年纪为官,如今有多大年纪,学士不嫌絮烦,听老夫慢慢的说来。(唱)

【倘秀才】我从那及第时三十五六,我如今做官到七十也那八九。岂不闻人到中年万事休;我也曾观唐汉,看春秋,都是俺为官的上手。

(范学士云)待制做许多年官也,历事多矣。(吕夷简云)待制为官尽忠报国,激浊扬清,如今朝里朝外,权豪势要之家,闻待制大名,谁不惊惧,诚哉,所谓古之直臣也。(正末云)量老夫何足挂齿;想前朝有几个贤臣,都皆屈死,似老夫这等粗直,终非保身之道。(范学士云)请待制试说一遍咱。(正末唱)

【滚绣球】有一个楚屈原[9]在江上死,有一个关龙逢刀下休,有一个纣比干曾将心剖,有一个未央宫屈斩了韩侯。(吕夷简云)待制,我想张良坐筹帷幄之中,决胜千里之外,辅佐高祖定了天下,见韩信遭诛,彭越被醢,遂辞去侯爵,愿从赤松子游,真有先见之明也。(正末唱)那张良呵若不是疾归去,(韩魏公云)那越国范蠡扁舟五湖,却也不弱。(正末唱)那范蠡呵若不是暗奔走,这两个都落不的完全尸首。我是个漏网鱼,怎再敢吞钩?不如及早归山去,我则怕为官不到头,枉了也干求。

(云)二位老丞相和学士,老夫年迈不能为官,到来日见了圣人,就告致仕闲居也。(范学士云)待制,你差了也。如今朝中似待制这等清正的,能有几人;况年纪尚未衰迈,正好为官,因何便告致仕那？（正末云）学士,老夫自有说的事。（刘衙内云）老府尹说的是,年纪老了,如今弃了官告致仕闲居,倒快活也。（范学士云）老相公有甚么事要说？老夫听咱。（正末唱）

【呆骨朵】老夫有件事向君王陈奏,只说那权豪每是俺敌头。（范学士云）那权豪的,老相公待要怎么？（正末唱）他便似打家的强贼,俺便似看家的恶狗。他待要些钱和物,怎当的这狗儿紧追逐。只愿俺今日死,明日亡,惯[10]的他千自在,百自由。

（范学士云）待制,你且回私宅中去者。老夫在此,别有商议。（正末做辞科,云）二位老丞相和学士恕罪,老夫告回也。（做出门科）（小㑳古在门首跪叫科,云）爷爷与孩儿做主咱。（正末云）我险些儿忘了这一件事。兀那小的,你先回去,我随后便来也。（小㑳古谢科,云）既然今日见了包待制,必然与我做主。他教我先回去,则今日不敢久停久住,便索先上陈州等他去来。（诗云）我今日得见龙图,告父亲屈死无辜；转陈州等他来到,也把紫金锤打那囚徒。（下）（正末做回身再入科）（范学士云）待制去了,为何又回来也？（正末云）老夫欲要回去,听的陈州一郡滥官污吏,甚是害民。不知老相公曾差甚么能事官员陈州去也不曾？（韩魏公云）学士先曾委了两员官去了。（正末云）可是那两员官去来？（范学士云）待制不知,自你上五南采访去了,朝中一时乏人,差着刘衙内的儿子刘得中、女婿杨金吾到陈州粜米去,好久不见来回话哩。（正末云）见说陈州一郡官吏贪污,黎民顽鲁,须再差一员去陈州考察官吏,安抚黎民,可不好也。（韩魏公云）待制不知,今日聚集俺多官,正为此事。（范学士云）奉圣人的命,着老夫再差一员清正的官去陈州,一来粜米,二来就勘断这桩事。老夫想别人去可也干不的事,就烦待制一行,意下如何?(正末云)老夫去不的。(吕夷简云)待制去不的,可着谁去?(范学士云)待制坚意不肯去,刘衙内,你让待制这一遭。他若不去,你便去。(衙内云)小官理会的。老府尹到陈州走一遭去,打甚么不紧?(正末云)既然衙内着老夫去,我看衙内的面皮。张千,准备马,便往陈州走一遭去来。(刘衙内做惊科,背云)哎哟!若是这老子去呵,那两个小的怎了也?(正末唱)

【脱布衫】我从来不劣方头[11],恰便似火上浇油,我偏和那有势力的官人每卯酉[12],谢大人向朝中保奏。

(刘衙内云)我并不曾保奏你哩。(正末唱)

【小梁州】我一点心怀社稷愁,(云)张千,将马来。(张千云)理会的。(正末唱)则今日便上陈州,既然心去意难留。他每都穿连透,我则怕关节儿枉生受。

(云)二位老丞相和学士听者:老夫去则去,倘有权豪势要之徒,难以处治,着老夫怎么?(范学士云)待制再也不必过虑,圣人的命,敕赐与你势剑金牌,先斩后闻。请待制受了势剑金牌,便往陈州去。(正末唱)

【幺篇】谢圣人肯把黎民救。这剑也,到陈州怎肯干休,敢着你吃一会家生人肉。哎!看那个无知禽兽,我只待先斩了逆臣头。

(刘衙内云)老府尹若到陈州,那两个仓官可是我家里小的,看我分上看觑咱。(正末做看剑云)我知道,我这上头看觑他。(做三科)(衙内云)老府尹好没情面,我两次三番与你陪话,你看着这势剑,说这上头看觑他。你敢杀了我两个小的!论官职我也不怕你,论家财我也受用似你!(正末云)我老夫怎比得你来?(唱)

【耍孩儿】你积趱的金银过北斗,你指望待天长地久;看你那于家为国下场头,出言语不识娘羞。我须是笔尖上挣闹来的千钟禄,你可甚剑锋头博换来的万户侯?(衙内云)老府尹,我也不怕你。(正末唱)你那里休夸口,你虽是一人为害,我与那陈州百姓每分忧。

(刘衙内云)老府尹,你不知这仓官也不好做。(正末云)仓官的弊病,老夫尽知。(衙内云)你知道时,你说仓官的弊病咱。(正末唱)

【煞尾】河涯边趱运[13]下些粮,仓廒中囤塌[14]下些筹;只要肥了你私囊,也不管民间瘦。(带云)我如今到那里呵,(唱)敢着他收了蒲蓝罢了斗。(同张千下)

(刘衙内云)列位老相公,这桩事不好了。这老子到那里时,将俺这两个小的肯干罢了也。(韩魏公云)衙内,不妨事,你只与学士计较,老夫和吕丞相先回去也。(诗云)衙内心中莫要慌,天章学士慢商量。(吕夷简诗云)凤凰飞上梧桐树,自有傍人道短长[15]。(同下)(范学士云)刘衙内,你放心。老夫就到圣人根前说过,着你亲身为使命,告一纸文书,则赦活的,不赦死的,包你没事便了。(衙内云)既如此,多谢了学士。(范学士云)你跟着老夫见圣人走一遭去来。(诗云)莫愁包待制,先请赦书来。(刘衙内诗云)全凭半张纸,救我一家灾。(同下)

〔1〕一壁有者——往一边呆着去。
〔2〕倒断——间断,休止。
〔3〕紫襕袍——大官员的公服;这里比喻被官职所牵。
〔4〕只这月俸钱做咱每人情不够——是说(不贪赃要钱)每月的俸

钱（工资），连送礼做人情都不够。反映了当时官场上贪赃纳贿的腐败风气。

〔5〕鲁斋郎——是元杂剧《包待制智斩鲁斋郎》剧中的主角。他仗着权势，为非作歹，夺人妻女，后被包拯用计杀掉。

〔6〕葛监军——是元剧中一个权豪势要人物。关汉卿撰有《包待制三勘蝴蝶梦》剧，剧中葛彪就是这种人物；"葛监军"，当系指葛彪。

〔7〕剩——剩馀；这里是落得、落下的意思。

〔8〕三科了——元剧中习用的术语，表示对某种动作作了三次。这里表示"扯正末"的动作作了三次。

〔9〕屈原、关龙逢、比干、韩侯、张良、范蠡——前四个是古代的忠臣或功臣遭受贬谪或杀害的例子；后两个是功成身退，因而未遭祸殃的例子。从两方面说明宦途险恶，作官不易。

〔10〕惯——纵容，放任。

〔11〕不剌方头——或作方头不剌、方头不律；不剌、不律，语尾无义。方头，就是性格方直，不圆通，愣头愣脑的意思。

〔12〕卯酉——卯，早晨五点到七点；酉，下午五点到七点。两者是相对的时间，引申为对立、冤家对头。

〔13〕趱运——催运（粮食）。《元史·百官志》："一曰海运，二曰趱运。"

〔14〕囤塌——囤积，储存。

〔15〕凤凰飞上梧桐树二句——元剧中习用语，或作"大家飞上梧桐树，"是。宋代赵从善作会稽守，贪赃枉法。那里有"贤牧祠"，祭祀曾在会稽做官的贤臣范仲淹等。赵从善命他的部下向皇帝请求，把他的画像也放进祠中。有人题诗云："师睪（赵的字）使众作祠堂，要学朱张与郑王。大家飞上梧桐树，自有傍人说短长。"（见《白獭髓》）

第 三 折

(小衙内同杨金吾上)(小衙内诗云)日间不做亏心事,半夜敲门不吃惊。自家刘衙内孩儿。俺二人自从到陈州开仓粜米,依着父亲改了价钱,插上糠土,克落了许多钱钞,到家怎用得了?这几日只是吃酒耍子。听知圣人差包待制来了,兄弟,这老儿不好惹,动不动先斩后闻。这一来,则怕我们露出马脚来了。我们如今去十里长亭接老包走一遭去。(诗云)老包姓儿伙[1],荡他活的少;若是不容咱,我每则一跑。(同下)(张千背剑上)(正末骑马做听科)(张千云)自家张千的便是。我跟着这包待制大人,上五南路[2]采访回来,如今又与了势剑金牌,往陈州粜米去。他在这后面,我可在前面,离的较远。你不知这个大人清廉正直,不爱民财。虽然钱物不要,你可吃些东西也好;他但是到的府州县道,下马升厅,那官人里老安排的东西,他看也不看。一日三顿,则吃那落解粥[3]。你便老了吃不得,我是个后生家。我两只脚伴着四个马蹄子走,马走五十里,我也跟着走五十里;马走一百里,我也走一百里。我这一顿落解粥,走不到五里地面,早肚里饥了。我如今先在前面,到的那人家里,我则说:"我是跟包待制大人的,如今往陈州粜米去,我背着的是势剑金牌,先斩后闻,你快些安排下马饭我吃。"肥草鸡儿[4],茶浑酒儿;我吃了那酒,吃了那肉,饱饱儿的了,休说五十里,我咬着牙直走二百里则有多哩。嗨!我也是个傻弟子孩儿!又不曾吃个,怎么两片口里劈溜扑剌的;猛可里包待制大人后面听见,可怎了也!(正末云)张千,你说甚么哩?(张千做怕科,云)孩儿每不曾说甚么。

（正末云）是甚么"肥草鸡儿"？（张千云）爷,孩儿每不曾说甚么"肥草鸡儿"。我才则走哩,遇着个人,我问他："陈州有多少路?"他说道："还早哩。"几曾说甚么"肥草鸡儿"？（正末云）是甚么"茶浑酒儿"？（张千云）爷,孩儿每不曾说甚么"茶浑酒儿"。我走着哩,见一个人,问他："陈州那里去?"他说道："线也似一条直路,你则故走。"孩儿每不曾说甚么"茶浑酒儿"。（正末云）张千,是我老了,都差听了也。我老人家也吃不的茶饭,则吃些稀粥汤儿。如今在前头有的尽你吃,尽你用,我与你那一件厌饫[5]的东西。（张千云）爷,可是甚么厌饫的东西？（正末云）你试猜咱。（张千云）爷说道："前头有的尽你吃,尽你用。"又与我一件儿厌饫的东西,敢是苦茶儿？（正末云）不是。（张千云）萝卜简子儿？（正末云）不是。（张千云）哦！敢是落解粥儿？（正末云）也不是。（张千云）爷,都不是,可是甚么？（正末云）你脊梁上背着的是甚么？（张千云）背着的是剑。（正末云）我着你吃那一口剑。（张千怕科,云）爷,孩儿则吃些落解粥儿倒好。（正末云）张千,如今那普天下有司官吏,军民百姓,听的老夫私行,也有那欢喜的,也有那烦恼的。（张千云）爷不问,孩儿也不敢说；如今百姓每听的包待制大人到陈州粜米去,那个不顶礼[6],都说："俺有做主的来了！"这般欢喜可是为何？（正末云）张千也,你那里知道,听我说与你咱。（唱）

【南吕一枝花】如今那当差的民户喜,也有那干请俸的官人每怨。急切里称不了包某的心,百般的纳不下帝王宣；我如今暮景衰年,鞍马上实劳倦。如今那普天下人尽言,道"一个包龙图暗暗的私行,唬得些官吏每兢兢打战"。

【梁州第七】请俸禄五六的这万贯,杀人到三二十年,随京随府随州县。自从俺仁君治世,老汉当权,经了这几番刷卷,备细的究出根原。都只是庄农每争竞桑田,弟兄每分另[7]家缘。俺俺俺,宋朝中大小官员;他他他,剩与你财主每追征了些利钱;您您您,怎知道穷百姓苦恹恹叫屈声冤!如今的离陈州不远,便有人将咱相凌贱[8],你也则诈眼儿[9]不看见;骑着马,揣着牌,自向前,休得要揎袖揎拳。

(云)张千,离陈州近也,你骑着马,揣着牌,先进城去,不要作践[10]人家。(张千云)理会的。爷,我骑着马去也。(正末云)张千,你转来,我再分付你。我在后面,如有人欺负我打我,你也不要来劝,紧记者。(张千云)理会的。(张千做去科)(正末云)张千,你转来。(张千云)爷,有的说,就马上说了罢。(正末云)我分付的紧记者。(张千云)爷,我先进城去也。(下)(搽旦王粉莲赶驴上,云)自家王粉莲的便是。在这南关里狗腿湾儿住,不会别的营生买卖,全凭着卖笑求食。俺这此处有上司差两个开仓粜米官人来,一个是杨金吾,一个是刘小衙内。他两个在俺家里使钱,我要一奉十,好生撒馒[11]。他是权豪势要,一应闲杂人等,再也不敢上门来。俺家尽意的奉承他,他的金银钱钞可也都使尽俺家里。数日前,将一个紫金锤当在俺家,若是他没钱取赎,等我打些钗儿戒指儿,可不受用。恰才几个姊妹请我吃了几杯酒,他两个差人牵着个驴子来取我。三不知[12]我骑上那驴子,忽然的叫了一声,丢了个撅子[13],把我直跌下来,伤了我这杨柳细[14],好不疼哩。又没个人扶我,自家挣得起来,驴子又走了。我赶不上,怎么得人来替我拿一拿住也好那?(正末云)这个妇人,不像个良人家的妇女;我如今且替他笼住那头口儿,问他个详细,看是怎么?(旦儿做见正末科,云)兀那个老儿,你与我拿住那驴儿者。(正末做拿住驴子科)(旦儿做谢科,云)多生受你老人家也。(正末云)姐姐,你是那里人家?(旦儿云)正是个庄家老儿,他还不认的我哩。我在狗腿湾儿里住。(正末云)你家里做甚么买卖?(旦儿云)老儿,你试猜咱。(正末云)我是猜咱。(旦儿云)你猜。(正末云)莫不是油磨房?(旦儿云)不是。(正末云)解典库?(旦儿云)不是。(正末云)卖布绢段匹?(旦儿云)也不是。(正末云)都不是,可是甚么买卖?(旦儿云)俺家里卖皮鹌鹑儿[15]。老儿,你在那里住?(正末云)姐姐,老汉只有一个婆婆,早已亡过,孩儿又没,随处讨些饭儿吃。(旦儿云)老儿,你跟我去,我也用的你着。你只在我家里,有的好酒好肉,尽你吃哩。(正末云)好波,好波!我跟将姐姐去,那里使唤老汉?(旦儿云)好老儿,你跟我家去,我打扮你起来:与你做一领硬挣挣的上盖[16],再与你做一顶新帽儿,一条茶褐绦儿,一对干净凉皮靴儿。一张凳儿,你坐着在门首,与我家照管门户,好不自在哩。(正末云)姐姐,如今你根前可有什么人走动?姐姐,你是说与老汉听咱。(旦儿云)老儿,别的郎君[17]子弟,经商客旅,都不打紧。我有两个人,都是仓官,又有权势,又有钱钞,他老子在京师现做着大大的官。他在这里粜米,是十两一石的好价钱,斗又是八升的小斗,秤是加三大秤,尽有东西,我并不曾要他的。(正末云)姐姐不曾要他钱,也曾要他些东西么?(旦儿云)老儿,他不曾与我甚么钱,他则与了我个紫金锤,你若见了就唬杀你。(正末云)老汉活偌大年纪,几曾看见什么紫金锤。姐姐,若与我见一见儿,消灾灭罪,可也好么?(旦儿云)老儿,你若见了,好消灾灭罪,你跟我家去来,我与你看。(正末云)我跟姐姐去。(旦儿云)老儿,你吃饭也不曾?(正末云)我不曾吃饭哩。(旦儿云)老儿,你跟将我去来,只在那前面,他两个安排酒席等我哩。到的那里,酒肉尽你吃。扶我上驴儿去。(正末做扶旦儿上驴子科)(正末背云)普天下谁不知个包待制正授南衙开封府尹之职;今日到这陈州,倒与这妇人笼驴,也可笑哩。(唱)

【牧羊关】当日离豹尾班[18]多时分;今日在狗腿湾行近远[19],避甚的马后驴前?我则怕按察司迎着,御史台撞见。本是个显要龙图职,怎伴着烟月鬼狐缠;可不先犯了个风流罪,落的价葫芦提罢俸钱。

(旦儿云)老儿,你跟将我去来,我把那紫金锤与你看者。(正末云)好好,我跟将姐姐去,则与老汉紫金锤看一看,消灾灭罪咱。(唱)

【隔尾】听说罢,气的我心头颤,好着我半晌家气堵住口内言。直将那仓库里皇粮痛作践,他便也不怜,我须为百姓每可怜。似肥汉相博,我着他只落的一声儿喘。(同旦儿下)

(小衙内、杨金吾领斗子上)(小衙内诗云)两眼梭梭跳,必定悔气到;若有清官来,一准屋梁吊。俺两个在此接待老包,不知怎么,则是眼跳。才则喝了几碗投脑酒[20],压一压胆,慢慢的等他。(正末同旦儿上,正末云)姐姐,兀的不是接官厅?我这里等着姐姐。(旦儿云)来到这接官厅,老儿,你扶下我这驴儿来。你则在这里等着我,我如今到了里面,我将些酒肉来与你吃;你则与我带着这驴儿者。(做见小衙内、杨金吾科)(小衙内笑科,云)姐姐,你来了也。(杨金吾云)我的乖,你偌远的到这里来。(旦儿云)该杀的短命!你怎么不来接我?一路上把我掉下驴来,险不跌杀了我。那驴子又走了,早是撞见个老儿,与我笼着驴子。嗨！我争些儿可忘了那老儿；他还不曾吃饭,先与他些酒肉吃咱。(杨金吾云)兀那斗子,与我拿些酒肉与那牵驴的老儿吃。(大斗子做拿酒肉与正末科,云)兀那牵驴的老儿,你来,与你些酒肉吃。(正末云)说与你那仓官去,这酒肉我不吃,都与这驴子吃了。(大斗子做怒科,云)嗯！这个村老子好无礼！(做见小衙内科,云)官人,恰才拿将酒肉,赏那牵驴的老儿,那老儿一些不吃,都请了这驴儿也。(小衙内云)斗子,你与我将那老儿吊在那槐树上,等我接了老包,慢慢的打他。(大斗子云)理会的。(做吊起正末科)(正末唱)

【哭皇天】那刘衙内把孩儿荐,范学士怎也就将敕命宣？只今个贼仓官享富贵,全不管穷百姓受熬煎,一划的在青楼缠恋。那厮每不依钦定,私自加添,盗粜了仓米,干没[21]了官钱,都送与泼烟花、泼烟花[22]王粉莲。早被俺亲身儿撞见,可便肯将他来轻轻的放免。

【乌夜啼】为头儿先吃俺开荒剑,则他那性命不在皇天。刘衙内也,可怎生着我行方便？这公事体察完全,不是流传；那怕你天章学士有夤缘[23],就待乞天恩走上金銮殿；只我个包龙图元铁面,也少不得着您名登紫禁,身丧黄泉。

(张千云)受人之托,必当终人之事。大人的分付,着我先进城去,寻那杨金吾刘衙内。直到仓里寻他,寻不着一个。如今大人也不知在那里？我且到这接官厅试看咱。(做看见小衙内、杨金吾科,云)我正要寻他两个,原来都在这里吃酒。我过去唬他一唬,吃他几钟酒,讨些草鞋钱儿。(见科,云)好也！你还在这里吃酒哩！如今包待制爷要来拿你两个,有的话都在我肚里。(小衙内云)哥,你怎生方便,救我一救,我打酒请你。(张千云)你两个真傻厮,岂不晓得求灶头不如求灶尾[24]?(小衙内云)哥说的是。(张千云)你家的事,我满耳朵儿都打听着,你则放心,我与你周旋便了。包待制是坐的包待制,我是立的包待制;都在我身上。(正末云)你好个"立的包待制",张千也!(唱)

【牧羊关】这厮马头前无多说,今日在驿亭中夸大言。信人生不可无权!哎!则你个祗候王乔[25]诈仙也那得仙?(张千奠酒科,云)我若不救你两个呵,这酒就是我的命。(做见正末怕科,云)兀的不唬杀我也!(正末唱)唬的来面色如金纸,手脚似风颠。老鼠终无胆,狨猴怎坐禅[26]。

(张千云)您两个傻厮,到陈州来籴米,本是钦定的五两官价,怎么改做十两?那张撇古道了几句,怎么就将他打死了?又要买酒请张千吃,又擅吊了牵驴子的老儿。如今包待制私行,从东门进城也,你还不去迎接哩。(小衙内云)怎了,怎了!既是包待制进了城,咱两个便迎接去来。(同杨金吾、斗子下)(张千做解正末科)(旦儿云)他两个都走了也,我也家去。兀那老儿,你将我那驴儿来。(张千骂旦儿科,云)贼弟子,你死也!还要老爷替你牵驴儿哩。(正末云)嗯!休言语。姐姐,我扶上你驴儿去。(正末做扶旦儿上驴科)(旦儿云)老儿,生受你。你若忙便罢,你若得那闲时,到我家来看紫金锤咱。(下)(正末云)这害民贼好大胆也呵。(唱)

【黄钟煞尾】不忧君怨和民怨,只爱花钱共酒钱。今日个家破人亡立时见,我将你这害民的贼鹰鹯,一个个拿到前,势剑上性命捐。莫怪咱不矜怜,你只问王家的那泼贱,也不该着我笼驴儿步行了偌地远。(同张千下)

〔1〕伮(zhòu 宙)——同"㑇";性情固执、刚愎,或凶狠。

〔2〕五南路——宋元时没有这个"路",当系泛指。

〔3〕落解(xiè 卸)粥——落解,稀疏、稀薄;落解粥,即稀粥。(黏稠的粥糜一类食物,冷却后时间长了,失去粘性变稀,俗称"解"(xiè),读如卸。)

〔4〕草鸡儿——母鸡。

〔5〕厌饫(yù 玉)——即餍饫,饱食。

〔6〕顶礼——佛教最尊敬的一种礼节,用头拜在佛的脚下。一般当作敬礼、致敬的意思。

〔7〕分另——分家,另立门户。

〔8〕凌贱——侮辱,欺侮。

〔9〕诈眼儿——即眨眼,眼皮一开一闭。

〔10〕作践——蹂躏、欺凌。

〔11〕撒镘——镘,钱的背面,因泛指钱。撒镘,挥霍无度,像撒钱一样。

〔12〕三不知——对于一件事的开始、中间和结尾都不知道;引申为突然、不料的意思。语本《左传》。

〔13〕丢了个撅子——驴马不驯,后腿弹跳踢人,或把人从背上掀下来,叫做丢撅子。

〔14〕杨柳细——"杨柳细腰"的歇后语;指女子的腰。

〔15〕卖皮鹌鹑儿——卖淫的隐语。《东京梦华录》二"潘楼东街巷":"先至十字街,曰鹌儿市,向东曰东鸡儿巷。"

〔16〕上盖——上身的外衣。

〔17〕郎君——古时妇女称丈夫或所爱恋的男子为郎君。

〔18〕豹尾班——皇帝的属车中有豹尾车,车上载朱漆竿,竿首缀豹尾。豹尾班,就是说官职很大,可以跟在皇帝后面的行列里的意思。

〔19〕近远——反义偏用,即"远"意。唐·奚贾《寻许山人亭子》诗:"桃园苦近远,渔子棹轻舟。""苦远近",即苦于"远"也。

〔20〕投脑酒——饮食品,现在有些地方还有这种食物:用肉豆脯报切如细萁炒,用极甜酒加葱椒煮食之。一说:"九醖酒曰酘酒"(见《北堂书钞》)。焦竑《笔乘》四:"盖重酿谓之酘酒。"

〔21〕干没——贪污,把公家的财物据为己有,中饱私囊。

〔22〕泼烟花——犹如说:贱娼妇。

〔23〕夤缘——本是草藤依附山岳上生长的意思。用以比喻攀附权贵,以求得本身的提升。这里是和权贵有关系的意思。

〔24〕求灶头不如求灶尾——灶头只有火,灶尾上才有食物可吃;比喻向官求情,不如向他手下人求情有效。

〔25〕王乔——古代传说中的一个神仙。

〔26〕老鼠终无胆二句——形容张千害怕的情状。

第 四 折

(净扮州官同外郎〔1〕上)(州官诗云)我做个州官不歹,断事处摇摇摆摆;只好吃两件东西:酒煮的团鱼螃蟹。小官姓蓼名花,叨任陈州知州之职。今日包待制大人升厅坐衙,外郎,你与我将各项文卷打点停当,等金押者。(外郎云)你与我这文卷,教我打点停当,我又不识字,我那里晓的?(州官云)好,打这厮!你不识字可怎么做外郎那?(外郎云)你不知道,我是雇将来的顶缸〔2〕外郎。(州官云)咄!快把公案打扫的干净,大人敢待来也。(张千排衙上,云)喏!在衙人马平安。(正末上,云)老夫包拯,因为陈州一郡滥官污吏,损害黎民,奉圣人的命,着老夫考察官吏,安抚黎民,非轻易也呵。(唱)

【双调新水令】叩金銮亲奉帝王差,到陈州与民除害。威名连地震,杀气和霜来。手执着势剑金牌,哎,你个刘衙内且休怪。

(云)张千,将那刘得中一行人,都与我拿将过来。(张千云)理会的。(做拿刘衙内、杨金吾并二斗子跪见科,云)当面。(正末云)您知罪么?(小衙内云)俺不知罪。(正末云)兀那厮,钦定的米价是多少银子粜一石来?(小衙内云)父亲说道:"钦定的价是十两一石。"(正末云)钦定的价元是五两一石,你私自改做十两;又使八升小斗,加三大秤。你怎做的不知罪那!(唱)

【驻马听】你只要钱财,全不顾百姓每贫穷,一味的刻。今遭杻械,也是你五行福谢做了半生灾。只见他向前呵,如上吓魂台;往后呵,似入东洋海。投至的分尸在市街,我着你一灵儿先飞在青霄外。

(云)张千,南关去拿将那王粉莲,就连着紫金锤一齐解来。(张千云)理会的。(做拿王粉莲跪科,云)王粉莲当面。(正末云)兀那王粉莲,你认的我么?(王粉莲云)我不认的你。(正末唱)

【雁儿落】难道你王粉头[3]直恁骏,偏不知包待制多谋策;你道是接仓官有大钱,怎么的见府尹无娇态?

(云)兀那王粉莲,这金锤是谁与你来?(王粉莲云)是杨金吾与我来。(正末云)张千,选大棒子将王粉莲去裩决打三十者。(打科)(正末云)打了抢出去。(抢出科)(王粉莲下)(正末云)张千,将杨金吾采上前来。(做采杨金吾上科)(正末云)这金锤上有御书图号,你怎生与了王粉莲?(杨金吾云)大人可怜见,我不曾与他,我则当的几个烧饼儿吃哩。(正末云)张千,先拿出杨金吾去,在市曹中枭首报来。(张千云)理会的。(正末唱)

【得胜令】呀,你只待钱眼里狠差排[4],今日个刀口上送尸骸。你犯了萧何律[5],难宽纵;便自有蒯通谋,怎救解。你死也休揑,则俺那势剑如风快;你死也应该,谁着你金锤当酒来。

(张千拿杨金吾杀科)(正末云)张千,拿过那小懒古来。(张千云)小懒古当面。(做拿小懒古跪科)(正末云)兀那厮,你父亲被那个打死了?(小懒古云)是这小衙内把紫金锤打死我父来。(正末云)张千,拿过刘得中来,就着小懒古也将那金锤将这厮打死者。(张千云)理会的。(正末唱)

【沽美酒】小衙内做事歹,小懒古且宁奈;也是他自结下冤仇怎得开;非咱忒煞[6],须偿还你这亲爷债。

【太平令】从来个人命事关连天大,怎容他杀生灵似虎如豺。紫金锤依然还在,也将来敲他脑袋,登时间肉拆,血洒,受这般罪责;呀,才平定陈州一带。

(小懒古做打衙内科)(正末云)张千,打死了么?(张千云)打死了也。(正末云)张千,与我拿下小懒古者。(张千云)理会的。(张千做拿小懒古科)(外扮刘衙内赍赦书慌上,诗云)心忙来路远,事急出家门。小官刘衙内是也。我圣人根前说过,告了一纸赦书,则赦活的,不赦死的。星夜到陈州,救我两个孩儿。左右,留人者,有赦书在此,则赦活的,不赦死的。(正末云)张千,死了的是谁?(张千云)死了的是杨金吾,小衙内。(正末云)活的是谁?(张千云)是小懒古。(刘衙内云)呸!恰好赦别人也!(正末云)张千,放了小懒古者。(唱)

【殿前欢】猛听的叫赦书来,不由我不临风回首笑哈哈。想他父子每倚势挟权大,到今日也运蹇时衰。他指望着赦来时有处裁,怎知道赦未来,先杀坏。这一番颠倒把别人贷,也非是他人谋不善,总见的个天理明白。

（云）张千,将刘衙内拿下者,听老夫下断。（词云）为陈州亢旱不收,穷百姓四散飘流。刘衙内原非令器[7],杨金吾更是油头[8]。奉敕旨陈州粜米,改官价擅自征收;紫金锤屈打良善,声冤处地惨天愁。范学士岂容奸蠹,奏君王不赦亡囚。今日个从公勘问,遣小憝手报亲仇。方才见无私王法,留传与万古千秋。

  题目   范天章政府差官
  正名   包待制陈州粜米

[1] 外郎——原为官名,后来也称衙门里的书吏为外郎。
[2] 顶缸——有顶替,顶缺,代人受过等义。"缸"为"缺"之讹,认别字的人误认"缺"为"缸",后遂相沿称为诨语。
[3] 粉头——妓女的别称。
[4] 只待钱眼里狠差排——意谓:只狠狠地贪污钱财。南宋时的大将张浚贪财,有人讥讽说他坐在钱眼里。
[5] 萧何律——萧何,汉高祖刘邦的功臣,曾为汉朝制订了许多法典律令。后来小说戏剧里就把"萧何律"称为法律的代词。
[6] 忒煞——过分,太甚。
[7] 令器——美材,好人才。
[8] 油头——妓女之浓装艳抹,或轻佻男子油头粉面,均谓之"油头"。